NA CORDA BAMBA

DANIEL AARÃO REIS
NA CORDA BAMBA

memórias ficcionais

1ª edição

EDITORA RECORD
RIO DE JANEIRO • SÃO PAULO
2024

CIP-BRASIL. CATALOGAÇÃO NA PUBLICAÇÃO
SINDICATO NACIONAL DOS EDITORES DE LIVROS, RJ

R299n   Reis, Daniel Aarão
         Na corda bamba : memórias ficcionais / Daniel Aarão Reis. - 1. ed. - Rio de Janeiro : Record, 2024.

         ISBN 978-65-5587-890-5

         1. Contos brasileiros. I. Título.

23-87236

CDD: 869.3
CDU: 82-34(81)

Meri Gleice Rodrigues de Souza - Bibliotecária - CRB-7/6439

Copyright © Daniel Aarão Reis, 2024

Todos os direitos reservados. Proibida a reprodução, armazenamento ou transmissão de partes deste livro, através de quaisquer meios, sem prévia autorização por escrito.

Texto revisado segundo o Acordo Ortográfico da Língua Portuguesa de 1990.

Direitos exclusivos desta edição reservados pela
EDITORA RECORD LTDA.
Rua Argentina, 171 – Rio de Janeiro, RJ – 20921-380 – Tel.: (21) 2585-2000.

Impresso no Brasil

ISBN 978-65-5587-890-5

Seja um leitor preferencial Record.
Cadastre-se no site www.record.com.br
e receba informações sobre nossos
lançamentos e nossas promoções.

Atendimento e venda direta ao leitor:
sac@record.com.br

Para Dievushka
Quanta aventura vivida
Para encontrar em você
A mulher da minha vida.

> *Nossa geração teve pouco tempo*
> *começou pelo fim*
> *mas foi bela a nossa procura*
> *ah! moça, como foi bela a nossa procura*
> *mesmo com tanta ilusão perdida*
> *quebrada,*
> *mesmo com tanto caco de sonho*
> *onde até hoje*
> *a gente se corta.*
>
> Alex Polari, "Idílica estudantil"

> *A esperança*
> *Dança na corda bamba de sombrinha*
> *E em cada passo dessa linha*
> *Pode se machucar*
>
> João Bosco e Aldir Blanc, "O bêbado e a equilibrista"

Sumário

LIVRO I: Ditadura

Praça Santos Dumont	15
As hemorroidas	19
O Tocha	22
O dia da caça	26
A explosão	30
Os sanduíches	35
Teoria e prática	39
A encomenda	43
A fuga	48
Sylea	53
Gertrudes	61
A carteirada	67
Butch Cassidy & Sundance Kid	72
Maria	76
O nosso homem das letras	81
O sumiço	84
Pellegrini	89
A melhor amiga	93
O último pulo	98
A queda	103
O enfermeiro	109
O filho	114
O velho	119
De um a cinco	123
O reconhecimento	129
Sinais invisíveis	133

Sonata — 137
Sem nome — 142
A revolução — 147
Aquele dia — 151

LIVRO II: Exílio

O último... e o primeiro dia — 157
A mais longa viagem — 162
As astúcias do mal — 167
Uma questão esquisita — 173
A rebelião dos cornos — 178
Solilóquios de um agente — 184
As *croquetas* — 189
Dezembro — 194
Papito — 199
Treino e jogo — 205
El profesor — 210
Pelo ralo — 215
Uma cidade, a solidão — 220
Espera vigiada — 225
O disco — 230
A cadeira — 235
Tempos esquivos — 240
Forças e risos — 245
Os mistérios de Severino Lagos — 250
Travessia — 255
A volta ao Brasil — 260
Carpinteiros — 265
O exilado espanhol — 270
Filhos do exílio — 275
Cinco dedos — 280
O golpe — 285
O herói — 290
Adiós, América — 295

A pensão das lâmpadas coloridas	300
Sob a ponte Mirabeau	305
Babá de crianças	310
Lena	315
O quarto escuro	320
Moçambique	325
Tocha & Samora	330
Entrelugares	335
Acabou a ditadura!	341
Lisboa	346
Marquinho	351
Alô, Rio de Janeiro!	356

LIVRO III: Retorno

Chegada	363
A brecha	368
A visita	373
Macanudo	378
O cu dos machos	385
O fim de Severino Lagos	391
O concerto	396
As bombas	402
O cachorro	407
Repórter	414
Realidade brasileira	420
Sol	426
O vírus	432
Luizinho	438
O Método Marinaldo	443
Marlene	449
O nazista	454
Ex-presidiário	459
Diretas Já	464
Na corda bamba	470

LIVRO I
Ditadura

Praça Santos Dumont

O professor entrou na sala, cumprimentou os alunos, sentou-se, abriu a pasta, pigarreou. Teve início o tormento de Gabriel, o tormento de cada dia, sob a forma de chamada:
— Antônio Brito.
— Presente.
— Armando Calheiros.
— Presente.
— Bruno Armani.
— Presente.
Gabriel retorcia-se ouvindo o próprio nome chegar, veloz.
— Carlos Guilherme Fontoura.
— Presente.
Ouvia cantar os nomes e murmurava baixinho, para si mesmo:
— Presente, presente, presente...
Estava cada vez mais próximo, vinha logo depois do Eduardo Nogueira:
— Eduardo Nogueira.
— Presente.
— Gabriel dos Santos Reis.
— ...
— Gabriel dos Santos Reis — pronunciou, alto, o professor. Todos olharam para ele.
— ...
Sentiu o rosto ficando vermelho, os olhares agora indagavam, irônicos.
— Está ausente, o Gabriel? — indagou o professor.
— Ele está aqui, professor — alguns dedos apontaram.
Desembuchou, afinal, suando frio.
— Presente!

O professor observou-o, curioso, como se fizesse uma pesquisa. Sentiu-se um inseto. Ou um vegetal.

— Presente, professor, aqui estou.

Ouviu risos abafados pela sala.

No recreio, volta e meia, perguntavam:

— Gabriel, você é gago?

— Não.

E complementava aos arrancos:

— Metam-se com suas vidas.

O vexame acompanhou-o ao longo do tempo. Pior era quando ia a um bar. O garçom aparecia.

— Vão querer...

Todos faziam os pedidos. Chegava a sua vez.

— E o senhor?

— ...

— Vai querer comer, beber?

— ...

— Ô, Gabriel, acordaaaa, vai querer o quê?

Desentalava:

— Chope e batata frita.

O pior de tudo era suportar os olhares, surpresos, inquisitoriais. Enrubescia. Desviava os olhos. Engatava um assunto.

E quando brigava? Ou ficava nervoso? Aí mesmo é que não saía nada, como se fosse mudo, ou como se fora um náufrago, debatendo-se na água, ou melhor, com os sons que não fluíam. Ainda gozavam dele:

— Viram? Ele não tem mesmo argumentos...

Mentira! Argumentos não lhe faltavam, mas os sons, miseráveis, se perdiam na garganta.

A mãe, boa, consolava, persuasiva:

— Biel, você não é gago. Os gagos repetem as sílabas. Que-que-que-ro. No teu caso, é só uma questão de respiração. Antes de falar, inspire. Ao expirar, as palavras sairão naturalmente. Treine comigo.

Faziam exercícios. Tudo funcionava muito bem. Porém, em público, os filhos da puta dos sons simplesmente não saíam. Mal ou bem foi levando.

Mais mal do que bem, lhe parecia. Até que chegou a hora da verdade, ou melhor, o dia da verdade.

O movimento estudantil convocara uma grande manifestação nos pilotis do Ministério da Educação, no centro do Rio de Janeiro. As autoridades, como sempre, decretaram a ilegalidade do evento. Quem forçasse a barra, aguentaria as consequências. A Polícia Militar seria mobilizada para conter a baderna e manter a ordem.

O secretário político da base da faculdade veio conversar com Gabriel:

— Os companheiros estão pensando em você para abrir a manifestação de amanhã.

— Eu?

— Claro, assim você vai ganhando cancha...

— Não seria melhor ganhar cancha primeiro?

— Vai me dizer que está com medo?

— Não é uma questão de medo, mas... não é um pouco cedo para mim? Acabei de entrar na faculdade.

— Isso nunca foi um problema. Experiência a gente adquire na prática.

Gabriel olhou-o com raiva, porque sabia que a experiência do secretário em falar para as "massas" era nula. Ironizou:

— Dá para alguém que não tem experiência falar em experiência?

A resposta veio de bate-pronto:

— Companheiro, tarefa dada é tarefa cumprida. Nos vemos lá nos pilotis do MEC.

Gabriel dormiu mal e acordou bem cedo. Passou a manhã andando de um lado para outro. Almoçou sem fome. Como a manifestação estava marcada para as cinco da tarde, resolveu que tinha que ter uma conversa séria consigo mesmo. Seria às três horas, na praça Santos Dumont, em frente ao aeroporto. Ficava a uns quinze minutos, a pé, do lugar da manifestação. Havia ali bancos e árvores, daria — ou não daria? — para refletir com calma, para ver como iria — ou não iria? — lidar com o desafio que tinha desabado no seu colo.

Às três horas em ponto chegou à praça. O encontro consigo mesmo não foi fácil. Passou em revista alguns fracassos, inseguranças ancestrais, medos atávicos, antigas dúvidas, incertezas nutridas ao longo do tempo.

Nem pensar que as resolveu. Mas chegara o momento de começar a lidar com elas. Como dizia a mãe, era uma questão de inspirar e expirar. Inspirar e expirar.

A decisão aconteceria no pátio do MEC, às cinco da tarde, e, por falar nisso, só faltavam quinze minutos. Foi para lá com passo resoluto e se assustou quando viu aquele espaço aberto, que lhe pareceu amplo demais. Um caminhão abarrotado de PMs estacionara no pátio, à espera, e ele pôde ver que alguns soldados batiam seus cassetetes de leve no veículo.

Os estudantes agrupavam-se aos magotes, nas esquinas, esperando... esperando o quê? Bem, ele não esperaria. Avançou para um dos pilotis centrais do pátio, inspirar-expirar, subiu num caixote que surgiu nem soube de onde e começou a gritar com voz firme e pausada. Inspirar, expirar.

A estudantada, animada, acorreu com rapidez, cercando o lugar onde ele estava. Os PMs, surpreendidos, já vinham também, mas alguma coisa os fez parar a uns vinte metros de distância.

Gabriel ouvia as palavras que dizia como se fossem pronunciadas por outra pessoa, saíam quentes, claras, regulares, encorajadoras. Inspirar, expirar. Choviam os aplausos, a multidão crescia. Agora os PMs é que pareciam intimidados, haviam perdido a iniciativa, estavam ali como se fossem uma guarda tomando conta do comício.

Gabriel passou a palavra para lideranças de outras faculdades. Já se avizinhava a noite quando ele encerrou a manifestação com as palavras de ordem habituais:

— Abaixo a ditadura! Abaixo o imperialismo!

A multidão urrava. Uma bandeira do Tio Sam queimou, lançando labaredas para o alto, iluminando a noite. Um sucesso. Saíram dali convencidos de que a ditadura fora desmascarada. Só faltava agora cair.

Não caiu. Nem cairia tão cedo. Para Gabriel, mal começara a experiência de lutar contra ela. Mas ele aprendera, na prática, a fórmula: inspirar, expirar.

As hemorroidas

Era tarde da noite, uma boa e amena noite de maio no Rio de Janeiro. O melhor mês para viver na cidade: nada de chuva, temperatura não muito alta nem muito baixa, brisa leve, céu limpo de nuvens. Melhor mês, sem dúvida. Corria o ano de 1967. A ditadura já estava lá há três anos, mas, para quase todos eles, o futuro parecia aberto a audácias revolucionárias. Era uma questão de vontade, de decisão. A coisa toda seria difícil, e longa, mas eles ganhariam.

Domingo sim, domingo não, as lideranças estudantis se reuniam na casa do Guilherme, um apartamento grande num daqueles prédios de três andares, comuns no Leblon da época. Em volta de pizzas e cervejas, corriam informações de cocheira, grandes projetos, conchavos misteriosos.

Subira ao poder um novo general, Costa e Silva, mais bronco do que o anterior, Castello Branco, que se imaginava um intelectual. Para todos eles, era a mesma ditadura, que se prolongaria, cada vez mais dura, até que fosse derrubada pela luta armada, um projeto ainda algo abstrato, mas que consideravam inevitável.

Guilherme era mais velho do que a maioria, já casado e com dois filhos. A bela mulher, Ana, parecia uma princesa finlandesa. Divergindo deles, não compartilhava o otimismo geral, reservada e nada otimista quanto ao futuro. Para ela, as coisas seriam difíceis, longos e tortuosos caminhos os esperavam, nada se resolveria depressa, nem entre o preto e o branco, pois havia ali uma infinidade de meios-tons. Aquela reflexão complexa surpreendia Gabriel, o fazia meditar.

Naquela noite brilhava o Lúcio Flávio, um cara já formado, que atuava havia alguns anos como jornalista na Paraíba, chutando pela esquerda. Íntimo dos donos da casa, ele contava histórias hilárias, algumas inverossímeis, que jurava verdadeiras. Uma delas: num carro antigo, do pai de um amigo, de janelas grandes, alta noite, deslizavam rente ao meio-fio, devagar, pelos pontos de ônibus cheios de gente. No banco de trás, Lúcio Flávio arriava o vidro, as calças, e encostava a bunda no quadro da janela. As pessoas não acreditavam, vendo aquela bunda surgir do nada, como se fosse o rosto deformado de uma pessoa. Como pudera acontecer? Aquela bunda não podia estar ali. Alguns fechavam os olhos. Senhoras se persignavam. Outros, mais ousados, fixavam os olhos, tentando saber se era uma bunda de homem ou de mulher. Dentro do carro, Lúcio Flávio gritava:

— Olhem a bunda, olhem a bunda. Uma bunda pra vocês.

Ele filosofava, descontraído, sedutor, argumentando que a história tinha uma lição:

— É importante surpreender as pessoas. O que é a revolução, senão uma grande surpresa? Se não surpreende, se já é esperada, podem crer, uma revolução não vence nem convence.

Uma outra história suscitou risos descrentes. Lúcio Flávio desfizera um namoro firme, com o casamento marcado, quando a noiva comprou para a nova casa uma enceradeira e um relógio despertador. Vendo ali a promessa de uma prisão, ele desconversou e desmanchou tudo. Fugiu de João Pessoa, com medo dos parentes da moça, furiosos pela súbita anulação do casamento, desonrando a família.

— A rotina, meus caros, destrói o romance e mata o tesão. E o que é mais representativo da rotina do que uma enceradeira e um relógio despertador?

O que era aquilo? Uma boa piada ou uma triste história verdadeira?

Já era tarde da noite quando Gabriel foi embora com a namorada, Margarida. Jovens empertigados, militantes sérios, de mão cheia, bonitinhos e conservadores. Não se sabia então que revolucionários podiam ser conservadores. Ela morava na Tijuca, um longo caminho, e uma tediosa espera os aguardava no ponto de ônibus, raros em qualquer horário, naquelas horas da noite, então... Iriam mofar esperando, mas não havia outro jeito. A sorte foi que Lúcio Flávio também ia saindo; ele morava pros lados da zona norte e faria companhia, contando boas histórias enquanto esperavam.

Plantaram-se no ponto, meio alterados pela bebida, e, mal começaram a conversar, apontou lá longe o ônibus. Vinha lotado, como era de se supor, com gente saindo pelo ladrão. Lúcio Flávio disse que não entraria, preferia esperar o próximo. Mas Gabriel e Margarida não queriam esperar. Quanto tempo levaria um outro?

Foi um arrocho subir pela porta traseira. Espremidos. Comprimidos. Não havia lugar para mais ninguém e mesmo assim subiram seis. Depois de muito empurra-empurra, o casal encontrou um espaço no meio do ônibus; apertados, mas aliviados.

Lá fora, Lúcio Flávio acenava. Ainda não arrancara o veículo, quando ele, sempre acenando, começou a gritar:

— Gabriel, você está cuidando das hemorroidas?

Gabriel e Margarida estremeceram. Rindo amarelo, fingiram que não era com eles. Lúcio Flávio insistia:

— Cuide das hemorroidas, Gabrieeeeel. Tá tomando Daflon? O remédio que eu indiquei? Tá tomando? Não deixe de tomar.

O ônibus arrancou, lentamente, pesado de tanta gente, e agora não havia uma pessoa que não estivesse olhando atentamente para eles, tentando encontrar alguma lógica naquilo. Lúcio Flávio, lá de fora, acompanhava o ônibus, muito sério, batendo na carroceria:

— Daflon, Daflon é o melhor. Se não fizer efeito, compre e use Ultraproct. O que você não pode fazer é não levar a sério esse troço. Senão piora e vai doer cada vez mais.

Margarida, muito vermelha, olhava para o teto, parecia rezar. Gabriel tentava bancar o alheado, como se nada daquilo tivesse algo a ver com eles. Mas era com eles, seguramente, que Lúcio Flávio falava. E disso nem um único passageiro tinha a menor dúvida. Para cúmulo do azar, mal andou, o ônibus parou num sinal vermelho.

E Lúcio Flávio continuava a berrar:

— Já te avisei, Gabriel, você tem que tomar Daflon, mas pode ser também Ultraproct, ou você vai se dar mal, as hemorroidas podem piorar.

Finalmente, sinal verde, o ônibus arrancou, foi embora. Lúcio Flávio ainda foi homem de acompanhar, por todo um quarteirão, correndo:

— As hemorroidas, Gabrieeeeel, as hemorroidas, cuide das hemorroidas, senão elas vão te ferrar.

Gabriel e Margarida, mudos, com a morte na alma, impenetráveis, permaneceram siderados a viagem inteira. Não trocaram palavra. E ainda tiveram que suportar o olhar dos passageiros. Cada um que saltava do ônibus, uns intrigados, outros debochados, todos se achavam no direito de mirá-los de alto a baixo, procurando evidências.

O Tocha

Estavam ali apertados no quarto da casa do Geraldo, discutindo os rumos do movimento estudantil e os destinos da humanidade. Pairando no ar, a nuvem de fumo não parecia incomodar, pois quase todos fumavam, menos a Carolina, que ficava abanando o ar à sua frente, como se isso fosse adiantar de alguma coisa.

Volta e meia a dona da casa entrava, ora trazendo um suco de laranja, ora uns biscoitinhos. As falas se interrompiam, constrangidas. Ela ficava sem graça: "Não posso escutar? Vocês estão escondendo alguma coisa de mim?" Geraldo disfarçava o incômodo com um sorriso forçado: já, já a intrometida iria se retirar. Ele se limitava a dizer: "Mãe..."

Eram oito ou nove, e estava muito apertado ali dentro, mas Gabriel não estava nem aí, pois podia encostar a perna nas coxas da Natacha, boas coxas, lindas coxas. Ela, militante, nem notava, ou fingia não notar, compenetrada na discussão.

Tratava-se de preparar uma boa recepção para Nelson Rockefeller, um dos donos da Standard Oil, que se escondia entre nós sob o nome de Esso, a do *Repórter Esso*, que os mais velhos escutavam, contritos. Todos os meios de comunicação só falavam dele, a reverência e a bajulação sempre reservadas aos representantes do Tio Sam. Tapete vermelho, banda de música, banquetes, inaugurações, a ditadura tinha planejado a maior festa. Haveria meios de estragar aquilo?

— Uma grande faixa vermelha com os dizeres "Abaixo a ditadura" numa das passarelas da avenida Brasil, ele vai ter que passar por lá...

— E você acha que a faixa vai ficar lá por quanto tempo?

— Pregos nas ruas por onde passará o cortejo, para estourar os pneus dos caras...

— Um comício na Central do Brasil, para a denúncia chegar aos operários...

— Bandeiras negras de luto em todas as faculdades...

— Uma passeata de protesto na contramão dos carros daria o maior engarrafamento...

— Boas ideias, mas não estão à altura do cara que vem aí — ponderou Abelardo, sempre mais radical. — Proponho um comício-relâmpago em frente à Sears, na praia de Botafogo. Depois que as lideranças falarem, botamos fogo na bandeira americana e apedrejamos as vitrines do shopping. Todo mundo vai perceber, pois o Rockefeller é dono do troço.

Era para colocar a imaginação no poder, mas a imaginação não estava ajudando.

— Tenho uma outra ideia — interrompeu Lúcio Flávio.

Nem todos o conheciam, pois chegara há pouco da Paraíba. Alguns anos mais velho, muito falante, já tinha profissão: jornalista. Desinibido, informal, sorridente, olhos irônicos, sedutores.

— Proponho que um de nós suba lá no teto do shopping, já vi que é possível, e lá no alto bote gasolina no corpo e fique esperando. Quando o cara chegar, pois tá todo mundo dizendo que ele vai visitar a Sears, o companheiro acende um fósforo, põe fogo em si mesmo e salta lá do alto bem no meio do cortejo, destruindo a festa.

Momento de silêncio.

— Você está falando sério, cara? Ou tá de sacanagem? — indagou Carolina, a represensão com um toque de ironia.

— Não só estou falando sério como me candidato ao papel de Tocha Humana. Salto lá de cima em chamas, estragamos a visita à Sears e, de um golpe só, toda a festa armada pelo imperialismo.

Mais silêncio.

Todos estavam pensando nos acontecimentos recentes no Vietnã. Como protesto contra a guerra, o governo e a invasão das tropas norte-americanas, vários monges budistas estavam se queimando nas ruas de Saigon, capital do Vietnã do Sul. Em seus mantos vermelhos, cabeças raspadas, sentavam-se de pernas cruzadas, decididos, incendiavam-se e deixavam-se morrer calmos e serenos. As fotos e os filmes das ações suicidas corriam o mundo. A própria morte politizada. Suscitavam horror, pavor e admiração. Entre os hedonistas, transidos pelos prazeres do mundo, sacrificar a própria vida em nome de uma grande causa parecia uma ação além do possível. Mais efetiva do que bomba no coração da propaganda a favor daquela guerra interminável.

Todos os olhares convergiam agora para Lúcio Flávio.

— Sério, você seria capaz mesmo de fazer isso, cara?

Ainda havia descrença naquela indagação.

— Por que não? Vocês veem algum outro gesto capaz de alcançar a mesma repercussão? Me disponho a fazer isso, sem problemas, só peço que alguém suba comigo para me ajudar a espalhar gasolina no corpo e acender o fósforo. E, depois que eu saltar, jogar panfletos explicando o sentido político da ação.

Estavam agora aturdidos. E começaram a falar ao mesmo tempo:

— Grande ação, sem dúvida!

— Será justo o suicídio político?

— Acho um absurdo, uma porra-louquice, desperdiçar a vida de um revolucionário para estragar a festa de um burguês.

— Eu me candidato, Lúcio Flávio, a acompanhar você lá no teto — levantou-se, empolgada, a Natacha, descolando a coxa da minha e me fazendo ter pensamentos mesquinhos. Como eu podia estar pensando na coxa dela quando todos estavam empolgados, imaginando uma ação que surpreenderia o mundo?

Aprovada a proposta com apenas dois votos contra, dali até o fim a reunião dedicou-se, em atmosfera de grande excitação, aos detalhes da ação: Natacha foi aprovada como acompanhante, determinou-se quem e onde comprariam a gasolina e os fósforos, redigiu-se o panfleto com palavras duras contra a ditadura e o imperialismo, a que horas aconteceria a ação e quem levaria os dois à praia de Botafogo, onde se localizava o prédio imponente da Sears Roebuck. Assistindo a tudo, tranquilo e sereno, ligeiramente irônico, como sempre, Lúcio Flávio reinava, namorando a própria figura, sorrindo, narciso.

Só dias depois foram saber como fracassara a ação.

Lúcio Flávio e Natacha chegaram com a planejada antecedência ao local do "crime". Sem se fazerem notar, subiram ao terraço do edifício, esperaram apontar na esquina o cortejo do Rockefeller, derramaram a gasolina no Lúcio Flávio e... e... deram-se conta na última hora de que os fósforos não acendiam, estavam molhados.

Fedendo a gasolina, sorrateiros, eles desceram e saíram dali despercebidos, direto rumo ao apartamento do Lúcio Flávio, onde ele trocou de roupa, passando horas no chuveiro para espantar de vez o cheiro forte e desagradável do combustível.

As más línguas ainda disseram que eles trepam a tarde toda no apartamento. Gabriel tapava os ouvidos de ciúme, nem queria saber dos detalhes: se as fodas haviam sido dadas antes, depois ou ao longo do prolongado banho.

A ação fracassou, não marcou a história do país e de suas lutas revolucionárias. Mas Lúcio Flávio ganhou — para sempre, até o fim da vida — um apelido: Tocha.

O dia da caça

Era um belo fim de tarde e a noite preparava-se para engolir mais um dia daquele outono.

— Pessoal!

O chamado, que de início soava estranho, virara um grito de guerra e já se tornara familiar aos ouvidos dos que participavam nas manifestações políticas do Rio de Janeiro no ano de 1968. Ouviam-no agora algumas centenas de jovens. Quantos eram? Quinhentos? Seiscentos? Houve gente, mais tarde, que falou em mil ou mais de mil. Quem há de saber? Ninguém estava ali contando e calculando.

— Nossa manifestação de hoje foi um sucesso. Todos sabemos disso. Ao longo da manhã, debatemos os rumos do nosso movimento. Centenas de presentes. Votações democráticas, algumas apertadas, consagraram uma nova orientação para o movimento estudantil.

O orador falava pausado, voz calma, quase didática.

— Mais tarde, os representantes dos diretórios acadêmicos dirigiram-se ao Conselho Universitário e convidamos os senhores catedráticos a virem participar de algo inédito na história: um diálogo conosco. Alguns poderiam dizer que vieram constrangidos, pode ser, mas vieram. Passaram mais de duas horas conversando com a gente. Alguém já tinha visto isso antes? Não, infelizmente, nunca havia acontecido. Foi preciso escoltar os professores para que viessem. Eles vieram, e acho que foi um bom início.

Ouviam-se apenas as folhas das árvores, batendo levemente umas nas outras, empurradas pela brisa fresca do entardecer.

— Um sucesso. Não gratuitamente, temos, ainda agora, tanta gente por aqui, trocando ideias, discutindo, como se quiséssemos aproveitar o dia até o último minuto.

Pigarreou, alteou a voz:

— Mas a repressão não está feliz com nosso sucesso. Não está feliz, nem um pouco feliz.

Mais uma pausa. Nenhum ruído. Era como se o tempo houvesse parado, instaurando uma atmosfera elétrica, onde se misturavam nervosismo, medo, angústia e incertezas, adensando o ambiente.

— Soubemos agora há pouco que a Polícia Militar cercou a universidade. Querem certamente repetir as violências de sempre. Quem não se lembra do que houve no ano passado, quando uma assembleia de centenas de estudantes na faculdade de medicina foi também cercada pela Polícia Militar? Enquanto os soldados bebiam cachaça, servida pelas chefias, a repressão, covarde, aguardou a chegada da noite, o silêncio da noite, o vazio das ruas, o vazio da noite, para então, e só então, depois de cortar a água e a luz da faculdade, desferir um ataque em regra contra os estudantes desarmados. Na escuridão, obrigados a passar por fileiras de soldados embriagados e raivosos, fomos espancados e humilhados sem piedade.

Alguém gritou:

— Cães, não passam de cães!

O orador atalhou, irônico:

— Não ofendamos os cachorros, companheiro, eles são muito piores do que o pior cão que já passou pelo mundo.

Risos nervosos. Ele continuou:

— Nós não esquecemos nem perdoaremos, foi um massacre, uma vergonha, o massacre da Praia Vermelha. Assim o episódio passou para a história das lutas estudantis do Rio de Janeiro.

E perguntou, incisivo:

— Vamos repetir esta mesma história um ano depois?

A indagação bailou no silêncio pesado da pequena multidão.

— Eu sou da opinião de que não devemos repetir esta história. Sabemos bem que há deputados, padres, jornalistas e mais gente bem-intencionada tentando negociar uma saída pacífica.

Esperou para que as suas palavras fizessem efeito:

— Vamos acreditar numa saída pacífica?

— ...

— Não, não vamos acreditar numa saída pacífica, a repressão da ditadura não merece a mínima confiança. E não vamos esperar a noite, pois aí ficaremos isolados como ficamos na faculdade de medicina, no ano passado. Esta é a nossa situação: não vamos ficar aqui. Também não vamos esperar a noite. Vamos fazer então o quê? Vocês estão vendo aqueles portões ali?

Apontou para o seu lado direito, e centenas de olhares convergiram nessa direção. Portões pesados de metal cinzento separavam o pátio da universidade da avenida adjacente.

— Vamos abrir os portões e vamos sair na marra! Que todos aqui se armem como puderem. Pedaços de pau, pés de cadeiras, tampos de mesa, barras de ferro, galhos de árvore, correntes, o que cada um tiver, o que houver na mão de cada um vai virar uma arma de defesa...

Interrompeu-se um segundo:

— ... e de ataque também.

O silêncio continuava pesando, mas ouviam-se agora ruídos secos por toda parte: dos pés de cadeira surgiam toscas barras de ferro, e de mesas quebradas e galhos partidos brotavam pedaços de pau, afiados com canivetes, lanças imperfeitas improvisadas...

O orador parecia agora muito calmo:

— Os PMs lá fora não são gigantes. São pessoas como nós. Os uniformes e os escudos deles vestem o medo que eles sentem. Mas nós também temos medo, certo? Temos ou não temos medo?

— ...

— Sim, temos medo, mas vamos lidar com o medo, porque a isto chamamos coragem, quando a gente olha nos olhos do medo e segue em frente.

Continuou, e sua voz agora transmitia raiva e indignação:

— Pessoal! Há anos temos vindo às ruas protestar, manifestar. Sempre correndo da polícia. Sempre apanhando. Perseguidos, humilhados, ofendidos, batidos. Hoje vai ser diferente. Nós vamos tomar a iniciativa. Hoje, nós é que vamos dar porrada! E temos três vantagens. A primeira, que é uma grande vantagem: eles não estão esperando que a gente saia. Vamos aparecer de surpresa, e a surpresa é sempre uma arma para quem dispõe dela. Segunda vantagem: estamos na hora do rush, a rua aí em frente está cheia de carros e ônibus, meio engarrafados pelos sinais em frente, e nós já aprendemos há muito tempo a andar pelo meio dos carros, dificultando a ação da polícia. Terceira vantagem: eles estão dispersos, espalhados nas várias entradas e saídas da universidade. Aqui na nossa frente, atrás destes portões, estão apenas pequenos destacamentos.

Parou um instante, teatral. E retomou a fala:

— Os colegas da segurança vão abrir os portões. Nem bem abertos, não vamos esperar que fiquem completamente abertos, já sairemos. E vamos sair daqui correndo. Correndo e gritando. Alto, muito alto. Como nunca gritamos na vida. Só que não vão ser gritos de dor e de fuga, mas de raiva e de decisão. Vai ser a hora de eles fugirem. Hoje são eles que vão levar porrada! Vamos sair em três colunas. A primeira vai tomar a esquerda, no sentido de Copacabana. A outra, direto em cima deles. Uma terceira, à direita, vai tentar alcançar Botafogo. Eles não vão poder se ocupar de todos nós, inclusive porque nós, agora, é que estaremos nos ocupando deles.

E, já pulando de cima da mesa onde estava, foi gritando:

— Abram os portões! Em frente! Porrada neles!

O que se viu ali nunca antes fora visto. Centenas de estudantes, mãos para cima, pedaços de pau voando por toda parte e com gritos de fúria, revoltados, furiosos, correndo em todas as direções, dispostos a tudo, vencendo o medo, indignados, empolgados, decididos, determinados.

Um PM que estava perto do portão se desequilibrou, perdeu o pé e caiu de costas no chão. Foi como um sinal para os soldados que ali estavam: desorientados, eles recuaram, alguns já puxando a fuga, deixando cassetetes e capacetes no chão. Surpreendidos, em minoria, estatelados, os PMs mal conseguiam se defender, escudos ao alto, alguns já em desabalada carreira, vexados, amedrontados.

Como se movidos por uma misteriosa sincronia, do alto dos edifícios, os vizinhos, que antes apenas observavam a cena, começaram a participar e a jogar do alto tudo que tinham à mão em cima dos policiais. Lançados pelas janelas desciam cinzeiros, cadeiras, máquinas de escrever, houve até um vaso sanitário na cabeça de um PM, que caiu, desacordado.

Uma cena incomum, uma espécie de redenção.

O dia da caça.

A explosão

O quartel-general do Exército amanheceu engalanado. Até um tapete vermelho novo aparecera na entrada do hall. Às dez da manhã em ponto, conforme o previsto, surgiu o comandante, cercado de auxiliares. Faria uma entrevista coletiva para apresentar os planos sobre a Semana da Pátria.

De uma tribuna de madeira envernizada, empertigado, o general, com voz pausada, durante longos cinquenta minutos, discorreu sobre um sem-número de iniciativas destinadas a "incentivar o espírito patriótico" do povo e promover um "inédito congraçamento" entre brasileiros, do Oiapoque ao Chuí. No final, parecendo satisfeito, dispôs-se a considerar questões dos numerosos jornalistas que ali se apinhavam, representando a imprensa escrita, as rádios e as TVs.

Desceu da tribuna e abriu os braços:

— Perguntas?

Os homens de imprensa aproximaram-se, os microfones chegando perto de sua boca, como se fossem armas. Surpreendido, o general fez esforços para manter o controle.

— General, a população está reclamando dos assaltos a banco, isso vai continuar até quando?

— Rapazes, perguntas sobre as comemorações...

— Mas, general, o que está de fato acontecendo? Os revolucionários parecem ter a iniciativa e...

— Meu caro, os revolucionários neste país somos nós, estamos governando. Você deve estar se referindo aos terroristas, é assim que deve designar estes caras, terroristas, é o que eles são.

— Está bem, general, mas como o governo vai responder a esta onda terrorista?

— A polícia está investigando, e nos próximos dias teremos boas notícias a respeito desses grupos impatrióticos que...

— E as bombas, general? Ontem à noite mais duas bombas explodiram no centro da cidade, arrebentando vitrines de bancos e do consulado dos Estados Unidos... as pessoas estão vivendo com uma sensação de insegurança. O que tem o Exército a dizer sobre isto?

A essa altura o general já estava francamente irritado:

— Eu vim aqui falar das comemorações...

— Mas o Exército está ou não está sendo desafiado?

— Meu filho, ninguém aqui neste país tem peito para desafiar o Exército. Reitero, porém, que a entrevista é sobre as comemorações...

— Mas a repressão ao terror não é da alçada do governo federal, do Exército?

O general torcia o rosto:

— Não é da competência do Exército, mas da polícia. O Exército só intervirá se e quando for chamado. Agora, já que vocês estão perguntando, eu afirmo que estes terroristas são uns covardes, pois só atacam na calada da noite, à traição, não atacam pela frente, de peito aberto. Eu os desafio, desde agora, a atacar nossos quartéis, nossas tropas, estou aqui esperando por eles.

Tonitruava:

— Aqui estou esperando por eles. Que venham! Duvido que aceitem o desafio, pois não têm coragem para isso, não são homens para isso.

O homem arfava, fazendo levemente ondular as numerosas estrelas que tinha no peito.

— General, uma última pergunta sobre o terror?

Um auxiliar adiantou-se:

— Está encerrada a entrevista.

A dez quadras de distância, quatro jovens observavam a reportagem televisiva:

— Agora, você me diga, este milico é ou não é um babaca?

Sentado no chão da sala, contemplando a carranca do general Catamarca, Leonardo insistiu na pergunta:

— É ou não é um babaca?

A pergunta ficou parada no ar, estagnada. Romildo comentou:

— É uma conversa mole que já dura séculos. As Forças Armadas regulares sempre acusam os guerrilheiros de "covardes", por não atacarem "de peito aberto". Mas esta é a tática dos guerrilheiros: como são mais fracos, atacam quando menos são esperados, de surpresa. E é por isso que levam a melhor. Somos muito menos, mas, quando atacamos, em determinado ponto e numa hora dada, somos mais numerosos.

Sorriu:

— E por isso vencemos. E venceremos.

Além deles, sentados na mesma sala, estavam o Álvaro e a Vânia, que permaneciam calados. Eles faziam parte do grupo que havia posto as bombas que tinham explodido na noite anterior, as bombas que tanto haviam irritado o general. Álvaro era sargento de profissão, da Polícia Militar, tinha dado baixa há uns meses para se dedicar de corpo e alma à revolução. Era lento no falar, ponderado:

— O cara é um babaca, sem dúvida, mas não é que podemos responder ao desafio lançado por ele?

— Como assim? — indagou Vânia.

O sargento olhou para os outros três:

— Ué... o tanto de dinamite que a gente ainda tem... dá pra encher duas caminhonetes e arrebentar alguns quartéis.

Entreolharam-se.

— Você está brincando... ou... falando sério?

— Mais sério do que nunca. Basta a gente pegar uma caminhonete, enchê-la de dinamite e...

— E...? — interessou-se Leonardo.

— Gente, conheço muito bem aquele lugar. Uma das portas do quartel, de onde o general Catamarca caga regra, dá para uma pequena rampa, uma espécie de ladeira. Se a gente levar a caminhonete até lá, é só embicá-la em direção ao alvo, abaixar o freio de mão e deixar deslizar a bichinha. Ela irá direto para onde a gente quer e explodirá no momento certo, é o caso apenas de ajustar bem a espoleta.

O sargento falava com a segurança de um profissional. Os outros três ficaram boquiabertos com a ideia, matutando.

— Precisamos obter autorização da organização... — ponderou Leonardo.

O sargento respondeu convicto, ecoando um slogan lançado por Fidel Castro e muito popular entre todos os partidários da luta armada contra a ditadura:

— O revolucionário não pede licença para fazer a revolução.

Vânia atalhou, maliciosa:

— Você está certo de que a revolução tem a ver com a explosão da porta de um quartel?

Começaram a discutir, como sempre. Já era alta madrugada quando resolveram partir para a ação na manhã seguinte.

A explosão que se fez ouvir às nove horas da manhã atordoou a vizinhança do bairro, quebrou vidros dos edifícios próximos e arrebentou completamente a porta de ferro do quartel do 4º Exército. Morreu, destroçado, o soldado Carlos Figueiredo, de apenas dezenove anos, que montava guarda. Quando soube, o general Catamarca ficou apoplético, foi necessário ministrar de urgência um forte calmante para evitar que o homem estourasse de tanta raiva.

Entre os quatro autores da ação, restou um misto de euforia, por terem *respondido* ao desafio do general, e de contrariedade pela morte do soldado.

— Um menino... — repetia Vânia, meio catatônica.

— A gente não contava com esta — murmurava Leonardo —, não estava nos nossos planos...

Foi a vez de Romildo falar:

— Mas o que vocês imaginavam? Que a porta do quartel estivesse desguarnecida?

Álvaro, também tentando neutralizar os remorsos, pontificou:

— Gente, não dá para fazer revolução com punhos de renda. Sempre haverá perdas de vida. E de vidas inocentes. E pensem no seguinte: o garoto que morreu podia ser inocente, não duvido, mas estava ali representando o Exército, que não é nada inocente, pois oprime e reprime o povo.

E completou, tentando fechar a discussão:

— Quantos garotos, velhos, mulheres e homens-feitos já não morreram vítimas da repressão dos Senhores de Terra? E de fome? E de doenças evitáveis se vivêssemos em uma sociedade um pouco mais justa? Digo a vocês: se a revolução for pra frente, como nós queremos, ainda vai morrer muito mais gente. E não poucos inocentes.

Naquele exato momento, a televisão mostrava imagens de uma grande passeata no Rio de Janeiro. Depois de semanas e semanas de lutas de rua, algumas de grande violência, os estudantes tinham, afinal, conquistado o direito de se manifestar. Dezenas e dezenas de milhares de estudantes, e mais intelectuais, advogados, jornalistas, a classe média em peso. O assistente do locutor transmitia da rua:

— Orlando, estão falando em 80 mil, 100 mil pessoas.

Envolvendo a sua voz, ouviam-se os gritos das pessoas:

— Abaixo a ditadura! Abaixo a ditadura!

Vânia, ainda meio perplexa, repetia, como se falando para si mesma:

— O que a ação que fizemos teve a ver com a revolução? O que a ação que fizemos tem a ver com esta passeata?

Emitidas, as perguntas ficaram rodopiando sobre as cabeças dos quatro revolucionários.

Os sanduíches

Esperaram a noite escorrer e, quando resolveram entrar no Templo do Chopp, um bar conhecido, já eram 2h30 da madrugada de segunda-feira. O caixa deveria estar gordo, pois ali, nas gavetas ou em algum cofre, acumulava-se a féria das três noites mais concorridas de qualquer bar, quanto mais daquele, frequentado pela juventude dourada de Ipanema.

Entraram tarde para não encontrar quase ninguém. Além de diminuir a hipótese de serem vistos, era menos gente a render e a *mandar para o banheiro*, como já estava se tornando hábito naqueles tempos de *expropriações financeiras*, como as ações eram chamadas por eles com uma ponta de ironia.

Logo perceberam que haviam subestimado os boêmios do bairro. Numa mesa, junto da porta, seis ou sete pessoas riam e ensaiavam canções da moda. Já estavam bastante altas, trocando risos e brindes sem parar. Mais ao fundo, um casal se entretinha num papo brabo, olho no olho, cabeças próximas. Não dava para saber se era uma paquera em fase inicial ou uma DR daquelas que acompanham o interminável fim de uma relação amorosa que já dera o que tinha que dar. E ainda tinha um cara, solitário, lá no fundo, pensando na morte da bezerra, olhos no infinito, como se tivesse levado um fora. Será que, àquela altura da noite, ainda esperava alguma coisa de bom acontecer para ele?

Escolheram a mesa que lhes pareceu a mais discreta e sentaram-se os cinco, disfarçando a tensão. Os revólveres estavam em pastas pretas com zíper, a metralhadora num saco maior, e traziam também uma boa sacola para guardar o dinheiro.

Encostou-se o garçom:

— A cozinha já fechou, mas ainda temos sanduíches.

Rodrigo adiantou-se:

— Um chope e um cheeseburger para mim.
Olhando em torno, Júlio perguntou:
— Mais quatro sanduíches e quatro chopes?
A voz do garçom:
— Cheeses para todo mundo?
Assentimento geral.

Mal os chopes e os sanduíches chegaram, perceberam que o solitário pagara a conta, se levantara, contrafeito, e saíra pela porta afora.

Menos um.

Mas o grupo que cantava parecia animado, como se a noite fosse durar para sempre. Quanto ao casal, nem estava aí para o mundo, aquela DR ainda iria demorar.

Rodrigo atirou-se com fome sobre seu sanduíche e o traçou em poucos minutos. Olhou em volta:

— Vocês não vão comer?

Gabriel mal tocara no seu, dera uma mordida e parara. Júlio apenas bebericava seu chope. Mateus, mantendo a metralhadora entre os joelhos, nem no chope tocara. José Antônio também estava mudo, aparentando indiferença.

A tensão infiltrara-se entre eles, sólida como um objeto material.

— Não vão comer? — reiterou Rodrigo.

— Se ninguém comer, vai pegar mal, chamar atenção.

Júlio trocou seu prato com o dele.

— Você pode comer o meu.

— Não quero forçar — retrucou Rodrigo. — Apenas não acho legal ninguém comer nada, pode deixar o garçom de orelha em pé.

Avançou no sanduíche de Júlio.

Bateram as três horas. Graças aos céus, o grupo da cantoria pediu a conta. Mais dez minutos, saíram, aos gritos, felizes. Aproximou-se o garçom:

— Vão querer mais alguma coisa? Vai fechar tudo.

— ...

— Mais nada? Trago a conta?

— Pode trazer mais um chope para mim — disse Rodrigo.

— Mais nada?

— ...

O garçom se afastou. Rodrigo já comera o sanduíche de Júlio e olhava em torno, sem dar indícios de que estava satisfeito.

— Mateus, você não vai comer o seu?

Júlio pegou o prato de Mateus e o trocou com o de Rodrigo, vazio. Três e meia. Mateus segredou para Júlio:

— Vamos mandar ver, o casal terminará a DR deles lá no banheiro.

Júlio consultou o relógio:

— Mais dez minutos.

Rodrigo terminara o terceiro sanduíche. Coçou levemente a barriga:

— Zé, come um pouco aí, só para disfarçar.

— Sem fome — respondeu José Antônio.

— Se você quiser...

Júlio trocou os pratos novamente, e o cheese, já frio, foi aterrissar em frente ao Rodrigo.

— Você vai comer o quarto, cara?

— Estou aqui apenas tentando disfarçar. Vocês não têm fome?

— ...

— Bem, vamos nessa — disse Júlio, pronto para se levantar.

— Espera um pouquinho mais — atalhou Rodrigo. — Deixa eu terminar o meu cheese.

— O seu, Rodrigo, você já comeu há eras...

— Em todo caso, não vou deixar o sanduíche pela metade...

Neste exato momento, o casal se levantou. Continuavam discutindo, mas iriam levar a DR para casa ou para o raio que os partisse. Ainda demoraram intermináveis minutos pagando e conferindo o troco. Enfim saíram.

— Vamos lá — disse Júlio, com voz decidida.

Levantaram-se juntos, Rodrigo ainda comendo um último pedaço do sanduíche que restara no prato. O garçom se aproximou, meio que estranhando:

— Querem pedir a conta?

Foi só terminar a pergunta e já viu os revólveres.

— Para o banheiro, todos.

Em volta do caixa, havia ainda duas ou três pessoas. Ficaram perplexas, sem ação.

— Para o banheiro, isto é um assalto — falou alto e seco o Mateus, a metralhadora apontando, ameaçadora.

Fez-se um silêncio pesado.

— Você, ô do caixa, fica aí e passe a féria. De hoje e das noites passadas.

O homem hesitou.

— Do caixa e do cofre ali embaixo.

— É que não tenho a chave.

Júlio engatilhou o revólver.

— Acho melhor você encontrar.

Ele encontrou. Abriu o cofre. Saiu de lá uma bolada, que passou rápido para a sacola empunhada por Rodrigo. A ação não durou mais do que cinco minutos. Longos minutos. No final, o homem do caixa reuniu-se aos demais no banheiro, apertados, vigiados por Gabriel.

— A chave do banheiro.

Fechou por fora. Guardaram as armas e saíram do bar, caminhando como boêmios depois de uma noite bem vivida. A madrugada, querendo ir embora, dava lugar à aurora. Mais recuado, Rodrigo ainda comentou:

— Pô, deixamos um sanduíche lá inteirinho...

Teoria e prática

— Então, está tudo certo?

O lugar era uma espécie de galpão, tinha uma mesa larga e retangular diante deles, coberta por um mapa onde se viam as artérias de uma região da cidade de São Paulo. No lado direito, três grandes cruzes vermelhas indicavam, numa confluência de ruas, os alvos; três bancos, dois de um lado, como que se apoiando, e, do outro lado, um terceiro.

Segurando uma pequena vara, Jonas apontou:

— Aqui está a nossa esquina, alameda Jundiaí e alameda Brandão Santos. Os dois bancos menores, aqui, juntinhos, perto do cruzamento das ruas. O outro, maior, na Brandão Santos. Desde que o Marighella pegou aquele trem pagador, nunca tivemos uma ação igual. Estou falando do dinheiro que a gente pensa arrecadar.

Continuou com voz firme:

— Vamos rever mais uma vez nossos planos. Seremos vinte, em cinco carros. Com dois carros, a gente vai bloquear a Santos aqui, um quarteirão antes do cruzamento... e aqui... um pouco depois. A Jundiaí será fechada por um terceiro carro, um pouco antes da esquina. Assim, depois da ação, teremos pista livre para sair pela Brandão Santos, cruzaremos a Paulista e livraremos uma boa vantagem em relação à repressão.

"A sincronia é essencial. Vamos todos acertar os relógios. Agora, dez horas. Às 13h50, os carros A, sob minha chefia, e B, chefiado pela Marisa, encostam em frente aos bancos. Dali a cinco minutos, 13h55, os carros que vão bloquear as avenidas e que farão a segurança da ação, C, D e E, sob coordenação do Jaime, da Violeta e do Sereno, cortarão o trânsito. Trânsito parado, ação começada. Tempo para ação: cinco ou seis minutos, não mais. Terminado o serviço, partem os carros A e B, seguidos pelos demais, todos pela Brandão Santos. Tudo certo, alguma dúvida?"

— Foi confirmado que a segurança é realmente malfeita?

— Sim, ainda ontem houve o último levantamento. Nos bancos menores, um guardinha em cada um, bem burocráticos. No maior, dois guardas com uniforme de uma empresa de segurança. Estarei no carro A, cuidarei destes. O pessoal da Marisa cuidará dos burocratas dos bancos menores. Terminada a ação, deixem os carros nos lugares planejados e dispersem. Os chefes dos carros se encontrarão no ponto de segurança combinado.

— E se der merda, se aparecer a repressão de algum canto inesperado?

Jonas foi incisivo:

— Não deve acontecer, mas, se aparecer na hora da ação, o pessoal da segurança cuidará dela. Se aparecer na nossa cola, o último carro, o E, comandado pelo Sereno, está bem equipado para reagir e dissuadir qualquer perseguição. Acho que não vai ter problema. Os caras continuam facilitando nossas ações, ou por falta de cuidado, porque o seguro paga o prejuízo, ou por excesso de imaginação, já que, como sabemos, eles sempre anunciam uma soma muito superior à que levamos. Suspeitamos que a diferença seja rachada entre os policiais e os gerentes dos bancos. Se der, um dia desses ainda encontramos um desses gerentes para ele explicar o que estão fazendo com a grana. Alguma outra dúvida?

Não, não havia mais dúvida alguma, já tinham estudado todos os detalhes muitas vezes. Os movimentos principais e as hipóteses mais prováveis haviam sido decorados e memorizados. De resto, era impossível prever com exatidão tudo que poderia acontecer. Na execução dos planos mais bem elaborados, sempre aparecia o imponderável, mas os que planejavam bem estavam sempre em melhores condições de lidar com o improvável. Pelo menos era isso o que se dizia.

Jonas olhou para eles mais uma vez.

Eram dezenove jovens, várias moças no meio. Alguns estavam muito calmos. O Sereno, por exemplo. Merecia o apelido, que virou nome de guerra. Sempre calmo, às vezes demais, mas o certo é que esta atitude transmitia segurança aos outros. A Marisa era também fora de série. Ainda muito jovem e já um mulherão. Decisão ali sobrava, maior do que em muitos machões. Outros, nem tanto, era possível observar como esfregavam as mãos, tentando secar a umidade que devia estar se espalhando pelos dedos. Agora, a Violeta e o Jaime também eram bons. Tão jovens, mas esbanjavam coragem e determinação.

Jonas sentia-se determinado, seguro, tinha quase 35 anos de idade, dez, doze anos a mais do que eles, talvez até um pouco mais. Sabia que era quase um *velho* para a maioria deles. Sorriu consigo mesmo. "Velho é trapo", como diziam os que eram realmente velhos, mas que velho que nada, ainda se sentia em plena forma. Fizera carreira sindical entre os ferroviários, antes do golpe, sempre na liderança das greves. Batera-se como um bravo nos enfrentamentos com a repressão e nos piquetes de greve. Fora preso, solto, preso, solto. Mas, depois... depois viera aquela derrota sem resistência, humilhante, desmoralizante, ficara atordoado por um bom tempo. A recuperação foi lenta, dolorosa, mas não tivera problema em acompanhar e aprovar a crítica de Marighella à direção do Partidão. Os dirigentes eram os culpados. Haviam deixado passar uma oportunidade de ouro de mudar o país. Bem, agora outras chances seriam criadas. O principal é que o tempo corria a favor deles, dos que estavam agindo, da revolução. Era uma coisa que acontecia em todo o mundo. O que acontecera em Cuba não fora por acaso. A morte do Che, sim, fora um acidente. Não deteria o curso positivo das coisas. O mundo, afinal, avançava para o socialismo.

Mas havia uma coisa estranha ali e que ainda compreendia mal. É que não conseguia ver entusiasmo entre os seus antigos companheiros de lutas sindicais. Pareciam desencorajados, desencantados. Depois do golpe, engatou-se um marasmo infindável. Em vez de virem para a luta, ficavam lambendo as feridas, incertos, duvidosos. Estariam amedrontados? Em todo caso, pareciam desanimados. E quem aparecia para a luta? Os estudantes, quase todos pequeno-burgueses, sem experiência, mal conheciam a vida, de onde extraíam a vontade de lutar?

Olhou de novo para os jovens.

De onde tiravam toda aquela decisão, se eram ainda tão jovens? E, ainda por cima, que surpresa, pequeno-burgueses... Nos cursos que fizera no Partidão, ensinava-se que a classe operária é que tomaria a frente do processo revolucionário. Como operário, quando aprendeu isto, Jonas teve orgulho de sua condição de trabalhador, estava certo de ter alcançado o que os dirigentes do Partidão chamavam de *consciência de classe*. Tinha mesmo consciência e orgulho de sua classe, a classe operária. Antes do golpe, tudo parecia indicar que se aproximava um grande enfrentamento, e Jonas se sentia como um peixe dentro d'água, nadando na corrente, de acordo com a corrente, com a História, com H maiúsculo, como enfatizavam os dirigentes.

Os jovens agora olhavam para ele, esperando o comando. Olhou de volta. Não tinha por que duvidar da coragem deles. Não a entendia direito, mas já tivera oportunidade, na prática, de ver que eles cumpriam. Era uma coisa que parecia improvável, mas acontecia.

Jonas sacudiu a cabeça, querendo afastar aquela linha de raciocínio. Sorriu no íntimo e disse baixinho para si mesmo:

— Aqui tem uma coisa que não funciona. Ou a teoria está errada ou a realidade é que está errada. Ou a teoria na prática é outra coisa.

— Você disse alguma coisa? — indagou Violeta.

— Nada não, companheira, vamos para a guerra. É a guerra que vai trazer luz a essas trevas.

— Que trevas, Jonas?

— Trevas de um pensamento cão, mulher.

Decidido, sentiu-se vivo e esperto como sempre quando partia para uma ação arriscada:

— Vamos lá, pessoal, hora da verdade, vamos para a nossa esquina da sorte.

A encomenda

— Quer dizer que você desiste mesmo da carreira política?
— Meu pai, eu não propriamente desisto, pois desistir significa deixar de querer algo que você já desejou ou ainda deseja. Na verdade, nunca pretendi ser um político profissional e...
— Mesmo com todas as condições que eu te ofereço?
— Agradeço, meu pai, são condições muito boas, é que me falta vocação.
— O que você está dizendo é definitivo?
Zeca olhou o pai com um sorriso amigo:
— Pode botar definitivo nisso.
O governador Sandoval Campista não se conformava com a resposta do filho. O rapaz iria se formar naquele ano em medicina, como ele, há trinta anos, embora em outra especialidade. Campista fizera uma longa carreira política: prefeito da cidade onde se estabelecera como médico, deputado estadual, deputado federal, senador e, finalmente, governador. Considerado um político habilidoso pelos correligionários, honesto no trato do dinheiro público, dispondo de boa popularidade, segundo pesquisas que mandava fazer, ambicionava passar o bastão para o filho mais velho, José Carlos, mas este refugava, a bem da verdade, não de hoje, aquela recusa já vinha de muito tempo.
— Não me conformo, Zeca, você tem, sim, vocação política, inteligência não lhe falta, sabe falar, articula bem o pensamento, é agregador, persuasivo, seu pai é governador, seu tio, deputado federal, temos amigos em toda parte, sua eleição seria um passeio. Você fala em vocação... o que é ter vocação política? Não é pensar no bem comum? Não é querer mudar a sociedade para melhor? Francamente, não compreendo.
— Quero ser médico, meu pai. Como o senhor sabe, me formo este ano. Como psicanalista, quero me dedicar aos jovens, compreender seus problemas e angústias. Vou ajudar a mudar, sim, mas de outro modo.

— Mas eu também comecei como médico...

— Mas logo tomou um novo caminho, o seu verdadeiro caminho, meu pai, não à toa fez esta carreira brilhante que foi, que está sendo, vencedora. Mas eu tenho uma maneira diferente de ver a vida...

— Você está escondendo o jogo, eu sei qual é a verdade nesta história...

— Qual é a verdade para o senhor?

— A verdade é que você censura o rumo que a Revolução tomou. Como muitos, você deve chamar o governo de ditadura. Pensa que eu não sei?

— Não é bem por aí...

— Você pensa que eu não sei? Vocês, jovens... com a idade, a gente vai aprendendo que não se faz o que se quer, mas o que se pode fazer, o que as circunstâncias permitem que a gente faça...

— Meu pai, o senhor, no fundo, também não gostou do caminho que o país foi tomando...

— Não gostei mesmo, mas e daí? Como eu disse, a gente vive e trabalha em condições que não inventamos, mas que são dadas, Zeca, por forças que nos ultrapassam. Mas se você fica na luta, sempre consegue fazer alguma coisa boa que não seria feita por outros, ou evitar que coisas ruins aconteçam. Vou te dar um exemplo...

Mas Zeca o interrompeu, desconfortável com aquela conversa:

— Em todo caso, este não é o problema. Quero ser médico e digo mais ao senhor, vou para o Sul, para o Paraná, pretendo me estabelecer lá...

— Como assim? Longe do pai e da mãe, dos irmãos, dos parentes, das condições que são as tuas?

— Exato, os problemas me encorajam, gosto de lidar com novos desafios, que sejam difíceis, de preferência.

Encerrando o assunto, José Carlos sorriu o sorriso confiante e persuasivo que era uma de suas qualidades. O filho era assim mesmo, ruminou o velho político: doce nas palavras, firme na decisão e na ação. Recordou-se, uma vez, há muitos e muitos anos, quando lhe dera uma surra, nem se lembrava o porquê.

— Vai apanhar até chorar!

— Pai, você não vai me fazer chorar!

Bateu com força, a valer, mas Zeca ficou firme, encarando-o. No final, parou de bater, desistiu, envergonhado de ter feito aquilo, deu as costas, arrependido. Nunca mais encostou um dedo nele.

O pai largou os pensamentos passados e voltou ao presente, à conversa:

— Tudo bem, mas tem que ser em outro estado, longe da gente?

— Quanto maior o desafio, melhor pra gente medir nossa capacidade.

— Posso te fazer uma pergunta, meu filho?

— ...

— Você vai responder com franqueza?

— Claro, meu pai, ora essa!

— Você tem vergonha de seu pai? De seu pai ter virado um governador da Revolução, ou da ditadura, como vocês dizem por aí...

— Nenhuma vergonha, meu pai, ao contrário, orgulho, pelas coisas que o senhor fez e ainda fará. Pela sua honestidade pessoal. Sei bem que o senhor também pretendia outro caminho, que a Revolução, como o senhor a chama, seria breve e o país retornaria ao regime democrático. Mas, como o senhor mesmo disse, as coisas, muitas vezes, não são como a gente gostaria que fossem. Acho que o senhor faz o possível, em condições que o senhor, muitas vezes, não consegue controlar. É um pouco por causa disso, aliás, que vou ser médico lá no Paraná, vou em busca de uma vida em que possa controlar melhor as condições que me cercam.

— Muito bem, estamos conversados, não voltarei à questão com você.

Endireitou o corpo:

— Mudando de assunto, parto hoje para Aracaju, preciso reassumir o posto. O Fonseca, meu vice, já está resmungando que há muito trabalho, quem se elegeu fui eu, que eu descasque os abacaxis...

— Estou sabendo, meu pai, e queria te pedir para levar uma nova encomenda da parte do Celestino.

— Outra vez?

— Só mais esta, meu pai.

— Meu filho, Celestino é um subversivo, você não ignora isto, certo?

Zeca sorriu:

— O que sei é que Celestino é meu amigo. Nosso amigo.

— É mais seu do que meu.

— Mas é seu também, almoçava e jantava lá em casa sempre e tinha altas conversas com o senhor.

— É por causa dessas conversas, dessas altas conversas, que sei muito bem que ele é um subversivo convencido. E perigoso.

— Ele é nosso amigo, meu pai. Isto basta para mim e para nós, pois não estou dizendo nada de novo para o senhor, pois foi isto mesmo que o senhor me ensinou.

— Você está me dando uma lição, meu filho?

— Não, meu pai, estou repetindo uma lição que o senhor me ensinou.

O velho pareceu resignar-se.

— E esta encomenda, do que se trata?

Zeca chegou para o lado e fez ver duas sacas de feira, grandes, bem reforçadas. Dentro, vários pacotes atulhados, de papel pardo, de tamanhos diferentes, amarrados com barbante branco.

— O que é isso, Zeca?

— ...

— Não é droga, é?

Zeca respondeu rápido:

— Como é que o senhor vai pensar uma coisa dessas? Claro que não é droga!

— E o que é, então?

— Sei lhe dizer o que não é. O que é... Só sei dizer que foi o Celestino que mandou, e ele é um cabra de confiança, como o senhor está cansado de saber.

— Quer dizer que você sabe o que não é, mas não sabe o que é!

— É isso aí.

Fez-se um silêncio prolongado. Zeca perguntou, baixinho:

— Vai levar?

Levantando-se, o velho apenas disse:

— Eu levo.

— Severino! — gritou para o chofer do governo. — Pega esta tralha e bota lá na mala do carro. E, virando-se para Zeca:

— Quem vai apanhar e quando?

— Amanhã mesmo, um amigo do Celestino passa lá na sua casa e apanha.

O velho olhou firme para Zeca:

— Olha lá o que você e o Celestino estão me aprontando.

No dia seguinte, a empregada, a Zélia, avisou:

— Governador, hoje cedinho passaram dois meninos e levaram as sacas.

Sandoval não esperou 24 horas para ouvir a voz do chefe da polícia no telefone:

— Governador, a universidade está infestada de panfletos contra o governo federal e contra o seu governo também. Não consigo atinar como isto está acontecendo, pois a estudantada estava sob vigilância cerrada. Esta porcaria subversiva deve ter vindo de fora do estado.

— Investigue, Borges, investigue, esta é a sua função.

Desligando, Sandoval olhou o horizonte, sério, mas seus olhos sorriam, com malícia. O mar batia nas praias de Aracaju, ele respirou fundo e se serviu de uma dose de uísque.

A fuga

Procurei me lembrar: hoje eu tinha um ponto com a Direção-Geral, a DG. Seria na esquina da avenida Paulo de Frontin com a rua Campos da Paz, no Rio Comprido. Pensei distraído na palavra "ponto". Ponto queria dizer lugar de encontro. Uma gíria herdada do velho Partidão. A gente arrebentou com o Partidão depois do golpe de 1964, tábula rasa, lixo da história, tudo recomeçaria com a gente, marco zero de um novo tempo, uma nova revolução, inventada só por nós. Para nós. Mas guardamos suas gírias: além de ponto, "aparelho", lugar onde o cara clandestino ficava escondido. Só as gírias ficaram? Quem saberia dizer ao certo quantas heranças trazíamos do PCB, incrustadas na nossa cabeça? Não teria valido a pena pensar melhor sobre a tradição do velho partido? Não haveria ali algo a ser salvo, além das gírias conservadas na prática do dia a dia? Divagações...

Eu estava era apertado naquele terno novo, dera para andar engravatado a fim de me adequar à história que contara ao senhorio do quarto alugado. Estagiário num escritório de advocacia. Saía de manhã, voltava à noite, tendo ou não o que fazer.

Pisei na esquina na hora marcada, justo quando o fusquinha, dirigido por Rodrigo, encostava de mansinho no meio-fio. Ronaldo, ao lado dele, chegou-se para a frente, inclinou o banco, abriu a porta. Pulei atrás:

— Tudo bem com vocês?

Os outros dois olharam e sorriram, amigáveis.

— Bem, a ordem do dia — falou Ronaldo — tem os seguintes assuntos: um, próximas ações; dois, documentos frios; três, aparelho para Lucinda; quatro, imprensa; cinco, próxima conferência.

Estava reunida a Direção-Geral da Dissidência Comunista da Guanabara, a DI-GB, a organização revolucionária mais charmosa do país, como eu gostava de dizer. "Desde que continue pequena", enfatizava Ronaldo, sempre irônico. Nada de crescer. Fiquemos assim mesmo, só entre amigos, assim evitamos infiltrações da polícia.

Este nome pomposo, Direção-Geral, ou DG, fora conferido pela conferência de abril de 1969, quando tudo ainda parecia promissor para a organização revolucionária que, então, radicalizava suas propostas e para a revolução com que todos sonhávamos. Marighella anunciara a guerrilha rural para o ano seguinte. Apesar de algumas quedas — olha aí mais uma gíria do Partidão: "queda" queria dizer prisão —, as ações armadas se desdobravam no Rio e em São Paulo. Também em Belo Horizonte. Aconteciam mesmo? E ouvia-se dizer que o mesmo ocorria em Brasília, Fortaleza, Recife e Porto Alegre. A imprensa não dava nada, censurada. Aqui e ali filtravam-se algumas coisas, era preciso ler e deduzir algo entre as linhas.

Rodrigo enunciava as ações planejadas, mas eu mal conseguia ouvir. Confiava nele, duro como pedra.

— De acordo — confirmou Ronaldo.

— E você, Gabriel?

— Ok.

Ouvi de longe Ronaldo cantar o segundo ponto: documentos frios.

Imergi em meus pensamentos: a coisa toda começara a apertar desde o fim do primeiro semestre de 1969, quando o grupo de fogo da Colina (Comandos de Libertação Nacional) caiu quase todo de uma vez, lá em Belo Horizonte. Mesmo assim, a polícia política continuava atordoada com as ações desferidas pelas organizações revolucionárias. A repressão ainda não estava preparada para esta forma de luta, corria atrás como uma barata perdida. Colina, belo nome, bela sigla, muito maior, claro, do que a realidade do pequeno grupo que tentávamos estruturar. Algumas poucas ações e quase todos foram presos. Seria o nosso destino?

— Tá todo mundo dizendo que os documentos estão uma merda — disse Ronaldo, dirigindo-se a mim com aquele olhar que a ironia nunca abandonava.

— É a primeira fornada. Vai melhorar — eu disse. — Na segunda, trataremos de aperfeiçoar.

— Só que pode não haver segunda — devolveu Rodrigo —, se todos cairmos com a primeira.

— Vai melhorar — insisti. — A que está rodando aí dá pro gasto. Já estamos preparando uma nova, encaminhem as fotos dos que mais precisam, vai ficar bom.

A gente tinha talento para inventar nomes pomposos. Colina, Comandos de Libertação Nacional, como se houvesse dezenas de grupos, de comandos. Só havia um e olhe lá; numa redada, caíram quase todos. E a DG? A DG estava agora se reunindo num fusquinha. Direção-Geral... geral de quantos?

O tempo da leveza acabou depois da captura do embaixador norte-americano. Ação espetacular. O povo gostara: quem não gosta de ver um governo, qualquer governo, principalmente uma ditadura arrogante e prepotente como aquela, ficar de joelhos, obrigada a ler os manifestos revolucionários em cadeia nacional, a libertar os presos que eram exigidos. A ditadura, pela primeira vez, ficara a reboque dos acontecimentos. Ação limpa, sem mortos e feridos. Limpa e grande, muito maior do que nós todos que fazíamos ações pelo país afora. Feita com a ALN, a Ação Libertadora Nacional, outro nome bem escolhido, ela traduzia bem nossas convicções e projetos. E esperanças. Ainda teve uma astúcia mais: assinamos como MR-8, Movimento Revolucionário 8 de Outubro, dia e mês do assassinato do Che lá na Bolívia, em 1967. O Cenimar, o Centro de Informações da Marinha, anunciara no primeiro semestre o fim do MR-8, um grupo revolucionário que se formara em Niterói, de orientação foquista, gente brava, destemida, abriram um campo de treinamento no interior do Paraná, foram pegos, torturados, demolidos. O Cenimar anunciou triunfante: acabou o MR-8. Aí nós assinamos a ação como MR-8. ALN e MR-8 assinavam os manifestos. Contrapropaganda. Jogo bem jogado. A polícia sabia que o MR-8 tinha acabado, mas devia estar confusa com aquilo: quem estaria por trás daquele jogo? Ponto para nós.

Logo depois da ação, porém, perdemos o Júlio. Sentimos muito, ele era bom sujeito, querido por todos. Sempre calmo. Calmo e tenso. Qual era a angústia que ele trazia nos olhos? Já desconfiava de que estávamos entrando num beco sem saída? O Tomás saiu também, foi para Cuba, articulado com a ALN. Fiquei só na DG. No lugar do Júlio e do Tomás vieram Rodrigo e Ronaldo. Começamos a ser espremidos. A base estudantil sofrendo quedas e quedas. Um nunca acabar de quedas. Onde iríamos parar?

— Gabriel, você está distraído? O que fazemos com a Lucinda? — repetiu Ronaldo.

— Hã... claro, claro, o que vamos fazer com ela? Sugiro atender ao pedido dela, enviá-la para a Bahia, onde ficará mais segura e fará uma boa conexão com o pessoal de lá, um reforço. Quem sabe não vamos todos parar um dia na Bahia?

Os outros dois sorriram e concordaram com a proposta.

— Ponto quatro, imprensa.

Eu gostava do Ronaldo. Sempre calmo, com aquela maneira de olhar de baixo para cima, irônico. A Marta o amava demais. Cheguei a namorar com ela, mas o amor pelo Ronaldo falou mais alto. A Marta gostava de namorar, só que amor mesmo ela tinha era pelo Ronaldo. Azar o meu, pensei.

— Bem, quanto à imprensa, acho que deveríamos fazer uma tribuna de debates para a próxima conferência, para que todos possam dizer o que estão pensando do momento atual. Que fazer? Continuar como antes? Recuar? Suspender as ações?

— Fugir? — sugeriu o Ronaldo, com um sorriso rápido.

"Tribuna de debates"... mais uma herança do Partidão. Antes dos congressos, sempre organizados pela direção, havia um tempo de liberdade de expressão, a tribuna de debates. O resultado já estava definido, a direção ganhava todos os congressos. Os que perdiam rachavam, ou eram expulsos, davam o fora, tudo em nome do proletariado e da revolução.

— Olha aí — falou Rodrigo com uma voz estranha, temperada pela tensão. — Vocês fiquem calmos, mas desconfio de que estamos sendo seguidos. Já há algum tempo, um camburão está na nossa cola, não grudado, mas vem por ali, uns dois carros de intervalo. Já virei e revirei e eles continuam...Vou acelerar, apertem os cintos que o avião vai decolar.

Decolou. Saímos voando. Mas o camburão também acelerou. Estavam atrás.

— Vou acelerar mais, temos de arranjar um jeito de sair fora, pois os caras já devem estar mandando ou já mandaram rádio para outros, o cerco vai se fechar em algum momento — falou a voz do Rodrigo, tensão a mil.

As sirenes, ainda longe, ouvidas. O reforço dos caras estava chegando. Hora de desembarcar, cada um para o seu lado, a ver se pelo menos alguém escapava.

Rodrigo conseguiu botar distância e virou bruscamente à direita, entrando numa rua escoltada por casinhas tijucanas, baixas e silenciosas. Logo que entramos, percebemos a fria: a rua era fechada, um muro no fim. Um beco.

Rodrigo gritou:

— Para fora, correndo até o muro. Pulamos o muro e escapamos do cerco.

Nem bem abrimos as portas e saltamos para fora, já o camburão dobrava a esquina e os homens começavam a atirar. Rodrigo voou como uma flecha, alcançou e pulou o muro em segundos. Saí correndo, as balas zunindo. Ouvi Ronaldo ao meu lado:

— Abaixa a cabeça, cara, corre!

Eu me sentia lento, pesado, apertado naquele terno, sem jeito, abaixei tanto a cabeça que fui caindo, caí no chão, esparramado, o revólver escapuliu da mão, o medo comendo minhas entranhas.

Tentando levantar e apanhar de novo o revólver, vi o meganha se aproximando, de esguelha, olhei seus olhos de fúria e de ódio.

Num flash, pensei: vou morrer.

Foi aí que, saindo do nada, apareceu o Ronaldo em pessoa, de revólver na mão. Trocou tiros com o policial, os tiros estalavam, secos, e o cara caiu de lado, ferido.

— Levanta, cara, corre — me ajudou Ronaldo.

— Não vou conseguir, é alto demais.

Mas o Rodrigo estava lá, pendurado, do outro lado, gritando:

— Venham que dá, eu ajudo.

Tropeçando, chegamos lá. Rodrigo me ajudou a pular. Ronaldo ainda olhou para trás. O tira caído estava sendo ajudado pelos outros. Pulamos do outro lado, um matagal. Corremos e encontramos uma rua pouco movimentada. Rendemos o primeiro carro. O homem que o dirigia saiu, deixando as chaves. Rodrigo assumiu o volante. Daí a duas esquinas, pulou fora o Ronaldo. Mais duas, pulei eu. Rodrigo foi embora. Nos encontraríamos mais tarde, no "ponto de segurança" (mais uma gíria do Partidão!).

Cheguei em casa aliviado, mas perseguido por uma sombra. Aquilo fora uma advertência. Estávamos cercados.

Sylea

João Francisco chegou meia hora antes, pois sabia que não podia errar. O gringo, quando o contratara, fora muito claro, quase insolente:

— Aqui não admitimos atrasos nem de cinco minutos. Atrasou, fora.

E fingindo amabilidade, num português com sotaque:

— A melhor maneira de não se atrasar, sr. João, é chegar meia hora antes.

Era o que ele fazia desde que pegara o emprego: tomar conta do portão da embaixada norte-americana na rua São Clemente, em Botafogo, no Rio de Janeiro. Era assim que ele se apresentava aos amigos, empertigado:

— Guarda do portão da embaixada americana no Brasil.

Impressionava.

Não era para menos. Carteira assinada, quatro salários mínimos, alimentação farta, variada e da melhor qualidade, e mais o dinheiro da condução. Férias e 13º. O trabalho era ficar das 7h30 às 14h30 no portão principal da embaixada, que dava para a rua. Era para ele ficar prevenido, alerta. Qualquer dúvida ou coisa estranha, avisasse pelo walkie-talkie ao responsável pela segurança, que ficava atrás de uma mesa no hall da casa, guardada por quatro soldados fortemente armados. Dava uns cem passos do portão da rua até lá. Quer dizer, se acontecesse alguma merda, ele avisava e se ferrava, mas os gringos teriam tempo de se defender.

Quando Neusa, sua mulher, empolgada com o novo emprego, mas com certo receio nos olhos, quis saber se não era arriscado, ele desconversou:

— Mulher, quem é que vai se meter com os gringos? Além disso, o governo do Brasil deve proteger aquilo, né? Quer dizer, pelo menos é o que se espera. Você acha que governo vai deixar a embaixada dos Estados Unidos sem proteção? Não, não vai.

Foi convincente. Neusa acalmou-se e entrou no coro familiar dos amigos. João Francisco tirara a sorte grande.

***

Naquele dia, uma quarta-feira qualquer do mês de agosto de 1969, João Francisco já estava no seu posto há coisa de uma hora e meia. Às nove horas da manhã, dia fresco, batia uma aragem boa vinda da praia. Dentro da guarita, ele observava a rua, precavido, quando percebeu de longe, vindo lá dos lados da praia, um carrinho de bebê. Empurrando o carrinho, uma jovem, mais charmosa que bonita.

"Mas que charme!", pensou João, se agitando.

Ele saiu da guarita, aproximando-se da rua, e, quando a jovem passou com o bebê, disparou:

— Moça, posso saber o telefone do bebê?

A moça, no embalo em que ia, ainda deu dois passos e parou. Voltou-se. João estremeceu quando viu as duas esmeraldas nos olhos.

— De que adianta você ter o número se ele não atende o telefone?

João foi para cima, no bate-pronto:

— Mas tem uma moça linda que pode atender no lugar dele...

Ela sorriu, apreciando a tirada, e ficou ali, aceitou conversa. João encadeou:

— Pode-se saber, ao menos, o nome de tão linda princesa?

— Sylea.

— Cileia, bonito nome.

— Você botou "i" demais aí.

— Como assim? Foi você que falou: Ci-lei-a — ele separou as sílabas.

— Não tem "i" no fim, o "e" vem junto com o "a": lea.

— Você tem razão, é isso mesmo — disse ele, e emendou, ladino:

— Deixa o "e" namorar o "a", fica mais romântico.

Ela pareceu não ligar para a insinuação:

— E o "i" lá da frente também não existe: é ípsilon.

— Como é que é? Isto é o quê?

— É uma letra que já não existe mais, mas minha mãe a conhecia, cismou com ela, escreve assim, olha. Pegou num caderninho que estava pendurado na parte de trás do carrinho do bebê e escreveu, em letra grande: Y.

— Que chique, agora entendi: C-Y-L-E-A.

— Errou de novo — divertiu-se a moça —, o nome começa com "s". Repete lá: S-Y-L-E-A.

Ele repetiu, encantado nem sabia bem por quê.

— Puxa, teus pais capricharam mesmo no nome. Arrasou!

— É isso aí, gente pobre capricha nos nomes, pra espantar a tristeza da miséria e do desengano. A vida vem mal? A gente devolve com nomes bonitos. Você não vê os nomes dos bairros pobres: Jardim isso, Jardim aquilo, Paraíso...

— É isso aí — concordou João.

Ela olhava para ele com olhos irônicos. Indagou:

— E o seu? Como é?

— O seu o quê?

— Seu nome...

— Ah, claro — endireitou-se. — Meu nome é simples: João Francisco.

— Bonito nome, gostei. Gosto dos nomes duplos.

Ficaram ali plantados, se olhando. Sylea quebrou o silêncio:

— Vou chegando, João, até mais ver.

— Cê vai passar aqui amanhã?

Ela já ia longe uns três passos:

— Quem sabe o dia de amanhã... Só Deus, seu João.

Abanando a mão, despediu-se.

João passou a manhã inteira com a mulher na cabeça. Nem adiantava tirar, ela retornava. Pensava noutra coisa e, de repente, via-se pensando na mulher. Sylea, que nome estranho! E lindo! E que tentação! Que charme, que olhos, que sorriso...

Continuou olhando para a rua, mas já não vigiava nada, os pensamentos ocupados pela mulher. Aquele nome não lhe saía da mente, parecia um silvo de cobra, deslizando, atraindo a atenção, seduzindo: Sylea.

Chegou distraído em casa, comeu quase em silêncio, nem quis ver TV.

— Ué, mas hoje é o dia do teu programa preferido.

— Pois é, mas acho que estou meio gripado, Neusa, vou até dormir mais cedo.

Fingiu que dormia. Sylea não lhe saía da cabeça. O que estaria havendo? Olhou para o lado, a mulher ronronava, inocente. Libertou-se da insônia quando era alta madrugada.

***

Quando o despertador tocou, às 5h30, pulou da cama, serelepe. Neusa, de pé, preparando o café, olhou-o com vagar:

— Alegre para ir pro trabalho e triste ao chegar em casa...

— Nada disso, mulher, é que a gripe me largou durante a noite. Tô é com pressa, tenho que chegar antes da hora, senão os gringos, ó.

Deslizou a mão espalmada pelo pescoço, imitando um serrote, como se fosse uma guilhotina:

— Se eu atraso, você sabe, os gringos me capam.

Para afastar os maus bofes da mulher, deu-lhe um beijo cuidadoso, um cafuné bem arranjado e... pé na rua. Chegou à embaixada meio ansioso. Direto no seu posto, 7h30.

Ela viria? Não veio...

João disse para si mesmo: acabou, nem vou pensar mais nesta mulher. Vadia... deu aquela bola e nem aparece no dia seguinte. Chegou em casa aparentando normalidade e boa disposição. Neusa gostou. O marido estava de volta. Brincou com as crianças, jantou bem-humorado e a levou para cama como nos bons tempos. Mas João estava era fingindo. Até fodendo, e sua mulher fodia bem, não deixava de pensar em Sylea. Aquilo estava virando uma obsessão.

No outro dia, ainda não batera nove horas, João viu lá longe aparecer o carrinho do bebê, pilotado por Sylea. Alvoroçou-se. Quis aparentar normalidade, mas não conseguiu. Logo que o viu, ela sorriu, como se estivesse satisfeita de encontrá-lo por ali.

— E aí, João, firme no batente?

— Sylea...

Sentiu, contrariado, que se derretia:

— E o bebê, não teve passeio ontem?

— Hã!?

— Você não passou por aqui ontem...

— É... — Sylea desconversou.

Olhando para o amplo jardim, daquele jeito distraído que tanto o agradava, ela perguntou:

— Que casa é esta, João, de quem é?

— Você não sabe?
Ele se empertigou:
— É a embaixada dos Estados Unidos no Brasil. Quer dizer, é a casa do embaixador dos Estados Unidos aqui no Rio, a embaixada fica lá no centro da cidade.
— E você fala inglês, João?
Mulher sabida aquela, como sabia que os norte-americanos falavam inglês?
— Falo o que dá pro gasto.
Sentiu uma ponta de orgulho. Ficaram ali num papo descontraído, fiando conversa. Pouco tempo. Sylea foi logo saindo de fininho:
— Tenho que ir, João, até mais ver.
— Amanhã, você volta? — tinha uma súplica involuntária na voz.
— Pode ser.

Passaram-se dois dias sem que Sylea aparecesse. João não conseguia tirá-la da cabeça, atormentado. Abriu o coração para o compadre. Num jorro, contou a história, tudo. O compadre, cheio de sabedoria no cabelo grisalho, falou com voz suave, numa firmeza que surpreendeu João:
— Você tá é enrabichado, cara! Qual é? A mulher te dá uma bolinha e você fica desnorteado? Endoidou? Tá se apaixonando?! Tem gente entendida que fala que a paixão só leva a gente pro abismo. Você tem que ir ver Mãe Clarinda, fazer um despacho, sei lá, só não dá pra se enrabichar assim por uma dona que você mal conhece.
João concordou, mas sabia que não seria fácil se livrar assim de Sylea. Sentia-a grudada nele, acompanhando-o como uma sombra.
No dia seguinte, João nem a esperava mais, passava das dez horas, e, surpresa! Sylea apareceu sozinha.
— E aí, João, como estão seus amigos americanos? — ela perguntou, com ar de deboche.
— Oi, Sylea, bom te ver, cadê o bebê?
— Hoje é meu dia de folga, João, tava passando por aqui e resolvi, vou bater um papinho lá com o meu amigo da embaixada americana.

Ele respirou fundo, sentia a felicidade se aproximando como se fosse uma onda boa. Resolveu ousar:

— Sylea, você quer dar uma olhada aqui nos jardins da embaixada? Só uma olhadinha.

Ela deu alguns passos para a frente, olhava interessada, como se fizesse um reconhecimento. Daí a pouco, adentrou o portão um carrão preto, a bandeirinha norte-americana tremulando perto do para-brisa. Sylea arregalou os olhos:

— Quem é?

— É o carro do embaixador.

— Ele vai todo dia para a embaixada lá no centro do Rio?

— Todo dia, nunca vi um cara mais pontual.

Sylea pareceu desinteressar-se da conversa. Olhava para a copa das árvores:

— Que beleza isso aqui, João, quanto verde. A conversa está boa, mas tenho que ir.

— Volte sempre.

— Pode deixar.

— Quando, amanhã?

— Só Deus sabe...

Nos dois dias seguintes, sempre empurrando o carrinho, Sylea voltou a passar, mas tinha um ar apressado, apenas um aceno, mal falou com ele. Quando já estava indo, João propôs, meio aflito:

— Venha novamente sozinha, pra gente conversar mais...

— Vamos ver...

— Amanhã?

Sylea apontou para o céu:

— Só Ele sabe.

Mas voltou, tinha ganhado outra folga. Ficaram ali na conversa mole. Em certo momento, João convidou-a a entrar na guarita. Lá dentro, não aguentando de tesão, quis pegá-la, mas Sylea desvencilhou-se:

— Que é que é isso, João!

— Mas Sylea...

— Vamos continuar assim como a gente está, bons amigos.

Bem nessa hora, buzinou o motorista da embaixada, o carrão preto adentrava para pegar o diplomata. Sylea comentou:

— Quer dizer que teu patrão sai todos os dias da semana à mesma hora?

— Você pode até acertar o relógio pela saída dele: 12h30. Nem um minuto a mais, nem um minuto a menos.

Sylea entrou em modo pensativo:

— Tem gente assim, governada pelo relógio.

— Como eu — aduziu João. — Todo dia aqui, de 7h30 às 14h30.

— Vocês são sortudos...

— ...???

— Porque sabem quando as coisas vão acontecer.

— Disso sabemos mesmo — respondeu João, sem muita segurança do que dizia.

— É, João, mas às vezes a vida surpreende e é o improvável que acontece.

Ele ficou intrigado com a tirada. Isso acontecia quase sempre: de repente, Sylea ficava meio esquisita, meio secreta, podia vê-la e senti-la ali ao seu lado, mas parecia que deslizava para fora, para um outro mundo, que só ela sabia qual era.

Passou-se uma semana. Sylea não deu mais as caras. João ia ficando cada vez mais ansioso, andava meio perdido pelas quebradas, um dia até chegou atrasado, cinco minutos apenas, mas já bastou para o chefe lhe dar um esporro sem tamanho, ameaçando despedi-lo. Apavorou-se. Tentou se emendar. Mas custava a se encontrar. Quando já se decidia, incentivado pelo compadre, a fazer uma visita a Mãe Clarinda, o mundo veio abaixo com os rádios e TVs anunciando:

— Sequestraram o embaixador americano!

João o vira sair, como sempre, à mesma hora. Como pudera ter acontecido?

Lembrou-se de Sylea:

— Às vezes, João, é o improvável que acontece.

O país não falou de outro assunto durante vários dias, até que o embaixador voltou para casa, um curativo na testa e o ar meio assustado. Bem-educado, cumprimentou todo mundo e até apertou a mão de João, ele era mesmo um cara legal. O governo é que saiu perdendo: teve que permitir a leitura de manifestos desaforados no rádio e na TV que o esculhambavam com todas as letras e ainda soltar quinze terroristas que haviam aprontado todas.

Mas tudo isso não foi nada diante do susto que João teve, dias depois, ao ver o rosto de Sylea em todos os jornais, acusada de participação no sequestro. Gritando para o compadre, apontava o dedo para a imagem:

— É ela, compadre! Juro que é ela!

— Fala baixo, cara! Não pode ser, homem de Deus, como é que uma babá vai se meter nestas funduras...

— E se ela não fosse babá, compadre, e se ela fosse...

O compadre o proibiu de falar novamente no assunto:

— Bota uma pedra em cima disso. Para salvar teu emprego, tua família e você mesmo.

João Francisco tornou-se um homem calado, cismado. Não conseguia deixar de pensar em Sylea, mesmo sabendo que ela não era Sylea coisa alguma, que aquilo tudo fora uma enganação, que ele fora passado para trás por uma garota que nem vinte anos devia ter.

Haveria uma chance de remontar aquele quebra-cabeça? Não, não havia chance alguma. João foi perdendo interesse na vida. Enchia a cara todos os dias. Começou a se atrasar. Descumpria os compromissos. Foi despedido da embaixada. Perdeu Neusa e os dois filhos de vista. Tornou-se alcoólatra.

Anos mais tarde, sua história era resumida no bairro em que viveu numa frase:

— Morreu de mal de amor.

Gertrudes

Dona Gertrudes era aquela vizinha que todo mundo gostaria de ter. Baixinha, gordinha, simpática, prestativa, disponível para ajudar em qualquer emergência, sempre se podia pedir a ela um dedo de sal, um pouco de açúcar, um tempero essencial esquecido nas compras da feira.

Tinha só um defeito, que alguns achavam grave: gostava de se meter na vida alheia, espionar os vizinhos, saber de seus segredos. A coisa piorara depois da morte do marido, o coronel Valenciano. Ele incomodava, falava alto por todo lado, um vozeirão, não se importava se os vizinhos ouvissem o que dizia nem sobre quem berrava, não estava nem aí, pelo contrário, parecia que fazia de propósito, "Que ouçam!". Não estava ali para esconder os pensamentos. O hábito havia piorado depois que fora para a reserva e virara síndico do prédio. Muito eficiente, sem dúvida, mas queria tratar o pequeno edifício como se fosse uma extensão do quartel, e aí era duro de aguentar. Mas os vizinhos aguentavam, fazer o quê? Além disso, naqueles tempos bicudos, quem iria se meter a contrariar um oficial do Exército?

O coronel tinha uma saúde de ferro. Era daqueles sessentões parrudos, cabelo aparado rente, rosto sempre bem barbeado, bom preparo físico, orgulhava-se de ainda fazer trinta flexões sem descanso... "Querem ver? Posso provar", ao que os vizinhos respondiam, "Não precisa, coronel, confio no senhor". Morava com a mulher no 302 e descia e subia as escadas com rapidez, esbanjando agilidade e força.

Um dia, a notícia caiu como uma bomba: Valenciano tivera um AVC ao chegar em casa. Um vizinho que estava saindo o notou meio confuso na portaria, procurando as chaves, sem achar.

— Coronel, tudo bem?

Ele tentou responder, mas não conseguiu, os movimentos dos braços pareciam desengonçados, os lábios se moviam sem expressar sons, nos olhos uma nuvem de angústia.

— Tá passando mal, coronel?

O vizinho o amparou pelas escadas. Gertrudes entrou em pânico. Chamaram o filho, o Vitinho, que veio voando. Contudo, quando a ambulância chegou, cantando nos freios, o velho já tinha morrido, atestando o dito popular: "Para morrer, basta estar vivo."

Gertrudes custou a se conformar:

— Gente, eram trinta anos de casamento, meu primeiro namorado, o único homem na minha vida, como vou viver agora?

— Dá para viver, dona Gertrudes, se o finado partiu, foi porque Deus quis — consolavam os vizinhos.

— E a senhora tem a nós, né, mamãe? Teu filho, tua nora e teus netos — dizia Vitinho.

Ela custou a se aprumar. Definhou um pouco nos primeiros meses, mas a vida, exigente, acabou se impondo, e assim, alguns meses depois, não era raro surpreendê-la cantarolando as músicas do momento.

O defeito de espionar a vida alheia, porém, piorou. E ela adquiriu um novo: falar de si própria, da vida com o coronel, repetindo histórias que todos já sabiam de cor e salteado.

— Gente, vocês são muito jovens, talvez ainda não se deram conta, mas este país correu perigo.

— Que perigo, dona Gertrudes?

— De cair nas mãos dos comunistas! Já esqueceram? Brasileiro é mesmo um povo sem memória — dizia, meio revoltada, meio resignada, e insistia: — Foi preciso muita marcha, muito rosário e reza, para que o Exército, afinal, entrasse para salvar o Brasil. O mais bonito, porém, veio depois da vitória da Revolução — não consigo esquecer a campanha...

— "Doe ouro para o bem do Brasil"?

— Já contei?

— Já, dona Gertrudes, algumas vezes — respondia o vizinho do 301, com um suspiro simpático de enfado.

— Ah! Você nem pode imaginar a emoção, quando eu e o Valenciano doamos nossas alianças de ouro... Aquilo foi uma apoteose, milhares de pessoas, filas enormes, todo mundo doando o que tivesse, gente pobre, classe média, ricaços, todo mundo junto, o coração batendo junto por este país... Além disso...

— Já estou indo, dona Gertrudes, o trabalho me chama...

Vitinho vinha visitar de quando em quando, às vezes nem trazia a família. Sentindo-se só, Gertrudes passava cada vez mais tempo na janela. Dava para a rua calma onde moravam, a rua Marques, pequena transversal ligando duas ruas movimentadas do bairro de Botafogo, a rua Humaitá, com mão do centro para a zona sul, e a rua Voluntários da Morte, da zona sul para o centro. O movimento e o barulho das duas grandes artérias contrastavam com o silêncio e a calma da rua Marques. Alguns poucos passantes, um carro de quando em vez. Mas Gertrudes ficava de olho, vendo as entradas e saídas dos vizinhos, tomando conta, observando.

Lá da esquina, às vezes, uns moleques gritavam:

— Almirante...!!!

Pareciam dirigir-se a ela. Não compreendia. Perguntou ao filho:

— Vitinho, por que os moleques, olhando para mim, gritam "Almirante!"? Será que é para mim mesmo que estão gritando?

— Ora, mamãe...

— ...???

— É porque a senhora não sai da janela, está sempre aí na "cabine de comando".

Ela não se aborreceu com o apelido, até gostou. Sim, senhora, era isso mesmo, sentia-se um almirante. Era como se se consolidassem *post mortem* suas núpcias com o coronel, ela agora também alçada a um título militar. E não saía mais do posto. Aconteceu até que a vissem, não raro, almoçando e lanchando na janela.

Ou melhor, na cabine de comando.

***

Ali estava ela naquele dia fatídico, nunca mais esqueceria. Por volta das dez horas da manhã, um fusquinha chegou de mansinho, encostou no meio-fio, estacionou bem em frente ao prédio onde ela morava. Dona Gertrudes estranhou. Não eram vizinhos, ninguém saiu lá de dentro.

Depois de algum tempo, dois jovens deslizaram para a calçada. Foram até a esquina e ficaram por ali, conversando baixo. Um deles, às vezes, botava a mão em forma de concha em cima da boca e dizia qualquer coisa para o outro. Volta e meia, olhavam para o relógio, demonstrando preocupação. Ou inquietação?

Gertrudes fixou sua atenção neles. Com o passar do tempo, o estranhamento aumentou. Nunca vira aqueles dois... Por que diabos estavam ali? O que queriam? Ou pretendiam fazer?

De repente, eles se movimentaram, ágeis, apressados, em direção ao fusca... e estacaram, em dúvida. Voltaram para a esquina. Nem um minuto passou e o carro da embaixada de Portugal rolou devagar, como sempre fazia, todos os dias. Os rapazes voltaram para a esquina. Já tinham chegado há mais de duas horas.

Gertrudes pôs-se em guarda. Olhos ansiosos, inquiridores. Ouvidos em pé. Resolveu telefonar para a polícia. O falecido sempre dizia:

— Coisa estranha, ligue 120, eles vêm rápido.

Foi o que fez.

— Central da Polícia, com quem estou falando?

— Tem uns homens suspeitos aqui na minha rua...

— Onde a senhora mora, por favor?

Deu o endereço.

— Por que a senhora acha que eles são suspeitos?

— Ora, porque estão com uma atitude suspeita!

— Estão num carro?

— Sim, chegaram de carro.

— A senhora consegue ver a placa?

— Espera aí...

Gertrudes foi até a janela. Debruçou-se um pouco, fingindo pegar qualquer coisa. Dava para ver a placa. Leu, releu, memorizou. Voltou correndo para o telefone.

— Alô...

— A senhora viu a placa?

Gertrudes sentiu-se meio sôfrega. Ofegou, mais que falou, os números e as letras.

— Aguarde, por favor.

Passaram-se minutos, em uma lentidão exasperante.

— Senhora, os números estão em ordem, o carro é legal.

— E daí que o carro é legal? Os caras podem ser ilegais. Eles estão numa atitude suspeita, já disse. É preciso mandar a polícia aqui.

— Olha, acho melhor a senhora continuar observando e, se acontecer algo mais grave, ligar de novo.

Gertrudes ouviu-se implorando:

— Mandem a polícia aqui! Vocês não podem ignorar minha denúncia...

— Ok, minha senhora, qualquer coisa mais grave, ligue novamente.

Desligaram.

Gertrudes correu para a janela. Eles continuavam lá. Segredando. Aquilo não tinha fim. Ela se lembrou do telefone da delegacia de Botafogo, que o Valenciano mantinha à mão, na gaveta da cabeceira. Correu para lá. Achou, ligou e ouviu a voz do atendente:

— Quarta DP, falo com quem?

— Gertrudes Paiva Ribeiro.

— Como posso ajudá-la, dona Gertrudes?

— Tenho uma denúncia grave.

Falava baixo, como se tivesse medo de ser ouvida.

— Homens suspeitos aqui na minha rua. Há mais de duas horas. Mandem uma patrulha, por favor — sua voz tremia. — Rápido!!!

— A senhora pode telefonar para a Central.

— Já liguei para lá...

— E...?

— Eles não deram a mínima!

— Como assim?

— Não deram a mínima!

— Não estou entendendo, minha senhora...

Tendo um mau pressentimento, sem desligar, Gertrudes deixou o telefone e retornou correndo para a janela. Mal teve tempo de ver o grande automóvel da embaixada norte-americana entrar na rua Marques e parar de súbito, porque o fusca, o tal fusca onde estavam os dois homens, estava atravessado na rua, na diagonal.

Ficou estatelada. Catatônica.

Atrás vinha um outro carro. Em segundos, vários homens, determinados, sem hesitar, cercaram o carro da embaixada, revólveres na mão. Dois entraram no banco de trás, um no da frente, empurrando o motorista para o lado. Partiram num abrir e fechar de olhos. Os dois jovens, no maldito fusca, foram atrás. Desapareceram como gotas de uma improvável chuva numa terra agreste.

Gertrudes sufocava, queria gritar, mas não conseguia, apoplética. Antes de desmaiar de pavor, ainda ouviu a voz lá no telefone:

— Alô, alô, dona Gertrudes...

Dali a pouco tempo, o que acontecera na rua Marques estava na boca do povo brasileiro e do planeta inteiro. Grupos guerrilheiros haviam capturado o embaixador norte-americano no Brasil. Era o dia 4 de setembro de 1969. O relógio acabara de bater uma hora da tarde. Em ponto.

A carteirada

Logo que abriu a porta, saindo para o trabalho, Luís Alberto topou com Virgílio, quase agachado, pintando o chão com cal branca, em frente à própria casa. Ainda sonolento, indagou:
— O que é isso, vizinho?
— Estou pintando aqui os limites da vaga do meu carro.
Já estava quase pronto, um bom retângulo desenhado com afinco.
— Mas...
— Mas o quê?
— A rua é para todos, vizinho, separar um naco dela só para você... isso que você está fazendo é legal?
Moravam numa vila de dezesseis casas, nenhuma com garagem. Agora, no entanto, pelo menos meia dúzia de vizinhos haviam comprado carros, tudo de segunda mão, claro, velhas baleias, mas passeavam neles com as respectivas famílias. Chegara o progresso! Congratulavam-se todos, orgulhosos. O perrengue era estacionar, pois o espaço era insuficiente, apenas duas ou três vagas para seis carros ou mais. Alguns eram obrigados a deixar os carangos fora dos limites da vila.
Ao ouvir a pergunta, Virgílio olhou para Luís Alberto de uma forma esquisita, mostrando segurança e autoridade:
— A partir deste momento, esta vaga é só minha.
Colocou o balde de cal no chão, o pincel na borda da lata, e avançou na direção de Luís Alberto. Puxando um plástico do bolso direito da camisa, mostrou:
— SNI, vizinho, sou informante do SNI.
Luís Alberto olhou meio incrédulo para a carteira. Com bordas pretas, estava lá a foto de Virgílio, o nome por inteiro: Virgílio Mota Soares, a foto 3 × 4, CPF, o número da identidade. No alto, à direita, em vermelho forte, as letras que andavam metendo medo em todo o país: SNI.

— Sabe o que significa SNI, vizinho?

Luís Alberto respondeu rápido, voz inquieta:

— Claro, Virgílio. — E com respeito, até uma ponta de medo, acrescentou: — Serviço Nacional de Informações.

— Pois é — respondeu o outro, guardando o plástico no bolso da camisa. — A vaga, esta vaga, desde hoje, é minha, necessidade do serviço — disse em voz alta e afirmativa.

Virgílio lhe deu as costas e foi lá terminar o trabalho. Ao chão delimitado, ainda foram acrescentados dois cavaletes. Neles, com letras pequenas, podia-se ler, em cor amarela: "Reservado para o SNI."

De noite, retornando do trabalho, Luís Alberto comentou com a mulher:

— Clarinda, olha só, sabe o nosso vizinho aí da frente, o Virgílio?

— Claro, que é que ele tem?

— O cara virou informante do SNI.

— SNI?

— Sim, mulher, nunca ouviu falar? Serviço Nacional de Informações!

— Nunca ouvi falar, o que quer dizer?

Luís Alberto explicou, baixando a voz:

— Clarinda, os caras do SNI trabalham para o governo.

— E daí?

— Daí que podem pegar qualquer pessoa a qualquer momento. Basta mostrar a carteira e podem levar o infeliz ninguém sabe pra onde.

Clarinda ficou boquiaberta:

— Eles têm direito de fazer isto?

— É a lei, Clarinda, é preciso cumprir a lei — completou Luís Alberto, com ar de sabe-tudo. E batendo com os dedos na mesa: — Cumprir a lei, mulher, e obedecer ao governo. E não deixe de avisar a Tina e o Beto. Nada de encrenca com o Virgílio. Se ele quiser, pode estragar nossas vidas. É como diz o ditado: manda quem pode, obedece quem tem juízo.

A notícia correu a vizinhança. Comentava-se à boca pequena, com reverência e receio:

— Sabe o Virgílio? O vizinho ali da casa 26? É gente importante agora, passou a trabalhar para o SNI...

— SN o quê?

— SNI, cara, Serviço Nacional de Informações.

— E eu com isso?

— O vizinho agora é autoridade, homem do governo, manda e desmanda, pode prender qualquer um de nós...

Além da vaga exclusiva, Virgílio já não era o cara afável e simpático de sempre. Passara a andar de terno, empertigado, olhando por cima, confiante. A mulher, Joaquina, sempre solícita e solidária, nunca mais pediu um dedo de sal ou uma xícara de açúcar. Aprumou-se toda, o nariz lá em cima, falando alto e batendo panela. Até os filhos deles, Júnior e Clarissa, boas crianças, muito simples, pareciam contaminados por uma nova aura: ficaram meio que reservados, ares de importância, como se fossem maiores do que os próprios sapatos.

Nem bem passou uma semana, Luís Alberto pôde sentir a nova importância do vizinho. Estava há horas na fila de compra de ingressos para o Fla × Flu, sol a pino, mofando. Suado, comentou com o torcedor que estava atrás dele:

— Estou aqui há duas horas e ainda falta, olha só, um dois, três, quatro... dezenove caras na nossa frente!

Viu, então, saindo do nada, o Virgílio. Ele se encostou diretamente no guichê e mostrou a carteira, falando alto:

— SNI...

Houve um movimento na fila, murmúrios de raiva, logo abafados pela turma do deixa-disso.

— Deixa pra lá.

Luís Alberto reforçou:

— Conheço o cara, ele é mesmo do SNI.

Aos olhares de dúvida, completou, quase orgulhoso:

— Meu vizinho, trabalha para o governo.

Virgílio furou a fila na maior e levou cinco ingressos, quando o regulamento dispunha apenas dois para cada torcedor.

***

Virgílio pavoneava. No mês seguinte, deu outra prova da força. A vizinha mais velha da vila, dona Lucrécia, bateu na porta da sua casa. Atendeu a mulher, Joaquina, com aquele ar superior a que todos já estavam se habituando:

— Bom dia, dona Lucrécia. O que deseja?

— Bom dia, Joaquina. Tenho um problema aqui, será que o Virgílio poderia ajudar?

Joaquina nem convidou a velha para entrar:

— O que é?

— É que...

Veio lá de dentro a voz do Virgílio:

— Quem é, mulher?

A voz aproximou-se:

— Dona Lucrécia...

— Seu Virgílio, sabe o que é? Tenho que ir ao INPS, marcar uma consulta, é sempre uma fila sem tamanho...

— ...

— Eu soube que o senhor trabalha para o governo, será que não podia me ajudar? Não tenho mais idade para entrar naquelas filas. Como vocês sabem, moro só com meu filho e o pobrezinho sai cedo para trabalhar.

— ...

A velha suplicou:

— Não poderia ajudar a velha vizinha, seu Virgílio?

Joaquina olhou de mau humor, querendo negar, mas o homem se condoeu:

— Não tem problema, dona Lucrécia. Hoje não posso, nem amanhã, mas na quinta-feira vamos lá juntos, vou quebrar o galho da senhora.

Dito e feito. E o relato de dona Lucrécia espalhou-se pela vila:

— Vocês nem imaginam! A fila dava a volta no quarteirão, um mínimo de cinco horas para chegar no guichê. Mas Virgílio me levou direto lá no funcionário. Bastou mostrar a carteira: "SNI!" O funcionário desfez-se em amabilidades. Rapidinho, rapidinho, marcou minha consulta. E para daqui a uma semana, gente!

— O que é isso? Consulta lá tem que esperar no mínimo cinco meses.

— Pois é — sorria triunfante dona Lucrécia.

SNI! As letras eram realmente mágicas! Como se fossem capazes de abrir todas as portas e mais algumas. Cresceu o prestígio de Virgílio, a casa cercada de cuidados. Joaquina passou a "dona". E os filhos eram paparicados por toda a vizinhança.

Um acidente de carro, porém, interrompeu o caminho de Virgílio para as alturas. Tendo feito uma manobra arriscada, e ilegal, ele bateu o velho carango num carro do ano, vistoso e lustroso como costumam ser os carros do ano. Virgílio saiu para a rua, furioso, carteira em punho:

— SNI!

Aquilo já tinha virado um costume para ele. Mas a fórmula pareceu não impressionar. Do carro batido, emergiu um chofer:

— Como é que é?

— SNI — disparou Virgílio, mostrando a carteira como se fosse uma bandeira.

Ouviu o chofer falando para uma pessoa que estava no banco de trás:

— Coronel Severiano, o cara diz que é do SNI.

Saiu lá de dentro um homem com uniforme do Exército, cabelo escovinha:

— Quero ver a carteira.

Virgílio já tinha recolhido a carteira no bolso. Ensaiou um deixa-disso. O coronel fez cara feia. O caldo engrossou. Foram parar na delegacia. Virgílio tentou contemporizar:

— Tudo bem, eu pago o prejuízo.

Mostrou a carteira de comerciário, subgerente do Supermercado Maravilha. O coronel insistiu:

— Mostre a carteira aí do SNI.

Virgílio tentou fazer ares de mistério:

— Secreto.

O delegado fez questão:

— Mostre aí.

Naquele dia Virgílio não voltou para casa. Quando reapareceu, três meses depois, a vizinhança já tinha apagado as marcas da vaga cativa e quebrado os cavaletes. O pior era ter que aturar os assovios e os gritos dos moleques nas esquinas:

— SNI de merda!

Butch Cassidy & Sundance Kid

A ação foi preparada com todo o cuidado. Simples, mas era o primeiro banco que iriam *fazer* e o primeiro da organização revolucionária a que pertenciam. Ficava em Bonsucesso, subúrbio do Rio.

— Nome de bom augúrio — comentou Júlio, designado chefe por ser exímio atirador: fora campeão juvenil de tiro em Santa Catarina, onde nascera e vivera até dar com os costados no Rio.

Examinaram com cuidado o croqui feito por Rodrigo e Júlio. O banco estava situado no fim de uma grande avenida, o último edifício à direita, antes de uma rua estreita que margeava a via férrea. O plano: chegar ao local com carros capturados dias antes e, realizada a ação, já com o dinheiro numa sacola grande, atravessar a via férrea por fendas existentes nos muros que a costeavam e apanhar, do outro lado dos trilhos, dois carros estacionados no fim da manhã, dali rumando para um lugar seguro.

Primeira objeção: e se na hora da fuga estivesse passando um trem?

— Não é comum, não na hora que vamos estar lá — assegurou Rodrigo. — Mas devemos dar chance ao azar; se acontecer, será rápido.

Espreitando o lugar, ele constatara, cronômetro nas mãos, três passagens de trens: um menorzinho, quinze segundos; outro, um pouco maior, quarenta segundos, e um terceiro, mais longo, um minuto e cinco segundos. Havia seguranças?

— Um apenas — disse Júlio. — Gordo e baixinho, parece um burocrata em fim de carreira. Difícil imaginar que resistirá de algum modo.

Era uma época amena para quem queria tirar dinheiro dos bancos. Nada de portas giratórias, nem guardas armados, nem sirenes articuladas com delegacias próximas. Uma espécie de convite.

— Movimento na avenida?

— À hora em que combinamos, três da tarde, hora morta, subúrbio, pouca gente na rua. Pouquíssimo movimento de carros ou caminhões.

Chegada a hora, num carro, entraram Mateus, José Antônio e Júlio, na frente. Num outro, atrás, Gabriel e Rodrigo. A calma de Rodrigo era impressionante. Numa ação anterior, pararam para comer sanduíches. Eram cinco. Nervosos, ninguém comeu nenhum. Mas Rodrigo, além de comer o dele, avançou num segundo e terceiro sanduíches, e talvez tivesse comido um quarto, não fosse interrompido pelo início da ação. Coisa rápida, num restaurante da juventude dourada de Ipanema. Em poucos minutos, um bom dinheiro havia sido arrecadado para as combalidas finanças da organização.

Agora, estávamos ali, rumando para *fazer* o nosso primeiro banco. Eu suava levemente, com as mãos úmidas, tremores leves nos dedos. Rodrigo ia calmo como se estivesse indo para um jogo do Flamengo, time de sua paixão. Em seus braços notei um retesamento, era como se vivesse também a tensão, mas de um outro modo, com o sangue correndo mais apressado sob a pele, o que talvez lhe desse mais energia e disposição.

Chegamos ao banco e o filme correu muito rápido.

— Todos deitados, mãos na cabeça! Só queremos o dinheiro, ninguém sairá prejudicado ou machucado, basta deitar e pôr as mãos na cabeça.

Não houve quem não obedecesse, o medo da metralhadora e dos revólveres estampado nos olhos. O gerente foi prestativo, colaborou em silêncio. Enquanto o dinheiro mudava de mãos, Mateus e José Antônio distribuíam panfletos e desenhavam palavras de ordem contra a ditadura nas paredes. Ficou bonito: "Ação revolucionária para financiar a luta contra a ditadura."

Minutos depois, já estávamos de saída, a grande sacola cheia de dinheiro até a borda. Houvera um único incidente: José Antônio disparara o revólver sem querer. O estampido assustou, mas Júlio, sereno, disse com voz firme e pausada:

— Firmeza, gente, tudo sob controle.

Correu tudo de acordo com o plano. Nenhum trem no horizonte. Travessia rápida pelos trilhos, entrada calma nos carros, aceleramos para um lugar seguro. Ação limpa: sem mortos ou feridos, dinheiro bastante para vários meses, teria melhor serventia do que nas mãos dos banqueiros.

Sobraçando a gorda sacola encontrei Sol na esquina combinada. Vinha como sempre, modesta e austeramente vestida, como convinha, diziam que tinha um nariz grande demais. Eu nem notava, ficava parado naquele sorriso, tão lindo que iluminava a esquina e as ruas vizinhas.

— Você nem sabe o que tenho aqui. Dinheiro para muitos meses.

Ela me tocou assustada, ensimesmada.

— Foi tudo bem, tranquilo. Vamos para a casa e te convido para ir ao cinema, comemorar.

Morávamos então num quarto alugado na rua Uruguai, no pacato bairro da Tijuca, zona norte. Dinheiro contado e banho tomado, fomos ver *Butch Cassidy & Sundance Kid*, o filme de faroeste que se tornaria clássico, com dois simpáticos bandidos, Paul Newman e Robert Redford, e uma linda mulher, Katherine Ross. Eles vão se metendo em repetidas roubadas, cada vez mais fundas. Perseguidos e isolados, migram para a Bolívia, onde, depois de alguns sucessos, são cercados e massacrados. Ignoravam as tradições, os costumes e a língua dos habitantes. Assim, apesar da autoconfiança, da expectativa de vitória, de que sempre conseguiriam escapar, morriam isolados e desamparados.

Saímos com sentimentos ambivalentes. Bela história, belos atores e belas aventuras e músicas. Mas... seria aquilo uma parábola da aventura de Che Guevara na Bolívia? Uma metáfora para a nossa aventura que mal se iniciava?

— O que você acha, Solzinha?

— Hum, hum...

— Hum, hum é sim ou não?

— Hum, hum é sim.

Era um prenúncio de trevas, mas o sorriso que veio depois suavizou a angústia e acalmou meu coração. Chegamos ao quarto meio deprimidos, mas preferimos responder com vida às promessas da morte, trepando energicamente quase toda a noite. Já de madrugada, com o cansaço bom de fodas bem dadas, senti Sol me abraçando, seu hálito bom no meu ouvido, queria murmurar alguma coisa.

Disse apenas:

— Você é a síntese do Paul Newman e do Robert Redford.

Senti, mais que vi, seu sorriso na escuridão. Sorrir na escuridão é sempre um hino à vida. Adormeci feliz, como se fora eterno.

Maria

> *Et Florentin est mort bien vite*
> *Et sans bruit, pour ne pas la réveiller*
>
> Georges Duhamel, "Ballade de Florentin Prunier"[1]

Chegara a sua melhor hora. Noite fechada, depois do jantar, sentava-se na única poltrona da sala. Ao lado, uma pilha enorme de *X-9*, a revista em quadrinhos com histórias de ação e amor. Fora um custo conquistar o direito de ler a revista, odiada pelo marido e pelos filhos; diziam que não prestava, que era uma baixaria, mas ela gostava, fincou pé, e com o tempo acabaram desistindo de aporrinhá-la. Nunca jogava fora um número, empilhava, ia lendo. Lendo e relendo. Ficavam à sua direita. À esquerda, o cinzeiro e um maço de cigarros Lincoln, um mata-rato, mas ela pouco se importava. Choviam as advertências: "O vício vai abreviar sua vida, Maria...", mas e daí?, que abreviasse, não largava o cigarro, não largaria seu prazer remanescente, era só o que faltava.

Acendeu um cigarro, tragou com deleite, tossiu, semicerrando os olhos, e, quando ia apanhar a primeira revista, alguém bateu na porta. Foram batidinhas leves, como se a pessoa não quisesse chamar a atenção. Quem poderia ser? Não esperava ninguém... nunca esperava ninguém... Há anos vivia só: desquitara-se do marido alcoólatra, que perdera o rumo e arranjara uma amante, ou arranjara uma amante e perdera o rumo, como seria mais adequado formar a frase? Sorriu para si mesma, pensar no assunto já a atormentara tanto... Hoje, passados os anos, nem nostalgia suscitava. Quanto aos três filhos, tinham se danado no mundo, mal apareciam. Foi atender.

---

[1] Em tradução livre: "E Florentin morreu muito rapidamente / E sem barulho, para não acordá-la."

— Jôse!!!???? — exclamou, surpreendida.

— Boa noite, dona Maria.

Em pé, sorrindo, constrangida, estava uma jovem, pequena, muito pálida, encolhida num suéter azul-escuro, tão largo que lhe cobria quase metade da minissaia. Chamava-se Josefa, mas todos na faculdade a conheciam como Jôse, como se tivesse um circunflexo no o. Nas costas, uma mochila grande, quase maior que ela.

— Jôse... — perplexa, Maria não sabia o que dizer.

Há um ano, ano e meio, Maria se aposentara do cargo de secretária da Faculdade de Filosofia. Adorava os estudantes, quebrava os galhos deles, suprimia eventuais faltas, lembrava a data dos exames, a única coisa que não se permitia fazer era alterar notas, a isso não chegava; de resto, durante anos eles foram para ela os filhos que já não tinha mais. Do que não gostava muito era da agitação política. Não que fosse contra, nada disso, até era a favor, compreendia os *seus* estudantes, mas ficava inquieta, temia pela vida deles. Quando aparecia a polícia, e a polícia sempre aparecia, ficava apreensiva, inquieta, qual seria o fim daquilo tudo? Quando se aposentou, fizeram-lhe uma grande festa, com direito a um belo presente, um vestido de seda negro que ela nunca usara, mas guardava pendurado no armário do quarto, para volta e meia o admirar. Aqueles estudantes... onde iria ela usar um vestido caro assim? Mandavam sempre cartões-postais, de lembrança, sobre as viagens que faziam, casamentos, filhos chegando, e ela ia pendurando tudo na cabeceira da cama. Assim eles a acompanhavam nas viagens noturnas do sono, sempre sobressaltado pelas tosses intermináveis.

Maria percebeu que a moça olhava para ela com um ar de súplica. Endireitou-se:

— Jôse, desculpe... Entre, menina, entre.

— Pois é, dona Maria, quem pede desculpas sou eu...

— Não há de quê, Jôse, a casa é sua, entre...

E foi fechando a porta atrás da moça. Ali ficaram elas, olhando-se. Dona Maria quebrou o silêncio, amigável, acolhedora:

— Senta, Jôse, você está precisando de alguma coisa? Posso ajudar?

Boiava nos olhos da moça um travo de angústia. Maria estendeu-lhe as mãos:

— Está com fome, menina? Quer comer alguma coisa?
— Não quero incomodar, dona Maria, é que eu...
— ...?
— ... hoje não tenho onde dormir...

Nos lábios, um ligeiro tremor, uma ponta de vontade de chorar, mas logo a jovem se empertigou. O silêncio voltou a ocupar o espaço entre as duas.

— Minha filha, você dorme aqui. Se este é o seu problema, acabou o problema.

Um sorriso afável e encorajador pôs a recém-chegada à vontade. Maria não lhe fez perguntas. Esquentou a comida, serviu-lhe um copo de leite quente, viu a jovem comer com sofreguidão, devia estar com fome, claro. Enquanto a moça comia, foi lá dentro arrumar a cama. Caprichou no lençol e nas fronhas estalando de limpas, mais um cobertor de lã, pois a noite estava fria.

Voltou à sala:

— Jôse, você fique à vontade... Quando quiser dormir, o quarto está à sua disposição, você me dá a sensação de que tenho filhos de novo em casa.

Suspirou.

— Dona Maria, é que...
— Não, Jôse, você não precisa me dizer nada, nem eu quero saber. Vejo que está em dificuldades, e pronto, isso basta, posso te ajudar, ajudo.

Jôse sorriu, agradecida, o corpo alimentado e quente reagia, o rosto ganhava cores, nos olhos, encorajados, um lampejo de gratidão.

— Obrigado, dona Maria.

Parecendo muito cansada, logo depois foi dormir. Maria ficou ainda ali um largo tempo, entrando pela noite, como sempre, fumando, tossindo e lendo. De vez em quando, parava e pensava na menina a quem acolhera. Os *seus* estudantes seriam sempre meninas e meninos.

— Essas meninas...

Na manhã seguinte, Jôse acordou ágil. Maria lhe serviu um robusto café da manhã, com direito a omelete e frutas. Já não era aquela jovem pálida e insegura da noite anterior. Aparentava calma e decisão. Agradeceu com o melhor olhar:

— Dona Maria, a senhora me livrou de uma... Como vou agradecer?

— Trate de não se meter em funduras — sorriu Maria, maternal.

Carregando a mochila maior do que ela, Jôse partiu, não sem antes estalar dois beijos sonoros nos dois lados do rosto de Maria.

Meses mais tarde, tossindo muito e cada vez mais, "Esta tosse que não me larga!", Maria foi chamada lá de baixo pelo carteiro.

— Dona Maria, carta para a senhora.

— Para mim?!

— É para a senhora mesmo, está aqui escrito, 302, não é o apartamento da senhora? E vem do estrangeiro!

— Do estrangeiro...?

Maria pegou o envelope azul, abriu devagar, curiosa.

Era um cartão-postal de Santiago do Chile. Bateu nos seus olhos uma frase, escrita em maiúsculas:

— ESTAMOS SALVOS!

Presa com um clipe, uma fotografia de Josefa com olhos de alívio. Maria sorriu: sua casa fora uma escala para Josefa se mandar do país. Agora estava longe, sã e salva, bom saber. Afixou o postal perto na cabeceira, ao lado dos demais, outra companhia para as suas noites maldormidas.

Um ano depois, Maria piorou de vez. Internada no hospital, ofegante, respirava mal, e às vezes sentia medo, ficava sombria. O jovem médico, dr. João Carlos, o JC, que a acompanhava, era um amigo dos tempos da faculdade, não da Filosofia, mas aparecia sempre por lá, bem falante, voz sonora, nem parecia estudante de medicina. Agora, enquanto testava sua respiração, examinava seu pulso, surpreendia inquietude no rosto dele, desassossego nos gestos, embora ele tentasse consolá-la:

— Dona Maria, a senhora vai melhorar, conte comigo.

Todos os dias, passava duas ou três vezes pelo quarto. Pegava sua mão, incentivando. Quando podia, sentava-se na poltrona ao lado, observando. Maria não queria decepcioná-lo. Não era a ciência dele que era fraca, o seu corpo é que já não reagia.

Uma noite, invadida por um extremo cansaço, e percebendo de soslaio que JC, exausto, adormecera na poltrona, Maria aproveitou e, sem fazer barulho, contendo a última tosse, no mais absoluto silêncio para não acordá-lo, fechou os olhos.

Nunca mais os abriu.

No outro dia, arrumando o quarto vazio, uma auxiliar de enfermagem encontrou embaixo do travesseiro um postal. Leu distraída, antes de jogá-lo no lixo:

Dona Maria, nasceu hoje em Paris minha
primeira filha, linda e gordinha.
Demos a ela o seu nome, Maria.
Josefa

O nosso homem das letras

— E aí, como estou de bigode? Mais bonito?

— Preferia com barba — respondeu Márcia, saindo da cama, enrolando-se no lençol e indo em direção ao espelho, um jeito de conferir.

— É, mas vai ter que ser assim mesmo. De barba, nem pensar. Hoje em dia, clandestino de barba não dura uma semana. Os caras me conhecem sem barba e sem bigode, sem nada. O bigode vai disfarçar. Pelo menos, fico diferente em relação ao retrato que está nos cartazes.

— Aqueles cartazes não servem para nada, não identificam ninguém, só servem mesmo para apavorar as pessoas.

— Pode ser, mas o fato é que lá estou sem bigode.

Giovanni abraçou a namorada. Ficaram ali imóveis um tempo. Apertados de angústia. Aquele abraço era mais isto do que um gesto de carinho ou de amor.

— Você vai mesmo?

— Ué... e tem alternativa?

— Tenho a impressão de que a gente está indo para um matadouro... O próprio Gonzaga, amigo dos cubanos, fica por aí dizendo que esse treinamento é um vestibular para o cemitério.

— Você quer saber, ele não deixa de ter razão. Concordo com ele. E o Gabriel também acha a mesma coisa, ele e a turma da Dissidência. E até alguns caras da ALN que treinaram com eles. Tá todo mundo com uma visão supercrítica desse treinamento. Salvo um ou outro empolgado, todos acharam o treinamento uma merda.

— E a gente vai, então, para o matadouro...?

— Precisamos é de tempo, se nos derem tempo... um pouco de tempo, é o que nos basta. Não vamos levar para o Brasil as concepções dos cubanos. Não é esta a minha intenção, nem a nossa, nem a da nossa organização.

— Não somos tão diferentes do que os cubanos eram... sutilezas de intelectuais... não se mudou quase nada... Vamos empreender a luta armada contra uma ditadura muito forte e não temos nenhuma base social. Vai ser um matadouro.

— Você acordou pessimista, mulher. Tem que me dar coragem, vou partir para o além... mar — brincou Giovanni. — Preciso de coragem.

— Você a tem de sobra, para dar a todos nós, mas estou com maus pressentimentos.

— Normal, na nossa situação. Mas eu não vou morrer, não. Já que você citou o Gonzaga, lembre-se de que foi também ele quem disse que eu era o *nosso homem das letras*, e que ainda iria me tornar um grande escritor. Tenho lá minha imaginação, solta e livre, histórias para contar... Quem sabe um Nobel ainda me espera? O poder e o Nobel, hein? Tornou a abraçá-la, e agora o aperto vinha com amor, coragem e vontade de foder.

Giovanni partiu naquele mesmo dia, fazendo as escalas que os cubanos haviam definido no roteiro. Tinha um certo orgulho ao partir, o primeiro representante do Primeiro Exército, como eles designavam a primeira turma de guerrilheiros treinados em Cuba.

De Havana para Moscou, quase vinte horas. Ao longo da viagem, pensou várias vezes na luta do povo vietnamita. Teve inveja. O povo ali estava sofrendo demais, mas era uma guerra popular, todo mundo dentro, não era como no Brasil, aquele deserto de medo e indiferença. Mas daria para virar. Ele estava voltando para isto, ele e muitos outros. Ainda dava para virar, logo se veria.

Chegou a Moscou moído de cansaço. Aquela viagem, interminável, era extenuante. Depois da capital soviética, onde houve um breve descanso, outro voo para Praga. Troca de passaportes. Nova escala em Roma. Mais uma troca de passaportes. Travessia para Buenos Aires, de volta a *nuestra América*.

Entrou por Uruguaiana, tentando espantar a paranoia. Estaria sendo seguido? Aplicou cuidadosamente as técnicas de chequeio e contrachequeio aprendidas em Cuba. Aquilo, às vezes, lhe parecia um pouco ridículo, mas era necessário. Sacar se estava sendo seguido sem dar bandeira, sem deixar a polícia notar que você tinha percebido que ela estava na sua cola. O mais difícil era cortar o contato, sempre sem dar bandeira. Fácil de dizer, difícil de fazer, sobretudo quando não se conhecia muito bem o terreno. Haveria de se dedicar a isto em São Paulo. Pretendia passar lá uns quinze dias, no mínimo, revisitando a cidade, os bairros, definindo áreas novas e diferentes pontos. A informação era a de que os caras tinham aperfeiçoado seus métodos. Aquela história de torturar para extorquir informação e arrancar pontos ainda estava em vigor, mas agora vinha complementada por técnicas bem mais sofisticadas de infiltração de dedos-duros, os cachorros, e de paqueras, organizadas com diferentes equipes.

Não ia ser fácil. Era preciso tempo. Se eles dessem tempo...

Mas o tempo era um bem que se tornara escasso. Nem bem completara duas semanas de chegada, mal percebeu quando os caras caíram em cima dele. Nem teve tempo de sacar o revólver.

No interrogatório, espantou-se. Gritos, alguns tapas. Aquilo parecia uma encenação. Manteve sua história e acionou o resto de coragem que tinha de reserva. Para sua surpresa, deixaram-no só, numa cela. Passou a noite lá, sem dormir, na expectativa. Fera acuada. Pela porta entreaberta, via de vez em quando os olhos de um policial que o observava. O que dera neles? Pena? Mantinha firmes os seus, o cara desviava os dele. Situação estranha... O que aquilo significava? Quando é que o pau para valer começaria? Iriam matá-lo? Sabia que eles sabiam que ele era um *cubano*, era assim que chamavam os que haviam passado pelo treinamento em Cuba. Dizia-se que a ordem era matar os *cubanos*, sem apelação. E então?

Tinha que esperar. Esperou.

Na manhã seguinte, levaram-no algemado e o jogaram no chão de um fusca entre os bancos. Ficou ali imprensado, o corpo grande parecendo desengonçado, espremido, os joelhos encolhidos. Nunca se soube para onde o levaram. Nem seus últimos pensamentos.

Anos depois, um dos carrascos contou que despedaçaram sua cabeça a tijoladas. O corpo, já sem vida, todo mole, foi jogado embaixo de um caminhão, simulando um acidente, uma dupla jogada: confundiam os companheiros do morto e encobriam o cachorro delator. A *Folha de S.Paulo* deu manchete de primeira página: "O terrorista Giovanni Amatto tentou fugir, mas não conseguiu, morreu atropelado na Consolação."

O sumiço

— E aí, garoto, vai continuar assim até quando?

Ela sabia que ele gostava de ser chamado assim, "garoto", e fazia de propósito, tentando levantar o astral:

— Que tal a gente sair um pouco, tomar um ar?

— É que não consigo pensar em outra coisa, Ju, acho que todos nós vamos morrer. Pior, seremos presos, torturados e assassinados.

— Vira essa boca para lá, meu amor. Cadê tua empolgação, tua confiança? E quando vocês pegaram o embaixador, já esqueceu?

— Foi uma ação perfeita — murmurou Severino Lagos —, nunca me esquecerei, é claro. Nem me arrependo.

— Então?

— A coisa toda é que, muito rápido, tudo mudou de lugar, mudaram completamente as condições. O governo centralizou a repressão, colocou as Forças Armadas no jogo, no comando do jogo. Agora, não é só a tortura, a ordem é torturar e matar.

— ...

— Mataram o Marighella, Ju, você não vê o significado disso? Ele anunciava para o ano que vem a guerrilha rural, e a gente falou disso no manifesto do sequestro. Se acontecesse, iria mudar tudo, e para o nosso lado. Mas ele morreu. Um pouco antes, um pouco depois, caíram vários da ALN. E as quedas não param. Tá todo mundo caindo, inclusive da nossa organização, para não falar das bases de apoio. Quem é que ainda acredita que vai surgir a guerrilha rural no ano que vem?

— ...

— Estamos sem saída, Ju. Cercados, sem saída.

— Fazer o quê? — perguntou ela, com aqueles olhos negros, expressivos, adoráveis, os lábios grossos, sensuais, tesudos.

Severino se endireitou na cama:

— Precisamos encontrar uma saída... É preciso repensar tudo que a gente vinha dizendo.

— O que você quer propor?

— Propor a quem? Nas nossas condições, não dá nem pra fazer reunião, a gente tá se reunindo andando pela rua, dentro de carros em movimento, resolvendo problemas imediatos, numa praticidade de dar raiva, e pena. Só estamos sobrevivendo... É isso aí, não estamos mais ativos, vivendo, nós estamos é sobrevivendo.

Calou-se. E no silêncio que se seguiu só havia sombras.

— O que nos resta? — perguntou Ju.

— Eu acho que devemos fazer um recuo estratégico.

— O que seria? Um nome bonito para fugir? Desbundar?

Olhou-a com espanto e certa raiva. Raiva dela ou de si mesmo? Se não estava conseguindo convencer a Ju, como é que haveria de convencer os demais?

— Recuo estratégico... não se trata de suspender as ações armadas por uns tempos, significa mudar radicalmente de orientação. Tentar fazer a revolução de outro jeito, completamente diferente. Iludir a repressão. Desaparecer por um longo período. Tomar o pulso da sociedade que a gente quer revolucionar, mas que a gente mal conhece ou consegue compreender. E recomeçar, devagarinho, como formigas.

— Que os homens matam com suas botas! — exclamou, Julia, incrédula.

Severino Lagos ficou pensativo, buscando palavras. Palavras não eram o seu forte. Julia sabia muito bem que tanto ele como ela se exprimiam melhor através do desenho, da combinação de cores, das artes gráficas. Era isso que eles eram: artistas gráficos. Ele, professor, demitira-se de um bom cargo numa universidade de outro estado, exasperado de trabalhar sob vigilância e censura. Encontraram-se por acaso numa palestra que ele dera na Esdi, a Escola Superior de Desenho Industrial, onde Julia cursava o terceiro semestre. Interessou-se pelo que ele dizia, embora de uma forma enigmática, cifrada. Mas tudo se esclarecia quando ele pegava o lápis ou o giz e começava a desenhar. Severino era um artista dos traços. Falava e esclarecia as ideias através deles. Ela lhe fizera perguntas inteligentes, onde despontava, mal encoberto, um ceticismo irônico.

Paixão à primeira vista.

Saíram da palestra com um grupo grande, animado, para bebericar num sujinho ali perto. Era nessas conversas que as melhores dicas surgiam, muito mais do que nas salas amontoadas de carteiras da faculdade. Mas, naquele fim de tarde, Julia e Severino logo perceberam que as ideias, voando por todos os lados, passavam por cima deles como raios distraídos. Ela pensava: gosto do ar rude e decidido que ele tem. E malicioso. Ele pensava: gosto dos olhos negros e dos lábios grossos dessa garota. E de sua inteligência meio cética, meio irônica.

Era noite fechada quando saíram dali já enlaçados, andando como os apaixonados, alguns centímetros acima do chão. Foderam a noite inteira e acordaram casados. Ninguém mais duvidou que Julia se tornara mulher de Severino. E que Severino era o homem de Julia desde a aurora dos tempos.

Na semana seguinte, apresentado por Julia, Severino já se tornara um quadro da Dissidência. Por sua experiência de vida e pelas técnicas que dominava, acabou no Grupo Armado que, afinal, capturara o embaixador norte-americano no Brasil. Fora um momento de intensa euforia. A demonstração de uma força que não existia, é verdade, mas quem queria saber disso naqueles momentos, quando o sucesso aparecia como o cumprimento de uma promessa há tanto tempo anelada?

Agora estavam segurando a volta do cipó de Aroeira. Um rabo quente de um tremendo foguete. Aquela ação — grande, muito maior do que eles — estava levando todo mundo de roldão para o fundo das cadeias e para o abismo das mortes. Cercados por todos os lados, a revolução para eles convertera-se na difícil arte da sobrevivência.

Severino acabou escrevendo um texto onde defendia suas ideias a favor do tal recuo estratégico. Ninguém entendeu o que ele queria dizer. Repleto de alusões e de neologismos, cifrado no último, o texto demandava um novo Champollion para ser compreendido.

— Champollion? Nunca ouvi falar — murmurou Severino. — O que você quer dizer com isso?

— É uma brincadeira — riu Gabriel, atrás dos enormes óculos que usava. — Jean-François Champollion foi um sábio francês que decifrou pela primeira vez os hieróglifos egípcios.

— Então, vocês não entenderam minhas posições — irritou-se Severino.
— Não, claro que a gente acabou entendendo, mas...
— Mas...?
— Não concordamos. Ou melhor, achamos que você tem razão, em parte. Precisamos, sim, recuar. Está todo mundo de acordo com isso. Mas recuar para acumular forças que nos possibilitem voltar a agir. Além disso, mesmo no recuo, é possível fazer algumas ações, para melhorar as condições do próprio recuo e mostrar que a revolução continua viva.
— Vocês não estão entendendo nada — murmurou Severino.
— Como assim? — disse Gabriel, curvando-se para ouvir melhor o que Severino dizia, baixinho:
— O jogo virou, Gabriel. Quando é que vocês vão perceber o óbvio? Virou de ponta-cabeça. Este recuo parcial não vai tirar a gente do radar dos homens...
— Nem eles vão sair do nosso radar — afirmou, convencido, Gabriel, e em suas palavras boiava um otimismo delirante e patológico, segundo o diagnóstico de um psicanalista amigo.
"Neste caso", pensou Severino, "sou eu quem vou sair do radar de todos vocês." Um pensamento rápido como o pulo de um felino, mas que não se exprimiu em palavras.
Hora de se despedir. Aperto firme de mãos. Mãos nos ombros, soquinho de leve na barriga:
— Coragem, Gabriel, até pra semana.
Severino gostava de Gabriel. Fora recrutado por ele para a organização revolucionária. Fazia tão pouco tempo, mas já parecia tão distante... Tudo passara muito rápido. O problema é que Gabriel tinha uma autoconfiança suicida, e essa onipotência estava contaminando muita gente.
— Até pra semana, Severino. Você me traz aquelas carteiras?
— Claro, pode contar.

Severino não apareceu no próximo ponto. Nem nas alternativas. Houve alarme na organização. Entretanto, conferidos, seus contatos estavam sãos e salvos, a polícia não aparecera nem os procurara. Um deles, inclusive, recebera de Julia um pacote com as carteiras de identidade falsificadas. De dentro da cadeia, outras informações tranquilizadoras: Severino não fora preso. Nem Julia. Ele sumira. Julia também. Ela o trouxera. Ele a levara. Nunca mais apareceram.

Quando soube, retornando de uma curta viagem ao interior, Gabriel sussurrou para si mesmo: "Sumir... será este o nosso destino?"

Pellegrini

De longe e mesmo à média distância, ele parecia ser um cara como outro qualquer. Não muito baixo, tampouco alto. Cabelo preto ralo, boca escondida atrás do bigode espesso e óculos de grau forte, desses que se dizia serem de fundo de garrafa. O rosto... como era o rosto dele? Nada de especial também, meio ovalado, branco pálido. Não chamava a atenção.

Entretanto, se você chegasse mais perto e encarasse o Pellegrini, logo sentia a força de seu caráter. Era uma coisa meio esquisita, porque não era algo que se avantajava à custa de outras pessoas, que gritasse o nome, como é comum em pessoas especiais, que submetem os interlocutores e, mesmo sem querer, colocam as pessoas com quem conversam numa situação eu não vou dizer *inferior*, seria exagero, mas numa posição desigual, de espera. Não, ele não era nada especial, e, no entanto, era, sim, singular, mas você só sentia isso se chegasse perto. De perto, pousando os olhos nos olhos dele, você sentia confiança, um sentimento que não é assim tão fácil de suscitar. E se sentia acolhido. Mas não ficava por aí, não, porque, para complicar, havia um outro aspecto: a ironia. Às vezes, a ironia afastava. Os olhos dele faiscavam de ironia e se faziam acompanhar por um trejeito na boca, puxando os lábios para o lado esquerdo, descobrindo levemente os dentes, uma promessa de sorriso, como se você não estivesse sendo levado a sério. Era mais do que isso. Era como se ele também não se estivesse levando a sério, e mais ainda, era como o mundo todo não devesse ser levado tão a sério.

Era isso que distinguia o Pellegrini: não levava nada tão a sério, mas isso não queria dizer que era um debochado. Ou que não se comprometesse com coisa alguma. Ou que fosse um cínico. Nada disso, ao contrário. Ele tomava partido, conversava, argumentava, tinha ideias próprias e considerava as dos outros, mas não era de ceder posições de graça, tinha convicções.

Não era chegado a posições apriorísticas, não gostava de lugares-comuns e da sabedoria do chamado senso comum. Não respeitava as tradições conservadoras nem embarcava nas frases feitas e nos chavões das esquerdas. Era como se estivesse ao largo, espreitando, numa espécie de emboscada, irônico e crítico. A gente nem sabia na época, mas era exatamente isso o que fazia dele um revolucionário.

Na faculdade de medicina, logo se distinguiu. Não pela oratória ou pelo carisma próprio dos que a gente tratava na época como *líderes de massa*. Essa não era sua praia. Quase nunca falava em público, mas quando falava não dizia palavras vazias, as pessoas o ouviam com atenção, pois o que ele dizia parecia vir de uma reflexão amadurecida. Em geral, mais observava do que falava. Mais refletia do que dizia. Persuasivo, esta talvez fosse a sua grande característica. Preferia falar para poucos, sem a grandiloquência e o traço épico que demarcavam os candidatos a tribunos do povo.

Era também mulherengo e fazia um baita sucesso com as garotas, espicaçando ciumeiras. Não tocava violão nem sabia dançar, mas o papo envolvente e a inteligência viva seduziam as mais interessantes, um páreo difícil para qualquer um.

Cedo o Pellegrini incorporou a ideia da luta armada contra a ditadura. Haveria outro meio de vencer o regime instaurado pela força? Duvidava. Mas não tinha fórmulas prontas, era uma pessoa que se apresentava como em busca permanente, como se estivesse pesquisando caminhos, tateando. Os círculos de que participava na faculdade eram formados por pessoas independentes, todas à procura de percursos, sem lições a dar, sem arranjos prontos e acabados, procurando sínteses inovadoras. Acho que quase todos os jovens críticos, em certos momentos, tentam ser originais, achar caminhos próprios, difícil é encontrá-los, é verdade, depois isso fica muito claro, mas a fase é estimulante, excitante. Pellegrini viveu plenamente este período de transição, que, quando vivido, parece não ter fim.

Participou dos movimentos de rua e das passeatas estudantis, do quebra-quebra de viaturas policiais, dos apedrejamentos de vitrines, dos enfrentamentos com a polícia de choque, fora as correrias atropeladas por cavalos e camburões. Como muitos estudantes mais decididos, encontrou recursos e energia para se solidarizar com as poucas greves operárias que ocorreram no período, imergindo na organização de congressos clandestinos. Mas era como se isso tudo fosse uma preparação, um aperitivo, um ritual de introdução a coisas maiores que haveriam de vir. Passava horas discutindo o futuro do país e da América Latina, todos se sentiam latino-americanos, gostavam de se referir ao que chamavam "o caráter continental da revolução". Os estudos de medicina os atraíam, a saúde pública em particular, mas ficavam realmente empolgados quando discutiam economia, política, sociedade, cultura. Às vezes, imaginavam-se como um Clube da Esquina político. Avançando pela madrugada em debates intermináveis, era como se deles dependesse a salvação da humanidade.

Os Comandos de Libertação Nacional começaram a efetuar suas primeiras ações armadas no começo de 1969. O título pomposo recobria a existência de apenas um ou dois grupos mal armados de estudantes decididos a espetar com as balas de seus poucos revólveres o couro espesso da ditadura que assolava o país. Pellegrini, que sugerira o nome, aparecia como um ponto de articulação e de condensação daquela aventura, animando, incentivando, organizando.

Na primeira ação, pegaram a metralhadora de um soldado distraído que guardava um quartel da Marinha de Guerra. Na segunda, mais duas metralhadoras de soldados da polícia militar, que sequer tiveram tempo de reagir. Com três metrancas, já se achavam o destacamento de um exército revolucionário em formação. Em seguida, interceptaram um carro pagador, o qual, para azar deles, só trazia cheques assinados, uma papelada desgraçada, mas nem um centavo. Pouco mais tarde, tiveram sucesso: esvaziaram em pleno dia os caixas de um banco de média importância. Passaram a tarde contando o dinheiro, nunca tinham visto tanta grana. Porém, nos jornais do dia seguinte, surpreenderam-se ao ver o gerente do banco, cercado por policiais, anunciando que o produto da ação era três vezes maior do que o que eles efetivamente tinham em mãos. Sacanas!

Os Colina continuaram atraindo a curiosidade das gentes e infernizando a vida da repressão policial por alguns meses, até que o principal grupo da organização se viu cercado numa casa que haviam alugado para fazer reuniões e preparar novas ações. Mais cedo do que tarde, chegara a hora da verdade. E eles que estavam apenas iniciando.

A certeza da prisão e a ameaça da tortura próxima, rastejando como vermes, infiltraram o veneno do medo em quase todos. Em alguns deu um pânico, vontade de logo se render. Outros pensaram em sair atirando, que a morte interrompesse de uma vez aquelas incertezas. Pellegrini, conservando o sangue-frio, os convenceu do contrário. Nada de resoluções catastróficas. Não havia saída naquele momento, era preciso se render. Mas eles haveriam de sobreviver. O tempo jogava a favor, haveriam de surgir outras oportunidades, outros momentos os esperariam nas curvas do futuro. Esta era uma expectativa compartilhada: o tempo estava a favor. Como dizia um cantor de que todos gostavam: a resposta estava soprando no vento. E o vento e o tempo eram nossos camaradas de aventura, estavam conosco. Convicções sólidas como as ilusões duradouras. Apesar de dificuldades eventuais, seria sempre mais fácil lutar com o tempo do nosso lado. Pouco antes do momento da rendição, para animá-los e encorajá-los, Pellegrini disse no ouvido de cada um:

— Vamos fazer a seguinte combinação: quando começar a tortura, porque ela virá, se você não estiver aguentando, diga que eu tenho a informação que eles querem...

— Pellegrini, não vou fazer uma coisa dessas.

— Só se você não estiver aguentando...

No pega para capar que se seguiu, mais de um recorreu ao expediente. Mas a fraqueza nunca suscitaria recriminações ou cobranças. Combinação feita e cumprida. Pellegrini aguentou todas e mais algumas, porém nunca admitiu a história, nem gostava se alguém a contasse.

Quando indagado, limitava-se a esboçar uma promessa de sorriso, a ironia nos olhos atrás dos óculos de fundo de garrafa, um trejeito na boca, puxando os lábios para o lado esquerdo, descobrindo levemente os dentes, como se não estivesse levando nada nem ninguém a sério.

A melhor amiga

Era uma rua sossegada de subúrbio, com casas baixas, algumas ladrilhadas, havia um bar na esquina, garagens de conserto de carros e uma venda simpática. No final, na esquina com outra rua, perpendicular, destacava-se um prédio de três andares, avarandado.

Era neste lugar, no terceiro andar, apartamento 301, que Lígia e Roberto vieram morar logo depois de casados. Três cômodos, uma sala grande e dois quartos pequenos, mais uma varanda ampla, separada ao meio por uma divisória baixinha: metade era do 301; a outra metade, do 302, apartamento vizinho, vazio.

Lígia era uma mulher despachada, curiosa, nem um pouco tímida, observadora, gostava de conhecer pessoas e de cantar alto no banheiro e na cozinha. Agora, realizaria o sonho de deixar Nilópolis, na Baixada Fluminense, e viver na cidade, numa casa própria, comprada num financiamento de trinta anos, concessão especial do governo aos agentes policiais.

Roberto já tinha dez anos na Federal quando se casou. Era chamado de Robertão, e o superlativo tinha a ver: alto, forte, meio grosso de atitude, mas bom de coração, afetuoso, dizia Lígia para as amigas, e fodia bem, acrescentava, com uma piscadela e um sorriso zombeteiro e meio safado.

Logo vieram dois filhos: um menino e uma menina. Eles davam trabalho, mas também alegria. Lígia gostava de mostrar os dois à família e aos amigos. Os trabalhos domésticos eram de lascar: lavar, passar, arrumar a casa, cozinhar, cuidar dos filhos etc. Ela segurava todas. Quanto ao marido, macho tradicional, saía cedo e voltava tarde. Vinha com fome, bebia uma cerveja, via televisão e ia para a cama, onde roncava forte à noite. Às vezes, pintava aquele tesão do início do casamento, mas era coisa rara. E ia rareando cada vez mais. Lígia não reclamava, satisfeita da vida, mas, de repente, vinha uma sensação de... não sabia explicar.

— Mas você sente o quê? — indagou Marisa, uma amiga dos tempos da Baixada.
— Sei lá, uma vontade assim de...
— De...?
— Sei lá, vai ver que é besteira...
— Tem vontade de fazer o quê? — insistiu a outra.
— De sair do rame-rame, todo o dia a mesma coisa, quase não saio de casa...
— Dê-se por feliz, amiga, casa na Penha, bem montada, maridão que cumpre, dois filhos saudáveis, quer mais o quê? Cê é besta...

Estavam ali conversando na janela quando Lígia viu encostar um caminhão pequeno de mudanças bem em frente ao prédio. Debruçou-se na varanda a tempo de ver um casal jovem orientando os homens que descarregavam os móveis. Iriam para onde?

Vieram para o 302, o apartamento ao lado. Lígia ficou excitada: vizinhos! Quem seriam?

No dia seguinte, brincava com os filhos quando viu a nova moradora chegar ao lado dela da varanda.

— E aí, vizinha, tudo bem? Chegou ontem, né?

A jovem virou-se para ela e disse num tom amigável:

— Tudo bem. É... chegamos ontem.

Tinha olhos verdes bonitos, rosto doce e sorriso amável.

— Gostaram do apartamento?
— Nada mal.

Parecia longe dali, pensativa.

— Recém-casados?
— Hein?
— Desculpe... perguntei se vocês são recém-casados.

A vizinha pareceu pega de surpresa:

— Hã, sim, claro — disse, depois de pensar um pouco, com um olhar divertido, uma gargalhada curta, sonora, e quebrando o corpo meio de lado. — Sim, sim, recém-casados.

A nova moradora então indagou:

— Seus filhos?
— Sim, Bruno e Brena. E eu me chamo Lígia. E você?

Ficou com a impressão de que a outra hesitara um pouco antes de responder:
— Marta.
— Vocês têm filhos, Marta?
De novo aquele jeito pensativo, aquele sorriso meio esquisito:
— Ainda não, Lígia.
— Meu marido se chama Roberto, e o teu?
— Hein?
— Teu marido, como ele se chama?
— Ronaldo.
— Ele faz o quê?
— Como?
— Ele faz o quê, teu marido?
— Ah! Claro — parecia que Marta estava nas nuvens. — Ele é vendedor. Vende livros.
— Meu marido é policial — disse Lígia, orgulhosa.
Nos olhos da vizinha, um leve estremecimento, quase imperceptível. Ou fora apenas impressão?

As duas vizinhas foram se conhecendo melhor. Algumas semanas depois, já conversavam sobre tudo e mais alguma coisa. Lígia percebeu logo que os vizinhos eram reservados. Tímidos? Não, não era timidez. Era outra coisa. Marta não era tímida de jeito nenhum, mas Ronaldo, é verdade, não era de muita conversa. Nas raras vezes em que vinha à varanda, estava sempre lendo, um livro ou um jornal. Quando puxava conversa com ele, olhava-a de um jeito só dele, erguia os olhos assim, de baixo para cima, e, de vez em quando, embora sério, os olhos pareciam sorrir. "Zombando de mim? Não, não parece", matutava Lígia, e ficava dando tratos à bola para ver se descobria o mistério daquela maneira de olhar.

No fim de uma certa manhã, Lígia convidou Marta para vir a seu apartamento. Preparou seu prato preferido: carne de sol com aipim e queijo coalho frito. A vizinha elogiou a comida, e havia sinceridade na sua voz. Lígia teve um estalo: Marta era isso mesmo, sincera, verdadeira. Sentiu afeto por ela, uma boa sensação.

Depois de algum tempo, foi a vez de Lígia visitar o apartamento da vizinha. Tudo muito simples e seco. Austero. E como havia livros e discos ali... Bem, o Ronaldo era vendedor de livros, nada estranho que tivesse livros em casa. E os discos? "Bem, os discos são livros falantes", brincou Lígia e se divertiu com o pensamento.

Certa vez, tendo recebido um telefonema da mãe, pedindo ajuda lá em Nilópolis, Lígia começou a arrumar os pequenos para sair. De repente — mais sentiu do que viu —, Marta estava ao seu lado, propondo-se a ficar com as crianças e cuidar delas:

— Pode deixar, vizinha, ora veja, vizinhos são para isso mesmo, ajudam-se na precisão.

Lígia arregalou os olhos.

— Não vai incomodar?

— Nada disso, pode ir tranquila.

Na volta, deparando-se com as crianças alimentadas e banhadas, quietinhas e bem-comportadas, Marta lendo histórias para elas, Lígia disse para si mesma: "É isso mesmo, vizinhos se ajudam, se apoiam, ela está certa." E teve o doce pressentimento de que Marta poderia se tornar a sua melhor amiga.

Curiosa por natureza, Lígia ficava observando os vizinhos. Volta e meia, apareciam três amigos deles e ficavam ali no apartamento, conversando, horas... Lígia não conseguia compreender por que não vinham à varanda se fazia tanto calor. Eram todos sempre muito gentis, educados e afáveis, bem-humorados e silenciosos.

Silenciosos...

Estariam se escondendo? Lígia estremeceu. Se escondendo de quê? Por quê? Espantou a indagação, mas ela retornava, insidiosa. De noite, não conseguiu se aguentar e falou para Roberto:

— Estou vendo umas coisas estranhas aqui nos vizinhos...

— Que coisas?

— Não sei bem. Eles são tão educados... tão silenciosos...

— E você queria que eles fossem grosseiros e vivessem gritando?

— Claro que não, mas...

— Mas o quê? Você viu alguma coisa estranha?

— É que eles, às vezes, recebem amigos e passam horas conversando lá dentro, nem vêm para a varanda, não é esquisito?

Roberto olhou atento para ela, calado, e ela viu nos olhos dele um brilho ruim, teve vontade de engolir as palavras, mas já era tarde, elas tinham escapulido, instilando o vírus da desconfiança no marido. Quando se deu conta, Roberto estava falando para ela:

— Escute bem, você vai ficar de olho. Quando essas conversas acontecerem, você vai me telefonar e me dizer exatamente quantos estão aí dentro — apontou com a cabeça para o apartamento dos vizinhos.

— Mas... isso não vai ser ruim para eles?

— Se você ficar quieta, pode ficar ruim para nós.

— E para eles?

— Criatura, você tem que pensar antes de tudo em nós e nos nossos filhos. Fique esperta. E mão no telefone, se o que você me contou acontecer de novo.

Aconteceu dali a dois dias. Meio trêmula, Lígia ligou para o marido. Quando ele desligou, teve vontade de sumir. Depois de meia hora, bateu na porta do 301. Marta atendeu, sempre aquela simpatia:

— Houve alguma coisa, vizinha?

— É que...

A voz de Lígia parecia suplicar.

— Amiga, acho melhor vocês tomarem cuidado...

Percebeu nos olhos de Marta o brilho que vira nos olhos do marido, só que ao contrário. Tudo estava ficando muito confuso. Marta pegou suas mãos com carinho, mas com firmeza e, nos olhos, uma determinação que metia medo:

— Você viu alguma coisa? Soube de alguma coisa?

Lígia queria chorar de tão nervosa. Desprendeu-se das mãos da amiga e correu para o apartamento.

Pela varanda, Lígia viu os homens chegando, já de armas nas mãos. O tiroteio começou logo depois. Mal teve tempo de agarrar os filhos com os dois braços e correr como um animal ameaçado para um dos quartos. Enquanto Lígia vomitava, aquele inferno demorou uma eternidade.

Já era noite quando o rabecão chegou para retirar os corpos.

O último pulo

Ringo estava, mais uma vez, no ponto entre o sono e a vigília. Para seu desespero, já há muito tempo não conseguia dormir direito, no desvão entre a consciência e a sua perda. Ruminava: quando se esvaíra a confiança na luta que eles travavam contra a ditadura? Havia um momento preciso, concreto, que pudesse ser lembrado como um ponto de inflexão? Não se lembrava. A desesperança fora se instalando aos poucos, devagar, insidiosa, tomando conta. Mas qual seria a saída? Como dizer isto em voz alta? E os presos e torturados? E os mortos?

De repente, teve a sensação de que chegava, enfim, ao Chile. Já divisava a fronteira quando os guardas alfandegários, vestidos de verde, aproximaram-se, amigáveis. Conferiram seus documentos, tudo em ordem. Estranhou que fizessem o gesto universal de boas-vindas, a mão espalmada, levantada, inclinando-se suavemente para baixo, como se abrisse espaços, ensejando a entrada em algum lugar. Deu alguns passos e encontrou uma porta fechada. Fez um movimento para empurrá-la, mas vieram ao seu encontro sons de alguém batendo do outro lado. Hesitou. As batidas tornaram-se fortes, mais fortes.

Ringo então acordou, assustado. Estavam batendo na porta. Mas ninguém sabia que ele morava ali... Seria a polícia? Sim, certamente, a polícia. Estremeceu.

Olhou na direção do revólver em cima da mesa ao lado, numa pasta preta. Com um olhar de desistência, imaginou-se trocando tiros com os policiais. Não, não iria acontecer. Não era só que mal soubesse atirar, faltava-lhe decisão. Há muito sabia que esta hora, mais tempo, menos tempo, iria chegar, e ele iria se entregar, acabaria de vez com aquela angústia.

Bateram mais forte.

— Um segundo — exclamou, pensando em esperar que arrombassem o apartamento. Mas acabou se levantando, e se arrastou com desânimo. Já decidido a se entregar, abriu a porta:

— Ronaldo!

Sim, Ronaldo, o único na organização que sabia que ele alugara aquele apartamento.

— Ronaldo, o que houve, cara?

Viu o amigo transtornado, a gravata afrouxada, o paletó sujo de algo que não conseguiu identificar, a camisa meio rasgada, saindo para fora das calças, manchada de sangue.

— Deixa eu entrar, os vizinhos...

— Claro, entre.

Entreolharam-se.

— Ringo, aconteceu uma cagada sem tamanho.

Ronaldo contava com voz entrecortada:

— Estávamos reunindo a direção na casa em que eu morava com Marta. Éramos sete ao todo. De repente, Marta, que não participava, avisou que havia movimentos estranhos na rua. A vizinha, sua amiga, viera avisar.

Tomou um gole d'água. Recuperando a calma.

— Decidimos que iríamos sair assim: primeiro, um. Depois, de dois em dois, em três etapas. No início, parecia tranquilo. Saiu um. Saíram mais dois.

Sua voz ficou tensa:

— Chegamos a pensar que poderia ter sido um alarme falso.

Abaixou um pouco a cabeça, olhando para o chão:

— Eu e Marta saímos juntos, os penúltimos. Nem demos os primeiros passos, os homens vieram sobre nós.

— ...?

— Nem lembro os detalhes. Estou escutando até agora os tiros, muitos tiros, cara, tiro pra tudo quanto é lado. Ainda ouço os gritos de Marta: "Corre!" Fomos cada um para um lado. Não a vi mais, nem sei se está presa, se morreu...

Uma espessa tristeza infiltrou-se entre eles. Ringo perguntou:

— E os dois outros, que ficaram na casa?

A resposta veio meio hesitante:

— Estes na certa estão presos... ou morreram.

— E como você veio parar aqui? Alguém te viu?

— Nem sei direito, acho que não. Prestei atenção, acho que não — disse ele, não muito convicto. — Sei que rendi o motorista de um carro que passava. Os estalos secos, as balas zunindo, um inferno. Dali a alguns quarteirões, saltei e fiz sinal para um táxi. Tive o cuidado de fazê-lo parar um pouco longe daqui. Vim a pé.

— Você notou que está com a camisa manchada de sangue?

— É... estou vendo.

Ronaldo, ainda muito tenso, ia, porém, recobrando a calma, aquele seu jeito inimitável, de olhar de baixo para cima, com olhos irônicos. Percebeu o nervosismo do amigo:

— Você me empresta uma camisa, preciso me lavar, mudar de roupa. Vamos sair daqui, alguém pode ter me visto. Você tem para onde ir?

— Não acho necessário, você disse que ninguém te seguiu...

— É, mas pode ser que eu tenha me enganado. Nunca se sabe...

Ringo torcia as mãos:

— Não tenho para onde ir, Ronaldo, acho que vou ficar.

— Eu te arranjo um lugar, cara, vamos ter calma, acho perigoso você ficar.

Ringo cortou, sentia a língua pesada:

— Vai lá, toma um banho, vou te arranjar uma camisa limpa.

Ouviu Ronaldo falar:

— Sabe, cara, a mim eles não vão pegar. Não tocam em mim. Ainda tenho seis balas no revólver. Cinco pra eles. Se não der, a última é para mim.

— Não diga isso, cara! A prisão não é morte certa!

— Mas é tortura certa, pelo menos pra mim. A essa altura, eles devem saber que fui para a Direção depois da ação do embaixador. Eles não tocam em mim, pode estar certo.

Ringo repetia, como se fosse um disco quebrado:

— Não diga isso, cara! A prisão não é morte certa!

— Não tocam em mim.

Foi então que ouviram uma gritaria lá fora. No início, eram gritos abafados, depois ficaram mais altos, tornaram-se mais precisos. Ringo e Ronaldo levantaram-se, tensos. Os gritos estavam chegando mais perto. No andar onde estavam. Bateção de porta. Porta a porta. Chegando...
Ronaldo compreendeu.

— Ringo, aquela varandinha... pra onde ela dá?
— Você está louco, cara! Vai querer pular?
Ronaldo estava estranhamente calmo:
— Vou pular, é a última chance.
O outro se desesperava e repetia, meio histérico:
— Não faça isso, cara!

Socos e pontapés na porta, violentos. Com a mão trêmula, Ringo apontou o caminho da varanda. Ronaldo chegou ali em três passos. Olhou para baixo. Estavam no nono andar. Três andares, abaixo, no sexto andar, via-se um toldo, cobrindo uma outra varanda. Se ele pulasse, o toldo amorteceria a queda e... Daria? Tinha que dar.

Pulou no exato momento em que a porta do apartamento foi arrombada. Ouviu-se um estrondo, uma gritaria infernal. Ringo não ouviu mais nada, já estava sendo levado aos trompaços, pelas escadas, apanhando muito.

No dia seguinte, os jornais registraram que o corpo de Ronaldo fora encontrado, morto, numa rua da Lapa. Marta lia a notícia e não queria acreditar:

— Como? Na Lapa? Então ele escapou do pulo?
Gabriel pigarreou:
— É o que tudo indica. Da cadeia, o Ringo mandou dizer que ele pulou mesmo. Deduzimos que, do apartamento onde pulou, mesmo estando todo quebrado, conseguiu fugir, e aí foi cercado na Lapa. É o que se pode pensar.
— Ele sempre me dizia que não o pegariam vivo, não tocariam em seu corpo.
Marta chorava.

***

Mas o pegaram. Os filhos da puta. Anos depois, muitos anos depois, elucidou-se a verdade. O relatório da autópsia registrava, na secura habitual, as marcas de algema, escoriações por todo o corpo e um orifício na cabeça, resultado de um tiro dado à curta distância.

Mas o corpo não fora encontrado em outro lugar? Depois da execução, jogaram-no, já morto, numa rua da Lapa. Ronaldo morreu mudo, nada respondeu ao muito que lhe foi perguntado. Nem sequer o nome. Quando a morte veio buscá-lo, abraçou-a em silêncio. Nenhum dos seus conhecidos foi procurado pela polícia.

Na memória, guardou-se dele aquele tique de olhar de baixo para cima, levemente irônico. E mais uma frase, formulada, meio à brinca, meio à vera, num dia de quente debate a respeito de alternativas possíveis:

— Que tal fugirmos?

A queda

— Ainda não estou convencido desta ação...
— E como poderia estar?
— Como assim...?
— Você mesmo disse que...
— Sol, pare de fazer suas habituais previsões agourentas...
Ela apertou os olhos, como sempre fazia quando estava se aborrecendo:
— Foi você mesmo que disse: esta ação não tem pé nem cabeça.
— ...
— ... e não tem mesmo, estou apenas concordando com você.

Gabriel pensou mais uma vez na ação combinada. Seis companheiros. Panfletagem na favela do Crocodilo. Com que objetivo mesmo? Ali não morava nenhum contato, nem havia informações disponíveis sobre a realidade do lugar. O texto ficara pronto havia duas noites, com denúncias genéricas contra os baixos salários, a miséria do povo, a injustiça social, a ditadura. Fechando, as palavras de ordem de sempre: "Abaixo a ditadura", "Abaixo o imperialismo". Que efeito aquelas palavras poderiam ter?

Gabriel pensou numa garrafa lançada no mar por um náufrago. Metáfora exata. Era como se sentia no curso daquelas ações: lançando garrafas ao mar. Alguém as encontraria?

Iriam em dois carros. Num deles, Marta, Lírio e João. No outro, ele mesmo, Gabriel, mais Cenira e Josué. Marta, devastada desde a morte de Ronaldo, com os olhos secos de tanto chorar, perdidos no infinito, não aguentava mais a inércia. Queria participar de uma ação, como se isto fosse libertá-la da prisão de um sonho mau. Chegara a brincar com Gabriel:

— Meu reino por uma ação!
Ponderara:

— Marta, ação não é remédio nem terapia.

Ela devolvera no ato:

— Engano seu, ação desperta, encoraja, vai me ajudar a sair dessa prostração.

Lírio, ao contrário, pedira para sair, não da ação, mas da própria organização revolucionária. Não estava mais acreditando naquela aventura. Não lhe faltava coragem pessoal, tinha-a de sobra, a confiança no futuro é que escasseara, estava desanimado, sentia, com razão, que eles apenas sobreviviam, cada vez mais isolados, com os apoios em queda livre. Aquilo tudo tinha que ser analisado de outra maneira, não dava mais para ficar repetindo, repetindo. Fora enfático:

— Reiterar o erro não leva a acerto, não leva a nada.

Gabriel concordara. Mas fizera um apelo:

— Tudo bem, Lírio, mas participa uma vez mais com a gente nesta ação, será tua última ação, ok?

Lírio assentiu com um sorriso triste:

— Você não tem mesmo jeito, Gabriel, mas será minha última... e não me venha mais com a sua costumeira *luta ideológica*.

O outro apenas murmurou:

— Às vezes, acho que estamos pulando na corda bamba.

— Só agora que você está percebendo isso?

Cenira também não estava nada bem. Saíra de uma cirurgia delicada havia apenas algumas semanas. Uma cicatriz ainda fresquinha deslizava por sua barriga, embaixo do umbigo. Entretanto, também como Marta, estava tensa com a ociosidade. No seu caso, já se prolongava havia cerca de dois meses.

— Cenira, não dá... você não vê? Se houver repressão, como é que você vai sair correndo segurando a cicatriz?

— Vira sua boca para lá, Gabriel! É assim que você anima a gente? Cadê aquele quadro de direção que você vivia estimulando, incentivando...? Esta ação vai ser rápida, já fizemos várias do tipo. Vamos num pé e voltamos no outro. E vai me dar coragem, bem que estou precisando — e ela acompanhou a frase com um sorriso bonito. — Vamos nessa, Gabriel, estou dentro, e não vai ser você que vai me tirar.

Os outros dois escalados pareciam sem problemas. João, sempre quieto, era uma rocha, decidido. Mas Josué era muito jovem, seria sua primeira ação. Vai que houvesse um contratempo sério...

E ele mesmo, Gabriel, como se sentia? Ao contrário de outras vezes, pensativo, duvidoso. Dividira suas dúvidas com Sol:

— Não estou vendo esta ação com bons olhos. Uma coisa de sobrevivência.

Por isso é que ela agora estava cobrando, e tinha razão. Mas já estava tudo combinado e não seria ele a descombinar. Deu um beijo distraído de despedida em Sol e ainda a ouviu dizer, apertando os olhos como nunca, com malícia agridoce:

— Vocês vão fazer esta ação pela revolução ou por si mesmos?

Agora, estavam ali na favela, distribuindo os panfletos. Tensos. Os seis. Uma atmosfera morosa. Era difícil fazer as pessoas aceitarem os papéis. Alguns pegavam para se livrar, logo jogavam fora. Outros enfiavam no bolso, sentiam que era coisa proibida. Diziam, com delicadeza:

— Obrigado, vou ler mais tarde.

Já estavam ali havia uns quinze minutos quando João aproximou-se de Gabriel:

— Um cara ali a quem entreguei o panfleto me fez um sinal esquisito, como que indicando perigo.

— Não foi cisma tua?

João respondeu com outra pergunta:

— Você não está sentindo um ambiente meio pesado?

— Não... normal... em todo caso, já tá mesmo na hora de dar o fora.

Fez sinal para o grupo. Levantar acampamento. Foi quando ouviram uma sirene de camburão. Ainda longe, mas se aproximando...

Uma denúncia?

Entraram nos carros com calma e arrancaram. Logo viram os camburões na sua cola — eram dois e não apenas um. As sirenes tocavam muito altas, logo viria um enxame deles.

Na primeira encruzilhada que pintou, como combinado, os carros se apartaram: a polícia teria que se dividir. Perderam de vista o outro carro. Gabriel, revólver na mão, olhou para Josué, no volante. O garoto estava nervoso, mas segurava o volante com firmeza, acelerando. Cenira tirou o revólver da bolsa.

Entraram por uma rua de terra, o barulho das sirenes agora estava ensurdecedor, muito perto. Passavam rápido por casas de alvenaria, as pessoas se juntavam nas janelas, apontando. Um estampido. Um tiro? O para-brisas do fusca rachou, a bala passara perto deles, Josué encolheu-se. Gabriel gritou:

— Acelera, Josué, faz a curva e freia perto do morro.

Dito e feito. O fusca trepidou com a aceleração violenta, fez a curva e freou. Eles saíram depressa, correndo em direção do morro. Ouviram as freadas dos camburões quando já começavam a subir. Era uma encosta nua, ninguém morava ali. Subiram com firmeza, rápidos. Gabriel olhou para trás e viu, com alívio, os policiais parados lá embaixo, com medo de virem ao encalço deles, talvez tão encagaçados quanto. À medida que subiam, os meganhas ficavam menores. Uma boa distância já os separava. Era chegar lá em cima e descer ladeira abaixo. Do outro lado, estariam a salvo, pegariam outro carro e...

Cenira segurou a barriga, o sangue brotando:

— A cicatriz está abrindo, Gabriel, não tô aguentando.

Pararam. Consultaram-se com os olhos. De repente, encoberta por um tufo de vegetação, viram uma abertura, uma espécie de grota. Os policiais agora estavam pequenininhos, longe, deviam estar pedindo reforços, aguardando, covardes de merda!

Cenira arquejava:

— Vou me meter nesta grota. Vocês dois se mandem, eu fico por aqui, não estou aguentando mais.

Josué, enfático:

— Eu fico com ela. Vai você, Gabriel...

— Não, Josué, você vem comigo! Se os policiais lá embaixo virem a gente chegar ao topo e descer do outro lado, nem vão se dar conta de que a Cenira ficou por aqui...

— Eu vou ficar com ela — disse o garoto, firme.

Gabriel hesitou. Lembrou-se de uma história que o marinheiro Conrado lhe contara recentemente. Perseguido pela polícia, ferido por bala, embrenhara-se por um matagal, encontrara uma moita grande, densa, e ali ficara, imóvel, silente. Os tiras passaram direto e ele se salvara.

Cenira insistia:

— Cai fora, Gabriel. A gente fica aqui.

Pensou em escapar, mas se sentiria covarde se o fizesse. E imaginou que, talvez, quem sabe, daria para escapar, todos juntos. Um por todos, todos por um, não era assim que o velho pai sempre falava, referindo-se aos mosqueteiros? Eram revolucionários, queriam ser guerrilheiros, ou seriam apenas mosqueteiros? Faziam parte do exército revolucionário do Che Guevara? Ou do pequeno exército de Brancaleone? Quem eles eram, afinal?

Gabriel resolveu ficar. Apostaria na história do Conrado. "Você é um maníaco otimista", ressoou em seus ouvidos o comentário de um amigo que estudava psicanálise.

A grota era relativamente profunda. Entraram e aninharam-se nela. Anoiteceu devagarinho. Os três ali encolhidos, não trocavam palavra. Silêncio absoluto.

Passou uma eternidade.

Ouviram passos lá fora chegando perto. Um cara gritou:

— Olha pra isso, tenente, aqui tem um buraco, uma espécie de caverna.

Os três em silêncio, tensos. Outro grito:

— Vocês aí, ou se entregam ou vamos mandar uma granada aí dentro, vai explodir tudo.

Silêncio.

— Se vocês estiverem aí, é melhor sair, se entregar, com mãos bem para o alto.

Explodiu uma granada de gás lacrimogêneo.

O ar ficou saturado, não deu para suportar. Saíram do buraco tossindo muito, mãos para o alto. Havia ali um monte de policiais civis, com direito até a holofotes, e soldados da polícia do Exército. Catarinas. Gabriel divisou um soldado verde-oliva, rosto branco, olhos claros, mais curiosidade do que outra coisa, olhando para ele, examinando-o como se fosse um inseto.

Começaram a apanhar ali mesmo, ladeira abaixo, tropeçando aos socos e pontapés pelos arbustos ralos, porradas na cara, no pescoço, chutes nas pernas; caíam, levantavam, tornavam a cair e tinham suas roupas arrancadas. Chegaram lá embaixo arranhados, lanhados, batidos e nus.

Gabriel sentiu muito frio, na pele e por dentro. Um frio por dentro que nunca tinha sentido. Entrou no camburão nu em pelo, ficou ali só, sentado no banco de metal. Cenira e Josué foram empurrados para dentro de um outro veículo.

O camburão movimentou-se aos berros de uma sirene enlouquecedora de tanto barulho que fazia. Gabriel sentiu-se meio zonzo. Estaria num pesadelo? Beliscou-se. Não, não era sonho. Quando se deu conta, estava sendo arrancado do camburão, puxado pelos cabelos, aos gritos, chutes e pontapés. Caiu de costas no chão, uma bota grande esmagou seu braço.

Barão de Mesquita, 525. Chegara o seu dia no inferno.

O enfermeiro

"Era a tal coisa, você deveria aceitar ou não? Por que pensar no assunto? Já não aceitou? Mas você não deveria aceitar. Aceitou? Agora, aguenta as consequências. Mas eu não deveria ter aceitado, aceitei de bobo. De bobo, não, de esperto, pois queria ganhar mais e ter mais consideração. Agora, veja aí a bananosa em que se meteu."

Ia andando assim pela noite, conversando consigo próprio, uma coisa que tinha desde pequeno, quando a mãe saía para trabalhar e o deixava sozinho em casa, trancado, aguentando a barra de suas angústias. Distraía-se falando sozinho, ou melhor, consigo mesmo, como se fosse duas pessoas, "um em dois", brincava. Um perguntava, o outro respondia. Foi crescendo, mas sem perder a mania de conversar consigo mesmo, ajudava a tomar decisões. Ou, se fosse o caso, e agora era o caso, a pensar nas consequências de suas decisões.

Lembrava-se bem de quando o major Adolfo o chamara:

— Jessé, venha cá.

Foi.

— Jessé, eu e o coronel Henrique estamos gostando muito do seu trabalho. Você está às vésperas de dar baixa, mas queremos propor que fique no Exército...

Ele se aprumou:

— Como assim, major?

O major explicou, paciente:

— Jessé, quando o tempo de serviço termina, alguns recrutas podem não sair, podem ficar, ser contratados, e mais tarde, se quiserem, e se o Exército se interessar, podem inclusive fazer carreira aqui dentro.

— O que eu teria que fazer?

— Você vai precisar fazer uma provinha, coisa fácil, a gente arranja isso, por aí não vai ter problema... — o major pigarreou. — Nós gostamos de você, você é um rapaz sério, cumpre horário, faz as coisas direito, não cria caso, aprendeu rápido o serviço de enfermeiro, faz os curativos, não erra nas doses dos remédios, aprendeu a aplicar injeção... O único problema é que...

Jessé ficou esperando o major completar a frase.

— ... é que o trabalho que precisamos que você faça é especial, muito especial.

— ...?

— Vai exigir silêncio. Ouviu bem, Jessé? Você não vai poder contar nada a ninguém, nem à sua mãe, nem à sua namorada.

— Eu não tenho namorada, major.

— Melhor ainda. Não vai poder contar nada a ninguém, tá ouvindo bem, Jessé?

— E por que eu haveria de contar, major?

— Não há razão nenhuma para contar, rapaz, nenhuma.

Houve uma pausa. O major continuou, fitando-o bem nos olhos:

— Você vai ganhar bem, Jessé, muito melhor do que agora, mas, repito, não vai poder contar nada a ninguém, Jessé. Se contar, vai se dar mal, muito mal.

"Ali, naquele momento, você sentiu que estava entrando numa armadilha, da qual não poderia sair tão cedo, deveria ter caído fora, cara, era o momento de cair fora, mas você resolveu ficar, agora olha a bananosa..."

— Pode contar comigo, major, estou dentro.

O major o levara então até um edifício baixo, de dois andares, que ficava afastado do prédio principal, num ângulo morto do grande pátio do quartel. Já o vira de longe. Desde que chegara ao quartel, Jessé percebera, sem compreender direito, que os recrutas olhavam para lá com respeito e um certo medo. Era para lá que eram levados os caras que chegavam presos. Mais de uma vez, de longe, Jessé vira os camburões da polícia chegando, com luzes vermelhas e amarelas piscando, e ouvira as sirenes estridentes. Os presos já desciam apanhando e sumiam lá dentro. De vez em quando, ouviam-se gritos agoniados, era de assustar.

Um dia, perguntara a um recruta amigo, apontando para lá:

— Que diabo é aquilo?

— Não quero nem saber e é melhor você também não perguntar.

Ficara intrigado, mas deixara para lá. A vida tem disso mesmo. Coisas que a gente pode entender, coisas que não pode ou não deve compreender, vá lá Deus saber. Pois não é que agora o major o levava pelo braço justamente na direção daquele lugar?

O major falou com voz grave e pausada:

— Aqui, Jessé, é onde funciona o Pelotão de Investigação Criminal da Polícia Especial do Exército — e, ao dizer isso, esperou para ver o efeito que faria. Então continuou: — Nós somos a cabeça da Polícia Especial do Exército, Jessé. A cabeça e os braços. E as botinas também — completou, com um sorriso sinistro. — Aqui, meu rapaz, é onde a gente defende este país dos terroristas que querem acabar com a gente, com o nosso povo...

O major perguntou:

— Você já ouviu falar dos terroristas, Jessé?

— Sim, senhor — respondeu, sentindo que pisara numa armadilha.

— E onde, meu filho, você ouviu isso? — o major cresceu para cima de Jessé, quase encostando o rosto no dele. — Onde, meu filho?

Jessé engasgou, ficou vermelho, acabou gaguejando umas palavras:

— A gente ouve por aí, seu major, na TV.

— Você é um rapaz bem-informado. Ótimo. Mas lembre-se de nosso trato. Do que você vai ver e ouvir aqui... boca de siri, seu moço, nem uma palavra a ninguém.

"Ali já não tinha volta. Ou ainda dava? Não, já não dava, claro que não dava, você foi muito estúpido para ter deixado as coisas chegarem a esse ponto."

O major o empurrara de mansinho para dentro do prédio. Teve dificuldade para não estremecer ao se enfiar pelo corredor. No fundo, as celas. Dentro de cada uma, uns caras muito sérios olhando para ele. Outros, deitados em colchões pelo chão. Ouviu gritos abafados, que vinham de dentro de uma sala esquisita — do lado de fora, uma lâmpada acesa, vermelha, em cima da porta. No segundo andar, mais celas, maiores, cheias de presos.

O major o apresentara ao homem que parecia ser chefe do lugar:

— Dr. Ubiraci, apresento o nosso novo enfermeiro, um rapaz nota dez.

O outro apenas o olhara, meio desconfiado, severo. Os olhos, injetados de vermelho, pareciam querer atravessá-lo:

— Como é seu nome?
Perfilou-se.
— Jessé de Souza.
O chefe já não estava olhando para ele, mas para o major:
— Você se responsabiliza por esse cara?
— Sem dúvida.
— Pois amanhã mesmo ele começa a trabalhar.
No dia seguinte estava ele lá, fazendo o que sabia fazer. Curativo no pé de um oficial. Injeções de vitaminas em dois soldados. Noite fechada, já se preparava para sair quando foi chamado por um assistente do dr. Ubiraci:
— Vai ali na cela 3.
Foi. Um soldado abriu a porta com uma chave grande de metal. Jessé topou com um sujeito deitado, todo arrebentado, a cabeça inchada de tanto apanhar, o corpo era uma equimose só, todo roxo. Um médico estava lá, leu o nome costurado no jaleco: dr. Lobo. Ele já estava saindo.
— Aplique esta injeção no cara — e passou o estojo com a seringa e um vidrinho de antibiótico.
Saiu. O guarda fechou a porta por fora:
— Quando acabar, bate na porta.
Jessé ficou estatelado, prendendo a respiração.
Começou a suar frio. A pessoa, deitada, gemia. Ele preparou rápido a injeção e ajoelhou-se perto dela para dar o pico.
Cruzou os olhos com o homem.
"Você não devia ter feito isso! Tinha que aplicar a injeção e dar o fora. Era este o teu serviço! Mas... foi sem querer! Como é que eu ia adivinhar? O sujeito tava deitado, abriu os olhos, não podia deixar de me ver, ou podia? Ele podia olhar para onde quisesse. Você é que não podia olhar para ele!"
Cruzaram os olhos de novo.
Jessé começou a sentir o suor deslizando na testa. O rapaz gemeu mais alto. Jessé nem sabia onde aplicar a injeção. Os braços do cara sangravam, equimoses por toda parte. Já ia espetar a agulha quando ouviu:
— Eles vão me matar. Gabriel. Lúcio e Helena, 252-82-38.
Jessé não falou nada. Não perguntou nem respondeu. Mas não podia fechar os ouvidos. E seus ouvidos escutaram. Entre gemidos, a voz era clara:

— Gabriel sou eu. Eles vão me matar. Telefone para Lúcio e Helena, 252-82-38.

A injeção aplicada, Jessé bateu na porta:

— Cabo da guarda! Pode abrir.

A porta se abriu, ele saiu, virou as costas para os gemidos, atravessou o corredor, foi até o vestiário, trocou de roupa e ganhou a rua.

"E agora, cara? Sentiu onde você se meteu? Numa prisão, cheia de torturas, torturadores e torturados! O que você vai fazer agora? Você está F-O-D-I-D-O. Seja o que você fizer, está F-O-D-I-D-O. Vai telefonar? Se pegam, e vão pegar, é você que vai parar lá naquela cela, precisando de injeção. Se não telefonar, vai ficar por aí, atormentado. Viu onde foi se meter?"

Jessé suava frio agora, ia andando trôpego pela rua, como se estivesse bêbado. Sem bem saber o que estava fazendo, viu um orelhão, encostou-se, puxou o gancho e discou:

— 252-82-38.

Tocou, tocou, já ia desligando quando ouviu do outro lado da linha:

— Alô.

Sentindo-se como um sonâmbulo, falou rápido:

— O Gabriel tá na Barão de Mesquita!

Nem ouviu a resposta. Desligou a bosta do telefone e foi andando, desesperado, engolido pela noite.

O filho

Era alta madrugada quando o telefone tocou. O primeiro toque não alterou o sono do casal. O segundo toque fez Lúcio se mexer. Estendeu o braço, levantou o fone e falou com voz estremunhada:
— Alô...
Do outro lado da linha, alguém disse com pressa:
— O Gabriel tá na Barão de Mesquita!
Lúcio despertou:
— Alô, quem tá falando?
Perguntou de novo:
— Quem tá falando?
Desligaram. A mulher, dona Helena, inclinou o corpo, desperta:
— Quem é?
— Nada, engano — murmurou Lúcio, fingindo virar de lado, dando as costas para ela. E repetiu: — Não era ninguém, foi engano.
Quando sentiu que a mulher voltara a dormir, virou para sua posição preferida, de barriga para cima. Olhos bem abertos na escuridão completa. Pronto, tinha acontecido o que mais temia.
Barão de Mesquita, já ouvira falar, quartel da Polícia Especial do Exército, antro notório das torturas e dos torturadores. Gabriel tinha sido preso. Devia estar sendo agora torturado. Iriam matá-lo?
Estremeceu.
Pensou em acordar Helena, mas desistiu. Melhor deixá-la dormir um pouco. Dali a pouco amanheceria o dia, a vida passaria a ter um único objetivo: localizá-lo, tentar salvá-lo, "Salvar a vida do meu filho", pensou, e teve um começo de soluço, de dor, de apreensão, de choro.
Conteve-se. Havia muitos meses, desde que os filhos tinham se danado no mundo, caído na clandestinidade, a vida para eles dois, Lúcio e Helena,

tornara-se áspera. Ficavam à espera de notícias, alertas, como numa emboscada.

Lúcio esquadrinhava os jornais. Era na seção policial que apareciam os registros dos assaltos, tiroteios, prisões, suicídios, assassinatos. Nunca tinha prestado atenção naquela página do jornal. Agora não, começo da manhã, ao comprar os jornais na banca, levava dois, às vezes três, ia direto para a página das notícias policiais. Ficava ali tentando ler nas entrelinhas, a respiração suspensa.

"Assalto a banco em Madureira rendeu 50 mil para os terroristas."

"Tentando fugir da polícia, morreu atropelado." Nome? Tinha nome? Não, não tinha.

"Comendador teve o carro roubado quando saía para o trabalho."

Medo de ler o que não queria. Mas ali poderiam aparecer indícios reveladores. Tempos sombrios. As pessoas estavam com medo. Lúcio e Helena às vezes se sentiam pestilentos. As pessoas desviavam deles nas ruas. Quando esbarravam, cumprimentavam sem apertar as mãos e davam o fora rapidinho. Na semana anterior, encontrara um velho conhecido. Sorriu e ia estendendo a mão quando o outro o percebeu e atravessou a rua como um coelho amedrontado.

Na missa de sétimo dia do desembargador Salvador Correa, cruzara com um ex-colega de turma da faculdade de direito, Mirtoc Neto, que fora integralista nos anos 1930, aderira depois ao Estado Novo, apoiara o golpe e a ditadura e posava agora de secretário de Segurança no novo governo do estado. Mirtoc chegou com um sorriso fingido, estendendo a mão:

— Quer dizer que seu filho é terrorista?

Respondeu alteando a voz e deixando a mão do outro no ar:

— Mirtoc, respeite a mim e a meu filho. Ele está lutando contra a ditadura, isso não faz dele um terrorista.

As pessoas em torno olharam e se afastaram, sussurrando, ninguém queria se meter em confusão.

Olhando para o escuro, Lúcio pensava, com terror na alma: "Daqui a pouco teremos que sair em busca de amigos, velhos e novos conhecidos, desconhecidos, adversários, até inimigos, todos os que puderem de algum modo ajudar, contribuir para que a prisão do meu filho seja ao menos reconhecida, registrada, e que parem de torturá-lo. Que não o matem."

Amanheceu. Hora do café.

— Helena, aquele telefonema ontem à noite...

Ela susteve a xícara de chá no ar. Pelo tom de voz dele, pressentiu o pior:

— Sim... Não foi engano?

— Não, não foi engano, falei isso para não infernizar o seu sono. Avisaram, não sei quem, que o Gabriel foi preso, está lá na Barão de Mesquita.

Num silêncio de angústias e presságios, deram-se as mãos. Abraçaram-se. E, como se tivessem combinado há anos o que fariam, o que tinham de fazer diante de tão imenso desafio, começaram a se mover, sincronizados, determinados, devotados agora a um único objetivo: salvar o filho da morte que se infiltrava ali como um réptil traiçoeiro.

A irmã mais velha, magra e baixinha, tomou-se de energia, agigantou-se na mobilização de padres amigos. Um outro irmão, professor, sondou um velho general de reserva, quem sabe por ali não viria alguma notícia? Apareceram advogados amigos, destemidos. Naquelas circunstâncias defender presos políticos podia dar — e dava, estava dando — cadeia. Um velho jornalista, de quem Lúcio nem mais se lembrava, apareceu solidário, iria ver entre conhecidos policiais se havia notícias.

Um dia foi particularmente grato: foi abordado por um velho advogado, Povina Cavalcanti, já aposentado. Ao contrário da maioria, foi ele quem atravessou a rua para apertar sua mão. Parou-o para dizer:

— Soube que seu filho foi preso. Se precisar de alguma coisa, qualquer coisa, estou à disposição. E me disponho a depor a favor dele, conte comigo.

Levaram dez dias e dez noites de tentativas, buscas, aflições, vigílias, indagações mal respondidas, mentiras mal contadas, para, afinal, chegar à confirmação: Gabriel estava mesmo preso.

Quebrado, arrebentado, destroçado, mas vivo! Passou-se mais um mês. Um dia, Helena entrou pela sala como se fosse uma ventania, com uma espécie de cartão de visita na mão:

— Está lá e está vivo.

Lúcio não queria acreditar:

— Como você pode ter certeza?

— Tive que passar seis horas na portaria daquele quartel, mas consegui, aqui está — ela tremia de contentamento. — Um bilhete escrito por ele!

"Tudo bem. G."

Olharam para o bilhete, entreolharam-se, em busca de um mínimo de confiança, soletraram aquelas poucas letras, tentando ver através dos garranchos algo esquisitos, mal desenhados. Por que não escrevera o nome inteiro? Só a inicial?

Lúcio teve um pensamento ruim: e se não fossem dele aquelas letras? E se outra pessoa as tivesse escrito? Mas falou outra coisa:

— As letras certamente são dele, claro, estou reconhecendo, claro que são dele, mal garatujadas, mas são dele mesmo!

— Jura que você está reconhecendo?

Lúcio sorriu:

— Por todos os céus e santos!

Helena ainda estava emocionada. Foi até a vitrola velha, já não se tocava nada ali havia tanto tempo... e pôs a valsa preferida dele, de Strauss...

— Você me convida?

Lúcio inclinou o corpo, numa reverência:

— Permita-me, senhora...

A música espalhou-se por outros apartamentos, alcançou os ouvidos de seu Genoíno e dona Ruth, moradores do 302, dois andares acima. A mulher comentou:

— Genoíno, eles estão ouvindo música...

— Vida difícil, a deles...

— Por quê?

Genoíno abaixou a voz, como se estivesse contando um segredo:

— Eles têm quatro filhos terroristas...

— Como pode ser? São tão bons...

— Pois é, alguma coisa não deve ser tão boa assim. Afinal, o que eles fizeram para ter quatro filhos terroristas...?

— Genoíno, você não tem pena deles?

— Pena, tenho, só estou dizendo é que algo de muito ruim eles devem ter feito...

***

Helena e Lúcio ainda tiveram que esperar três meses de *démarches* malsucedidas, entrevistas marcadas e não realizadas, pedidos dramáticos de ajuda, petições indeferidas e *habeas corpus* recusados. Afinal, veio a autorização de visita. O major havia sido formal:

— Sexta-feira, das três às três e meia da tarde, no quartel do regimento Pernambuco, no Campo de São Estêvão. Nem um minuto a mais.

Lúcio e Helena chegaram ansiosos. Tinham jurado por todos os deuses que seriam fortes. Helena insistia ao longo da semana:

— Lúcio, temos que ser serenos, dar confiança, não vamos começar a chorar à toa.

Em ponto, às três horas, chegaram ao hall do quartel. Depois de uma revista demorada e humilhante, deixaram-nos numa sala com janelas gradeadas. Seguiu-se uma longa espera, atordoante, um calor abafado, por mais de quarenta minutos. Junto, um sargento, ostensivamente armado, esparramava-se numa cadeira, de pernas abertas.

Gabriel apareceu muito pálido, bem mais magro, há meses preso, e ainda assim trazia nos olhos uma estranha confiança. Trocaram breves palavras, conversando com os olhares, as mãos, os braços e os abraços.

Foi aí que, sem notar, como se desprezando a presença do militar de vigia, e desvencilhando-se do peso daqueles meses, os três pegaram-se olhando para um mesmo ponto, fora daquele espaço, além das grades, ali onde dançava alegre e leve a liberdade.

O velho

Ladeado por dois soldados, o homem entrou com passos pausados na sala grande e bem iluminada da auditoria. Quem o seguisse poderia ter a impressão de ver suas costas ligeiramente arqueadas. De frente, porém, evidenciava altivez e serenidade. Ombros largos, bigodes fartos, quase careca, olhar seguro de si mesmo, aparentava ser um sessentão.

À sua direita, percebeu, sentados como bonecos de madeira, os quatro juízes militares, bem barbeados, cabelos cortados à escovinha, rígidos, olhando para o infinito. Numa banqueta mais baixa, o juiz-auditor. À sua esquerda, o escrivão, em frente a uma máquina de escrever antiquada.

Na assistência, o homem entreviu algumas pessoas; duas delas pareciam jovens repórteres, talvez à cata de alguma notícia. Num último banco, entreviu uma velha amiga, a imprudente, como tivera a coragem...

Sorriu para si mesmo, conferiu as emoções, como se examinasse o próprio pulso e as batidas do coração, e se preparou para tomar o lugar que lhe indicavam. Antes de fazê-lo, porém, ergueu as duas mãos enfaixadas e engessadas e disse, em voz alta e sonora:

— Senhores juízes, nestas mãos enfaixadas e engessadas, três em cada mão, estão seis dedos quebrados por oficiais do Exército brasileiro, pisoteados por oficiais-torturadores. Seis dedos quebrados, por pura maldade. Eu queria...

Fez-se um silêncio pesado de surpresa. Falou o juiz-auditor:

— Senhor... — ele consultou rapidamente os papéis que tinha diante de si. —Sócrates de Almeida, aqui nesta sala...

— ... eu queria apenas fazer esta denúncia, que a tortura a que me submeteram seja registrada.

O escrivão, mãos sobre o teclado, tomava posição para começar a datilografar. O juiz atalhou-o, interrompendo o seu gesto:

— Só será registrado o que eu disser para ser registrado.

Os dois repórteres olhavam agora com atenção, anotando e trocando olhares conspiratórios. O réu continuou:

— ... que esta denúncia seja registrada...

— Sr. Sócrates de Almeida, o senhor só fala aqui com minha expressa autorização.

O homem retrucou, com voz pausada e firme:

— Espero que fique registrada...

Um dos bonecos de madeira deu um sinal, quase imperceptível, de impaciência. Os demais mantinham-se impassíveis, o juiz-auditor exasperou-se:

— Sr. Sócrates de Almeida, ou o senhor se cala ou serei obrigado a determinar sua retirada da sala...

O homem sentou-se. O juiz respirou aliviado. Olhou para o escrivão e determinou:

— A partir de agora, pode registrar.

E dirigindo-se ao homem:

— Sua identidade completa: o senhor se chama Sócrates de Almeida?

— Nada tenho a declarar...

— O senhor residia, antes de ser preso, na rua Uruguai, número 50, primeiro andar, apartamento 101, no bairro da Tijuca, nesta cidade?

— Nada tenho a declarar.

— Mas o senhor reconhece que seu vizinho, que habitava no mesmo prédio, o conhecia bem e...

— Nada tenho a declarar.

— ... que se chama Mário da Conceição?

— Nada tenho a declarar.

— O senhor confirma a vinculação ao Partido Comunista do Brasil?

— Nada tenho a declarar.

— O senhor nega qualquer vinculação com o Partido Comunista do Brasil?

— Nada tenho a declarar.

— Sr. Sócrates de Almeida, há inúmeros depoimentos convergindo no sentido de que o senhor faz parte da direção política do Partido Comunista do Brasil... o senhor refuta estas acusações?

— Nada tenho a declarar.

Um dos bonecos de madeira coçou a parte de trás da cabeça.

— O senhor nega ter participado da reunião do Comitê Central do Partido Comunista do Brasil, realizada no último dia 15 de janeiro, na rua Costa Barros, número 2, sobreloja...

— Nada tenho a declarar.

— ... que aprovou uma resolução sobre a luta armada contra o governo brasileiro?

— Nada tenho a declarar.

O escrivão levantou as mãos do teclado e indagou, tímido:

— Excelência... continuo a registrar?

O juiz, inclinando-se para o lado, olhou-o com severidade:

— É claro...

Mas a voz soava hesitante, havia ali uma certa confusão. Endireitou-se na cadeira, respirou fundo e retomou o interrogatório:

— Sr. Sócrates, o senhor tem advogado?

— Nada tenho a declarar.

— Quer que a auditoria designe um advogado *ex officio*?

— Nada tenho a declarar.

Os repórteres estavam agora boquiabertos, provocados pelo inusitado da cena. No fundo da sala, o olhar da velha amiga lançava faíscas de uma luz sombria.

O juiz não desistia:

— O senhor reconhece sua responsabilidade nas ações subversivas do Partido Comunista do Brasil, realizadas em abril passado?

— Nada tenho a declarar.

— E nas panfletagens insultuosas ao governo brasileiro, promovidas no centro desta cidade, no mesmo mês?

— Nada tenho a declarar.

— E o senhor, Sócrates de Almeida, também nada teria a declarar sobre as ações terroristas perpetradas contra o Banco Panamericano e contra o jornal *O Universo*, em fevereiro passado?

— Nada tenho a declarar.

— Quer dizer, então, que o senhor se declara inocente de todas estas acusações?

— Nada tenho a declarar.
— Tudo que aqui está...
O juiz batia na gorda pasta que tinha diante de si.
— ... nada do que aqui está tem qualquer substância?
— Nada tenho a declarar.
Os bonecos de madeira mexiam-se agora em suas cadeiras como se movidos por uma mola oculta, dando sinais de irritação. O juiz procurou outros ângulos de ataque:
— Sr. Sócrates, o senhor reconhece que foi preso pelo Exército brasileiro há cerca de dois meses... exatamente no dia... — consultou o papelório — ... no dia 12 do mês de março passado?
— Nada tenho a declarar.
Os repórteres não paravam de anotar. Aquele julgamento estava se tornando interessante. Eventuais notícias seriam censuradas, sem dúvida, mas ficariam gravadas para um futuro indeterminado.
— Sr. Sócrates de Almeida...
O juiz parecia desamparado. Sentia, cravados em sua figura, os olhares de repreensão dos bonecos de madeira. Empinando-se, prosseguiu:
— Sr. Sócrates de Almeida, se eu continuar a formular perguntas ao senhor, o senhor prosseguirá dizendo "Nada tenho a declarar"?
— Nada tenho a declarar.
— Registro? — indagou o escrivão.
O juiz bateu o martelo na mesa:
— Está encerrada a sessão!
Levantou-se. Com ele, os bonecos de madeira empurraram para trás as cadeiras e se levantaram num movimento único. Ladeado pelos dois soldados, o homem retirava-se da sala. Ouviu-se alguém dizer, numa voz quase inaudível:
— Eis um homem...
Já de saída, apressada, a moça do fundo da sala, mal movendo os lábios, murmurou para si mesma:
— O velho venceu.
A noite abraçou-a quando ela sumiu na multidão.

De um a cinco

Fora pego desprevenido. Numa esquina do subúrbio, um companheiro não aguentara o pau, entregara o ponto de encontro. Sabia como era, já lera muitos testemunhos aterradores. Agora estava na sala de tortura, encarando o torturador, na cabeça o cabelo escovinha típico.
— Você é o Fernando, certo?
— ...
— Fernando Araújo de Nascimento? — os olhos maus do torturador boiavam na córnea.
— ...
— Não vai responder? Nem o nome, seu filho da puta?

Um dia, longe no tempo, Fernando ouvira falar de duas técnicas para lidar com a tortura: o método armênio e o método turco. Pelo primeiro, você tentava negociar. Tinha dez informações importantes e duas nem tanto? Dava as duas e guardava as demais. Não estava aguentando mais? Dava uma informação falsa. Até que os homens fossem conferir, você ganhava tempo.
— Tempo, meus amigos — pontificava o velho militante do Partidão. — Tempo é sempre importante, mas na tortura é mais importante ainda. Ganhar tempo. Cada minuto que você ganha, um ponto para você. Uma hora, sessenta pontos.

Os jovens o olhavam com interesse.
— O método armênio tem um perigo...
— Qual é...?
— É que, quando você começa a negociar, pode perder o controle da situação e acabar dizendo coisas que não queria, ou não deveria dizer. E

aí, se e quando você começa a dizer coisas que não deveria... aí pode dar merda...

— E o método turco?

— Este é mais difícil, porém mais seguro: você não dá nada, nada de nada. Mudo. Não diz nada, nem seu nome.

— Mas e se eles já souberem o seu nome?

— Não importa. Você não diz nada, não nega nem confirma nada. Como se você tivesse se transformado numa pedra, num muro. Nenhuma conversa, nenhuma negociação.

— Mas uma pessoa se garantir assim é muito difícil — comentou alguém na roda.

— Sem dúvida — assentiu o velho —, mas o silêncio é a garantia de que você não vai fazer nenhuma cagada, o silêncio te protege. Mas tem um perigo aí também...

— Qual é?

— Os caras podem ficar com raiva e te matarem de porrada, cegos de ódio. Aí você morre, mas não diz nada pros filhos da puta.

Agora havia chegado o momento da verdade para ele. Nu e sentado na sala onde o haviam posto. Ar-condicionado ligado a toda. Um frio de rachar, não conseguia evitar que o corpo tremesse. Escolheria a via armênia ou a turca? Decidiu-se por um procedimento próprio: contar até cinco e só abrir alguma coisa quando não conseguisse mais contar. Começou:

— Um, dois, três...

Entraram alguns caras na sala e caíram de porrada em cima dele, aos berros, como se fossem animais famintos:

— Vai abrir ou não vai abrir? Pau de arara nele!

Pegaram uma barra de ferro e passaram entre a concha dos seus braços e a dos joelhos. Em seguida, amarraram bem apertados os tornozelos nos pulsos. A barra ficou atravessada entre os punhos amarrados e as dobras dos joelhos. Quando levantaram o corpo, a cabeça, desamparada, caiu pra trás com força. Tontura. Daí eles apoiaram a barra em dois cavaletes e penduraram o corpo a um metro do solo. O sangue começou a circular com dificuldade, sentiu o corpo inchar. Continuou levando porrada e começou a sentir os choques elétricos que atravessavam o corpo, fazendo-o alçar-se com gritos de dor e de terror.

— Um, dois, três, quatro...
— Qual é teu próximo ponto, Fernando?
— Um, dois, três, quatro...
— Teu aparelho? Onde fica?
— Um, dois, três...
— Lamarca, onde está o Lamarca?
— Um, dois...
Desmaiou.

Acordou trêmulo de frio. Ainda nu e na mesma sala, mas agora sentado no chão molhado, de água misturada com sangue e fezes. Detrás de uma mesa, de uniforme do Exército, um cara olhava para ele com olhos fingidos de amizade.

— Barra-pesada, hein, Fernando?
— ...
— Olha, consegui te salvar daqueles caras. Não pense que o Exército só tem feras como eles. Intervim e consegui te salvar, porra, os caras queriam te matar...
— Um, dois, três, quatro, cinco...
— Você aprontou, né, Fernando?
— ...
— Quer um cigarro? Você fuma?
— ...
— Cara, deixa eu te dizer uma coisa: se você não disser nada, nada mesmo, eu vou embora e aquelas bestas vão entrar aqui e te arrebentar de porrada. Pensa bem. Você tem muita informação, dá alguma coisa, alguma coisa que não tenha valor, qualquer coisa, e com isso já consigo segurar os caras...

Fernando estava longe, pensando no velho Roque. O pai, uma vez por mês, reunia amigos para jogar pôquer. Mesa redonda, tampo verde, quatro craques do baralho. Imaginavam-se assim: craques do baralho. O único, porém, que era realmente craque, que ganhava sempre, com ou sem sorte, era o Roque. Um dia, Fernando, então nos seus quinze anos, perguntou:

— Roque, como você faz para ganhar sempre?

— Vou te dizer, porque você é filho do seu pai, mas não conta pra ninguém. Um segredo entre nós, para você jogar pôquer e se virar por aí. Porque o pôquer é a vida em miniatura. Você sabe, a vida é um grande jogo. O pôquer, um jogo pequeno. Mas os truques e as armações da vida estão contidos nele. Se você se der bem no pôquer, vai se dar bem na vida, pois a vida, menino, não passa de um grande jogo.

— Ué, mas eu ouço meu pai dizer que quem tem sorte no jogo não tem sorte no amor.

— Conversa fiada de perdedor, menino. Não confie nos perdedores, eles te consolam, mas não abrem caminhos — disse ele, e em seguida ensinou: — Se você está com um jogo bom, você ganha; todo mundo ganha com um jogo bom, certo?

— Parece lógico.

— Mas você pode ganhar também com um jogo de merda...

— Como?

— Você pode blefar...

— Blefar? O que é isso?

— É quando você não tem jogo e finge que tem.

— Como é que os outros não vão desconfiar?

— Eles desconfiam, claro, mas aí é que entra o segredo. Tudo depende de três coisas: mãos, rosto e olhos.

— Como assim?

— Quando você aposta, os demais olham para suas mãos. Se elas estiverem trêmulas, é porque você está nervoso. Quem tem um jogo bom não fica nervoso. Esta é a primeira dica: mãos firmes.

— Vou me lembrar disso.

— Segunda dica: rosto impassível. Não mover um músculo. Como se você estivesse olhando pro nada, olhando para qualquer coisa sem o menor interesse. E agora vou te dar a terceira dica, a última e a mais importante: olhos neutros.

— ...?

— Os caras vão olhar para as tuas mãos, para o teu rosto, mas vão olhar principalmente para os teus olhos, Fernando, eles vão querer ver através dos teus olhos onde estão teus pensamentos e o valor do teu jogo. Daí você tem de olhar para eles com olhos neutros.

— ...?

— Olhos neutros, Fernando, são olhos que não dizem nada.

— Fernando, você está me ouvindo?

Sentiu-se retornando de uma longa viagem. Ali estava: nu, com frio, o corpo todo dolorido, a morte na alma, o medo lambendo as entranhas. Olhou para o torturador com olhos neutros.

— Fernando, porra, eu estou aqui para te ajudar. Se você continuar assim, vou embora, paro de te ajudar.

Olhos neutros.

"Velho Roque, obrigado, mãos firmes, rosto impassível e olhos neutros. O cara não sabe que estou blefando. Eles têm tudo e eu não tenho nada, mas vou tentar ganhar esta."

— E aí, Fernando, por favor, deixe-me ajudar...

Olhos neutros. Não diziam nada, porra nenhuma. Os bate-paus entraram na sala aos berros. Sentiu-se levantado novamente. Pau de arara e choque. Choque e pau de arara.

— Um, dois, três, quatro...

Porrada nas costas, choque no saco, murro na cara.

— Um, dois, três, quatro, cinco. Um, dois...

Desmaiou de novo. Perdeu a noção do tempo. Acordou moído, dilacerado. O frio trouxe-o de volta à consciência. Continuava nu e sentia muito frio. Percebeu que estava sozinho numa cela. Solitário.

Lembrou-se de antigas histórias, ouvidas nem sabia mais quando e onde, sobre velhos militantes que haviam passado pela tortura sem nada dizer. Método turco. Um deles, passada a etapa das torturas, todos os dedos quebrados, fora levado ao tribunal para responder ao meritíssimo juiz. O juiz engrenou o longo questionário que tinha sob os olhos. Mas o velho não respondeu a nenhuma questão, nada, zero.

Fernando sorriu na escuridão da cela. Dormiu cheio de dor. Voltaria ainda diversas vezes ao pau de arrara, às sessões de afogamento, à tortura do choque elétrico.

— Um, dois, três, quatro...

Não lhe tiraram nada.

Meses depois, já numa cela coletiva, numa outra prisão, ouviu a incômoda pergunta:

— Como é que você fez para aguentar a tortura?

— Cara, já te falei, não gosto de falar desse assunto...

— Mas é que a gente está recolhendo histórias com vários companheiros, para que seja possível fazer um balanço de como se enfrentam essas situações-limite. O seu depoimento é importante.

— Diga que é simples — assentiu Fernando, com um olhar irônico. — Basta contar de um a cinco.

— Só isso!?!?

— E atenção às mãos, ao rosto e aos olhos...

— ...?

— Mãos firmes, rosto impassível e... é conveniente manter os olhos neutros.

O reconhecimento

> *I've witnessed your suffering*
> *As the battle raged high*
> *And though they did hurt me so bad*
> *In the fear and alarm*
> *You did not desert me*
> *My brothers in arms*
>
> Mark Knopfler, "Brothers in Arms"[2]

Bem cedinho, entrei algemado no edifício baixo, de dois andares, levado-empurrado pelo oficial do Exército. Dobramos à esquerda, tomamos um longo corredor que, ao terminar, quebrava para a direita, onde dava para enxergar cinco celas, fechadas com portas de metal grosso até o meio. Dali em diante, as portas eram gradeadas. O cabo da guarda, que nos acompanhava desde a entrada, adiantou-se e chutou com estrondo a porta do meio.

Gritou com voz grossa:

— Acorda, vagabundo!

O oficial me empurrou porta adentro. No interior da cela, acordando com dificuldade, estava meu amigo de fé, irmão, camarada, o Gabriel. Estava todo quebrado, com manchas roxas nas pernas e nos braços, minha nossa... com a cabeça inchada. Há alguns meses, eu havia passado por isso em São Paulo, e foi de lá que me trouxeram para esta filial do terror no Rio, para novos interrogatórios e acareações. Senti o cassetete do cabo da guarda cutucando minhas costelas.

O oficial grunhiu, querendo ser persuasivo:

— Olha bem para ele...

---

[2] "Testemunhei seu sofrimento / Quando a fúria da batalha estava no auge / E embora tenham me ferido gravemente / No medo e na emergência / Vocês não me deixaram / Meus irmãos de armas."

Olhei.

— E aí, reconhece?

E como conhecia...

Conheci Gabriel na organização e articulação do movimento estudantil. Na primeira vez em que nos vimos, ele já estava em São Paulo, para onde tinha ido de ônibus, há mais ou menos dois anos. Dia chuvoso em Sampa, esperei-o na rodoviária. A senha era fingir que estava lendo uma revista de quadrinhos do Batman. A ele caberia perguntar:

— Você confia nesse cara?

Eu responderia de bate-pronto:

— Prefiro o Super-Homem.

Dito e feito. Seguiu-se um aperto de mão caloroso. Entre nós, a corrente passou muito rápido. Às vezes, é assim: a confiança mútua se estabelece em segundos. Foi o que aconteceu.

Passamos a noite inteira reunidos com outros companheiros. Estavam lá também um gaúcho e um mineiro, representantes das uniões estaduais dos respectivos estados. A ideia era organizar passeatas em várias cidades, no mesmo dia, na mesma hora, com as mesmas palavras de ordem principais, além de reiterar métodos inovadores, inventados numa passeata ocorrida no Rio em 1966 — entrar na contramão do tráfego, dificultando a perseguição e o deslocamento das polícias militares e da repressão em geral. Queríamos dar provas de uma capacidade de organização nacional que ainda não existia, mas que... quem sabe? Se, em relação à moral da mulher de César, além de ser honesta, ela precisava parecer honesta, em política, às vezes, parecer uma coisa era como se a coisa existisse de verdade: parecer forte era como ser forte. Quando isso cola, entusiasma os seus e os inimigos se preocupam. Era o que desejávamos fazer, e fizemos. As passeatas foram uma consagração, um marco no processo de reorganização dos estudantes.

— Conhece ou não conhece?

Da cela, Gabriel me olhava com um olhar de pedra, neutro. Eu, Vicente de Paulo, fingia devanear.

De outra feita, Gabriel chegou de repente, sem avisar. Baixou num aparelho de segurança que eu havia passado para ele, para alguma emergência. Pois não é que o filho da puta apareceu lá com uma namorada nova, queriam mais era foder. Foderam a mais não poder. Fui obrigado a chamar sua atenção:

— Aí, amigo, o aparelho é de segurança, para emergências.

Gabriel respondeu, sacaneando:

— Você não imagina a emergência em que eu estava.

Por essas e outras é que a gente acaba mal. Um escritor disse outro dia, numa entrevista, que a esquerda brasileira foi derrotada no golpe porque só pensava em foder. Teve o lance do comandante vermelho, vermelho porque era amigo dos praças e dos sargentos, e por isso era detestado pelos colegas oficiais. Pois bem, contava-se que, na hora do pega pra capar, o cara não foi encontrado em lugar nenhum, estava fodendo em Miguel Pereira, no sítio de um amigo. Quando saiu da foda, o golpe já era vitorioso, era a esquerda, toda a esquerda, que estava fodida. O quanto não pode custar uma foda...

— E aí, Vicente, estou esperando, conhece ou não conhece este cara...

— Nunca vi, doutor.

— Quer dizer que vocês nunca se viram? Nem conversaram? Porra, e se eu mostrar fotos de vocês dois conversando?

— Vai ser difícil, doutor, porque, sinceramente, nunca vi este cara na minha vida.

O oficial chutou a porta e berrou:

— E aí, Gabriel, e você, seu grande filho da puta, também não reconhece o Vicente?

Gabriel levantou-se com estudada dificuldade, lentamente.

— Não finge, não, porra, Gabriel, a gente já sabe que você saiu dessa. Levanta rápido e dá uma olhada neste bonitão. É o Vicente. Vai dizer que não o conhece?

Eu continuei imóvel, feito mármore. Pensei rápido: "Bem, agora você não vai vacilar, né, meu caro amigo? Não agora, depois que eu jurei não te conhecer."

Os olhos de pedra de Gabriel pareciam mortos. Ele me olhou e disse:

— Nunca vi. Não conheço.

Fiquei cismando: a terceira vez que nos vimos foi na preparação daquele congresso maluco. Como se poderia imaginar esconder centenas de estudantes sem dar na vista da repressão? Havia uma proposta muito melhor: reunir o congresso na própria USP. Se a repressão aparecesse, haveria tempo e espaço para fugir. Mas não foi esta a proposta aprovada. Sobrou para mim: organizamos tudo com a máxima perfeição possível. Mas não deu. Não tinha como dar. Aí, quando não deu, e veio a hora da porca torcer o rabo, descarregaram a culpa em cima de mim. As lideranças que tomaram a decisão não apareceram para bancar o erro. Foi em mim e nos demais que participaram da organização que a culpa caiu. Que se há de fazer, faz parte.

O oficial gritou, me fazendo lembrar que continuava ali:

— Vocês dois querem voltar pro pau de arara para admitir que se conheciam?

Depois, já na luta armada, tornamos a nos ver, representando as organizações de que fazíamos parte, ou então a nós mesmos, nossa amizade. Alguém poderia dizer que estávamos quebrando as regras de segurança. É verdade. Mas, em compensação, tomamos muito chope e muita caipirinha. Pelas altas madrugadas, em meio a confidências sobre namoros impossíveis e paixões improváveis, mudamos meio mundo e, de quebra, o país. Fizemos merda? Fizemos, mas por estas merdas nunca aconteceu nada de mal para nenhum de nós.

— Querem voltar pro pau de arara, né? Cabo da guarda...

Gabriel pareceu hesitar.

"Não, companheiro, não vacila, sei que você está fodidão, mas se me reconhecer vai feder e vai foder ainda mais, você nem imagina o que vai acontecer, é toda a minha história que vai desmoronar. Além disso, voltar para a tortura... sei que é a pior coisa que pode acontecer, mas é melhor voltar negando do que reconhecer, pois, se abrir... Não vacile, irmão, continue com esses olhos de pedra. NÃO ME RECONHEÇA, amigo."

Meus lábios estavam apertados, secos, mas dos meus olhos era como se saíssem faíscas, comunicando pensamentos represados, mas que transbordavam em ondas elétricas impetuosas, fortes. Gabriel pareceu sentir o choque. Os olhos de pedra firmaram-se:

— Não, doutor, não conheço este cara. Repito: nunca o vi.

O oficial puxou brutalmente Vicente pela gola da camisa, quase o fazendo cair. Levou-o embora. O cabo da guarda ainda deu um último chute na porta, ameaçando:

— Vocês dois vão se foder.

Mas não aconteceu nada. Venceu a amizade. Os torturadores checaram o que tinham de checar e tomaram outras linhas de investigação.

Sinais invisíveis

— Este é o primeiro sinal.
O pai desenhou com precisão uma espécie de cuia, virada para cima.
— Significa: va-ve-vi-vo-vu, ou ba-be-bi-bo-bu.
Continuando, desenhou uma linha reta, ligeiramente inclinada para a esquerda, de cima para baixo. Significado: sa, se, si, so, su, ou za, ze, zi, zo, zu. Inclinada para a direita, adquiria outro significado: da, de, di, do, du.
Atentos, Gabriel e Manuel acompanharam os desenhos do velho pai, iniciando-se numa nova linguagem, um código, a taquigrafia, de taqui = rápido; grafia = escrita. Escrita rápida. Um serviço essencial para seguir o ritmo de oradores que falam de improviso, em tribunais, assembleias, congressos etc.
— Agora, vou mostrar dois sinais que ensejam muita confusão. Desenhou uma linha reta, caindo na vertical e, de repente, subindo numa espécie de "barriga", até cruzar a linha. Muito bem, se vocês "subirem" a "barriga" pela direita é asto, esta, isto, osto e usta. Se subirem pela esquerda, é anto, ento, into, onto e unto. Vejam: ba + anto = banto; va + ento = vento; va + asto = vasto.
Gabriel perguntou:
— Como é que eu vou saber se é banto ou vento?
— Pelo contexto, o contexto é tudo, a palavra solta não significa nada, não é o que diz o Paulo Freire quando alfabetiza crianças ou adultos? E não esqueça que o taquígrafo, quando "pega" um discurso, sabe quem está falando e o assunto sobre o qual alguma coisa está sendo dita, o que ajuda, facilita a leitura. Na dúvida, vocês vão tentando: ba, va, be, ve... às vezes é difícil encontrar a boa conexão, mas sempre é possível achá-la.
Depois de cinco aulas, aprenderam os sinais do método Marti, construído para os taquígrafos de língua espanhola, mas adaptados para o português. Depois, começaram a uni-los em palavras, em frases, cada

vez mais complexas. Em seguida, foram ganhando velocidade. No fim de um ano, com duas ou três aulas por semana, já alcançavam 100-110 palavras por minuto, o que lhes permitiu trabalhar em alguns congressos, ganhando alguns trocados, acompanhando o pai e o tio, taquígrafos profissionais.

Já contavam então com o auxílio de centenas de taquigramas: se os sinais de taquigrafia são abreviações de palavras, os taquigramas são abreviações das abreviações. Os irmãos, cada vez mais rápidos, começaram a chegar ao máximo de velocidade que um orador alcançaria falando de improviso: 130-140 palavras por minuto. O pai não escondia o orgulho:

— Estão voando, preparadíssimos para qualquer concurso público.

Depois de anos de aulas, ele e o irmão fizeram, afinal, o concurso com o qual o pai tanto sonhara. Aprovados, começaram a trabalhar. Casaram-se. Mas uma espécie de tempestade entrou na vida deles, levando tudo de roldão: emprego, casamento, faculdade. Fora tudo muito rápido: movimento estudantil, ações armadas, clandestinidade, prisão.

Sentado na cela coletiva, Gabriel ruminava a propósito dos desvarios da vida: como sobreviveria a organização com tantas quedas, será que daria para superar a fase ruim? Seria o fim do projeto revolucionário no qual tanto confiavam? E como estariam seus pais, seus outros irmãos? Como estariam se virando? Os planos que os pais tinham para eles, tudo por água abaixo... e a taquigrafia? Os longos anos de aprendizado... para que serviriam agora?

Repetiu, alto:

— Para que serviriam agora?

Nem notou que alguém se aproximava para lhe dar um toque:

— Não sei em que você está pensando ou do que está falando, mas teu irmão chegou aqui em cima.

Surpreso, ficou emocionado, havia meses não via o irmão nem tinha notícias dele. Como estaria? Experimentou, porém, uma sensação de alívio: no primeiro andar, o pau comia. Ficavam ali a sala de tortura e cinco celas: o corredor da morte. Gabriel já passara por isso, conhecia aquele inferno, tinham matado gente naquele lugar, aconteciam torturas sem nome, cometidas por oficiais das Forças Armadas. Mas "aqui em cima" significava no segundo andar, e, se ele estava lá, é porque estava livre da tortura, pelo menos por um tempo, pelo menos até que os torturadores não o requisitassem novamente para conferir uma informação, fazer uma acareação ou outra coisa qualquer.

Gabriel perguntou:

— Onde?

— Na cela coletiva bem em frente à nossa.

Eram celas relativamente grandes, dez a quinze presos cada uma. As portas ficavam uma em frente à outra, gradeadas e separadas por um corredor estreito, por onde passava regularmente, aos gritos, o cabo da guarda.

Gabriel esgueirou-se para a porta. Não podia ficar colado nela. Era proibido. Assim como era proibido também falar com os presos da outra cela. Ficou ali, a um passo da porta, fazendo sinais, até que alguém, do outro lado, o viu e compreendeu o sentido do que desejava. Nem um minuto se passou e Manuel apareceu do outro lado, dava para vê-lo, inteiro, sorridente, dando força. Ficaram ali uns minutos, conversando com os olhos.

Quem teve primeiro a ideia não seria possível determinar. Mas os demais presos não entenderam nada quando Gabriel e Manuel, sempre em silêncio, começaram a movimentar os dedos das mãos, no ar, com muito vagar, como se estivessem amalucados. Traçavam no vazio linhas retas e curvas, intercaladas por pontos e algo parecido com acentos.

— Co-omo está vo-ocê? Mu-ito to-ortu-ra-ado?

— Ba-asto-ante. E vo-ocê?

— Mu-ito.

— Ma-chu-uca-ado?

— Na-ada de gra-ve.

— A fa-ami-ilia está a-vi-asa-ada?

— Si-im.

— Co-ra-ge-m.

— Não fa-alta.

O código taquigráfico, pensado para discursos e votos em céu aberto, adquiria novos usos, quebrando em silêncio a incomunicabilidade imposta pelo regime da prisão.

— Vo-ocê já está re-ece-be-endo vi-isa-itas?
— A-inda não.
— Te-em no-atí-icia da Ma-arta?
— Ta-ambo-em pre-esa.
— Ma-al?
— Re-ecu-epe-ra-ada.
— E a or-ga-ani-aza-ção? Vi-iva?
— Si-im. Vai ta-ambo-em re-ecu-epe-ra-ando.

Os gritos do cabo da guarda já não conseguiam importunar nem amedrontar.

Sonata

— Heloísa, você quer, então, que eu me conforme em ter um filho veado?
— Meu querido, então Mozart era... veado? — ela tomou coragem. — Beethoven era veado?
— Sei lá se eles eram veados!! Além disso, o Júlio não tem nada de Mozart ou de Beethoven, seja lá o que esses nomes queiram dizer.
— Você não está exagerando? O menino gosta de piano, leva jeito, a professora reconhece que ele está indo bem, tem ouvido bom, aprende depressa.
— Vamos parar por aqui, não aguento mais esta conversa, ponto final, ele não aprende mais piano aqui em casa.

O coronel enfiou o quepe na cabeça com força, como se quisesse sumir dentro dele, bateu a porta e desceu os degraus, quase pulando de dois em dois. Enfiou-se no carro, que saiu cantando pneu.

A questão atormentava o casal há meses. A rigor, há mais tempo, há anos. Desde que Júlio nasceu, seu pai, o então tenente da Aeronáutica, Miguel Abrantes, encheu-se de orgulho e de atenção pelo pequeno. Um filho homem! Uma realização! Fixou-se no nome: Júlio, quis batizá-lo como Júlio César, mas a isso Heloísa se opôs, achou inconveniente. Ficou só Júlio, mas o pai o apresentava aos amigos com o nome duplo:

— Júlio César — trovejava —, um novo conquistador da Gália.

Acompanhou seu crescimento com desvelo, presenteando o filho com revistas e fantasias de super-heróis, mas o moleque parecia não se interessar. Estava muito mais para Julinho, como a mãe o chamava, do que para Júlio César.

Mais tarde, veio o martírio do futebol. O tenente era flamenguista roxo, e, nem bem o menino fizera seis meses, já ganhara a primeira camisa do *mais querido*. A cada aniversário, uma nova camisa do seu tamanho.

Mas o menino, estranhamente, parecia ter horror do vermelho e do negro. Miguel tentava persuadi-lo, oferecia balas e brinquedos se ele vestisse a camisa. Não dava resultado. O tenente se queixava:

— Você não gosta do papai?

— Gosto, sim — replicava Júlio.

— Então por que não usa a camisa do Flamengo?

— ...

Agitando a camisa em frente aos olhos da criança, como se ela fosse um pano vermelho diante de um touro, ameaçava:

— Se não usar essa camisa, não deixo você brincar lá fora.

O filho recusava, choramingava. O pai cedia, contrariado:

— Tá bem, pode brincar, mas, um dia, vai ter que vestir a camisa.

Quando Júlio completou seis anos, o pai, já promovido a capitão, o levou pela primeira vez ao Maracanã. Foi um suplício. Júlio olhava para todos os lados, menos para o campo de futebol. Nos momentos de maior tensão, ouvia-se o menino:

— Pai, o que aqueles homens estão fazendo lá no alto da marquise?

Um anticlímax. Na torcida, pessoas murmuravam:

— Olha pro campo, menino.

O pai protestava:

— Ele é meu filho, olha para onde quiser e ninguém tem nada com isso!

Um dia, quase saiu briga na torcida. Na hora do gol, em vez de pular com todos, Júlio soltou o berro, chorando, amedrontado com os urros das pessoas. Aquele empurra-empurra o incomodava. Os fogos o ensurdeciam, sentia-se ameaçado.

Na escola, o pai insistira, apesar dos conselhos da mãe, em inscrever o filho no time do futebol. Não funcionou. Os garotos se matavam no campo, ralando. O capitão, na arquibancada, gritava, incentivando, mas Júlio, alheio, andava em campo, imerso nos próprios pensamentos, a cabeça longe, num lugar não adivinhado.

Um dia, alguém comentou:

— O que está fazendo aquele menino ali parado, parece veado...

Miguel saltou em cima do cara como um animal raivoso:

— Meu filho não é veado, seu filho da puta!

Na briga feia, correu sangue. Não houve mais clima para continuar no colégio que Heloísa prezava tanto. Na nova escola, Júlio se deu bem. Tirava ótimas notas, sobretudo em português e história. Os professores, unânimes, elogiavam sua aplicação, sensibilidade, inteligência, diziam ser um rapaz de futuro, sem dúvida.

Miguel foi desistindo do filho. A decepção transformou-se em desânimo. Daí a pouco, em indiferença. Além disso, tinha mais o que fazer. Metera-se na política, o país estava a perigo, agitado, era preciso dar um basta naquilo, defender o Brasil da corrupção e do comunismo.

— Querem transformar este país numa grande Cuba! — exclamava, exaltado. — Não conseguirão! A não ser que passem por cima das Forças Armadas, e eles não têm força para isso. Veremos! Que venham!

— E se vierem?

Miguel voltou-se surpreso, quase assustado. Era a voz do filho, Júlio. Ele estava ali, como um fantasma materializado. Quase não se lembrava mais que tinha filho. Indagou, como que tateando o caminho:

— Como é que é?

O menino já não era um menino, tornara-se um adolescente:

— Estou só perguntando: e se eles vierem?

O pai berrou:

— Eles quem?

— Ué, os comunistas, você não estava falando deles? E se eles vierem? E se ganharem a parada, como em Cuba?

Miguel deu um passo para trás, fechando os punhos:

— Onde você andou ouvindo estas coisas?

— Ué, aqui em casa, você não fala de outro assunto...

Heloísa entrou na conversa, tentando serenar os ânimos:

— Ele tem razão, Miguel, você é que tem trazido esse assunto aqui pra dentro de casa, só fala nisso, parece samba de uma nota só.

Miguel parecia não entender que jogo estava sendo jogado. Perguntou, brusco:

— E não tenho razão?

— Não estou discutindo se você tem ou não tem razão, só estou perguntando o que vai acontecer se eles vierem... e se ganharem, como o Che e o Fidel lá em Cuba?

Fez-se um silêncio. Miguel olhou em volta, ressabiado. Pior, notou que a mulher olhava para o filho com uma ponta de orgulho. Limitou-se a dizer, meio confuso:
— Veremos!

Seguiram-se anos tensos, agitados, a República conhecia os anos mais quentes de sua história. Miguel atolou-se nas conspirações políticas de corpo e alma, passava dias e dias fora, mal pisava em casa, só aparecia para mudar de roupa e fazer uma refeição ligeira. Heloísa preocupava-se, rezava para todos os santos conhecidos, torcia as mãos.

Até que, em começos de abril de 1964, depois de vários dias ausente, o militar reapareceu em casa, eufórico:
— Ganhamos! O Brasil está salvo da besta comunista! Brindemos à vitória da Revolução democrática!

Mas era como se a sensação inebriante da vitória — dele — não fosse compartilhada pela mulher e pelo filho. Achou estranho. Achou-se estranho.

Daí a meses, apareceu a mulher com a ideia de que o filho queria aprender a tocar piano. O pai pensou consigo mesmo:
— Que loucura, meu filho é mesmo veado!

Descobriu, surpreso, que já havia até um piano dentro de casa... Como é que aquilo tinha acontecido? As brigas com a mulher se repetiam. Ela, firme, defendia o direito do filho de aprender piano. O rapaz, já era agora um rapaz, fugia das conversas que o pai suscitava, não aceitava suas provocações.

Miguel, promovido a coronel, passou a espreitar o filho. Um dia, fingindo-se doente, ficou em casa e deu uma geral no quarto de Júlio, depois que ele havia saído para a faculdade. Não deu outra: em meio aos cadernos e livros, encontrou gravuras de Che Guevara, um livro do próprio sobre guerrilhas, um autocolante dos Tupamaros e, pior do que tudo, as obras escolhidas de K. Marx e F. Engels, em três volumes.

O coronel explodiu de raiva e de ódio. O filho, além de veado, era comunista. Naquele mesmo dia, expulsou-o de casa. Heloísa chorou muito, mas, como era de seu feitio, se conformou. Miguel nunca mais soube do filho. Nem quis saber.

Anos mais tarde, promovido a brigadeiro do ar, ouvindo Heloísa dedilhar uma sonata no piano, impressionado pela suavidade e beleza da música, perguntou-lhe:

— Mozart?

Heloísa, distraída, indagou:

— Hein...?

— Esta música... é de Mozart?

— Não, você não conhece mesmo Mozart...

— É de quem?

— Uma sonata... melhor você não saber de quem é.

Sem nome

Ela sabia que não podia entrar na trilha.

— Guerrilheiro não anda em trilha, deixa rastro fácil e ainda pode cair em emboscada.

Sabia disso até por experiência própria, mas estava muito cansada para pensar e andou pela trilha assim mesmo. Seguiu aos tropeços, levada pela fome que sentia, pela fome e pela sede, muita sede, a garganta seca, a pele cheia de escoriações e de mordidas de mosquitos, os braços desfigurados pelas coceiras, tropeçou numa raiz, quase caiu, reequilibrou-se, os pés lanhados, andava descalça há dias, não dava mais para aguentar, a roupa em molambos, queria era comer e dormir, dormir para sempre. O que estava fazendo naquela trilha? O que estava fazendo ali?

Desde o início, pressentira que aquilo não ia dar certo. Não podia dar. Não eram dali, não conheciam os lugares nem ninguém, tinham dificuldade para se orientar, como é que aquilo podia dar certo?

Juliano tentava consolar, a seu modo:

— Graça, já não dá para voltar atrás, ainda mais agora que os homens chegaram. Nem que a gente quisesse seria possível sair. Sair com que objetivo? Por onde?

A rigor, a fuga havia começado. Desde aquele dia... sete dias atrás? Seis dias? Não se lembrava mais ao certo. Mas recordava bem as palavras de Carlão:

— Vou ficar com oito. Os oito melhores. Já estão comigo. Infelizmente, não podemos ficar em grandes grupos. Seria suicídio. Nós vamos naquela direção — apontou para o oeste. Vocês, apartem-se, em duplas, ou em grupos pequenos, tratem de se virar, de escapar. Boa sorte!

Boa sorte?

Era noitinha, e eles ficaram em quatro: ela, Graça; Juliano, o namorado; e mais dois, Juvenal e Bastiana. Tentando parecer seguro, Juvenal dissera:

— Vamos dormir e, de manhã cedo, partimos no rumo nordeste, acho que consigo me orientar...

Dormiram ali por perto. Mal amanhecia, partiram no rumo combinado. Andaram um bocado, e aí, quando o sol se punha atrás deles, antes de acabar o dia, caíram numa emboscada. Os estampidos dos tiros, eram muitos, zunindo, tirando lascas das árvores, deixaram-na zonza de medo. Ela saíra correndo e nunca fora capaz de imaginar que correria tanto. Quando se deu conta, estava sozinha, no meio da mata, sozinha e perdida.

Murmurou baixinho:

— Juliano...

Só teve o silêncio como resposta. Sem falar alto, sussurrou de novo, com medo de revelar sua posição a eventuais perseguidores:

— Juliano...

Ninguém respondeu.

Ficou ali parada, tomada de aflição e angústia. E agora, fazer o quê? Comeu o resto de farinha que tinha num saco a tiracolo, estendeu-se perto de um tronco grande de árvore e passou a noite ali, em vigília.

Nos dias seguintes, andou sem direção, o estômago apertando cada vez mais, os mosquitos não davam trégua, a sede apertava, as feridas não paravam de coçar, e tinha fome, o pior de tudo era a fome, gania de fome, já estava perdendo as esperanças quando topou com a trilha. Ela decerto levaria a algum lugar, e, quando chegasse a este lugar, pediria comida. Refeita, orientada, quem sabe, encontraria um caminho. A trilha a salvaria! Foi caminhando, tropeçando, a vista embaçada, haveria de chegar a algum lugar...

E foi assim que entrou numa grande clareira. À direita, percebeu um casebre. Agachado perto dele, um tipo moreno, forte, cabelos lisos e pretos, trançando umas cordas. No outro extremo, três homens. Eram Gumercindo, Lacraia e Romão.

Dr. Lacraia, era como gostava de ser chamado, delegado titular de Santo Antônio da Pedra. Alto, gordo, quase obeso, os olhos esbugalhados, metia medo, orgulhava-se de não ter bandido preso na pequena prisão local. Matava-os todos, sem dó. E os torturava, se cismasse que podiam ter alguma informação valiosa.

— Dr. Lacraia, no Brasil não tem pena de morte — advertia o padre Silvino.

— Aqui neste fim de mundo, padre, o Brasil não chega.

Gumercindo e Romão eram seus homens de confiança. Bons de pontaria e melhores ainda de tocaia e de tiro. Caboclos da terra, conheciam cada palmo da região. E se orientavam nas matas como se fossem feras. Da sua equipe ainda fazia parte o índio Suruí, sempre calado, falava baixo as poucas palavras que aprendera, esgueirava-se como uma cobra, sem fazer barulho, em silêncio, e sabia ler os rastros de homens e animais como ninguém.

O Exército chegara há meses por ali. O general Pavilhão o chamara:

— Delegado Lacraia, precisamos que nos ajude a encontrar os terroristas que estão por aí nesses matos. Soube que o senhor tem um bom time. Carta branca para atirar e prender. E para arrebentar quem o senhor achar que tem informação que leve aos terroristas. Matar, não. Só em último caso. Matar é com a gente. Tente pegar os caras vivos. Nós é que interrogamos e matamos. O senhor e os seus serão bem recompensados.

Lacraia e sua equipe entraram em campo e espalharam o terror. Era a especialidade deles. Vasculhando os matos, já tinham pegado e entregue aos oficiais do Exército vários homens e mulheres. Não fora difícil, estavam todos enfraquecidos, quase mortos de sede e de fome, às vezes até parecia que queriam se entregar, de tão fracos. Os militares pagavam por cada um, os recolhiam, interrogavam, torturavam e matavam. Depois, degolavam e levavam embora as cabeças. Os corpos eram enterrados por ali mesmo.

Mal viu a moça entrar na clareira, Gumercindo, rápido, pegara o rifle e fizera fogo. A moça cambaleou e desfez-se no chão, como um embrulho. Lacraia, Gumercindo e Romão correram em sua direção.

Ela estava de uma magreza só. Braços e pernas fininhos. Parecia uma menina. Amarelada. Desarmada. O tiro alcançara e despedaçara o braço esquerdo, e ela estava ali, caída, sem um movimento. Gumercindo a cutucou com o pé:

— Qual é seu nome, dona?

Era uma moça, uma menina ou uma mulher?

Graça abriu os olhos com dificuldade e falou com uma voz fraca, mas tentando ser firme:

— Revolucionário não tem nome.

Gumercindo ficou brabo:

— Como é que é? É assim que você responde?

Olhou para Lacraia, como que pedindo orientação. O delegado bateu com os olhos, assentindo.

— Suruí, traz a pá, ajuda aqui a gente.

O índio deslizou no chão, sorrateiro, sem fazer ruído. Ajoelhou-se junto à moça:

— Ela está viva, doutor.

Gumercindo cuspiu de lado:

— Suruí, eu não perguntei se ela está viva ou morta, só quero tua ajuda. Abre uma cova rasa aqui para esta piranha sem nome.

O índio pareceu duvidar:

— Ela está viva, dr. Lacraia — ele repetiu, estendendo a pá para Romão e voltando para o lugar de onde viera, entretendo-se de novo com as cordas que trançava.

— Que índio filho da puta! Não quer ajudar — exclamou Romão.

Lacraia olhou para Suruí, pensativo:

— Deixa ele em paz.

E para Romão, com um riso acanalhado:

— Você é que tá com pá, Romão, sobrou para você.

Mal-humorado, Romão abriu a cova rasa. Empurraram a moça lá para dentro.

Graça quis gritar, mas não conseguiu. Compreendeu num segundo o que iria acontecer. Tentou lutar, mas faltavam-lhe forças. De costas para a terra úmida, olhava aterrorizada para os três homens. Sentiu a terra caindo sobre o corpo. Entrando pelos ouvidos, olhos e nariz. Tossia, engasgada, sentindo-se sufocada. Antes de morrer completamente, só teve tempo e força para agitar o braço que não fora ferido. De longe, Suruí levantou os olhos e ainda viu a mão dela se movendo por fora da terra, um último pedido de ajuda, mas Romão pisou nela e a empurrou para o fundo.

A mulher sem nome, a Graça, desapareceu embaixo da terra.

Era já quase noite quando o major Tigrão — era assim que gostava de ser chamado — chegou com sua tropa de paraquedistas.

— E aí, delegado Lacraia, novidades?

— Pegamos uma aí — disse o delegado, apontando com o queixo para a cova rasa.

— Mataram? Ela estava armada?

— ...

— Porra, Lacraia, isto não foi o combinado!

— Foi de repente, major Tigrão, ela apareceu do nada. Como a gente podia saber que ela estava desarmada?

Tigrão pareceu irritado.

— Bem, então desenterra e degola. Vou levar a cabeça.

Lacraia gritou:

— Suruí, agora é com você. Vai lá, desenterra e tira a cabeça, é tua especialidade.

O homem não se moveu. O major foi até ele:

— Que foi, índio?

Suruí moveu os lábios:

— A moça tava viva.

— P-u-t-a q-u-e o p-a-r-i-u!!! — gritou Tigrão com força, e o berro ecoou nos matos, assustando os bichos.

Foram Romão e Gumercindo que desenterraram e degolaram a moça. A noite já descia sobre a floresta quando Tigrão e seu time levaram embora a cabeça da Graça num saco plástico preto. A revolucionária sem nome, mais um rosto para as contas do general Pavilhão.

A revolução

— Veja se está tudo aí. Na primeira caixa.

Meio agachado, Lúcio conferiu:

— Sete edições do *Jornal do Brasil*. Seis latas de guaraná. Dez drops de hortelã. Um saco de pão biscuit. Um suéter. Dois pares de meia.

Lápis na mão, Helena ia marcando uma cruz ao lado de cada item enunciado, num pequeno caderno de capa azul-escura.

Na segunda caixa:

— Sanduíches de presunto e queijo. Empadinhas da tia Lígia; essas empadinhas fizeram o maior sucesso e ele pediu para repetir a dose. Pãezinhos de queijo. Mais seis latas de guaraná. Acho que está tudo aí. Será que está faltando alguma coisa?

— Acho que não — respondeu Helena —, está tudo aí.

Nem bem o relógio batera as cinco horas da manhã e eles já estavam descendo com cuidado as escadas em curva do edifício onde moravam, cada um sobraçando a sua caixa; dois andares, 32 degraus. Estava começando mais um longo domingo. Agora, todas as semanas, sempre aos domingos, iam visitar Gabriel, encarcerado há dois meses no presídio da Ilha Grande.

"Longa jornada", pensou Helena.

Acordavam ainda no escuro, por volta de quatro da manhã. Vestiam-se, tomavam o café, faziam uma última conferência nas caixas, cuidadosamente arrumadas na noite anterior, e desciam as escadas, com cuidado, para não incomodar os vizinhos.

No friozinho da aurora que se anunciava, esperava-os, sempre pontual, seu Armando, o chofer do táxi, que também ia se habituando àquelas miniviagens semanais. Helena via nos olhos dele simpatia e piedade.

"Deve estar com pena da gente e pensando: ter filho preso, que destino."

Solícito, seu Armando adiantou-se para segurar a caixa que ela levava:
— Deixa comigo, dona Helena, tá muito pesada pra senhora...
— Até que hoje não está tanto, e há coisas mais pesadas neste mundo, seu Armando...
— Tem razão, dona Helena, toda a razão.
Lúcio sentou-se na frente com o motorista. Helena, atrás.
— Seu Armando, vamos buscar as meninas.
Helena não conseguia parar de pensar:
"Como mudou a minha vida! A nossa vida, a minha e a do Lúcio! Dois filhos presos, uma filha exilada, outro filho sumido, escondendo-se da polícia, sabe-se lá Deus onde. A semana dedicada a preparar as visitas aos presídios, a obter autorizações que precisam ser sempre renovadas. Lúcio correndo para todos os lados, trocando ideia com advogados amigos, compondo dossiês, interpondo recursos e *habeas corpus*, numa via-crúcis jurídica sem fim."

Seu Armando arrancou, começou a longa viagem. Quarenta minutos para apanhar Verônica, em Laranjeiras, e Sandra, na Tijuca. Com os namorados presos na Ilha Grande, também levariam suas caixas cheias de comidinhas, jornais e revistas da semana, alguma roupa, como eles dois estavam levando. No fim das contas, eram coisas menos para suprir carências do que para consolar da solidão.

Depois de pegar as meninas — que já não eram mais meninas há muito tempo, eram moças, tinham virado mulheres sob o choque do sofrimento —, mais uma hora, uma hora e meia para chegar a Mangaratiba. O barco só saía, quando saía, às 8h30, às vezes mais tarde, mas tinham medo de perdê-lo, nem pensar em perdê-lo, pois era o único nas manhãs de domingo. Ali se encontravam com mais umas vinte ou trinta pessoas, parentes de outros presos, parceiros de infortúnio.

A travessia do braço de água que separava o continente da ilha levava um pouco mais de uma hora, às vezes mais, dependendo das condições de tempo. O barco era uma carcaça velha, de motor preguiçoso, e vinha ronronando pelas águas calmas. No cais do Adão, onde desembarcavam, ainda havia a espera do caminhão, que nunca estava lá. Quando ele chegava, mais uma hora de desconforto, sentados em bancos de madeira, sacolejando na estrada de terra e pedra, o sol a pino.

Conversavam como se estivessem indo para um piquenique, cada um contando as próprias novidades. Lúcio selecionava as notícias da semana, comentando o que lhe parecia interessante, Helena falava do grupo de senhoras da paróquia que costurava para os pobres, e sempre havia um novo episódio interessante ou engraçado. As moças, ainda cursando a faculdade de direito, estagiando em escritórios de advocacia, narravam as primeiras experiências no foro. De vez em quando, cantarolavam canções puxadas por Verônica, sucessos que tocavam a toda hora nos rádios e nas TVs. Seu Armando chegava também com músicas sertanejas, das quais era fã confesso. Ele era também especialista em contar piadas. Falavam de tudo e de coisa nenhuma. O tempo passava rápido, e era como se de fato estivessem indo para um programa divertido.

Só que não.

Helena pensava no velho político que, referindo-se a algo desagradável de falar ou de ouvir, ensinava: "Você pensa no assunto, mas não fala dele." E concluía: "É isso aí, a gente só pensa, mas não fala, porque vai fazer mal." Assim, as palavras serviam para disfarçar o pensamento, como aconselhava outro político, este bastante cínico.

Mas não era por cinismo que não falavam do assunto que os preocupava, que os obcecava. Deviam manter o moral, a cabeça alta e orgulhosa, como gostava de dizer Lúcio aos filhos, para que aprendessem a lidar com as asperezas da vida.

No portão do presídio, um tempo de espera. Uma hora? Uma hora e meia? Revistas demoradas, cansativas, humilhantes. Finalmente, das duas às quatro da tarde, o esperado encontro. Era o momento iluminado do dia. Helena e Lúcio faziam de tudo para mostrar ânimo, coragem, coisas que a eles e aos presos não faltava, mas que era sempre necessário cultivar naqueles tempos ásperos, de sinais fechados.

Ficavam ali, conversando, mais com gestos e olhares, mãos afetuosas entrelaçadas, do que com palavras.

Lúcio disse para Gabriel:

— Meu filho, estou animado, vai tomando força um movimento pela anistia, já houve algumas reuniões e...

Gabriel interrompeu:

— Que anistia, pai, é a revolução que vai nos tirar daqui...

Aproximou-se deles um outro amigo, Pedro, bem-apessoado, alto e muito magro:

— E aí, dona Helena, como vai indo a revolução?

Lúcio e Helena, atônitos, entreolharam-se:

"Quando é que eles vão entender?"

E perguntaram:

— Que revolução...?

— A revolução, ora, a revolução pela qual a gente está aqui, pela qual a nossa luta...

Foi a vez de Gabriel e Pedro cruzarem os olhares:

"Será que eles nunca vão entender?"

Dona Helena fitou os dois e falou com brandura:

— Meus filhos, sinceramente, a única revolução que aconteceu foi a que revolucionou a vida das mães e dos pais de vocês, a minha vida e a do Lúcio. E a de vocês também.

E completou:

— Lá fora, para além destes muros, não há revolução alguma.

A sirene do presídio tocou o sinal do fim da visita: quatro da tarde. Já fora do presídio, preparando-se para subir no caminhão que a levaria de volta ao cais do Adão, ao barco lento de motor velho, ao táxi do seu Armando, às casas das moças e à própria casa, aonde chegaria já escurecendo, Helena filosofou:

"Esta foi a única revolução que realmente aconteceu, a que mudou nossas vidas."

Era noite fechada quando chegaram em casa. Terminava a semana. No dia seguinte, começaria outra, e a longa espera pelo próximo domingo.

Aquele dia

Acho que nunca mais vou esquecer. Acordamos na tranca dura, todo mundo fechado nas respectivas celas, sem direito a banho de sol, só saindo para almoçar e jantar.

Nos dias anteriores, os presos políticos na Ilha Grande tinham conquistado reivindicações pelas quais lutavam há muito tempo: celas abertas de oito da manhã às oito da noite, mais uma televisão para acompanhar a Copa do Mundo. Ferviam discussões sobre se valia a pena torcer pelo Brasil ou não, uma vez que o governo fazia todo o possível para tirar proveito da campanha da seleção canarinho rumo ao tricampeonato.

— Não dá para apoiar uma seleção nas atuais condições! Se a gente vence no México, a ditadura vai deitar e rolar...

— Cara, isto é bobagem, o povo não mistura política e esporte. Todos os governos tiram uma casquinha, tentam aproveitar, fazem propaganda, mas o povo não é bobo...

— É o que você pensa, a propaganda funciona, tem efeitos...

— Repito, você está subestimando a inteligência das pessoas. Além disso, quem te disse que torcer contra a seleção ajuda os revolucionários? Pelo contrário. Fazendo isso, a gente só vai se isolar.

Os debates, intermináveis, prolongavam-se até o trancamento das celas, às oito da noite. De modo geral, eu só observava. E matutava. Tinha entrado naquilo ali por engano. Fui preso num encontro com um cara que queria comprar armas. Meu negócio era esse: vender armas. Deu-se que o rapaz com quem ia fechar o negócio pertencia a um grupo que precisava das armas para lutar contra o governo, queria fazer uma revolução no país. Como é que eu ia saber? Fomos presos juntos e peguei uma cana dura, com direito a tortura e tudo mais. Um horror puro. Os homens custaram a perceber que eu atuava por conta própria, de revolução eu não entendia nada, nem sabia que tinha uma revolução no Brasil. Agora estava ali com eles, na Ilha Grande, como se fosse um prisioneiro político.

Com o tempo, verdade seja dita, aprendi a admirar aqueles caras. Eu não entendia direito o que eles queriam, mas eram caras de coragem, lutavam por suas ideias e davam tudo por elas, até a própria vida. Quem mais fazia isso neste país?

O Gabriel, de quem fiquei amigo, apanhara tanto que nem forças para descascar laranjas ele tinha. Eu ficava descascando laranjas para ele, com os dedos, claro, pois ninguém ali podia ter faca ou canivete, só nos davam colheres e olhe lá. Descascando as laranjas para ele, íamos conversando, ele me explicando as histórias deles, eu tentando entender. Com ele, fui compreendendo melhor a situação toda e a fria na qual tinha entrado.

Bem, voltando à Copa do Mundo, a seleção estreou no dia 3 de junho, e começou bem, goleando a Tchecoslováquia por 4 × 1. Quatro dias depois, em jogo duro, vencemos a Inglaterra por 1 × 0. No dia 10, despachamos a Romênia por 3 × 2. Foi o último jogo que conseguimos ver.

No dia seguinte, já era noite, veio uma ordem: "Tira a televisão, tranca dura!" Saídas, só para almoçar e jantar. Mas a gente já tinha ouvido a notícia: o embaixador alemão acabava de ser capturado em Santa Teresa, na zona central do Rio de Janeiro.

Logo depois, outra ordem: "Recolher todos os rádios das celas!"

Eu, que não sou bobo, guardei as pilhas de um radinho que tínhamos no ralo. Quando chegou a revista, mostrei o radinho sem as pilhas.

— Vai levar sem pilha? Leva não, deixa aqui, depois vai e não volta.

O funcionário olhou para a gente desconfiado:

— Cadê as pilhas?

— Pifaram há dias, jogamos no lixo, estávamos esperando que trouxessem novas na visita do próximo domingo.

— Vocês estão me enrolando, cadê as pilhas?

— Juro, cara, e de que adianta você levar um rádio sem pilha? Pode revistar a cela, não vai encontrar nada de nada.

Desconfiado, o homem fez uma revista completa, mas se esqueceu de olhar o ralo. Mal ele saiu, recoloquei as pilhas no rádio, me meti embaixo de um travesseiro e fiquei na escuta, ouvindo as notícias bem baixinho.

No aguardo, Gabriel e Francisco, meus companheiros de cela, esperavam, ansiosos. Daí a pouco, tirando a cabeça de baixo do travesseiro, confirmei:

— O homem foi mesmo capturado. Estão à espera, agora, dos comunicados e das exigências dos autores da ação.

Houve um silêncio, atravessado de tensão. A noite passou nervosa, notei que os dois estavam pirados, eu mesmo mal consegui dormir, como se estivéssemos à espera de uma catástrofe qualquer. De manhãzinha, ouvimos um toque bem de leve na porta. Através dela, a voz rouca do Barroso, um marinheiro, também preso político, que fazia trabalho de faxina no pavilhão:

— Gabriel tá na lista!

Difícil dizer como me senti. Gabriel vibrou, embora reservado. Fazia força para se conter, mas qualquer um podia ver que estava transtornado. Francisco torcia por ele. Eu também. Alguns de nós, lá dentro, duvidavam que ações daquele tipo ainda estivessem mesmo sendo tramadas. No ano anterior, tinham apanhado o embaixador norte-americano e trocado a vida dele por quinze caras. Foi um escarcéu, o governo de joelhos, atendendo a todas as exigências dos sequestradores. Em março passado, pouco antes da minha prisão, fiquei sabendo pelos jornais da captura do cônsul japonês em São Paulo, trocado por cinco presos. Na época, aquilo pouco me interessou. Depois, já preso, pelas visitas, ouvi boatos de que outras ações daquele tipo iam acontecer. Será mesmo? Aquele pessoal estava sendo destroçado, todos os dias caía um. Haveria ainda força para realizar outras ações?

Bem, as dúvidas agora estavam dissipadas. O embaixador alemão fora capturado, e o Gabriel, meu companheiro de cela, novo amigo, estava na lista. Ele e mais 39, e ainda algumas crianças, filhos de gente metida naquele troço. Pelo radinho, confirmamos a boa-nova.

Fiquei imaginando como me sentiria se estivesse na pele dele. Sair da cadeia assim, na moral, dava uma tremenda força. Ao mesmo tempo, uma imensa responsabilidade. E a obrigação de continuar na luta lá deles. Valeria a pena?

Dali a pouco, vieram buscar o Gabriel. Ele voltou duas horas depois, contando que o haviam levado para tirar fotografias, de frente, de bunda, de perfil, vestido, nu, vários caras fotografando, inclusive um que falava inglês e que não escondia sua condição de estrangeiro.

Gabriel ruminava, alto, na cela:

— Agente da CIA, tenho certeza.

Aquele foi um dia longo, saímos só para almoçar e jantar; banho de sol já era, Copa do Mundo também, adeus, fomos proibidos até de conversar, os homens em cima, vigiando. Nas brechas, íamos acompanhando pelo radinho as tratativas entre o governo e os revolucionários que estavam com o embaixador.

Até que chamaram o Gabriel para ir embora. Ele e mais três que estavam também na Ilha Grande. A emoção era forte. Nos despedimos quase sem palavras. De que adiantam palavras nessas horas? Gabriel deixou tudo que ele tinha para nós, saiu apenas com a roupa do corpo e as ideias esquisitas que tinha, convencido de que vingariam, disposto a lutar por elas até o fim.

Eu não acreditava naquilo, mas achava que havia ousadia — e uma certa beleza — naquela decisão. Quando os vimos atravessando o pátio em direção ao caminhão que iria levá-los embora para longe, para a liberdade, estava todo mundo grudado nas grades das celas, olhando. Um silêncio que pesava mil toneladas.

Até que um dos presos começou a bater palmas. Outros o imitaram, e mais outros, e daí a pouco eram palmas por toda parte, até eu me juntei. Tinha gente chorando, homens de fibra, caras que topavam qualquer parada, que haviam passado por todas, chorando que nem criança. Tinha gente aos berros, gritando: "Coragem!" E outros cantavam uma música que eles conheciam, mas que eu nunca tinha ouvido.

Francisco me cutucou, e vi as lágrimas rolando por seu rosto:

— É a *Internacional*, cara, o hino mundial da revolução.

Fiz que sim com a cabeça, nem sei por quê, mas também me senti tocado. Os quatro lá no pátio acenavam para a gente, os braços estendidos, os punhos fechados.

Daí eles partiram. Foram embora. Nunca mais os vi, e nunca mais esqueci aquele dia.

LIVRO II
Exílio

O último... e o primeiro dia

— Gabriel tá na lista!

A manhã apenas despertava e a voz do Barroso veio segredada, mas firme, audível para quem estava do outro lado da pesada porta de ferro, entre a cela e o grande corredor central do pavilhão dos presos políticos. Barroso era o apelido de José Otaviano de Souza, marinheiro de primeira classe, preso em 1964, logo depois da vitória do golpe. No convés do cruzador *Barroso*, os oficiais golpistas, vitoriosos, eufóricos, fizeram alinhar a marinheirada, e um deles, o capitão de fragata Nunes Andersson, vociferou:

— Que deem um passo à frente, se forem machos, os que apoiavam o comunista e ladrão João Goulart!

José Otaviano e mais uns dois ou três deram o fatídico passo à frente. Foram imediatamente presos, surrados, e pegaram, todos eles, seis anos de prisão por indisciplina e desacato às autoridades constituídas.

Apelidado com o nome do navio a que servia, Otaviano/Barroso cumpria pena no presídio da Ilha Grande quando viu chegarem, meio assustados e pálidos, dezenas de estudantes que pretendiam derrubar a ditadura com armas na mão. Barroso, que já tinha pena de si mesmo, teve dó deles também, tão jovens e já metidos naquele rabo de foguete sem tamanho.

Na sua condição de responsável pelo pavilhão, ajudou-os, na medida do possível, a conhecer e a suportar os macetes e as servidões da cadeia política. Afeiçoou-se àqueles meninos, como os chamava, sempre de longe. Admirava a coragem deles, mas não entendia direito o que falavam e não via nenhuma hipótese de sucesso na aventura em que haviam embarcado.

Quando veio a notícia da captura do embaixador alemão, estabeleceu-se logo a tranca dura no presídio, ou seja, todos os presos isolados em suas respectivas celas. Barroso ficou na expectativa da lista a ser anunciada.

Mal pôde conter a excitação quando soube que nada menos do que quatro presos políticos na Ilha Grande seriam libertados.

Assim, logo que rompeu a manhã, apressou-se a sussurrar aos interessados que a liberdade estava à espreita, aguardando. Na cela onde se encontravam Gabriel, Josué e Tufik, foi um alvoroço. Uma confirmação.

De noite, debaixo dos cobertores, o volume bem baixinho, tensos a não poder mais, os três companheiros já tinham ouvido a notícia, difundida por todas as rádios do país, com a lista dos quarenta e tantos presos a serem libertados pela ditadura brasileira. Fora um estratagema do Tufik, esperto como sempre, que conseguira enganar a revista das celas, escondendo no ralo as pilhas do radinho transistor. Entre os presos, foram os primeiros a saber. Uma troca: a liberdade deles pela vida do embaixador. E mais os manifestos revolucionários, lidos em cadeia de rádio e TV, rompendo a censura do regime, conclamando o povo a uma luta que quase ninguém queria travar.

Iniciada pela voz do Barroso, a manhã nunca fora tão longa, esparramando-se lentamente, como se algum mecanismo estivesse segurando os segundos e os minutos, fazendo com que transcorressem devagar, quase parando.

Houve a sessão de fotografias: os presos nus, de frente, de lado, de bunda. A presença insólita e ostensiva de fotógrafos que falavam inglês e não escondiam sua nacionalidade nem suas intenções. E ainda os documentos a serem assinados, confirmando que partiriam porque assim o desejavam.

Afinal, depois de muitos trâmites, os quatro presos da Ilha Grande alcançaram o pátio, subiram num caminhão e ainda puderam ouvir, emocionados, os vivas e os hurras dos presos que ficavam, mas que pareciam estar saindo com eles, tamanha a emoção e a alegria que se exprimiam nas palmas, nas canções e nos hinos que cantavam. Atravessaram o braço de mar que os separava do continente.

Eu me lembrava bem do trajeto de ida, aquela barca lenta, o motor ronronando, me levando para uma prisão que eu estimava longa, sem fim, o mofo daquele porão, o enjoo provocado pelo cheiro de peixe podre. O trajeto agora era o mesmo, só que eu não estava indo, mas voltando, e voltando para não retornar, voltando para a liberdade, e tal pensamento começou a me dar uma euforia que tive dificuldade de controlar, mas era preciso, pois o jogo ainda estava sendo jogado e nada estava decidido.

Chegando a Mangaratiba, um outro transporte — da Polícia Civil — nos levou ao presídio feminino de Bangu, onde uma militante da ALN, que também estava na lista, se juntaria a nós. Ali almoçamos, todos, policiais e presos, como se compuséssemos uma família ou um grupo de amigos ou uma excursão turística. Almoço de oficial. Não mais bandejas de metal, mas pratos de louça, e garfos e facas, substituindo as colheres de sopa, também de metal, mal lavadas e gordurosas, corrompidas por tanto uso. Comida que eu já nem sabia mais que existia, bife com fritas, arroz e legumes, não aquele arroz e feijão sebosos servidos no presídio da Ilha Grande, que podiam ser ingeridos com a certeza de azia nas horas seguintes.

Os policiais da escolta pareciam inflados por estarem participando daquilo tudo. Sentiam-se, de alguma forma, tocados pelo sentimento de estar vivendo um momento singular, especial. Tratavam-nos com deferência e atenção, quase com cuidado. Será que não se viam como parte do dispositivo da repressão? Cúmplices daquilo tudo? Parece que não, era como se a atuação num outro setor da polícia fosse suficiente para que se considerassem apartados, livres de qualquer culpa. E puxavam conversa numa boa, como se fôssemos íntimos, reforçando um sentimento de irrealidade que ia tomando conta de mim.

Na desconfortável caçamba de alguns camburões, rumamos para o destino seguinte. Foi com alguma inquietação que me vi desembarcando no sinistro batalhão da Polícia Especial do Exército, na rua Barão de Mesquita, na Tijuca, sede carioca do DOI-Codi, onde se torturava e matava à vontade. Ao chegar lá, de volta ao matadouro, a primeira impressão que tive, quase involuntária, foi a de que estávamos fodidos. A ação do embaixador teria sido abortada? Neste caso, nenhuma dúvida, seríamos todos torturados sem piedade, talvez assassinados. Levei pouco tempo para perceber que não era nada disso, ali estavam sendo reunidos e concentrados os que constavam da lista dos que seriam trocados pela vida do embaixador. Uma derradeira escala.

Últimos interrogatórios e fotos, apenas para constar. Com direito a constrangimentos e a violência física. Levaram o Domingos para um último interrogatório. Dali o conduziram ao pátio. Encostaram-no em um muro, vendaram-no e simularam um fuzilamento. Não satisfeitos, jogaram gás de pimenta em seus olhos. Deixaram-no tonto de raiva e de dor, os olhos injetados, marejados. Para mim, enquanto era ouvido por um oficial, um outro aproximou-se em silêncio pelas minhas costas e me aplicou um *telefone* nos ouvidos, me fazendo cair no chão. Para todos e para cada um sobraram porradas indiscriminadas na cabeça, urros de ameaças, pressionando e assustando os presos indefesos. Era assim que se manifestava a coragem dos oficiais das Forças Armadas brasileiras.

Até que chegou a hora de dizer adeus àquele inferno. Enquanto eu era conduzido para os camburões, junto com os demais, deu para ver o pátio do quartel apinhado de policiais e militares. O ódio dos caras porejava em cada semblante amarrado e cheio de raiva.

Ledo Cordeiro, o chefe dos torturadores, não disfarçava a frustração que estava sentindo por perder aqueles presos que tanto lhe custara apanhar. Num silêncio de túmulo, esbravejou:

— A gente fica se fodendo por aqui enquanto aqueles generais filhos da mãe, burocratas de merda em Brasília, decidem soltar de graça esses terroristas... Quero dizer a todos vocês que não prenderemos mais ninguém. Não ficaremos aqui engordando esses merdas para libertá-los no dia seguinte. Que esta ordem seja bem compreendida por todos. Terrorista preso, terrorista morto. A gente vai tirar a informação que puder e matar. Podem levar esses filhos da puta para o Galeão.

Já era começo da noite quando, sirenes ligadas, estridentes, aquela fila enorme de camburões tomou o caminho do aeroporto. Trânsito aberto, em meia hora chegamos lá.

Confesso que estava meio atordoado. Eu esperava, com receio de esperar, o que iria acontecer. E aí, quando afinal aconteceu, era como se fosse irreal. Será que estava mesmo acontecendo? Sério, eu iria sair daquele inferno, assim, na moral, passando por cima da vontade da ditadura? Dava para me entregar à euforia do melhor e mais alto desejo se realizando?

O grupo dos libertados — pouco mais de quarenta pessoas — foi se formando aos poucos. Havia um certo constrangimento no ar. Uma reserva. A maioria nem se conhecia, mas os poucos que já eram amigos se abraçavam, felizes. Eu continuava em guarda, só me sentiria livre de fato quando me encontrasse definitivamente longe das garras dos carcereiros-torturadores.

Mal entrevi Rodrigo ao meu lado. O encontro com ele foi intenso, mas contido. Senti que também ele se encontrava naquele estado de confiança/desconfiança, porém mais seguro do que eu, certamente. Apertamos a mão um do outro em silêncio.

Vi Marta um pouco afastada, muito magrinha, mas conservava o rosto doce e charmoso. As pernas muito finas, sentada numa cadeira de rodas. O desassossego fez seu caminho: estaria paralítica? Aproximei-me devagar, receoso. Ela me viu e sorriu com melancolia, mas decidida, os olhos brilhando de contentamento.

— Gabriel...

Fui até ela e beijei-a de leve na cabeça e no rosto. Apertamos as mãos, firmes. Olhando para ela, voltei a cabeça para a cadeira de rodas:

— E...?

— Nada de grave — contou —, em pouco tempo estarei de pé.

Respirei aliviado. Com tanto para dizer, mas sem saber o que dizer, rebati de volta:

— Bem... acho que este é o último dia de prisão...

— Não, Gabriel, é o primeiro dia da liberdade.

— E se fossem os dois ao mesmo tempo? Entre a prisão e a liberdade, existiriam elos ou conexões?

Ela gracejou:

— Deu para fazer especulações filosóficas na cadeia?

A resposta ficou no ar, pois já o grupo se postava para tirar a fotografia oficial, exigida como prova de que estávamos partindo para a Argélia. Era o dia 15 de junho de 1970.

A mais longa viagem

Não sei ao certo dizer as razões, mas o fato é que aquela viagem me pareceu a mais longa da minha vida. Talvez pelo inesperado. Certo, eu esperava por aquilo, coisas podem ser esperadas, aguardadas, previstas, porém a verdade é que, quando acontecem, surpreendem, desnorteiam. E, quando são positivas, nem se fala, desorientam e atordoam. E outra: quase ninguém ali tinha viajado de avião, mesmo no Brasil. Para o exterior, então, nem pensar, tinha que ter muito dinheiro, coisa só para as elites ou para as classes médias altas, e põe altas nisso. E uma última: viajar para a África era coisa raríssima de acontecer, aquelas terras — ao norte ou ao sul do Saara — eram constituídas por territórios e populações praticamente desconhecidos naqueles tempos para a imensa maioria dos brasileiros, embora fossem muito importantes para a história do nosso país e de suas gentes.

Uma viagem inédita.

E o avião que nos esperava na pista? Um boeing da Varig, era o que havia de melhor e de mais moderno na aeronáutica civil brasileira. Eu estava esperando alguma coisa semelhante ao transporte que levara até o México os quinze camaradas trocados pela vida do embaixador estadunidense, em setembro do ano anterior: um avião de carga, um Hércules da FAB, com bancos laterais de ferro, próprios para largar paraquedistas no ar, nenhum conforto especial. A Varig era a companhia queridinha da ditadura, sobrevivera e prosperara graças aos generosos subsídios oferecidos pelo governo, sem contar diversos tipos de mamatas que beneficiavam a companhia gaúcha com dinheiro público. Isso se refletia no conforto de seus aviões, na qualidade de suas tripulações e de todo tipo de serviços prestados aos passageiros. Eu nunca soube por que, por ordem de quem e como atribuíram à Varig a tarefa de levar para a Argélia o grupo de revolucionários trocados pela vida do embaixador alemão. Teriam imaginado uma operação de contrapropaganda prévia? Um contra-ataque antecipado às denúncias de tortura que certamente os presos libertados iriam espalhar pelo mundo? Uma tentativa de mostrar que a ditadura, afinal de contas, tinha um mínimo de cuidado com seus presos? Perguntas que aguardam ainda hoje respostas convincentes, mas ali estava aquele moderno pássaro de aço à nossa espera na pista do Galeão.

As recordações se confundem em minha cabeça, mas lembro que fomos colocados em duplas. Um primeiro desconforto: algemados. Sentaram-me na parte de trás com um jovem médico, simpático e de boa conversa, o dr. Carlos Alberto, vinculado à VPR. Não nos conhecíamos, mas faríamos a viagem algemados um no outro. Sua mão direita e minha mão esquerda ligadas por um par de algemas. Tínhamos que estar bem atentos aos movimentos, pois se Carlos Alberto mexesse a mão direita levava junto a minha mão esquerda e vice-versa. Para comer a excelente comida da Varig foi um perrengue. Quando ele levava a mão à boca, minha mão esquerda, mesmo sem aviso prévio, acompanhava sua mão direita em movimento não comandado, salvo se resistisse, e aí havia uma grande chance de a comida dele cair no chão, sujando sua roupa, as poltronas e o chão da cabine. Infelizmente, isso aconteceu mais de uma vez.

Outro desconforto: ir ao banheiro. Éramos 43 pessoas (quarenta militantes revolucionários mais três crianças) muito excitadas com tudo que estava acontecendo, e é fácil imaginar que a solicitação para ir ao banheiro não era pequena. Entretanto, a determinação das autoridades era inflexível: as algemas não poderiam, em caso algum, ser retiradas. Além do desconforto, um constrangimento, sobretudo quando havia mulheres envolvidas. Tivemos de nos resignar, um preço, afinal, não muito alto para ir ao encontro da liberdade.

Já sentados, percebi a quantidade de homens em nossa escolta. Mais tarde, soube que eram mais de quarenta agentes. Entre eles, vários torturadores. As algemas deviam-se ao receio que tinham de que fôssemos capturar o avião, levando-o para Cuba, aumentando ainda mais a repercussão da ação e a humilhação da ditadura. O medo deles era completamente infundado, e me pergunto se toda aquela história não fora inventada para justificar as diárias e gratificações que certamente acompanharam aquela excursão internacional de policiais e oficiais à Argélia, uma boquinha invejável, considerando as condições do país na época. Como veremos daqui a pouco, eles se dariam mal, mas não nos antecipemos. Oficialmente, eles estavam ali para nos vigiar e impedir que aprontássemos alguma outra. Vigiar e intimidar.

Recordo-me bem de quando o avião, logo depois da decolagem, deu uma primeira volta sobre a baía de Guanabara. Como disse o poeta e cantor, o Rio de Janeiro continuava lindo, mesmo sob a ditadura, e foi desagradável ouvir a voz cavernosa e ameaçadora de um dos torturadores mais sádicos, o major Leão:

— Vejam com toda a atenção a baía de Guanabara! Bonita, né? Guardem na memória, pois é a última vez que vocês a verão. Não esqueçam a advertência e a promessa do nosso chefe: quem voltar, morrerá, não haverá uma segunda chance para nenhum de vocês!

Lá da frente, alguém gritou:

— Pra vocês também, não haverá uma segunda chance!

Duas filas adiante de nós, ouvi a voz de Domingos:

— E começarei por onde vocês terminaram comigo: pelos olhos.

Ele não gritara, mas falara com uma voz suficientemente alta para que todos ouvissem o que estava dizendo, desejando que aquilo fosse registrado. Aludia ao spray de pimenta que os torturadores do DOI-Codi haviam despejado nos seus olhos pouco antes de partirmos para o Galeão.

O major Leão fuzilou com os olhos os revides corajosos e atrevidos, mas teve que engolir. Que mais podia fazer? Ainda viveríamos algumas horas com aqueles homens naquela espécie de espaço de ninguém. Nossos vigias ainda tinham — em tese — o poder, mas era só uma aparência de poder, pois nada podiam fazer em seu nome. É verdade que nós também não tínhamos possibilidade de fazer o que quer que fosse contra eles. Entre as duas partes, protegendo-nos mutuamente, havia uma muralha invisível, como se a figura do embaixador alemão estivesse ali, pairando entre nós, estabelecendo uma fronteira imaginária indevassável. Por ela poderiam passar ameaças, intimidações, impropérios e até xingamentos, mas não ações de qualquer natureza.

Puxei conversa com o meu vizinho, o dr. Carlos Alberto:

— O senhor é médico...?

Ele respondeu com um sorriso amável:

— Você é mais jovem que eu, mas não tem o direito de me chamar de senhor. O senhor, como você sabe — e apontou com o dedo para cima — está lá no céu.

Um tanto confuso, mas aceitando a repreenda, reatei:

— Ok, eu só queria saber... Quase todos nós aqui somos estudantes e você é médico... Como foi?

— Como eu entrei nesta fria? — disse Carlos Alberto, abrindo ainda mais o sorriso. — Circunstâncias da vida, amizades e convicções, tudo isso foi se misturando no caldeirão da minha consciência e... deu nisso! Apontou as algemas com a cabeça.

Trocamos ainda algumas ideias, cautelosos como raposas espertas, pois era a primeira vez que nos víamos e ainda teríamos muito tempo para conversar quando chegássemos ao nosso destino.

Apesar de longa a viagem, naquele estranho espaço, a travessia do oceano e do dia, em sentido contrário ao percurso do sol, afinal se fez. Já era noite fechada quando chegamos a Argel. Ao tocar das rodas do avião no solo argelino, foi difícil conter a alegria. Entretanto, eu me dei conta — era algo pessoal ou contaminava a todos? — de que a tensão, o medo e o desespero que nos assolaram nos meses anteriores à prisão, e mais, depois da queda, os mesmos sentimentos potencializados no último mês devido aos sofrimentos e às torturas, nos tinham tornado experientes (envelhecidos?), autocontrolados e, por que não dizer, em certa medida, frios. Bem, não posso falar por todos, mas era o que eu sentia, como se a vontade de exprimir sensações tivesse sido, de alguma forma, neutralizada ou amortecida. Se era uma coisa boa ou ruim, se podia ser superada ou não, o futuro decidiria.

O avião deslizou na pista e parou. Luzes apagadas. No aguardo. Algemados. Pensei nos negros que iam acorrentados para terras distantes e desconhecidas. Chegavam acorrentados depois de uma longa viagem para o cativeiro. Eu fazia um percurso em tudo e por tudo contrário, um contraste: branco, vinha algemado para a África, para encontrar a liberdade.

De súbito, a porta da frente do avião se abriu, luzes internas se acenderam. Entrou um homem de terno, com passos firmes, me parecendo mais alto do que era, e falou com voz clara e segura:

— Vocês estão em território da Argélia, um país livre e soberano! Tirem já as algemas de todos e todas. Agora! Imediatamente!

O major Leão e seus sequazes, obedientes, cumpriram a ordem.

— Quanto a vocês — o homem dirigiu-se aos agentes do governo brasileiro —, tenho ordens do meu governo para dizer-lhes que não estão autorizados a pisar em território argelino. Que o avião reabasteça sem mais tardança e volte imediatamente para onde veio.

Saímos em fila, já sem as algemas, e tivemos de nos controlar para não tropeçar uns nos outros. Lá embaixo, uma euforia desmedida, a imprensa internacional em peso, centenas de pessoas, argelinas e de várias outras nacionalidades, aplaudiam, alegres e joviais. Cantos e gritos de boas-vindas, de solidariedade e de encorajamento. Os flashes das máquinas fotográficas cegavam-nos, mas nada nos impedia de ver — e sentir — que estávamos, afinal, livres, num país livre, e onde nos era facultada, a partir de agora, o que o major Leão dizia que não mais teríamos: uma segunda chance.

As astúcias do mal

Nove ou dez horas, e mais alguns fusos horários, não mais do que isso, e já estávamos do outro lado do oceano: país desconhecido, língua diferente, costumes e modos de viver e de sentir ignorados. Lembrei-me dos astronautas tentando se acostumar com a falta de gravidade. Estendiam os braços e as pernas procurando apoios invisíveis, tentando encontrar novas formas de equilíbrio.

— E aí, como você está se sentindo, Gabriel?

Acusei a cutucada de Rodrigo:

— Meio esquisito...

— Esquisito como?

— Assim como quem anda apalpando alguma coisa para ver se é ela mesma...

Chegou a hora das entrevistas à imprensa internacional. Num edifício baixo, envidraçado, ainda na área do aeroporto, nós, os presos libertados, nos reunimos com os jornalistas que estavam lá para nos fotografar e nos ouvir. Eram dezenas e dezenas de enviados, representando boa parte dos principais jornais e revistas europeias, além de outros, de vários países mundo afora. Dentre os recém-chegados, tomaram à frente os poucos que falavam francês ou inglês. Sentados num sofá, rodeados pelas máquinas fotográficas e de filmar, desfilavam fatos e números. Arbitrariedades de todo tipo, métodos e instrumentos de suplício. Os que tinham as piores marcas de tortura eram chamados para apresentá-las, suscitando emoção e indignação.

Quando chegou a minha vez, confesso que senti um certo constrangimento. Estendi os braços e mostrei as pernas na altura das canelas — eram bem visíveis as feridas provocadas pelo pau de arara.

— Por favor, vira o braço mais pra cima... (flash)

— Mostra a perna mais uma vez... (flash)
— Mais uma vez, por favor, espera um pouco... (flash)
— Uma vezinha mais, por favor; não, o braço, não, a perna... (flash)

Claro que eu sabia que aquilo que estava fazendo ou estava sendo chamado a fazer era uma denúncia válida, precisava ser feita, e provocaria danos à imagem do governo ditatorial brasileiro, e eu pensava também em todos aqueles e aquelas que estariam naquele exato momento sendo torturados no país. Quem sabe uma denúncia em alto e bom som não poderia de algum modo ajudá-los, diminuindo a sanha dos torturadores ou ao menos contribuindo para que aqueles procedimentos infames não pudessem ser ocultados, fossem mostrados à luz do dia, desmascarando autores e cúmplices, por ação ou omissão. Eu não ignorava nada disso, mas, ao mesmo tempo, não conseguia deixar de me sentir uma espécie de animal domesticado, num mostruário, exposto à atenção pública, e havia naquele interesse um misto de horror e de curiosidade, um quê de intromissão e de bisbilhotice que me incomodavam.

Encerradas as sessões de fotos e as entrevistas, que haviam se prolongado noite adentro, fomos conduzidos para uma espécie de colônia de férias, no topo de uma montanha nos arredores de Argel. Um lugar acolhedor, disposto em patamares verdejantes, atravessado por árvores grandes, de generosa sombra, com bancos por todo lado, formado por um conjunto de bangalôs para quatro ou cinco pessoas cada um, agrupados em torno de um amplo refeitório. Nada que fizesse lembrar, nem de longe, as instalações da Ilha Grande ou o sinistro DOI-Codi.

Esperava-nos um lauto jantar. Mesas fartas, cobertas com toalhas vermelhas, velas acesas, com direito às comidas e aos bons vinhos do país. Misturamo-nos, então, confraternizando, recém-chegados e jornalistas, à cata de informações, explicações e interpretações sobre aquela ação espetacular, que libertara tanta gente, e a situação política no Brasil, a ditadura, suas contradições e limites, quem estava a favor, quem estava contra, as chances da luta em que estávamos envolvidos.

De modo geral, os jornalistas estavam como que obcecados pelas técnicas de tortura usadas com método pelos militares no Brasil. É certo que relatos neste sentido já tinham alcançado a imprensa internacional, levados às escondidas por familiares de presos e, em alguns casos, até mesmo por funcionários do próprio governo. Além disso, no ano anterior, em setembro de 1969, os revolucionários trocados pelo embaixador norte-americano haviam botado a boca no trombone ao chegarem ao México. Entretanto, era a primeira vez que tanta gente vinda diretamente das prisões da ditadura, com marcas de tortura nos corpos e depoimentos pessoais em primeira mão, chegava tão perto da Europa.

Abancando-se para o jantar, Rodrigo e eu nos vimos sentados frente a frente com dois jornalistas europeus, um francês e o outro, alemão. Os dois falavam bem o espanhol e a comunicação se estabeleceu sem problemas entre os quatro.

— Então — começou o francês —, estivemos há pouco na entrevista coletiva que vocês deram lá no aeroporto, mas queríamos agora um testemunho mais pessoal. Como vocês poderiam descrever as experiências da prisão?

— Bem, comigo, no próprio ato da prisão, já comecei a apanhar. Chegando ao quartel, os militares passaram a me torturar no pau de arara e...

— Gabriel, passa o cuscuz, por favor.

— ... continuaram me dando muita porrada na cabeça...

— Este vinho argelino... Eu não o conhecia, no Brasil a gente não conhece os vinhos argelinos.

— E não esqueça de passar a pimenta, também.

— Mas vocês — atalhou o alemão — não ficaram traumatizados?

— Rodrigo, você provou aquele molho?

— ... tive que levar oito pontos na cabeça...

— Nunca tinha experimentado cuscuz com sal.

— ... o pior de tudo foi o choque elétrico na parede...

— Na parede? Como?

— Eu só conhecia o cuscuz doce, aquele que é vendido em tabuleiros grandes. Conheço um cuscuz doce vendido lá no centro do Rio por um cara todo vestido de branco... é o máximo, mas é doce, sempre associei o cuscuz a coisa doce.

— ... há dois tipos de choque elétrico: um que é dado a partir de uma caixinha com uma manivela...

— Eu já tinha comido cuscuz salgado uma vez.
— Hummm! Mas este vinho argelino...
— ... daí os torturadores rodam a manivela e...
— Pois eu nunca tinha comido cuscuz salgado lá no Brasil.
— Tem, sim, já provei, em São Paulo.
— ... o outro tipo de choque é dado a partir da rede elétrica, a partir das tomadas nas paredes. Esse é perigoso...

Passava neste momento o Reginaldo:

— E aí, como estão, comendo como nunca? Tirando a barriga da miséria?
— Eu estava mesmo dizendo que nunca tinha provado...
— ... é perigoso...
— ... o cuscuz?
— Não, cara, o choque na parede — disse Rodrigo, rindo.
— Quanto a mim — falei, já bem alterado pelos vapores do álcool —, eles começaram logo pelo choque na parede...
— Logo de início, não é comum.
— Rodrigo, você provou esta sobremesa?
— Doce ou fruta?
— ... e acabei no pau de arara...
— Experimenta o melão.
— Melão, vocês sabem, no Brasil é sobremesa de gente rica.
— ... acabei, não eu, eles acabaram comigo no pau de arara. Acho que vou ficar com as marcas para o resto da vida.
— Mostra pra eles as marcas, Gabriel.
— Não, já mostrei os braços e as pernas lá no aeroporto, não vou recomeçar agora, chega.
— Eu fico impressionado — murmurou o francês — como é que vocês falam...
— Rodrigo, bota um pouquinho mais de vinho tinto aqui para mim.
— Pode repetir a pergunta?
— A rigor, eu não estava perguntando, apenas observei...
— A torta de morango, Gabriel, prova a torta de morango!
— ... que vocês passaram por essa experiência...

— A do cuscuz ou a do vinho argelino?

— ... a da tortura...

— Entendo seu ponto de vista — registrou Rodrigo, tentando se concentrar e apresentar um semblante sério. — O problema é que...

— Olha, eu não conheço o vinho francês, mas o argelino não fica nada a dever.

— Ué, mas se você não conhece como quer comparar?

— A tortura passou a ser vista como...

— Eu quis dizer que não conheço bem, mas já tomei vinho francês na casa de amigos lá no Rio.

— ... uma experiência do dia a dia. Antes, eu a antevia, vocês nem imaginam, até para ir ao banheiro eu levava o revólver, era uma tensão permanente. Como preso, eu a experimentei no próprio corpo, e agora tento imaginar como, e se, vou entrar nisso novamente.

O jornalista francês quis saber:

— Como é que vocês conseguem?

— Olha, eu vou dizer uma coisa a vocês, acho que nunca comi tão bem.

— Passar por isso e...

— Acho que você está dizendo isso, Gabriel, porque saímos de um sufoco sem tamanho.

— Claro que o sufoco tem que ser levado em conta, mas é que a comida está realmente...

— ... comer e beber falando dessas ... dessas... experiências...

— De que experiências você está falando? Do jantar aqui na Argélia ou da forma como fomos tratados pela polícia lá no Rio?

Neste exato momento, já para lá de Marrakech, eu e Rodrigo, limpando os lábios com os guardanapos, nos demos conta de que os jornalistas estrangeiros não tinham tocado na comida, os pratos permaneciam emborcados, os caras não tinham comido nada, nem bebido uma gota dos vinhos.

— Ué, vocês não vão comer? Estão fazendo greve de fome? — brincou Rodrigo.

— É que...

Os jornalistas não escondiam o embaraço nem o mal-estar em que se encontravam.

— É que... — e Rodrigo indagou com os olhos.

— ... é que simplesmente não conseguimos...

— Não conseguem...?

— ... comer e falar desses... desses assuntos ao mesmo tempo — suspirou o francês.

Os dois jornalistas estavam paralisados, estatelados, tomados por algo parecido a um estado de choque. As cadernetas onde tomariam suas notas, abertas, as folhas em branco, sequer uma linha preenchida.

Então eu e Rodrigo sentimos, mais que percebemos, o trabalho astucioso do mal. Havíamos acionado todos os nossos recursos para resistir e estávamos orgulhosos por ter sobrevivido. Mas tínhamos assimilado, em alguma medida e sem nos darmos conta, o mal que havíamos sofrido.

Uma questão esquisita

Uma vez reconquistada a liberdade, o que faríamos dela?

O sargento Juraci tinha respostas prontas e acabadas. Encarnava a opção heroica e dele se poderia dizer que era um homem de convicções. E de certezas:

— Não devemos nos preocupar além da conta. A rigor, não há nada de anormal em nossa situação. Fomos libertados por companheiros, que arriscaram a vida por nós. O que nos cabe fazer agora?

Sem dar chance a ninguém, ele mesmo respondia:

— Faremos aqui uma espécie de pit stop e logo estaremos de volta à luta revolucionária.

— Rápido como num pit stop? — indagou alguém, sem disfarçar o tom irônico.

Ouviram-se alguns risos abafados. O sargento fechou a cara, o bom humor não era o seu forte, mas não perdeu o controle:

— Bem, é claro, pode variar segundo a situação de cada pessoa, de acordo com as condições de cada organização, mas o sentido me parece muito claro: descansar um pouco, preparar-se melhor e voltar para a Terra.

Era a primeira vez que eu ouvia o Brasil ser chamado de "Terra", e aquilo me soou estranho. O sargento se entusiasmou:

— Não somos exilados nem pretendemos a condição de exilados. Refugiado político, nem pensar, nem gosto de ouvir estas palavras. Coisa de maricas. Repito: fomos libertados por uma ação revolucionária e a ideia é que retornaremos em breve, muito rápido, para a luta que nos espera.

Juraci era um cara severo e reto. Enfrentara a repressão e as condições da cadeia com grande coragem. Não poupava críticas aos que haviam vacilado na prisão, era partidário do que se chamava com reverência a velha escola bolchevique. E demonstrava desgosto com o fato de que, dentre os próprios libertados, alguns não tivessem se comportado à altura na cadeia. Murmurava pelos cantos que esses companheiros deveriam ser julgados por um tribunal revolucionário. E acrescentava, ameaçador:

— Em Cuba, quando chegarmos lá, haverá um ajuste de contas.

De boa ou má vontade, a maior parte concordava com ele. Ou fingia concordar. Quem é que estaria disposto a não se comportar como um verdadeiro bolchevique? Poucos tinham a coragem de Marta, que, nesse tipo de assunto, defendia pontos de vista que pareciam heréticos à maioria:

— Não sou nem um pouco a favor dessa severidade. Quando uma pessoa fraqueja, a culpa não é dela, é da tortura e do torturador. Uma coisa é o cara que passa para a polícia, que trai o movimento revolucionário, que passa a dar informações de forma continuada e consciente. Outra, muito diferente, é o companheiro que vacila, fraqueja, este deve ser compreendido, acolhido, ajudado, suas feridas devem ser tratadas com cuidado, e todos devemos trabalhar para que ele supere a queda e dê a volta por cima.

A grande Marta, ainda na cadeira de rodas, tinha a ousadia de destoar do senso comum. Ali se evidenciava sua vocação revolucionária, apesar da zanga e da exasperação do sargento Juraci.

Já o major Leitão tinha uma segunda opção, mais modesta. Defendia a tese, prosaica, de que era preciso tratar do preparo físico. Não sei se era professor de ginástica no Exército, mas era essa a sua proposta. Como a maioria ali não se sobressaía pelo corpo apurado, era prioritário tratar do assunto. Logo na semana seguinte à chegada a Argel, passou a convocar todo mundo para exercícios ao amanhecer. Mal raiava o dia, lá ia ele bater nos bangalôs, de porta em porta, entoando a famosa canção do cangaço:

— "Acorda, Maria Bonita,/ Acorda, vai fazer o café,/ Que o dia já vem raiando/ E a polícia já está de pé".

Assim, muitos ainda estremunhados, mas sem coragem para resistir, nos juntávamos no campo de futebol da colônia de férias e tocávamos a fazer ginástica: elevação na ponta dos pés, pique no lugar, bicicleta imaginária, agachamento, ponte pélvica, flexão de braços com apoio do joelho, aviãozinho e, para coroar, polichinelo. No final, uma corrida em grupo, ao redor do campo de futebol, gritando em coro palavras de ordem e canções épicas, sugeridas pelo próprio major.

Depois de três ou quatro dias, a ideia foi perdendo força, não porque o preparo físico tivesse sido recuperado, longe disso, mas é que os exercícios coletivos ao som de um coro ritmado não empolgavam as pessoas. Era como se estivéssemos indo — ou voltando — para um quartel do Exército, o que, convenhamos, não tinha nada de estimulante. O major Leitão compreendeu, embora contrariado; ele era boa praça, não levou a mal o esvaziamento de sua proposta.

Uma terceira opção começou a ser defendida pelo velho Demétrio. Dizia respeito à importância do exterior como retaguarda da revolução. Organização de redes de apoio de todo tipo. Propaganda, denúncia da tortura em escala ampliada, mobilização da opinião pública internacional. Recordava o trabalho dos revolucionários russos exilados na Europa e de como isso fora importante para vertebrar o movimento revolucionário e isolar o tsarismo na opinião pública europeia. Demétrio tinha um bom humor permanente e, a rigor, espantoso. Seu comportamento na cadeia suscitava a admiração de todos, mas ele não era de se vangloriar, ao contrário, nunca se ouviu dele nenhum autoelogio. Todos o ouviram com atenção e respeito, mas a verdade é que a grande maioria queria mesmo era apertar gatilhos e participar diretamente da revolução com a qual todos sonhavam, de sorte que as ideias do velho camarada não suscitaram grande adesão.

Pellegrini encarnava uma quarta opção: nada decidir de imediato, esperar para ver como evoluiriam as coisas. Era dos poucos que punham em dúvida a eficácia do treinamento guerrilheiro oferecido pelos cubanos. Seria mesmo adaptado às nossas necessidades? O processo revolucionário brasileiro não seria bem mais complexo do que tudo aquilo que se passara em Cuba? Teriam mesmo os cubanos lições assim tão valiosas para nos dar? Além disso, ele confidenciou certa vez, num grupo em que eu me encontrava:

— A gente vai para Cuba e, uma vez lá, perde-se inteiramente a autonomia, fica-se à mercê dos cubanos. Claro, sem dúvida eles são revolucionários, nossos aliados, mas... será um bom negócio abdicar de nossa autonomia?

E acrescentava, irônico:

— Reparem bem: trata-se de uma ilha, ou seja, como aprendemos em geografia, uma faixa de terra cercada de água por todos os lados.

Deixava à imaginação de cada um o que e como fazer para sair daquela ilha por vontade própria. A esta opção, de esperar para ver, aderiam alguns poucos mais. Era possível perceber, às vezes, de modo meio furtivo, através de uma meia palavra, de uma frase pela metade, de um olhar significativo, se esgueirando, a dúvida crucial a respeito do futuro daquela aventura. Mas ficava nisso, na meia palavra e na frase pela metade, pois quem é que, depois de libertado daquela forma ousada, teria a audácia de questionar o rumo que todos havíamos tomado? Não, não era possível sequer pensar em deixar a luta, o retorno, a curto ou a médio prazo, à Terra.

E de repente eu também me pegava chamando o Brasil de "Terra"...

Mas, passado o espanto inicial, a melhor proposta para encarar aqueles primeiros dias de liberdade, embora não defendida ou aconselhada de maneira clara por ninguém, me parecia ser foder até não poder mais. Infelizmente, não podia ser realizada por todos, eis que eram poucos os casais que tinham vindo da cadeia ou tido a sorte ou a felicidade de se formarem logo depois da chegada. Mas os sortudos, os felizardos, se dedicavam com afinco às brincadeiras de adultos, segundo a cartilha de Macunaíma. Marta, causando escândalo — e se divertindo com isso, como sempre —, incorporava com alegria a proposta, concedendo seus favores, de modo alternado, a Rodrigo e a Reginaldo. Na cadeira de rodas a que ainda estava submetida, rodava para o bangalô de um e, depois, dando marcha a ré, rodava para o bangalô do outro, pois seu amor, disse-me ela um dia, era muito grande para se concentrar numa pessoa só. A mim, como à grande maioria, solitários, restava a malsinada prática da masturbação, efetiva nos seus limites, apesar dos pesares, e cujas técnicas tinham se refinado bastante no longo período da cadeia.

As propostas rondavam nossas vontades, como escolher? Teríamos realmente escolhas? Eu gostava de conversar com um velho jornalista, exilado espanhol e correspondente de um jornal francês, que procurava relativizar a conveniência de decisões imediatistas. Com a experiência amarga de décadas de exílio, ele ponderava de forma cuidadosa:

— Às vezes não é tão simples, é preciso que vocês... — e ele abria um gesto largo, como que querendo abranger todos os que ali estavam — ... se preparem para dificuldades inesperadas e imprevistas. Podem aparecer dissensões, brigas, algumas sérias, momentos de angústia e de desespero. Se puderem, deem uma olhada na história do nosso exílio, ou no dos russos antes da Primeira Grande Guerra, há ali matéria para reflexão... Vocês acabam de chegar, é preciso encarar este momento como o começo de uma nova etapa da vida, com exigências específicas, e nesta nova etapa nem tudo serão flores.

Alguém atalhou:

— O sargento Juraci afirma que não se trata para nós de um exílio, apenas de um tempo curto de preparação, como um nadador que tira a cabeça da água só para respirar, mas volta logo a nadar, a cabeça afundada na água.

O velho não parecia convencido:

— O sargento é um bravo, e diz o que todos dizem quando chegam no exílio. Dizem, disseram e dirão. Mas as circunstâncias, às vezes, mandam mais que nossa própria vontade. E o que parecia certo pode, depois, parecer incerto e improvável.

A roda foi se desfazendo. Para alguns, as certezas do sargento pareciam indiscutíveis. Para outros, a questão ainda sequer fora colocada, ou era contemplada apenas em solilóquios, sem testemunhas: estávamos em trânsito ou o exílio era uma nova etapa da nossa vida?

A rebelião dos cornos

Não saberia dizer se o verão em Argel é sempre doce, nunca mais passei verões por lá, não teria como comparar, mas os dias que passamos naqueles meses de junho e julho não poderiam ter sido mais suaves. Céu azul-claro, as nuvens, esparsas, moviam-se, preguiçosas, tangidas pela brisa leve que vinha do mar.

Os primeiros dias de reencontro com a liberdade foram de intensa excitação, tomados pelos relatos sobre as experiências da cadeia e pelos balanços mais ou menos sinceros de atividades empreendidas no passado recente. Os argelinos comportaram-se como anfitriões exemplares, esmerando-se no tratamento concedido aos exilados: vestiram-nos da cabeça aos pés e proporcionaram todo tipo de assistência médica e odontológica. Depois, levaram-nos para conhecer os lugares clássicos da memória revolucionária da luta de libertação nacional, com destaque para a casbá. O imenso bairro árabe, incrustado na cidade europeizada construída pelos franceses, uma espécie de cidadela, fora centro e sede da guerrilha urbana, só liquidada pelos colonizadores com o recurso à tortura, utilizada em larga escala como política de Estado. Vimos filmes clássicos, como *A batalha de Argel*, do italiano Pontecorvo, e encontramos representantes de movimentos revolucionários de várias partes do mundo: Panteras Negras, dos EUA, dirigentes das guerrilhas nas então colônias portuguesas, diplomatas vietnamitas. Não faltaram inclusive passeios turísticos, como a ida às praias de água gélida do Mediterrâneo.

Com o passar dos dias, porém, rareando a presença de jornalistas, sobreviera um certo marasmo. A grande maioria, interessada no treinamento guerrilheiro em Cuba, aguardava orientações. Um belo dia, Rodrigo, rompendo a pasmaceira, sobraçando um grande caixote de papelão, apareceu com a notícia:

— Os cubanos confirmaram o convite para irmos à ilha. Para participar das comemorações do 26 de julho e, depois, passar por um treinamento guerrilheiro, urbano e rural. De quebra, vieram dúzias de garrafas de rum para todo o grupo e aqui trago oito para nós.

— Enquanto não começa o treinamento, vamos a elas!

Abancamo-nos, eu, ele e mais João Francisco, velho amigo, exilado em Paris e que viera nos ver logo que soube de nossa chegada à Argélia. Abrimos a primeira garrafa. Aos primeiros goles, sentimos a qualidade da bebida: passava pela garganta sem nenhum incômodo, mas batia lá dentro do peito com uma quentura especial, profunda, envolvente. Mandamos ver. Era extraordinário: já estávamos no fim da segunda garrafa e não sentíamos absolutamente nada, apenas as ideias ficavam mais nítidas e as línguas mais soltas, vencendo travas, dispostas a confidências, liberando fantasmas presos em algum lugar do subconsciente ou do inconsciente.

Havia entre nós um ponto em comum: Marta era nosso encanto. Em distintos momentos, com desigual intensidade, fomos seus namorados, todos os três, e estaríamos sempre dispostos a namorá-la, mesmo que compartilhando seu amor. Mas havia também uma frustração em comum: naquele momento, Marta não queria saber de nós.

Àquela altura dos acontecimentos, depois de algumas idas e vindas, que suscitaram escândalo e reprovação na maioria dos exilados — revolucionários políticos, conservadores nos costumes —, ela resolvera concentrar-se em Reginaldo, reservando seu amor, com exclusividade, para ele. Nós, apoiadores do amor livre de Marta, receberíamos, com amargura, apenas sua amizade.

— A isso eu chamo incoerência — lamentou Rodrigo, contrariado, abrindo com valentia uma terceira garrafa.

— A incoerência é própria do ser humano, meu caro amigo — consolou João Francisco, e percebi, talvez apenas uma impressão, que ele estava começando a enrolar a língua.

— Concordo em gênero, número e grau — reforcei —, mas o que me incomoda é que, sendo a incoerência inevitável, por que os seres humanos têm a coerência como valor supremo?

— Não me interessa essa especulação filosófica — continuou Rodrigo —, o que eu me pergunto é por que ela não foi fiel ao seu padrão, logo agora.

— Deixa eu entender a tua queixa — começou João Francisco. — Você está criticando o fato de que ela deixou de ser coerente com o seu passado?

— Mas o seu passado não era ser incoerente? — meti a colher.

Aquela conversa ia se complicando, e mais ainda se complicou com o estouro da rolha da quarta garrafa. Depois de um longo tempo ruminando em silêncio, saímos os três de uma espécie de sonolência para atacar novamente a questão.

— Vejo em vocês um certo machismo ao acusar Marta de incoerência — disse João Francisco. — Ela tinha um sistema nada incoerente, perfeitamente coerente. Apenas desafiava o senso comum.

— Exato, o seu padrão tem sido o de sempre ter relações amorosas simultâneas, isso é o que fez e faz dela uma mulher de vanguarda. E coerente consigo mesma — argumentei, satisfeito com o meu achado.

— Ou seja, vocês estão propondo que a sistemática incoerência dela era, de certo modo, um tipo de coerência — resumiu Rodrigo.

— Perfeito. Acusá-la de uma suposta incoerência é não ver o óbvio: a coerência de entreter relações amorosas simultâneas, uma alternativa ao padrão careta: formada por papai com mamãe...

— ... um padrão, aliás, que não se sustenta, pois papai está sempre traindo mamãe...

— ... e aí, sim, temos uma incoerência... Aliás, permita-me um reparo: atualmente, mamãe está cada vez mais traindo papai...

— Traição... traição... — Rodrigo queria arrancar, mas não conseguia, parecia a chave de um carro rodando em vão.

— Sei o que você quer dizer e já concordo — acrescentei.

— Como é que você pode concordar com o cara antes que ele diga o que está pensando? — inconformou-se João Francisco.

— É que estou seguindo a linha...

— Traição não existe — deslanchou, afinal, Rodrigo. — A gente só é traído pelas nossas ilusões, já o disse Trótski com toda a razão.

— Exato! — exclamei. — Tinha razão o personagem de Nelson Rodrigues que falou para a amante infiel: perdoa-me por me traíres...

Rodrigo pareceu perplexo, vi umas primeiras nuvens em seus olhos.

— Não entendi...

— Cara, o Nelson quis dizer que, quando uma pessoa trai a outra, o culpado é o traído... quer dizer, o traído é que deve pedir desculpas ao traidor, pois se o traidor traiu é porque o traído deu mole...

— Taí uma fórmula engenhosa, mas... o que tem a ver com a nossa conversa?

— Tem a ver — pontificou João Francisco — com o fato de que, se a Marta nos traiu, os culpados somos nós...

— Mas isso é um completo equívoco — resmungou Rodrigo. — Ela não nos traiu, traiu a si própria, abandonando seu sistema de relações múltiplas.

— Acompanhem meu raciocínio...

Estava difícil formular raciocínios, que dirá acompanhá-los... O sol se punha do outro lado da montanha, a noite se preparava para amortalhar a cidade e a conversa que nós levávamos. Depois de esquentar bem esquentado o peito de cada um, a bebida agora alcançava nossas cabeças, embaralhando os pensamentos e nos mergulhando em um novo torpor, rompido afinal por Rodrigo, quando abriu a quinta garrafa:

— Seja como for, a dor de corno é nossa, compartilhada.

— Perdão — eu disse. — Só seríamos cornos se ela tivesse sido infiel a nós. No caso, ela foi fiel a si mesma. Nunca escondeu suas preferências e divisões.

— Afirmo que a dor de corno é comum, é preferível ser corno assumido a corno manso, que sabe que é corno e nada diz a respeito. Nem se lamenta nem protesta.

— Não estou certo de que você esteja certo — retrucou com dificuldade João Francisco. — Afinal, ela não pode ser acusada de ter traído nenhum de nós.

— Digamos que ela traiu com suavidade, com meiguice, coisas que, aliás, são características muito próprias da personalidade dela...

— Não, não concordo. A rigor, ela não traiu, seria um grave erro avaliar nossa querida amiga desta forma...

— Continuo a afirmar que, se houve traição, foi dela consigo mesma. Ela tinha um sistema. Na sua incoerência básica, tinha uma coerência medular. Mas, agora, ao se concentrar num só amante, rompeu sua anterior coerência, abandonou seu sistema, ou seja — afirmou João Francisco triunfante —, traiu a si mesma.

— João, você está cada vez mais metido a psicólogo. Está começando a ficar difícil conversar com você.

— Por que — indaguei — não vamos lá então perguntar à Marta o que ela acha disso tudo?

— Perguntar à Marta? — João estava incrédulo. — Como assim?

— Ora, vamos lá no bangalô dela.

— No bangalô dela?

— É isso aí, me parece uma boa ideia — assentiu Rodrigo. — Vamos lá.

Era mais fácil dizer do que fazer. Tivemos grande dificuldade para nos levantar. Andar foi ainda mais complicado, mas conseguimos, apoiando-nos mutuamente, braço no braço, titubeantes. Para maior segurança, resolvemos nos fazer acompanhar por uma sexta garrafa, logo aberta, e pelas duas restantes, de reserva. Foi uma epopeia encontrar o caminho do bangalô de Marta. Depois de algumas informações desencontradas, de algumas trilhas incertas e portas erradas, já bastante trôpegos, chegamos. Batemos. Primeiro, devagar, docemente, não tanto por escolha, mas porque a decisão, insegura, nos fazia falta.

— Martaaaaaa...

— Martaaaaaa...

Nenhuma resposta. Tomamos ímpeto. Até hoje ninguém sabe dizer ao certo quem começou a gritar:

— Abre essa porta, Martaaaa...

— Vagabunda! Abre essa porta!

— Abre essa porta, sua puta!

— Puta, você é uma puta!

A silhueta de Marta surgiu, afinal, no alpendre. Ainda sem firmeza no andar, mal conseguia ficar de pé, apoiando-se com ambas as mãos nos lados da porta. Fuzilou-nos com o olhar. Através do denso nevoeiro do rum cubano, ouvimos seus gritos, muito altos:

— Vocês não têm vergonha? Não têm mais o que fazer? É inacreditável o que vocês estão fazendo...

Não foi sem dificuldades que batemos em retirada, aferrados ao nosso fracasso, confusos, desconexos, agarrando as garrafas como náufragos. Julgávamos ser guerrilheiros revolucionários que iam mudar o mundo, mas naquele preciso instante não passávamos de homens envenenados por valores conservadores, desorientados, exilados afetivos, mordidos pelo amor não correspondido.

Solilóquios de um agente

Passou a mão pelo rosto e murmurou consigo mesmo:
— Acho que devo me barbear...
Fernandez estava chegando de uma longa viagem. Até que dormia bem voando, mas aquele trajeto era de matar: Havana-Argel, quase 26 horas, com escalas em Casablanca, Moscou e Praga. Passou a mão no rosto e sentiu os pelos querendo crescer, começando a coçar, um incômodo, era sempre assim: hora de barbear.
— Ainda mais agora que vou me apresentar a pessoas que não me conhecem, não é de bom-tom aparecer assim, barbado. Dá uma impressão de sujeira e desleixo.
Entrou no banheiro do aeroporto, desvencilhou-se da mochila e tirou dela um pequeno estojo de couro preto, no qual guardava o aparelho, um pincel de cor cinzenta e a bisnaga de creme de barbear. Tinha orgulho do estojo, comprado numa escala em Frankfurt, coisa fina, os companheiros viam aquilo com maldisfarçada inveja, nunca seria possível encontrar coisa igual num país socialista. Olhou-se no espelho com vagar e gostou do que viu. Alto, mais para magro, 35 anos completos, bonitão, sempre se envaidecia olhando a própria imagem.
Pela frente, mais uma missão. Convidar um grupo grande de brasileiros para o treinamento guerrilheiro em Cuba. Os convites eram sempre aceitos com entusiasmo, os revolucionários em toda parte amavam a ilha — "primeiro território livre da América Latina" —, o seu exemplo de audácia e de coragem, o triunfo da vontade, ali mesmo nas barbas do imperialismo ianque. Era muito raro encontrar alguém de esquerda que fizesse alguma crítica, por leve que fosse. A saga da revolução cubana corria o mundo por meio dos discursos de Fidel, dos textos de Guevara e de Debray, suscitando polarizações radicais: era ser a favor ou contra. Positivo

ou negativo. Admiração ou ódio. Davi contra Golias. Cuba versus EUA. *Cuba sí, yankees, no!* Não havia meio-termo nem alternativa. Fernandez refletiu:

"A polarização joga a nosso favor, sempre, encobre nossos erros, problemas e dificuldades." E, dando de ombros, concluiu: "Melhor para nós."

Então pensou no treinamento:

"Às vezes, tenho dúvidas a respeito desses treinamentos. Dezenas e dezenas, que digo eu?, centenas de revolucionários, indo aprender técnicas de explosivos, manusear armas de diferentes calibres, táticas e estratégias de guerrilha rural, retornavam a seus países cheios de entusiasmo, convencidos de que estavam bem-preparados... e, entretanto, morriam como moscas... Aquilo era um treinamento ou um matadouro?"

Fernandez estremeceu, meio assustado, e afastou com decisão a dúvida, exclamando para si mesmo:

— *Qué va, hombre!*

Em seguida, veio-lhe à mente a última turma de haitianos que acompanhara. Fora sua primeira missão como agente do Ministério de Segurança de Cuba, desempenhar-se como enlace entre os militantes estrangeiros e o governo. Assumira a tarefa com orgulho, sentia-se bem na pele de um quadro internacionalista, evidência de uma vocação tão cara aos cubanos. Gostara dos haitianos: alegres, brincalhões, sorridentes, os dentes muito alvos nos rostos negros. Recebera-os no aeroporto de Havana e os encaminhara para diversas casas na cidade. Aceitavam as acomodações sem nenhum tipo de reclamação ou reparo. O mesmo em relação à alimentação, às vezes escassa, e todo tipo de assistência recebida. Lembrava-se bem do líder deles, Aristides, negro alto, forte, sólido, parecia um touro, uma força da natureza. Solícito, não escondia a admiração pela revolução cubana e pelos seus chefes. Não perdia um discurso de Fidel. No dia 26 de julho, festa maior da revolução, fora um dos primeiros a chegar à grande *plaza* e um dos últimos a sair, como que embriagado pela oratória estimulante do Grande Jefe. Como Fidel falava bem! Quase todos, mesmo os inimigos, estavam dispostos a reconhecer; a voz poderosa e fluente, desafiadora. Uma escritora, certa vez, o comparou a um gladiador, alto, invencível, face à massa que, lá embaixo, respondia com ardor, ora gritando, eufórica, ou rugindo, raivosa, imprecando, furiosa, ou chorando, emocionada, ora em silêncio, escutando, como uma fera controlada, apaziguada.

"Embriagados, o termo era bem adequado. Todo mundo se deixava levar, não apenas ele, todos eles, inebriados pelo verbo inesgotável do Líder Máximo. Como poderia ser diferente? Quem, com outros sentimentos, aguentaria discursos que às vezes duravam seis, sete horas? Pois os haitianos, e Aristides entre eles, e Aristides acima de todos, aguentavam, participando, bradando, esbravejando, impressionados, sensibilizados. E retornavam em longas caminhadas, a pé, para suas casas, aonde chegavam cansados, porém, satisfeitos, comovidos, autoconfiantes."

Fernandez lembrava, quase com ternura, dos haitianos subindo nos caminhões que os levariam aos treinamentos.

"Nunca ouvi deles uma só queixa, uma só dúvida. Eram quantos exatamente? Mais de trinta? Trinta e cinco? Despreocupados, emotivos... como dançavam e cantavam! Acreditando que o futuro era deles, que a História com H maiúsculo estava do lado deles. Ou melhor, como eles estavam a favor da História. Mas a infelicidade os espreitava. O foco guerrilheiro em que estiveram envolvidos não durou nem três meses, quase todos foram exterminados, e os poucos sobreviventes, torturados na cadeia."

Em outra oportunidade, Tomás, um argentino, o interpelou:

— Que tipo de treinamento era aquele? Um vestibular para a morte? Uma brincadeira sinistra? Humor ácido? Uma crítica mal camuflada?

Ao lembrar disso, Fernandez mal notou que as pálpebras estremeceram. O pensamento o fez pensar nos argentinos.

"Estes eram gente séria, circunspecta. Metidos a intelectuais. Verdade seja dita: sofisticados. Conterrâneos do grande Che Guevara. Sentiam-se, talvez, compelidos a vingar a morte do grande revolucionário? Com franqueza, eu não conseguia acompanhar os debates em que se empenhavam durante horas e horas. Um saco!"

Dava-lhe um tédio imenso todo aquele palavrório. A revolução não precisava disso para ser vitoriosa. Gostava de uma fórmula muito popular entre os cubanos:

— O importante é ter *cojones*!

— E as mulheres, como ficam sem colhões? — indagara um dia Inés, argentina de Tucumán.

Ele sorriu sem graça, sem resposta. Os argentinos tiveram o mesmo fim que os haitianos: presos, assassinados, exterminados.

E os dominicanos, então? Por algum motivo, Fernandez gostou demais deles, sentiu grande afeto por todos, e não apenas por causa da relação amorosa com Dora, a morena de longos cabelos pretos, meio azulados de tão escuros, com quem fodeu muito nos hotéis de Havana. Um amor intenso, sem promessas de futuro, sem prevenções ou cobranças. As pessoas se sentiam mais livres, eram tempos épicos, motivados pela vitória revolucionária, tudo parecia ao alcance da mão; não apenas cairia a velha ordem econômica e social, mas também os valores morais tradicionais e os antigos preconceitos.

Além disso, os dominicanos pareciam tanto com os próprios cubanos! Formaram uma das melhores turmas que passaram por suas mãos. Compenetrados, disciplinados, decididos. Se a coisa toda não desse certo com eles, não daria com mais ninguém. Mas não deu certo com eles também. Novo fracasso. Dora morreu rasgada por uma rajada de metralhadora, segundo contou um dos raros sobreviventes. Dino, o chefe deles, foi um dos últimos a cair, também despedaçado por tiros.

Ao desempenhar suas funções de enlace, Fernandez não raro intrometia-se na vida pessoal dos revolucionários a quem dava assistência. Um dia, surpreendeu Melina, mulher de Dino, passando-lhe os chifres, fodendo com Gustavo, um outro camarada, num dos hotéis de Havana. Nunca soube exatamente por quê, mas aquilo o revoltou, e ele denunciou o caso a Dino. O dominicano escutou impassível a denúncia. Em seus olhos, Fernandez notou uma faísca de desprezo. Teve raiva de si mesmo, acreditou que tinha feito aquilo com a melhor das intenções, mas percebeu tarde demais que sua atitude fora mesquinha.

"Diga a verdade, miserável! Aquilo não tinha nada a ver com uma informação política, nada a ver com solidariedade internacionalista, não passava de uma fofoca escrota. Teve vergonha de si mesmo pela primeira vez, mas não a última…"

Agora chegara a vez dos brasileiros. Quarenta deles haviam desembarcado em Argel, libertados por uma ação ousada. Sucesso total, escândalo internacional. Em Cuba, fora destacado para viajar sem demora a Argel e oferecer os famosos treinamentos aos que estavam saindo da cadeia. Acompanhando a oferta, em gesto de amizade, algumas dúzias de garrafas do bom rum cubano. Como reagiriam os brasileiros? Como seriam eles? Qual seria sua onda, como ele gostava de dizer ao se referir à atitude geral dos grupos com os quais interagia? E as mulheres? As brasileiras tinham fama de quentes e sensuais. Um mito ou uma verdade a ser conferida?

Fernandez passou as mãos no rosto, a barba estava bem-feita. Limpou com cuidado o aparelho com papel higiênico, deixou correr a água sobre o pincel, sacudiu-o para que ficasse bem seco, enroscou a tampa do creme de barbear e guardou tudo no estojo.

"Qual seria a onda dos brasileiros?"

Conferiu sua imagem no espelho. Sorriu para si mesmo. Iria acompanhar mais um grupo de homens e mulheres para a vitória ou para a morte? Será que estava se tornando frio com a morte dos outros, como estes médicos e enfermeiros que trabalham com terapias intensivas, endurecidos para se defender do sofrimento e da morte dos pacientes que acompanham? Os revolucionários seriam seus pacientes em estado terminal?

"Será que estou ficando cínico?"

Rápido, mas muito nítido, esta pergunta provocou um clarão em seus pensamentos. Mas logo Fernandez se recompôs:

"Em todo caso, tudo que eu pensei fica aqui entre nós. Entre mim e você, bonitão."

Fernandez saiu do banheiro do aeroporto e rumou com passos firmes, confiante, ao encontro dos brasileiros.

As *croquetas*

— Vamos comer umas *croquetas*?

A pergunta veio a calhar. Eram ainda cinco da tarde, mas a fome já começara a bater. Em Havana, o calor não estava a pino, mas o dia continuava bem quente. Havíamos almoçado, como de costume, por volta de uma da tarde. A comida não era má, e havia até alguma fartura, mas era sempre a mesma, trazida duas ou três vezes por semana por um caminhão do Exército. Dois jovens soldados, uniformizados de verde, descarregavam várias caixas de papel pardo. Nós mesmos cozinhávamos, num esquema de revezamento: arroz, feijão moreninho, peixe frito nada saboroso, alguma salada. Sobremesa permanente: doce de leite, feito de leite condensado búlgaro. Receita clássica: retirávamos o rótulo e colocávamos a lata dentro da panela do feijão. Feijão cozido, o leite condensado tinha virado doce de leite. Saboroso, na primeira vez. Na segunda, nem tanto. Na terceira, apenas um pouco. Na quarta, apenas uma colher de sobremesa. Na quinta, era preciso um paladar muito pouco original para continuar gostando daquilo. Ou seja, o doce de leite ficava sobrando, ninguém aguentava mais, salvo, é claro, os que tinham paladar rombudo, só estes tinham razões para ficar satisfeitos.

Como se dizia, a gente menos comia do que se abastecia. Mas quem ia ligar para aquilo? Estávamos ali a fim de nos prepararmos para a revolução brasileira, fazendo os treinamentos que nos converteriam em "quadros político-militares", algo que soava novo, vibrante e heroico. Também viéramos conhecer a revolução cubana, um outro objetivo épico. A comida, desde que nos alimentasse, e aquela nos alimentava, estava de bom tamanho. Entretanto, era um padrão que deixava na gente um gosto de quero mais. Mais e melhor.

Uma boa alternativa era o sorvete da Coppelia, uma gigantesca sorveteria com vários sabores no cardápio, afamada entre os cubanos e os estrangeiros que lá viviam. Depois de tantos anos, não dá para dizer com segurança se os sorvetes eram mesmo muito bons ou se o nosso paladar estava ficando, ou já era, pobre. Mas as filas da Coppelia eram monumentais, capazes de competir e barrar as clássicas filas soviéticas, que consistiam num programa de várias horas, para o qual alguns levavam livros para ler e outros marcavam reuniões, pois dava tempo para discutir vários pontos da pauta ou até mesmo esgotá-la. Havia a opção de ir tarde da noite, mas aí corria-se o risco de a sorveteria fechar antes de chegar a hora de escolher o sabor.

— Croquetas?

Eu chegara há dias e ainda ninguém tinha me proposto aquele programa.

— Sim — explicou Ivan —, há lugares por aqui que vendem cervejas *por la libre*, ou seja, fora do racionamento. Se você compra uma cerveja, ganha um pratinho de papelão com duas *croquetas*.

A ideia me pareceu boa, e eis que o estômago já começara a ronronar, discreto. Lá fomos nós. A pé, claro, pois esperar um ônibus podia demandar muito tempo, mais do que estaríamos dispostos a aguentar. Além disso, as *guaguas*, como os cubanos chamavam os ônibus, passavam sempre lotadas. Às vezes, de tão cheias, nem paravam nos pontos. E, quando paravam, era uma dificuldade subir. A vantagem: custavam muito pouco, quase de graça. Por isso resolvemos caminhar. Não era uma distância pequena, mas encaramos. Andar a pé, na Havana daqueles tempos, era um exercício quase inescapável, salvo para burocratas alojados em escalões muito altos, afinal só eles dispunham de carros e outras mordomias. As ruas e as avenidas, largas, arborizadas, bonitas, eram quase desertas de veículos, e andar por elas permitia longas conversas, comparáveis às que tínhamos nas filas da Coppelia.

— E aí, como são esses croquetes?

— Aqui eles chamam *croquetas*. Se você falar croquetes, não vão entender. *Croquetas*.

— Ok, e como são essas *croquetas*?

— Você vai ver, dá para comer — respondeu Ivan, seco.

Fomos trocando impressões sobre o treinamento que nos aguardava e sobre o qual havia muitas controvérsias. Valeria a pena? Havia alternativas? Não, não havia alternativas. Iríamos mesmo fazê-lo, melhor tirar o maior proveito dele.

Cinquenta minutos depois, chegamos lá. A lojinha estava abarrotada, com gente saindo pelo ladrão. Não era, a rigor, uma loja, mas uma tenda, uma barraca quadrangular, como existem nas feiras livres do Brasil. Na parte da frente, uma prateleira mais larga, na qual as pessoas se aboletavam para fazer os pedidos. Tudo era bem barato. Funcionava assim: você pagava, recebia um tíquete, e aí chegava a parte mais difícil, transformar o tíquete em uma cerveja e duas *croquetas*.

Ivan me instruiu:

— Não adianta pedir mais do que uma cerveja. É racionado. Uma garrafa por pessoa. E também não carece pedir as *croquetas*, elas vêm incluídas no preço. Uma cerveja, duas *croquetas*.

A multidão me deu vontade de desistir. Ivan me incentivou:

— Vamos lá. Você não está acostumado a subir nos ônibus lá do Rio de Janeiro? Aguentando empurrões e imprecações? Aqui você tem um consolo: depois das cotoveladas e dos xingamentos, em vez de ficar todo amarrotado dentro de um ônibus, você consegue uma garrafa de cerveja e duas *croquetas*.

Concordei e fomos em frente. Não foi fácil. A primeira etapa, trocar o dinheiro pelo tíquete, foi um tanto simples. Mas a batalha para alcançar a cerveja e as *croquetas* era de uma outra natureza, mais longa e mais árdua, quase violenta. E havia ainda uma terceira etapa, sobre a qual Ivan não me instruíra: para beber e comer era necessário sair daquele amontoado de gente, segurando a garrafa na mão direita e as *croquetas*, as preciosas *croquetas*, equilibradas na mão esquerda, no pratinho de papelão sobre uma folha de papel fininha que fazia as vezes de guardanapo. Longos e difíceis momentos depois, conseguimos chegar, afinal, a um ponto em que seria possível molhar os lábios e degustar as saborosas *croquetas*.

Foi uma decepção. A cerveja estava morna, mas tudo bem, não era nem muito melhor nem muito pior do que as que eu conhecia no Brasil. Já as *croquetas*... É verdade que o seu aspecto não anunciava nada de bom, uma cor marrom amarelada, mas, além disso, eram gordurosas, nada excitantes. Ainda assim, fui à prova. Experimentei a primeira das duas e fiz uma careta de nojo e desaprovação.

— Não gostou? — indagou Ivan.

— É um troço horroroso, meu irmão, como você pode gostar disso? Como você pode me indicar isso como um programa?

A essa altura, Ivan já comera a primeira das *croquetas* e se preparava para atacar a segunda.

— Estas *croquetas* parecem de plástico — afirmei, desgostoso. — É isso aí, elas têm gosto de plástico, não passam de croquetes plastificados. Além disso, pingam gordura.

Ivan limitou-se a dizer:

— Se você não gostou, não tem importância. Deixa pra mim — e, já tendo deglutido a segunda do seu pratinho, avançou sobre as minhas. E ainda se assegurou, gentil: — Não quer mesmo as tuas *croquetas*?

— Claro que não! Nem consigo imaginar como você pode gostar de uma porcaria dessas.

— Sem problema. Comerei as tuas.

E o fez com toda a valentia do mundo. Encaçapou as minhas duas *croquetas* numa velocidade de jogador de sinuca profissional. Eu olhava aquilo num misto de admiração e repugnância:

— Como você consegue comer essa droga?

Ivan parecia satisfeito. Como eu aprenderia mais tarde, era muito raro alguém arranjar-se para, numa tacada, comer quatro *croquetas*. Naquela tarde, ele tinha conseguido. Limpando os dedos e os lábios devagar, na folhinha que fazia as vezes de guardanapo, disse com toda a calma do mundo:

— Você mais cedo que tarde aprenderá a gostar disso que está chamando de droga. Daqui a seis meses, no máximo, você me dirá o que acha das *croquetas*.

***

Nem precisou passar seis meses. Três meses depois, lá estava eu bebendo cerveja morna e comendo com gula as *croquetas*. Uma delícia! E me especializei em convidar recém-chegados a Havana para experimentar as deliciosas *croquetas* cubanas.

— Vamos, vale a pena. É pertinho. *Por la libre*.

Era tiro e queda: eu comia as minhas e as do convidado.

Muitos anos depois, em um museu sobre o socialismo na República Tcheca, ouvi depoimentos sobre as razões que levavam as pessoas a fugir do país. Um deles dizia, com graça e ironia:

— Não fui um exilado político, foram razões do estômago que me levaram a abandonar a experiência socialista. Tornei-me um exilado gastronômico.

Não sei o que as pessoas acharam daquilo. Pensei logo nas *croquetas*, e o depoimento fez todo o sentido para mim.

Dezembro

— Qual é o mês de que você mais gosta no ano?
— Fevereiro.
— Por quê?
— Porque é o mês do carnaval.
— Nem sempre, às vezes o carnaval cai em março.
— Mas é raro, de modo geral cai mesmo em fevereiro.
— E você gosta tanto assim do carnaval? Nem parece, eu não te achava assim chegada a pular carnaval.
— Ficar pulando por aí não é a minha, não é por isso que eu gosto...
— E por quê, então?
— Porque no carnaval todas as coisas se invertem, saem dos eixos, mudam de lado... Os estrangeiros, por exemplo: de modo geral, são atacados ou desprezados, mas no carnaval é um tal de gente virar tirolês, russo ou chinês, como se os estrangeiros deixassem de ser estranhos, e isso é muito estranho, mas muito legal, você não acha? No carnaval as pessoas desligam-se do presente e incorporam passados aventurosos ou futuros ainda desconhecidos; o funcionário público chapado, rotineiro, recria-se como pirata da perna de pau, de olho de vidro...
— ... e cara de mau...
— O vendedor da esquina ressurge como Flash Gordon e o comerciante larga o tabuleiro da venda para se recriar como Tarzan, o rei da selva. E é um tal de homem aparecer com saia e sutiã, batom na boca e ruge no rosto. Mulher fantasiada de homem é mais raro, mas também acontece ou pode acontecer, ou seja, as pessoas fogem dos padrões habituais, muitas vezes impostos, aos quais se submetem, mas não por gosto.
— O carnaval seria então revolucionário?

— Eu não chegaria a dizer isso, mas essa coisa de virar tudo de cabeça para baixo, de as pessoas terem a possibilidade de escapar do normal, como se a hora do diferente tivesse chegado, e o não autorizado se fizesse permitido, mesmo que por poucos dias, esta coisa me interessa e me diverte, e por isso fevereiro é um mês sem igual. Além disso, fevereiro é o mês do meu aniversário.

Era uma tarde de dezembro, dia de domingo, em Havana. Gabriel e Marta, de bobeira, conversavam no terraço da casa onde moravam. O fim da tarde aquietava o calor e dava uma onda boa. Um vento leve soprava do mar. Vinha chegando a noite e daí a pouco o ano terminaria. Antes disso, entrariam aqueles dias morosos de pausa, hora em que a gente não faz nada, só pensa no que fez no ano que está acabando e cultiva ilusões para os dias que virão pela frente, fazendo promessas que não serão cumpridas.

Gabriel bocejou com preguiça:

— Pois eu prefiro o mês de dezembro.

— Porque Jesus Cristo nasceu? — perguntaram os olhos irônicos de Marta. — Eu sabia que você tinha formação católica, mas...

— Porque as cigarras cantam e eu gosto muito daquele canto prolongado, meio exasperado e infindável. Tem gente que não gosta, até se irrita, se aborrece, mas eu me embalo com as cigarras. Como se viajasse nas suas asas. Me fazem lembrar a fábula em que a previdência das formigas ganha do desleixo e do descuido das cigarras. A moral da história aponta as formigas como vencedoras, mas eu sempre simpatizei mais com as cigarras. Aliás, tem gente que acha que a fábula é uma crítica camuflada ao trabalho... o canto das cigarras seria uma crítica musical às virtudes do trabalho.

— O elogio das cigarras e de seu canto, de sua negligência e incúria, tem a ver com o carnaval, uma festa que está mais para cigarras do que para formigas.

— E lembra o Lafargue, o genro do Marx, que fez um ensaio sobre o direito à preguiça, uma crítica aberta e sem disfarce à ideologia do trabalho?

— Será que era por isso que o Marx não gostava dele?

— Eu não chegaria a tanto, talvez houvesse ali outras razões para explicar a antipatia do sogro pelo genro.

— A saber...

— O Marx tinha olhos de lince para ver o futuro, mas era, como todo mundo, um filho de seu tempo. Queria casar as filhas com pessoas que não as levassem para a miséria como ele próprio levou a mulher, e não tinha certeza de que o Lafargue, vindo ninguém sabia exatamente de onde, tinha bons propósitos e...

— ... um patrimônio sólido?

— As más línguas vão por aí, tratam o Marx com muita severidade, como se fosse possível existir um ser humano sem falhas. Mas eu queria voltar a falar de dezembro. Gosto do mês pelo seu ar de festa — a festa do Natal, a do réveillon, na virada do ano...

— Mas, vem cá, tem também uma coisa muito desagradável, aquele estresse de dar e receber presentes, as pessoas num corre-corre maluco, submetidas a uma espécie de consumismo imperativo, tendo que comprar-vender-comprar, senão-senão... e o empurra-empurra nas lojas, as multidões...

— Tem esse lado, sem dúvida, mas tem também o congraçamento. Ele pode ser em parte estragado pelo consumismo que você critica, mas isso é uma deformação de um clima de harmonia, conciliação e paz que não tem nada de negativo.

— Me mostra um pouco esse congraçamento, essa harmonia das famílias se engalfinhando pelos ressentimentos acumulados, sem falar nas bebedeiras sem fim, todo mundo contando e descontando os presentes que deram e receberam...

— Tudo isso acontece, tem sido assim, mas será que estamos condenados a que seja sempre assim? Veja o que está acontecendo agora em Cuba: neste mês de dezembro, para evitar as desigualdades assustadoras entre as famílias, entre as que ganham bem e as que ganham mal, para impedir essa coisa odiosa que existe em toda parte, umas crianças sendo abarrotadas de presentes, tanto que nem sabem o que fazer com tanto presente, enquanto outras nada recebem ou ganham apenas presentinhos mixurucas, pois o governo financiou uma compra maciça de brinquedos, inclusive autorizando importações...

— Para disfarçar as desigualdades que você mesmo chama de assustadoras?

— Não creio que seja por aí. Veja bem: os cubanos estabeleceram agora três tipos de presentes, de acordo com a faixa de idade das crianças. Haverá, digamos, os presentes letra A, maiores e mais sofisticados, tipo bicicleta ou trem elétrico; os presentes letra B, medianos, por exemplo, caixas de blocos criativos e jogos de tabuleiro, desses em que a família toda se reúne para participar; e os de letra C, brinquedos de menor porte, de menos valor, bichinhos de pelúcia, piões. Cada criança terá direito a escolher um brinquedo de cada tipo, A, B e C. Claro, se forem pequenos demais não escolherão bicicletas, mas poderão levar mais de um que seja apropriado para sua idade. Além disso, os brinquedos serão distribuídos de acordo com o tamanho da família, com a quantidade de crianças, e assim todas as crianças receberão presentes, de acordo com sua idade e seus interesses. Nenhuma família, nenhuma criança ficará chupando o dedo, encostando o rosto nas vitrines, jogando olho grande na alegria dos outros, como é tão comum por toda parte.

— Nenhuma criança ficará sem presente?

— Nenhuma. A distribuição será gratuita. Os pais irão a lojas determinadas com suas famílias e terão direito aos presentes de acordo com o número e a idade dos filhos.

— A ideia é boa. Uma espécie de comunismo infantil. Antecipando a tão sonhada utopia: "a cada um de acordo com suas necessidades".

— Ficou faltando: "a cada um de acordo com suas possibilidades".

— Está suposto no trabalho dos pais, que estão fazendo o que podem... e, se não estão, a culpa não é dos filhos...

— Exato. Viu por que eu gosto do mês de dezembro?

— Mas isso não tem nada a ver com dezembro, mas com a orientação de um governo comprometido com a igualdade.

— É verdade, mas por que está acontecendo em dezembro? Porque este é o mês do congraçamento, da solidariedade, das cigarras. É o mês da distribuição. Distribuir a riqueza, como faziam os povos indígenas. Antes que ela se acumule e seja apropriada pelos mais espertos.

— Você está me fazendo lembrar aquela passagem do Rousseau, quando um vivaldino cerca um pedaço de terra e vocifera "Isso é meu!". E os demais aceitam... Estava criada a propriedade privada!

— Pode não ter sido bem assim, mas a parábola tem algo a ver, pois dá importância à vontade das gentes. É sempre delas a decisão de ir por um caminho ou por outro.

No Natal, Gabriel vira as crianças nas lojas, escolhendo, de acordo com sua idade, os presentes que desejavam, testemunhara a excitação de todas e de todos, o brilho de alegria em seus olhos, sobretudo entre as meninas e os meninos que, até então, nada ou muito pouco haviam recebido de seus pais. Estava na cara, também, a satisfação dos pais, sobretudo os mais humildes, o orgulho deles com a oportunidade, única até aquele momento, de proporcionar aos filhos presentes antes reservados apenas aos que tinham mais recursos. E a grande coisa é que não parecia ser nada difícil. Nem os recursos necessários àquela singela distribuição eram tão importantes assim, comparados com o que se gastava na manutenção de privilégios, em bens suntuosos ou em armas e munições. E Gabriel entreviu, ali, a possibilidade de se construir uma sociedade igualitária e solidária. Pelo dedo do pé se conhece o gigante, dizia um antigo conto da carochinha. Pelas coisas mais simples se davam a conhecer as sociedades mais complexas.

Seria possível manter aquele tipo de distribuição ao longo dos anos? Consagrar aquela iniciativa como uma política de Estado? Estender o princípio da distribuição igualitária a outras dimensões da sociedade?

Ele não tinha respostas para aquelas questões, nem se via em condições de prever o que aconteceria no futuro. Mas sentiu-se animado e encorajado. E o mês de dezembro lhe pareceu ainda mais simpático, por acolhedor e afável, melhor do que os demais. E as cigarras nunca lhe pareceram tão mais simpáticas do que as formigas.

Papito

— Vamos andar no Malecón?

— Por que não? Vamos nessa...

Ivan e Gabriel faziam das longas caminhadas pelo Malecón um exercício e um momento para conversar a sós, sobre tudo e sobre todos, das mais altas esferas do pensamento às mais engraçadas fofocas, da salvação da humanidade aos próximos passos que dariam — sempre juntos e concertados — nas articulações políticas imediatas, dentro da organização revolucionária a que se encontravam vinculados.

O Malecón era uma ampla avenida, com cerca de oito quilômetros de extensão, bordejando o litoral da capital cubana. No pôr do sol, oferecia belíssimas imagens, mas a qualquer hora do dia era agradável passear por lá, olhar as pessoas, ver o movimento, jogar conversa fora.

— Aqui você pode reclamar de muita coisa e criticar outras tantas, mas é difícil imaginar um povo mais alegre e simpático do que os cubanos.

— Tropeçam em dificuldades de toda ordem, mas conservam o senso crítico e parece que nunca perdem o bom humor...

— E as mulheres? Lembram muito as brasileiras. Já se disse e eu concordo que Cuba parece um pedaço da Bahia ou do Rio, as pessoas têm muitos aspectos comuns, como o gingado, a musicalidade, a cor preta de boa parte da população, a capacidade de improvisar, a maneira de se virar em qualquer circunstância...

— A sensualidade das mulheres é também uma coisa fora de série, os vestidos colantes, as coxas gostosas, os seios empinados... Nossa! É impossível não se ligar, e não desejar...

— Aqui eles dão toda a pinta de foder sempre, muito e bem.

— Um desmentido à tese do famoso escritor...

— Que tese? De quem?

— Ouvi dizer que o Ivo Fortuna disse numa entrevista que a revolução não venceu no Brasil porque as esquerdas brasileiras só queriam foder, eram mais ligadas à fodelança do que à prática revolucionária...

— Bem, aqui pelo menos a... como é mesmo que você falou?

— ... a fodelança...

— Nunca ouvi essa palavra, é engraçada, mas, então, duvido que a fodança...

— ... fodelança...

— ... que a fodelança tenha começado só a partir da revolução.

— Ou seja, desmente a tese do Ivo, foder e revolucionar o mundo não são coisas incompatíveis.

— Mas é voz corrente que, depois da vitória revolucionária, as possibilidades de foder aumentaram bastante...

— Verdade?

— Nunca ouviu isso? Nos primeiros anos, logo após a vitória, o governo autorizou pequenos hotéis a receber casais, a preços módicos, que podiam ficar ali fodendo por quantas horas quisessem e ainda ganhavam meio litro do excelente rum cubano para aclarar as ideias e animar o corpo. Formavam-se extensas filas, daquelas de dar volta no quarteirão. Só de homens. As mulheres, de modo geral, então mais pudicas, não entravam nas filas, ficavam na moita, afastadas, e, quando chegava a hora de entrar, vinham correndo e se juntavam a seu par...

— "Que grande iniciativa!", já dizia Lênin, ao se referir aos sábados comunistas na Rússia revolucionária.

— Só que a grande iniciativa do Lênin era para trabalhar nos dias de descanso, uma grande iniciativa para o Estado. Aqui foi mesmo uma grande iniciativa, confortar e liberar os bons instintos das gentes.

— E onde ficam esses hotéis?

— Nem pense em ir lá. A coisa toda entrou em declínio há alguns anos. Moralismo ascendente. O rum já não é servido, não mudam os lençóis das camas, tá tudo meio sujo, desleixado, a freguesia caiu... Resta, como consolo, por enquanto, o parque Almendares...

— Parque Almendares? Onde fica?

— Você não sabe onde é a embaixada do México, ali em Miramar?

— Sim...

— Da embaixada você pega uma avenida que começa bem em frente e vai adiante, dali a pouco você está bordejando um riozinho do mesmo nome, Almendares, pouco depois você vai ver um grande parque, com muitas árvores, gramados espaçosos intercalados...

— Mas o que tem a ver o parque Almendares com a fodelança?

— É que lá a foda é permitida, quero dizer, é autorizada, 24 por 24, de segunda a domingo, meu velho. Há, inclusive, guardas para garantir a segurança dos companheiros e companheiras que desejam foder, e, para reprimir o voyeurismo, um cara sozinho, por exemplo, não pode entrar...

— Caralho! Isso, sim, é uma conquista revolucionária.

— Pois é, mas já ouvi dizer que a pressão é grande para revogar isso que você está chamando de conquista revolucionária. Assim como sabotaram os pequenos hotéis, falam agora em normalizar, ou seja, moralizar, o parque.

— *Mala chance.*

— Agora, aqui entre nós, concordo contigo a respeito de como é legal essa fodança...

— Fodelança, cara!

— Pois é, concordo como é legal essa fodelança aqui em Cuba, mas tem uma coisa que incomoda.

— Qual?

— É que muitas mulheres cubanas, na hora de gozar, além de gemer, como todas fazem, entram numa de falar alto: "*Papito! Papito!*"

— Não...

— Verdade. Quando a gente menos espera, pode brochar ali na hora H.

— Não sei direito por que isso acontece, cara. Tem gente que atribui à cultura machista patriarcal. Será? Talvez seja uma coisa da própria língua usada aqui em Cuba. Cada povo lida com o tesão de modo diferente, cada pessoa diz o que quer na hora de gozar, o que a excita, vai saber, mas esse negócio de gritar *papito* na hora de gozar, pelo menos para mim, e sem querer fazer jogo de palavras, fode com qualquer boa trepada. Agora, deve agradar aos homens cubanos, pois se as mulheres falam isso não é para sacanear nem para fazer brochar, certo?

***

Passei boa parte da noite insone, cismado com o parque Almendares. Desde que fora preso, já estava batendo um ano, não dava uma trepada. Nenhuma. Enquanto estava atrás das grades, tudo bem, o recurso à velha punheta era universal, não tinha saída. Nem para mim nem para ninguém. Se é para todo mundo, sempre fica um consolo. Mas eu já estava solto e livre no mundo há mais de seis meses e nada acontecia. Zero. Certo, nos primeiros tempos, depois que saí da cadeia, deu aquele banzo da Sol, não conseguia pensar em nenhuma outra mulher. Mas os dias foram passando, viraram semanas e meses, e, como dizia o santo, quem não casa, abrasa. A libido começou a reclamar seus direitos. Na língua dos adolescentes lá da minha rua, em Laranjeiras, eu já acumulava um atraso de quase um ano. Resultado: poluções noturnas humilhantes e mais punhetas, e punhetas cada vez mais inglórias, porque as mulheres estavam no mundo, e eu, como que deslizando por fora da casca do ovo, não encontrava uma brecha que fosse.

No dia seguinte, lá estava eu em Miramar. Achei logo a embaixada mexicana, peguei a avenida na perpendicular e num instante avistei o tal parque, imenso, verdejante. Fiquei por lá, rondando, que nem cachorro sem dono. Não pintou nada.

A tarde já ia caindo quando divisei, ali perto — ô, milagre! —, uma vendinha sem fila. Parece mentira, mas estou falando a mais pura verdade: estavam vendendo cerveja com *croquetas* sem fila, nem parecia que eu estava num país socialista. Fui até lá. Àquela altura, já me tornara o fã número um das *croquetas*, sem nenhuma vergonha. Peguei a cerveja morna e o pratinho com as duas *croquetas* de praxe, sentei-me numa mureta e já estava eu derivando para pensamentos elevados quando...

— *Puedo?*

Era uma cubana, soberba, sorridente e afável, com sua cervejinha e *croquetas*, querendo sentar-se na mureta, ao meu lado. Se eu não fosse ateu, haveria de pensar que fora enviada pelo Senhor Todo-Poderoso.

— Claro, *compañera*, sinta-se à vontade, o prazer é todo meu, *estás en tu país*.

Embora eu tivesse caprichado no meu castelhano de araque, ela, claro, compreendeu logo que eu não era cubano. Toda simpática, já se abancando:

— ¿*De dónde eres tú, compañero?*
— *De Brasil.*
— ¿*De tan lejos?*
— *Las circunstancias de la vida, compañera.*

Ficamos ali numa conversa boba, sobre a chuva que caíra na semana anterior, que aguaceiro!, sobre o sol que retornara depois com força, que calor! O papo se estendia para além das cervejas e das *croquetas*. Cercando o Lourenço... Em pouco tempo, evoluímos para outros assuntos: a família numerosa de Adélia — era como a mulher se chamava —, seus dois filhos, cuidados pela mãe e pelo pai, a dureza do dia a dia, as filas, o mau caráter do ex-marido que a tinha largado por outra; homem não presta mesmo, assinalei, hipócrita. A noite já nos abraçava quando, assim como quem não quer nada, levantamos e fomos andando, inocentes, para o parque Almendares.

No portão, um guarda fez sinal de assentimento, tipo: podem entrar, a casa é vossa. Imaginei malícia nos olhos dele, mas devia ser impressão minha, pois ele permaneceu de mármore, impávido. Procurando mapear o caminho, indaguei:

— Você vem sempre aqui, Adélia?

Fez um sorriso malicioso, meio sacana:

— Nem sempre, às vezes. Só quando encontro um homem *guapo* como você.

Senha e contrassenha dadas, adentramos o parque e já fomos nos pegando.

— Calma, *compañero*, por que tanta pressa?

Havia ali uma vereda que apareceu de repente, convidativa. Dali a pouco, protegidos por generosas árvores, iniciamos o melhor programa de que dispõe a humanidade: foder. Fodíamos com calma, devagar e com método. Confesso que eu estava meio nervoso de tanto tesão acumulado. Finalmente, graças a Deus e a Marx, aquele jejum estava chegando ao fim. Íamos bem lançados e eu já tinha esquecido por completo a advertência de Ivan, quando entraram nos meus ouvidos aquelas palavras fatais:

— Papito! Papito!

Tomado de surpresa, custei a me convencer de que as palavras vinham dela própria, de Adélia, que as sussurrava para mim. Não chego a dizer que levei um susto, mas fez um efeito de ducha fria em cima de um tição aceso. A ação foi perdendo, digamos, o ritmo, e, apesar de um esforço heroico, não evitei o que os homens mais temem, o mais melancólico final: brochei.

Adélia, levantando-se, olhou para mim compreensiva:

— ¿*Estás bien, compañero?*

Sem jeito, eu murmurava a mentira que todos os homens falam nestas horas:

— Incrível, isto nunca me aconteceu...

Ela limitou-se a dizer, sorrindo:

— *No te enfades, ya pasará.*

Nos meus ouvidos, continuavam a ressoar aquelas desventuradas palavras:

— *Papito! Papito!*

E o diabo é que ressoam até hoje.

Treino e jogo

Já estavam quase na metade do segundo treinamento e ainda não havia consenso a respeito de sua utilidade. Antes de partirem para o campo, ouviram de dois marinheiros amigos conselhos ambíguos:

— Para nós, não servirá de nada. Temos formação militar e viemos de famílias que viviam no mundo rural. Agora, para vocês...

Léo, entre sério e sorrindo, girava o dedo indicador no ar, apontando para todos eles:

— Para vocês, acho que vai servir...

Conrado completou:

— Ao menos, para saber o que não fazer quando chegar a hora da onça beber água.

Em seus olhos boiava uma certa ironia. Ao mesmo tempo, falava sério, e ficávamos sem saber o que concluir.

Gabriel lembrou-se de Argel, daqueles poucos que resolveram não vir para Cuba. Um dia conversara com Pellegrini a respeito. Ele parecia não querer desfazer dos cursos oferecidos pelos cubanos, ao contrário, mencionava aspectos positivos, como o manuseio de armas e a fabricação de explosivos caseiros. Em termos políticos, também falava da importância de estudar e compreender melhor a experiência revolucionária cubana. Entretanto, no que dizia respeito a sua própria pessoa, dizia com serena firmeza:

— Eu não vou.

— Mas se o treinamento tem tantos aspectos positivos, por que você não vai?

E Pellegrini, evasivo, respondia, olhando o infinito:

— Tenho outras coisas para fazer.

E encerrava o papo com aquele sorriso enviesado que era sua marca registrada:

— Outras tarefas...

Gabriel cultivava dúvidas. Valeria a pena? Abrira-se com Marta, que compartilhava suas dúvidas, mas parecia muito decidida:

— Não dá para não ir, me sinto levada por uma correnteza. No fundo, Gabriel, somos uma espécie de família. Vou para onde a família está indo...

Riu com seu achado:

— Uma família, Gabriel, somos menos uma organização e mais uma família. Além disso, ficar aqui em Argel fazendo o quê? Trabalho de apoio? De retaguarda? Vamos virar simpatizantes da organização? De mais a mais, tá quase todo mundo indo...

Gabriel retrucou:

— Nem todo mundo, Pellegrini não vai. Vários outros também estão dizendo o mesmo.

— Vários outros... de onde você tirou isso? Muito poucos! E todos estes poucos têm suas razões específicas.

Os dois acabaram vindo. Chegaram a Havana quase na véspera do 26 de julho, o dia nacional da revolução, quando os cubanos comemoravam a tentativa frustrada de tomada do quartel de Moncada, em 1953. Tudo começara com um fracasso. "A derrota pode ser um trampolim para novas vitórias", dizia o Che, confiante, sempre animando as gentes.

— É... mas a piscina estando seca, se você pula do trampolim e se esborracha lá embaixo, não tem como sair para novas vitórias — esculhambava o Léo.

A cidade e o país estavam em festa, bandeiras nacionais, bandeiras vermelhas, retratos dos revolucionários já mortos, Camilo, Che Guevara, toda a gente acorrendo para a praça da Revolução para ouvir o Chefe Máximo, *El Caballo*, como diziam as pessoas comuns, empolgadas. Gostavam de comparar a força dele à de um cavalo. Usando o apelido, era como se se tornassem amigas íntimas do grande líder.

Gabriel tinha preferido ficar em casa, ruminando suas dúvidas. Chegara a dar uma olhada na televisão, ainda em preto e branco, e impressionou-o a multidão ululante, o discurso interminável de Fidel. Na verdade, nunca fora chegado a líderes carismáticos. Em Cuba admirava mais o jeitão do Che, decidido, mas irônico. Na revolução russa, mais Lênin do que Trótski. No Brasil, antes de 1964, mais Arraes do que Brizola.

Mal havia chegado, fora advertido por Ivan:

— Se quiser aprender algo de sério sobre a revolução, esqueça a imprensa e a literatura oficiais, assim como a oratória das lideranças. Melhor discutir com intelectuais críticos alternativos — cada vez mais raros, pelo menos em público. Eles escreviam numa revista mensal, *Bohemia*, muito boa, até que a censura baixou. Há uma outra, *Pensamiento Crítico*, onde se reuniam alguns amigos em torno de Che. De resto, é só discurso a favor, celebrando a figura de Fidel e dos líderes, como se a revolução não fosse um processo social.

Daí a semanas, começou o treinamento. Como dissera Léo, para quem não tinha experiência do manuseio de armas e do mundo rural, aquilo era uma espécie de introdução. Muito sumária, porém, e, além disso, equivocada. Procurávamos discutir o assunto com os principais instrutores cubanos, Lorenzo e Murilo.

O primeiro alvo de nossas dúvidas era o barracão onde dormíamos, com direito a colchonetes, a rede contra mosquitos e às mesas onde fazíamos as refeições. Confortos precários, mas...

— Companheiro Lorenzo, você acha que numa guerrilha rural à vera teremos um barracão assim como este para descansar? Dormir em camas?

— E iremos fazer as refeições em mesas de madeira?

— E tomar banho em chuveiros, mesmo que mal-ajambrados?

— E outra, mais importante, vamos caminhar em trilhas já abertas na mata?

Lorenzo respondia com paciência e um sorriso no rosto largo e bem barbeado:

— Claro que não, companheiros, vocês não vão ter nada disso. Na guerrilha rural pra valer, vocês vão ter que dormir no mato, em redes, e comer o que caçarem ou pescarem. Mais duro do que tudo: vão ter que abrir as próprias picadas, com facão. Andar em trilhas, de modo geral, é entregar-se a emboscadas do inimigo. Num pensar em caminhar em trilhas já abertas na mata.

Lorenzo era o responsável pelas orientações relativas às táticas guerrilheiras. Nós o apelidamos, de brincadeira, o Tático.

Marta então indagou:

— Mas de que adianta treinarmos em condições que não vão existir?

Murilo, uma espécie de comissário político, respondia com um sorriso indulgente:

— Se fôssemos colocar vocês nas condições reais de uma guerrilha rural, a grande maioria não aguentaria nem uma semana de treinamento.

Ivan indagava:

— Bem, nesse caso talvez fosse melhor saber disso e não pensar mais em sermos guerrilheiros rurais. Melhor do que ficar nesta brincadeira de guerrilha...

Murilo ficou sério:

— Isto não é uma brincadeira, companheiro Ivan, é coisa séria. Estamos fazendo o melhor para transmitir a vocês a nossa experiência, o que há de básico numa guerrilha. Como vocês irão levar isso na prática vai depender da avaliação de vocês, da realidade de vocês, da análise que só compete a vocês fazer...

Marta insistiu:

— Vocês não estão nos passando a experiência da revolução cubana. Você mesmo acabou de dizer que não temos aqui as condições reais de uma guerrilha rural.

— E vocês... quero dizer, a grande maioria de vocês, aguentaria as condições reais? — retrucou Murilo.

Ao que Lorenzo acrescentou:

— Vocês todos são muito inexperientes. Há exceções, sempre há exceções, mas a maioria... Vejam o Gabriel, é o rei da desorientação. Outro dia, quase desistindo, falei para ele: "Companheiro, se você achar que a direção que deve tomar é aquela..." — e apontou à esquerda — "vire as costas e vá para a direita, para a direção oposta." O companheiro simplesmente não tem noção de orientação. Como se pode ensinar isso a ele?

Gabriel sorriu constrangido. Lorenzo quis desculpar-se:

— Não quis criticar o companheiro, estou apenas constatando uma situação de fato.

Mais tarde, entre nós, o tema era objeto de constante discussão. Choviam as críticas:

— Isto não é um treinamento sério.

— É para inglês ver.

— Não tem nada a ver...

— Será que vale a pena estarmos aqui, perdendo um tempo precioso? Podíamos estar no Brasil, ajudando os companheiros que estão por lá, dando o maior duro, arriscando a vida...

Na linha de defesa, porém, havia também argumentos:

— Mas o que eles disseram tem sentido: a maioria de nós não aguentaria a prova dos nove das condições reais...

— Reconheçamos, afinal, que eles têm experiência. Alguma coisa estamos aprendendo, sem dúvida.

— Estou sentindo um certo tom de criticismo... criticar por criticar.

Firmino procurou dar fim ao debate. Sempre muito seguro de si, pedante, ninguém sabia direito de onde viera, mas ele se achava:

— Companheiros, temos de valorizar os aspectos positivos. A experiência de vocês antes de vir para cá era zero em quase todos os sentidos. Agora, pelo menos, vocês têm uma introdução, e não esqueçam a famosa frase do Didi: "Treino é treino, jogo é jogo."

— Não sei se a recomendação se aplica ao nosso caso — replicou Ivan. — Didi sabia jogar o fino da bola, por isso não ligava tanto para o treino. O que esse treinamento está mostrando é que não sabemos nem estamos aprendendo a jogar. Esta é a grande questão: saberemos jogar o jogo quando ele realmente começar?

Firmino coçou a cabeça. A pergunta ficou oscilando no ar.

El profesor

Fernandez gostava de provocá-lo:

— Qual seria a nova onda, ou as novas aulas, que *el profesor* tem hoje para nós?

— Já lhe disse mais de uma vez, Fernandez, aqui não sou mais um professor, sou um revolucionário, e desejo me tornar mais um soldado do nosso povo.

O cubano insistia, alfinetando:

— Um professor-soldado ou um soldado-professor?

— Apenas um soldado, não quero ser mais do que um soldado da revolução.

Reginaldo destacava-se entre nós em vários sentidos. Com seus trinta anos, tinha apenas seis ou sete a mais do que a maioria ali, em geral entre 23 ou 24, às vezes até menos do que isso. Em termos absolutos, uma diferença de pouca monta, mas, na época, marcava uma baita distância. Além disso, ele já era um profissional, vivendo às próprias custas há muitos anos, em contraste com os estudantes que éramos, ainda dependentes das respectivas famílias do ponto de vista econômico. De algum modo, porém, sua maior experiência não o ajudara a escapar do mal-estar sentido por quase todos com a chamada origem social. Era um fato comprovado: embora favoráveis a uma revolução socialista, operária, quase todos éramos provenientes das classes médias, pequeno-burgueses. Isso incomodava, sobretudo quando se acirravam as discussões:

— Isto é muito claro, você está defendendo uma posição pequeno--burguesa.

— Ao contrário, meu caro, pequeno-burguesa é a sua posição, não a minha.

O pior era quando os debates azedavam de vez:

— Com esse tipo de atitude, vê-se logo quem você é: um pequeno-burguês.

Era pior do que xingar a mãe.

Assimilando essas concepções, um grande revolucionário africano dizia sem rodeios que os revolucionários de origem pequeno-burguesa deveriam suicidar-se como tais, para renascerem então como proletários ou camponeses, classes destinadas pela História à revolução que iria redimir a humanidade.

— Quando ouço uma coisa dessas — disse Gabriel —, eu me lembro de uma cerimônia num colégio religioso, a que assisti como coroinha: a candidata a freira entrava vestida de preto e branco, compungida, dirigia-se em passos lentos para o meio da Igreja, onde a esperava um grande pano branco e roxo, uma espécie de lençol. Chegando ali, dava um grito agudo e caía como que desfalecida sobre o pano. Era imediatamente coberta com um outro lençol roxo. Seguiam-se cânticos num crescendo até que, depois de um certo tempo, o pano roxo era levantado e a freira reerguia-se, como que ressuscitando, e vinha agora envolta num hábito roxo e branco, transformada em esposa de Cristo.

— E você não entrou em pânico vendo isso tudo? — Marta quis saber.

— Em parte, sim, mas o padre Pedro, que me ensinou a ser coroinha, tinha me explicado antes tudo que iria acontecer. De mais a mais, eu manejava o turíbulo, que lançava quantidades imensas de incenso no ar e me embriagava com aquelas recendências doces e meio inebriantes. Àquela altura, digamos que todos os participantes na cerimônia estavam num estado de êxtase, eu inclusive.

— É interessante — observou Marta, pensativa. — Um revolucionário ateu retoma em suas considerações um ritual religioso.

— Mas isso vem de longe — ponderou Ivan. — Entre os bolcheviques também se acreditava que a origem social se desfazia na prática das lutas. No partido, os profissionais se equivaleriam sem distinções devidas à classe de origem. Como se o cara de origem pequeno-burguesa, ao assimilar concepções revolucionárias, se transformasse em proletário. O que fazia um cara revolucionário não era a sua origem social, mas suas concepções.

— No antigo Partidão — aquiescia o velho Demétrio —, já havia uma obsessão com a origem social. Todos os dirigentes tentavam, de uma maneira ou de outra, provar sua boa origem social.

— Como isso se dava? — indagou Gabriel. — Dê um exemplo.

— Exemplos não faltam — respondeu o velho. — Entre tantos outros, lembro-me do Arquimedes. Por ter trabalhado alguns meses no escritório de uma estação de trem, dizia-se ferroviário. E o Assis? Cara corajoso a mais não poder, pegou cadeia e aguentou todas, um comportamento que se pode qualificar como heroico, sem nenhum ufanismo. Antes de entrar no partido, tinha sido professor de escola primária numa cidadezinha do interior da Paraíba, mas se apresentava como camponês. Quando o partido fazia estatísticas, lá aparecia o Arquimedes como ferroviário e o Assis como camponês. A aliança operário-camponesa se realizava na dupla. Vocês precisam entender: pegava mal o partido do proletariado ter como dirigentes apenas pequeno-burgueses, ou uma maioria de pequeno-burgueses. Mesmo que se aceitasse a tal tese da ressurreição, melhor que o cara fosse, desde a origem, vinculado pela biologia aos de baixo. No limite, que o avô ou a avó tivessem sido proletários. Ou camponeses. Pegava bem ter uma origem nas classes populares. Conferia uma espécie de salvo-conduto.

Rodrigo atalhou:

— O Florêncio, que saiu da cadeia junto com a gente, é um outro exemplo, atual e meio cômico. Ele tentou, em certo momento, apresentar-se como de origem camponesa; o avô materno, dizia, tinha sido lavrador. Apurou-se, mais tarde, que o avô dele era, na verdade, contador, rodava por várias cidadezinhas do interior, prestando serviços a vários fazendeiros. Quando a tese não conseguiu se sustentar, Florêncio passou a dizer, na maior cara de pau, que, sim, o avô nunca tinha lavrado uma roça, mas, jurava, a namorada era camponesa.

— E como ele teria encontrado essa camponesa? — indagou Marta. — Numa festa de São João, pulando fogueira?

— A história não colou, ninguém acreditou, a camponesa só existia na imaginação do Florêncio, mas ele continua dizendo isso por aí, que uma jovem camponesa o espera lá no Brasil, e isso lhe garante, por empréstimo, uma boa origem de classe.

De fato, com o passar do tempo, ao lado dos proletários da revolução russa, surgiram outros arquétipos, como as figuras do camponês e do soldado, celebradas no contexto das revoluções chinesa e cubana e da Guerra do Vietnã. Ter origem proletária continuava sendo um título especial, mas, se você conseguisse provar que era ou tinha se transformado num camponês ou num soldado, também era um passaporte seguro para conquistar um lugar de proa na revolução social.

Dava para entender por que o Reginaldo era tão firme em sua resolução:

— Esqueçam que fui professor. A partir de agora, quero ser e serei apenas um soldado.

E como tal se devotava nos treinamentos. Não lhe faltavam coragem e decisão, tampouco o desejo de alcançar as metas traçadas. Dava o máximo em todos os exercícios, tentando superar os limites impostos pelo seu corpo franzino. Quando caía, e caía constantemente, levantava-se, determinado, tentava mais uma vez, e ainda uma outra, e mais outra, nunca desistia, por maiores que fossem os obstáculos. Não escondia o despeito em relação ao Rodrigo, que, tendo sido campeão de natação, graças ao seu privilegiado preparo físico, quase sem fazer força conseguia atingir e superar todas as marcas propostas pelos instrutores cubanos. Aquilo deixava Reginaldo desesperado, corria atrás, mas não era páreo, cansava-se logo, parava, suando em bicas, extenuado, enquanto Rodrigo ia longe, desaparecendo atrás das árvores.

O diabo é que Reginaldo era conhecido pela invejável capacidade didática e pelos conhecimentos adquiridos ao longo dos anos de docência. Tinha mesmo conquistado na área um certo renome, embora ainda relativamente jovem, mas, quando instado a atuar como professor, irritava-se, como se estivesse ofendido:

— Não tenho mais nada a ver com esse passado.

— Mas é que, justo agora, precisamos de um professor que faça uma exposição sobre um tema que você domina... Não temos outra pessoa com sua capacidade.

— Pois escolham outro! Nem pensem em mim para oferecer cursos ou dar aulas sobre qualquer assunto. Não insistam! Vocês já sabem a resposta. Quando pensarem em mim, pensem apenas no soldado que quero ser e não no professor que fui um dia.

As más línguas diziam, à boca pequena, que ele fazia lembrar os generais brasileiros, sempre batendo no peito e invocando sua condição de soldados da pátria, mas que de soldados não tinham nada. Eram hierarcas ferozes e, na dialética do mandar e do obedecer, estavam sempre do lado do mando. Sempre achei que esse gênero de fofocas não fazia justiça ao esforço do Reginaldo, nem à sua dedicação. Na verdade, ninguém podia, em sã consciência, colocar em dúvida a autenticidade de suas resoluções: ele tinha se suicidado como professor e ressuscitado como soldado.

Afinal, com muito sacrifício, Reginaldo completou os cursos. Sempre, é verdade, com performances para lá de medíocres. Remoendo insondáveis frustrações e ressentimentos, ele partiu de Cuba convencido de que, na prática revolucionária, no terreno da guerrilha rural, encontraria sua redenção como o soldado que ambicionava ser.

Salvou-o, como a muitos, a derrota da revolução.

Pelo ralo

Marta, sorriso amigo, deu-lhe um beijo caloroso:

— Boa viagem, abra caminho para *nosotros*!

Gabriel estava deixando o treinamento um mês antes do término do curso. Não havia sido fácil aprovar a proposta pela qual Ivan e ele próprio tanto batalharam: se o curso tinha tantos furos, como todos reconheciam, por que ficar até o fim?

Com os demais, os adeuses foram sumários, quase secos, apertos de mão firmes e rápidos, punhos batendo de leve nos ombros. Despedidas... Havia resistências à tese dos dois, algumas mais evidentes, bem argumentadas, outras silenciosas e inconfessáveis. Dois meses e meio antes, ao apresentarem pela primeira vez a ideia de que um deles deveria partir, só eles votaram na proposta. Para a maioria, prevaleceu a ponderação de Rodrigo:

— Temos um compromisso com os cubanos. Demos nossa palavra de ir até o fim do curso.

Na segunda vez, umas três semanas antes, Rodrigo fora convencido por Ivan, mas a questão dos critérios foi determinante para o adiamento da decisão:

— Por que o Gabriel? — indagou Ludmila.

— Pela sua experiência, sua história — defendeu Ivan.

— Primeiro os critérios deveriam ser esclarecidos e discutidos — rebateu ela. — Depois, só depois, é que devemos conversar sobre os nomes.

Na terceira vez, finalmente, houve a aprovação. Reginaldo comentou, irônico:

— Devo estar distraído, mas há meses, volta e meia, me surpreendo levantando a mão para votar a partida do Gabriel...

Houve risos, alguns constrangidos, outros maliciosos, mas a ideia venceu. Gabriel partiria. Os instrutores tinham sido prevenidos, mas, mesmo assim, não escondiam certa contrariedade:

— Logo agora, quando se aproxima o fim do curso?

Não houve jeito: tomada a posição, ela deveria ser cumprida. Foi com alívio que Gabriel partiu. Não estava levando fé no curso, uma decepção, aliás, compartilhada por todos. Aquele treinamento, apesar de certos aspectos positivos, reconhecidos, representava um investimento de tempo e de recursos muito considerável para ser justificado. No Brasil, os grupos e organizações que se empenhavam na luta armada contra a ditadura estavam sendo desmantelados. Os militantes caíam como moscas, e muitos eram assassinados de forma sumária. Seria razoável, em circunstâncias tão críticas, manter quadros importantes imobilizados num treinamento prolongado e de duvidosa eficácia?

Ao descer das montanhas onde o treinamento acontecia, Gabriel recebeu a tarefa de escrever um balanço da experiência do grupo em Cuba e elaborar propostas sobre como continuar a luta. Levaria três ou quatro dias, no máximo, para alinhavar o texto, pois os pontos essenciais tinham sido debatidos e aprovados por consenso. Depois disso, daria os retoques finais na documentação para a viagem e decolaria de Havana rumo aos desafios da luta com que tanto sonhavam.

A coisa toda começou a dar para trás ainda em Cuba. Os cubanos custavam a preparar o documento de viagem, um passaporte belga surrupiado pelo nosso pessoal lá em Paris e enviado há meses para ser falsificado. Os dias passavam e nada acontecia. Como se houvesse um engarrafamento suscitado por circunstâncias ignoradas. Frente à impaciência de Gabriel, Fernandez, o homem que fazia o enlace com o governo cubano, procurava tranquilizá-lo:

— *Cálmate, compañero, son cuestiones de seguridad...*

E arrematava:

— *No te preocupes, todo saldrá bien.*

O tempo foi passando, o curso terminou, todos voltaram do treinamento e deram com Gabriel ainda em Havana.

Para falar a verdade, me senti vexado, vendo todos eles chegando e eu ainda ali, mofando, à espera do passaporte, curtindo uma sensação ruim de impotência. Ainda tive que esperar três semanas para, afinal, ir embora.

Nunca tinha feito um voo tão longo e cansativo: de Havana para Moscou, com escala em Casablanca, no Marrocos, apenas para reabastecer o avião, sem sequer descer no aeroporto; da capital soviética para Praga e daí para Argel, onde eu ficaria clandestino à espera de orientações para o reingresso no Brasil. Os aviões soviéticos tinham fama de serem os mais seguros do mundo, mas ali dentro fazia um frio de lascar, e a comida, servida por comissárias truculentas, era péssima. Nem bem vencida metade do trajeto, comecei a espirrar feito um louco. Acudiu-me o vizinho de poltrona, um vietnamita, que me fez esfregar no nariz uma pomada milagrosa que tirou do bolso em uma caixinha de metal prateado. Infelizmente, ele não queria conversa, respondendo com palavras rápidas e reticentes às minhas várias tentativas de papo.

Em Moscou, fui recepcionado por um agente cubano cordial e gentil. Baixo e gordinho, sorridente, muito à vontade, identificou-se como Carlos e me livrou da burocracia de ingresso no país. Após 45 minutos andando por avenidas largas, quase sem trânsito, ele me deixou num daqueles imensos hotéis soviéticos. Na manhã seguinte, me levou para conhecer um bonito monumento na periferia da cidade, marco do ponto mais avançado a que haviam chegado as tropas nazistas na ofensiva de 1941. Dali, num dia de tempo bom, dava para divisar as torres do Kremlin. Quando manifestei o desejo de conhecer a Praça Vermelha e de visitar a múmia do Lênin, meu cicerone recusou:

— Nem pensar, *compañero*, há turistas ali, possíveis agentes da CIA, podem te fotografar. Você não deve circular por aí de modo algum, as instruções que tenho é para você permanecer na mais estrita clandestinidade.

Foi o que fiz, ousando apenas dar uma voltinha nas cercanias do hotel. Clandestino ou não, como era inteiramente analfabeto em russo, não sabendo ler placas e indicações, seria arriscado ir mais longe.

No início do meu quarto dia em Moscou, Carlos veio me buscar para a continuação da viagem. Destino: Praga. Também lá fui recepcionado por outro agente, Raúl, de estatura mediana, troncudo, bigodinhos, olheiras enormes que me chamaram a atenção. Tal como Carlos, ele me levou para um grande hotel, nas cercanias da cidade, recomendando que eu tivesse cautela, atenção e, sobretudo, que não fosse ao centro da cidade. Nem imaginar qualquer passeio turístico. Clandestinidade absoluta. No trajeto, esclareceu que, a partir de então, eu começaria a usar meu passaporte belga, e foi com esse documento que me identifiquei no hotel.

No jantar, um atencioso garçom, velhinho, careca e seco em sua magreza, perguntou de onde eu era.

— *Je suis belgue* — respondi, fazendo pose de um belga francófono.
— *Comment?*
— *Je suis belgue.*

Não entendeu e me fez mostrar o passaporte. Com um sorriso zombeteiro, me corrigiu:

— *Monsieur, vous voulez dire belge, n'est-ce pas?*

Claro, meu bom garçom, *belge* e não *belgue*. Percebendo o erro cometido, lamentei meu francês de principiante e minha clandestinidade posta em risco. Um primeiro vacilo, dependendo do garçom, de quem ele fosse, poderia ter consequências.

A estada em Praga foi curta. Já no dia seguinte, Raúl estava no hall do hotel, acenando, para me levar ao aeroporto. Próxima parada: Argel. Foi com sentimentos misturados de curiosidade e preocupação que desembarquei por lá. Quase um ano depois daquela chegada triunfal, após ser libertado da cadeia, quando desci as escadas do avião com os companheiros, para logo encontrar a grande imprensa internacional e o calor amigo das centenas de pessoas que se comprimiam ali, dando vivas de solidariedade e coragem, da segunda vez eu cheguei sozinho, e não teria mais a ajuda de nenhum agente cubano.

Meio tímido, aproximei-me do guichê da polícia de fronteiras e estendi meu passaporte. "*Belge* e não *belgue*", repeti mentalmente.

— De onde vem o senhor? — perguntou com rispidez o policial, folheando meu passaporte.

— De Praga — respondi, o mais seco que pude.
— E o que vem fazer aqui?
— Turismo, passear — eu disse, tentando um sorriso cúmplice.

O policial jogou grosseiramente o passaporte no tampo da mesa:

— E o senhor pensa que ainda somos uma colônia? Não lhe disseram que os belgas precisam de visto para entrar na Argélia?

Estremeci. Como é que os cubanos me haviam posto numa roubada dessas? Aquele Fernandez, grande *hijo de puta*!

Quase gritando, o policial rugiu:

— Gostaria de saber sua real nacionalidade, pois é fácil perceber a dez metros de distância que o senhor não tem nada de belga.

E, ao dizer isso, ele me fitava curioso, mas sem nenhum traço de simpatia. Era como se eu estivesse nu, com o mundo me olhando.

— O senhor tem quinze minutos para esclarecer a situação. Do contrário, será colocado no próximo avião de volta para Praga.

Sentei-me aturdido no saguão do aeroporto, ruminando opções. Enquanto pensava, fui ao banheiro e ali rasguei em pedacinhos as mais de duzentas fórmulas de explosivos caseiros, escritas em papel fininho, que eu decorara, mas por desencargo de consciência levava escritas, escondidas na bainha da calça. Restava-me uma cartada, "para ser acionada só em última instância", dissera-me Rodrigo, ainda em Havana. "É um número de telefone", e ele me estendeu um papel dobrado em quatro. "Em última instância", sublinhou ele, despedindo-se de mim. Ora, quem poderia duvidar que eu estava de modo claro aconchegado na última instância?

Voltei, determinado, até o policial e estendi a ele, sem dizer uma palavra, o papel com o número do telefone. Ele se limitou a dizer:

— *On verra*.

Com a mão, o policial me indicou uma fileira de cadeiras azuis, fez sinal a um camarada para ficar de olho em mim e desapareceu de vista. Depois de mais de três horas de espera, lá de longe, por trás dos compartimentos onde ficavam os policiais, percebi a figura familiar do Severino Lagos, acompanhado por um cara que tinha tudo para ser um oficial do Exército argelino. Com o passo apressado, ele vinha sobraçando uma pasta e fazendo um sinal de positivo.

O policial mudou de atitude. Com simpatia, me deixou passar pelos controles. Ladeando o seu guichê, de relance, percebi um grande ralo no chão. Parecia uma metáfora do que acontecera comigo, pois, se era verdade que eu estava a salvo, a clandestinidade, o passaporte belga e o meu francês estropiado, todos eles, tinham ido pelo ralo.

Uma cidade, a solidão

Ao acordar, no dia seguinte ao meu retorno a Argel, Lagos surgiu com uma notícia que me pareceu surpreendente: deveríamos partir o quanto antes rumo a Orã, uma cidade no oeste do país, a pouco mais de quatrocentos quilômetros da capital.

— Por que você quer me enfurnar lá? — perguntei.

— Instruções da organização. Você deve observar a mais estrita clandestinidade. Aqui em Argel, há brasileiros que podem reconhecê-lo...

— Que clandestinidade, Lagos? Aquela chegada ontem explodiu com qualquer pretensão à clandestinidade que a gente pudesse ter. Depois daquela confusão toda, até os ratos e as baratas estão sabendo da minha chegada.

— Não diga bobagens, Gabriel. A Argélia é um país seguro, os policiais do aeroporto são todos ex-guerrilheiros, gente de confiança. Você nem pode imaginar como a segurança argelina é eficiente...

Tive ali uma primeira impressão de como o Lagos se encantara com aquele país em particular e com o mundo árabe em geral. Nos meses seguintes, outras evidências confirmariam a admiração que ele passara a nutrir pela revolução argelina, pelo governo e, em especial, pelo aparelho de segurança.

— Eficiência, Gabriel! Já ouviu falar nisso? Os caras derrotaram o imperialismo francês, que estava logo ali, do outro lado do Mediterrâneo, sem falar da Otan e dos milhões de colonos franceses que se instalaram aqui há gerações e que não queriam nem ouvir falar na independência do país. Os caras são muito eficientes, companheiro.

Essa era uma espécie de obsessão do Lagos, a eficiência, que, segundo ele, vinha do planejamento, da harmonização entre os meios e os fins, do equilíbrio no emprego das forças disponíveis, do cuidado com os detalhes, do horror à improvisação. Ou seja, tudo que a gente não tinha, tudo que criticava em nosso caso — em grande parte, com razão —, ele encontrara ou imaginara encontrar na Argélia.

— E, além do mais — acrescentou —, estas são, como já disse, orientações claras da organização. Você deve observar a mais estrita clandestinidade. Nada aqui foi decidido de última hora, foram os próprios homens da segurança argelina que indicaram a conveniência de você ir para Orã. Ela está fora da rota dos passeios turísticos, você não cruzará com nenhum brasileiro ou estrangeiro por lá e disporá da maior segurança possível.

— Mas, Lagos...

— Não me venha com mas ou poréns, companheiro. A coisa toda foi planejada e está decidida. Daqui a 45 minutos sairá um ônibus para Orã, e nós vamos embarcar. Uma vez por semana, passarei para te ver, dar notícias e dinheiro para você ir vivendo, até que venham as orientações de voltar ao Brasil.

Nenhum argumento neste mundo seria capaz de demovê-lo. Catei minhas poucas coisas e fomos para a rodoviária. Para minha surpresa, o ônibus saiu na hora marcada, nove da manhã, e veio lotado. Havia ali de um tudo, como diria Guimarães Rosa: homens e mulheres, velhos e crianças, muitos envolvidos em albornozes, capas compridas de lã, usadas pelas populações daquelas regiões. Viajavam também bichos de distinta categoria e tamanho, e um cheiro forte de cebola e carneiro impregnava a atmosfera, não parecendo incomodar ninguém.

Lagos me explicou:

— As pessoas aqui têm no carneiro sua dieta de carne básica. A cebola também é muito consumida. Repare naquele homem lá na frente: está comendo uma cebola como a gente come uma maçã, e nem dá mostras de estar lacrimejando. É tudo uma questão de se encaixar. Como você não tem esse costume, tende a ser mais sensível, mas vai acabar se habituando com os cheiros locais. Eles não desaparecerão, mas daqui a pouco você deixará de senti-los, é uma questão de adaptação.

Lembrei-me das *croquetas* cubanas:

— É... pode ser.

O apartamento reservado para mim, num grande conjunto habitacional, distava uma meia hora a pé da rodoviária. Sexto andar, ao qual se acedia por um pequeno elevador. Oito apartamentos por patamar. Lagos puxou um molho de chaves do bolso do paletó e não teve dificuldades para abrir a porta do 602. Dois cômodos, uma sala e um quarto, separados por um corredor, uma pequena cozinha, um banheiro com ducha, privada e uma pia, encimada por um pequeno armário com espelho. E mais uma minúscula varandinha. Mobília sumária, mas suficiente, e confortos básicos: luz elétrica e água quente, geladeira, fogão, um rádio, colchonetes para deitar e dormir, uma boa mesa com quatro cadeiras na sala, roupa limpa de banho e mesa. Eu teria companhia musical: meu amigo trouxera consigo e deixaria para mim um gravador e numerosas fitas de música popular brasileira, algum jazz e, para minha alegria, álbuns completos dos Beatles. Em duas estantes, formadas por tijolos e tábuas atravessadas, vi algumas dezenas de livros, muitos em português e em francês, alguns em inglês. Chamou minha atenção uma coleção completa do IBGE, de capa azul. No quarto, um armário vazio, de cor bege-clara, com as portas meio emperradas, aguardava minhas roupas.

    Ensaiei uma pergunta:

— O proprietário do apartamento...

Lagos atalhou, rápido como uma bala:

— Não posso te dar nenhuma informação sobre isso. Basta que você saiba que o aparelho é seguríssimo.

Com olhos espertos, acrescentou:

— Coisa garantida pela segurança argelina, cem por cento seguro.

Depois de uma rápida inspeção, Lagos comentou:

— Nada mal, hein?

Da varanda havia uma bela vista, um panorama amplo da cidade. Meio longe, uma cadeia de montanhas fechava o horizonte. Coçando ligeiramente o queixo, murmurei:

— É...

Nem passara dez minutos e Lagos já estava se despedindo:

— Boa estada, meu prezado, tenho o que fazer em Argel...

— Você não fica para comer alguma coisa?

— Gostaria, mas não tenho tempo. Hoje só há um ônibus de volta e ele parte daqui a...

Consultou o relógio:

— ... uma hora, precisamente. Tenho que ir. Até a próxima sexta.

— Estamos ainda na quinta...

— Certo — ele admitiu, um pouco sem jeito. — Não volto amanhã, é claro, mas sim daqui a oito dias... Virei sempre, salvo imprevistos, uma vez por semana, às sextas.

Trocamos um forte aperto de mão. Já na porta, ele me entregou as chaves e um maço de notas de dinares, a moeda local.

— Dará para os gastos básicos, como alimentação e demais coisas indispensáveis — ele disse, e acrescentou, sorrindo: — Firme aí, até a volta.

— Até, obrigado por tudo.

Lagos acenou com a mão e bateu a porta. Fiquei parado no meio da sala, melhor dizendo, fiquei estatelado. Me veio à cabeça a aventura de Robinson Crusoé, perdido na ilha.

— Estou melhor que ele... — falei.

— Melhor que quem? — respondi, como se fosse duas pessoas ao mesmo tempo.

"Opa, ainda está muito cedo para começar a falar alto sozinho", lembro-me de ter pensado. "Mas posso ao menos falar comigo em silêncio. Quando você começa a ouvir a própria voz respondendo ao que diz, em alto e bom som, aí pode ser grave. Mas ainda não é o caso. Pelo menos por ora. Não sou um Robinson Crusoé. Não por enquanto. Vou é me ocupar com alguma coisa útil, em vez de ficar pensando besteira."

Desfiz a única mala, arranjei as coisas da nécessaire no armarinho do banheiro. Olhei-me no espelho:

— É...

Acordei com uma fome ancestral. Desci para a rua e logo encontrei uma espécie de miniarmazém. Tinha tudo de que eu precisava: carne moída, tomates, ovos, arroz. Sobremesa: laranjas e tangerinas. Por meio da mímica e de meu francês rudimentar, não tive dificuldade em me comunicar. O dono do lugar foi muito simpático: parecia surpreso, mas não inquieto, de ver um estrangeiro. Quanto a cozinhar, eu não era um chef, longe disso, mas aprendera a preparar uma dieta básica ainda no Rio de Janeiro, antes de ser preso. Enquanto estivesse ali, se não me faltassem os dinares, eu estaria bem alimentado. Sem falar nas frutas, deliciosas; a região era rica em cítricos. As tangerinas, em especial, estavam fresquinhas e suculentas, e saboreei e devorei várias.

Bem alimentado, sentei-me no colchonete da sala, com as costas na parede, e acionei o gravador que Lagos me deixara. Fiquei ouvindo Beatles até tarde e nem percebi quando adormeci.

Acordei sobressaltado, com um canto, muito alto e sonoro, que parecia vir das profundezas da terra. Corri até a varandinha. Era uma noite escura, sem lua à vista, mas toda iluminada por estrelas, e não tive dificuldade para divisar o minarete, a torre da mesquita, iluminada por um holofote, de onde provinha a melodia. As palavras do mufti, o clérigo muçulmano, amplificadas por alto-falantes, ressoavam por toda a cidade, que dormia em silêncio. Elas eram bem escandidas, mas, como eram pronunciadas em árabe, eu nada entendia. A melodia, contudo, tinha força própria, me tocava, e tive a impressão de que nunca mais a esqueceria.

De frente para aquela noite escura, numa cidade e num país desconhecidos, cuja história eu ignorava em tudo e por tudo, ouvindo aquele canto côncavo, assustador e envolvente, cantado numa língua que eu não conseguia decifrar, tive uma profunda sensação de estranheza, de estar fora do lugar onde me encontrava. E um pressentimento angustiado, irracional e poderoso, de que a luta que queríamos travar era uma aventura solitária e isolada, e que nada mais nos restava senão sofrer uma inevitável e implacável derrota.

Espera vigiada

— Bem — murmurou Naim para si mesmo —, aí está o estrangeiro de que falaram os homens da segurança.

Ele, a mulher e a filha tocavam uma pequena loja, uma espécie de minimercado, muito bem sortido e atulhado de mantimentos. Vendiam de tudo: de arroz a pasta de dente, de água mineral a frutas, principalmente laranjas e tangerinas. Naim era um homem forte, mais alto do que baixo, ombros largos e bigode espesso escondendo a boca larga, sensual. Nascido em Batna, tivera participação ativa na guerra de independência nas montanhas dos Aurès, no outro lado da Argélia, a leste, um santuário das guerrilhas nacionalistas. Orgulhava-se disso e gostava de conversar sobre as façanhas e aventuras da guerra com antigos camaradas. Depois da vitória, o governo concedera generosos financiamentos para que os ex-combatentes se estabelecessem como pequenos comerciantes ou taxistas. Em troca, eles se tornariam informantes do aparelho de segurança, entendidos não como uma agência de repressão, mas como um instrumento de defesa da revolução. Naim transladara-se do leste para o oeste do país por causa dos interesses e afinidades da mulher, Raja. Ela tinha parentes residentes de longa data em Orã. Adaptara-se bem à cidade, gostava dela, do litoral de belas praias, do passeio arborizado, dando para o mar, do ar impregnado do bom cheiro das laranjas e das tangerinas, das feiras semanais, alegres e turbulentas. Além disso, prosperava como pequeno comerciante, cumprindo com regularidade a função de informante.

Na véspera, fora procurado por Yussef, um oficial local, seu enlace com o aparelho da segurança.

— Naim, meu amigo, deve aparecer por aí um estrangeiro, exilado brasileiro, protegido nosso. É um jovem de vinte e poucos anos, branco, alto, cara limpa, sem barba ou bigode, fala um francês bem ruim. Ele não deve passar muito tempo por aqui, coisa de algumas semanas. Apontando para o conjunto habitacional ao lado:

— Ele vai morar naquele prédio, sexto andar, 602. O nome dele é Gabriel.

— Gabriel? Nome sagrado...

O oficial pareceu surpreso:

— Como assim?

— Gabriel foi o mensageiro que transmitiu ao Profeta as revelações que deram origem ao Alcorão.

— Naim, eu não sabia que você era um erudito religioso. Em todo caso, olho nele.

Assim, quando o viu chegar, já avisado, Naim não se surpreendeu. Eles não estavam habituados a ter estrangeiros por lá, de modo que não teve dificuldades de identificá-lo, com sua cor muito branca, parecendo esfregada, cara lavada e francês medíocre. Prontamente, avisou o morador do 601, Esmail, primo de Raja, para que ficasse de sobreaviso. A mulher dele, Najla, também precisava ser prevenida. Como ela ficava o tempo todo em casa, teria tempo de manter o brasileiro sob vigilância.

Na semana seguinte, Naim informou Yussef:

— O jovem é bem-comportado. Faz ginástica todo dia, quase uma hora pulando dentro do apartamento feito um maluco. Os vizinhos já se queixaram. Lê muito em casa, quase o tempo todo, às vezes até altas horas da noite, mas sai também por aí, de bicicleta, vai longe. Ele se inscreveu na piscina pública no bairro e nada uma hora, uma hora e meia por dia. Ele vai ser guerrilheiro ou atleta?

Yussef gostou da ironia:

— A vida dirá...

Naim acrescentou:

— Apareceu um problema com o Esmail...

— Quem é Esmail?

— É o primo da Raja, minha mulher.

— E o que houve?

— Bom, como você pediu para que eu ficasse de olho, preveni o Esmail e ele botou a Najla, a mulher, que fica trancada em casa, vigiando o rapaz...

— Trancada em casa?

— É, o Esmail é um cara muito ciumento e a Najla não sabe ler, não sabe escrever nem tem profissão, fica em casa o dia inteiro. Daí que ganhou a tarefa de ficar bisbilhotando a vida do rapaz...

— Até aí tudo bem, mas... qual é o problema?

— O problema é que a Najla ficava na varanda de casa o tempo todo espionando o Gabriel, e o rapaz começou a achar que ela estava dando bola para ele e entrou numa de paquerá-la, puxar assunto, você sabe... Ela não fala francês, ele não fala árabe, então ficaram numa troca interminável de sinais e criou-se uma situação embaraçosa. O Esmail é ciumento e não está gostando nem um pouco da coisa...

O oficial ficou pensativo. Aconselhou:

— Faz o seguinte, manda o Esmail bater na porta do brasileiro, apresentar-se, ficar amigo dele, convidá-lo para ir a um jogo de futebol, levar o cara para visitar os parentes em Sidi Bel Abbès, enfim, integrar o rapaz, familiarizar-se com ele, pois assim o cara, virando amigo, vai perder a condição de paquerar.

Antes de terminar, Yussef filosofou:

— A amizade mata o amor.

Naim tinha uma leve ironia nos olhos ao dizer:

— Não sabia que você era filósofo...

— Desde que você virou erudito religioso, me converti em filósofo.

Ambos riram, e Naim concordou em aplicar a receita de Yussef.

A conversa com Esmail não foi tão fácil. O primo não gostou da proposta de Naim e, contrariado, rebateu:

— Mas como é que vou lá, sem mais nem menos, bater na porta de um estrangeiro que eu nem conheço?

— Hospitalidade, meu primo. Faça-o em nome da hospitalidade, uma virtude do nosso povo e da nossa religião. O cara está solitário, interpretou mal as atitudes de Najla, mas, se você aparecer, a coisa toda vai serenar e entrar nos eixos. Vocês ficam amigos, sabe como é?

Esmail não pareceu convencido. Naim afirmou, decisivo:

— A amizade mata o amor.

Esmail abriu grandes olhos, querendo entender:
— Como é que é?
— Aprendi isso na universidade da vida, meu caro — e enfatizou as três palavras, *universidade da vida*, dando um tapinha nas costas do primo:
— Ouça meu conselho, vai dar tudo certo.

No dia seguinte, Esmail bateu na porta do 602. Teve que bater duas vezes até ouvir passos que se dirigiam para atender. Com a porta entreaberta, Gabriel apareceu surpreso e desconfiado:
— O que o senhor deseja?
— Sou seu vizinho do 601. O senhor tem conversado com a minha mulher, Najla.
Gabriel sentiu um leve tremor nos lábios, pronto, estava ferrado... Será que o marido viera pedir satisfações?
— Pois não...?
Esmail tranquilizou-o com um sorriso:
— Nós, árabes, somos muito hospitaleiros, temos o dever de receber bem os estrangeiros. Vim apenas deixá-lo à vontade. Se precisar de alguma coisa, estamos à disposição. Gostaria também de convidá-lo a nos visitar, apresentá-lo à nossa cidade...
— Claro, claro — disse um aliviado Gabriel, abrindo inteiramente a porta e convidando o vizinho a entrar.
— Entre, entre, prazer em conhecê-lo. Meu nome é Gabriel
— Eu me chamo Esmail.
Cumprimentaram-se com um aperto de mão amigo. Gabriel convidou o visitante a se sentar.
— Sinto não ter nada para oferecer... Quer um copo d'água?
Esmail aceitou e puxou conversa:
— Está gostando da nossa cidade?
— Sim, claro, Orã é linda.
— E o que o trouxe exatamente aqui?
— Aqui?
— Sim, aqui mesmo.

— Bem, é que... hummm, estou estudando...
— Para entrar em uma de nossas universidades?
Gabriel, desafogado, aproveitou a deixa:
— Isso mesmo, penso em fazer alguma coisa relacionada com história...
— E por que veio estudar história tão longe do Brasil?
— É que... — gaguejou Gabriel — ... é que... — e mordeu os lábios — bem...

Esmail lembrou-se das ligações do primo com a segurança do Estado, das conversas para que ele e a mulher espionassem o rapaz, e achou melhor mudar de assunto:

— Muito interessante — comentou, tamborilando com os dedos no tampo da mesa, para diluir o constrangimento de seu anfitrião, e prosseguiu: — Tenho uma ideia: domingo que vem teremos um excelente jogo de futebol, entre dois grandes rivais. O Moloudia de Argel vem jogar com o nosso Moloudia, aqui em Orã. Como brasileiro, suponho que o senhor goste de futebol.

— Muito, é uma de minhas maiores paixões — Gabriel respondeu rápido.

— Então, está feito, deixo desde já o convite. Iremos juntos com meus primos ao estádio Ahmed Zabana, será um grande jogo. Pelo menos é o que todos estamos esperando. Não se incomode com as entradas, eu convido o senhor e compro os bilhetes.

Esmail levantou, despedindo-se.

No domingo seguinte, Gabriel, Esmail e uma penca de primos espremiam-se no estádio municipal para ver o MC Orã golear por 4 × 0 o time de Argel, um triunfo histórico, comentado por meses a fio na cidade. Em poucos dias, Gabriel e Esmail tratavam-se como velhos amigos, enquanto Najla, gradativamente, saía do radar do brasileiro. Uma semana depois, Naim comentou com Yussef:

— Não é que você acertou? O brasileiro tornou-se amigo dos meus primos e a amizade matou a paquera do rapaz. Mês que vem iremos todos a Sidi Bel Abbès comemorar o aniversário de Esmail, de sorte que o controle sobre o rapaz se tornou muito mais tranquilo do que antes. Eu diria que ele até parece contente em ser vigiado.

O disco

Ele já ouvira incontáveis vezes a música do Caetano: "London, London". Poesia pura, melancólica, bem musicada. O disco tinha outras composições inspiradas, provindas do fundo de seu exílio na capital inglesa. Na foto da capa, o artista aparecia todo enrolado em lãs. No conteúdo das melodias, dava para sentir o frio e a tristeza do isolamento. Na invocação das cartas de Bethânia, a saudade do país deixado às pressas, logo depois da prisão. Na miragem dos discos voadores, o simbolismo de uma utopia perdida.

Gabriel devaneava, refletindo sobre as diferenças e as conexões entre os militantes políticos e os artistas, todos eles envolvidos, embora de formas diferentes, na luta contra aquela horrenda ditadura que se eternizava, não dando mostras de enfraquecimento, ao contrário, parecendo cada vez mais forte. O que restava para eles? Procurar discos voadores no céu?

Recebera o disco das mãos de Abel, em Roma, numa viagem esquisita e inesperada que fizera à capital italiana, logo depois de ser levado para Orã. Ele só tinha três semanas na cidade argelina quando Lagos veio com a notícia:

— Abel mandou uma passagem para você ir conversar com ele em Roma. Hoje você retorna comigo a Argel e amanhã mesmo voa para a capital italiana.

— Ué, mas... e a clandestinidade?

Lagos não escondia sua contrariedade:

— Pois é... Prevalece o velho amadorismo de sempre, as amizades se sobrepondo ao necessário rigor. É como eu digo: vocês precisam estudar melhor a revolução argelina, adotar os padrões de profissionalismo que os caras aqui souberam construir. Senão, só teremos derrotas pela frente...

— Bem, para mim, já te disse isso, minha clandestinidade foi pras picas desde Praga, e principalmente desde aquela cagada dos cubanos de esquecerem que meu passaporte belga precisava de um visto para entrar na Argélia.

— É, mas o ruim pode melhorar. No teu caso, porém, a viagem a Roma piora o que já era ruim.

Era mais do que certo que Lagos tinha razão, mas o fato é que Gabriel estava de saco cheio de Orã, de viver solitário e isolado naquela cidade desconhecida, sem nenhum amigo, batendo papo com estranhos, como o dono da venda perto de casa, um árabe simpático, de olhos meio irônicos, que parecia saber muito mais de Gabriel do que Gabriel sabia dele. Chamava-se Naim, nunca antes tinha ouvido aquele nome, o cara era até amigável, o que o incomodava era aquele jeito de estar estudando-o, vigiando, para depois dizer a alguém o que ele estava fazendo. Obsessão com a segurança? Espionite? Digam lá o que disserem, o fato é que aquilo o incomodava, e uma visita a Roma vinha mesmo a calhar. E rever o Abel também lhe parecia estimulante, grande sujeito, dos mais inteligentes entre todo o grupo de brasileiros, sempre muito crítico, irônico, seria um papo muito agradável, melhor do que viver falando a língua dos sinais com a vizinha que vivia trancada em casa, e com o marido dela, então que só ele, e Gabriel diria mesmo intrometido, oferecendo favores, fazendo convites... E se fosse mais um quadro da segurança argelina?

"Tem paciência", disse Gabriel para si mesmo, "assim não dá, daqui a pouco toda a população de Orã vai estar me vigiando." E, como de hábito, ele mesmo se respondeu, "Modere a autoestima, você não é importante assim para merecer tanta atenção dos serviços de inteligência argelinos."

A viagem a Roma, com o passaporte belga agora devidamente visado pelas autoridades do país, correu sem problemas. Abel havia saído do país trocado pelo embaixador suíço, e, em Santiago, o nosso grupo resolveu que ele, mais o Tocha, deveriam ir para a Europa reforçar e articular o trabalho da organização: propaganda, finanças, documentação etc. Tocha ficou em Paris, Abel fora para Roma, onde havia importantes partidos e organizações solidários com a luta dos brasileiros contra a ditadura.

O bumbo da propaganda batia forte: entrevistas, encontros de intelectuais, artigos na imprensa; era como se fosse um mosquito mordendo o lombo duro de um elefante, mas era o que se podia fazer.

O encontro com Abel e sua mulher, Larissa, foi uma das melhores coisas daquele exílio que começava a se prolongar além da conta. Legais e acolhedores. Boa comida — italiana, é claro — regada a excelente vinho tinto. A conversa que Gabriel e o casal tiveram sobre o Brasil e a organização é que introduziu tons de cinza no ambiente. A situação não parecia mesmo boa: muitas prisões, arrefecimento geral das lutas contra o governo, milagre econômico bombando, notícias fragmentadas da organização. Não havia como ser otimista, concluíram; viviam, de fato, tempos difíceis.

— Sombrios — disse Abel, estendendo a Gabriel um livro de Hannah Arendt, *Homens em tempos sombrios*.

Era uma espécie de consolo: se os homens sobre os quais a filósofa refletia haviam lidado com as terríveis crises e guerras dos anos 1930, quem sabe eles também não conseguiriam virar a onda negativa?

Terminando a refeição, veio a surpresa: Abel lhe estendeu o disco de Caetano. Presente enviado pela Sol. Trazido por um portador. Gabriel indagou:

— Nem uma carta? Um bilhete?

— Infelizmente, não, só o disco — disse Abel com um sorriso meio tristonho, por saber que Sol e Gabriel viviam um intenso namoro quando ocorrera sua prisão. — Tive notícias de que ela está agora na Bahia, uma área de expansão de nossos trabalhos. Enviamos vários quadros para lá. Foi um jeito de escapar da ratoeira que o Rio se tornou para o nosso pessoal.

Gabriel ficou ali, rodando o disco na mão, emocionado. Não o conhecia, iria ouvi-lo mais tarde, sem dúvida. No dia seguinte, porém, Abel acordou seu visitante com o rosto transtornado. Mostrou-lhe um exemplar do *Jornal do Brasil*, aberto na página 8.

— Olha isso! O jornal acabou de chegar...

Em página inteira, a notícia da queda de Sol, em Salvador. Foto dela, reportagem sensacionalista, como de hábito. Gabriel ficou chocado. Lia e relia as notícias, querendo, talvez, descobrir um sentido oculto além do que estava escrito. Num aparente surto psicológico, Sol entregara-se em uma delegacia de bairro, dispondo-se a contar tudo que sabia e vivera em sua militância revolucionária. O delegado não viu sentido naquilo. Julgou que ela fosse, talvez, uma maluca qualquer. Trancafiou-a e foi cuidar de suas tarefas cotidianas. Custou a se dar conta da importância do que tinha nas mãos. Depois de três dias, no entanto, intrigado pelo fato de a suposta maluca continuar batendo na mesma tecla, resolveu chamar a polícia política. Os homens do DOI-Codi local deram-lhe uma esculhambação e passaram a interrogar a presa com seus métodos habituais. Uma parte dos resultados obtidos, o que eles consideraram interessante publicar, estava ali, estampado na página do jornal.

Abel começou a chorar, desconsolado. Soluçava. Atônitos, sem palavras, os amigos olhavam um para o outro, ambos sem ter o que dizer. Abraçaram-se. Gabriel pensou consigo mesmo: "Quem tem que chorar aqui sou eu, não ele."

Estranhamente, porém, as lágrimas não lhe vinham aos olhos. Secos. Uma tristeza profunda, mas sem uma lágrima sequer. Embarcou dali a dois dias para Argel. Lagos o esperava no aeroporto. Ele já sabia da queda de Sol e o esperava contrito, pesaroso. Mas de que adiantaria falar no assunto? As palavras, como acontece quase sempre, eram inúteis. Os dois apenas se abraçaram.

De volta a Orã, sentado no chão da sala, as costas recostadas na parede, pôs-se a ouvir os sons de Caetano que vinham do longínquo exílio londrino. Perdeu a conta das vezes em que pôs o disco para rodar. Os vizinhos já deviam estar de saco cheio daquelas músicas, incompreensíveis para eles, e que se repetiam sem cessar. O que acontecera com o estrangeiro do 602?

Gabriel olhava fixamente o disco, como que à procura de uma explicação. Por que ela mandara o disco e não uma carta, um bilhete que fosse? Bem, o disco era uma forma de mensagem. Sol não era muito de escrever, mais oral que escrita. As músicas e as letras diziam mais do que qualquer carta ou bilhete poderiam transmitir. Isto seria tudo? Tinha sua lógica, mas algo parecia escapar, obscuro. Poderia haver algo mais? Queria entender e não conseguia, era como se aquela trama pudesse de alguma forma se tornar mais inteligível, como se ouvir sem parar as músicas de Caetano pudesse lhe proporcionar uma chave qualquer para decifrar aquilo que ele sentia ser um enigma.

De repente, um estalo. Correu até a cozinha e trouxe de lá um canivete. E se...? Inseriu-o com cuidado extremo na capa externa do disco, desdobrando-a em duas partes. Lá no interior, divisou um papel. Um bilhete de Sol. Não trazia fatos novos nem análises políticas. Em letras miúdas, bem desenhadas, era apenas uma singela declaração de amor. Para os dois, uma espécie de reencontro.

E só aí sentiu que as lágrimas, antes represadas, corriam livres pelo rosto.

A cadeira

Qualquer rotina, no limite, embrutece, enfraquece o senso crítico, mas a que se abatera sobre eles não tinha paralelo com nenhuma outra jamais vivida por qualquer um. A situação em que se encontravam era até difícil de descrever.

O calor era abrasador, sufocante, não daqueles que se costuma observar em cidades úmidas como o Rio de Janeiro, mas um calor seco, árido, daqueles que não produzem suor, que, em si mesmo, é uma merda, mas é sempre melhor, muito melhor, do que a secura de uma temperatura quente no último, não abrandada por nenhuma brisa, leve e intermitente que seja.

Pois assim estavam eles no maldito ano de 1971, aguentando uma secura de caatinga na periferia da cidade de Argel, onde não chovia há anos e não ventava há décadas. O nome do lugar era Bir Kadem, e eles eram três morando numa casa baixa, sem varanda, uma sala e dois quartos, cozinha e banheiro, tudo pequeno.

Não podiam ir a lugar nenhum. Clandestinidade absoluta! Mas que clandestinidade podia ser aquela, mais furada que um queijo das Minas Gerais? A de Gabriel, por exemplo, já tinha adernado em Praga, com o improvável garçom que sabia falar francês melhor do que ele... Quando ele poderia esperar que um garçom corrigisse o seu francês, esta língua agonizante, que quase ninguém mais fala no mundo, em Praga, logo em Praga! Depois, afundara de vez na chegada espalhafatosa a Argel, com direito a três horas de espera num salão a descoberto, alvo do olhar curioso de não sei quantos policiais, filmado e fotografado por não sei quantas câmeras? Isso sem contar os árabes lá em Orã, que lhe davam a nítida impressão de que ele vivia num show de Truman, o tempo todo observado e vigiado. Como se não bastasse, a última pá de cal, houve o "engarrafamento" em Argel. Seis quadros dirigentes encalhados, chefes sem soldados, caciques sem índios, mofando, numa espera irritante de um Godot que não aparecia, por uma diretriz que não vinha, talvez não viesse nunca mais, e eles lá, tolhidos, bestando, sem poder dar um pulo que fosse em Argel, para tomar um trago, ver um filme, observar as pessoas na rua.

Lagos era formal:

— Infelizmente, não posso autorizar. As orientações são claras: manter vocês todos fora das vistas de brasileiros e estrangeiros. No centro da cidade, está assim de gente que não pode e não deve ver vocês — e, num gesto enfático, ele juntou e apartou os dedos, querendo dizer que era mesmo muita gente. — É preciso ter paciência. Não se dizia que a paciência é uma das grandes virtudes do proletariado?

Difícil interpretar aquilo: ironia? Cinismo? Gozação? Os olhos dele nada diziam, neutros e sem aragem como o ar de Bir Kadem.

Mas ainda não está completa a lista das agruras que viviam — havia ainda a questão da comida. Como a grana era escassa, a vida que levavam nesse quesito era espartana. O único alimento eram lentilhas e arroz. Sopa de lentilha. Lentilha refogada, assada, frita, virada de cabeça para cima, de cabeça para baixo. Era lentilha dia sim e dia também. Não era que Gabriel não gostasse de lentilha, era até um de seus pratos preferidos, mas depois daquela provação nunca mais desejaria sequer pôr os olhos no diabo da lentilha.

E para passar o tempo, o que eles faziam?

Bem, eles liam. Havia ali algumas dezenas de livros de Marx, Lênin, Mao, Althusser, Guevara, Poulantzas, tudo muito interessante, mas, depois de algum tempo, não há cristão, ou melhor, revolucionário, que aguente aquele tranco. Ivan sugeriu a Gabriel que estudasse a história da mais-valia, quatro grossos volumes, editados por Kautsky, com as reflexões e as notas elaboradas por Marx em pessoa, enquanto escrevia *O capital*. Traduzidos para o espanhol, com letrinhas miúdas, os volumes eram indigestos a não mais poder. Mas Gabriel foi em frente, a leitura ampliou suas referências e, mais importante que tudo, consumiu seu tempo, o que, naquelas condições, era um grande adianto. Descobrindo uma árvore frondosa nas cercanias, ele ia para lá, punha-se debaixo da sombra e lia horas e horas. O tempo passava, ainda que, às vezes, entrecortado por certa angústia: o que tinha aquela leitura a ver com os desafios que o esperavam no Brasil? O que aquelas linhas podiam lhe dar para entender melhor a ditadura brasileira, as dificuldades de todo tipo que se colocavam para aqueles que, como ele e seus amigos, mirrados Davis, pretendiam enfrentar o Golias do grande capital, associado aos militares e ao imperialismo?

Ivan, aparentemente, nem questionava a real utilidade daquelas leituras. Com uma capacidade invulgar de concentração, sentado numa das cadeiras, livros postos na mesa, caneta e lápis nos dedos, ficava ali, horas e horas, decifrando e desvendando as reflexões de Marx e Lênin, anotando tudo em grossos cadernos que Lagos trazia de Argel.

Marta segurava pior o rojão. Também era uma leitora voraz, mas estava sentindo mais do que os dois a inquietude com aquela situação meio kafkiana, que era o pão deles de cada dia. Agoniada, às vezes puxava conversa; em outras ocasiões, desesperava-se, aflita com os dois companheiros, mergulhados em seus livros, e refletia:

"Deve ser a maneira que encontraram para desaguar, ou melhor, para canalizar ou reprimir a própria inquietação, a angústia que não pode deixar de devorá-los por dentro."

Um dia, ela teve uma ideia. Lançou-a num daqueles tristes almoços regados a lentilha:

— Por que não compramos uma cadeira?

— Não há dinheiro — respondeu, seco, Ivan.

— Soube pela vizinha que, não muito longe daqui, há um mercado de pulgas. Artigos de segunda mão, coisas bem baratas.

— Mas não há dinheiro, Marta, isso está fora de discussão. Além disso, seria um desperdício, malbaratar as finanças da organização.

Marta insistiu:

— Em primeiro lugar, é um disparate chamar o dinheiro miserável de que dispomos de finanças da organização. Em segundo lugar, temos, sim, algum dinheiro. Sei bem porque sou eu quem tem cuidado do nosso dinheiro, isso que você chama com pompa de *nossas finanças*. Gastamos tão pouco com estes manjares de lentilha que acaba nos sobrando alguns trocados, o suficiente para comprar uma boa cadeira.

Ivan estava ficando irritado:

— Eu não tenho nenhuma dúvida: sou contra. Voto contra. Um absurdo. Era só o que faltava, nas condições em que estamos, sair por aí comprando cadeiras.

— Não são cadeiras no plural, trata-se de comprar *uma* cadeira. Só uma. Confortável. Tem tudo a ver com a nossa situação. Passamos o dia inteiro lendo. Vamos ter um lugar confortável para sentar a bunda.

Ivan queria encerrar o assunto:

— Bem, eu voto contra.

Marta virou-se para mim:

— E você Gabriel, o que acha, como vota?

— Eu...?

— Sim, você. Se você votar a favor, temos maioria, decidimos comprar e pronto.

Ivan, surpreso, deu-se conta de que sua posição corria risco:

— Gabriel, eu só espero que você não entre nesta aventura insensata.

Marta gargalhou naquele seu estilo inconfundível:

— Aventura insensata? Chamar a compra de uma cadeira de aventura insensata é algo que pertence à esfera do maravilhoso — e ela escandiu a palavra. — Ma-ra-vi-lho-so!

Senti que ia decepcionar o Ivan, mas não tinha argumentos para contrariar Marta. Além disso, via com bons olhos, afinal, a ideia de ter uma cadeira confortável para sentar e ler por horas a fio.

— Voto pela compra da cadeira.

Marta se rejubilou:

— Ganhamos! Fechado! — E, debochada, dirigiu-se a Ivan: — Você não será obrigado a usar a cadeira, companheiro Ivan!

No dia seguinte, sábado, o dia do tal mercado de pulgas, foram até lá a pé, Marta e Gabriel. Sob um sol inclemente, buscando informações aqui e ali, quem tem boca vai a Roma. Uma boa hora e meia mais tarde, chegaram. Depois de muito observar e pechinchar, compraram uma bela cadeira de madeira, espaldar alto, braços largos, onde dava para colocar um bloco de notas, ou um copo d'água. Contrataram ali por perto um carroceiro que tinha um carrinho de duas rodas. Depois de barganhar o preço do transporte, a cadeira foi bem amarrada ao carrinho e lá se foram eles pelo caminho de volta. Quase duas horas depois, entraram em casa triunfantes. Marta, na frente, toda alegre, falando alto, gozando, disparou:

— Eis a cadeira! Uma vitória do proletariado revolucionário.

De maneira solene, a cadeira foi disposta num canto da sala. Olhando com desdém, Ivan aproximou-se, como se acercando de um bicho meio repelente:

— Deixa eu experimentar!

Sentou-se. Acomodou-se. Gostou. Marta comentou:

— Viu? Eu não disse que seria bom termos uma cadeira confortável?

Ivan fez um muxoxo:

— Não é nada ruim, mas foi um desperdício...

Resmungou, mas permaneceu sentado. E sentado ficou. Não se levantaria mais da cadeira. Passava o dia inteiro ali, lendo, tomando notas. Marta e Gabriel rondando, procurando uma brecha. Nada. Em segredo, combinaram:

— Na hora do almoço, quando ele se levantar, tomamos a cadeira de assalto.

Ilusão. Quando as lentilhas vieram para a mesa, Ivan se aproximou, aos solavancos, sem tirar a bunda do assento. Comeu devagar, como era de seu feitio, e, depois de enxugar os lábios com o guardanapo, fazendo os pés de alavancas, retornou, sempre aos encontrões, para o canto onde ela se encontrava, ou melhor, onde eles se encontravam, pois a cadeira e Ivan tinham alcançado uma unidade digna de uma espécie de centauro.

Tempos esquivos

"As coisas não estavam dando certo, nossos planos iam por água abaixo. Quando saí de Cuba, eu era o quinto da fila. A cadência de saídas da ilha nos pareceu bem modulada, realista: de três em três semanas, pulava um no rumo da Argélia. Quando eu chegasse a Argel, já era para o Gabriel, que saiu primeiro, estar no Brasil há tempos, ou era pelo menos para ele estar se aproximando do país. Mas, qual o quê? Continuamos aqui, e já somos cinco, Gabriel, Rodrigo, Ludmila, Marta e eu, bloqueados, engarrafados, sem perspectivas, esperando não sei o quê..."

Ivan refletia sobre as condições inesperadas em que se encontravam. Como explicá-las? Como entendê-las? Nem informações, nem orientações da organização... Só notícias de quedas e mais quedas. A economia do país disparando. Nenhuma notícia de resistência ou revolta popular. A ditadura parecia cada vez mais reforçada. Pouco ou nada se falava de ações armadas, praticamente riscadas do mapa. Até sobreviver estava ficando difícil, e ele ali, mofando. Até mesmo o pessoal que conhecia o país reclamava.

— Da Argélia que nos recebeu, o que resta? — perguntou Marta, com amargura na voz.

Gabriel reforçou o tom:

— A verdade é que, antes de ir para Cuba, naqueles quase dois meses antes de partir, vivemos numa bolha: autoridades, assistência especial dos serviços do governo, da administração pública e, claro, dos jornalistas estrangeiros, todos reunidos naquela colônia de férias de Ben-Aknoun, com comida e bebida fartas. Éramos como celebridades, acolhidos e festejados com simpatia, mas agora a bolha estourou...

— Como se tivéssemos aterrissado, das alturas da Argélia oficial, revolucionária, para a Argélia real, do cotidiano — completou Marta.

Eles moravam então numa pequena casa em Bir Kadem, na periferia de Argel. Dois quartos e uma sala, piso de cimento, mobiliário sumário formado por camas baixas de madeira, uma mesa na sala com quatro cadeiras, cozinha e banheiro com nada mais que o indispensável. Uma vez por semana, Lagos passava para dar notícias, ou melhor, para não dar notícias, pois as novidades eram quase sempre escassas; não raro, nulas.

Corria o mês de agosto, o verão ia alto, o calor, muito seco, podia ser pior que a quentura úmida do Rio de Janeiro, à qual estavam mais ou menos acostumados. Certo dia, Marta resolveu passear pelas cercanias. Ela dominava bem o francês, pensou que não teria problemas de comunicação. Fora com suas roupas habituais, blusa leve, minissaia, sandálias sem salto, vestuário bem adequado àquela temperatura abrasadora. Precisou andar um bocado, quase meia hora. Afinal, avistou um bar. Na sua habitual desenvoltura, aproximou-se e, chegando até o balcão, que dava para a rua, pediu ao funcionário:

— Uma cerveja, por favor.

Custou a perceber o assombro nos olhos do homem. Ele a olhava mudo, num misto de desdém, pasmo e perturbação.

Marta perguntou a si mesma: "Será que ele não está compreendendo meu francês?", e deu um sorriso simpático antes de repetir, voluntariosa:

— Uma cerveja, por favor.

O homem continuava mudo, e foi então que ela, apertando os olhos, prestou atenção no interior sombreado do bar, de onde vinha um barulho seco. Custou um pouco a perceber que o som era produzido pelo bater de peças de dominó, feitas de osso, que se alternavam com as vozes altas dos jogadores. Estava em um grande salão, com muitas mesas pequenas, quadradas, de madeira e com tampos de mármore. Em volta delas, apinhados, homens e mais homens, só homens, alguns vestidos com albornozes escuros, outros, à ocidental, com calças e camisas leves. Abarcou-os com seu olhar de forasteira, mas levou pouco tempo para se dar conta de que todos, ou quase todos, dirigiam olhares fixos para ela. De início, com olhos surpresos. Logo depois, o espanto deu lugar a um sentimento que Marta levou um tempo para decifrar, pois não estava preparada para ele. Era algo meio amedrontador, mistura de hostilidade e lascívia.

O funcionário do bar, contrariado, mas como que desejando evitar o pior, murmurou, dissimulado:

— Senhora, afaste-se daqui.

Marta, ofendida, repetiu:

— Uma cerveja, por favor. Bem gelada.

Um velho, sentado na mesa mais perto, gritou:

— Sua puta! Fora daqui!

Foi uma espécie de senha para a gritaria que se seguiu:

— Francesa puta, saia daqui! Dê o fora!

Alguns homens levantaram-se de onde estavam, aproximando-se. Marta, naturalmente desafiadora, custando a perceber o perigo em que se encontrava, por alguns segundos cogitou insistir em sua postura, mas as circunstâncias a obrigaram a dar alguns passos, de costas para a rua, e recuar, incrédula.

— Sai daqui, sua puta!

— Foraaaaa!

— Francesa de merda!

— Foraaaaa!

Um homem, aproximando-se, tentou tocá-la. Foi o sinal para que ela se virasse e saísse, andando rápido e, metros adiante, desandando a correr. O berreiro a acompanhou por algum tempo, até que dobrasse a esquina e sumisse da vista da turba em fúria.

— Então é isso, não posso nem passear por aí — disse ela, ao chegar em casa. — Você se dá conta, Gabriel? Isso é uma loucura, começo a me sentir cercada.

— Comigo aconteceu algo não muito diferente. Apenas uns dias antes da sua chegada, eu estava passeando aqui perto com Maria Júlia, a mulher do Lagos. Ela tinha vindo trazer não sei o quê, e, enquanto Lagos conversava com Ivan, saí com ela para comprar alguns mantimentos para a boia do dia a dia. Como você sabe, ela é morena, bem morena, tem um tipo mediterrâneo, passa sem problemas por argelina. Fizemos nossas compras e já íamos voltando, batendo papo, distraídos, quando, de repente, nos vimos atacados, ela em particular, por uma velha que, armada de um guarda-chuva, começou a dar golpes na sua cabeça, gritando: "Vendida! Como tem coragem de se vestir como uma francesa?! E ainda dando confiança para esse francês de merda! Traidora! Vendida!" A velha, é claro, tomara Maria Júlia por uma argelina e me confundira com um francês. Foi uma gritaria danada na rua; a velha nos atacando, nós tentando nos livrar dela. Começou a juntar gente, tivemos que apressar o passo para cair fora antes que se formasse uma multidão pronta para vingar a honra ofendida do povo argelino.

"Eles conseguiram a independência, uma revolução política, mas pouco alteraram os costumes tradicionais, em nada modificaram a sociedade patriarcal, ao contrário, a consolidaram, no sentido de reforçar a própria identidade. Emanciparam-se da dominação do francês, mas não emanciparam as mulheres da supremacia dos machos."

Ivan ponderou:

— Se ficarmos por aqui, teremos de nos adaptar, de alguma forma assimilar as circunstâncias deles.

Marta foi rápida no gatilho:

— Eu é que não vou me adaptar a isso.

— Não vai ter jeito, teremos de fazer como o Gabriel fez com as cebolas...

— O que você quer dizer? Vou virar cebola?

— Não, Marta, Ivan está se referindo a uma história que aconteceu comigo...

— ...?

— Antes de vocês todos chegarem, o Lagos vinha me ver uma vez por semana em Orã. Quando ele não podia vir, era eu que ia a Argel, e voltava imediatamente, uma senhora viagem, quatrocentos quilômetros para ir e outros quatrocentos para voltar.

— E onde entram as cebolas...? — perguntou Marta.

— As cebolas não entram, você é que é obrigado a entrar nas cebolas, integrar-se na atmosfera delas. Notei isto desde a primeira viagem a Orã. O ônibus tresandava a carneiro e a cebola, não havia meio de estar ali sem, de algum modo, assimilar a coisa...

— E como é que você fez... — Marta imitou a voz de Gabriel — ... para assimilar a coisa?

— Bem, fazendo como eles, comecei a comer carneiro e cebolas, principalmente cebolas, direto, assim, cravando os dentes, como a gente faz com as maçãs. A partir da terceira cebola, você não sente mais o cheiro delas, nem lacrimeja mais, foi como se eu e as cebolas tivéssemos alcançado, digamos assim, uma espécie de fusão.

Marta exclamou:

— Agora estou entendendo por que sinto cheiro de cebola a dez metros de você...

— Assim terá que ser, Marta, este é o cenário da nossa vida daqui por diante. E outra coisa: não deixaremos de fazer a mesma coisa no Brasil, se quisermos sobreviver. O jeito é se adaptar às condições e às circunstâncias em que vivem, moram e comem as gentes.

— Nesse caso, haverei de ver você e o Ivan passeando de mãos dadas, entrelaçadas pelos dedos mindinhos. Outro dia mesmo, presenciei um bate-boca entre o Rodrigo e o Lagos sobre esse hábito que os homens têm aqui. Rodrigo dizia que era pura veadagem, pouca vergonha. Lagos retrucava, irritado, que era um costume. Então, quero saber, você está disposto a entrelaçar o teu dedo mindinho com o do Ivan, hein?

E Marta imitou novamente Gabriel:

— É... pode ser... seria uma imposição dos tempos esquivos em que estamos vivendo, companheira.

Forças e riscos

— Você considera a hipótese de a organização ter acabado, quero dizer, ter sido destruída por completo no Brasil?

— Não. Se isso tivesse acontecido, nós saberíamos. Não se esqueça do ditado: notícia ruim chega rápido. Meu velho gostava de dizer a mesma coisa num sentido inverso: *no news, good news*. Quando não temos notícias, é sinal de que as notícias são boas.

— Você, como sempre, otimista.

— Nem tanto, pelo menos neste caso. Ao recusar a hipótese de destruição total, não quero dizer que a situação seja boa. Ao contrário, acho que tudo deve estar ruim, bem ruim. Para ficarmos há tanto tempo sem nenhum tipo de orientação, é claro que a situação deve ser das piores. Sem dúvida. A gente vive tendo notícia de quedas. É só queda. Quedas e mais quedas. Nenhuma ação de peso. E nenhuma informação. A organização deve estar bem enfraquecida. Os que restam devem estar enfrentando terríveis dificuldades.

Era uma quinta-feira, a noite já vinha se aproximando. Aproveitando a diminuição do calor, passeando pelas ruas empoeiradas de Bir Kadem, Gabriel e Marta levavam a conversa inquietante de sempre, especulando sobre o que ainda iria acontecer. Agora já eram seis morando nos subúrbios de Argel. Reginaldo, o último da lista, chegara de Havana na semana anterior. Mais um encalhado. O que o futuro imediato reservava para eles?

Aproximando-se da casa onde moravam, ainda de longe, divisaram a figura de Lagos, acenando. Ao lado dele, Reginaldo e Ivan também faziam sinais para que viessem depressa.

— Ué, o Lagos por aqui? — estranhou Gabriel. — Hoje não é quinta-feira? O dia dele vir não era sexta?

— Algo especial deve ter acontecido. Espero não ter sido uma desgraça, mais uma — comentou Marta, com um sorriso forçado.

Mas Lagos tinha vindo com uma boa novidade, coisa rara naqueles tempos bicudos:

— Recebi notícias de Paris: Freitas está a caminho. Chegará amanhã a Argel e me pediu para chamar vocês todos para uma reunião à tarde. Estou de partida para Orã, vou buscar o Rodrigo e a Ludmila, ele quer conversar com vocês todos juntos.

De repente, uma luz naquele mundo de trevas. Freitas certamente traria notícias boas e — o que todos eles esperavam — perspectivas de retorno ao Brasil.

No dia seguinte, no começo da tarde, os seis militantes provindos de Havana foram conduzidos para o oitavo andar de um prédio feio como a necessidade, não muito longe do centro de Argel. Cuidadoso como sempre, Lagos levou-os em duplas, para não atrair a atenção dos moradores. O apartamento estava vazio, sem um móvel sequer. Eles ficaram ali, sentados no chão, à espera. Lagos aconselhou-os a falar baixo e ter prudência. O lugar estava para ser alugado, mas poderiam ficar tranquilos porque o corretor, amigo dele, um cara de confiança, não apareceria por ali.

Pela primeira vez em meses estavam todos juntos, na expectativa de receberem propostas que, com certeza, iriam mudar suas vidas. Todos muito excitados, sentiam-se feito colegiais às vésperas de conhecer as notas dos exames de fim de ano.

Freitas chegou às três da tarde — muito gordo, de estatura mediana, com olhos castanho-escuros, vivos, espertos, fundas entradas e cabelos rareando no topo da cabeça. Tinha ascendido à direção da organização depois das prisões que se seguiram à captura do embaixador estadunidense. Entre setembro de 1969 e abril de 1970, a organização fora devastada, mas sobrevivera graças ao trabalho determinado dos remanescentes, incluindo-se aí, com destaque, a figura do Freitas. Com paciência, devagar e sempre, juntando os cacos e os fios, os contatos foram restabelecidos, as conexões, recuperadas. Remontou-se um grupo armado no Rio que já tinha feito algumas ações importantes. Enquanto outras organizações, de maior prestígio e tradição, afundavam sob o peso de divergências, desligamentos e prisões, a deles crescia, acumulava forças, ganhava musculatura, recrutava novos militantes. Sabendo disso, lá em Cuba, graças a um fluxo razoável de informações, as expectativas positivas cresciam. Mas isso durara apenas algum tempo. Depois, vieram as quedas e o silêncio. Abandonados e paralisados em Argel, para eles nada restava a não ser esperar. Até aquela bendita quinta-feira.

Freitas entrou na sala onde estávamos com um ar abundante, eufórico. Ele tinha a marca da exuberância, e, se aquilo era um defeito ou uma qualidade, a avaliação ficava por conta de cada um, mas ninguém duvidava que ele era um cara copioso, quase excessivo. Lembro-me do relógio, tipo cebola, gigantesco, e da pasta preta, estilo James Bond, com que adentrou o recinto. Abraçou cada uma e cada um com generosidade, seguro de si mesmo, como quem dá força aos fracos. É... confinados naquele fim de mundo, inertes, sem perspectivas, excitados com a presença dele, devíamos parecer realmente debilitados. Ratinhos pegos na ratoeira, da qual Freitas nos salvaria.

Também sentando-se no chão, ele abriu as fivelas da pasta, tirou dali um maço de papéis e se preparou para começar. Pigarreou. Enunciou o temário: balanço e perspectivas. Levantou os olhos, buscando aprovação. Silêncio. Desde o livro de Trótski sobre a revolução russa de 1905, a expressão "balanço e perspectivas" consagrara-se e ganhara estatuto de algo irremovível, inescapável. Marta, sempre debochada, propunha uma contraversão: balanço *sem* perspectivas.

Freitas pigarreou mais uma vez e foi em frente, iniciando uma digressão que durou algo em torno de duas horas. Ele discorria bem, um discurso articulado, mas não era assim tão fácil guiar-se naquele conjunto de dados, cifras e informações. Um emaranhado. Além disso, a coisa toda era recheada de muitas conjunções adversativas. Cada afirmação era temperada por um *mas*, cada avaliação, por um *contudo*, e ainda havia uma quantidade dificilmente mensurável de *entretantos*, *no entantos* e *todavias*. As palavras saíam de sua boca com facilidade e velocidade, escorrendo pelos nossos dedos sem se deixar prender. Não dava para agarrar e dizer: isto aqui é sólido. Não, era tudo assim meio fluido. A coisa toda derivava, rolava. Dizer que não ficava em pé talvez fosse um exagero, podia parecer uma crítica negativa, mas dava uma impressão malsã de algo impreciso, obscuro. Sombrio?

Pausa para descanso. Recomeço.

— Questões? — indagou Freitas.

Questões havia, e como! Contudo, prevalecia uma atmosfera de incerteza e de prudência. Freitas tinha nas mãos a ordem e as rotas de reingresso no país, as tarefas que seriam atribuídas, as perspectivas que se abriam. Quem iria para qual lugar, para fazer o quê etc. Me deu uma sensação de mal-estar. Estaríamos sendo enrolados? Espantei o pensamento para longe, não era razoável pensar assim. Afinal, Freitas era o companheiro da direção, não estava ali para nos enganar. Mas a dúvida, posta para correr, retornava, imbatível.

Reginaldo levantou a mão.

— Pois não — encorajou Freitas.

— Em relação à área onde eu estava antes de ser preso, em Curitiba, ainda há condições de empreender um trabalho por lá?

Freitas respondeu com certa indulgência:

— No Paraná nós temos cinco forças, seria preciso deslocar para lá uma ou duas forças a mais.

Reginaldo ficou em dúvida:

— Forças? Como assim, forças?

— Forças, companheiro, um modo de dizer.

— Desculpe, eu queria entender melhor...

Freitas redarguiu, condescendente:

— Cada militante é uma força...

— Então, aqui, seríamos seis forças, é isso?

— Para ser mais preciso, sete forças, vocês seis mais eu...

Reginaldo, franzino e baixo, empertigou-se, parecia até que ia se levantar. Na pergunta que veio em seguida, havia um sutil tom de deboche:

— Sou eu então uma força?

Demonstrando incômodo, Freitas aquiesceu, hesitante:

— Sim, você é uma força.

Marta interveio:

— Quanto a mim, sinto muito, sou mais uma fraqueza do que uma força.

Houve uma sequência de risos frouxos, um torvelinho contagioso como uma epidemia. Sem querer, estavam todos rindo. Rindo muito, rindo alto, a bandeiras despregadas.

— Gente, olha os vizinhos! — advertiu Ivan, mas ele mesmo sacudia-se, tomado pelo riso.

— Você sabia disso, Gabriel? Você é uma força!

— E você, Marta, é outra força!

— E nós somos... somos sete forças!

Não houve jeito, virou gargalhada geral, daquelas que, se começam, não param mais, vão aumentando, indo e voltando, como se todo mundo estivesse tomado por cócegas imparáveis, desembestadas e imprevistas.

Freitas, como num redemoinho, desamparado, com um sorriso amarelo, percebeu vagamente que a hilaridade revirara tudo de ponta-cabeça. À sua volta, o riso expandia-se, interminável, ondulando como velas ao vento.

Os mistérios de Severino Lagos

Nunca se soube direito quem era Severino Lagos. Quando Gabriel topou com ele na Argélia, nos começos dos anos 1970, que, afinal, seriam os mais longos de sua vida, ficou tão surpreso como quando o conheceu, ainda no Brasil. Era um especialista em artes gráficas, professor universitário, mas estava de saco cheio da vida acadêmica, por isso demitira-se da Universidade de Brasília e dava aulas na Escola Superior de Desenho Industrial, na então Universidade Estadual da Guanabara. Dali em diante, passou a querer fazer ações. Armadas, de preferência.

O primeiro contato entre os dois acontecera perto do posto 6, em Copacabana, no Limão-Sul, um bar que servia boas batidas de limão. Lagos devia ter seus trinta anos, era baixinho, magro, com secura e sotaque nordestinos, olhos calmos, sorriso malicioso. Recrutei-o para a organização naquela mesma noite. O ano de 1967 estava se despedindo, e a avaliação era de que as coisas iriam piorar.

Veio o ano de 1968, com suas grandes passeatas, imprevisíveis, mas os estudantes não seriam capazes de derrubar a ditadura. A onda do movimento estudantil seria passageira. Depois que ela passasse, o jogo verdadeiro começaria a ser jogado. O Ato Institucional nº 5, decretado em dezembro de 1968, confirmou as expectativas mais pessimistas. Todas as portas se fecharam. Ou dá ou desce. No estilo brincalhão e metafórico de falar de coisas sérias, Marighella sintetizou: "Quem samba, fica; quem não samba, vai embora." Começaria então a luta decisiva.

Poucos meses depois, Lagos foi chamado para participar da Frente de Trabalho Armado, a FTA. Houve uma certa dúvida: não seria melhor aproveitar um cara como ele na produção de documentos falsos? Afinal, tratava-se de um artesão das artes gráficas... Até seria melhor, sim, mas, como era comum na época, pelo menos naquela organização, todo mundo queria apertar um gatilho, fazer ações. Fidel trovejava lá de Cuba, épico: "O dever dos revolucionários é fazer a revolução." E acrescentava: "Ninguém pede licença para fazer a revolução." Che morrera, mas sua morte, em combate, não gerara desânimo. Ao contrário, agira como um incentivo. A Guerra Fria esquentava no Vietnã, e, em várias partes do mundo, os movimentos de libertação nacional punham para quebrar. "Quem sabe faz a hora, não espera acontecer."

Lagos queria *fazer a hora*.

Mais velho do que a média, experiente, decidido, autocontrolado, foi um bom reforço para a FTA. Sua participação na ação de captura do embaixador dos Estados Unidos, em setembro de 1969, havia sido decisiva. Escalado como olheiro, seus olhos vivos perceberam, em cima da hora, que o carro diplomático que se aproximava era o do embaixador português, não o do norte-americano. Por sinais combinados, transmitiu a contrassenha, desfazendo o bloqueio da rua que se armava. Por um triz, evitou-se a captura do português. Se acontecesse, a maior ação da esquerda armada brasileira viraria uma boa piada de botequim.

Aquele foi um momento de vitória. Efêmera, mas completa. Em seguida, entretanto, a repressão veio com tudo, para arrebentar. As esquerdas estavam expostas, com poucas reservas e frágeis linhas de defesa. Começamos a ser triturados. Em meio à derrocada, os revolucionários discutiam alternativas. Fingir de mortos ou enfrentar? Continuar fazendo ações não seria uma fuga para a frente? Recuar? Com que perspectivas?

Lagos foi um dos primeiros a defender o recuo. Não um recuo parcial ou temporário, mas um recuo estratégico. Argumentava que não havia condições de lidar com um enfrentamento daquela envergadura. Ninguém lhe deu ouvidos. Todos continuaram avançando, atirando, cercados, rumo ao precipício. Lagos não acompanhou. Sumiu. Nunca daria satisfações de seu sumiço, nem nada lhe foi indagado. Era preciso respeitar sua opção.

Reapareceu quase dois anos depois, na Argélia, quando ele e Gabriel se reencontraram. Seguro de si, tornou-se amigo dos exilados que lá estavam. Admirava os revolucionários argelinos e dava a entender que tinha relações especiais com a Segurança do Estado. Utilizava em suas anotações códigos incompreensíveis para mortais comuns. Dizia-se que começara a aprender o árabe, e alguns afirmavam tê-lo visto vestido a caráter, túnica branca de algodão, mangas compridas, cobrindo todo o corpo, na casbá, o bairro árabe de Argel. Pele morena, estatura baixa, passava com facilidade por um nativo.

Admirava demais a revolução da Argélia e seus feitos. Não admitia críticas, quaisquer que fossem, à dinâmica do processo argelino. Nem suportava reparos ou qualquer tipo de restrição à sociedade argelina ou às tradições da civilização árabe.

Reaproximou-se, porém, da organização daquele grupo de exilados, e ofereceu seus serviços para a confecção de documentos falsos. Tinha a total confiança de todos, mas Gabriel sentia que a recíproca não era verdadeira, desconfiava do que Lagos chamava no grupo de "amadorismo". Ele estava dentro do circuito coletivo, mas guardava autonomia e protegia sua liberdade de ação. Ninguém sabia onde morava, nem ele se dispunha a receber instruções ou determinações de qualquer natureza. Também não gostava de responder a perguntas. Prestava serviços. Mais que úteis, essenciais.

Cultivava uma atitude conspiratória, secreta. Gostava disso. Com o tempo, tornou-se indispensável, pois sua arte era necessária naqueles tempos bicudos em que atravessar fronteiras e ludibriar vigilâncias eram uma espécie de ritual diário. Fazia dupla com o Tocha, sediado em Paris. Enquanto este, em festas descoladas, surrupiava passaportes de turistas incautos, brasileiros e de outras nacionalidades, Lagos os transformava em documentos limpos, prontos para serem usados pelos militantes queimados da organização.

Montou um pequeno ateliê fotográfico em Argel e continuou trabalhando para a organização até o golpe do Chile, quando derrubaram o governo Allende, em setembro de 1973. Muitos revolucionários atravessaram o Atlântico com documentos preparados por ele. Gabriel mesmo fez um complicado percurso a partir de Amsterdam até chegar a Santiago com um jogo completo de documentos, todo preparado por Lagos. Eles haviam aprendido com os argelinos uma lição óbvia: a melhor defesa para alguém na clandestinidade eram bons documentos. O revolucionário só deveria pegar em armas pouco antes da ação. E desvencilhar-se dela logo depois. Seu melhor escudo, para o que desse e viesse, era o documento legal, quente, bem-feito.

Entretanto, Lagos não escondia o ceticismo a respeito da aventura brasileira. Em Orã, onde Gabriel ficou escondido quase um ano inteiro, de vez em quando o visitava, e os dois conversavam até altas horas da noite sobre o futuro da guerrilha.

— Vocês não têm futuro — afirmava Lagos, convicto.

— Como você pode dizer uma coisa dessas? — retrucava Gabriel. — As condições objetivas...

— Vocês não têm nenhuma chance, cara, só não vê quem não quer. A luta armada no Brasil não tem o apoio popular do qual qualquer guerrilha séria precisa para sobreviver.

— Mas, então, por que você está nos ajudando?

— Ajudo porque vocês são meus amigos, e porque acredito na sinceridade de vocês, mas a alternativa que vocês defendem é furada. Nenhuma hipótese de êxito.

E, num misto de orgulho e de brincadeira, completava:

— Com meus documentos, vocês poderão ao menos sobreviver um pouco mais. E não mais do que isso: sobreviver. Vocês precisam é estudar mais a revolução argelina e, em especial, as experiências revolucionárias asiáticas na China e no Vietnã.

Mesmo assim, Gabriel atravessou o oceano graças aos documentos preparados por ele. Entretanto, uma vez no Chile, deixou de receber notícias. Quando veio o golpe que derrubou Allende, uma nova derrota, uma matança inaudita, os revolucionários foram expulsos não apenas do Brasil, mas da América do Sul. Quando a poeira baixou, os escapados estavam nos quatro cantos do mundo; a maioria na França, na Alemanha e na Itália, mas havia gente em Cuba, na União Soviética, na Escandinávia... Pouco depois, outras janelas se abririam em Portugal e nas ex-colônias africanas. Começou uma nova etapa do exílio, e ele, agora, parecia sem fim. Quanto a Lagos, simplesmente desaparecera. Ninguém sabia dele. Nem na Argélia, nem em lugar nenhum.

***

Anos depois, alguém o viu em Paris, de longe. Seria ele mesmo? A princípio, sim, vestido com um sobretudo surrado, marrom-claro, olhar no infinito. A testemunha disse ter se aproximado, chamado, mas o suposto Lagos, arredio, não quis conversa, esquivou-se. Apressou o passo e se perdeu entre as pontes do Sena.

Gabriel mesmo, em algum momento, cruzou com ele no mercado de pulgas, ao norte de Paris. Era ele, sem dúvida. Chamou-o. Convidou-o para um papo. Continuava com o mesmo sobretudo marrom-claro, cada vez mais puído. Lagos olhou-o com olhos distantes, voltados para algum lugar desconhecido. Gabriel indagou como estava, onde morava. Sequer respondeu. Sobraçava um livro grosso, capa dura vermelha. Gabriel pediu para ver o que era. Mostrou: os *Escritos militares* de Mao Tsé-Tung. Lagos apontou para o livro e murmurou, baixinho: "Precisamos ler Mao com atenção." O exilado sorriu sem graça, insistiu no convite para tomar um vinho. Ou um café. Lagos nem se deu o trabalho de responder. Como um *clochard* parisiense, afastou-se com passadas rápidas, mas, antes de sumir na multidão, ainda se voltou, de longe, olhos maliciosos, sorriso irônico, batendo com o nó do dedo indicador na capa dura do livro.

Travessia

Lagos foi um verdadeiro artista gráfico com aqueles documentos. É verdade que o material se prestava a isso: passaporte, carteira de motorista, carteira de identidade, dois cartões de crédito, CIC, carteira de sócio do Flamengo e uma outra de inscrição na Biblioteca Nacional de Paris. Oito documentos! Nunca tivéramos em mãos uma diversidade tão grande.

A sessão de fotos durou algumas horas. Para obter maior perfeição, ele me disse, era preciso tirar com roupas e iluminação diferentes, de modo que as carteiras, mesmo avaliadas pelo olhar de um expert, pudessem ser vistas como de fato eram no original: tiradas em diversos anos, plastificadas por distintos estabelecimentos. Os carimbos haviam merecido um tratamento artesanal, pois, como de hábito, cobriam simultaneamente a foto e o papel do documento. Introduzir uma foto nova — a minha — requeria, em primeiro lugar, extrair a original sem danificar o documento; em seguida, criar um carimbo novo, de modo tal que ele pudesse estampar-se sobre a foto, ajustando-se perfeitamente sobre a outra parte que ficara na folha do documento.

— Trabalho de profissional — comentei.

Nenhum elogio seria melhor para ele. Lagos espalhou os documentos por sobre a mesa: formavam um conjunto impressionante, vários com fotos minhas que pareciam realmente ter sido tiradas em anos diversos.

— CIC... — estranhei. — Que merda é essa?

— Cartão de Identificação do Contribuinte...

— Não tem foto?

— Não, é uma nova geringonça criada pela ditadura. Todo mundo tem que ter um, uma identidade fiscal, mais uma peça na engrenagem de controle do Estado sobre os cidadãos. Eles ainda vão chegar ao ponto em que todas as polícias sonham: um número só, desde o nascimento até a morte.

Se pudessem, gravavam o número no seu berço e no seu caixão, em todos os seus documentos, escolares, universitários, profissionais, civis e militares, em todos mesmo, um número desde a maternidade até o cemitério.

Surrupiado pelo Tocha numa festa em Paris e processado por Lagos em Argel, o novo passaporte serviria agora para a travessia para a América do Sul — bem melhor do que o passaporte belga que me trouxera tantos problemas ao chegar à Argélia.

Parti de Argel de barco direto para Marselha, o Mediterrâneo nunca fora tão calmo como naquela noite estrelada. Eu já não estava tão confiante como quando deixara Havana havia cerca de um ano e meio. As conversas com Freitas não haviam sido nada animadoras. Seus métodos de trabalho e suas maneiras enviesadas de transmitir informações suscitaram mais incertezas e dúvidas do que segurança. Será que haveria condições para uma virada? Ou estaríamos destinados mesmo a uma derrota acachapante?

Desembarquei em Marselha com o coração algo pesado, mas, ainda assim, prevalecia a expectativa de que nossas ações pudessem alterar o curso das coisas. Ressoava forte nos meus ouvidos o velho refrão de 1968: fazer a hora, não esperar acontecer. Bonito na canção... mais fácil de cantar numa festa ou na rua do que de pôr em prática.

Seis horas depois, eu estava em Paris. Educado em família francófila, bastante influenciado pelas tradições intelectuais e literárias francesas, com alguns estudos da língua, embora com um francês bastante rudimentar, chegar a Paris era para mim um sonho acalentado, e agora realizado. Um deslumbramento.

Na Champs-Élysées, pertinho do Arco do Triunfo, sentei-me num bar, pedi um cálice de vinho tinto e fiz um brinde à vida, a minha mãe e a meu pai, que bem gostariam de estar ali. Só no outro dia, consultando o mapa, é que percebi que estava em outra avenida, que dava também para o Arco do Triunfo, mas que tinha outro nome, bem menos atraente: Avenue de la Grande Armée. Como dizia o instrutor cubano, o senso de direção não era meu forte: nem mesmo em Paris eu conseguia me localizar.

Passei uma tarde com Marta. Um possível namoro havia sido torpedeado pela tensão da travessia. E ela também estava decepcionada e inconformada por ter sido enviada a Paris, para fazer trabalho de retaguarda. Não o considerava, nenhum de nós o considerava, compatível com os treinamentos em Cuba, nem o trabalho era valorizado como deveria ser. Para a maioria de nós, fazer revolução era estar no Brasil, de preferência com uma arma na mão. Houve uma despedida meio morna. Haveria ainda um reencontro? Poderíamos nos encontrar no Chile? Encalharíamos lá como encalhamos em Argel?

Continuando o roteiro estipulado, fui para Amsterdam, de trem, numa viagem que tomou mais horas do que o planejado. Um acidente no caminho retardou minha chegada. Aproveitei para escrever uma longa carta para o Abel em Roma. Em cada página, inspirado por um velho tio que gostava de usar o bordão, eu escrevia no alto, à esquerda: *la nave è in partenza*, a nave está de partida. O otimismo retornava, talvez incentivado pelo espetáculo das pequenas cidades e dos campos floridos holandeses. Era primavera, e as tulipas de variadas cores, vivas, fortes, perfeitas, enchiam os olhos, explicitando a beleza da vida. Passeei mais rápido do que gostaria pelos canais da bela Amsterdam, um dia apenas, pois o bilhete adquirido, no bolso do paletó, me obrigava a estar no aeroporto já no dia seguinte.

O plano de voo, evitando o Brasil, previa escalas em Caracas e Guayaquil, com ponto de chegada em Lima, onde eu esperaria uns dias até embarcar para Santiago. Na primeira etapa, um grande susto. Pouco antes de deixar a Europa, o piloto anunciou que um problema técnico o obrigaria a fazer um pouso de emergência em Lisboa. Teríamos que desembarcar. Por quantas horas? Não informaram. Assustei-me, inquieto. Embora o velho e temível Oliveira Salazar já tivesse passado para o andar de cima (ou de baixo?) dois anos antes, a ditadura portuguesa, aliada à do Brasil, continuava regendo os destinos do país com mão de ferro. Felizmente, uma vez pousados, constatou-se que o problema não era tão grave assim. Esperamos umas duas horas, sem mesmo sair do avião, e decolamos rumo às Américas.

Em Lima, fiquei apenas dois dias, fazendo os exercícios de contrachequeio recomendados pelos cubanos, pelos quais você se previne contra a vigilância indesejável da polícia política. Não notei nada. Estava limpo.

Em tese, conservava minha clandestinidade, recobrada, afinal, desde a infeliz chegada a Argel.

Daí restava a etapa final, Santiago. O Chile, governado por Salvador Allende, vivia uma experiência original de transição democrática para o socialismo. Para todos nós que acreditávamos — inspirados na revolução cubana, na Guerra do Vietnã e também em outras revoluções do século XX — que a única alternativa para construir o socialismo era o recurso à violência, aquilo era uma espécie de heresia. Parecia, contudo, que estava dando certo, e isso despertava a curiosidade e a atenção de todos. Ao mesmo tempo, sem perder suas especificidades, o Chile virara uma espécie de santuário para os revolucionários da América do Sul, que ali se refaziam e se articulavam, conspiravam, construíam meios para retornar aos respectivos países e, nas horas vagas, às vezes não apenas nas horas vagas, dedicavam-se à boêmia literária e artística. A grande Violeta Parra já morrera, mas as *peñas*, onde se bebia e se cantavam as músicas populares chilenas, regurgitavam de locais e de estrangeiros, suscitando ânimo e esperança. Ao mesmo tempo, o país parecia saído direto dos manuais de marxismo: as classes e categorias sociais eram bem delineadas — com seus partidos, sindicatos e lideranças, da extrema direita à extrema esquerda — e se manifestavam no Parlamento, na imprensa, bravia e agitada, e nas ruas, em passeatas que juntavam dezenas, às vezes centenas de milhares de pessoas, com suas bandeiras, slogans, canções. Era como se fôssemos convidados a uma universidade de política, onde a luta de classes, segundo as previsões revolucionárias, se tornara efetivamente o motor da história.

Pois foi neste país cheio de energia, dinamismo e esperança que desembarquei numa fria manhã de maio de 1972. Eu havia saído da primavera europeia para chegar ao outono sul-americano, e tinha um encontro marcado para o dia seguinte. Tratei de me resguardar, e à minha clandestinidade, enfurnando-me num hotel do centro, onde fiquei até que o sol desse adeus à cidade. Saí, então, com as golas do casaco levantadas, protegido pela escuridão da noite, óculos escuros, convencido da validade do ditado de que, no escuro, todos os gatos são pardos. Só não sabia que meu hotel era vizinho do Café Haiti, um dos mais badalados de Santiago, e um óbvio ponto de encontro das centenas de exilados brasileiros que viviam na capital chilena. Foi pôr o pé na rua, dar dois ou três passos, e ouvir um grito alegre:

— Gabrielllllll!

Não dava para não olhar e fingir que não era comigo. Mesmo porque, no instante seguinte, eu era abraçado pela frente, pelos lados e por trás. Eram três camaradas, libertados, como eu, em troca do embaixador alemão.

— Gabrielllll! Enfim você chegou ao Chile!

— Genteee — falei baixinho, segredando. — Calma, maneirem, estou clandestino...

Uma grande gargalhada, a três vozes, alta, tonitruante, saudou e desmoralizou meus cuidados. Minha clandestinidade, mais uma vez, tinha ido para o ralo. E dessa vez eu nem podia culpar os cubanos.

A volta ao Brasil

Enquanto a sociedade chilena vivia tempos cada vez mais tensos e conflituosos, tentando encontrar caminhos para aquela improvável via democrática e pacífica para o socialismo, os exilados, em particular os sul-americanos, sem perder de vista o que acontecia por ali, devotavam-se a projetos que lhes permitiriam, um dia, mais cedo ou mais tarde, retomar a luta em seus respectivos países.

Voltar ao terreno da luta era uma espécie de obsessão. Encerraria aquele momento de trânsito em que muitos ainda se imaginavam ou fingiam se imaginar. Era duro admitir o tempo de exílio. Voltar à luta, à terra, à guerra, seja lá como cada um chamava aquela aventura, o fato é que era prioritário agilizar o retorno. Era mais fácil, porém, pensar nele do que concretizá-lo.

Antes de tudo, era necessária uma documentação bem-feita; se fosse possível, perfeita. Em seguida, havia que se definir uma rota de entrada no país. As conversas com companheiros argentinos, uruguaios e paraguaios seriam úteis, em tese, mas não era fácil encontrar uma pessoa familiarizada com os rios e as cidades das fronteiras, capazes de dar dicas esclarecedoras. Associado à questão das rotas, que precisavam ser escolhidas, estava o desafio de arrumar os meios de transporte necessários. Como pensá-los de uma forma inovadora, original e segura?

Zé do Curvelo candidatou-se à tarefa de pensar no assunto. Ele beirava os sessenta anos, muito magro, com uma cabeça triangular, cabelos encaracolados, nariz adunco, lábios muito finos e olhos de águia. Apresentava um currículo que parecia sólido. Participara da organização das Ligas Camponesas, em Alagoas, por vários anos. Nas semanas seguintes ao golpe de 1964, fora preso e torturado nas mãos dos capangas do dr. Gregório Santos, um dos piores carniceiros entre os latifundiários do estado. Escapara vivo por um triz, quase um milagre, e depois os companheiros o enviaram para Cuba, onde conseguiu se recuperar. Aparecera no Chile, como tantos outros, e se ligara à organização.

Comecei a ter minhas dúvidas sobre o Zé desde o dia em que me falou de um lança-foguetes, inventado por ele, que modificaria a correlação de forças em nosso país. Seria uma espécie de kit de armações caseiras, feitas a partir de bambus, que, bem manufaturadas e transformadas, lançariam bombas a distâncias consideráveis, provocando danos em instalações inimigas sem expor os que as manejavam. Zé do Curvelo expunha seus inventos num grosso caderno quadriculado, bem desenhados e acompanhados por equações e cálculos que nenhum de nós conseguia decifrar. Sua mulher, Leonora, uma chilena de cabelos louros bem alinhados, cinquentona bem-apessoada, olhos claros e simpáticos, o acompanhava sempre e me parecia, às vezes, lançar olhares significativos por sobre os ombros do marido.

Nunca ficou muito claro para mim que mensagens ela desejava mandar com aqueles olhares, nem eu tinha intimidade com ela para aprofundar a questão. Seriam olhares persuasivos, querendo nos convencer do valor e da validade das invenções do Zé? Ou, ao contrário, olhares de advertência? Como se dissesse: "Não se deixem levar pelo Zé, é um bom sujeito, mas está variando." Só que falar, mesmo, ela não falava nada, apenas olhava. Cabia a cada um a tarefa de decifrar o significado daqueles olhares.

Bem, para desconforto e frustração do inventor, suas invenções não foram aceitas pela organização, mas tentamos consolá-lo, dando força:

— As ideias são boas, seu Zé, o problema é que, no momento, as condições não são propícias, nem aconselham a aceitação do teu projeto.

Ele apontava para o caderno, com ar desconsolado:

— Mas quando é que chegará este momento?

Notei que, atrás dele, Leonora parecia dar um suspiro de alívio, como se o fracasso de Zé a tranquilizasse. Eu, naquele momento, tive certeza.

— Veremos. Quem sabe logo a gente recorra aos lança-foguetes...

Talvez para incentivá-lo, talvez por distração, sem perceber que Zé estava mesmo variando, a organização achou por bem entregar-lhe, um pouco mais tarde, a tarefa de cuidar dos caminhos da volta dos nossos militantes ao país. Deram-lhe trinta dias para bolar um plano. Antes de o prazo terminar, o plano foi apresentado.

As vias aéreas, evidentemente, estavam excluídas, dada a supervigilância nos aeroportos. Muitos militantes, embora com documentos acima de qualquer suspeita, tinham caído logo depois de entrar por viagens aéreas, alguns ainda no aeroporto de chegada.

Também não era o caso de tentar atravessar, a pé ou pelas rodovias, as fronteiras com o Uruguai, a Argentina ou o Paraguai. Eram as rotas mais conhecidas, por serem as mais fáceis, e a repressão também as tinha sob cerrada vigilância. Logo depois do golpe de 1964, fora tranquilo atravessá-las por Uruguaiana, pelo rio ou, sobretudo, via Sant'Ana do Livramento, onde você cruzava uma rua e já estava na cidade de Rivera, uruguaia.

Léo, o marinheiro amigo, rindo muito, contou como tinha voltado depois de escapar para o Uruguai, logo depois do golpe.

— Foi simples, cara. Comprei dois alfaces e um quilo de tomates no lado uruguaio, coloquei os legumes num saco plástico, atravessei a rua e pulei pra dentro... do Brasil.

De uns tempos para cá, porém, as armadilhas se multiplicavam, e muitos militantes já tinham sido apanhados pouco depois de pisarem do outro lado da fronteira.

Zé do Curvelo sentenciava:

— Temos que inovar para obter maior grau de segurança.

O seu projeto baseava-se na construção de uma escuna. Como em relação aos lança-foguetes, tudo estava bem descrito, fundamentado, desenhado e apoiado por cálculos matemáticos. Seria um barco longo, de doze metros de comprimento, com velas na frente e atrás, um motor de popa e tripulação prevista de três homens.

— E os militantes? Irão disfarçados como tripulantes? — perguntei.

— Claro que não, companheiro, acha que estou brincando?

Procurei o olhar de Leonora, mas ela parecia absorta, muito longe, talvez migrando, em pensamento, para planetas distintos.

Zé virou algumas páginas do caderno e mostrou:

— Os militantes irão num alçapão, está vendo aqui?

Observei o tracejado do espaço secreto no barco.

Zé prosseguia, sempre correndo o dedo pelo caderno:

— Um pouco antes de chegar à fronteira, o militante entrará aí e só sairá dez ou vinte quilômetros depois. Planejei um lugar de dois metros de comprimento, podendo, assim, abrigar os mais altos. Um colchonete, lanterna, água e alguns mantimentos não perecíveis garantirão conforto, tranquilidade e, principalmente, segurança aos que estiverem voltando para o Brasil.

— Humm... e este barco, por onde entrará?

— Ainda estou estudando qual a melhor fronteira fluvial, se pela Bolívia, a sudeste, ou se pelo Peru, ao sul ou a oeste. O importante será deixar de lado as fronteiras do sul do país, muito manjadas e queimadas.

— Mas como arranjaremos o barco?

— A ideia é comprá-lo...

— Você tem ideia do custo?

— Algo em torno de 15 a 20 mil dólares.

— Não acha que é muito alto para uma organização pequena como a nossa?

Desconcertado com a resposta, Zé limitou-se a murmurar:

— A organização não me falou nada a respeito de teto de gastos. Disseram-me que o pessoal lá da Europa providenciaria o dinheiro.

— E quem tripularia o barco, seu Zé?

Ele mordeu os lábios, em sinal de dúvida:

— Não poderíamos pedir aos cubanos?

— Como é que é? Pedir aos cubanos? Você acha mesmo que os cubanos topariam? Além disso, se cometessem a loucura de vir, seriam logo identificados pelos nativos daquelas áreas.

— Ué, mas todos eles não falam castelhano?

— As línguas têm uma base comum, seu Zé, mas os falares são muito diferentes...

Continuei a bombardeá-lo de perguntas:

— E quem construiria este alçapão?

— As escunas, de modo geral, têm espaços interiores, seria o caso apenas de ajustar ali um alçapão, ou seja, resguardaríamos os espaços interiores que poderiam ser inspecionados pelos policiais da fronteira, mas separaríamos um lugar, que chamei de alçapão, para os militantes.

— E será possível que os policiais não vão sacar a existência desse lugar secreto que você está chamando de alçapão?

— Bem, aí vai se tratar de construir bem o alçapão, isto sai da minha alçada, me pediram fazer um plano e não a realização do plano.

— Seu Zé, quando a gente faz um plano tem que pensar nos aspectos práticos. Senão, não é um plano, é um sonho.

O homem não gostou:

— O plano está aí, me deram trinta dias para apresentá-lo, eu trago tudo desenhado e calculado e você diz que isso não passa de um sonho?

Leonora acudiu. Se até então ela parecia longe, agora aterrissava de rijo em nossa conversa. Surpreendido, a vi fuzilar:

— Zé, acho melhor desistir dessa gente. Primeiro, recusaram o plano de seu lança-foguetes, agora...

Usou depois, com um muxoxo, uma metáfora apropriada:

— ... agora torpedeiam seu barco.

Zé não se conformava:

— Você leva ao menos à consideração da direção?

— Sem dúvida, seu Zé, sem dúvida. No próximo ponto, trago uma resposta.

O barco e o alçapão tiveram o mesmo destino do lança-foguetes, claro. Nada nem ninguém parecia capaz de nos tirar dali.

Carpinteiros

Eram sete e meia da manhã, e lá vinha a *liebre*, corcoveando, espalhando cascalhos para todos os lados. Os chilenos chamavam assim uma mistura de lotação brasileira dos anos 1950 com uma kombi dos anos 1960. Como sempre, ela vinha tropeçando nos paralelepípedos da rua, lotada, gente pendurada nas portas. Eu e Manuel, meu mano, tínhamos de fazer todo o esforço do mundo para subir, usando cotovelos pelos lados, pressão de barriga pela frente em quem estivesse empatando e braços firmes para segurar as barras de apoio. Quarenta ou cinquenta minutos depois, a *liebre* já bem vazia nos desembarcava numa estrada poeirenta na periferia de Santiago. Mais dez minutos a pé, chegávamos ao destino, um galpão no interior do qual dez ou doze pessoas trabalhavam. Uma placa no alto informava a identidade do lugar: Cooperativa Luis Emilio Recabarren, homenagem ao líder histórico da classe operária chilena, fundador do Partido Comunista local.

O governo subsidiava então esse tipo de iniciativa. Agrupava trabalhadores de distintas filiações partidárias, desempregados ou subempregados, conferia-lhes uma atividade autônoma e, ao mesmo tempo, formavam-se ali núcleos potenciais de militantes a favor do governo e da Unidade Popular.

Jorge, outro exilado brasileiro, operário de origem, chegado ao Chile com Manuel, trocados ambos, com outros 68 companheiros, pela vida do embaixador suíço, já tinha se desligado de sua organização política de origem, não acreditava mais na viabilidade da luta armada no Brasil, e se juntara à cooperativa, em busca de uma inserção profissional e de uma perspectiva política. Semanas antes, conversando entusiasmado sobre o projeto, ouvira de Manuel o seguinte pedido:

— Você arranja um estágio para mim e para meu irmão na cooperativa?

Num gesto característico, quase um cacoete quando estava em dúvida, Jorge coçou a nuca:

— Não sei se vocês se adaptariam... ou se teremos dinheiro para pagar vocês.

— Não queremos salário, Jorge, apenas aprender o ofício. Pode ser útil para nós no Brasil.

— Vocês ainda pretendem voltar ao país?

— Pode ser que sim, pode ser que não. Adquirir um ofício, porém, não nos fará mal, poderá fazer até bem, em caso de necessidade.

— Ok, se vocês dispensam salário, podem se chegar. O trabalho lá é de oito da manhã às quatro da tarde, com uma hora para almoço e descanso.

Jorge era um cara magro, de olhos castanhos, rosto liso, sem barba, mediano de altura, passava um ar de dureza e de desconfiança, econômico de gestos, quase seco. Quando chegou a hora, ele nos apresentou a seus companheiros em poucas palavras. Fomos acolhidos de forma amistosa, mas a maioria dos trabalhadores nos olhava com uma certa curiosidade, perguntando-se por que e como aqueles jovens de classe média queriam se meter num trabalho manual e pesado. A questão ficava zanzando no ar e nas conversas que a gente tinha na hora do almoço, sempre de forma indireta. Os caras não queriam se passar por intrometidos. A gente enrolava com respostas evasivas e eles se calavam, não acreditavam no que dizíamos, mas respeitavam, confiavam no Jorge. Se ele nos trouxera, estava tudo bem, bola para a frente, eles se disporiam a nos dar uma introdução às artes de trabalhar com ferro e madeira.

O trabalho era duro, sobretudo para mim. Já há alguns anos eu e meus companheiros falávamos nos interesses dos operários, ou melhor, nos interesses históricos da classe operária. Estudando a teoria marxista, tomávamos consciência e nos apropriávamos desses interesses históricos. A partir daí, convertidos em vanguarda da classe operária, competia a nós levar essa consciência aos operários. De fora para dentro.

— Do alto para baixo? — perguntei.

Ferrugem, que me ensinara as primeiras letras da teoria marxista, olhou para mim desconfiado:

— Está querendo me sacanear?
— De jeito nenhum, foi apenas uma pergunta que me ocorreu...
Minutos depois, indaguei:
— E se os operários não aceitarem nossas propostas?
— Nesse caso — suspirou Ferrugem —, é preciso paciência, perseverança e sagacidade. Uma coisa é certa: de forma espontânea, através de lutas específicas, econômicas, os operários nunca alcançarão a consciência de seus interesses históricos.
— A propósito — continuei —, é verdade que Lênin reconhecia, em certas circunstâncias, se fosse o caso, o dever da vanguarda revolucionária, em nome dos interesses históricos, de recorrer à violência contra os próprios operários?
— Quem te disse isso?
— Não me lembro.
— Se você não se lembra, esqueça de uma vez. Deve ter sido alguém interessado em desmoralizar a revolução e os revolucionários.

Depois de muito estudo, eu me convencera de que detinha as chaves do processo histórico, como se o pano de um teatro se levantasse, abrindo e iluminando a cena da história, do homem das cavernas aos dias atuais. Assumi a consciência dos tais interesses históricos da classe operária. Por eles dedicara e arriscara a vida, fora preso e passara maus bocados nas mãos dos torturadores brasileiros. Porém, operários mesmo, de carne e osso, eu ainda não conhecera nenhum. Mas já tinha adquirido alguma experiência de trabalho manual.

A primeira ainda na escola fundamental. Foi quando ganhei a responsabilidade de fazer um bicho de pano. Eu tinha apenas oito anos e me lembro bem de dona Nair atribuindo tarefas aos alunos da segunda série:

— Vocês escolham o bicho de que gostarem mais. Em um mês, cada um trará o bicho que quiser.

Cheguei em casa excitado. Que bicho eu escolheria? Minha mãe, consultada, respondeu:
— Você escolhe, de que bicho você gosta?
— Poderia ser um... elefante?
— O que você quiser.

Eu saltava de alegria e batia palmas de contentamento:
— Um elefante! O Dumbo!
De repente, um pensamento preocupante vincou minha testa:
— E como faremos o elefante?
Com sua calma peculiar, minha mãe explicou que poderíamos fazer um elefante de feltro, cheio de algodão, ficaria bem legal.

No dia seguinte, compramos o feltro e o algodão e mais uma linha vermelha, que serviria para coser o bichão. "Foi minha a ideia da linha vermelha!", eu exultava. Postos os apetrechos na mesa, apesar de toda a atenção do mundo, eu continuava sem saber como realizar aquela tarefa. Permaneci como espectador e torcedor enquanto minha mãe fazia tudo. Desenhou o elefante no feltro, como se fossem dois elefantes, recortou com a tesoura, uniu as duas partes com agulha e linha vermelha — "Foi minha a ideia da linha vermelha!" —, deixando um bom espaço, e falou:

— Agora, você pega e vai enchendo o elefante com o algodão.

Dito e feito. Em pouco tempo o elefante tomou forma. Só restou fechar com agulha e linha, estava pronto o meu elefante. Fiquei com a leve impressão de que não tinha feito rigorosamente nada, mas minha mãe não me deixou duvidar:

— Este é o elefante que você fez, vai fazer sucesso na escola.

Fez mesmo, dona Nair me deu dez. É verdade que todos os outros também ganharam dez, mas, quer saber, foi minha primeira experiência de trabalho manual.

A segunda só aconteceu dezesseis anos depois, em Cuba. O instrutor nos encarregou de derrubar uma grande árvore a machadadas. O tronco não era lá muito largo, mas, aos meus olhos, surgiu como se tivesse dimensões amazônicas. Formaram-se cinco grupos de quatro para cada árvore. No braço. Não havia, nem eu sabia que existia, motosserra. Peguei o machado e lá foi a primeira machadada. O machado bateu na árvore, escapou da minha mão, ricochetou no chão e quase atingiu a perna do Rodrigo.

— Pô, companheiro, você está louco?
— Escapou, cara. Você acha que fiz de sacanagem?
— Toma cuidado! A ideia é derrubar a árvore e não decepar minha perna.

Vexado, retomei com ânimo redobrado o machado e mandei ver. Na oitava machadada, a árvore continuava impávida, como se nem se incomodasse com aqueles arranhões que eu vinha fazendo em sua casca. Em contraste, minhas mãos estavam inchadas e roxas, como se eu estivesse ali há horas. Com delicadeza, tiraram o machado de minhas mãos e o grupo continuou sua faina. Três horas depois, a árvore estava no chão, mas minha contribuição, mais uma vez, fora a de um observador participante.

De sorte que foi com esse modesto curriculum que cheguei ao estágio na Cooperativa Recabarren. Não foram necessários muitos dias para os trabalhadores chegarem à conclusão de que eu não dava para o riscado. Jorge chegou a mudar o operário encarregado de me ensinar os rudimentos daquela arte, achando que o cara estava de má vontade, mas o ruim ali era eu. Enquanto meu irmão se virava até que bem, pois já tinha acumulado certa experiência num curso do SENAI, fui sendo tocado para escanteio. O próprio Jorge, que tentava me ajudar, um dia verificou minha nulidade. Em represália, fui espaçando minhas idas à cooperativa. Afinal, deixei de ir, tomado por outras relevantes tarefas que exigiam minha presença na linha de frente da defesa dos interesses históricos da classe operária.

O exilado espanhol

— *Aquí no pasa nada*, não se preocupem, vocês são estrangeiros e têm dificuldade de entender nosso país, mas aqui tudo se ajeitará na paz e na democracia.

— Sério, Juan, você acredita mesmo nisso?

Eu gostava de conversar com ele, em busca de uma opinião próxima da média das esquerdas chilenas. Juan, sem dúvida, vinculava-se ao campo das esquerdas, votara no Partido Socialista e era um admirador de Allende, mas não chegava a ser um militante, nem mesmo se filiara a um partido político. Era um operário veterano, quase trinta anos de batente, um dos mais antigos na fábrica de móveis onde Nina trabalhava. Destacava-se pela fala mansa, sempre moderado, ponderado. Um sujeito equilibrado em tudo que fazia e dizia.

— Vocês acham mesmo que a revolução vai até o fim, sem violência...?

— *Sí, por supuesto...*

— Mas as direitas não vão reagir?

— Estão reagindo, *por supuesto*, mas dentro da lei, respeitando as leis...

— E o Exército, ficará parado, inerte, esperando que venha o socialismo?

Ele sorria, como que compreendendo, mas rejeitando, minhas inquietações:

— Nossas Forças Armadas têm uma longa tradição democrática...

— Então você não considera a hipótese de um enfrentamento que descambe em violência? Exclui a possibilidade de uma guerra civil?

— Estou seguro de que não haverá guerra civil, vira essa boca para lá! Aqui no Chile é assim mesmo, pode ficar tranquilo. Os privilegiados vão espernear, claro, mas terão que se resignar. *No se preocupen, aquí no pasa nada.*

Esta era de fato uma expressão que você ouvia de muitos chilenos, e que entrava pelos ouvidos com variados graus de convencimento, mas sempre repetida: *aquí no pasa nada*.

A situação chilena atraía, magnetizava. Muitos exilados políticos, inclusive grande parte dos brasileiros, descrentes dos processos políticos violentos em que se tinham envolvido, só queriam saber das lutas políticas e sociais que se travavam no Chile. Não poucos começaram a estudar ou a trabalhar em Santiago, ou mesmo em outras cidades, como Concepción, no sul do país, conhecida como um núcleo de esquerdas mais radicais. Altas discussões entravam pela noite, as pessoas tomavam posição, alguns até se filiavam a partidos políticos chilenos, e era comum a incorporação de expressões e modos de falar próprios do castelhano local. Todo mundo arranjava formas de introduzir nas frases o típico *nomás*, inconfundível e expressivo jeito chileno de falar "logo" ou "apenas":

— Vivi em Cuba um ano e meio *nomás*.

— O PS chileno tem especificidades que não se encontram assim *nomás* em outros partidos por aqui.

Os mais chilenizados, ou que desejavam ser assim considerados, aderiam à maneira local de subtrair partes das palavras:

— O *presi* Allende, no discurso de ontem à noite, falou que devemos ser mais moderados.

Com seus embates e manifestações, no contexto de uma radicalização que se aprofundava, o Chile incorporava os exilados. O mesmo, infelizmente, não poderia ser dito do nosso trabalho revolucionário. A revolução social, em qualquer de suas possíveis configurações, não acontecia mesmo no Brasil. No nosso caso, mas com outro sentido, a expressão chilena também se aplicava: no Brasil *no pasaba nada*. Nada vezes nada. Traduzindo em português claro: passavam mal, ou de mal a pior. Para nós.

A hipótese sugerida em Paris confirmava-se: depois de encalhar na Argélia, encalháramos em Santiago. Apesar das informações de Freitas, sempre ambíguas, mas, na ambiguidade, otimistas, encorajadoras, não havia nenhuma perspectiva de volta ao país.

Foi assim, num clima de abatimento e de prostração, que um dia, sem aviso, salvo os pressentimentos que já habitavam a consciência dos mais pessimistas, explodiu a notícia mais temida: a organização tinha acabado no país, em outras palavras, fechado para balanço. Seus derradeiros dirigentes, como se fossem os últimos moicanos, chegaram a Santiago. Seis camaradas, sentindo-se cercados, na iminência de também eles serem presos e assassinados, resolveram se mandar para a capital chilena e ali recuperar fôlego, reorganizar-se. Era uma fuga ou uma retirada? Era uma retirada, mas com um ar de fuga. E, como se sabe, o mais difícil e delicado momento da arte da guerra é o momento da retirada, pois ela pode se tornar uma debandada, um salve-se quem puder.

Quando Freitas me contou, não escondi o assombro:

— Como é que é? Acabou?

Freitas retrucou, com receio de suscitar desânimo:

— Não podemos dizer que acabou, trata-se de um recuo temporário.

— Nós todos sabíamos que a situação estava muito precária, mas... não próxima da liquidação total.

— Não há liquidação total, nossas forças se mantêm no país, apenas a direção está efetuando uma retirada tática.

Retirar-se, em tese, era bem razoável e nada censurável, o projeto de fazer do exílio uma retaguarda para um projeto de reconstrução a longo prazo e em novas bases era passível de discussão. Talvez fosse mesmo a melhor saída. Informações básicas, porém, pareciam nebulosas. Além disso, não era nada fácil definir em que direção se faria a reconstrução, nem em que bases ela seria feita. Questões difíceis, delicadas, sobretudo no contexto de uma derrota esmagadora.

O que obscurecia o horizonte, porém, era que, para lidar com os desafios que se aproximavam, podíamos perder tudo, até as referências políticas mais sólidas, mas não a confiança mútua. Ela era mais do que necessária, era essencial para levar um processo de reconstrução como aquele, cheio de meandros e de riscos, inclusive da própria vida.

E foi com surpresa, uma certa raiva e alguma melancolia que descobrimos, uns mais cedo, outros mais tarde, que, sorrateira como um verme, entre nós se infiltrara a desconfiança. Como e quando o verme aparecera? Ainda em Cuba? No engarrafamento na Argélia? A partir do encontro com Freitas? É provável que não tenha aparecido para todos no mesmo momento. E não com a mesma intensidade para cada um. Mas é fato que sua existência — e o efeito desagregador de sua existência — quebrara laços de coesão tecidos ao longo do tempo. Começamos a nos mover como num teatro de sombras.

— O importante é não perder a perspectiva da classe operária — afirmava Álvaro, mais convencido do que convincente.

Embora líder de uma derrota, ele fazia questão de manter uma aparência de segurança e de autoconfiança. Era alto, braços e pernas longos, olhos vivos, persuasivos, expressão simpática, fluente.

— Mas onde e com quem está a perspectiva da classe operária?

— O ponto de vista da classe operária está aqui — replicava, triunfante.

E apontava com o dedo magro para o *Que fazer?* de Lênin, publicado em 1902, cerca de setenta anos antes, num outro exílio, europeu, referido a uma outra sociedade, a autocracia russa. Mas Álvaro gostava de anunciar o futuro promissor:

— Inspirados por Lênin, penetraremos na classe operária e reconstruiremos a organização e a possibilidade de voltar a intervir nos rumos da revolução.

Era uma visão messiânica, apresentando como nova uma velha teoria sobre a qual já havíamos discutido, vários anos atrás, com camaradas mais experientes e mais consistentes do que o Álvaro. Era como voltar a roda da história para o passado. Aquela ideia de penetrar na classe operária, lembrava Marta, debochada mesmo nos piores momentos, tinha uma conotação mais erótica do que política. Penetrar era foder. Ora, foder não era propriamente um problema para nós, mas a proposta de foder com a classe operária, além de ser demasiado abstrata, não chegava a ser aliciante, mesmo porque não havia a menor condição de saber das disposições da mencionada classe. Sem sacanagem, ela estaria a fim de ser penetrada?

Mas o que tínhamos como alternativa? Eu refletia:

— Não temos senão cacos. Cacos da proposta de luta armada, da qual também já fizemos autocrítica. Discordamos de tudo que foi feito nos últimos anos em termos de luta armada. Mas conservamos o princípio, um princípio que fica rodopiando no vazio, sem nenhum tipo de aplicação prática. Cacos da teoria do partido, que Ivan ainda sustenta com muita coerência, mas também num plano abstrato.

Marta compartilhava o pessimismo:

— Tenho a mesma sensação; não passamos de cacos deixados por aí, levados pelo vento forte de uma derrota cujos limites e sentidos ainda não fomos capazes de medir.

Completei, desanimado:

— A proposta do Álvaro é um despropósito, mas tem uma aparência de cabeça, tronco e membros, ou pelo menos vai ser compreendida assim por alguns. Agora, pensa bem, a nossa reunião de cacos vai parecer o quê?

De repente, senti que o exílio ia ser longo, não um mero trânsito, mas uma etapa da vida. Um tempo complicado, cheio de questões difíceis de resolver. E a desconfiança rondando, anunciando armadilhas, dissensões amargas. Na hora, vieram-me as palavras do velho exilado espanhol lá em Argel: "Uma etapa da vida!" Delicado e sutil, ele nos prevenira, mostrara o mapa da mina e dissera tudo o que eu só agora estava entrevendo.

Filhos do exílio

Mal entraram no apartamento, Helena e Lúcio ouviram a campainha do telefone. Ela ressoou alta e com um eco incomum. No dia anterior, sob os cuidados de Amaro, o zelador, a companhia telefônica instalara o aparelho lá; bem tradicional, preto, disco circular, gancho posto na horizontal, um fone para falar, outro para ouvir, modelo só encontrado hoje em museus, antiquários ou lojas de quinquilharias vintage.

Os dois levaram um tempo para se situar, pois o novo apartamento alugado estava vazio, quase sem móveis, a mudança só viria no dia seguinte, mas acabaram se dando conta, no segundo toque da campainha, de que o aparelho, com um cabo novo, espiralado, tinha sido deixado no chão ladrilhado da cozinha.

Hesitaram, excitados e catatônicos, olhando para o aparelho. Haviam recebido o recado de que Gabriel ligaria de Santiago, anunciando o nascimento do filho, ou seria uma filha? Helena não esperou que o terceiro toque se encerrasse. Puxou o gancho:

— Alô?!

Ouviu bem lá de longe, por sobre os chiados e ruídos, a voz firme de Gabriel:

— Nasceu Tatiana!

Helena não sabia o que dizer, nem com qual sensação atinava. Era a carência de notícias, inexistentes havia pouco mais de três anos. Era o reencontro, mesmo a distância, com Gabriel, seu filho, ou ao menos com a voz dele. E era a notícia do nascimento do primeiro neto, ou melhor, da primeira neta. Não sabendo se chorava, se ria ou o que dizer, ela se limitou a murmurar:

— Viva!

Lúcio, para lá de nervoso, tomou delicadamente o gancho de sua mão:

— Gabriel, tudo bem?

A voz escalou as altas montanhas das cordilheiras dos Andes, planou sobre o Pantanal, atravessou em segundos os milhares de quilômetros que os separavam, venceu as interferências e repetiu:

— Nasceu Tatiana!

Lúcio, com um ligeiro tremor na voz, repetia, quase sem voz:

— Vocês estão bem, está tudo bem com ela?

Já agora abraçados, lágrimas suaves descendo pelo rosto, os dois avós, falando alto, desejaram:

— Boa sorte, boa sorte, que viva ela! Que viva a vida!

Era o dia 15 de junho de 1973. Coincidência simbólica: dia após dia contados no calendário, exatos três anos desde a libertação de Gabriel das cadeias da ditadura.

Na véspera, uma tempestade rápida varrera Santiago com raios e relâmpagos. Logo em seguida, porém, a natureza como que recuara, para permitir que fossem às ruas milhares de manifestantes, com suas demandas e cóleras. Direitas e esquerdas se entrechocaram na Alameda, a principal avenida da cidade, e o barulho das bombas e dos gritos chegou abafado, a oito quadras de distância, às janelas da maternidade onde se dava esse simples e complexo acontecimento, rotineiro e inédito, comum e maravilhoso, previsto e miraculoso — o nascimento de um novo ser humano, suscitando, sempre, por menos plausíveis e mais sombrios que fossem os tempos, ilusões e expectativas positivas.

— Nasceu Tatiana!

Tatiana era a filha única dele com Nina. E permaneceria única, enquanto vivesse, através dos tempos. Nos registros civis chilenos, porém, Tatiana era mais uma filha do exílio.

— Não somos exilados! Muito menos refugiados! Somos revolucionários em trânsito, e, quanto mais curto o trânsito, melhor, pois a luta nos chama e os companheiros que nos libertaram precisam de nosso apoio!

As palavras severas e épicas do sargento Juraci, mal chegado à Argélia, batiam nos ouvidos de Gabriel.

Misturavam-se, porém, com as meditações mais prosaicas do velho jornalista espanhol:

— O exílio pode ser uma etapa na vida, complicada, contraditória, com altos e baixos, às vezes mais baixos do que altos. É preciso que vocês se preparem para isso.

Trânsito — mais ou menos longo — ou etapa da vida, de duração indefinida?

Encostados no balcão de um bar, bebericando um bom vinho chileno, eu perguntava a Manuel, meu irmão:
— Com franqueza, você acha que dá pra virar o jogo no Brasil?
— Tento achar que sim, mas vou sentindo que não. Pelas notícias que temos, é visível o enfraquecimento dos nossos e o fortalecimento do governo.
— O que me preocupa é a relativa estabilidade das condições sociais e políticas, o maldito milagre econômico.
— E as quedas que não param?

Injetadas pelo desânimo e a descrença, conversas desse tipo se disseminavam entre os exilados, alimentando um crescente pessimismo. A isso se somava o engarrafamento de militantes que desejavam retornar ao país, mas não encontravam condições para tanto. Não acontecia apenas com a nossa organização, que experimentara o encalhe na Argélia, repetido e ampliado em Santiago. A desistência de muitos militantes, a retirada ou fuga de dirigentes, tangidos do Brasil, sufocados pelo cerco da repressão, acontecia a todas as organizações e grupos revolucionários. De todos os lados, convergiam notícias do mesmo tipo: encalhes, dissensões, desligamentos, intrigas, rachas.

Alguns de nós tentavam compensar a falta de perspectivas no Brasil com a integração no processo revolucionário chileno, filiando-se a partidos locais. Conclamavam-nos a fazer do exílio uma campanha de lutas. Houve gente querendo formar colunas de brasileiros para participar dos enfrentamentos que estariam se aproximando no Chile. O Brasil ia se distanciando, e a referência ao exílio foi se instalando, sem dizer seu nome, sem anúncios prévios, de forma sub-reptícia, naturalizando-se.

Conexões com familiares no país multiplicavam-se, através de diferentes canais; por cartas, ligações telefônicas, fluxo de encomendas, mensageiros, visitas esporádicas, vigiadas, mas permitidas, pela ditadura. E, de repente, sem que isso fosse discutido ou anunciado, começaram a aparecer as nossas crianças.

De início, eram casais que fugiam do Brasil e de lá traziam seus filhos, pequeninos. Não suscitavam grande atenção, exceções que confirmavam a regra. Um pouco mais tarde, porém, começou a nascer gente na França, na Argélia, no Chile etc.

Um dos primeiros foi o Cláudio, em novembro de 1971. Encontrei-o com Nina, sua mãe, pela primeira vez numa praça, em Santiago. Irrequieto, ainda não tinha nem oito meses e já se lançava, forte e corajoso, destemido, querendo correr, abraçado num andador, que empurrava para todos os lados, ignorando riscos e perigos, para grande espanto de todos que o viam e inquietação maior da mãe, receosa de que se machucasse. Cláudio foi dos primeiros, mas não seria o único.

— Você não sabe da maior, Lívia vai ter filho... — eu disse.

— Com o Joaquim, aquele da VPR? — perguntou Nina.

— Não é mais da VPR, desligou-se há meses, filiou-se mês passado ao PS chileno, na ala esquerdista do PS, do Carlos Altamirano. Pois ele e Lívia resolveram ter filho.

Numa festa de confraternização, eu soube que o Vinicius e a Dora também planejavam um filho

— Viu essa, Nina, Dora também vai ter filho. Se for homem, vai ser Ernesto...

— ... em homenagem ao Che Guevara.

— Adivinhona! E se for mulher? Tem três chances para acertar.

— ...

— Vai se chamar Rosa...

— ... por causa da Rosa Luxemburgo, claro.

Nem passou uma semana, conversando numa esquina de Santiago, Manuel me disse o mesmo:

— Você não vai ficar sozinho nesta... Também eu vou virar pai!

Abraçamo-nos de repente, contentes, suscitando espanto e curiosidade entre os passantes. E foi assim, ameaçados pela tempestade de uma guerra civil que a muitos parecia inevitável, passando por cima do presente de escassez em que vivíamos e das angústias de um futuro nebuloso, que fomos assumindo a até então imprevisível condição de mães e pais, e os cuidados subsequentes com as crianças — reais, presentes, palpáveis —, que se associavam agora às conversas sobre uma revolução que se tornava cada vez mais longínqua, ausente, intocável.

Cláudio, Tatiana, Ernesto, Rosa, Tânia, Abel, Mariana, Juliana, Ana, Francisco, tantas outras e outros que foram chegando quase sem pedir licença, instalando-se, inocentes, na beira de um vulcão cujos tremores e primeiras fumaças não anunciavam nada de bom.

Quando Nina e eu decidimos ter um filho, o segundo para ela, não pude deixar de recordar uma conversa que eu, ainda menino, tivera com um velho tio.

De surpresa, como é típico entre as crianças, disparei:

— Maninho, por que você não tem filhos?

O tio voltou para mim seus olhos doces e respondeu, de bate-pronto:

— Porque não sou egoísta.

E completou com amarga ironia:

— Este mundo aí é muito ruim pra que a gente pense em botar um filho nele.

Fiquei impressionado, principalmente porque meus pais tinham quatro filhos. Seriam eles egoístas? Quatro vezes egoístas? Bem, consolei-me, se eles não tivessem sido quatro vezes egoístas, eu, que fui o quarto filho, não teria nascido.

"Viva o egoísmo!", disse para mim mesmo, sem perceber o primeiro pensamento irônico de minha existência.

Agora, mais experiente, embora ainda muito jovem, eu refletia sobre aquela conversa. Seria eu egoísta, decidindo ter filhos naquela situação arriscada e deplorável em que vivíamos no Chile? Aquela decisão não seria apenas uma resposta à angústia de uma possível — e próxima — morte? Mero instinto de sobrevivência? Maneira de dizer não à morte?

Seja como for, o fato é que as crianças apareciam. A seu modo, e de forma contraditória, eram um incentivo à vida e à esperança. E também uma afirmação do exílio como nova etapa da vida.

Cinco dedos

Lembro-me do primeiro encontro com o Poeta, no centro de Santiago, a um pouco mais de uma quadra do palácio de La Moneda, sede da presidência da República. Quando Manuel me comunicou o ponto, à uma da tarde do dia seguinte, esquina de Curico e San Francisco, fiquei meio cabreiro:

— Esse ponto não poderia ser menos central, mais discreto?

— Relaxa, mano, é perto do centro, mas é um lugar tranquilo, você vai ver. Foi o próprio cara que indicou, ele conhece a cidade melhor do que nós.

De fato, a esquina não podia ser mais sossegada. Uma vez feitas as apresentações, Manuel logo se despediu. Aí o Poeta, tomando-me pelo braço, me levou para uma bodega ali do lado, onde foi possível comer um bom lombo de porco e tomar um excelente vinho tinto chileno por um preço camarada.

Ele era bem mais velho do que a nossa média, nem alto nem baixo, boca escondida atrás de fartos bigodes, com olhos grandes e agudos, penetrantes. Adquirira uma certa qualificação em artes gráficas, dispondo-se a fazer o trabalho que Lagos desempenhara de forma tão eficiente na Argélia. E ele também dizia:

— Acima de tudo, cada militante, ao retornar ao país, precisa ter uma documentação impecável.

E ele tinha razão, a documentação era indispensável, mas me incomodava um certo ar indulgente com que falava, talvez por causa da diferença de idade, da experiência acumulada, e ainda havia ali uma coisa meio paternal, que se acentuava com um hábito que ele tinha de tocar os interlocutores. Os apertos de mão e de braços vinham com frequência reforçar ou enfatizar suas palavras.

— Temos de superar a tradição amadorista...

E apertava meu antebraço, arregalando os olhos:

— ... ela está acabando conosco.

Eu tentava desvencilhar o braço, mas não conseguia. Ele fingia não perceber:

— Você entende... — continuava, fechando um pouco mais os dedos em mim. — Ou a gente supera isso ou isso acaba conosco.

Na despedida, circunspecto e com ar profissional, ele confirmou suas intenções de trabalhar com a nossa organização:

— Estou disponível, podem contar comigo. Qualquer dia desses levo você ao ateliê que montei. Você verá que tenho as melhores condições para fazer uma documentação de alto nível.

Confesso que minha primeira impressão não foi das melhores, porém, nas vezes seguintes em que nos falamos, retifiquei pouco a pouco minha opinião. O Poeta era um empolgado pela nossa aventura, e, em certos momentos, pude perceber que até apreciava nossos delírios de grandeza — entre outros, o mais exemplar, protagonizado pelo Tocha.

Houve então uma primeira reunião em Santiago entre ele e o nosso grupo, cinco ou seis militantes que haviam sido libertados em troca do embaixador suíço. O temário, para variar, articulava-se em torno do inevitável par: balanço e perspectivas. Balanço do que fora feito no Brasil, ou do que imaginávamos ter sido feito, reflexões sobre como havíamos lidado com a prisão e com a experiência da tortura. Por fim, para fechar a ordem do dia, tratamos da nossa situação naquele momento, lá no Chile, e de que horizontes se abriam.

João indagou:

— Não iremos treinar em Cuba?

Nina comentou:

— Parece que o pessoal que passou por lá e está voltando não recomenda...

— Serviu pra eles, mas não serve pra nós?

— Não é bem assim, o treinamento teria aspectos positivos, mas, no conjunto, exige um investimento de tempo que não compensa...

No rosto de todos pintou uma certa decepção. Para quem nunca tinha feito o treinamento, era uma decisão difícil de aceitar.

— O que nos resta, enquanto não retornarmos — disse Nina —, é pensar como encontrar a melhor forma de ajudar a organização num trabalho de retaguarda, meio prosaico, claro, mas também importante, decisivo inclusive para viabilizar a própria volta ao Brasil.

Houve acenos de concordância. Nina prosseguiu:

— Podemos destacar uns dois ou três para ficar aqui em Santiago, com projeções no Uruguai e na Argentina, e outros dois ou três na Europa, França e Itália, por exemplo, onde existem sólidas organizações e partidos políticos que desenvolvem um bom trabalho de solidariedade à luta contra a ditadura.

Houve um momento de silêncio, como se as pessoas meditassem.

— Alguém nos falou da Argélia, é um lugar-chave, uma espécie de centro de articulação de movimentos revolucionários africanos, mas acho que não teremos perna para chegar lá. Em todo caso, lá ficou o velho Demétrio, do PCBR...

Quando todos pareciam concordar, Tocha levantou-se de supetão:

— Qual é? Vocês querem entregar o norte da África ao PCBR... JAMAIS!

O Poeta ria a mais não poder ouvindo a história. Ela suscitara hilaridade geral, pois resumia a megalomania ambiente que nos envolvia. Ainda rindo, ele observou, arregalando os olhos e apertando meu braço, agora com as duas mãos:

— Mas essa história revela também nossas ambições, altas, grandiosas, e isso é positivo.

Um outro episódio, igualmente meio ridículo, também despertou no Poeta algum otimismo. Contei para ele como me foi contado:

— Aconteceu com o Lucas, um ex-marinheiro, parrudo, paraíba, cabra-macho, libertado também ele em troca do embaixador suíço. Em uma noite sem lua, retornando meio embriagado para casa, ele foi abordado por dois assaltantes, facas nas mãos. Intimado a entregar seus pertences, Lucas rugiu de volta, num castelhano improvisado e ininteligível:

— Vocês sabem quem eu sou?

Esbugalhou os olhos e entortou a boca, medonho:

— Sou um TERRORISTA!

Os assaltantes viraram as costas e saíram correndo, espavoridos, como se tivessem visto uma assombração. O Poeta vibrava e apertava com força meus braços:

— Coragem! Audácia! Aí estão duas virtudes revolucionárias!

Assim era ele, na situação mais obscura, via iluminações que poucos seriam capazes de divisar. Passados alguns meses, percebemos que o Poeta não queria apenas ajudar, mas também participar, e não apenas com suas técnicas, mas contribuindo com opiniões políticas, tomando parte nas discussões. Dali a pouco foi recrutado e se tornou um dos nossos.

Era com surpresa e desalento, como quase todos nós, que ele tomava conhecimento das quedas sucessivas e, sobretudo, das dissensões dentro da organização. Custava a compreender como, em tão pouco tempo, linhas de coesão que pareciam tão fortes iam se desfazendo sob o peso de manobras e contramanobras típicas da chamada luta interna, das discussões intermináveis, do disse que disse, que envenenava pouco a pouco o ambiente, das desconfianças que ondulavam como serpentes, destruindo laços tecidos no contexto de tantos perigos e ao longo de tantos anos.

Da mesma forma, ele se surpreendeu ao saber da chegada dos últimos dirigentes tangidos do Brasil pela repressão.

— Mas como isto pode ter acontecido, assim, de repente?

Também eu estava amargurado:

— Pois é, sabíamos que a situação era grave, bastante grave, mas nunca tivemos a informação clara de que o ponto do aniquilamento total estava assim tão próximo...

Quando apareceu aquela história de voltar aos escritos de Lênin e penetrar na classe operária, o Poeta começou a ficar impaciente:

— Vamos retornar ao começo do século?

Ainda mais acabrunhado ficou quando soube que o resto da organização se desagregara, oito para um lado, cinco para o outro. Ele não queria acreditar, perplexo:

— Como chegamos a esse ponto?

Depois de muita conversa, resolveu ficar do nosso lado, mas sua confiança fora abalada para sempre. Não parecia mais seguro de nada e de ninguém. Os apertos de mão e de braços já não enfatizavam afirmações, e sim dúvidas:

— Vocês acham que podem voltar nestas condições?

Ele continuava conosco, mas falava com a gente como se já estivesse de fora:

— Admiro a perseverança de vocês, mas, às vezes, me pergunto se...

Eu cobrava:

— Ô, Poeta, que história é essa de chamar a gente de vocês? Você não é mais um dos nossos?

— Sem dúvida, estou dentro e não abro, mas é que... — e arregalou os olhos e me prendeu os pulsos — ... estou vendo cada vez menos nesta neblina. E ela está se adensando a cada dia.

Percebi que um dos nossos, o Yussef, uma espécie de campeão da maledicência, ia se afastando cada vez mais. Não parecia nada seguro dos projetos que vínhamos discutindo. E andava para cima e para baixo com o Poeta, compartilhando intrigas, destilando sentimentos de fracasso. E o pior de tudo eram os mal-entendidos, cultivados à exaustão, as alusões de duplo sentido, as indiretas.

Até que um dia não vi mais o Poeta. Mandou dizer que gostava da gente e que sentia muito, mas estava fora. Para honrar o apelido, pouco tempo antes do golpe que arrasou de vez nossas esperanças, ele nos mandou um último recado em forma de versos. Era o poema "Tirando os cinco da mão", do Thiago de Mello. O final, amargurado, era assim:

pois de todos os que vamos no mesmo barco
ou pelas mesmas águas,
hoje, dia 22 de junho de 1973,
tirando os cinco dedos em que os conto
(melhor será que não conte),
não boto a minha mão no fogo
(nem na água)
por nenhum.
Nem eles por mim.

O golpe

Era um dos últimos dias de inverno e a manhã veio devagar, fria e cinzenta. Tatiana dormira mansa, havia nascido há pouco menos de três meses e quase não dava trabalho à noite. Quando emitia algum sinal de desconforto, eu fazia balançar com a ponta do pé o seu berço de vime branco, único luxo que nos fora possível para tranquilizar os seus primeiros tempos de vida. Mesmo Cláudio, sempre mais agitado, sujeito a uma asma renitente, só acordara uma vez, mas dormira logo em seguida.

Pulei rápido da cama, tomei um café ligeiro com Nina e a mãe, recém-chegada a Santiago. Minha sogra ficou cuidando das crianças e nós saímos apressados para o centro da cidade; Nina para a fábrica de móveis onde trabalhava, eu para uma fieira de pontos e encontros, o primeiro às oito horas, com Manuel, para acertar detalhes relativos à aquisição de uma pequena empresa que poderia, quem sabe, se tudo desse certo, nos servir de cobertura para efetuar o sonhado retorno ao país. Depois do encontro com meu irmão, um almoço marcado com o Ferro, para melhor compreender como funcionava a organização que ele criara para ajudar os exilados no Chile, e que estava sob o fogo das controvérsias. À tarde, reunião dos grupos e organizações políticas para discutir a conjuntura chilena. Havia uma proposta de os brasileiros reagirem em conjunto, unificados, contra a hipótese de um golpe de Estado de direita no Chile, considerada provável pela maioria. Não apenas com notas oficiais, de protesto ou de denúncia, mas também através de uma articulação com partidos chilenos, para o que desse e viesse. Na boquinha da noite, depois dessa reunião, que tendia a se prolongar, ainda havia um ponto com Ivan para discutir sobre nossas perspectivas como grupo político. A agenda estava cheia, assinalando o dia que começava: 11 de setembro de 1973.

A batalha diária para subir nas *liebres*, sempre abarrotadas, não foi fácil, mas nada de especial me chamou a atenção. Os rostos sérios dos trabalhadores que levantam cedo, pelo menos da maioria; alguns já com um ar cansado, sinal de noite maldormida; outros, estremunhados, dorminhocando, correndo o risco de perder o ponto de descida. E lá íamos nós todos, apertados como sardinhas em latas, o que suscitava, de quando em quando, gracejos e risos frouxos, rápidos.

Cortado pelo vento frio, levantando a gola do casaco para me proteger, apertei o passo para vencer as duas ou três quadras entre o ponto em que a *liebre* me deixara e o lugar que marcara para encontrar Manuel. Eu andava mirando o chão, encolhido, olhando apenas de soslaio o que acontecia ao redor. Não notei nada de especial. Manuel, que já se encontrava na esquina combinada, indagou:

— Não observou nada de estranho?

Levantei a cabeça:

— Nada, por quê?

Vi que os olhos dele estavam inquietos:

— Não sei ao certo, mas estou sentindo a atmosfera meio pesada...

— Você percebeu algo de mais preciso, concreto?

— No trajeto, sei lá, senti uma certa aflição no ar. Alguns comentários, ditos em voz baixa, não ouvi bem, mas o tom era meio angustiado... Aqui mesmo, no ponto, estou há uns dez minutos, e... você não está sentindo um ar de ansiedade por aí?

Olhamos ao redor.

E vimos.

Desembocando na rua em que estávamos, vindo de uma esquina próxima, aproximava-se um pelotão de soldados do Exército, com seus indefectíveis uniformes verde-oliva e suas armas carregadas de balas. Eram todos muito jovens, recrutas, pensei, de rostos assustados, e andavam a passos lentos, cautelosos, como se temessem alguma emboscada. Logo nos chamou a atenção que usavam, por baixo dos casacos, camisetas alaranjadas de gola rolê, envolvendo os pescoços como se fossem cachecóis. Avançando pela rua, eles nos ultrapassaram em direção à parte central da cidade.

Eu e Manuel nos entreolhamos:

— Será o golpe?

— Tem cheiro de...

De um botequim próximo, alguém nos lançou um olhar significativo:

— Hora de dar o fora...

Foi o que fizemos. Manuel sussurrou:

— Esquema de emergência.

Havíamos combinado entre nós, em caso de golpe: desmobilização geral e encontros periódicos, em horas e lugares predeterminados, no próprio dia do golpe, um dia depois, uma semana depois e um mês depois.

Encontrei Nina em casa. Ela nem chegara à fábrica, encontrara barreiras de soldados no caminho e dera meia-volta. A mãe, nervosa. As crianças, acordadas, bem alimentadas, não estavam nem aí. Um vizinho viera confirmar que o golpe estava em andamento. Morávamos então num conjunto habitacional suburbano, recém-construído pelo governo da Frente Política que elegera Allende, a Unidade Popular, e quase todos ali eram filiados, simpatizantes ou aparentados da UP. Preocupado conosco, estrangeiros, e sabendo que o lugar poderia ser revistado pela polícia ou pelo Exército, um vizinho nos aconselhou:

— Acho melhor vocês saírem daqui e se esconderem em outro lugar.

— A ideia é boa, mas onde?

— Na *población* aqui perto — e ele mostrou com a mão um grande aglomerado de casas feitas de madeira que se erguia junto aos blocos onde residíamos. — Há companheiros, gente de confiança, dispostos a receber vocês.

Então, por sobre o nosso ombro, o vizinho enxergou a mãe de Nina e, com um movimento de cabeça, estranhou. Nina explicou:

— Minha mãe, chegou do Brasil para nos visitar há uma semana...

— Ótimo — disse o vizinho. — Ela ficará com as crianças, nós daremos a assistência possível, e vocês dois — apontando para mim e para Nina — se escondem com os amigos. Enquanto a gente vê como as coisas ficam, vocês estarão mais seguros lá do que aqui.

Arrumamos uma pequena maleta com duas mudas de roupa para cada um, escovas, pasta de dente e sabonete. Então acompanhamos o vizinho.

A casinha para onde fomos era de um casal de velhos, Salvador e Carmen. Eles nos receberam com a generosidade típica das pessoas pobres. Residiam numa pequena construção de tijolos e madeira, três cômodos, dois quartos e uma saleta, com duas janelas dando para a rua de terra que margeava a *población*. A entrada era por trás, através do pátio, onde havia um galinheiro e um pombal. Enquanto Carmen nos mostrava o quarto em que ficaríamos, o marido preparou um café.

A apreensão rastejava em nós e se preparava para nos dominar. Os golpistas foram implacáveis e cruéis além do que se podia imaginar. Bombardearam o palácio presidencial, onde morreu o próprio Salvador Allende (só muito mais tarde haveria a certeza de que se suicidara), invadiram *poblaciones* e fábricas, revistando, humilhando e atirando em quem parecesse suspeito ou oferecesse a menor oposição. Numerosos núcleos de resistência, esparsos e desorganizados, ainda lutaram por vários dias, mas foram todos massacrados.

À noite, mal dormíamos, atormentados pelos voos rasantes de helicópteros e pelo barulho surdo, e constante, de tiros de fuzil e de metralhadoras. Os soldados recebiam instruções de não economizar cartuchos e eram malvistos os que retornavam aos quartéis com balas nos pentes. Nina e eu íamos para a cama vestidos, prontos para escapar a qualquer momento de alguma revista.

Um dia, ainda muito cedo, acordei com barulhos estranhos. Pela janela pude perceber a chegada de tropas que vinham revistar a *población*. Pulamos da cama rápido e saímos de fininho, por um triz não fomos presos no cerco. Nina tentava se comunicar com os companheiros de fábrica, e afinal conseguiu falar com Juan e Mercedes, sua mulher, a quem havíamos convidado para madrinha de Tatiana. Estavam abatidos, sem ter o que dizer, solidários na derrota, preocupados conosco, em saber como nos safaríamos daquela situação sem saída. Quanto a mim, encontrava apenas Manuel nos pontos combinados; alguma coisa dera para trás no esquema de emergência, pois ninguém mais aparecia, suscitando em nós os piores pressentimentos.

Nossos anfitriões, Salvador e Carmen, eram veteranos simpatizantes do Partido Socialista e eleitores de Salvador Allende, a quem admiravam.

Muito angustiados, ainda tentavam nos confortar. De noite, sentados em volta do rádio de mesa, escutávamos as assustadoras proclamações da Junta Militar que tomara o poder. Algumas, sem meias palavras, tinham a ver conosco:

— Conclamamos os chilenos, como demonstração de unidade nacional e de adesão ao movimento de Salvação da Pátria, a colocar nossa bandeira nas portas e janelas das casas e a entregar os estrangeiros à polícia e às Forças Armadas. Os que não o fizerem, os que esconderem terroristas, receberão as mesmas penas que eles.

Salvador, suspirando fundo, sorriso forçado, limitava-se a dizer:

— Bem, aqui não estamos preocupados, pois vocês são gente boa, nada acontecerá com vocês, nada acontecerá conosco.

Acenávamos com as cabeças, constrangidos. Como agradecer a coragem daqueles velhos que não nos conheciam e arriscavam a vida para nos salvar? Corriam notícias apavorantes pela *población*. Fuzilamentos sumários aconteciam à vista de todos. Pessoas eram assassinadas nas ruas, como pássaros, sem defesa. Quando saíamos, em busca de informações e de ligações, mais de uma vez presenciamos incontáveis arbitrariedades. Caminhões e caminhonetes circulavam cheios de cadáveres despejados no rio Mapocho, milhares de pessoas eram presas, torturadas e assassinadas, o Estádio Nacional foi transformado num enorme campo de concentração, e ainda ocorreram as mortes suspeitas de Pablo Neruda e de Víctor Jara, poetas populares maiores, anos mais tarde comprovados assassinatos.

E foi assim que nos foi dado assistir à derrota catastrófica, histórica, da imaginada revolução chilena. Seríamos agora, os que escapássemos, expulsos não apenas do Brasil, mas de toda a América do Sul.

O herói

— O que você está fazendo aqui?

Nina fingiu que não era com ela. Havia alguns dias que andávamos zanzando pelas ruas de Santiago, à procura de conhecidos e de notícias seguras e confiáveis. As rádios anunciavam que a ONU, com autorização do governo, estabelecera um lugar para acolhimento de estrangeiros, fosse qual fosse a documentação apresentada ou a origem de cada um. A notícia, saberíamos depois, tinha fundamento, mas, naquelas condições, como acreditar?

Não acreditamos, e continuamos, como os antigos pilotos, mergulhados em denso nevoeiro, pilotando às cegas, procurando alguma agulha no palheiro. Como o esquema de emergência criado por nós não funcionasse, e eu só encontrasse meu irmão Manuel e ele a mim, dos outros não tínhamos nenhuma notícia, como se houvessem desaparecido no ar. Estariam presos? Mortos? As perguntas voavam sobre nós feito corvos agourentos.

Nina tinha um tipo físico semelhante ao de uma chilena comum e, além disso, dominava bem o sotaque local. Já estava desligada da organização, mas se dispunha, corajosa como sempre, a perambular pelas ruas. Estava justamente parada num sinal, aguardando que a luz verde se acendesse, quando ouviu:

— O que você está fazendo aqui?

Ouviu perfeitamente a pergunta, formulada à sua esquerda, mas permaneceu impassível, com receio de dar bandeira. E se fosse um policial brasileiro? Sem mexer a cabeça, acionou ao máximo o campo visual na direção da pessoa que estava ali do lado, mas, da posição em que estava, era impossível reconhecê-la ou saber quem era.

— Nina, não está me reconhecendo?

Bem, agora não dava mais para ignorar. Voltou-se. Era Jean Marc. Ela o conhecia bem, do movimento estudantil no Rio de Janeiro e por haverem saído da cadeia juntos, trocados pelo embaixador suíço, e seguido ambos direto para Santiago, havia pouco mais de dois anos. Autocontrolado e calmo, como se estivesse num passeio rotineiro, Jean Marc sorriu para ela:

— Pode me responder o que você está fazendo aqui?

Abraçaram-se. A agulha no palheiro! Nina a tinha encontrado! Saíram dali conversando sem chamar atenção, como se fossem amigos que haviam se encontrado de maneira casual.

— Jean, estamos numa sinuca de bico. Sete pessoas. Eu, Gabriel e nossas crianças, e mais Manuel, a mulher e a filha. Sem nenhum tipo de contato. O esquema de emergência deles não tem funcionado, os companheiros sumiram no ar, devem estar presos ou mortos, não sabemos. E o pior é que eles ainda têm um ponto para daqui a vinte dias, Gabriel e Manuel...

— Isso tudo é maluquice. Os companheiros deles já estão todos asilados em embaixadas, na do México e na da Argentina, todos seguros.

Nina não conseguia entender:

— Como isso pode ter acontecido?

Jean preferia discutir soluções práticas:

— Saberemos mais tarde como e por que aconteceu. O que temos que fazer agora é salvar vocês, colocar vocês todos em embaixadas.

— E você?

— Tenho nacionalidade suíça e estou com um passaporte suíço, ele me protege...

— Protege como, Jean? Você é que está maluco. Os homens estão matando todo mundo pelas ruas, nem pedem documentos, atiram sem nem perguntar. Você acha que esse papel suíço vai te proteger da sanha desses caras?

Jean piscou o olho, confiante:

— Não é um papel qualquer, companheira, é um passaporte, e suíço, vale muito, pode crer. Em todo caso, é melhor do que nada, mas isso não está em questão, o nosso assunto é salvar vocês. Temos que encontrar a melhor alternativa... vocês são sete, certo?

— Sim, sete. O tal refúgio da ONU de que estão falando as rádios, isso é sério?

— Pelo que ouvi dizer, sim, tem funcionado. Você não imagina o vendaval internacional que o golpe, o bombardeio do palácio presidencial, a morte do Allende e do Neruda, as matanças em escala demencial estão suscitando pelo mundo afora. A caça indiscriminada aos estrangeiros alarmou e escandalizou a opinião pública internacional. Instituições e personalidades jurídicas e políticas em toda parte, e a própria Igreja chilena, que, a princípio, apoiou o golpe, resolveram entrar em ação. Houve uma mobilização geral para conter a crueldade destrambelhada dos golpistas. Aí, depois de muita hesitação, a Junta Militar resolveu ceder às pressões da ONU e deixou que se organizasse esse refúgio.

— Não valeria a pena ir para lá?

— Tenho dúvidas. Acho que não teriam peito para invadir o refúgio que eles próprios autorizaram, mas a repressão pode estar nas imediações. Há notícias de que o pessoal do DOI-Codi já veio pra cá. Você, o Gabriel e o Manuel são pessoas manjadas, carimbadas, podem armar uma cilada perto do refúgio e pegar vocês...

— O que nos resta?

— A melhor opção é vocês entrarem numa embaixada. Vou fazer uma ronda por aí. As embaixadas do México e da Argentina já não servem, estão lotadas e muito bem vigiadas, nem pensar em ir para lá...

Jean pensava enquanto falava:

— Vamos fazer o seguinte: a gente se encontra amanhã, a esta mesma hora, bem na esquina em que nos vimos hoje por acaso. Até lá, terei uma posição para vocês.

Quando Nina me transmitiu as boas notícias, foi um alívio para mim e para meu irmão. Por saber que os companheiros estavam sãos e salvos em embaixadas e por estarmos livres daquele ponto marcado para dali a vinte dias. No dia seguinte, na hora marcada, Nina e Jean voltaram a se encontrar. Ele foi direto ao assunto:

— A melhor alternativa é a embaixada do Panamá. Era uma embaixada modesta, de um país pequeno, que ficava num apartamento no bairro da Providência, mas juntou tanta gente lá dentro que, não sei como, ela foi transferida para um casarão na rua Irarrázaval, uma rua larga. Fui lá agora de manhã, a vigilância é pequena; dois policiais, armados de metralhadoras, mas que me pareceram bem burocráticos, desatentos. Tem uma grade branca, baixa, um jardim pequeno, e a casa, bem espaçosa. Fica no número 356. Conversei com o pessoal pela grade...

— Você está se expondo demais, Jean.

Ele, sorrindo, apontou para o passaporte, no bolso de cima da jaqueta:

— Tenho meu salvo-conduto.

— Só você mesmo acredita que seja um salvo-conduto...

— Vira o mau agouro pra lá. Bem, continuando, conversei com o pessoal e eles me disseram que a hora boa para entrar é às 17h30. É o lusco-fusco, a noite descendo, e eles abrem o portão para a saída do lixo, três tambores grandes de lixo. É aí que vocês devem aproveitar. No que o portão se abrir, vocês entram, de repente, e os guardas nem vão notar.

A coisa parecia simples demais para Nina:

— Mas como vamos chegar perto?

— Bolei o seguinte, veja bem. Vocês deverão vir vestidos a caráter. Gabriel de terno, você de madame, passeando com as duas crianças, uma no carrinho, outra puxada pela mão. Vocês não podem vacilar na pontualidade. Amanhã, às 17h30, a hora da saída do lixo. Vendo vocês disfarçados de bacanas, os policiais nem vão pensar que estão dando o pinote, inclusive porque, lembre-se, estaremos a apenas meia hora do início do toque de recolher, que começa às seis da tarde em ponto.

— E o Manuel, a mulher e a filha deles?

— Vamos marcar um ponto entre mim e o Manuel para o dia seguinte ao da entrada de vocês, depois de amanhã. Observarei vocês de longe. Se tudo correr bem, encontro com o Manuel e eles entram como vocês, do mesmo jeito, um dia depois.

— E se tudo correr mal?

Jean era um otimista:

— Vai correr tudo bem.

Acordamos cedo na manhã seguinte e foi um frenesi. Demos um pulo em nossa casa e prevenimos a mãe de Nina de que ela deveria ter as crianças prontas para as três da tarde em ponto. Em seguida, fomos às lojas e torramos nossas últimas reservas comprando roupas janotas, bonitas e elegantes como nunca tínhamos usado, parecíamos lordes. Comemos qualquer coisa de almoço, nem dava para ter fome naquelas condições. Pegamos as crianças na hora marcada, despedimo-nos, emocionados, da mãe de Nina e fomos... passear no bosque enquanto seu Lobo não vinha.

Aquelas duas horas e meia duraram uma eternidade, mas, como fora combinado, às 17h20 em ponto lá apontávamos nós, vestidos nos trinques, como bons burgueses, deslizando devagar e sempre pela larga rua Irarrázaval, indo em direção ao casarão onde se abrigava a embaixada do Panamá. Tatiana ia toda embrulhada e aquecida no carrinho, dormindo. Cláudio, sempre agitado, estava, para variar, muito calmo, como se suas antenas percebessem a gravidade da situação. A noite descia doce e acolhedora enquanto eu olhava, ansioso, para o relógio e ia conferindo os números da rua. Quando batemos no número 356 eram exatamente 17h28, e os portões da casa se abriram, dando espaço para que alguns refugiados rolassem os tambores de lixo para fora. Os policiais, de costas para nós, não estavam nem aí.

Os portões estavam bem abertos quando dobramos à direita e entramos na embaixada, salvos! No dia seguinte, como prometido, e observando os mesmos padrões, Jean Marc monitorou a entrada de Manuel, a mulher e a filha deles, Tânia.

Encarando todos os perigos e driblando o medo com maestria, Jean continuaria salvando gente lá fora durante aquelas semanas selvagens que se seguiram ao golpe. Não sei como avaliar, ou descrever, o comportamento de Jean Marc. Eu gostaria de falar disso com palavras simples e verdadeiras, sem pieguice ou fácil sentimentalismo. Ele não fez o que fez por imprudência, não era seu estilo. Nem por amizade, pois muitos salvos por ele sequer o conheciam. Animou-o o impulso de ajudar. E foi decisiva a sua ajuda. Brecht pode ter tido razão ao dizer que é pobre um país que precisa de heróis. Mas o fato é que muitas vidas foram salvas em Santiago pela coragem de Jean Marc.

Salvando vidas, em atos gratuitos, transfigurou-se. Virou um justo. Foi um herói.

Adiós, América

Quanto tempo passamos naquela embaixada? Quarenta, cinquenta dias? A memória vacila e me falta precisão. Também não saberia dizer com exatidão quantos éramos entre adultos e crianças. Esperando o salvo-conduto para sair do Chile, eu passava, creio que todos passavam, por uma mistura de sentimentos: tristeza, pela derrota acachapante da revolução prometida e aguardada; alívio, por escapar do sufoco da prisão ou da morte; e angústia, porque nada garantia que os golpistas não invadissem o casarão e prendessem a todos, para cometer as ignomínias de que eram perfeitamente capazes. Eles queriam vingar-se do susto que o governo reformista de Allende suscitara. O que não se poderia esperar dos que bombardeavam e massacravam o próprio povo?

Enquanto a espera interminável se prolongava, os dias escorriam, lentos, como água entre os dedos, devagar e sempre. Uma tarde sem sol, com um vento áspero e desagradável batendo, aproximei-me de um velho professor gaúcho, veterano de fugas e derrotas:

— Você acredita que eles vão respeitar a embaixada?

— Tchê, não nos resta muita coisa, senão acreditar. Há uma tradição de conceder asilo em *nuestra América*.

— É, mas a tradição foi construída para agasalhar políticos de elite...

— Verdade verdadeira, mas temos a nosso favor as pressões internacionais — comentou ele com uma expressão calma. — A ditadura chilena, sem dúvida, não gosta da gente, preferia nos ver no cemitério, mas acho que, nesse momento, prefere se livrar de nós.

Enquanto estivemos ali, e o mesmo aconteceu em outras embaixadas ou refúgios, houve tudo que a humanidade pode evidenciar em situações de escassez e de perigo: generosidade e mesquinharia, desprendimento e ambição, tolerância e intransigência, abnegação e egoísmo. Tomara que ainda exista quem seja capaz de narrar aquela saga, para que a memória do que aconteceu não se perca.

Já era quase fim de outubro, ou início de novembro, quando veio a notícia de que a ditadura de Pinochet autorizara a nossa partida. Fomos divididos em dois grupos: na frente, sairiam as mulheres e as crianças, e, desde que tivessem dois filhos ou mais, acompanhadas pelos maridos ou namorados. Depois, os outros homens. Com duas crianças, Tatiana e Cláudio, Nina e eu sairíamos juntos na primeira fornada.

Quando era já alta madrugada, vários ônibus, vigiados por policiais e militares, encostaram na frente da casa. A ditadura não queria que as pessoas assistissem à partida dos exilados. Sair do nosso abrigo no escuro e com as ruas vazias e silenciosas era bastante assustador. Se os soldados quisessem nos fazer mal, não haveria nenhuma testemunha. Um diplomata sueco, louríssimo e bem-apessoado, presenciava a operação, mas o que ele poderia fazer em caso de alguma violência?

Foi-se o comboio pelas ruas desertas da capital chilena, em direção ao aeroporto internacional de Santiago. Dentro de cada ônibus, um ou dois policiais armados de metralhadoras. Abrindo caminho e na retaguarda, vários camburões e caminhões repletos de policiais.

De repente, tocando quase sem querer o bolso esquerdo do casaco, dei-me conta de que estava com toda aquela documentação preparada por Lagos em Argel. Ela provava por A + B que meu nome era João Pimenta, oito carteiras e cartões o comprovavam. Senti um frio no estômago. Meu nome verdadeiro, Gabriel, estava na lista dos que embarcariam. Assim tinha me identificado na embaixada, sem nenhum documento como prova. Não chegava a ser grave naquelas circunstâncias, vários exilados estavam na mesma situação. O problema é que, se houvesse revista no aeroporto, o nome de João Pimenta não estava na lista dos que partiriam, e vários documentos provavam que eu era João e não Gabriel. Toquei de leve o braço de Nina e segredei para ela o perigo que rondava. O ônibus rolava indiferente à escuridão, e nós ali, com aquele enorme pepino nas mãos. Deu vontade de mastigar e comer a papelada, mas era impossível fazê-lo. E se descobrissem? Observei que, na frente, quase encostado no motorista, ia um policial uniformizado, sonolento, indiferente à nossa angústia. Resolvemos então picotar silenciosamente as carteiras e ir jogando pela janela, sem chamar a atenção. O diabo é que, atrás de nosso ônibus, vinham outros, e, se alguém percebesse algo de estranho, poderia dar o alarme. Aos sussurros, decidimos: a cada curva do caminho, jogaríamos fora alguns pedaços. Sorte nossa foi que a estrada era longa, e os ônibus, muito lentos. Quando chegamos ao aeroporto, finalmente eu estava limpo, aliviado, mas triste por ter perdido aquela preciosa documentação que mereceria ser mais bem aproveitada.

A espera no aeroporto foi estafante. Os carabineiros, a polícia militar chilena, não estavam, era evidente, com nenhuma pressa de se ver livres da gente. Insondáveis trâmites burocráticos se somavam à indiferença, à má vontade e à crueldade para alongar ao máximo a espera. O choro das crianças, a nossa fadiga angustiada e os apelos do diplomata sueco não surtiam o menor efeito na carapaça de insensibilidade dos policiais.

Examinando o aeroporto, recordei minha chegada ali, havia quase um ano e meio. Apesar dos contratempos na Argélia, das quedas no Brasil e dos pressentimentos ruins, naquela época ainda me movia a expectativa — mais que isso, a esperança — de uma reviravolta. Iria dar certo, tinha que dar certo. Mas não aconteceu nada de positivo. Foi como uma descida ladeira abaixo num carro sem freio e sobre o qual não tínhamos mais nenhum controle. Em contraponto, a revolução chilena suscitava ânimo e coragem. Uma espécie de consolo para nós e para todos os exilados, que, em seus respectivos países, amargávamos fracassos e reveses. Apesar dos percalços e das contradições, das hesitações e dos desconchavos, as multidões nas ruas e os sucessos eleitorais, embora mitigados, prometiam um futuro no qual valia ainda a pena apostar.

Num dia de manifestações, uma tarde ensolarada e vibrante, típica daqueles idos, encontrei Marta por acaso no meio da multidão. Ela chorava como uma criança, comovida. Ao me ver, sorriu e enxugou as lágrimas na manga da blusa:

— Agora estou assim, Gabriel, não sei o que me dá, se é nostalgia do Brasil, se é sentimento de solidariedade, no meio desta gente. Às vezes me dá vontade de chorar, e choro que nem uma bezerrinha desmamada.

— Tá acontecendo com quase todo mundo. Quem não se comove com esta gente nas ruas? Além disso — comentei —, acho que a gente derrama essas lágrimas por nós mesmos.

Marta, curiosa, quis entender melhor minha alusão.

— Parafraseando a santa: há mais lágrimas derramadas pelos sonhos realizados do que pelos sonhos não realizados.

— Sua cultura religiosa sempre me surpreende. Quem é a santa?

— Santa Teresa d'Ávila. Eu apenas a parafraseei, ela falava de orações. Dizia que há mais lágrimas derramadas pelas orações respondidas do que pelas não respondidas.

A efervescência cultural entusiasmava, o Inti-Illimani e o Quilapayún, conjuntos musicais e corais de vozes, Violeta Parra e seus filhos, Ángel e Isabel, Víctor Jara, entre tantos outros, mostravam uma face até então invisível para nós, a das nações indígenas da América do Sul, desprezadas e minimizadas, estraçalhadas e esmagadas, mas sempre renascendo, resilientes, como os negros e as nações indígenas no Brasil. E nós ali tão perto e tão longe, de costas para eles e eles de costas para nós, ambos mirando os oceanos, sem perceber que, agindo assim, não seríamos capazes de fazer "um bom país". No ar, uma discussão de caminhos que pareciam ainda abertos e possíveis.

No Brasil, as portas estavam fechadas e tão cedo não se abririam de novo. A gente fazia força para não reconhecer o óbvio, mas ele se impunha com a força e a teimosia dos fatos. A revolução chilena, porém, à procura de sínteses originais, haveria de ser uma alternativa, e isso animava e aquecia. E se viesse uma guerra civil, dada como improvável pela imensa maioria dos chilenos, mas como quase certa por todos nós, neste caso, se acontecesse o pior, estaríamos a postos e dispostos, seria uma espécie de revanche em relação ao golpe de 1964, com direito a desforra ou a uma nova derrota, mas que nos fosse dada ao menos a oportunidade do bom combate. A história, porém, tomara outro rumo...

E agora, naquele aeroporto, era melancólico ver o grupo de exilados, alguns escarrapachados no chão, exaustos, como trouxas deixadas ao léu. Então veio a ordem de embarcar. Um a um, vários com crianças no colo, em fila indiana, ordenada e obrigada, percorremos as últimas distâncias, subimos a escada e entramos no avião.

À maneira de uma despedida, virei o pescoço, dando uma última rodada de olhos pelas salas do aeroporto, tentando guardar comigo a memória do momento. De relance, vi o cabelo louro do nosso anjo da guarda, o diplomata sueco, terno alinhado, fisionomia atenta e bondosa, cercado de todos os lados por policiais armados, soturnos e carrancudos. Seria uma caricatura? Ou o retrato perfeito do que estava acontecendo no país? Ele era a própria imagem do defensor dos direitos humanos em terra inóspita, e eu ainda levaria muitos anos para compreender como seres humanos se dispunham a enfrentar riscos e perigos por princípios que pareciam abstratos.

Pelos meus ouvidos, entrou o choro das crianças, que soava agora como um réquiem. A aurora tingia o céu quando decolamos.

— *Adiós, América.*

A pensão das lâmpadas coloridas

O Panamá não foi um ponto de chegada, mas um elo, um lugar de passagem. Apesar da simpatia do general Torrijos, presidente e homem forte do país, que nos recebeu com fidalguia, fomos logo avisados de que o ambiente político era hostil. O governo nos apoiaria com hospedagem e pequenas despesas, mas tudo com a marca do provisório, o que eles queriam mesmo era nos ajudar a sair do país. Para isso concederiam títulos de viagem a todos que não tivessem passaportes. E também passagens aéreas, de ida... Para onde quer que fosse, para onde quiséssemos ir, mas só de ida, nem pensar em voltar.

Em seguida ao desembarque, fomos transferidos para pequenas cidades do interior, uma forma disfarçada de nos afastarem dos holofotes da grande mídia e dos questionamentos das forças de direita, nada contentes com a chegada de tantos terroristas, como então nos chamavam. A mim, a Nina e às crianças coube a localidade de Chitré, onde ficamos hospedados numa pensão, uma casa de três pisos avarandados, quartos amplos e bem ventilados. Depois daquele sufoco na embaixada, a sensação era de alívio e conforto; apenas notamos, curiosos, que os corredores eram iluminados por lâmpadas coloridas, vermelhas e verdes, algumas amarelas.

Joana, mulher de meu irmão, e Tânia, filha deles, ficaram em Las Tablas, a uns vinte minutos de distância. Manuel chegou dois dias depois, e, a partir daí, as grandes questões que passaram a nos preocupar eram: como sair dali e para onde?

A primeira ideia foi ir para a França. Minha irmã e meu cunhado já estavam lá havia quase um ano, na condição de refugiados políticos. Poderíamos dizer que íamos visitá-los e, chegando lá, não sairíamos mais, pediríamos asilo. Nossas certidões de nascimento e outros documentos básicos foram enviados por correio pelos familiares no Brasil. Alguns de nós, raros, tinham passaportes, mas a mim e a muitos outros faltavam documentos que viabilizassem viagens internacionais.

Daí o interesse em saber como as autoridades panamenhas cumpririam a promessa feita de oferecer títulos de viagem. Como seriam eles? Foi uma decepção. Lembro-me de um dos exilados, indignado, sacudindo uma folha de papel:

— Isso não é um título de viagem, parece papel higiênico!

De fato, o documento distribuído nem de longe parecia algo que permitisse uma viagem internacional. Era uma folha solta, com uma fotografia no alto, à esquerda, e os dados de identificação da pessoa datilografados. Às vezes, mal datilografados. Não raro, com erros. Quando fui pegar o meu, observei:

— *Señor*, meu nome é Gabriel e aqui está escrito Gabriol.

Estávamos na sala de uma repartição pública, fila grande e calor infernal, no teto um ventilador sonolento movia devagar as pás, sem nenhum proveito perceptível. O funcionário suava em bicas, sentado diante de uma máquina de escrever. Tentando mostrar-se atencioso, perguntou:

— *¿Cómo dices?*

Apontei o dedo para a linha em questão:

— *Mi nombre, señor, es Gabriel, no Gabriol.*

Ele não se abalou:

— *No hay problema, señor.*

Rapidamente, puxou um canivete de madrepérola do bolso e, com a ponta da lâmina, raspou o "o". Recolocou o papel na máquina de escrever e bateu o "e" no lugar. A rasura ficou evidente, inviabilizando o documento.

Mostrei para ele:

— *Señor*, ficou uma sujeira isso, ninguém vai aceitar.

Ele sorriu, cúmplice:

— Isto fica entre nós, o que vale é a nossa confiança.

Insisti:

— Temos confiança entre nós, mas não sei como vai reagir, digamos, o funcionário do consulado francês.

O cara fez cara de enfado e um ar impaciente. Do fundo da fila, ouviu-se um grito:

— Esta fila não anda?

Dobrei meu papel e saí de lá desanimado. Quem é que aceitaria aquele título de viagem? Alguém me indicou uma loja ali perto, onde vendiam capas duras para documentos. Comprei duas, traziam as armas e os brasões do Panamá. Grampeamos ali as folhas soltas. Devidamente dobradas, caberiam no interior das capas e pareceriam, pelo menos à primeira vista, e de forma remota, documentos válidos. Mas a pergunta, insidiosa, voltava a me atormentar:

— Que país vai aceitar isto?

Pois apareceu um, e a notícia correu como um rastilho de pólvora: a Bélgica estava dando visto de entrada para nossos títulos de viagem. Fez-se logo uma fila diante da porta de um pequeno escritório num edifício cinzento no centro da cidade. Na porta, letras amarelas, incrustadas numa placa, indicavam: Consulado do Reino da Bélgica. Recebeu-nos um velho senhor, elegante e simpático, de terno, nomeado, sabe-se lá por que serviços prestados, cônsul honorário do Reino da Bélgica na Cidade do Panamá. Pois o homem tinha direito de conceder vistos de entrada no país. E saiu distribuindo-os. Carimbando os vistos e assinando embaixo, comentava, surpreso e contente:

— Estou aqui *hace años* e nunca tinha visto tamanho interesse na Bélgica. *Qué va!* Sejam bem-vindos!

Quando ele deu o trigésimo visto, a coisa estancou. Deve ter recebido um violento puxão de orelhas de Bruxelas, não sei, o fato é que fechou a porta, fez cara fechada e não quis atender mais ninguém. Daí a dias desapareceu, como que por encanto. Mas eu e meu irmão, Nina e Joana, tínhamos os vistos na mão. As portas da Europa se abriam para nós. Já havíamos solicitado visto na França, mas a embaixada protelava uma resposta. Se continuassem assim, poderíamos ir para a Bélgica e, de lá, com o auxílio de gente solidária, entrar de algum jeito na França.

Enquanto esperávamos um pouco para ver se saía uma resposta francesa, tivemos uma boa notícia: o Tocha chegaria dali a dois dias ao Panamá, vindo da Europa, como representante de organizações suecas, para ajudar com promessas de asilo, dinheiro, passagens e sugestões. Fui recebê-lo, e foi um gosto vê-lo adentrar o saguão de desembarque do aeroporto. Surgiu com uma pequena maleta à la James Bond. Nos trinques.

Terno xadrez de jaquetão, camisa e gravata impecáveis, abotoaduras e sapatos de couro, um dândi. Saí correndo e, abrindo os braços, gritei:

— Toooochaaaa!!!!

Ele, amistoso, me abraçou e disse, com um sorriso largo e cativante:

— Modere-se, aqui sou o dr. Lúcio Flávio Regueira.

Percebi que atrás dele vinha um pequeno comitê de recepção, formado por funcionários do governo panamenho. Despediu-se deles com mesuras e, dando-me o braço, perguntou:

— Em que hotel vocês estão?

Surpreendeu-se ao saber que estávamos enfurnados numa cidade do interior.

— Que filhos da puta! Enxotaram vocês pro cu do judas?

— É, sabe como é, as pressões das direitas... O governo até que foi gentil. Quanto a nós, meu velho, você sabe tanto quanto eu, continuamos a viver no improviso.

Ele me deu um tapa nas costas e comentou, sorrindo, encorajador, mas com um quê de melancolia:

— Este é o nosso destino, amigo, sempre viveremos na corda bamba.

Na saída do aeroporto, ele decidiu alugar um carro, fez questão de ar-condicionado, contratou um chofer e... rumo a Chitré.

Fomos conversando sobre os acontecimentos do Chile, o impacto daquilo tudo na América do Sul, os perrengues do esconde-esconde em Santiago, o inferno na embaixada, as repercussões internacionais do golpe. Tocha estava animado com sua missão:

— Estou aqui apoiado por inúmeras organizações suecas. Eles estão dispostos a receber quantos quiserem ir para lá. Como se diz no Brasil, com direito a casa, comida e roupa lavada. Seguro social, trabalho, cursos de sueco, tudo que você possa imaginar do melhor Estado de bem-estar social que existe no mundo.

Ele ficou um pouco decepcionado quando eu disse que, a princípio, não estávamos pensando em ir para a Suécia, preferíamos a França, pois, de lá, seria mais fácil obter informação sobre o Brasil. Além disso, embora meu francês fosse rudimentar, já seria um bom avanço. Se fôssemos para a Suécia, teríamos que aprender sueco do zero, e, além disso, quem fala sueco neste mundo?

— Espero que vocês pensem melhor sobre o assunto, mas, tudo bem, discutiremos sobre isso mais tarde. Em todo caso, também trago algum dinheiro vivo para distribuir entre os mais necessitados.

Interessado, perguntei:

— Você já pensou nos critérios de distribuição?

Fez um ar solene:

— O primeiro critério será...

E completou com um sorriso malicioso:

— ... distribuir para os amigos.

Era noite fechada quando chegamos, e o levei para a pensão. Eu avisara de sua chegada aos companheiros, havia um clima de expectativa, todos interessados em saber notícias da Europa e do mundo, e também as condições de exílio na Europa e na Suécia.

Tocha cumprimentava as pessoas com amizade, abraços e tapinhas nas costas. Olhava interessado em volta, parecia querer entender melhor o ambiente em que nos encontrávamos, ali naquela pensão. Prometida uma reunião para o dia seguinte, desvencilhou-se de todos e subimos as escadas em direção ao segundo piso, onde estava o quarto em que eu me encontrava com Nina e as crianças. No lusco-fusco do corredor, brilhavam as lâmpadas verdes, amarelas e vermelhas. De repente, o Tocha parou no meio do corredor, estatelado.

Virei-me para ele, querendo entender o motivo de seu espanto. Abrindo os braços, como se fosse o próprio Cristo Redentor, ele exclamou:

— Mas vocês estão num puteiro!

— Como é que é?

— Olhe para estas lâmpadas coloridas... Vocês não se dão conta?

Arteirice e ironia misturavam-se a uma ponta de indignação:

— Puseram vocês num puteiro!

A pensão das curiosas lâmpadas verdes, amarelas e vermelhas... No rabo de foguete do golpe do Chile, último degrau, um puteiro... desativado às pressas. Com a autoestima lá embaixo, nem tínhamos percebido.

Sob a ponte Mirabeau

No Panamá, surgiram várias oportunidades de asilo. As melhores propostas, do ponto de vista da segurança e do conforto materiais, vinham da Suécia — o Tocha sublinhava as vantagens — e do Canadá, cujo representante diplomático apareceu oferecendo bolsas de estudo e hospedagem. Os aspectos positivos eram óbvios, mas os dois países, além do inverno duro e longo, nos pareciam muito distantes do Brasil e dos vários núcleos de exilados brasileiros, que então se articulavam em países da Europa Ocidental, sobretudo na França. Eu dizia para o Tocha:

— Aqui entre nós, para a Suécia só estou disposto a ir se meus filhos estiverem passando fome.

— Você exagera as dificuldades — retrucava ele — e subestima as condições de segurança e conforto. Elas te permitirão estudar e refletir com calma sobre nossa situação.

Ele estava coberto de boas intenções, mas não me convenceu. Em certo momento, surgiram também ofertas de Cuba. Nina hesitou; se as possibilidades de uma revolução no Brasil eram duvidosas, se nossa pequena organização se desagregara por completo no contexto do golpe do Chile, não seria o caso de participar na construção do socialismo cubano? Eram argumentos que mereciam ponderação. A mim, no entanto, me preocupava a questão das comunicações e das informações.

Eu recordava com ironia o argumento de Pellegreni, em Argel:

— Cuba é uma ilha, ou seja, como tal está cercada de água por todos os lados. Fácil de entrar, mas sair... pode ficar difícil.

O que pesava de fato para mim era voltar a ficar sob controle e à mercê do Partido Comunista e do Estado cubanos, aquilo realmente não me entusiasmava. Consolidamos então a orientação de viajar para a França. A pretexto de visitar minha irmã, solicitamos o visto francês. Chegando lá, pediríamos asilo. Passavam os dias, porém, e o visto não saía. Crescia em todo o mundo o movimento de solidariedade aos exilados que vinham do Chile, mas isso não parecia sensibilizar o cônsul francês na Cidade do Panamá. Ele protelava a decisão e senti que estava nos enrolando, nos tramitando, como diziam os chilenos. Como tínhamos nas mãos o visto para a Bélgica e ainda uma carta de apresentação de uma tia de Joana, residente em Londres, resolvemos partir. Se conseguíssemos entrar na Inglaterra, poderíamos avaliar ficar por lá. Em qualquer hipótese, poderíamos acionar o visto da Bélgica e de lá saltar para a França, mesmo ilegalmente, se fosse o caso.

Solicitamos então às autoridades panamenhas passagens — de ida — para Paris, com escalas em Londres e Bruxelas. Em fins de novembro, partimos. Sem lenço e sem documento. Ou melhor, com poucos lenços e documentos precários, mas com muita determinação. Pensei em Lênin, que, em situações nebulosas, citava sempre Napoleão:

— *On s'engage et puis on voit.*

Em tradução livre: a gente mete bronca e depois vê como é que fica.

Manteríamos contato com Manuel e Joana, que seguiriam mais tarde com Tânia. A chegada em Londres foi complicada. Se o meu francês era rudimentar, o inglês era pior ainda. Apresentamos a carta da tia de Joana, ela se responsabilizava por nós. Mas o fato é que não estava lá, ao vivo e a cores. Fizemos valer que nosso objetivo era alcançar a Bélgica, para a qual tínhamos visto. Queríamos apenas passar alguns dias em Londres. O policial de fronteiras não se convencia. Coçava a nuca, olhava para nós, mais uma coçada, mais uma olhada. Empacamos. Este seria nosso destino? Encalhar? Empacar?

Em dado momento, Cláudio, sempre muito impetuoso, largou minha mão e avançou correndo, ultrapassando a cabine onde se encontrava o policial e pisando em território inglês. Tentei ir atrás, mas o guarda me advertiu:

— Alto lá, o senhor não está autorizado a entrar no Reino Unido!

Nesta altura, Cláudio evoluía, livre como um pássaro, no salão que se abria atrás das cabines de controle.

Aborrecido e mal-humorado, o guarda determinou:

— Vocês ficam aqui e eu vou lá buscar o menino.

Forçando um sorriso amarelo, aproximou-se de Cláudio, estendendo a mão:

— *Come here, my boy.*

Cláudio fez um olhar moleque e negaceou. O policial alteou a voz:

— *Come here, my boy.*

Ensaiou um bote, mas falhou, Cláudio o driblou com uma ginga de corpo. O policial correu atrás, mas suas tentativas não deram certo. Quando parecia que ia alcançar o garoto, novo drible. Eu observava divertido a cena, conhecia a agilidade de Cláudio. O policial, pesado como era, podia passar a vida inteira correndo atrás, mas nunca o pegaria. Começou a juntar gente, apontando e rindo da cena. O policial, sem graça, fazendo papel de palhaço, ia ficando vermelho de raiva e de vergonha, até que, voltando-se para mim, ordenou:

— O senhor faça o favor e venha pegar o seu filho!

— Não posso, o senhor mesmo disse que não estou autorizado a entrar no Reino Unido.

Esgoelou-se o policial:

— Eu estou autorizando, pode entrar!

— Sinto muito, mas não quero desrespeitar as leis do seu país.

O policial estava desolado:

— Eu lhe peço, por favor, o senhor agora tem minha autorização para entrar em território inglês.

Não foi preciso, porque, àquela altura, triunfante, Cláudio já vinha com as próprias pernas para onde nós estávamos. Instantes depois, os carimbos estampados em nossos precários títulos de viagem autorizavam três meses de permanência na Inglaterra.

Ficamos em Londres menos tempo que isso, algo em torno de um mês e meio. O movimento de solidariedade não parava de crescer. Redes de organizações e famílias ofereciam roupas, hospedagem, apoio financeiro e jurídico. Uma família inglesa, com dois filhos adotados, ofereceu-se para nos hospedar o tempo que fosse necessário. Não nos conheciam, mas haviam se credenciado junto a organizações que articulavam a ajuda. Foi tocante a generosidade deles, nunca mais seria possível esquecê-los. Deram toda a cobertura possível, arranjaram contatos, providenciaram o necessário, inclusive roupas e agasalhos, fundamentais para quem vinha dos trópicos para o frio europeu. Fomos tratados como se fôssemos familiares, melhor do que isso, pois sabemos como, não raro, os próprios familiares ignoram sentimentos de solidariedade em horas críticas. Para coroar, na noite de Natal, ofereceram-nos uma esplêndida ceia, como não experimentávamos há anos. Passado tanto tempo, ainda penso: Jane e Andrew, como agradecer?

A capital inglesa impressionou a gente, mas um inverno muito duro impediu que eu fizesse amizade com a cidade. O dia amanhecia por volta de nove horas e já às três da tarde a escuridão tomava conta de tudo, apesar das cores vivas dos pubs e dos vermelhos e típicos ônibus de dois andares. Ainda por cima, tínhamos de aturar uma chuva fininha que não parava de cair, combinada com o famoso *fog*, que, às vezes, dificultava nossa orientação pelas ruas.

No começo de janeiro, cansados de esperar, decidimos partir para Bruxelas. Ali ainda daríamos um tempo esperando o visto francês. Caso não viesse, entraríamos na França no peito e na raça, de forma ilegal, guiados pelas redes de apoio que surgiam de todo lado, e passando por cima da mesquinharia das burocracias nacionais. Depois de uma despedida emocionada de nossos anfitriões e de outros amigos em Londres, partimos para a Bélgica.

Lá, fomos acolhidos numa república de quatro jovens norte-americanos que estudavam no país. Também eles haviam se candidatado a amparar os exilados que vinham do Chile. Ocupavam uma casa de quatro andares: cozinha no primeiro piso, biblioteca e mesas de estudo no segundo; no terceiro e no último pisos ficavam os quartos. Nos deixaram um piso inteiro, evidenciando mais uma vez a força do sentimento de solidariedade que independe de laços prévios de amizade ou de família.

Dois ou três dias depois, afinal, chegou a boa notícia: saíra o visto para a França. Tínhamos dois meses de estada para visitar familiares e retornar para o lugar de origem. Era do que precisávamos, e é claro que não estava nos nossos planos sair de lá. Em Paris, procuramos a cobertura das entidades de apoio. Estariam, é claro, do nosso lado na solicitação de asilo. Entretanto, havia um detalhe a ser solucionado: o que fazer com o título de viagem concedido pelo governo do Panamá? Se as autoridades francesas pusessem a mão nele, não poderiam nos recambiar para o país de onde vínhamos? Alegariam, talvez, que os vistos a nós concedidos eram apenas temporários, para visitar familiares residentes em Paris?

Nossa conselheira numa organização parisiense de assistência pediu um tempo para refletir a respeito do problema. Consultaria advogados e nos daria uma posição em breve. No aguardo, saí pelas ruas de Paris pensando na situação em que a gente se encontrava. Andando ao léu, dei de repente com a bela ponte Mirabeau e seu estilo art nouveau. Apoiando-me no parapeito de ferro, olhei melancólico para as águas do rio Sena e me lembrei de um poema de Guillaume Apollinaire, tão decantado por minha professora de francês do segundo grau: "Le pont Mirabeau". Os versos que ela nos mandava decorar vieram fáceis, como se estivessem ali prontos para brotar:

> *Sous le pont Mirabeau coule la Seine*
> *Et nos amours*
> *Faut-il qu'il m'en souvienne*
> *La joie venait toujours après la peine*
>
> *Vienne la nuit sonne l'heure*
> *Les jours s'en vont je demeure*[3]

Mal recitara os versos, houve uma espécie de estalo na minha cabeça: eu tinha acabado de encontrar um bom uso para o rio Sena. Ao mesmo tempo, a solução para nossos problemas! Além de levar *nossos amores,* as águas do rio levariam também nossos documentos.

De um golpe só, joguei os títulos de viagem no rio. E os vi cair nas águas, vacilar um pouco na superfície e afundar para sempre. Como dizia o poema, depois da tristeza, senti alegria. E ainda brinquei em pensamento com o verbo *demeurer* e seus múltiplos sentidos: permanecer, ficar ou também residir e viver. Murmurei para mim mesmo:

— Os dias, os dias e as noites podem ir embora e a hora soar, mas nós, nós ficaremos e viveremos... em Paris!

---

[3] "Sob a ponte Mirabeau corre o Sena / E nossos amores / É preciso que eu me lembre: / A alegria vem sempre depois da tristeza // Vem a noite, soa a hora / Os dias se vão, eu permaneço."

Babá de crianças

Para todos os asilados, em Paris, na Europa e pelo mundo afora, tratava-se agora, depois da derrota da revolução chilena, de adaptar-se ao exílio como uma nova etapa da vida. Não seria fácil para ninguém.

Apesar dos pesares, ainda havia gente querendo se manter na atividade política. Já ninguém defendia mais a luta armada revolucionária como opção para derrubar a ditadura. Mesmo quem ainda a admitisse como princípio tinha que se render à evidência de que não havia condições de empreendê-la a curto prazo ou num futuro previsível. Do que todo mundo falava agora era do restabelecimento das liberdades democráticas no país. Seguindo esta linha, ressurgia o velho Partidão, reconstruindo-se, atraindo militantes descrentes da viabilidade das ações armadas. Por outro lado, algumas organizações políticas — melhor seria dizer, restos de organizações — constituíram então, com sede em Paris, a autodenominada Tendência Proletária. Não havia ali nenhum proletário, mas isso era o de menos, pois os caras se achavam intérpretes dos interesses históricos do proletariado e isso lhes bastava.

Aos insatisfeitos, restou a ideia de formar um outro polo de articulação e de debates, aberto aos que desejassem dele participar. Gabriel entrou de cabeça neste caminho. Argumentava:

— Voltar ao PCB? Àquela mesma lenga-lenga de sempre? É muito pouco para tanto trabalho despendido todos estes anos. Quanto à Tendência Proletária, além de não ter operários, em que ela se distingue concretamente do PCB?

Com gente de todos os naipes, constituiu-se então uma articulação que tomou o nome neutro de Iniciativa.

Ivan zombava, lá de Bruxelas, onde se encontrava:

— Isso não tem pé nem cabeça. Iniciativa de quê e para quê?

Gabriel retrucava:

— Trata-se de abrir o debate, discutir alternativas...

— Mas em que bases? A partir de quê? Com que objetivos?

Apesar das inconsistências, formou-se, pouco a pouco, uma espécie de conglomerado, com pessoas de várias origens e diversas experiências, incluindo representantes de pequenas organizações que tentavam sobreviver e não aceitavam nem o PCB nem a Tendência Proletária.

Gabriel trabalhou duro para chamar todo tipo de gente. Marta questionava, na mesma linha de Ivan:

— Gabriel, este ajuntamento não irá a lugar nenhum.

— Apareça lá, Marta, dê sua contribuição.

— Ok, irei, mais por você do que por alimentar qualquer tipo de expectativa...

Marcou-se, afinal, uma reunião.

Depois dos primeiros esclarecimentos a respeito do que se pretendia e dos critérios — amplos — da constituição da Iniciativa, a palavra foi franqueada. Instaurou-se então uma cacofonia dificilmente decifrável ou inteligível. Cada um atirava para um lado diferente, e não havia jeito de juntar aquelas pontas soltas que flutuavam no ar à procura de âncoras inexistentes. Dias depois, Gabriel rememorava:

— Em certo momento, tive a impressão de estar de volta à torre de Babel bíblica. Todos falavam português, mas parecia que as intervenções eram vertidas em línguas diferentes, não havia como se entender.

A coisa ainda iria piorar. Foi quando Marta pediu a palavra:

— Acho que todos nós precisamos formular uma autocrítica radical de tudo que foi feito até agora. Não se trata de apontar casos particulares ou circunstâncias precisas, mas de virar pelo avesso nossos padrões tradicionais de raciocínio político. O auditório ficou boquiaberto. Marta prosseguiu, encorajada pelo silêncio geral:

— Temos que ir às raízes de nossos erros. Para começar, temos que nos perguntar: quem somos nós?

Provocadora, bem ao seu estilo:

— Quem pode me dizer quem somos nós? De onde viemos? Outra coisa: o que queremos de fato? E, para além de nossa vontade, para onde estamos indo?

Por fim, empolgada, num misto de triunfo e catástrofe, arrematou:

— Enquanto não respondermos a essas questões básicas, não sairemos de onde estamos, ou melhor, continuaremos a andar rumo ao abismo, se é que já não estamos no abismo e nem nos demos conta disso.

Ela encerrou com um curto riso nervoso. Fez-se o silêncio. Um ou outro ainda tentou levantar a peteca, mas não houve jeito, a reunião murchou. Na saída, Ferreira procurou Gabriel. Ele era um cara de certa idade, corpulento, ralos cabelos no alto da cabeça, cenho sempre franzido, devia ser um cinquentão e se abrigava sob um nome de guerra bizarro: Ferro. Agarrou-me pelo braço e, falando alto, gesticulando, quase gritando, indagou, com aflição e indignação:

— Não entendi nada do que a companheira falou. Quem somos? Ora, ela pode ter dúvidas quanto a ela mesma, mas eu — ele aí se aprumou, como se falando para a posteridade —, quanto a mim, não tenho nenhuma dúvida, eu sou o Ferro!

A Iniciativa ainda sobreviveu algum tempo, empurrada pela força da inércia. Alguns meses depois, porém, sem que a classe operária se desse conta, extinguiu-se por inação criativa. Para além das opções políticas, a verdade é que os refugiados políticos se dispersavam nos quatro cantos de um exílio que parecia agora sem fim.

Quem não retornou ao PCB ou se integrou à Tendência Proletária tratava de procurar outros rumos. A imensa maioria, que ainda era estudante no Brasil no momento do golpe, retomava ou começava cursos superiores. Outros dedicavam-se a estudar as línguas dos países em que estavam. A sobrevivência, sempre muito modesta, era garantida por bolsas de estudos ou ajudas diversas de organizações filantrópicas.

Ivan filosofava:

— Estamos vivendo da caridade pública internacional.

Para complementar os ganhos, sobravam subempregos: porteiro noturno de hotel, ascensorista, passeador de cachorro, ajudante de pedreiro, aparador de grama em cemitério. Não faltavam propostas:

— Pintou um trabalho muito bem remunerado... Você está precisando?

— Claro que estou precisando, qual é a dica?

— Ajudante de embalsamador de cadáver. Tem que ter estômago para aguentar o cheiro de formol, mas pagam muito bem.

— Obrigado, passo.

Um belo dia, pintou algo que me interessou.

— Quer ser *babysitter*?

— Isto quer dizer...

— Vamos no popular, babá de crianças.

Fui ver. Era um casal de astrônomos, Monsieur e Madame Dubois. Receberam-me com simpatia. Tinham três filhos, um maiorzinho, de oito anos, Louis, e duas gêmeas de quatro anos, Monique e Emily. O trabalho consistia em pegá-los na escola todo dia, às 16h30, levá-los para casa, servir um lanchinho e esperar o casal chegar, por volta das sete. Nas quartas-feiras, dia de folga na escola, eu tinha que chegar às oito horas, dar almoço às crianças, entretê-las, faxinar a casa e esperar os pais chegarem.

A remuneração era boa, aceitei. Quando soube da minha história, porém, o casal se incomodou:

— Será que isto seria razoável para você? Você está se formando, já é pai de dois filhos... Nós queremos ajudar, mas...

Insisti, precisava daquele dinheiro para complementar o orçamento. Se eles quisessem me ajudar, que me contratassem, eu daria o meu melhor para fazer um bom trabalho. Combinou-se então que eu começaria na semana seguinte. Na despedida, Monsieur Dubois me puxou num canto:

— Olha, quanto à faxina, basta passar o aspirador de pó. E, se você quiser, pode ouvir nossos discos e tomar um uisquinho quando desejar, tudo bem? Abriu uma pequena cômoda na sala e pude ver uma bela coleção de garrafas e uma discoteca de dar inveja, com destaque para Bob Dylan, meu preferido.

Eles estavam mesmo constrangidos, mas, graças aos céus, fui aceito. As gêmeas me adoravam, pois eu as defendia das covardias do irmão mais velho. Ele gostava de lhes dar cascudos e puxar suas orelhas, e eu não deixava isso acontecer. Louis começou a me detestar. Gritava comigo:

— Você é minha empregada. Se não fizer o que quero, vou falar com meus pais.

Eu mantinha a calma:

— Você pode dizer e fazer o que quiser, mas não encosta a mão nas tuas irmãs.

Nas quartas-feiras, era mais difícil aguentar o garoto, pois passava o dia inteiro com os três, e, às vezes, as coisas esquentavam. Certa tarde, depois do almoço, num acesso de mau humor, Louis avançou com tudo para cima das meninas. Foi preciso muito agarra-agarra. Para acalmar o menino, tive que colocá-lo, de roupa e tudo, debaixo do chuveiro. Enquanto ele esperneava, as gêmeas vibravam, batendo palmas de satisfação e me encorajando a fazer justiça. De modo geral, no entanto, as coisas corriam tranquilas. Passado o aspirador de pó, dava para ouvir os discos do Bob Dylan e tomar doses do uísque dos Dubois.

Dali a alguns meses, porém, Monsieur e Madame Dubois começaram a chegar mais tarde do que o combinado. Num primeiro dia, atrasaram uma hora inteira. Pediram desculpas. Na semana seguinte, duas horas de atraso. Um cheiro forte de álcool apareceu no ar quando entraram no apartamento. Passaram a voltar para casa de cara amarrada, um para cada lado, emburrados. Mais alguns dias e atrasaram tanto que tive de botar as crianças para dormir. Elas ficaram nervosas, acalmei-as e me vi cantando canções de ninar aprendidas com minha velha mãe. Nessa ocasião, até o Louis, ansioso, encostou-se em mim, encolhido. Apliquei a tradicional poção caseira: água com açúcar. Ele agradeceu comovido e dormiu apertando minha mão. Nessa noite, Monsieur Dubois apareceu bêbado a mais não poder, chorando. Madame Dubois tinha dado o pé e não voltaria mais. Foi um custo botá-lo na cama, pois ele falava alto, dizendo coisas incompreensíveis.

No processo do divórcio, tornei-me confidente dos dois. Eu me sentia numa novela de TV, fazendo o papel da empregada doméstica a quem os patrões confiam suas fofocas e intrigas. A travessia de uma fronteira até então invisível para mim foi surpreendente. Eu aprendera, sem me convencer, que o revolucionário pequeno-burguês deveria se suicidar e renascer proletário, mas não estava preparado para me suicidar como revolucionário e virar babá de crianças francesas. Para quem se dispusera a salvar o mundo e o proletariado, o destino me pregara uma peça. E uma lição de vida. Mas eu ainda levaria alguns anos para perceber que aquele trânsito iria me ajudar a sair da poesia épica revolucionária para a prosa democrática.

Lena

Ela era um doce de pessoa, desde pequena, não havia quem não se encantasse. Maria Helena, mas todo mundo, desde cedo, a chamava de Lena. Ainda menina, mão-aberta, gostava de dar tudo que recebia. A mãe ralhava:
— Lena, o presente é teu, não é para os amigos.
— Mas eu gosto de dar.
O pai, um dia, pegou-a em flagrante dando livros dele para o filho do vizinho:
— Lena, estes livros são meus, você não tem direito de dar o que não é seu.
— Dou.
Uma criatura firme, não era boba, não, tinha opinião sobre tudo e não era fácil convencê-la, eram necessários argumentos muito sólidos para tirá-la de uma posição qualquer. Fez-se uma moça morena, cabelos longos e pretos, olhos da mesma cor, de jabuticaba. Os rapazes faziam fila para namorá-la, mas ela não era de dar mole para qualquer um, não bastava ter boa aparência. Lembro-me por exemplo do Ricardo, o mais bonito garoto do pré-vestibular, que dava em cima dela sem resultado. Um dia perguntei:
— E aí, Lena, o cara tá dando em cima de você, você não está vendo ou está fingindo que não vê?
— Amigo, bonitinho e fútil não me interessa. Homem pra mim tem que ser interessante...
— E o que faz um homem ser interessante pra você?
— Tem que ser inteligente, conversar sobre filmes e livros legais, e, acima de tudo...
— Acima de tudo?
— Ter pensamento político, ser consciente. O Ricardo é um alienado de marca maior, nunca me interessarei por um homem assim.

Quando entrou na faculdade de medicina, não pensou duas vezes, juntou-se ao grupo de estudantes de esquerda que tinham acabado de conquistar o diretório acadêmico. Era um pessoal da pesada, cheios de ideias e de atividade. Agitavam a mil pelos corredores e salas da faculdade. E também bonitos. O líder era um tal de Perroni, que namorava todas, mas não teve sucesso com Lena, não. Na verdade, nem sei dizer se tentou, mas sei que ela não gostava dos caras galinhas que namoravam sem compromisso, só para comer as meninas. Não quero dizer que o Perroni era galinha, mas ele andava sempre pulando de galho em galho, muito inconstante para uma mulher como Lena. Aí, pode anotar, Lena na faculdade já era uma mulher, e que mulher, um mulherão. Mas muito na dela, sem ser fanfarrona, nunca foi metida a besta, simples, beleza sem pintura, sem batom nem ruge, na época estava virando moda entre as mulheres mais para a frente, que começavam a criticar moças tipo dondocas. As mais radicais nem queriam raspar os sovacos, uma espécie de retorno à natureza. Quem quisesse gostar, gostasse, quem não quisesse, foda-se, Lena não estava nem aí.

Foi uma surpresa para mim ver o nome dela no jornal. Mais que surpresa, um choque elétrico. Manchete. Estava com um grupo que foi cercado pela polícia. Lena metida com a polícia, eu nem podia acreditar! Houve tiroteio e tudo. Custo a imaginá-la com um revólver na mão, atirando em alguém. No entanto, foi o que aconteceu.

Depois de alguns meses, fomos, eu e um grupo de colegas, visitá-la na prisão. Estava lá como sempre foi, doce e calma, com aquele sorriso meigo que só ela sabia ter. Como se estivesse em casa. Normal. Nós todas apavoradas com as grades, os guardas, as revistas, o ambiente pesado. Todo mundo teve vontade de chorar. Imagine, nós estávamos soltas e livres e com vontade de chorar. E Lena, presa que nem um passarinho na gaiola, serena e tranquila. Num certo momento, era ela que estava consolando a gente e não o contrário. Pode?

E aí veio a ação do tal embaixador. Os caras que fizeram o troço falaram que tinham feito uma ação revolucionária, mas, aqui entre nós, foi sequestro mesmo, né? Em todo caso, Lena estava na lista dos que seriam trocados pelo cara sequestrado. Se foi sequestro ou ação revolucionária, pode-se discutir, mas o importante é que Lena foi embora, libertada, o pássaro fugiu da gaiola. Foi para o Chile e nunca mais a vi.

Era uma noite quente e abafada de janeiro de 1971 quando Maria Helena, a Lena, chegou a Santiago. Ela e mais 69 militantes que estavam presos nas cadeias da ditadura brasileira foram trocados pela vida do embaixador suíço. Uma festa os esperava, promovida por exilados brasileiros e políticos chilenos de esquerda. Os recém-chegados foram encaminhados para um abrigo preparado pelo governo.

Passados alguns dias, a euforia ainda estava em todas as fisionomias, transbordando em faíscas pelos olhos. Leila era uma das mais exuberantes, mas estranhou os modos de Lena:

— Que foi, amiga, não estou gostando da tua cara...
— É que...
— Não está se sentindo bem?
— Muito bem, claro, mas...
— Mas o quê?
— Aqui tá bom, mas tá um pouco esquisito...
— O que tá esquisito, Lena?
— Estou me sentindo meio estranha...

Leila sorriu, dando força:
— Bem, estamos no estrangeiro, né? De algum modo, combina, né, estranho, estrangeiro.

Lena sacudiu a cabeça, como se espantasse maus pensamentos:
— É, você tem razão, besteira minha.

Não levou muito tempo para Lena se deixar envolver pela atmosfera eletrizante do Chile, da Unidade Popular, do governo Allende. Manifestações políticas, efervescência cultural, era difícil ficar de fora daquilo, era muita promessa sendo feita, algo haveria de ser cumprido.

Mas, de repente, no meio daquele alvoroço, pintava um travo, isto é, Lena sentia dentro dela um travo, um freio. Daí entrava em modo distraído, como se desse um branco, e seus olhos negros de azeviche sombreavam. Os amigos cutucavam:

— E aí, Lena?

— É o travo...

— Lena, você precisa se livrar desse troço, garota.

— É, mas independe da minha vontade, vem assim sem aviso prévio, sabe como é? Inesperado, um travo mesmo, como se alguém estivesse me lembrando de alguma coisa que esqueci.

— Qual é, Lena, não complica...

— É, vocês têm razão... a coisa toda é não complicar.

Até que, um belo dia, ela resolveu ir para a Europa. Os amigos se espantaram. Perroni, brincando, perguntou:

— Vai nos abandonar aqui neste fim de mundo?

— Resolvi retomar o curso de medicina. O governo alemão está oferecendo bolsas de estudo na Universidade Livre de Berlim. Acho que é uma boa oportunidade.

Leila inquiriu:

— Sério, Lena, você vai deixar pra trás a revolução chilena?

— Acho que ela está em boas mãos, bem encaminhada. Se eu concluo o curso de medicina, penso que vou poder dar uma boa contribuição. No Brasil, aqui mesmo ou em qualquer outro lugar. Estão sempre precisando de médicos.

Embora surpreendidos, os amigos conheciam Lena. Uma vez resolvida, era quase impossível demovê-la de uma decisão. Um ano depois de chegar a Santiago, partiu ao encalço de sua vocação de médica. Em Berlim, cidade que adorou de estalo, encontrou Boaventura, um brasileiro meio avoado, aventureiro de mão cheia, sempre bem-humorado, que gozava a vida. Ele estudava biologia e era um cara em tudo e por tudo diferente do tipo de homem que ela imaginava que iria amar um dia. Debochava da política e dos políticos e não acreditava que o mundo poderia ser mudado, muito menos por uma revolução.

— Revolução? Cês estão malucos? O mundo e a humanidade não mudam assim não, de repente, é tudo muito mais complicado que isso.

Ele falava de autores que ela nunca lera até então: Foucault e Lacan eram seus preferidos. E Thomas Mann, por quem ela logo se apaixonou. Passavam horas conversando sobre *A montanha mágica*. Enamoraram-se.

Boaventura gostava de foder, fodia muito bem, e Lena teve orgasmos que nunca tinha experimentado antes.

Entretanto, volta e meia, ela se pegava pensando consigo mesma:

— É curioso, gosto dele, mas não estou apaixonada.

Havia, porém, outra coisa que às vezes a inquietava: meses depois da chegada a Berlim, o tal travo reaparecera. Assim, sem mais nem menos, no meio de uma conversa com Boaventura, o papo até podia ir bem, mas, de repente, batia o travo, uma ausência, como um buraco negro, atraindo, paralisando. Lena fixava, catatônica, os olhos negros em algum ponto que ninguém conseguia ver. Quando percebia que algo não ia bem, Boaventura indagava:

— O que foi, Lena?

— Nada, nada de mais...

— Você está bem?

— Sim, claro, besteira minha.

O travo vinha e ia embora, mas voltava. Daí Lena resolveu acabar com aquilo de uma vez, e ela era boa de resolução. Acordou naquela manhã de inverno ao lado do Boaventura. Fazia muito frio. Como sempre, tinham dado uma boa trepada na noite anterior. Ela o observou dormindo. Ele era um cara muito legal, mas ela estava de fato resolvida.

Entrou numa de se vestir toda de branco, será que uma homenagem ao seu futuro ofício de médica? Difícil dizer, mas ela foi toda de branco, das botas a um bom casaco com gola de lã, comprado num brechó na semana anterior. Já sabia a estação de metrô que iria pegar. Desceu as escadas e foi para a plataforma, nunca se sentiu tão segura na vida. Quando ouviu a aproximação do trem, os trilhos palpitando, o barulho da composição chegando, não hesitou, pulou.

Os freios guincharam tarde demais, o primeiro vagão pegou em cheio o corpo de Lena, que se espatifou nos trilhos. Ela nem ouviu a gritaria que se seguiu. Nem o berro de uma criança na plataforma em frente:

— Mamãe, jogaram um lençol branco nos trilhos!

O quarto escuro

Posso imaginar que as pessoas estranhem, mas nunca me senti tão bem como neste quarto escuro. É verdade: a luz me incomodava. Desde criança. Ao contrário de meus amigos, eu não gostava de ir à praia. Também não gostava de ir para o pátio na hora do recreio, ficava num canto, desenhando na sombra das marquises ou de algum telhado. Futebol ao ar livre, nem pensar. Não sei se por causa disso, mas sempre fui franzino, pequeno, magrinho, tímido e recolhido. De vez em quando aparecia um ou outro para me encher o saco:

— Ringo, sai da sombra, vem jogar com a gente!

Eu não gostava, e não ia. Podia ser fraco, mas tinha personalidade, sabia o que queria e não era me esfalfar correndo atrás de uma bola. Acima de tudo, porém, o que me incomodava, já falei disso?, o que incomodava era a luz do sol.

Também não gostava de injustiça. A primeira vez que vi um mendigo na rua, me assustei:

— Mãe, por que este homem está na rua pedindo dinheiro?

Ela me puxou pelo braço, mas eu virei a cabeça para trás, aquilo me chamou a atenção. Mas não fiquei com raiva dela, não, acho; acho, não, tenho certeza, ela queria me proteger. Minha mãe sempre foi assim, só queria me proteger, e pode ter exagerado um pouco, talvez porque meu pai se mandou muito cedo, ela me disse que eu nem tinha dois anos, nem lembro dele, só do nome, minha mãe me disse um dia: Dick. Seria um apelido? Não sei, nunca soube. Ela também nunca mais falou nele ou no assunto. Também não perguntei. Para quê? Para avivar dores e ressentimentos?

Um dia, a Marta falou que ela era superprotetora, que aquilo podia ter me feito mal, que eu deveria procurar um psicólogo. Não me convenci. Só porque ela me fez dormir com ela até os catorze anos? Tudo bem, acho que aí ela exagerou um pouco, sim, mas todo mundo não tem seus exageros? A intenção dela era boa, me proteger, me dar segurança, fazer com que eu me sentisse confortável.

Depois, no colégio, graças a um professor de história, aprendi um tanto sobre as causas da miséria nas sociedades humanas, lembro-me de um livro que foi decisivo para mim: *História da riqueza do homem*. Quem era o autor? Ah, sim, Leo Huberman. Era um pouco simplista, fazia uma história assim de mocinho e bandido, mas escrevia muito bem, achei na época seus argumentos irrefutáveis, me deixei convencer e resolvi ter uma participação política.

A essa altura, eu estava no curso de comunicação da UFRJ, no qual havia ingressado em 1967, às vésperas do estouro que viria em 1968. Participei. Fui a todas as passeatas. Aquilo mexia com todo mundo na faculdade, me deixei envolver, mas do meu jeito, sempre arredio e tímido, calado, observando. Uma vez uma garota me interpelou:

— Ô, Ringo, como é que você entrou num curso de comunicação se não se comunica?

Ela riu, achou que tinha feito uma boa piada. Não achei graça e fui em frente. Mais tarde, quando a barra pesou, ela foi ser jornalista e não estava nem aí para o que acontecia no Brasil e no mundo, só queria agradar, se dar bem e ganhar dinheiro. Eu não. Embora magrinho, franzino e calado, entrei para a Dissidência e meti bronca... meti bronca? Não, eu não era de meter bronca, queria mais era apoiar, mas achava que eles tinham razão, aquela ditadura tinha mesmo que ser derrubada pela força, das armas, se fosse o caso. Daí ter pedido ao Ronaldo para ingressar na organização; ele, sim, era um cara legal, gente fina, que gostava de conversar, não se impunha nem impunha suas ideias a ninguém, um cara bacana, bacana e corajoso, que nunca foi fanfarrão, ao contrário, muito simples, tranquilo. Ele conversou comigo e acabou me recrutando. Diziam que eu era um comunista revolucionário, e aquilo me empolgou, e veja, não sou de me empolgar com nada, nunca fui, mas a Dissidência, a DI, a Dirce, como a gente dizia entre nós, pô, aquilo foi uma aventura. Não deu certo, demos com os burros n'água, mas, enquanto durou, foi bonito.

E aí fui preso. Foi um terror. Lembro-me bem do Ronaldo entrando lá em casa, desesperado, a camisa manchada de sangue. Nunca tive tanto medo. Pavor. É isso, pavor, fiquei apavorado. Quando ele deu aquele pulo para escapar dos homens, pensei que tinha pulado para a morte, ele falava que os caras não punham a mão nele, pensei em suicídio. Só muito mais tarde soube que os caras o pegaram, torturaram e mataram. Na época, apanhei um bocado, tive um medo pavoroso de morrer, mas os caras estavam mais interessados no Ronaldo e em outros que estavam caindo, peixes maiores, então me deixaram meio de lado, eu era peixe pequeno, e nunca gostei tanto de ser peixe pequeno. Mas fiquei traumatizado. Ainda hoje, quando penso no assunto, olha aqui, nem gosto de pensar no assunto, porque, quando penso, me sinto mal, me dá um enjoo, vontade de vomitar, medo de ser apanhado de novo. E os pesadelos? Volta e meia tenho um. Brabos. Nem vale a pena contar.

Minha mãe vinha me visitar na cadeia, todo domingo estava lá, com jornais e doces, e me dava força. Os companheiros também, todo mundo se ajudava, foi uma virada para baixo, viramos de ponta-cabeça, mas a gente segurou. Logo depois, ganhei liberdade condicional e me mandei para Santiago, sabia que as pessoas estavam se juntando por lá, então fui para o Chile. Eu me identificava com aqueles caras, mesmo por baixo, mesmo derrotados, eles eram os meus companheiros.

Santiago foi um deslumbramento. Tudo que a gente queria que acontecesse no Brasil, e não aconteceu, estava acontecendo lá. Minha mãe veio comigo, mas logo depois teve que retornar. Mandava um dinheirinho, dava para ir levando, também com aquele câmbio negro, cem dólares por mês era um dinheirão, ela me mandava cinquenta dólares e dava para ir tocando sem maiores problemas. Foi no Chile que me apaixonei pela primeira vez. Primeira e única. A garota se chamava Luanda, mesmo nome da capital de Angola. Cara, você não pode imaginar, fiquei apaixonado, como um louco. E ela, no início, parecia que me queria também. Luanda. Um dia alguém me perguntou:

— E aí, Ringo, como você está?

Respondi, alegre:

— Vou muito bem, descobrindo a África.

— Como assim?

Não respondi, fiquei um pouco envergonhado, eu não estava apenas descobrindo Luanda, mas descobrindo o amor, pela primeira vez na vida.

Durou pouco. Logo minha mãe reapareceu, apossou-se de mim, era o jeito dela, sempre foi assim, ia dormir comigo, não era de maldade, não, eu morava num quarto e só tinha uma cama, onde minha mãe ia dormir? No chão? Luanda não gostou, achou esquisito, ninguém me falava nada, mas, se eu sou tímido, não sou estúpido, sacava pelos olhares, pelas conversas sussurradas, estranhavam. Se o Ronaldo estivesse ali, poderia conversar com ele, ele era compreensivo, não censurava ninguém, ninguém ficava embatucado perto dele, não enchia o saco, ficava ouvindo, cachimbando, olhava assim de baixo para cima, com um olhar doce. De vez em quando, um sorriso irônico, mas não era sarcástico, nunca foi sarcástico. Uma ironia doce. Sacava tudo, o Ronaldo, mas... de que adianta invocar o nome dele? Já não está mais conosco há muito tempo. Como dizia o outro, não adianta chorar sobre o leite derramado. Acho que minha mãe teve ciúme de Luanda. Ou foi Luanda que teve ciúme dela? O fato é que, por um motivo ou por outro, Luanda foi se distanciando. Esfriou. O namoro foi para o espaço. Acabou. Quando minha mãe voltou para o Brasil, já não foi possível recomeçar. Foi então que me voltou aquela alergia à claridade. Um médico diagnosticou: fotofobia. Você precisa usar óculos escuros. Sei lá se ele tinha razão, passei a usar os tais óculos escuros, mas a luz do sol continuou sendo um problema, qualquer tipo de claridade me incomodava demais. Gostava da sombra. Vamos falar a verdade, passei a gostar mesmo era do escuro. Escuro espesso, denso. Foi disso que comecei a gostar.

E aí veio o golpe de Pinochet. O horror em estado puro. Nem sei como escapei. Quando me falaram que havia um abrigo patrocinado pela ONU, corri para lá, sem querer saber se era ou não perigoso. Tipo náufrago quando vê uma tábua boiando por perto. Agarra e pronto, não quer saber de outra coisa. Fui bem recebido no abrigo. Fiquei ali uns dois meses. Mas, antes de sair de lá, recomeçou a alergia à luz, cada vez mais violenta.

Quando me falaram da hipótese da Suécia, quis recusar. Suécia? Muito longe, e muito frio. Mas recebi um recado positivo de minha mãe. Era, sim, uma boa saída. Tinha boas condições de segurança. Um dos melhores Estados de bem-estar social no mundo. Acabei indo. Para ser franco, eu diria que fui mais levado do que fui por vontade própria.

    Agora estou aqui há quase um ano. Parece que o exílio vai durar. Minha mãe veio logo do Brasil e, como sempre, me ajudou. Ganhei uma boa casa, ela dorme num quarto, eu no outro. Aqui é um país bom, inverno longo, sol escasso, claridade mínima, acho que, para mim, é o melhor lugar que poderia existir. Fico o dia inteiro no quarto, ouço música, leio um livro ou outro, mas gosto mesmo é quando tudo fica escuro. Tipo breu. Aquele escuro que você nem enxerga o próprio dedo diante do nariz. Não enxerga nada. Assim vou vivendo. Assim é que me sinto bem. Não me encham o saco, não me façam discursos, não preciso de conselhos. Gosto é do quarto escuro, e, quanto mais escuro, melhor.

Moçambique

— Chegou a carta!

Gabriel entrou em casa quase correndo e mostrou a Nina um grosso envelope, com o timbre da Universidade Eduardo Mondlane, em Maputo, Moçambique.

Ficaram um momento olhando, entre curiosos e ansiosos. Havia meses, mais por ideia de Nina, tinham resolvido tentar a sorte em outro país, começar uma vida profissional com os diplomas já conquistados. Não fora nada fácil retomar a universidade. Primeiro, logo depois que chegaram, tiveram que passar por um júri de professores franceses. Foram considerados aptos, até porque, é verdade, havia uma orientação favorável aos exilados que chegavam do Chile. Em consequência, o francês bem precário dos dois foi deixado de lado. Também foram generosos na avaliação dos estudos universitários realizados no Brasil, o que permitiu que ganhassem equivalência para os dois primeiros anos. Assim, ao optarem pelo curso de história, teriam direito de aceder diretamente ao terceiro e último anos. Caso se dessem bem, teriam a licenciatura no fim do primeiro ano de estudos. Mais um ou dois, poderiam ter também o mestrado. Na época, era uma qualificação razoável para o início da carreira acadêmica.

No primeiro ano, mais difícil pela necessidade de dominar a língua estrangeira, foi uma correria. Cláudio e Tatiana ficavam numa creche da própria universidade, mas somente enquanto duravam as aulas. De resto, era complicado ficar com eles e preparar os trabalhos dos vários cursos. No ano seguinte, a situação melhorou, pois a mãe de Nina apareceu e passou a dar uma mão preciosa com as crianças. Além disso, eles se mudaram para o subúrbio de Paris, onde havia creches muito bem aparelhadas. Era o auge do Estado de bem-estar social na França, tudo de graça, de oito da manhã às cinco da tarde, e mais assistência odontológica, médica e vacinas. Mesmo assim, a batalha do mestrado também teve suas dificuldades. Além de assistir aos seminários previstos, era preciso redigir os trabalhos correspondentes e elaborar as dissertações, com um pouco mais de cem páginas, primeiro em português, e depois traduzi-las para o francês, com duas crianças no cangote. Não foi mole. O horizonte que se abria a partir daí era o doutorado. Ou...

Nina argumentava:

— Já temos quase trinta anos, Gabriel, precisamos sair desta vida de estudantes, temos duas crianças... Aqui só poderemos conseguir trabalhos subalternos, muito abaixo da nossa capacidade. E, do ponto de vista político, é um horizonte muito mesquinho, ficar batalhando pela própria sobrevivência...

Nina nunca acreditara em fazer política na França, nem era chegada a conspirações nos cafés parisienses. Ao contrário de Gabriel, não nutria ambições acadêmicas, nem era dada a estudos teóricos, classificados como teoricistas.

Gabriel indagou:

— O que você imagina como hipótese?

— Vejo duas saídas para nós: Portugal, onde a Revolução dos Cravos está vai-não-vai, mas ainda resiste. E as ex-colônias portuguesas...

— Bem, Angola, mergulhada em guerra civil, creio que está fora...

— Concordo. Restam Portugal e Moçambique.

A Revolução dos Cravos, de início tão promissora, fazendo de Portugal um centro de atenção política pelos horizontes que se descortinavam, com o passar do tempo embatucara e, nos últimos meses, não ia mesmo bem das pernas, seus limites tornavam-se cada vez mais visíveis. Diante disso, Gabriel ponderou:

— Acho que não sai coelho dessa cartola, não.

E arrematou, invocando o barão de Itararé:

— De onde menos se espera, daí é que não sai nada.

Resolveram então apostar em Moçambique. Não conheciam nada a respeito do país, nem de sua história ou da luta pela independência liderada pela Frelimo, a Frente de Libertação de Moçambique. Gabriel lembrava-se vagamente da sobriedade de seus dirigentes. Quando os conheceu em

Argel, ficara bem impressionado. Falou com o pai a respeito da ideia, e Lúcio comentou:

— É a contracosta dos portugueses.

— Pois é, estamos pensando em tentar a sorte por lá.

Lúcio se assustou:

— Logo agora que vocês conseguiram uma certa estabilidade na França, já vão sair daí? Querem procurar sarna pra se coçar?

A essa altura, eles já sabiam o básico sobre Moçambique:

— O país acabou de proclamar a independência e a frente que dirigiu a luta, a Frelimo, é revolucionária, pensam em dar a largada para um socialismo lá deles, original.

O pai sobressaltou-se:

— Vai começar tudo de novo? Olha que agora vocês têm duas crianças.

— Calma, pai, a gente ainda mal começou a pensar no assunto.

Mas, na verdade, não só estavam pensando, estavam decidindo. Gabriel escreveu para o ex-governador de Pernambuco, Miguel Arraes, que se estabelecera na Argélia e dispunha de grande prestígio no governo do país e entre os movimentos revolucionários que pululavam por lá. Falou da formação acadêmica já conseguida na França, da disposição deles de partir para Moçambique e trabalhar lá. A resposta veio mais rápida do que esperavam: Arraes dava força à opção que tinham feito e transmitia indicações precisas de a quem se dirigir na nova universidade moçambicana.

Escreveram, candidatando-se. E agora a resposta estava ali, naquele envelope com timbre e tudo. Abriram.

A carta, assinada pelo reitor da universidade moçambicana, aceitava a candidatura dos dois e os convidava a partirem para Maputo. Vinham também dois formulários a serem preenchidos e devolvidos pelo correio. As passagens Lisboa-Maputo seriam enviadas tão logo a correspondência solicitada fosse recebida.

Nina e Gabriel, um pouquinho apreensivos, mas eufóricos, se abraçaram:

— Nova vida! Vida nova!

Adeus à vida de refugiados políticos! Sempre dependentes de bolsas de estudo e de trabalhos de araque! É verdade que Nina vibrava mais. A rigor,

Gabriel gostava bastante das conspirações nos cafés parisienses e ainda cogitava se inscrever num doutorado em história. Mas, contagiado pelo entusiasmo da mulher, deixou-se embalar, experimentando aquele sentimento familiar de euforia catastrófica que tantas vezes o acompanhara nas decisões cruciais de sua vida.

A decisão surpreendeu os amigos e assustou os familiares, mas nada que os dissuadisse. Tão logo receberam a confirmação do reitor e as passagens prometidas, comunicaram a partida às autoridades francesas, despediram-se dos amigos e foram rumo a Maputo, com escala em Lisboa. Deu para ver uma pequena sombra de inquietação nos olhos de Gabriel quando souberam que, ficando longe da França por dois anos, perderiam a condição de exilados políticos lá.

— E aí, vamos rifar o exílio aqui?

Nina estava segura da escolha feita. Sorriu, encorajando:

— Dane-se o exílio na França, já estou com outros sentimentos, participando da revolução moçambicana.

Pé na estrada, ou melhor, asas no ar. Na escala em Lisboa, encontraram os amigos que lá residiam com ar fúnebre. O instituto em que muitos estudavam e trabalhavam fora fechado. Era dezembro de 1975, os últimos cravos haviam murchado e o general Ramalho Eanes assumira o poder. Não era o retorno do salazarismo, longe disso, mas as últimas veleidades revolucionárias tinham ido mesmo para o brejo.

Nina puxou Gabriel pelo braço:

— Imagine se tivéssemos escolhido vir para Portugal.

— Até que enfim acertamos uma análise de conjuntura — ele respondeu.

Uma semana e meia depois, quando sobrevoaram Maputo pela primeira vez, Gabriel ficou surpreso. Sua experiência de pioneiro em Brasília — quando chegara lá, em 1960, vira uma cidade feita de barro vermelho, que entranhava no corpo e nas roupas, com amplos horizontes e extensões infindáveis — o fez imaginar que andaria em Maputo de botas, dirigindo um jipe, com chapéu de palha para protegê-lo do sol. Voando em círculos para pousar, ele via da janela uma cidade de médio tamanho, casas e edifícios, ruas e avenidas largas, "o cimento". Em volta, multidões de palhoças, uma outra cidade justaposta, "o caniço". Como não poderia deixar de ser, uma cidade colonial, disposta em camadas. No centro, os brancos. Na periferia, "os monhéis", pejorativo para designar os originários da Índia e do Paquistão, em grande parte dedicados ao comércio. Ao largo, na periferia da periferia, os negros, devotados ao trabalho braçal e às tarefas domésticas. Miséria e opulência misturadas, a produção típica e histórica do sistema colonial. Não seria fácil revolucionar aquela arquitetura.

Em terra, outros contrastes. Os partidários do novo governo nos recebiam com simpatia, cordialidade e hospitalidade. Entre os que moravam lá e os recém-chegados, como nós, uma onda de entusiasmo, boa vontade e otimismo. Parecia tomada a decisão de construir uma nova sociedade, liberta finalmente do colonialismo e da arrogância, da prepotência do estrangeiro. Do lado dos colonos portugueses, quase todos batendo em retirada, retornando à *terrinha*, havia decepção, desconfiança, apreensão, amargura e mal disfarçada revolta. Imprecavam contra a metrópole, acusada de tê-los abandonado à própria sorte, enquanto previam o pior dos mundos para o jovem país independente. Achavam os negros incompetentes por natureza, não seriam capazes de fazer nada sem os colonos que agora se mandavam do país.

Numa roda de antigos colonos, vendendo tudo que tinham, um deles comentou, dirigindo-se a Gabriel e Nina:

— Não sei como vocês se dispõem a vir para cá.

— Simpatizamos com a revolução que se faz aqui.

— Têm filhos?

— Dois.

— Pois olhe que o governo vai editar qualquer dia desses a estatização das crianças.

— Se estatizarem as minhas, entrego, mas com recibo. E vou logo avisando: se não aguentarem, não aceitarei devolução.

Gabriel riu muito da própria piada, mas riu sozinho, os portugueses não acharam a menor graça. Ele tinha uma vaga ideia do tamanho dos desafios pela frente. Face a um universo inesperado e desconhecido, dava de ombros, espantando dúvidas e inquietações.

Tocha & Samora

Eu sabia que ele estava para chegar, mas, quando o vi enquadrado na porta da grande sala de reuniões, quase levei um susto. Era ele mesmo, o Tocha.

Da porta, com seu típico sorriso largo e exuberante, ele ergueu o punho na saudação comunista e, dirigindo-se a mim, mandou:

— Salve o Lênin da revolução brasileira!

Havia no recinto uns doze ou quinze professores, compenetrados, discutindo, sob minha coordenação, um assunto delicado: a introdução de cursos de marxismo na universidade moçambicana. Muitos, inclusive eu, éramos contra. Levei nossos argumentos ao reitor:

— Camarada reitor, veja bem, o marxismo é uma filosofia da história, não pode virar uma matéria como outra qualquer, com questões que impliquem uma avaliação de *certa* ou *errada*. E se um estudante for contra o marxismo? Vai fingir que é a favor? Se a Frelimo quiser introduzir o estudo do marxismo, que seja uma matéria optativa, sem avaliações e sem notas, apenas baseada na promoção de debates.

Ele foi inflexível:

— Nas sociedades burguesas, a classe dominante impõe sua filosofia. Aqui, na ditadura do proletariado, vamos impor a visão de mundo marxista.

Era mais fácil dizer que havia uma ditadura em Moçambique do que demonstrar o seu caráter proletário. Os russos já tinham passado pela experiência de uma ditadura do proletariado sem operários e os resultados não tinham sido muito promissores, mas não haveria hipótese alguma de convencer o camarada reitor a avançar com esse tipo de reflexão. Tentaríamos fazer o melhor possível nas circunstâncias, elaborar um programa flexível, crítico a interpretações unilaterais e rígidas. O problema é que tínhamos de lidar com o Klaus Ritter, que chegara há pouco da República Democrática Alemã, a chamada Alemanha Oriental. Ele era um professor jovem, alto, de olhos claros e inteligentes, designado para supervisionar o processo de implantação da cadeira de marxismo na universidade. Era um cara legal, simpático e aberto ao diálogo, mas tinha suas limitações:

— O que vocês acham de introduzir, no final do curso, o livro do camarada Brejnev...?

— Pô, Klaus... Você é capaz de dizer qual a contribuição do camarada Brejnev ao marxismo?

Ele ponderava, sorrindo amarelo... Já os professores moçambicanos presentes, estes hesitavam, não queriam desagradar um aliado da Frelimo. Entretanto, contra uma formulação mais oficial e dogmática, formara-se uma aliança bizarra, agrupando professores guineenses, um casal suíço, esquerdistas sem partido, uma jovem italiana da Lotta Continua, a Francesca, e um professor português de filosofia. Uma torre de Babel em miniatura, mas tínhamos um ponto comum: barrar um ensino careta do marxismo.

Exatamente quando nos preparávamos para pôr em votação se Brejnev entraria ou não no programa, surgiu o Tocha, referindo-se a mim, em alto e bom som, como o Lênin da revolução brasileira! Fiquei vermelho de vergonha, gaguejei, tentando explicar aos colegas que era uma brincadeira, mas já o amigo, aproximando-se, me abraçava e repetia, debochado, mas com um semblante sério, sempre de punho erguido:

— Saúdo o Lênin da revolução brasileira...

Fez-se o silêncio no ambiente, nos olhos de todos boiavam o assombro e a curiosidade. Quem me salvou foi um dos professores suíços:

— Façamos uma pausa para o café.

O Tocha não chegara sozinho. No mês anterior, desembarcara Manuel, meu irmão, e sua mulher e filha, vindos da Alemanha Ocidental, onde tinham encontrado refúgio político. Foram trabalhar na área da educação, e Manuel faria, na província de Quelimane, ao norte, um belo trabalho de educação popular. Dezenas de outros brasileiros, dos quatro cantos do exílio, e mesmo do próprio Brasil, aportavam então em Maputo. Com diversas experiências, diferentes referências, às vezes contraditórias, desejavam, como nós, livrar-se da "caridade pública internacional", como dizia o Ivan, e assumir uma vida profissional própria, combinando-a com engajamento político, pois não havia dúvida alguma a respeito da opção da Frelimo pelo socialismo e por alianças com o então chamado campo socialista.

Tendo acumulado experiência como jornalista, o Tocha me escrevera lá da Suécia, indagando se não haveria trabalho para ele em Maputo. O país, na época, precisava de tudo, pois o colonialismo português fora, além de brutal, muito obscurantista. Fiz alguns contatos e recebi luz verde para trazer o amigo, que trabalharia como uma espécie de secretário de comunicação do Ministério da Educação e, enquanto não se arranjasse, ficaria lá em casa.

O ingresso dele na atmosfera moçambicana não foi coisa fácil. Apenas uma semana depois de sua chegada, houve um encontro dos brasileiros com o Júlio Madruga, conhecido teatrólogo e cineasta, interessado em fazer um filme sobre a revolução moçambicana. Júlio estava inconformado e furioso com os burocratas encastelados nas repartições dedicadas ao assunto no país, que censuravam suas posições, tolhiam suas ideias, em suma, empatavam tudo:

— Não sei mais o que fazer, acho que vou embora. Uma coisa é certa, não vou me submeter, não saí do Brasil censurado para cair nas mãos de outra Senhora Censura.

Tocha deu um pulo:

— Vamos à imprensa denunciar tudo!

A sugestão foi recebida por uma geral e sonora gargalhada.

— Tocha, aqui a imprensa, toda a imprensa, está nas mãos do governo, você não se dá conta? Não estamos na Suécia, não.

Lembrei-me do reitor:

— Aqui é a ditadura do proletariado.

A atuação do Tocha no Ministério da Educação também começou a sair dos eixos. Dias depois de começar, ele apareceu lá em casa rindo:

— Aquilo lá não é um Ministério da Educação e Cultura, parece um MMG, Ministério das Mulheres dos Governantes. A ministra é mulher do presidente, sua assessora principal é mulher do ministro da Segurança, e outra assessora é também mulher do ministro do Planejamento.

Adverti:

— Tocha, não brinque, acho bom você se segurar, cara.

Para piorar, daí a pouco, ele começou a dizer que a mulher do ministro da Segurança estava dando em cima dele. Duvidei:

— Tocha, a dona está grávida de oito meses...

— E daí? Você precisa ver como ela me olha, é claro que está dando em cima de mim.

Havia também atritos de ordem profissional. O Tocha era um jornalista afeito ao que havia de mais moderno no jornalismo: linguagem concisa, clara, direta. Ora, os quadros do ministério ligados à comunicação cultivavam um português pesado, pernóstico, de impossível leitura. Todo o governo estava contaminado por essa forma de falar e de escrever. A Frelimo acabara de lançar uma palavra de ordem quase ilegível: *Desencadear uma ofensiva generalizada em todas as frentes.*

Lá em casa, lembro do Tocha me falando:

— Gabriel, sabe como isto vai funcionar? Eu lhe mostro. Imagine um comício. De um lado, o líder. De outro, as massas populares.

Subiu numa cadeira, improvisando uma tribuna popular, e gritou, gesticulando e escandindo as palavras como se estivesse num palanque:

— Vamos a desencadear a ofensiva generalizada em todas as frentes!

Ao descer da cadeira, passou a imitar as massas, que respondiam:

— A desencadear!

Subindo na cadeira, ele tornou a repetir a cena, e depois perguntou:

— Agora me diga, dá para imaginar um troço desses?

Sentindo a iminência de uma tempestade, antes que conflitos maiores explodissem, propus uma mudança de ares:

— Tocha, o que você acha de ir trabalhar na universidade como fotógrafo?

Ele, na hora, exclamou:

— Tá feito.

Na época, um intelectual português, nascido em Moçambique e que não arredara o pé de lá, o Bastos, um cara alto, barbudo, careca, ombros largos, muito bom sujeito, tinha lançado a ideia de um campo experimental, onde confluiriam saberes populares, trazidos pelo povo, e elaborações científicas, obra de pesquisadores trabalhando na universidade. O projeto tinha objetivos práticos: construir utensílios e ferramentas que fossem úteis à produção agrícola, uma vez que mais de 80% da população viviam no campo. Foi um sucesso, e o intercâmbio entre pesquisadores e lideranças populares ia de vento em popa. O Tocha se empolgou e passou a documentar tudo com rigor e compromisso.

Num dado dia, Samora Machel, líder da Frelimo e presidente do país, resolveu visitar a experiência, ver com os próprios olhos como aquilo ia se desenvolvendo, avaliar os progressos e o engajamento das pessoas. Quando adentrou o campus experimental, Tocha colou-se a ele e começou a fotografá-lo. Acompanhando a comitiva, eu observava com certa apreensão o meu amigo, sempre sorridente, se aproximando demais do Samora, clicando quase em cima do seu rosto, o que suscitava preocupação entre os seguranças do presidente. Em certo momento, parecendo se divertir com aquele fotógrafo impertinente, Samora perguntou:

— Camarada, quem é você, como você se chama?

A resposta veio no bate-pronto:

— Meu nome é Tocha... e o camarada, como se chama?

Eu estava uns cinco passos atrás e gelei.

Samora estacou, sério, hesitou uma fração de segundo, mas o retorno do sorriso aos seus lábios mostrou que preferira achar graça no episódio. Prosseguiu andando e, com um aceno imperceptível, ordenou aos seguranças que afastassem o fotógrafo.

Puxei Tocha pelo cotovelo:

— Tá maluco, cara, ele é o presidente do país.

— Ué, e eu sou o Tocha.

Tocha não aguentou muito tempo a experiência moçambicana. Ou foi o contrário? Moçambique é que não aguentou o Tocha? O fato é que, dali a um mês, voltando de uma manhã ensolarada regada a gim, em *high spirits*, caminhando para casa, ele entrou, sem querer, no perímetro de segurança do palácio presidencial. Advertido, respondeu com maus modos. Foi preso, e a intercessão dos amigos não lhe foi de valia alguma. Deram-lhe ordem de expulsão do país. Vinte e quatro horas depois, reembarcava em direção à Suécia, com escalas em Roma e Amsterdam.

Era o adeus do Tocha à África e à revolução moçambicana.

Entrelugares

— Hoje tem reunião lá em casa, gente. Nada de conversar sobre Moçambique, a pauta será o Brasil.

Gabriel telefonou para vários amigos. Queria manter conexões com a "realidade brasileira", que era como se intitulavam, nos círculos revolucionários, os estudos sobre a história contemporânea e a conjuntura atual do Brasil.

Fácil de dizer, difícil de fazer. Os brasileiros em Moçambique, trabalhando em tempo integral e gostando do que faziam, distanciavam-se quase sem perceber de suas origens. Sentiam-se estimulados, requisitados para serviços e tarefas diversos. Eu mesmo, além da universidade, fui chamado para cursos intensivos com os funcionários públicos, ou para fazer pesquisas sobre questões que interessavam à Frelimo. No quadro de necessidades amplas e prementes, era comum fazer hora extra ou trabalhos extraordinários.

Aquino de Bragança, nascido em Goa, na Índia, formado em física e agora diretor do recém-inaugurado Centro de Estudos Africanos da Universidade Eduardo Mondlane, falava com entusiasmo da contribuição dos brasileiros:

— O que distingue vocês, Gabriel, é a capacidade de criar e de improvisar. Os brasileiros nunca desistem diante de um contratempo. Já os camaradas que vêm do mundo socialista, quando encontram uma dificuldade qualquer, ficam esperando que as condições adequadas sejam criadas. E, enquanto isso não acontece, cruzam os braços. Os brasileiros, não. Quando faltam as condições, eles se viram...

Comentei:

— Quebram o galho...

Aquino embatucou:

— Como é que é?

— É uma expressão nossa, para significar isso mesmo que você está falando, isto é, quando uma pessoa inventa uma maneira para superar dificuldades imprevistas e vai em frente.

Ele sorriu:

— Entendi, vou levar isto para a Frelimo. Precisamos conhecer melhor a arte de *quebrar o galho*.

Às vezes, porém, aconteciam desencontros, como o que ocorreu com Maria do Amparo, brasileira, negra, professora de matemática. Ela viera do Brasil com propósitos identitários, para reencontrar a Mãe África. Mas se irritava, com razão, quando a levávamos para almoçar lá em casa, pois era sempre inquirida, de forma desconfiada, pelos guardas que vigiavam a residência de um alto funcionário do governo, que morava ali perto. Um dia, Maria explodiu:

— Camarada guarda, se eu fosse branca, você desconfiaria assim de mim?

O guarda, sem graça, recuou e pediu desculpas.

Um outro professor negro, Nelson, volta e meia também brigava ao se ver preterido pelos atendentes também negros, mas que davam preferência aos brancos nas filas. Os desencontros somavam-se, fazendo parte da experiência moçambicana.

Mas Gabriel inquietava-se com algo que lhe parecia mais preocupante, o distanciamento do Brasil. Os brasileiros esqueciam o próprio país. Era exatamente esta situação que ele tentava reverter com as tais reuniões destinadas a refletir sobre a realidade brasileira.

Como matéria-prima, ele fazia circular alguns livros e, principalmente, coleções do *Jornal do Brasil*, enviadas por sua mãe, Helena, e recebidas semanalmente, para alegria geral. Seu grupo chamava os grandes embrulhos de papelão pardo de "pacotões". A partir de certo momento, Helena começou a mandar guaraná Antárctica em latas. Desconhecidas quando haviam saído do Brasil, foi uma surpresa para todos ver as latinhas. Sentir o cheiro e o gosto do guaraná era como redescobrir o Brasil através do olfato e do paladar.

Lidos os principais artigos e colunas do jornal, Gabriel punha-se a coordenar a reunião:

— Bem, vamos começar. Quem quer falar?

Silêncio. Pigarros.

— Pô, ninguém quer falar?

Rolando, que trabalhava como desenhista no Ministério da Indústria, fez um comentário sobre os resultados das eleições de 1978. Mais uma derrota para a ditadura, atenuada, é verdade, pela maldita Lei Falcão, que censurara a campanha.

Cristina, arquiteta, pediu a palavra para analisar a abertura política. Aquilo era para valer mesmo? Ela duvidava. Enquanto falava, porém, meio baixinho, Maurício e Noé trocavam impressões sobre atos de sabotagem denunciados em algumas províncias do sul de Moçambique.

Gabriel interveio:

— Gente, hoje o assunto é Brasil, não se dispersem.

Logo depois, porém, no contexto de outra intervenção, um assunto moçambicano candente veio à baila: a política das aldeias comunais tinha sido uma boa decisão? Funcionaria? A discussão pegou fogo, e foi inútil tentar voltar à realidade brasileira. Até Gabriel, deixando de lado a coleção de jornais e as latinhas de guaraná, entrou de rijo no debate. O Brasil ia ficando longe. E os desencontros se evidenciavam...

Mas aí veio uma notícia que talvez compensasse, mesmo que parcialmente, aqueles desconchavos. Helena e Lúcio anunciavam estar prestes a atravessar o oceano para visitar o filho e sua família. "Ótimo", pensou Gabriel, ao saber da notícia. "Será uma lufada de brasilidade. Eles já nos visitaram no Chile e também na Europa, na França e na Alemanha. Trarão com eles um ar de Brasil, para nos oxigenar."

Logo que desembarcaram, ainda no aeroporto, ele comentou com a mãe:

— Vocês têm aproveitado o exílio, hein, mãe, como têm viajado... Por que você, sendo católica, não pensa em ir a Roma, receber a bênção do papa?

— A gente não viaja, Gabriel. Seu pai visita os filhos, eu vou junto. Se vocês estivessem no Amapá, seu pai arranjava um jeito de ir lá. Ou na Groenlândia, onde fosse, estaríamos lá. Só iremos a Roma se um de vocês se exilar por lá.

Havia um grão de verdade no toque de repreensão bem-humorada que ela fizera. Ao longo daquela estada, no entanto, por diferentes razões, eles tiveram dificuldades na adaptação a Moçambique. Quando passeavam pela cidade, Lúcio ia sempre com uma bolsa, atento às filas, procurando ver se havia algo à venda para saltar em cima e comprar. Ele e os filhos iam se abastecendo no mercado paralelo, a preços exorbitantes, e a escassez de alimentos deixava o pai preocupado. A partir de certo momento, a coisa começou com efeito a ficar difícil. Era um resultado indesejado dos erros cometidos pela política de coletivização forçada no campo e da guerra civil em andamento, por enquanto ainda restrita a áreas longínquas, perto das fronteiras com a África do Sul, cujo governo, racista, estimulava a insatisfação da população.

Helena, por sua vez, não se conformava com a hostilidade do governo revolucionário à religião católica. A Frelimo tinha suas razões: durante a luta pela independência nacional, a hierarquia católica assumira posições a favor do colonialismo. Um bispo chegou a dizer que lutar contra Portugal era um pecado. Quando foi proclamada a independência, porém, o Vaticano enviou para o país uma leva de padres progressistas. Ou seja, a Igreja Católica abandonava as posições de direita, críticas à revolução, para assumir posições de esquerda, às vezes mais à esquerda do que a própria Frelimo. Formou-se a confusão. Helena, conversando com os padres, simpatizou com suas posições e passou a ver com olhos críticos a revolução moçambicana. Não levantava questões embaraçosas, mas seu silêncio era eloquente.

Um dia, levei os dois a uma grande feira que existia na periferia próxima de Maputo: Xipamanine. Misturamo-nos na multidão. Àquela altura, eu já tinha mais de dois anos de permanência contínua na África, me sentia integrado no país. Além disso, sempre me sobrou autoestima, de sorte que tenho dificuldade em perceber eventuais atitudes antipáticas ou hostis. Em dado momento, comprando uma penca de belas bananas, senti meu pai me puxando pelo braço:

— Vamos embora daqui, meu filho.

— Por quê, pai, não está gostando?

— É que tenho a impressão de que vamos ser massacrados a qualquer momento.

— Notou algum gesto ou atitude agressiva?

— Nenhum, nada, mas estou com a forte impressão de um iminente massacre.

Quando olhei em redor, entendi por que meu pai, embora equivocadamente, estava ressabiado. Havia ali um contraste que dava na vista: nós, branquinhos, alvos como roupa lavada, e, em volta, em toda a volta, uma multidão de negros, negros retintos, quase azuis de tão negros, como a gente não tem costume de ver no Brasil, salvo na Bahia. Era mesmo interessante constatar como, depois de tanta crueldade cometida pelos colonos brancos portugueses, aquela gente nos tratava com hospitalidade, amabilidade e respeito. Sem dúvida, havia o discurso da Frelimo, antirracista radical, mas não creio que isto fora decisivo. Acho que era uma questão de modo de ser e de viver. Era uma coisa curiosa, os massacres tinham sido realizados pelos colonos, que se diziam portadores de uma civilização superior, mas, na prática, lá em Xipamanine, ao contrário, os negros é que davam exemplo de civilização.

Embarcando de volta para o Brasil, houve um último desencontro. Meus pais tiveram que se defrontar com um guarda antipático no aeroporto. De cara feia, talvez imaginando que eles eram portugueses, o guarda revistou devagarinho as bagagens, querendo encontrar algo que fosse ilegal.

Atalhei:

— Camarada, são meus pais, vieram me visitar, eu trabalho na universidade...

Ele cortou, ríspido:

— Camarada, estou fazendo meu trabalho.

Lá no fundo de uma das malas, o policial descobriu um pequeno ventilador portátil, à pilha. Temendo o calor africano, meu pai o trouxera do Brasil. Acontece que Maputo fica no paralelo de Florianópolis, tem um clima ameno, e o calor seco, mesmo no verão, não chega aos pés do que sentimos no Rio de Janeiro, daí que o ventilador ficara na mala, sem uso. O guarda estranhou:

— O que é isso?

Lúcio pegou na mão o ventilador, acionou-o, as pás viraram em velocidade, e ele, querendo ser simpático, aproximou o ventinho do rosto do cara. O guarda recuou dois passos, desconfiado. Mal-humorado, limitou-se a dizer:

— Pode levar.

E ainda nos obrigou a arrumar as malas que ele tinha desarrumado em sua vã investigação. No adeus, abraçando-me, minha mãe, com uma ironia amarga nos olhos, segredou-me nos ouvidos:

— Biel, viva a revolução!

Os problemas do reconhecimento mútuo, as particularidades que pareciam incompreensíveis, ofereciam material para muitas reflexões. A revolução moçambicana, para os que vinham do Brasil, e as tradições específicas do Brasil, para nós que estávamos lá, nos deixavam entrelugares.

Acabou a ditadura!

— Desejo falar com o embaixador Ítalo Zappa.
— O senhor, como se chama?
— Gabriel dos Santos Reis.
— Brasileiro?
— Sim.
— Seu passaporte, por favor.
— Não tenho...
— Não tem passaporte brasileiro?
— Não.

O funcionário da embaixada brasileira em Maputo, surpreso, olhou para mim, desconfiado:

— Há quantos anos o senhor está em Moçambique?
— Dois anos, dois anos e meio...
— E não tem passaporte?
— Acho que já disse ao senhor que não, não tenho passaporte.

O cara puxou então uma gaveta e de lá tirou um papel com uma lista de nomes. Ia lendo a lista e alternando a leitura com olhadas em minha direção.

— O senhor disse Gabriel dos Santos Reis?
— Exato.

O funcionário assumiu um ar grave, balançou a cabeça, devolveu o papel à gaveta, fechou-a à chave e se levantou.

— Meu nome estava naquela lista que o senhor leu?

Sem responder à questão, o cara, empertigado, limitou-se a dizer:

— O senhor espere um pouquinho, vou lá dentro saber se o embaixador vai recebê-lo.

O ano de 1978 aproximava-se do fim e a ditadura também dava os últimos suspiros. É verdade que, em novembro, fora eleito, eleito com muitas aspas, mais um general, e com mandato ampliado de seis anos. Como sempre aconteceu enquanto durou a ditadura, a maioria conservadora do colégio eleitoral dobrara-se sem discussão às injunções do ditador de plantão. Houve protestos, em vão, da oposição parlamentar e de várias entidades da sociedade civil. Mas não foi um mero repeteco de episódios anteriores. O que havia de mais interessante é que, ao mesmo tempo, as margens de liberdade ampliavam-se, manifestações de rua e críticas veladas e abertas ao governo se multiplicavam. Surgia a imprensa alternativa, pequenos jornais que, como insetos, ficavam picando a couraça do regime ditatorial. Além disso, e ainda mais promissora, anunciava-se a revogação dos atos institucionais, em particular do famigerado Ato Institucional nº 5, que, desde 1968, radicalizara as arbitrariedades cometidas pelos donos do poder.

No exílio e no Brasil, ganhava força a luta pela anistia. Comitês e grupos se formavam em toda parte, e isso criava um ambiente de esperançosas expectativas entre os exilados. Mesmo lá na contracosta, no distante Moçambique, corriam notícias alvissareiras, uma espécie de eletricidade no ar.

Eu e Nina começamos a cogitar o encerramento da experiência em Moçambique e nosso retorno à Europa, ou, para sermos mais exatos, a Portugal, onde se concentrava uma importante colônia de exilados brasileiros. Dizia-se que Leonel Brizola já estava lá, articulando a refundação do Partido Trabalhista Brasileiro, o velho PTB de Getúlio Vargas e Jango.

Se conseguíssemos ir para Lisboa, seria uma forma de nos aproximarmos do Brasil. Imaginamos, então, fazer uma viagem de reconhecimento. E, para ter mais liberdade, mandaríamos as crianças para o Brasil. Seria uma primeira visita, e mal dava para imaginar a alegria dos dois e dos parentes por lá.

Havia, porém, problemas a resolver. Tínhamos nos afastado por mais de dois anos da França, e, assim, perdido a condição de asilados no país e o correspondente passaporte expedido no âmbito da Convenção de Genebra. Era um passaporte de araque, com uma tarja preta diagonal na capa, viajar com ele só mesmo para países da Europa — nem todos — ou Estados que se dispusessem, através de contatos prévios, a receber seus portadores. Mas agora não tínhamos nem mesmo esse passaporte mambembe.

Fui conversar com Aquino de Bragança, bom amigo, conselheiro de Samora Machel. Seria possível que nos fossem concedidos passaportes moçambicanos? Mais rápido do que a gente podia imaginar, veio uma resposta positiva. Assim, com os necessários vistos, poderíamos transitar pela Europa e chegar a Lisboa.

Cheguei a ficar emocionado quando recebi o passaporte: viajaria como moçambicano. Destituído de minha nacionalidade, renegado pelo próprio país, eu ganhava, sem que pedissem nada em troca, por pura solidariedade, um novo passaporte, como se tivesse assumido outra nacionalidade. Mas ainda faltava algo que não era apenas um detalhe: para viabilizar a viagem, era preciso conseguir passaportes para as crianças.

Há pouco tempo chegara a Maputo um novo embaixador brasileiro: Ítalo Zappa. Um dos melhores representantes da tradição terceiro-mundista do Itamaraty e defensor da abertura de relações consistentes com a África, a Ásia e o mundo socialista. E se o Zappa concedesse passaportes para as crianças? Afinal, elas não podiam ser acusadas de nada pelo governo brasileiro.

Minhas especulações foram interrompidas pelo retorno do funcionário:

— O embaixador irá recebê-lo.

Amável e cordial, Zappa ouviu-me com atenção e me garantiu que faria o possível para conseguir os passaportes. Que eu voltasse dali a uma semana. Ele faria tudo para ter uma resposta. Dali a sete dias, reencontrei-o duvidoso, inquieto:

— Fiz a gestão e nada me responderam. Vou insistir. Me dê mais uma semana.

Comecei a duvidar de que os passaportes seriam concedidos. No prazo estipulado, voltei à embaixada. Zappa estava desolado:

— Eles continuam sem responder. Não dizem que não, mas também não dizem que sim.

O governo brasileiro estava se comportando pior que a ditadura de Pinochet e que os nazistas de Hitler, que sempre concederam passaportes a crianças nascidas nos países, mesmo sendo filhos de exilados. Zappa teve então uma ideia:

— Vou fazer o seguinte: mandarei um telegrama, insistindo que os passaportes sejam concedidos. E acrescentarei: se não houver resposta nos próximos dez dias, interpretarei como um assentimento e expedirei os passaportes para as crianças.

Sorriu satisfeito com o achado, mas, ao mesmo tempo, boiava uma certa melancolia em seus olhos. Dito e feito. O Itamaraty continuou em silêncio. Ítalo Zappa, vencido o prazo que tinha dado às autoridades em Brasília, correndo riscos pessoais e profissionais, assumiu a responsabilidade e concedeu os passaportes. E ainda escreveu: "Compreendo como assentimento a inexistência de respostas." Grande Zappa!

A viagem das crianças foi um sucesso. Era a primeira vez que iam ao Brasil, e os familiares presentes as receberam de braços abertos. A recepção no aeroporto foi uma festa indescritível, um triunfo. Tatiana e Cláudio conheceram a grande família — uma fileira de tias e tios, uma penca de primas e primos, todas e todos queriam vê-los, como se fossem, em certo sentido, eram mesmo, aves raras surgidas de um país ignorado, Moçambique, e de um não menos misterioso continente, a África.

Enquanto diligenciávamos em Portugal nossa transferência para lá, as crianças se esbaldaram no Rio de Janeiro. Uma surpresa para elas, pois tinham se acostumado a ver o país como o calvário da mãe e do pai. Com suas antenas, embora de modo pouco preciso, captavam todo o horror, os sofrimentos e reveses que os pais e amigos deles tinham vivido no país, mas agora o Brasil era o Corcovado e o Pão de Açúcar, o Rio de Janeiro com suas praias incríveis e outras tantas belezas. Ficaram deslumbrados com as cores e os sabores, sendo mimados ao máximo, com suas vontades sempre satisfeitas. Para driblar o calor, houve dia em que três tias se revezaram abanando Tatiana, para que nada atrapalhasse seu sono. Cláudio, impetuoso como sempre, enfrentava com o destemor habitual os brinquedos mais radicais do Tivoli Park, um grande mafuá que havia então na Lagoa Rodrigo de Freitas. Ficaram também maravilhados com a televisão colorida, que em Moçambique ainda dava os primeiros passos e não estava disponível nas residências. E se fartaram de ver desenhos animados na TV e filmes infantis nos cinemas da cidade. Em algum momento, deviam se perguntar: como aquele Brasil, tão malvado com seus pais, tinha coisas tão bonitas e boas? Quem sabe alguma coisa não teria acontecido ali que os pais ainda não sabiam?

Eu e Nina voltamos para Moçambique, vindos de Portugal, uma semana antes de as crianças arribarem. Em companhia da avó, elas desembarcaram em Maputo exultantes de alegria. Quase não os reconhecemos. Cláudio, que vivia em Moçambique de calção e camiseta, apareceu no salão do aeroporto vestido como um rapazinho, com sapatos pretos bem alinhados, de cadarço, camisa azul de manga e calças compridas pretas. Já Tatiana, que eu só conhecia de shortinho, camiseta e sandália de dedo, surgiu com um vestido longo amarelo e sapatos vermelhos de saltinho. Haviam partido uma menininha e um menino, voltavam uma mocinha e um rapazote. Ainda meio zonzo diante de tantas metamorfoses, mal tive tempo de pensar antes de abraçar Tatiana, que veio correndo na minha direção e pulou no meu colo, rindo muito e gritando:

— Papai, acabou a ditadura no Brasil!

Lisboa

Para dizer a verdade, eu estava muito bem em Moçambique.

Hesitei em vir, é verdade. Lá em Paris, cogitei fazer o doutorado em história e prosseguir meus estudos de francês. Também não desgostava das conversas políticas nos cafés parisienses, embora estivessem se tornando insatisfatórias. Nosso ponto era o Lutèce, ali pertinho da Fontaine Saint-Michel. Morávamos num subúrbio próximo da cidade, a quinze minutos de trem, e as crianças estudavam em escolas de alto nível, e gratuitas. Por outro lado, profissionalmente, vivíamos de subempregos e bolsas de estudo, às vezes era desanimador. Assim, me rendi às ponderações de que já era tempo de assumir uma vida profissional definida. A ideia de integrar-me a um processo revolucionário também era estimulante. E foi com este ânimo que partimos para a África.

No começo, não foi nada fácil. Eu lecionava história contemporânea, com ênfase nas revoluções socialistas: Rússia, China e Cuba. Investia pesado na preparação das aulas, com a preocupação de oferecer a mais completa informação possível antes de formular avaliações. Sempre desconfiei das altas (na verdade, baixas) discussões teóricas sem embasamento empírico. Mas as aulas, como sempre, tinham limite de tempo. E eu trazia tanta informação que, mesmo falando rápido, não dava. Muita coisa, pouco tempo. Era uma turma pequena, de uns quinze jovens, a maioria brancos, filhos de colonos que haviam resolvido não acompanhar o retorno dos pais a Portugal. Simpatizavam com a independência e com os horizontes promissores de uma nova sociedade. Gostavam de mim, me encorajavam, mas, um dia, quase no final da aula, eu, esbaforido, tentando terminar tudo que tinha para dizer, dois deles cruzaram olhares, acho que trocaram alguma piada sobre o jeito como eu estava conduzindo a aula, mas não consegui ouvir bem. Sei apenas que começaram a rir, e o riso deles contagiou a turma inteira, e todos riram, e riram tanto que até lágrimas vieram a seus olhos. E eu, atônito, sem graça. Olhando em retrospectiva, foi, sem dúvida, o pior momento da minha carreira acadêmica. Mas fui melhorando, aprendendo a dosar o tempo. Minha trajetória como professor me lembrava do seu Raimundo, enfermeiro lá em Laranjeiras, que aplicava injeções com uma invejável maestria. Uma vez ouvi minha mãe elogiando:

— Seu Raimundo, como o senhor aplica bem injeções! A gente nem sente a picada.

E ele respondeu:

— Obrigado, dona Helena, mas a senhora nem imagina quantas agulhas entortei nos braços das pessoas. Entortei, entortei, até que aprendi.

Acho que entortei muitas agulhas lá em Moçambique. Mas, com a ajuda dos alunos, acabei aprendendo. E passaram a gostar de meu trabalho. Fui chamado para outros cursos, com alunos funcionários civis e militares, turmas especiais, selecionadas para ingressar direto do ensino médio na universidade, e também para a formação de professores. Num outro momento, Aquino de Bragança me solicitou pesquisas sobre as contradições no campo do socialismo: a invasão da Tchecoslováquia em 1968; a cisão sino-soviética, que por um triz não levou à guerra entre os dois países; e as divergências entre vietnamitas e chineses, os quais chegaram mesmo às vias de fato. Os moçambicanos, sentindo-se pressionados pelos contendores, desejavam manter-se neutros, mas queriam compreender melhor como e por que os regimes socialistas estavam se desentendendo. Fazendo referência a uma frase famosa de Marx, invertendo-a, um conhecido cartunista fez na época uma charge na qual o revolucionário alemão, aparecendo das nuvens, bradava, colérico:

— Proletários de todo mundo, desuni-vos!

Numa reunião do comitê central da Frelimo, apresentei os resultados das pesquisas. Foi um bom debate. Em alguns momentos, algumas nuances apareceram, como quando um ministro ponderou:

— Camarada Gabriel, você falou que as tropas soviéticas invadiram a Tchecoslováquia. Não seria mais adequado dizer que elas entraram no país?

Um pouco depois, fizeram-me uma oferta sedutora: participar de um curso de formação de diplomatas. O país queria abrir embaixadas em diversos países e precisava qualificar quadros para ocupá-las. Mas o Brasil nos chamava, e, com a anistia se aproximando, decidimos ir para Portugal, onde havia uma grande colônia de exilados brasileiros, todos vidrados na possibilidade de um retorno próximo.

Quando os moçambicanos souberam que estávamos de partida, não esconderam a decepção, mas compreenderam nossas razões, e saímos de lá, mais uma vez, com passaportes moçambicanos, devolvidos em Lisboa logo depois que chegamos, em março de 1979.

Em Portugal, retomei a condição de refugiado político. A luta pela sobrevivência forçou meu retorno aos trabalhos subalternos. Um veterano jornalista brasileiro, havia muitos anos no país, conseguiu-me traduções de uma grande coleção de fascículos sobre animais do mundo — tradução do português de Portugal para o português do Brasil. Às vezes, aquilo me parecia patético e frustrante, e batia um arrependimento de ter largado a vida profissional tão intensa, útil e proveitosa que tinha em Maputo por esse trabalho mecânico e sem graça. Mas era necessário ganhar alguns cobres para garantir o leite das crianças, e eu não tinha muita margem para escolhas. A frustração profissional era compensada pela atmosfera política excitante que reinava nos círculos de exilados brasileiros. Nos bares, cafés e pastelarias, toneladas de tremoços, centenas de barris de chope e outras tantas garrafas dos excelentes vinhos portugueses eram consumidos noite adentro, enquanto nós brasileiros discutíamos como responder aos desafios que se colocavam. Podíamos sentir que a anistia estava próxima, então era preciso discutir alternativas.

O Partidão e o PCdoB, tradicionais irmãos inimigos, alinhavam-se na defesa do MDB. O Arrudão, um dos principais dirigentes do PCdoB, pontificava:

— Enquanto durar a ditadura, é uma inconsequência formar novos partidos. Devemos todos manter a unidade em torno do MDB, que se transformou, na prática, numa grande frente antiditatorial. Cindir essa frente é fazer o jogo dos inimigos.

Os dirigentes do PCB faziam coro.

— Não é razoável, no apagar das luzes do regime, ficar brincando de lançar novos partidos ou movimentos. É exatamente isso que o Golbery quer.

Dividir para reinar, a velha máxima das classes dominantes. Elas se unem, e nós iremos nos dividir? Justo agora, que a ditadura dá os últimos suspiros?

A proposta, sem dúvida, tinha lógica, mas, ao mesmo tempo, bloqueava uma diversidade que ganhava corpo e parecia explodir de tão madura. Por outro lado, o argumento de "fazer o jogo do inimigo" me parecia de uma pobreza franciscana, típico da tradição dos comunistas brasileiros, sempre desqualificando as ideias contrárias às suas próprias posições. Entretanto, eles não conseguiriam — ainda bem! — paralisar o fluxo de alternativas. Um grupo de ex-militantes da ALN e da VPR já se preparava, de armas e bagagens, para iniciar a reconstrução do velho PTB.

Os debates esquentavam:

— Voltar ao velho trabalhismo de Vargas e de Jango? Não seria mais do mesmo?

— Você ainda não conversou com o Brizola. Ele está cheio de ideias inovadoras, nada a ver com a velha tradição do trabalhismo.

— Nada a ver com a tradição, mas recupera o velho nome...

— Claro, o PTB foi uma experiência social, histórica, de grande valor. Está gravado na consciência das camadas populares, que, antes do golpe de 1964, votavam em peso no partido.

— Mas é um partido de conciliação de classes...

— Muda o disco, Gabriel, esse discurso está velho como a sé de Braga.

— Não sei, não. Tudo que fizemos no sentido de construir uma alternativa irá por água abaixo com essa história de retorno ao PTB.

Fui conversar com o Brizola. Expus dúvidas e críticas. Ele recebia todo mundo com um sorriso largo e cativante. Falava, ouvia e tinha, realmente, algumas ideias inovadoras, como o combate ao racismo, subestimado na história dos comunistas, a atenção à criança, a ênfase na educação, onde se destacava a figura de Darcy Ribeiro, fundador da Universidade de Brasília, já retornado ao Brasil. Brizola abria-se à diversidade e não questionava as restrições:

— Você tem críticas, ótimo, bem-vindas as críticas. O nosso partido não é e não será monolítico, estamos abertos a divergências.

E citava expoentes da esquerda revolucionária, como Teotônio dos Santos e Ruy Mauro Marini, além de ex-militantes de organizações da luta armada, que estavam no processo sob sua liderança. Eu ouvia aquilo tudo, me parecia interessante, mas não me convencia. Cheguei a comparecer ao Encontro de Lisboa, um evento de refundação do PTB. Era impossível não registrar as novidades, mas as citações obsessivas a Vargas e a Jango me pareciam anacrônicas. Além disso, eu desconfiava da adesão à Internacional Socialista e do patrocínio de Mário Soares, líder socialista português, conciliador de marca maior e então uma espécie de padrinho político internacional de Brizola.

O que me atraía mesmo eram as notícias de outra alternativa, imaginada pelas novas lideranças operárias brasileiras, que se afirmaram nas greves de 1978, retomadas em 1979. Despontou então a figura de Luiz Inácio da Silva, o Lula. Ele e seus companheiros propunham aos trabalhadores a fundação de um partido que fosse deles, uma criação deles próprios, dirigido por eles e não por políticos que falavam em seu nome. Seria mesmo um partido ou uma outra coisa, como o Solidariedade que surgia na Polônia? Com projeção internacional e sólidas bases operárias, questionando a ordem socialista autoritária, o Solidariedade não era nem partido nem sindicato, mas um movimento, uma proposta original, rompendo velhos parâmetros. Não seria possível construir algo semelhante no Brasil?

Eu discutia com entusiasmo, sempre havia gostado de um bom debate, de preferência com divergências, mas... posso ser franco? Para mim, nenhuma daquelas alternativas comparava-se, como projeto de mudança, como aventura, no melhor sentido da palavra, à saga a que me dedicara. A luta armada contra a ditadura fora esmagada no nascedouro, e ainda estava em aberto o inventário das cicatrizes deixadas por aquela derrota, mas pelo menos havia sido uma proposta de mudanças radicais, revolucionárias. Estas outras alternativas que estavam surgindo, teriam elas esse propósito? Eu duvidava. E eu nisso tudo? Participaria? De que maneira? Com que grau de interesse? Cismando, meio melancólico, percebi que alguma coisa, ainda indefinida, me dizia que nunca mais a política me envolveria com tanto gosto, emoção e intensidade.

Marquinho

Era assim mesmo que ele se chamava, sem o "s" no final: Marquinho. Passara a infância e a juventude numa cidade do interior gaúcho, vida dura, família "pobre, pobre, pobre, de marré deci", como dizia a antiga canção de roda. Aluno aplicado, foi vencendo as etapas, sempre em escolas públicas, até que, vitória dele e da família, entrou numa das melhores faculdades de direito do Rio de Janeiro.

Migrou para a cidade maravilhosa. A vida, porém, continuava difícil. Para comer, recorria ao restaurante Calabouço, como milhares de outros estudantes pobres ou remediados. Além de refeições baratas, havia uma série de lojinhas que prestavam serviços à estudantada; sapataria, barbearia, brechós, tudo a preço reduzido. Quando a ditadura resolveu destruir o restaurante, para construir no terreno um trevo rodoviário, os estudantes protestaram e foram à luta. Mas a ditadura, claro, não quis nem conversa. Logo chegaram as máquinas e os guindastes para efetuar o trabalho de demolição. Deu-se o embate.

Marquinho entrou nele de cabeça. Começaram as manifestações de rua. Nos enfrentamentos com a polícia, o pessoal do Calabouço destacava-se pela coragem e ousadia. Mandavam ver. Houve uma foto que ficou famosa: um estudante do Calabouço montado num cavalo e usando o capacete do PM, já a pé. Olhando bem, dava para reconhecer: era o Marquinho. Ele estava em todas, tinha uma coragem que eu já vi igual, mas nunca maior.

Quando mataram um colega deles, em fins de março de 1968, houve uma comoção no Rio de Janeiro. O enterro levou quase 30 mil pessoas às ruas. No trajeto, Marquinho corria de um lado para outro, com um pedaço de pau nas mãos, animando as pessoas. Eu o conheci naquele dia, os olhos vermelhos de tanto chorar, por efeito das bombas de gás, estavam agora secos. Notei que havia neles uma raiva e uma amargura de meter medo. Um pouco mais tarde, entrou na ALN do Rio de Janeiro e se destacou nas ações armadas.

Fui rever o Marquinho em Cuba, no treinamento guerrilheiro. Dedicado, introspectivo, de poucas palavras, fazia os exercícios com afinco, disciplinado. Perguntei-lhe um dia como fora sua experiência de cadeia e ele me contou, ironizando a própria sorte:

— Cara, o que mais me traumatizou foi o seguinte: um companheiro mais velho da gente, conversando com um grupo lá onde eu estava, nos garantiu que não era difícil segurar o choque elétrico. Era só uma questão psicológica.

Perguntei, incrédulo:

— Como assim, uma questão psicológica?

— Pois é, foi o que o cara disse. Na época, corria a notícia de que os militares do DOI-Codi estavam aplicando dois tipos de choque: o da manivela e o de parede, ambos muito assustadores. O segundo, inclusive, podia até matar, pois no da manivela o cara vai rodando a manivela, controlando a carga do choque, mas no de parede a carga vem direto da corrente elétrica e pode vir com tanta força que é capaz de matar a pessoa. Pois bem, ao saber disso, estávamos todos preocupados, ou até assustados. Então, o tal cara nos tranquilizava.

E Marquinho imitava o que seria a voz do companheiro:

— Quando os caras vierem dar choque elétrico em vocês, não se apavorem, repito, é tudo uma questão psicológica.

E completava, sorrindo:

— Daí, ao entrar na porrada, quando vi os caras enrolando o fio elétrico no meu pau, pensei, tentando me acalmar: "Fica sussa, cara, a coisa toda é segurar as pontas, manter o autocontrole, como dizia lá o velho companheiro: tudo não passa de uma questão psicológica."

Comentei:

— Pô, com um conselho desses, vindo de um amigo, você nem precisa ter inimigos.

— É isso aí. Quando veio o primeiro choque, ainda pensei: "Cara, segura, mantenha a calma." Mas no segundo e nos seguintes, destrambelhei gritando. E, quando podia pensar, pensava: "Psicológica, ó, aqui, ó, seu filho da puta..." Uma coisa eu garanto: se reencontro esse cara, ainda esfrego o psicológico na cara dele.

Mas ele dizia isso rindo, pois, de fato, não guardava rancor. E, bem, o treinamento cubano afinal não dera em nada. Como se sabe, a luta armada foi destroçada pelos DOI-Codi da vida, pela tortura generalizada e pelo isolamento social. Perdi contato com o Marquinho.

Soube depois que permaneceu em Cuba por um bom par de anos. A ALN tinha rachado, um grupo grande formou uma organização própria. Marquinho hesitou, ele era um homem de ação, as discussões teóricas e políticas lhe pareciam cansativas e sem objeto, só servindo mesmo para promover divergências e rachas. Sem saber para onde ia, ele chegou a pensar em não ir para lugar nenhum, ficar por lá mesmo, participar da construção do socialismo em Cuba. Vários outros tomaram esse caminho. No entanto, a partir da Revolução dos Cravos em Portugal, em abril de 1974, o Marquinho se entusiasmou. Depois do Chile, haveria ali uma nova brecha? Viveu, então, os momentos mais febris do processo português, com suas idas e vindas, avanços e recuos. A partir do final de 1975, porém, desiludiu-se com a derrota das esquerdas mais radicais. Sem alternativas, não teve outro jeito senão ficar em Portugal, à espera de aparecer alguma perspectiva.

Fui revê-lo em Lisboa, às vésperas da anistia. Ouvira falar que ele estava meio angustiado, sombrio, desconfiado do futuro. Conversamos num bar, e o senti, realmente, meio desenxabido. Em tom de brincadeira, indaguei:

— E aí, Marquinho, qual é a orientação?

Ele me sorriu de volta, com um olhar melancólico:

— Não vejo nada de muito bom, mas acho que vou embarcar no trem do velho Briza.

— Pô, Marquinho, mas é a conciliação de classes com nova roupagem.

— Concordo, cara, mas qual é a alternativa?

— Que tal a proposta das lideranças operárias do ABC?

Ele respondeu, duvidoso:

— Esse Lula, não sei não, o pessoal do Partidão tá dizendo por aí que ele é agente da CIA, cria do Golbery...

— Agente da CIA?

— É... Ele teria feito um curso de formação sindical nos EUA, e esses cursos, segundo os caras do Partidão, são controlados e financiados pela CIA.

— Ô, Marquinho, você não sacou ainda? O Partidão tem esse costume, os que divergem de suas orientações sempre estão fazendo o jogo do inimigo, de propósito ou não. Eles também não diziam a mesma coisa das nossas ações armadas?

Ele se limitou a comentar:

— É, você talvez tenha razão... Mesmo assim, sinto mais firmeza no Briza, na sua experiência e liderança.

Dias depois, Marquinho acordou com frio. O céu de Lisboa estava nublado, mas ele resolveu ir à praia de qualquer jeito. Já tinha combinado com a Letícia, não ia dar furo. Quando ia chegando, viu-a de longe, bonita como sempre, muito guapa, como dizem os gaúchos.

— E aí, Lelê? Tá meio frio, hein?

Ela respondeu com bom humor:

— Praia é sempre bom, Marquinho, mesmo com frio e céu fechado.

Sentou-se perto dela e, de relance, percebeu, a uns quinze metros de distância, dois caras fazendo ginástica. Já tinham passado do aquecimento e agora estavam pulando corda.

Letícia puxava conversa, mas ele estava concentrado, observando os caras com atenção. Eles então deixaram as cordas de lado e começaram a fazer polichinelos, não paravam de pular. Tinham um bom preparo físico, e Marquinho começou a desconfiar de que aquilo podia ser uma trampa. Fixou os olhos neles. Sentia a Lelê puxando seu braço, mas não tirava a vista dos caras, imaginando que tinha coisa ali. Os dois passaram a fazer flexões, e faziam muito bem, ritmados. De repente, um clarão cruzou seu pensamento:

— E se esses caras forem agentes da CIA, ou do DOI-Codi?! Daqui a pouco, vão cair aqui em cima de mim.

Tenso, mal ouviu Lelê falar:

— Marquinho, aconteceu alguma coisa? Você está passando bem?

Imaginou, numa fração de segundo, o que estava acontecendo. Olhou em volta, desconfiado, chegou a pensar que haveria um cerco maior. "Eles não vão me pegar de novo", pensou. "Ah! Isso é que não, não vai mesmo acontecer." Nem quis olhar mais, dobrou o corpo e saiu correndo na direção oposta. Ainda murmurou, entredentes:

— Esses caras não vão mesmo me pegar!

Letícia gritou, perplexa:

— Marquinhoooo, aonde você está indo?

Mas o Marquinho já ia longe, de seus gritos e dos dois caras, que, parados, observavam, surpresos, a cena. A notícia correu entre os grupos de exilados em Lisboa:

— Marquinho estava com a Lelê na praia e, de repente, sem mais, sem nada dizer, saiu correndo como uma flecha, sumiu...

— Não apareceu em casa?

— Não, e também não deu as caras nos bares de costume.

Os amigos dividiram a cidade em grandes áreas e saíram, em duplas, a procurá-lo. A noite veio abraçar Lisboa e nada de achar o Marquinho. Informaram a polícia. Foram aos hospitais. Ao necrotério. Nada. Passaram-se mais dois dias. A aflição era geral, pois todo mundo gostava dele. Aonde poderia ter ido?

No terceiro dia, na boquinha da noite, Marquinho foi, afinal, encontrado. No beco da Botica, os joelhos encostados no queixo, encolhido, debaixo de um oleado azul, com frio até os ossos. Em murmúrios desconexos, não reconhecia os amigos nem conseguia contar o que tinha acontecido.

Alô, Rio de Janeiro!

Saiu a anistia!

A rigor, não foi uma surpresa total. Apostando mesmo que ela estava para sair, e decididos a voltar tão logo fosse aprovada, as crianças já tinham retornado ao Brasil em março, para não perderem o ano escolar. Ainda assim, era uma baita emoção receber a notícia. Pelo telefone árabe, o popular boca a boca, a novidade correu pelas ruas, becos e ladeiras de Lisboa, com a velocidade de um relâmpago, e chegou a Benfica, onde eu morava. Nem me lembro quem me transmitiu a informação, só me lembro — e muito bem — de que logo, logo me encontrava no Eurico, na Mouraria, um pequeno restaurante onde a turma conhecida costumava se reunir. O nome fora uma homenagem do dono, seu Antônio, ao avô materno, provindo do norte do país, migrante interno. O velho labutara anos para construir um pequeno legado, transmitido ao neto com votos de sucesso. O pecúlio virou um restaurante, com mesinhas de tampo de mármore, pés pesados de cobre e fotografias da Lisboa antiga espalhadas pelas paredes. Mais que os vinhos e os bons e fartos pratos de bacalhau, éramos aquecidos pela generosidade e simpatia de seu Antônio, veterano opositor da ditadura salazarista.

Quando cheguei, ainda antes das nove horas, já topei com uns cinco amigos, muito animados, conversando sobre a novidade óbvia:

— Saiu a anistia!

Espantado e animado, indaguei, enquanto ainda me sentava:

— Vocês já leram o texto da lei?

Adalberto me estendeu um papel:

— Está aqui, Gabriel, foi aprovada ontem, por uma curta maioria. O Rafa pegou o *Jornal do Brasil* lá na Varig e datilografou o texto na íntegra, mas tem alguns pontos obscuros, que a gente tá aqui quebrando a cabeça para entender.

Começando a ler na volada, perguntei:

— O que não está tão claro?

— Logo no artigo primeiro, a gente embatucou. Fala em "crimes conexos". Que merda poderá ser isso?

— Vou perguntar ao velho, ele é advogado, deve saber.

— Outra coisa que a gente também não está conseguindo deslindar. Leia o parágrafo segundo deste mesmo primeiro artigo.

O que li me deixou com cinco pulgas atrás da orelha. Estava lá no tal parágrafo:

— "Excetuam-se dos benefícios da anistia os que foram condenados pela prática de crimes de terrorismo, assalto, sequestro e atentado pessoal."

Um primeiro pensamento me deixou com raiva:

— Puta que o pariu, tô fora! Excluíram muita gente da anistia, inclusive eu!

Pedi licença a seu Antônio, testemunha de nossos papos intermináveis sobre os destinos da humanidade, para ligar para o Brasil. A ligação era cara, mas eu pagaria todo o dinheiro do mundo para entender melhor aquele curto e obscuro texto de poucos artigos e parágrafos.

Meu pai atendeu na hora, parecia que estava me esperando ligar, e foi logo dizendo, quase aos gritos:

— Aprovaram a anistia ontem e vocês estão contemplados!

— Contemplados como, pai? Eles excluíram os crimes de assalto, sequestro e atentado pessoal, estou lendo aqui o texto.

— Meu filho, leia com atenção, o texto fala em "condenados". Você e Nina não foram condenados, pois o banimento suspendeu os processos de vocês. Só os condenados em última instância, ou seja, os que ainda estão presos ou já passaram pela prisão e foram julgados e considerados culpados, só estes estão fora. Os que não foram condenados estão dentro!

Eu me sentia dançando no ar:

— Pai, você está certo disso?

— Assim como dois e dois são quatro.

Os amigos lá na mesa me viam pulando:

— Certo mesmo?

— Certíssimo, meu filho, é apanhar o passaporte na embaixada e chegar para os abraços.

— E essa coisa de "crimes conexos"? O que eles querem dizer com isso?

— Há um grande debate aqui a respeito. A voz corrente é que os autores do texto quiseram anistiar também os que se envolveram com a repressão, em particular os que praticaram diretamente as torturas, isto é, os militares do DOI-Codi.

— Anistiar os torturadores? Como, se eles não foram sequer julgados ou condenados? Aliás, em termos oficiais, nem se sabe os nomes de todos eles.

A voz de meu pai transmitia uma indignação contida:

— É isso aí. Incrível, não?

Mas logo recuperou o tom alegre:

— O importante, meu filho, é que todos vocês poderão voltar. Isso é maravilhoso!

Meio cismado, concordei e desliguei. Ao voltar para a mesa, disse:

— Meu velho garantiu: a conclusão geral é que todos os exilados estão contemplados!

Rafael vibrou:

— Nem consigo acreditar, gente, a porra do exílio acabou!

Agora nem éramos só nós, a impressão é que tudo dançava no Eurico, inclusive as mesas e as cadeiras, e mesmo seu Antônio, nosso generoso anfitrião de tantas noitadas, que nos consolava quando, volta e meia, parecíamos tristes e melancólicos. Ele sempre nos dera muita força:

— Vejam, a ditadura brasileira não vai durar tanto como a ditadura de Salazar. Se aqui, depois de tantos anos, acabou, no Brasil também vai chegar um dia em que todo esse sofrimento de vocês vai ter fim.

Naquele dia, a gente o ouviu gritar do balcão:

— Uma rodada por conta da casa!

Brindamos pelo fim do interminável exílio, pelos reencontros que viriam, pela redescoberta do Brasil, pelo fim das angústias, dos sofrimentos e das saudades. Alguém propôs:

— Não esqueçamos os que ainda estão presos e os que não estão mais entre nós.

Circunspectos, brindamos. A essa altura, tinha chegado mais gente, e ocupávamos ao todo quatro ou cinco mesas. A euforia era ampla, geral e irrestrita. Um recém-chegado anunciou:

— O consulado brasileiro lá no Chiado começou a distribuir passaportes!

— Sério?

— Verdade verdadeiríssima!

Pagamos a conta e corremos para lá. De longe, avistei o Corrêa, veterano exilado, da varanda do consulado, sacudindo o passaporte verde, como se fosse um troféu.

O pessoal, embaixo, gritava em coro:

— Joga, joga, joga!

Ele não fez por menos. Rindo muito, acho que já meio de porre, tensionou o braço e isolou o documento para a turma. Foi uma festa, todo mundo queria segurar, esmiuçar, apalpar, ver com os próprios olhos aquilo que pareceu ser, por longos anos, um sonho irrealizável.

De passaportes já no bolso, guardados e bem guardados, fui com Nina ao escritório do Alto-Comissariado das Nações Unidas para os Refugiados, o ACNUR. A atendente nos recebeu com fidalguia e eficiência. Não tivemos nenhum problema, tudo se resolveu bem rápido, pois eles financiavam os retornos sob a rubrica de "reencontros familiares". Adquiridos os bilhetes, estávamos livres para voltar.

Lembro-me da chegada como se fosse hoje. Viemos em um poderoso DC-10 da Varig, o mais moderno avião da época. Quando anunciaram o pouso, expliquei nossa condição às comissárias de bordo, exilados de quase dez anos, e pedi para ver a chegada na cabine dos pilotos. Consultado, o comandante do avião compreendeu minha fissura e autorizou; sim, podíamos entrar. Sob o olhar curioso da tripulação, lá fomos nós dois, Nina e eu. Sentamo-nos espremidos numa poltrona vazia, envolvidos pelo cinto de segurança, e pudemos ver o gigante de aço atravessar devagarinho as nuvens esparsas, e o Rio de Janeiro lá embaixo. Acostumados a ver tudo pelas janelinhas laterais do avião, a gente perde a noção da grandiosidade e da amplitude que a visão da cabine permite.

Quase dez anos depois de alçar voo para o exílio, ameaçado de morte caso voltasse, infiltrava-se por todo o meu corpo uma emoção difícil de explicar.

Naquele momento meio inebriante, lembrei-me de uma história singular, contada por um amigo que fizera o trajeto Rio-Paris. Cerca de vinte minutos antes do pouso, o comandante, veterano, dizendo-se na véspera de se aposentar, saudou os passageiros e se permitiu ler o decantado "Soneto da fidelidade", de Vinicius de Moraes, sobre o amor "que seja infinito enquanto dure". Ele havia feito a leitura com uma voz pausada, enunciando bem as palavras, e depois, enlevado, cantarolou uma canção de grande sucesso, "Sonho meu", composição de Dona Ivone Lara e Délcio Carvalho. Todo mundo havia começado a cantar junto, "Sonho meu, sonho meu, vai buscar quem mora longe, sonho meu". Muita gente, pensei, inclusive minha mãe, entendera a música como um recado para nós, exilados e dispersos pelo mundo, e não parava de cantá-la às vésperas da anistia.

Eu estava embalado pela canção quando voltei a mim. Em lentas espirais, o bichão alado veio calmo, quase silencioso, até que ouvi a voz decidida do comandante:

— Agora.

O ponto de não retorno. Pousamos com firmeza e suavidade. O meu sonho estava se materializando. Meus pensamentos, nem sei por quê, ainda voaram para o Gilberto Gil. Preso e intimidado depois do AI-5, logo que foi solto ele rumou para o exílio em Londres. Saindo do Brasil, em vez de amargura e tristeza, compôs o esfuziante e radiante "Aquele abraço". Tinham lhe dado fúria e tormento, Gil respondera com alegria e generosidade. Minha vontade foi sair dançando pelo corredor do avião, cantando sua música, mas apenas murmurei, cantarolando para mim mesmo:

— Alô, Rio de Janeiro, aquele abraço!

LIVRO III
Retorno

Chegada

Foi pisar o pé fora do avião e me senti quase um estranho. Quando parti, havia mais de nove anos, era ainda o *velho* Galeão, um misto de aeroporto civil e militar. Uma edificação simples, quase simplória. E você andava pelo grande pátio do aeroporto até a escada que dava acesso ao avião, o que também acontecia no Santos Dumont, que recebia os voos nacionais. As pessoas ficavam das sacadas, acenando, e os passageiros, quando chegavam ao topo das escadas, voltavam-se para dar um último adeus aos que tinham ido se despedir. Nas chegadas, a mesma coisa. Mal despontavam, antes de descer as escadas, as pessoas olhavam, esquadrinhando parentes e amigos que tinham ido recebê-los. Lembro de ter visto em Argel as fotos de nossa partida do Rio de Janeiro para o exílio. Das sacadas, parentes e amigos acenavam. Por mesquinharia, tinham sido impedidos de dar um último adeus de perto, olho no olho. Ficaram ali, aglomerados, sacudindo mãos e braços, numa última demonstração de afeto. O mesmo acontecia em quase todos os lugares do mundo, até que, em fins dos anos 1970, começaram a surgir os novos aeroportos, gigantescos, imersos nas chamadas *free shops*, uma intensa luz branca aclarando os lugares mais recônditos. Os viajantes, então, passaram a se despedir ou se encontrar com parentes e amigos nos saguões, e, depois de percorrer longas distâncias, passando por dezenas e dezenas de lojas e bares iluminados, entravam numa espécie de corredor sanfonado que levava diretamente à porta dos aviões.

Quando retornei, já encontrei o novo Galeão. Puro produto do celebrado "milagre econômico", com os corredores sanfonados, as imensas distâncias a serem percorridas a pé, sob a luz fria de uma poderosa iluminação, os tapetes e escadas rolantes, a impessoalidade homogeneizada. Cadê os parentes e amigos? Meio desorientado, andei apressado, passo rápido, tentando divisar rostos conhecidos. Será que os reconheceria a todos? Será que me reconheceriam, quase dez anos depois?

Quando saí, a ditadura passou a me chamar de "banido", uma figura jurídica que os generais inventaram para legitimar ou justificar o fato de terem sido obrigados a abrir as portas das cadeias para os que estavam saindo. Eu fazia parte do grupo dos quarenta banidos pela ditadura em junho de 1970. Banidos? Aqui, ó! Fôramos libertados. A ditadura, obrigada a nos soltar, uma evidência histórica. Mas eu já aprendera que, não raro, narrativas fortes, bem apoiadas, prevalecem sobre as evidências. Daí que o termo banido pegou de tal maneira que até os próprios libertados passaram a se conhecer e a se reconhecer como tal. Não fomos os primeiros e, com certeza, nem os últimos.

O Brasil é um país onde os revolucionários que lutaram pela independência, deram a vida por ela, são até hoje chamados de "inconfidentes", ou seja, os que foram capazes de trair a confiança. A insurreição derrotada de 1935 foi apelidada de "intentona", quer dizer, conluio, conspiração ou coisa pior ainda. E o triste é que os próprios comunistas, durante muito tempo, a ela se referiram desse modo. Quantos exemplos mais eu poderia dar? É frequente os que estão por baixo usarem termos e categorias difundidos pelos de cima. Nem precisa aplicar violência. A coisa funciona como se fosse natural. Bem, agora eu fora mais uma vez renomeado; não era nem banido nem libertado, era um exilado anistiado, de volta ao país de origem.

Bastante confuso diante daquele ambiente novidadeiro e desconhecido, mal ou bem acompanhando o fluxo dos passageiros que chegavam, dei de cara, em certo momento, com um rosto que me pareceu familiar. Era o Técio, velho companheiro e colega da faculdade de direito. Partidário da luta contra a ditadura, ele, como meu pai, não acreditara, igual a tantos outros, na viabilidade das ações armadas. Formara-se em direito e, ainda muito jovem, entregara-se de corpo e alma à defesa dos presos políticos, entre eles vários amigos e colegas. Naqueles tempos sem eira nem beira, era preciso coragem e caráter para vir em socorro dos "terroristas", perseguidos e torturados pelos militares, vistos com medo, desconfiança ou indiferença pelas grandes maiorias. Mas a roda da história estava girando, os anistiados estavam sendo acolhidos com apreço e simpatia, quase ninguém se lembrava de que tinham sido revolucionários, pois ressurgiam reintegrados com pleno direito nas lutas pelas liberdades democráticas. Técio estivera com meu pai nas horas mais brabas, na escuridão mais densa, quando a ditadura parecia interminável e o exílio, sem fim. Ele então me apresentou a outro jovem advogado, o Barandier, do qual sempre tínhamos ouvido falar com afeto, ele também parte do corajoso grupo de advogados que preferiram — coisa rara — ser fiéis às próprias convicções, quando as condições e a prudência aconselhavam a rendição e a capitulação. Abracei os dois, emocionado. Em volta, agentes da Polícia Federal, respeitosos, quase afáveis, que nos levaram a uma pequena sala, onde, com rapidez, nos identificamos e nos registramos.

Retomando o percurso, e depois de mais uma escada rolante, vi-me abraçado por meu irmão mais velho, Mateus. Por intermédio de conhecidos, alegando as condições especiais daquela chegada, ele conseguira furar as barreiras e me esperar ali, antes que eu encontrasse os demais amigos e parentes. Eu já não o via há tanto tempo que nem eu nem ele saberíamos precisar quando havia sido a última vez. Desde que caíramos na clandestinidade, em dezembro de 1968, tínhamos nos visto sempre de maneira precária, como era comum naqueles tempos bicudos. Um aperto de mão aqui, um piscar cúmplice de olhos ali, não precisávamos de muito mais para nos entender e comunicar. Depois, Mateus sumira do radar. Nosso pai, nas visitas que me fazia, dava notícias fragmentadas sobre ele. Volta e meia, eu mandava recados, nem saberia dizer se chegavam, para que ele viesse se juntar a nós no exílio. Mas havia ali uma barreira, uma espécie de código de ética que impedia muitos de procurarem o abrigo do exterior. Pessoas como ele viveram um exílio interno, escondendo-se nos subterrâneos da sociedade, expondo-se a mil riscos, penando, solitárias e solidárias na desgraça dos que estavam presos, no silêncio dos que estavam mortos. Mais tarde, nas brechas, participariam, com muitos outros, na formação das oposições à ditadura, na luta pela anistia e na construção da imprensa nanica, alternativa aos jornalões que se entregavam à lisonja e à bajulação do poder. De longe, do exílio distante e sofrido, mas seguro, eu os observava e acompanhava com admiração, porque se expunham à sanha dos aparelhos de repressão, ainda vivos e aprontando, fazendo o que podiam para embananar ou impedir a restauração da democracia no país. Todos eles, cada um a seu modo, credores do afeto, da atenção e do respeito que até hoje não mereceram. Pois Mateus estava lá, surgido do nada, e, quando me abraçou, pelo inesperado, levei uma fração de segundo para reconhecê-lo. Ficamos ali longos minutos, emocionados, chorando o bom choro dos felizes reencontros.

Esperando as malas, divisei, por trás de amplos vidros transparentes, uma pequena multidão acenando. Em coro, entoavam: "Anistia ampla, geral e irrestrita!" Ela, na verdade, não fora nem ampla, nem geral, nem irrestrita, mas suficiente para que todos pudéssemos voltar.

No comitê de recepção à minha frente, uma das tias de Tatiana, segurando seu braço, se agachou e perguntou a minha filha:

— Você está vendo sua mãe e seu pai?

Tatiana, com um sorriso alegre e tímido, meneava a cabeça em sinal de concordância. A tia repetiu:

— Está vendo?

Nova confirmação silenciosa. E a tia voltou à carga, aflita, quase agoniada:

— Está vendo?

Tatiana, impaciente, mandou ver:

— Estou vendo, porra!

Gargalhadas envolveram o escândalo da tia. Eu, àquela altura, estava afundando num mar de beijos e abraços, esquecido das indagações que fazíamos em Lisboa sobre o retorno: o que poderíamos esperar? O que ele poderia nos dar? Como encontraríamos o país? Seria possível a adaptação? Como exatamente se daria? Voltaríamos a fazer política? Que tipo de política? O que fazer naquele Brasil que permanecia como uma esfinge? Perguntas marteladas tão logo a anistia se anunciou como provável e que agora entravam de chofre na vida da gente, imediatas, inescapáveis.

O reencontro mais emocionante foi, sem dúvida, com minha mãe e meu pai. Que barra eles tinham segurado! Que rabo de foguete fora aquele? O susto e a angústia de ter quatro filhos na clandestinidade, o horror pelos dois que haviam sido presos e torturados, o alívio de vê-los libertados, as incertezas dos filhos exilados, três deles no exterior e um ainda gramando a clandestinidade. A tragédia do golpe do Chile, os netos recém-nascidos e os filhos ainda uma vez ameaçados de morte ou desaparecimento. E, por fim, a solidão perante a indiferença, às vezes a hostilidade, da grande maioria.

Uma tia, certa vez, comentou:

— Helena e Lúcio devem ter educado muito mal os filhos, os quatro — ela sublinhava com ênfase maligna —, todos metidos em funduras! Não pode ser coincidência...

Eles aguentaram tudo e todas. Os insultos — "Filhos terroristas!" —, a malquerença, a aversão, os conhecidos atravessando a rua para não ter que cumprimentá-los na calçada, a falta de reconhecimento, a solidão. Foram firmes, não fraquejaram. Pressionados, não capitularam.

Quando se define o nobre e belo conceito de *resistência*, o que eles e tantos outros como eles enfrentaram deve ser levado em conta. Enquanto tudo passava, se infiltrava, se desfazia, esses pais e mães fincaram pé, *resistiram*. Um pouco mais tarde, apareceria uma multidão de *resistentes*, e já nem ninguém apoiara a ditadura, todos a ela haviam resistido. Mas, se houve resistência, e houve, eles, antes de todos, a encarnaram. Nunca ouvi de meus pais uma palavra de censura, uma reclamação, uma restrição. Orgulhosos de nós, incentivando em nós o orgulho por nossas opções desesperadas, mesmo que delas divergissem e as circunstâncias fossem as piores possíveis. Meu pai repetia sempre, nas cartas, nos encontros e nas despedidas:

— Em qualquer circunstância, mantenham *la tête haute et fière*. A cabeça alta e orgulhosa.

Lição de vida, aprendida.

A brecha

Um pouco antes da volta para o Brasil, a notícia explodiu quase ao mesmo tempo nos vários grupos de exilados brasileiros. Pelos quatro cantos do mundo — de Estocolmo a Paris, de Bruxelas a Berlim, de Havana a Moscou, de Lisboa a Maputo, passando por Luanda —, foi como se em todos caísse uma autêntica bomba:

— O Tocha está voltando para o Brasil!

Um comentário brotava, unânime:

— O cara ficou maluco?

Dadas as doidices a que era chegado o personagem, a pergunta tinha razão de ser, mas a decisão não tinha nada de insana, fora meditada e repensada. Premeditada.

A verdade é que o Tocha voltara de Moçambique desconcertado. Embarcara para a África, como muitos e muitos outros, na dupla perspectiva de recuperar inserção numa revolução efetiva e também na vida profissional. Queria largar de mão as conspirações dos cafés e os empregos subalternos, típicos do exílio, por algo mais ambicioso, mais de acordo com os sonhos concebidos ainda no Brasil e desfeitos por tudo que acontecera em seguida.

A experiência em Maputo não correspondera às expectativas. Não é que faltasse ao Tocha a compreensão das contradições e dos limites da revolução moçambicana. Mas uma coisa é compreender racionalmente as margens de ação e as possibilidades dadas pelas circunstâncias, outra, bem diferente, é manter a empolgação épica em relação a um processo que se desenrolava com lentidão, em zigue-zagues, evidenciando compromissos considerados inaceitáveis dos pontos de vista ético e político.

Por outro lado, trabalhando como jornalista na Secretaria de Educação e, depois, como fotógrafo na universidade, Tocha não conseguia se ajustar aos padrões e ao discurso oficial que prevaleciam nas instituições, que, aos trancos e barrancos, iam sendo construídas pelas lideranças da Frelimo. Sentia-se tolhido, com as asas da imaginação cortadas, e era difícil para ele, sempre borbulhante de ideias, acomodar-se numa situação na qual o enquadramento era mais valorizado do que a criatividade.

Além disso, havia outro aspecto, talvez mais relevante. Ao longo do exílio, como vários outros e outras, Tocha foi encontrando condições para assumir sua homossexualidade. Não foi nada fácil nem rápido. As origens — nordestina e brasileira — valorizavam o macho, o homem decidido, afirmativo, conquistador. Mesmo entre as esquerdas, fossem elas moderadas ou radicais, predominavam os preconceitos machistas e antigay. Mais tarde, o revolucionário Herbert Daniel, em escritos primorosos e reveladores, iria descortinar o universo conservador que, no âmbito da própria esquerda, inibia, reprimia e suprimia as opções que se afastavam dos modelos tradicionais de relações afetivas e amorosas. Tocha teve que lidar com essas circunstâncias, sofreu essas contingências. No Brasil e numa primeira etapa do exílio, ele se destacaria como namorador e conquistador na tradição hétero brasileira. Mais tarde, beneficiando-se da atmosfera favorável encontrada na Europa, incentivada pelo sentimento libertário herdeiro dos movimentos sociais dos anos 1960, passou a se sentir mais livre para exercitar suas tendências naturais. Num primeiro momento, adotou uma orientação bissexual. Foi com essa identidade que chegou a Maputo.

— Já não faço distinção. Posso gostar de mulher e de homem — disse-me ele um dia, com o seu sorriso irônico e debochado.

A ironia e o deboche, certamente, eram formas de defesa para lidar com a censura que ele sabia estar no ar. Aquilo não deixava de me chocar, mas eu fingia:

— Dou a maior força, Tocha, seja você mesmo.

Respondia, malicioso:

— E você, não sente o mesmo?

Meio confuso, eu respondia, rindo:

— Por enquanto, não.

— E no futuro?

— No futuro, por enquanto, também não.

Em certo momento, ele se disse enamorado de uma linda alemã, que tinha vindo parar em Maputo. Mostrou-me a foto dela nua, ao sol, sedutora, esplêndida.

— E aí, está gostando novamente de mulher? — perguntei.

— Não excluo ninguém, o que me interessa é a pessoa, se é boa ou má, se tem bom ou mau caráter, se é bonita ou não. Agora, se é mulher ou homem, pra mim não tem a menor importância, ou tem cada vez menos importância.

Fico imaginando como ele devia se sentir em Maputo e trabalhando para a Frelimo. Na época, não havia hipótese de uma orientação bissexual ser admitida pelos militantes revolucionários africanos. Eu conversava sobre o assunto com Rafael, que também gostava muito do Tocha:

— Você não acha que o Tocha provocou a própria expulsão de Moçambique?

— O que você quer dizer com isso?

— Desde o início, ele mostrava um desconforto que foi crescendo. Cercado pelos preconceitos, ele ia destilando sucessivas provocações até que...

— ... teve aquele bafão lá no palácio presidencial.

— Exato. Era como se ele quisesse sair, mas, de algum modo, preferisse ser saído.

Pouco depois de chegar à Suécia, talvez bafejado pelas circunstâncias favoráveis no país, Tocha abandonou de vez a bissexualidade e saiu do armário sem mais nenhum pudor.

Mas um outro desconforto permanecia. Perseguindo-o. A retomada das rotinas da sobrevivência no exílio, o retorno à jardinagem em cemitérios, os papos furados nos bares e cafés de Estocolmo e Paris, nada disso o agradava mais. Escreveu-me um dia que se sentia como um marinheiro num porto, esperando um novo navio, sem saber se ele viria ou para onde iria.

Foi aí que, no Brasil, aboliu-se a vigência dos atos institucionais. Finito o estado de exceção. Ao mesmo tempo, anunciava-se para dali a pouco uma lei de anistia, cujo teor ainda era muito controvertido. Uma atmosfera para lá de instável: enquanto os DOI-Codi da vida explodiam bombas em bancas de jornal, ameaçando a restauração democrática, a imprensa nanica metia o pau na ditadura. Um desses jornais publicou uma lista de centenas de torturadores. Foi um alarido. Mesmo os jornalões abriam espaço para vozes críticas se manifestarem. Entidades prestigiosas da sociedade civil, antes conciliadoras, atacavam sem meias palavras o novo governo, que, recém-iniciado, já parecia cambalear.

Tocha viu aí uma chance. Decidiu voltar, mesmo antes da anistia. Os amigos advertiram, alarmados:

— Você vai ser preso, cara! É óbvio que os homens vão te prender!

Alguns não hesitavam em censurar:

— Porra-louquice pura! Vai acabar confundindo tudo, inclusive a luta pela anistia.

Tocha retrucava, paciente:

— Meditei com ponderação as alternativas. Não me importo com uma eventual prisão. É provável mesmo que seja preso. Mas tenho certeza de que não vão me torturar. Uma vez preso, impetro um *habeas corpus*. Duvido que me neguem. Além disso, a anistia vai ser aprovada daqui a pouco. E o escândalo que minha volta vai suscitar? O governo vai ficar em apuros. Eles já não têm à disposição os atos institucionais. Vão ter que deixar os tribunais agirem. E nos tribunais, não duvidem, tenho muitas chances de ganhar.

Era o escândalo político, tenho certeza, o que mais o animava e excitava. Havia os que desprezavam os argumentos políticos e criticavam a decisão em termos morais:

— O Tocha é um narciso, quer aparecer.

Ele debochava:

— Quem é que não quer aparecer?

Outros ainda, maliciosos, mandavam torpedos abaixo da linha d'água:

— O Tocha quer ir pra pegar os presos na seca e comer todos eles.

Ele desarmava a maldade, rindo a não mais poder dessas objeções:

— Não é minha intenção, mas não chega a ser um mau conselho. Vai depender deles.

A bomba estava jogada, era inútil — e muito tarde — tentar fazê-lo recuar.

Daí que, um belo dia, contra unânime reprovação, Tocha tomou o avião e desembarcou no Rio de Janeiro. O nome dele foi para a capa de todos os jornais. Preso, como previsto, conseguiu desagradar até mesmo alguns companheiros que estavam há anos curtindo cadeia. Um deles comentou:

— Pô, a gente está aqui numa luta há anos para sair da cadeia e aparece um exilado, gozando a liberdade, sabendo que vai ser preso, se entrega e vem dormir atrás das grades... É quase um desrespeito!

Outros, porém, contemporizavam:

— É um direito dele. E o escândalo suscitado está indo a nosso favor.

Como previra o Tocha, alguns dias depois ele recebeu um *habeas corpus*. Estava livre! Foi uma festa. Houve um jantar de arromba no Lamas, restaurante tradicional das esquerdas, com inúmeros brindes à liberdade, e que movimentou a noite do Rio de Janeiro. Um triunfo para o Tocha e sua proposta de agitar a mil o tema das liberdades democráticas.

De nada adiantou a repressão ter cassado um pouco depois o *habeas corpus*, recolhendo-o novamente à prisão. Vencedor das batalhas jurídicas que se seguiram, ele conseguiria sair para a liberdade antes da aprovação da lei da anistia.

A brecha. Contra tudo e contra todos, ele a vira. Apostou alto — e ganhou.

A visita

Pedro e Flávia estavam exaustos. O retorno ao Brasil, doze anos depois de um longo exílio, fora incrível. Reencontros, afagos, abraços apertados, beijos e palavras carinhosas; os brasileiros podiam ter muitos defeitos, e tinham mesmo, mas eram um povo que gostava de tocar, de abraçar, de beijar, e isso era tão bom depois de anos vivendo na Suíça, naquele gelo de amargar. Gelo no inverno, de baixas temperaturas, e gelo nas relações pessoais, que era o que mais incomodava, pois atravessava todos os meses do ano. E o pior de tudo: pouco a pouco, você também ia ficando gelado, ia ficando igualzinho a eles, frio, distante, e era aí que morava o perigo. Era muito chato aquilo de você se aproximar de alguém e, pronto!, a pessoa já ia se afastando, andando para trás, às vezes até se arriscando a um tombo, mas os suíços tinham verdadeiro horror ao contato humano. Encostar a mão em um deles, então, nem se fala. Eram capazes de ter uma síncope, chamar a polícia, sei lá.

A chegada ao Rio fora um espetáculo. Sem exagero. Dezenas de pessoas no aeroporto. Parentes que Pedro e Flávia não viam há anos, dos quais nem se lembravam direito, vários tinham até se afastado, por condenarem a militância dos dois. Outros nunca tinham escrito nem uma palavra, mal queriam saber onde estavam e o que faziam, mas agora, atiçados pela curiosidade, pelo oba-oba tão típico, lá estavam, confraternizando como se fossem — vai ver que assim se sentiam — velhos e leais camaradas, prontos para o que desse e viesse, disponíveis, amigos do peito.

Todo mundo agora queria vê-los. Choviam convites para almoços e jantares. Do ostracismo à consagração, aquilo tudo corria de forma muito veloz. Pedro comentava, sorrindo:

— Entramos na moda!

Flávia respondia com um muxoxo:

— Às vezes acho que isso tudo não tem nada a ver. Pura hipocrisia.

— Não esqueça, minha querida, como dizia o velho e cínico La Rochefoucauld: "A hipocrisia é a homenagem que o vício presta à virtude."

— Quer traduzir?

— Quero dizer que é melhor vê-los prestando homenagem à virtude, encarnada hoje pelos exilados, do que ao vício, representado nos homens da ditadura.

Ele então a puxou pelo braço, beijou-a de leve e disse:

— Não esqueça que, hoje, somos nós que vamos visitar...

O cenho franzido, sorrindo, Flávia parecia puxar pela memória.

— Você está falando de quem...?

— Lembre-se de que prometemos a nós mesmos que a primeira coisa que faríamos, ao pisar em território brasileiro, seria visitar nossos companheiros que ainda estão presos.

Ela ficou séria:

— Sem dúvida, é isso mesmo, vamos lá.

Entre outras, uma das grandes injustiças daquela anistia manca havia sido o perdão conferido os torturadores, que não tinham sido julgados, sequer identificados, e a manutenção das sentenças de grupos de prisioneiros trancafiados havia já longos anos, condenados em última instância por crimes considerados "de sangue". Como se o sangue não houvesse jorrado feio nas salas geladas onde comera solta a tortura.

— Eles mais que merecem — acrescentou Pedro. — E, para nós, além de ser um ato de amizade e de solidariedade, é um dever elementar.

De táxi, a caminho do presídio, Flávia matutava. Passara longos anos no exílio. Uma provação que, principalmente depois do golpe do Chile, às vezes parecia sem fim. Mas como ela aproveitara... Do limão fizera uma limonada, e que limonada! Casara-se com Pedro ainda em Santiago. O amor da vida dela. Tiveram, mais tarde, já na Suíça, um casal de filhos, Laura e Eduardo, duas gracinhas. Como refugiados, em Genebra, havia sido possível colocá-los em creches excelentes, pelas quais pagavam uma mixaria, gastando relativamente pouco do que ganhavam. Depois, já crescidas, as crianças haviam ingressado na escola fundamental, também muito bem organizada, gratuita e com horário integral. Falavam português em casa para os pequenos não perderem os vínculos com o Brasil, mas dava gosto vê-los aprender o francês e o alemão, falando as línguas estrangeiras com precisão e fluência. Em termos de relações humanas, é verdade, o país era uma merda, mas eles viviam em paz e segurança. Com modéstia, sem esbanjar, nunca tiveram dinheiro para sair por aí em gastanças, mas nunca passaram necessidade. Haviam recebido os pais duas vezes, os irmãos dela também tinham ido visitar. No verão, aproveitavam para passear por outros países europeus. Aquilo era uma delícia. Povos e paisagens tão diferentes, todos pertinho. Viajaram pela Alemanha, foram até Estocolmo, onde havia uma grande colônia de exilados brasileiros, deram um pulo na Croácia, lindíssima e baratíssima, e foram, claro, a Roma e a Paris, mais de uma vez, uma delas no outono, para Flávia a melhor e mais bela estação do ano. Aproveitaram também para estudar. Meteram a cara. As bolsas de estudo e os auxílios e subsídios conseguidos junto a organizações não governamentais ajudaram e muito. Pedro formou-se em economia e teve tempo para fazer mestrado e doutorado. Ela também obteve seus diplomas como historiadora — graduação, mestrado e doutorado. Orgulhavam-se disso, embora fossem obrigados a ganhar a vida em trabalhos subalternos. O marido se virava como motorista de bonde. Ela tirava uma grana como *baby-sitter*. Nada muito cansativo, dava para estudar ao mesmo tempo. Quando pintou a anistia, eles estavam bem diplomados e prontos para tentar a sorte no mercado de trabalho brasileiro, onde os diplomas suíços valiam bastante.

Enquanto isso, alguns dos velhos camaradas haviam passado todos aqueles anos na cadeia. Flávia sentiu que Pedro a cutucava:

— Lembra do Julinho?

— Claro.

— Quando fui preso com ele, há... deixa ver...

Ele fazia seus cálculos:

— ... exatos onze anos e três meses...

O silêncio pousou entre eles.

— Pois é... onze anos e três meses. Durante este tempo, conhecemos o mundo, me casei com você, tivemos dois filhos, estudamos, conseguimos diplomas, e, durante todo esse tempo, Julinho mofou na cadeia. É justo isso?

Flávia suspirou fundo. Tinham acabado de chegar ao presídio da rua Frei Caneca. O portão principal rangeu e eles entraram. Identificaram-se. Quando passavam pelos corredores, as portas de grades fechando-se às suas costas eram sinistras. E havia o barulho das chaves, o ar carrancudo dos guardas, a sujeira das paredes... Flávia começou a sentir-se mal, um princípio de náuseas, mas segurou firme, não ia dar vexame ali. Os velhos companheiros os esperavam. Mereciam o melhor dos abraços e dos afetos.

No fim de um longo corredor, toparam com o grupo de presos esquecidos pela lei da anistia. Seguiram-se abraços efusivos, alegres e carinhosos. Os conhecidos exclamavam:

— Pedro, como você engordou! Flávia, como está bonita!

Houve um certo constrangimento. O contraste entre eles... não dava para não perceber. O casal de visita estava bem alimentado, esfuziante de saúde. Pedro, elegante, calça e paletó nos trinques, camisa social azul-piscina, bem-arrumada, relógio no pulso, sapatos limpos e bem engraxados. Flávia resplandecia, de vestido bege-claro, bem jeitoso, bolsa combinando, castanho-escura, sapatos de salto médio marrom, colar discreto, que rimava com os brincos e pulseiras. Reloginho no pulso direito.

Os presos estavam descalços ou com sandálias de dedo, de calções ou bermudas, de camiseta ou de peito nu, todos magros. Uma recente greve de fome abalara a saúde deles, alguns de barbas grandes, cabeludos, os cabelos derramando-se em alguns casos pelos ombros. Flávia observou que os olhos deles brilhavam, faiscavam, curiosos.

Sentaram-se em roda, como nos velhos tempos dos aparelhos. Os presos contaram suas vicissitudes e agravos, pediram apoio e reconhecimento, exigindo o fim daquela lei excêntrica, que anistiava torturadores não julgados e não condenados e mantinha presos políticos atrás das grades. Falaram das lutas que tinham travado, dos trabalhos na cadeia, com objetos artesanais, de couro e de bambu, de suas esperanças de recuperar a liberdade num curto prazo.

— E vocês, como foi o exílio?

Pedro desandou a falar do que tinham visto e vivido. Queria se controlar, mas não conseguia. Falou do casamento dele com Flávia, das crianças, dos países que tinham conhecido, dos diplomas conquistados. Sentia, às vezes, uma trava na garganta, aquilo podia não estar sendo conveniente, mas não conseguia parar. Foi até o fim, bebeu o cálice até a última gota. Depois, meio desamparado, sem jeito, olhou em torno e ouviu um silêncio pesado.

E aí, de dentro do silêncio, brotou o choro de Flávia. Ele quis segurá-la ou consolá-la, mas não deu, não sabia onde colocar as mãos, ela chorava meio perdida, as lágrimas caindo pelo rosto, grossas, visíveis. Enquanto chorou, aquilo pareceu ao marido uma eternidade. Ela ainda dava os últimos soluços quando um dos presos falou, com voz serena e suave, pausada, na qual não havia nenhuma restrição ou censura, muito menos rancor, apenas uma constatação, impregnada por inenarráveis sofrimentos:

— Flávia, quem chora aqui somos nós.

Macanudo

> *Bye, bye, Brasil*
> *A última ficha caiu*
> *Eu penso em vocês night and day*
> *Explica que tá tudo ok*
> *Eu só ando dentro da lei*
> *Eu quero voltar, podes crer*
> *Eu vi um Brasil na tevê*
>
> Chico Buarque, "Bye, bye, Brasil"

— Vai, Macanudo, vai!
Ele tirava o pé da bola e interrompia a jogada na hora:
— Macanudo é a puta que o pariu!
Os companheiros de time reclamavam:
— Porra, Macanudo, não para a jogada! Podia ser gol!
— Macanudo é a mãe!
As gargalhadas rolavam como serpentes ondulantes pela pequena multidão que assistia à pelada. Todo mundo se divertia naquele domingo de sol em Rio das Barreiras.
Todo mundo menos o João Feitosa, que este era o nome dele, nome próprio, de batismo. Feinho, franzino, pequenino, não tinha nada de notável, de bonito ou de poderoso, sinônimos de *macanudo*. O apelido, claro, lhe fora dado de gozação. E como Feitosa se enfurecia, não deu outra, o apelido pegou. Pegou tanto que, às vezes, até a mãe o chamava assim:
— Macanudo, vai na venda do seu Armindo comprar...
— Pô, mãe, até a senhora...
— Desculpe, meu filho, é que...
— ...?
Ela, carinhosa, passava a mão em seus cabelos:

— É que, pra mim, você é mesmo macanudo.
Ele sorria, contrafeito:
— Mas eu não gosto de ser chamado assim, mãe...
— Tá bem, filhinho, não chamo mais.

Rio das Barreiras, sede de distrito, era uma cidadezinha perdida no fundo do sertão da Bahia. Devia ter umas duzentas, 250 casinhas, uma pertinho da outra, a maioria branquinha de cal. Duas ruas de terra batida, cortadas na perpendicular. O censo, realizado em 1960, dera ao lugar 1.090 habitantes, e daí em diante ele continuara a perder gente — os mais decididos iam buscar a sorte em cidades maiores, e, entre eles, os mais ousados tinham a ambição de chegar a Salvador.

Seu Armindo, o cara mais sabido da cidade, que tinha até alguns livros arrumados com muito cuidado em duas prateleiras, gostava de ficar sentado em frente à sua venda, uma das duas ou três que existiam por lá. Volta e meia, cismava, entre desconsolado e resignado:

— Rio das Barreiras está tão longe de tudo... Nem Deus dá as caras por aqui!

Fazia referência ao padre, que aparecia só uma vez a cada três meses, e olhe lá. Rezava uma missa rapidinho, celebrava eventuais batismos e casamentos, depois dava no pé, apressado.

— Nem Deus nem o Diabo...

— Vira essa boca pra lá, seu Armindo — diziam as freguesas que compravam fiado na venda.

A televisão ainda não chegara à cidade e poucas famílias tinham rádio, ainda considerado uma coisa de luxo. Na única praça, onde se erguia a pequena capela, um alto-falante, duas ou três vezes por dia, tocava música e dava uma ou outra notícia do que rolava no país e na Bahia. Sob um sol inclemente durante boa parte do ano, Rio das Barreiras, de vez em quando, ainda era obrigada a padecer sob secas, quando as chuvas não vinham entre dezembro e abril. Um dos únicos divertimentos era a pelada dominical, um acontecimento sagrado, que acontecia sob qualquer tempo e fossem quais fossem as circunstâncias. Mas a vida seguia pacífica, e só Feitosa ficava bravo quando ouvia o apelido sacana:

— Vai, Macanudo!

Feitosa ia à forra jogando, era fera nos dribles, insinuando-se com rapidez entre os beques, e também fazia gols, alguns ficariam na história. Ele só perdia a cabeça quando ouvia o grito provocador:

— Vai, Macanudo, vai!

Vingava-se também na escola. Era ótimo em português, dono de uma letra bem desenhada e capaz de frases inspiradas, que lhe rendiam elogios de dona Tereza, professora exigente que tinha prazer em ler para a turma os melhores textos dele, antes de devolvê-los ao autor:

— Bela redação, João Feitosa, parabéns.

A mãe, dona Camila, pendurava as melhores nas paredes da casinha modesta onde moravam e as mostrava, orgulhosa, às vizinhas. Às vezes, pensava no pai do menino, que se mandara antes que ele nascesse:

— O canalha! Um dia ele ainda ouvirá falar do filho.

Macanudo, ou melhor, João Feitosa, deixou a cidade natal para fazer o ensino médio em Feira de Santana, vivendo de favor na casa de um tio, irmão da mãe. Depois, soube-se que fora para Salvador, sonho de todos os conterrâneos. Finalmente, ô, encantação!, a mãe recebeu um cartão-postal dele, anunciando que estava no Sul Maravilha, isso mesmo, no Rio de Janeiro, vivendo com outros estudantes numa república. Iria fazer exames para ingressar numa faculdade. Dona Camila custava a entender:

— Seu Armindo, meu filho morando numa república?! O que isso quer dizer?

O velho sorria, satisfeito, afinal era o sucesso de um filho da terra:

— República aí quer dizer uma casa em que moram vários estudantes, cada um dá um pouquinho e todos vão se virando.

Dona Camila ficava até tonta de orgulho. Exibia as poucas cartas que chegavam às vizinhas, sempre assanhadas para ver. Com o passar do tempo, porém, as notícias escassearam e ninguém sabia direito o que Feitosa fazia e onde. Perguntavam a dona Camila:

— Notícias do Macanudo?

Ela disfarçava um certo nervosismo:

— Vai tudo bem, está se preparando para entrar na universidade.

* * *

Um dia, sem mais, adentrou em Rio das Barreiras um jipe desconhecido. Levantando poeira, freou em frente à venda de seu Armindo:

— Estamos procurando uma tal de dona Camila.

O velho indagou, inquieto:

— Quem são os senhores? Aconteceu alguma coisa?

Identificaram-se, secos, mostrando as carteiras:

— Polícia!

Seu Armindo, engasgando-se de susto, apontou:

— Dona Camila mora naquela casinha ali, ó, de janelas verdes.

O jipe foi até lá. Os homens bateram na porta. Ao ver dona Camila, indagaram, bruscos:

— A senhora é mãe do João Feitosa?

— Si-si-im — gaguejou a mulher, assustada. — Quem são os senhores?

Desta vez não se deram o trabalho de mostrar carteiras, foram entrando sem pedir licença, com olhos investigadores:

— Seu filho é um terrorista, não sabia?

— Ter-ror... o que é isso?

Um deles ameaçou:

— Não finja que não sabe, minha senhora. Se mentir, vai se dar mal.

Dona Camila torcia as mãos, nervosa. Queria chorar, mas começou a gritar:

— Onde está meu filho?

A essa altura juntava gente na frente da casa, querendo saber. Os policiais passaram o dia inteiro ali, revistaram a casa de alto a baixo, desarrumando tudo. Fizeram buracos no pequeno jardim, interrogaram dona Camila e os vizinhos mais próximos. Afinal se deram conta de que ninguém nada sabia nem havia ali informação alguma que pudesse ser valiosa para eles. A noite havia caído quando o jipe foi embora, cantando pneu. Para trás, ficou uma pequena cidade sobressaltada, atônita, aterrada.

Dona Camila soluçava, abraçada por seu Armindo, que procurava consolá-la:

— Deve ter sido um engano. Logo, logo saberemos.

Mas ninguém soube de nada durante um longo tempo. De nada, seria exagero dizer. De vez em quando chegavam cartinhas ou cartões do Feitosa. A primeira veio da prisão da Ilha Grande, no Rio de Janeiro. Ele dizia estar sendo bem tratado, que a mãe não se preocupasse, logo estaria livre e voltaria para abraçá-la novamente. Espalhou-se a notícia pela cidade

— Feitosa, um presidiário!

Aquilo era uma vergonha para a cidade, comentava a vizinhança. Seu Armindo, um dos poucos que ainda visitava dona Camila, atenuava a maledicência:

— Dona Camila, não liga para este povo, não. Feche os ouvidos, é tudo gente que não presta. Um dia o Feitosa volta e a gente ainda vai esclarecer tudo isso.

Mas ela não se consolava. Choramingava pelos cantos. Cheia de cabelos brancos, envelhecera muito em pouco tempo, carcomida pela amargura. Meses depois, porém, entrou correndo pela venda de seu Armindo, agitando um pedaço de papel nas mãos, falava alto, quase gritando, e lágrimas de alegria corriam pelo seu rosto:

— Seu Armindo! João está livre! E sabe onde? Em Santiago, no Chile! Onde fica isso, seu Armindo?

Ele foi buscar lá dentro um velho Atlas. Juntos, localizaram a América do Sul e, percorrendo os dedos, toparam com o Chile, encostadinho na Argentina. Um país estreito, uma língua de terra, de cor amarela, do norte para o sul. Quase no meio, Santiago, a capital do país. Seu Armindo murmurou:

— Caramba! Acho que ninguém daqui de Rio das Barreiras foi tão longe.

Dona Camila não sabia se ficava alegre ou triste. Seu filho estava livre, motivo de alegria. Mas tão longe... Ela perguntava, incrédula:

— Será que ele volta um dia, seu Armindo?

O amigo fingia certeza:

— Claro que volta, dona Camila, ora já se viu? Quem parte acaba voltando. É quase uma lei de Deus. A senhora nunca leu, na Bíblia, a história do filho pródigo?

Ela respondia com olhos tristes:

— Nunca li isso não, nem sei nada dessa história. Só queria saber se ele volta um dia.

Passou-se o tempo. Rio das Barreiras viveu no seu ritmo lento de sempre — o padre, apressado, as peladas aos domingos... Havia, porém, algumas novidades: boa parte dos moradores, bafejados pelos subsídios do Funrural, iam conseguindo se virar, às vezes, melhor do que antes. Aqui e ali, surgiam as primeiras "espinhas de peixe", evidenciando a chegada da TV, que cintilava também no centro da praça, substituindo o tradicional alto-falante. Pelas ruas de terra, os primeiros carros, considerados calhambeques nas cidades grandes, eram ali o orgulho das pessoas, sinais do famoso progresso, uma palavra nova, que se infiltrava no vocabulário das gentes. Mas eu diria que o grande agito ficava por conta do Macanudo: com sua assinatura, de ora em vez, chegavam cartões-postais coloridos dos mais distintos lugares do mundo: Berlim, Moscou, Copenhague, Paris, Londres. Era um tal de gente se juntando na venda de seu Armindo, consultando os mapas, querendo saber onde ficava cada cidade e onde o filho da terra se encontrava.

Dona Camila recuperara o moral. Orgulhosa de novo, substituía as antigas redações do filho pelas fotografias dos mais variados cantos do mundo. Esquecidos de sua prisão, os vizinhos agora celebravam o natural da terra que chegara mais longe do que qualquer um deles, uma proeza. Feitosa, era voz unânime, fizera por merecer a alcunha de Macanudo. Até que, afinal, todos souberam, quase ao mesmo tempo. Feitosa estava voltando.

Gente, o que eu vou contar, vocês vão achar que é mentira. Mas aconteceu mesmo. O Macanudo se casara com uma sueca, dona de fábricas e de terras. Dormira pobre e acordara rico, riquíssimo. Muito mais rico do que qualquer um de nós jamais poderia imaginar. Correu a notícia de que ele viria de avião. Que avião era aquele? Um teco-teco? Um jatinho? As histórias mais loucas corriam. Já o sol se punha quando pousou numa estrada vizinha. Dali entrou num tremendo carrão, vindo direto de Salvador, enorme, azulão, quatro portas, a gente nunca tinha visto aquilo na vida, pneus novinhos em folha, calotas brilhando. Quando o vimos sair do carro, levamos um susto, nem parecia ele, mas era ele. Continuava baixinho, magrinho, mas com um terno branco imaculado, gravata azul-escura, chapéu de palha, sapatos de duas cores, um Lorde, e ponha aí o L maiúsculo. Mas, apesar disso, a simplicidade em pessoa. Amigo, como se nunca tivesse deixado de ser um dos nossos. Abraçou a velha mãe, que, chorosa, nem tinha palavras. Distribuiu presentes para todo mundo. Para seu Armindo, trouxe uma coleção encadernada de livros. Capa dura. Muito depois, saberíamos do que se tratava: uma enciclopédia, nem sei o que significa; êta palavra difícil! Para os meninos do futebol, jogos de camisas dos principais times brasileiros.

Naquela noite, a cidade parou. Foi servido um grande jantar para todos os que puderam vir, com direito a garçons e tudo, gente vinda de Salvador também. No garbo, na galhardia. Gente, foi uma festa de arromba. Na hora dos brindes, alguém gritou:

— Viva o Macanudo!

Já não era um deboche, mas um reconhecimento. João Feitosa acenava, a simplicidade em forma de sorriso. A cidade agora tinha o seu herói.

O cu dos machos

— Seu João...?
— Sim, dona Marta.
— Me responda com sinceridade: o senhor já deu o cu?
O motorista sentiu o sangue subir à cabeça, virou o pescoço para trás e quase perdeu o controle do carro.
— Como disse, dona Marta?
— Você ouviu muito bem, seu João. Perguntei se o senhor já deu o cu.
Resvalando o barranco à esquerda, João não sabia se olhava para trás, para a frente, para os lados...
— Que é isso, dona Marta? Que pergunta é essa?
— Deu ou não deu?
João tinha dificuldade em controlar o carro:
— Claro que não, dona Marta, imagine, claro que não.
— Mas já sentiu vontade? Diga a verdade, seu João.
João estava trêmulo com aquela insistência. Não conseguia atinar aonde queria chegar a nora do patrão. Estaria variando? Já ouvira um disse me disse a esse respeito, mas não dera maior importância. Mexerico. As pessoas gostavam de uma boa fofoca. Dona Marta sempre o tratara com simpatia e respeito, desde o dia em que, a mando de seu Jorge Fragoso, fora buscá-la no aeroporto. Tinha sido recebida com uma grande festa. Chegara com o patrãozinho, Carlos Francisco, cara porreta, filho caçula do patrão. Ele tivera que viajar para o exterior, João nem sabia exatamente por quê. Tinha se mandado, parece que os homens da polícia estavam atrás dele. Ah, esse mundo sem porteira! Como é que a polícia podia estar atrás de um cara tão bom, de boa família e tão jovem como Carlos Francisco? Sempre bondoso, atento e respeitoso com os empregados da fazenda. Volta e meia perguntava pela saúde dos filhos dele, o Bento e o Jair, como iam na escola etc. Bem, o

fato é que ele, João, João das Neves, motorista com muita honra, nunca dera uma batida nem arranhara sequer o carro. E não só guiava, cuidava do carro com o maior carinho, ninguém punha a mão naquele antigo, mas resplandecente, Chevrolet. Era ele que o lavava, três vezes por semana. Lavava e polia. Lembrava-se bem de dona Marta, quando chegara a Natal. Lá estava ele, no carrão do dr. Jorge, esperando o Carlos e sua mulher, que tinham se casado na França, e mais o pequeno Henrique, nascido também lá, mas registrado como brasileiro. Sim, senhor, nascido no estrangeiro, mas brasileiro, que seu Jorge não iria deixar que roubassem a nação do primeiro neto. Dona Marta era a simpatia em pessoa, gente boa mesmo, não gritava com os empregados; ao contrário, tratava todo mundo de igual para igual, mas com deferência, inclusive ele, João. Lembrava-se como se fosse hoje de quando a conhecera. Seu Carlos Francisco, gesto largo e generoso, sorriso franco, aberto, como sempre, era uma espécie de marca registrada dele, puxara o seu braço, abraçara-o apertado e sem pressa e, desfazendo o abraço, mostrara a mulher:

— João, te apresento minha mulher, Marta.

— Muito prazer, dona Marta.

Ela não chegava a ser bonita, mas tinha um charme, minha Nossa Senhora, que charme, que encanto, e o sorriso dela, que doçura...

— Obrigado, João, o prazer é meu. O Carlos me disse que você é o melhor motorista do mundo.

João, envaidecido, nem sabia o que dizer:

— Bondade dele, dona Marta.

Desde então a levava para cima e para baixo, e ela sempre tinha uma palavra carinhosa para ele. Fez questão de conhecer seus filhos. João os levou, junto com a mulher, a Bené, para que ficassem conhecendo a mulher do patrãozinho. Fora uma festa, pois dona Marta tinha presentes para dar: uma *big* caixa de lápis de cor para o Bento, com cadernos de desenho, e, para o Jair, uma caixa de instrumentos para médico, mais um livro de poesia, uma vez que ele era crescidinho e já aprendera a ler.

— Aí, Jair, leia essas poesias. São de um homem chamado Câmara Cascudo, um poeta do Rio Grande do Norte, teu conterrâneo, o cara é bom, você vai ver, e brinque com esta caixa, pois você vai ser médico.

O filho ficara orgulhoso demais, e também João e Bené. Dona Marta era gente boa, gente fina. E agora, de supetão, aquela pergunta... Como entender aquilo? Por falar em cu, aquilo, sim senhor, era de cair o cu da bunda. Pelo retrovisor, João tentava localizar os olhos dela, ver através deles se era possível chegar a alguma solução para o mistério daquelas perguntas inesperadas, meio malucas. Lutando contra o desconforto, lançou:

— Dona Marta, a senhora está bem?

Ela esboçou um sorriso simpático, de lado — ela sorria assim, de lado.

— João, estou esperando a resposta: você já disse que nunca deu o cu. Acredito. Mas... e a vontade? Nunca lhe deu vontade de dar o cu? Seja sincero, seu João, não finja.

O carro resvalou de novo pelas margens da rua, quase bateu no meio-fio. João estava desnorteado, nem sabia mais para onde estava dirigindo.

— Dona Marta, que é isso? Nunca aconteceu comigo, dona Marta, sou cabra-macho.

Ela deu um sorriso misterioso:

— É, seu João, cabra-macho... Tem muito cabra-macho por aí querendo dar o cu, se é que já não deu.

— Quem falou isso pra senhora, dona Marta? Se acontece por aí, comigo nunca aconteceu.

— Ok, seu João, vamos em frente.

Quando João a viu novamente pelo retrovisor, ela estava calma como sempre, olhando pela janela, distraída e bem-humorada. No dia seguinte, contou ao patrãozinho o que acontecera:

— Seu Carlos, olha o que dona Marta cismou de perguntar.

Carlos deu uma sonora gargalhada:

— Liga não, João, são as maluquices da Marta, deixa pra lá.

Quando visitei Marta em Natal, ela me disse estar muito insatisfeita.

— Do que você não está gostando? — perguntei. — É tão bonita esta cidade, Marta, muita luz, cores fortes, sol gostoso e permanente, praias lindas, tudo que a gente não tinha no exílio. E você se dá muito bem com a família de adoção.

— Não tenho nenhuma queixa da família do Carlos, ao contrário, são todos superlegais, principalmente o pai e mãe dele, me adoram e me tratam muito bem...

— E o que está pegando?

Ela sorriu de soslaio:

— Você nem imagina como a cidade é machista. Parece o século XIX. Quando há jantares, os homens vão para um lado, as mulheres pro outro. E as mulheres só conversam sobre crianças. Já os homens só falam em futebol e política, mas no pior sentido que a política pode ter, ou seja, as tricas e futricas do poder. Ficam separados, Gabriel, como grupos diferentes, pode? Parece que tem um muro de Berlim entre eles. Além disso, você não pode ir a um bar ou a um restaurante sozinha que logo, logo, sem nem pedir licença, senta um cara querendo te paquerar, e numa atitude tosca, brusca. Eles se acham o máximo, imagina, vou te contar, é in-su-por-tá-vel. Não sei por quanto tempo ainda vou aguentar morar por aqui.

— E do ponto de vista do equilíbrio psicológico, você vai indo?

Ela gargalhou. Era típico. Quando gargalhava, jogava a cabeça para um lado e o corpo para o outro, resvalando em quem estava perto. As outras mulheres ficavam furibundas de raiva, com ciúme, achando que ela estava dando em cima de seus homens, encoxando eles. Mas Marta estava apenas jogando charme, era o seu fraco e o seu forte, o que encantava os homens que a conheciam e levavam as mulheres — todas as mulheres — ao desespero, embora muitas fizessem o possível para fingir que não estavam nem aí.

Antes de voltar do exílio, em Paris, Marta passara por dois surtos. O primeiro ocorreu quando estudava na Aliança Francesa, no Boulevard Raspail. No fim da manhã, quando dois homens entraram na turma dela para tirar as usuais fotos de formatura, ela cismou que eram agentes policiais e se despinguelou, saiu correndo, apavorada. Só foram encontrá-la no fim da tarde, zanzando sem rumo no Quartier Latin. Não dizia coisa com coisa, foi obrigada a encarar um tratamento longo e pesado para se restabelecer. Teve alta dois meses depois, passando a tomar remédios tarja preta para manter sossegados os macaquinhos no sótão. Mais tarde, ainda na França, o momento do parto foi de lascar. Os médicos por lá não gostavam de recorrer à cesariana, não havia essa indústria de cesarianas que existe no Brasil, só recorriam a ela em casos extremos. Daí que Marta entrou em trabalho de parto, mas o bebê não nascia, e ela ali, sentindo dores horríveis, cercada por aquelas caras mascaradas de branco, desconhecidas, naquele ambiente frio, luzes brancas, de repente entrou em pânico, teve um *revival* do DOI-Codi, achando que os médicos eram torturadores disfarçados. Quase houve uma tragédia, pois ela queria porque queria sair dali, rápido. Acabou sendo contida à força e o parto aconteceu, mas ela saiu atordoada da experiência e teve que retomar o tratamento psiquiátrico.

Olhando-me de banda, lascou, imitando meu jeito de falar:

— E você, Gabriel, como está indo? Equilibrado do ponto de vista psicológico?

Desconcertado, me segurei:

— Em princípio, sim, acho que sim.

Ela gargalhou ainda uma vez:

— Claro que você sempre acha que sim. Você e aquele seu amigo, o Ivan, vocês se acham muito legais, mas são dois loucos de pedra... Você não se dá conta, Gabriel, loucos de pedra! Ele pensa que tem o rei na barriga, já você imagina que é o dono do mundo.

Ela ria sem parar, quase arfando, e continuou:

— O pior é que os dois se acham muito normais. Gabriel, a verdade é que de maluco todos nós temos um pouco. Tá todo mundo desequilibrado. Em alguns, como eu, a coisa se torna mais clara; em outros, como você, a coisa fica enrustida, disfarçada.

E completou, entre irônica e amarga:

— Este mundo é um grande hospício. Só os loucos de pedra é que não enxergam.

Dei um sorriso amarelo, sem graça. Ela me disse então que estava fazendo uma pesquisa entre os machos de Natal, perguntando a cada um deles se já tinham dado o cu ou se tinham, ao menos, sentido vontade ou pensado no assunto. Arregalei os olhos, perplexo, sem saber se devia ou não rir. Ela foi em frente, muito séria:

— Quer saber o resultado?

— Nem precisa dizer nada. Claro que todos responderam que não às duas perguntas.

Ela riu alto:

— Aí é que você se engana! Mais de um me confessou que deu o cu na infância ou na primeira juventude. Já outros me disseram que não deram, mas tiveram vontade. Veja lá, uma sociedade de machos e muitos querendo dar o cuzinho, não é bizarro? — E completou: — Esse mundo tá doente, Gabriel, com esse nível de recalque e repressão, imagine, só pode dar merda.

Andando pela orla da praia, conversamos sem hora para terminar. Meses depois, soube por uma amiga que Marta largara Natal de mão e tinha vindo para o Rio. Estremeci: será que faria aqui também suas pesquisas? E se me chamasse para responder às perguntas de seu questionário?

O fim de Severino Lagos

Eu saí do Brasil ninguém soube quando, nem como, nem por onde. Só eu mesmo. Nem minha mulher, a Maria Júlia. Ela acabou saindo pelo Uruguai, não tinha ninguém em seu encalço, barra limpa. Legal, até passaporte ela tinha. Eu não podia fazer o mesmo, estava sendo caçado por participar da ação contra o embaixador dos Estados Unidos. Mil olhos em cima de mim, retratinho nos cartazes. Não podia dar mole, nem conversei com ninguém da organização. Em certos momentos, para certas coisas, você só pode confiar em si mesmo, e olhe lá. Tem que fazer que nem o líder dos comunistas chilenos aconselhava: até para dormir, melhor ficar com um olho aberto. Antes de traçar minha rota, pesquisei. Determinei lugar e hora de dar o salto. Até hoje ninguém sabe de nada. E é bom que continue assim.

Agora na volta, vou fazer o mesmo. Não quero que ninguém saiba, sei lá onde esse troço vai dar, não confio nem um pouco nesta abertura de araque. Os milicos continuam firmes no leme, os homens da malsinada comunidade de informações continuam ativos, vivos, organizados; os torturadores continuam soltos, não param de explodir bombas em bancas de jornal, daqui a pouco vão mandar ver em cima da gente. Tem gente que confia, que confie por sua conta e risco. Ficam aí se expondo, dando sopa, vão se dar mal.

Vou reentrar na atmosfera daquela terra dos papagaios de mansinho, na caluda, sem levantar poeira, com um jogo de documentos de fazer inveja à CIA e à KGB. Não quero ninguém dando vivas, nem comitê de recepção. Não gosto de aparecer. Vou ser discreto como sempre fui, do meu jeito. Ninguém pode reclamar de mim. Dei sempre tudo para ajudar, mas, aqui entre nós, as condições estavam mesmo adversas, e nosso pessoal era muito amador. Nada compensa a falta de experiência. A gente tinha muita vontade, mas só vontade mesmo. Uma vontade maluca, alucinada. Mas, quando só existe vontade, não dá. Não deu.

Na Argélia, continuei fazendo minha parte. A Argélia... aquilo, sim, foi uma revolução. Porreta. O povo todo lutando. Aprendi muito com eles, cheguei a arranhar o árabe, para facilitar a comunicação. Funcionou muito bem, eles gostavam de me ver falando a língua deles. Cutucavam-se e me apontavam com o dedo: "Este é bom, um dos poucos estrangeiros que resolveram aprender a nossa língua." Do que mais eu gostava é que os caras da FNL podiam ser ásperos, mas eram profissionais, meticulosos, cuidadosos. Foi o que nos faltou, profissionalismo. Com os argelinos aperfeiçoei minhas técnicas: falar apenas o necessário, não desperdiçar palavras, guardar segredo. Gabriel e Marta debochavam de mim, falavam que eu era todo cheio de segredos. Mas foi graças a mim e ao meu ateliê, arranjado com cuidado, que a organização pôde contar com a melhor documentação das esquerdas brasileiras. Nunca ninguém soube onde era o lugar em que eu trabalhava, ou como estava montado. Bem que os dois queriam saber, curiosos, se intrometer, bisbilhotar, mas nunca abri a guarda. Não que desconfiasse deles, eram gente boa, mas inexperientes, verdes, não amadureciam. Para mim, a questão principal sempre foi o método. Eu cansava de falar para eles: "Método. Vocês precisam ter método." Mas eles não ouviam. Arriscavam-se. Por isso acabaram se fodendo. Os homens do lado de lá têm método, acabaram com a gente.

Quando a organização se esfarelou, depois do golpe do Chile, perdi o ânimo. Os que sobraram tinham muita coragem, ousadia nunca lhes faltou, é verdade, mas nenhuma visão das coisas. Começaram novamente a falar em proletariado e em Lênin. Voltaram aos debates do início dos anos 1960 — penetrar na classe operária, partido de quadros, partido de vanguarda —, ressuscitaram o passado. Caranguejos andando para trás. Não podia dar certo. Apelar para Lênin tantos anos depois, pode? Queriam se tornar os bolcheviques brasileiros. Outros tinham tentado antes. Todos se deram mal. Não desmereço o Lênin, ele era mesmo fora de esquadro. Era dos meus, ou melhor, eu estaria no seu time, se tivesse nascido no fim do século XIX. Ele tinha método, respeitava os ritmos. Sabia pisar no freio, e só pisava no acelerador no momento certo. Mas a Rússia nunca foi modelo para nós, nem podia ser. Temos que estudar as experiências do Terceiro Mundo, as sociedades agrárias, os movimentos camponeses. Estudar o que fizeram e como fizeram os argelinos e os vietnamitas. Entre os teóricos, só tem uma estrela no meu céu: Mao Tsé-Tung. É preciso lê-lo e relê-lo. Estou sempre com os *Escritos militares* dele. Sempre. Falavam muito dos cubanos, Fidel e Che, mas eles só tinham mesmo *cojones,* como eles próprios diziam. Acho que nunca entenderam a própria revolução que fizeram.

Só tenho um ponto fraco, confesso: mulher. Ou melhor, mulheres. Gostei demais da Maria Júlia, mas não sou homem de uma mulher só, nunca fui. Ela, sempre muito ciumenta, me chamava de mulherengo sem--vergonha, mas íamos levando. Aos trancos e barrancos, mas a coisa ia. Até que ela não aguentou mais a Argélia. Foi a aspereza dos árabes? Foram os ventos secos do deserto? Ou foi o ciúme doentio dela? Sei lá, só sei que, com a morte da organização, ficar sem ela foi mais um motivo para dar no pé de Argel.

Fui para Paris, ver o que acontecia por lá. Mas me mantive afastado da velha turma. Aquela colônia de exilados foi perdendo cada vez mais o tino e a orientação. No final, estava todo mundo fodendo com todo mundo e, na política, torcendo apenas pela anistia. Tinham perdido por completo a perspectiva da revolução. Conversar com eles para quê? Para fazer o quê? Uma vez, por acaso, topei com o Gabriel, ele me viu, me chamou, deve ter ficado impressionado com minhas roupas. Desde que cheguei, quando saía de dia, coisa que fazia de raro em raro, pois prefiro a noite — sabe como é, né? De noite, todos os gatos são pardos —, eu me fingia de mendigo, botava roupas bem gastas. Eu tinha um sobretudo puído, dava uma de mendigo, e foi assim que topei com o Gabriel. Dei no pé, eu até gosto dele, me recrutou para a organização, mas o que vou falar com ele? Conversa fiada? Prefiro os mendigos de Paris. Os verdadeiros. São mais sábios para muitas coisas da vida. Se falo com o Gabriel ou com qualquer um deles, acabo caindo em boca de Matilde, daí a pouco todos vão saber onde estou. Vou me tornar um livro aberto. Depois, zero chance de voltar ao Brasil encoberto, do meu jeito, com método, sem que os homens do DOI-Codi saibam do meu endereço e da minha vida.

Agora, estou no Brasil há três meses. Ninguém ficou sabendo de minha chegada. Planejei tudo direitinho. Entrei fácil com minha documentação nota dez. Passei por São Paulo, dei uma olhada no Rio; cara, como o país mudou! É verdade que tem muita gente fodida, mas, como o país cresceu, o capitalismo aqui foi para um outro patamar... Dei um pulo lá no Maranhão, para visitar minha mãezinha, aquela santa, está quase cega a velhinha, de catarata não tratada, e afagar uma sobrinha, minha afilhada, filha de minha irmã querida. Só quis ver as duas, nem quis saber de ver a família toda, para quê? Vai que tiram retratos e botam a boca no trombone. Perdi todos os laços com eles, e ainda não é hora de recuperá-los. Sei lá o que vai acontecer com este país! Pode ser que não aconteça nada, mas, e se acontecer? E se essa abertura der com os burros n'água e tudo virar um estrupício só? O país mudou da água para o vinho. Está tudo muito instável. Quanto a mim, acho que vai explodir. Será que a milicada vai aturar tantas críticas? Não vejo a hora em que eles virão para cima da gente. E os homens do DOI-Codi, vão ficar de braços cruzados? Duvido. Bem, quando a coisa toda desandar, veremos o que acontece. Se não houver resistência, como em 1964, saio fora, tranquilo, com minha documentação posso partir até pelo Galeão, não vai dar problema. Agora, se o pau quebrar em grande estilo, estou dentro, darei minha contribuição, veremos.

Me estabeleci em Campina Grande, cidade calma, que eu já conhecia. Bom lugar, esquecido dos olhares da polícia política, ninguém me nota nem me observa. Por aqui ficarei esperando a zorra pegar fogo. Mulheres bonitas aos montes, como em toda parte. Arranjei um mulherão, ela é casada com um tipo bronco, recatada que nem ela só, mas frustrada com o marido que tem. Na cama, perde os pudores, avança, vira uma onça, tem uma foda enérgica. Mas, como disse, não sou homem de uma só mulher e já ando olhando para os lados, mirando uma bela vizinha.

A última vez que se ouviu falar do Severino Lagos foi depois da anistia, já no Brasil. Uma surpresa, pois ninguém sabia que ele voltara do exílio. Um jornal paraibano, publicado em Campina Grande, estampava a foto de seu corpo, caído, nu, ao lado de uma mulher, também nua e morta, a tarja preta cobrindo as genitálias. Em letras garrafais, a manchete anunciava: "Marido corno não deixa por menos e mata os dois amantes."

O recorte passou de mão em mão, suscitando inquietação entre os exilados recém-chegados. Seria uma ação camuflada dos órgãos repressivos, ainda ativos? Uma espécie de vingança, com desdobramentos imprevisíveis? Não, não foi o caso. Era apenas a forma (cifrada) que Severino Lagos inventara para se despedir.

O concerto

— Temos mesmo de ir a este jantar?
— Meu bem, eu também não estava a fim, mas...
— Tô de saco cheio desses convites. É um atrás do outro, não para mais. Parentes e amigos chegados, tudo bem, e mesmo assim... Tô no limite, mas, quem é próximo, vá lá, a gente compreende, até gosta e tá a fim, mas pessoas que nós mal conhecemos, que nunca ligaram pra nós, não mandaram nenhuma ajuda nem disseram nenhuma palavra de conforto, e agora aparecem como grandes amigos, querendo nos receber a qualquer custo...
— É... também acho uma encheção de saco.
— O que eles querem é mostrar que têm um exilado debaixo do braço. Virou uma espécie de praga: "Olha aqui, temos um exilado para mostrar, quem quer ver, tocar, saber como é e como não é?" Um saco! Às vezes eu me sinto consumido, literalmente. Lembra os versos do Alex Polari?
— Que versos?
— Ele fez uma bela poesia, triste, irônica e amargurada, bem ao estilo dele: "Zoológico humano". Termina assim: "A quem interessar possa:/ Estamos abertos à visitação pública/ sábados e domingos/ das 8 às 17 horas.// Favor não jogar amendoim."
— Pegou pesado, mas foi na mosca, concordo com ele, mas...
Augusto e Margarida discutiam pela enésima vez a coisa dos almoços e jantares com exilados. Desde que haviam chegado, choviam convites para encontros, bate-papos, comes e bebes, recepções, todo mundo queria ter um exilado por perto:
— Aí, cara, ontem eu estive com um casal de exilados...
— Nãoooo...! Ainda não vi nenhum. Era teu parente?
— Amigos de uma sobrinha da prima da minha mãe.
— Pô... Você os conhecia?

— Cara, na nossa família, eu só ouvia falar deles...

— Falavam bem?

— Bem mal, cara, era um tal de dizer que envergonhavam a família, que eram terroristas sem alma, depravados... Cresci ouvindo isso, mas agora tá todo mundo querendo ver os exilados, tocar neles, ouvir o que dizem.

— E o que você achou?

— Um casal simpático, meio tímidos no meio daquele povaréu. Tinha gente saindo pelo ladrão, até vizinhos tinham vindo ver, como se os caras fossem astros de cinema. Fui lá e apertei a mão deles. Foi uma emoção, cara, senti vontade de abraçar, mas me contive, achei que seria demais, me limitei a apertar a mão. Olha aqui.

Mostrou a palma da mão.

— Foi anteontem e não lavei a mão até agora, esta mão que você tá vendo, meu irmão, apertou a mão de um exilado!

Na bolsa da convivialidade carioca, as ações *exilados* disparavam, não havia nada que se igualasse à sua cotação. Por isso é que Augusto não aguentava mais:

— Mais um jantar, Margarida?

— Concordo que está insuportável, mas não podemos faltar a este...

— E por que não? Diga que estou gripado, ou com enxaqueca, qualquer coisa, inventa uma desculpa...

— Não dá, você sabe que o Hilário foi muito bom pra minha mãe. Ele era reacionário pra cacete, mas nunca negou fogo. Ajudou nos piores momentos. Você se lembra da Luísa?

— A que foi visitar a gente em Paris?

— Ela mesma, é irmã dele...

— A Luísa era gente boa. É verdade que, em política, não dizia coisa com coisa. Uma esfinge. Nunca soube se era a favor ou contra a ditadura.

— Ela não se metia em política, cuidava da vida dela e ia em frente. Se não pisassem nos seus calos, nem queria saber de política.

— Era da turma do "não sou contra nem a favor, antes, pelo contrário".

— Exato, mas é uma pessoa boa, sempre apoiou minha mãe...

— E o que o Hilário tem com isso?

— Você não ouviu? Ele é irmão dela, conhecia minha mãe também, deu emprego pra ela no curso...

— Ele tinha um curso?

— Você tá cansado de saber que ele tinha um curso. E dos melhores. Preparava para ingresso nos colégios e academias militares.

— Ihhh... tá começando a cheirar mal.

— É, mas o fato é que ajudou minha mãe, deu trabalho pra ela na secretaria do curso, ela trabalhou anos lá, saiu do sufoco em que estava, aquilo foi muito importante para ela não naufragar.

— Mas ele é alienado como a Laura?

— Luísa, o nome dela é Luísa, não vai trocar o nome, as pessoas se ofendem quando a gente não se lembra do nome delas.

— Ok, Luísa, juro que não vou esquecer. Mas queria saber se o tal Hilário é alienado como a irmã?

— Não, ele nunca foi alienado, era reacionário mesmo, cara de direita pura e dura, que nem teu tio, porra, não há família sem gente de direita aqui neste país. Há muitas famílias sem um carinha de esquerda, mas famílias sem um cara de direita não existem, estamos no Brasil, você está esquecendo que voltou para o seu país?

Ele respirou fundo:

— O que você quer dizer exatamente com "direita pura e dura"?

— Sei lá, mal conheço o Hilário, ele era militar da Marinha, não podia ser de esquerda, né? Passou cedo para a reserva e se meteu nesse troço de cursos para academias e colégios militares. Se deu bem na vida, enricou. Educação particular tá dando muita grana neste país. O que sei é que ele, apesar dos pesares, ficou do lado da minha mãe num momento brabo. E sabia direitinho quem eu era, mas nunca falou mal de mim pra minha mãe, nem de você. Ao contrário: diz ela que, volta e meia, mandava lembranças.

— Ok, nós vamos lá, mas tem uma coisa: se o tal Hilário se meter a discutir política e vier pra cima da gente com cantilena reacionária, aí vou reagir, não vou deixar barato, não.

— Não acredito que isso vá acontecer. Minha mãe vai estar lá também. Eles se conhecem não é de hoje. E o Hilário, pelo que minha mãe contou, não é desses milicos broncos, tapados; o cara tem um mínimo de semancol, sabe conversar.

***

Margarida e Augusto, mais dona Nenê, mãe dela, chegaram ao apartamento do comandante Hilário Bastos Freitas, em Copacabana, às 19h30, de acordo com o combinado. Augusto tocou a campainha. Um homem bem-apessoado, de terno e gravata, abriu a porta. Simpatia em pessoa, estendeu a mão e foi logo se apresentando:

— Que prazer e que honra...

Ele abraçou dona Nenê com carinho, dois beijos no rosto. Abraçou Margarida também, deu-lhe dois beijinhos estalados nas bochechas e apertou com firmeza e amizade a mão de Augusto.

— Por favor, entrem, a casa é de vocês.

Ao contrário do usual, não havia nenhuma pequena multidão à espera. Hilário apresentou sua mulher, Levinda, e três crianças, bonitas e saudáveis, dois meninos e uma menina, todos vestidos a caráter, como se fossem pequenos adultos: João, Alfredo e Tereza. Cumprimentos trocados, eles se eclipsaram num abrir e fechar de olhos. No fundo da sala, levantou-se um casal. Foram apresentados como amigos da família: Caio e Antonieta. Ele era um dos sócios de Hilário na direção do Curso Marcílio Dias, homenagem a um marinheiro herói da Marinha de Guerra brasileira, morto na famosa Batalha do Riachuelo. Ela também era professora no curso, ensinando matemática.

A conversa correu fluida e tranquila sobre amenidades. Falaram do bom e do mau tempo, mas era um assunto que não dava para esticar além da conta. Augusto perguntou a Hilário sobre o curso. Ele e Caio adoraram o assunto e dispararam a falar de cifras sobre número de alunos, quantos aprovados na Escola Naval e nas demais escolas militares. O curso estava bombando no Rio de Janeiro, em toda parte se viam outdoors anunciando sua excelência e convidando os jovens a se apresentarem para o serviço da pátria. Antonieta entrou na conversa falando dos alunos e de seus erros mais frequentes. Foi a hora de Augusto e Margarida mencionarem sua experiência como professores em Moçambique. Caio teve um movimento de surpresa:

— Moçambique, vocês estiveram em Moçambique?

Sem jeito, ele deu a impressão de que desejaria engolir a pergunta, como se tivesse dado um passo em falso ou se esquecido de algo que deveria lembrar:

— Ah! Sim, vocês estiveram em Moçambique, Hilário me falou disso.

Pintou um clima de constrangimento, logo dissipado pelas palmas que Hilário estava batendo:

— *Messieurs et dames, le dîner est servi.*

Todos sentaram-se em lugares apontados por dona Levinda, que se esmerava em gentilezas. As crianças reapareceram, como que trazidas por uma varinha mágica, e sentaram-se, muito bem-comportadas. O jantar transcorreu sem maiores acidentes. Comida farta e saborosa: salmão assado ao molho de maracujá, salada e batatas cozidas. Vinhos brancos brasileiros, de boa qualidade, acompanharam. De sobremesa, um delicioso pudim de leite e sorvete de creme. No final, Hilário, apertando o braço de Augusto e se dirigindo também a Margarida, disse, quase solene:

— Vamos, agora, ouvir um concerto oferecido por meus filhos. Vocês vão ficar ma-ra-vi-lha-dos.

Os adultos formaram um semicírculo, para ver e ouvir. As crianças tomaram assento. João no violino, Alfredo no violoncelo e Tereza nos teclados. Atacaram de Mozart. Músicas suaves e calmas. Depois de uma ligeira pausa, vieram os prelúdios de Chopin em lá e em dó menor e a *Valsa nº 11.*

Todos estavam enlevados. Sob os aplausos, ouviu-se a voz de dona Levinda, imperativa:

— Crianças, agora podem descansar, hora de dormir.

A conversa então tomou outros rumos, até que, mais para o final da noite, alguém teve a má ideia de suscitar uma discussão política. Foi o Caio ou foi o Hilário? Augusto não se lembrava. Enfim, tudo começou quando alguém mandou esta:

— Esse Brizola não toma jeito mesmo. Quando a gente pensa que ele mudou, lá vem o cara falar novamente de imperialismo...

Augusto se sentiu mexido:

— Mas... o imperialismo não existe?

Caio pigarreou, meio surpreso pelo tipo de réplica. Hilário entrou rindo:

— Claro que existe, sobretudo na imaginação dos comunistas.

Dona Nenê, meio sonolenta, não dava sinal de vida, mas Margarida pareceu alarmada, algo estava fugindo do script combinado. Augusto, abespinhado, retrucou à altura:

— A mesma coisa a gente pode dizer dos comunistas, eles só existem em certas imaginações.

Enquanto Caio se calava, enrubescido, Hilário tentou conciliar:

— Essas imaginações... há de todos os tipos, melhor controlá-las, não é mesmo?

Augusto agora estava lançado:

— Taí um bom conselho, sobretudo quando há feridos e mortos ainda visíveis, embora muita gente queira cobrir a sujeira com o tapete.

Agora, foi a vez de Hilário se incomodar. Ao lado de Augusto, ele estendeu o braço, tocou sua perna e a apertou:

— Augusto, eu mal te conheço, estou recebendo você em minha casa pela primeira vez, mas quero te dizer uma coisa, com toda a sinceridade, a você e a minha querida Margarida. Falam muito mal por aí dos militares do DOI-Codi, em particular do delegado Sérgio Fleury. Pois digo a vocês do fundo de minha alma: eu admiro esses caras. Quando as coisas perigaram, eles defenderam o país, a minha honra e a minha propriedade, minhas e as da minha família. Se não fossem eles... nem sei onde estaríamos.

Seguiu-se um silêncio de mil toneladas. Margarida, de súbito, levantou-se:

— Vocês me desculpem, vou ao toalete, onde é?

Dona Levinda, seca, apontou o corredor:

— Primeira porta à direita.

O silêncio continuava espesso, não havia nele uma única brecha. Não se ouvia um inseto. Dona Nenê abrira os olhos e percebera um clima estranho, mas não conseguia entender o que acontecera. Passaram-se longos minutos. Augusto, inquieto, ergueu-se:

— Vou lá dentro, ver se Margarida está bem.

A porta do banheiro estava entreaberta. Dentro, debruçada sobre o vaso, Margarida não parava de vomitar. Vomitava e chorava. Chorava e vomitava.

As bombas

Gabriel estava indo de ônibus para o centro, no começo da tarde, quando ouviu um passageiro comentar com o vizinho de banco:

— Você soube? Explodiram uma bomba na OAB!

Era o dia 27 de agosto de 1980, um ano depois da aprovação da Lei de Anistia. De estalo, Gabriel pensou no pai. Apertou a campainha, saltou no ponto seguinte e correu para o orelhão mais próximo. Ligou para a casa dos pais. Dona Helena atendeu à segunda chamada:

— Mãe, tá sabendo? Uma bomba na OAB! Meu pai tá em casa?

— Acabamos de receber a notícia, seu pai se vestiu correndo e foi pra lá de táxi.

— Foi pra lá? Mas como? Explodiram uma bomba e ele foi pra lá?

— Ele é do Conselho Federal, Gabriel, você se esqueceu do adágio preferido dele? "O advogado deve estar onde a lei estiver em perigo."

— Ok, ele tem toda a razão, tô indo pra lá também.

Desligou, pegou um táxi e, dali a dez minutos, estava tentando entrar no edifício. Desde que chegara do exílio, já estivera lá várias vezes. O pai o levara para conhecer as instalações, em especial a biblioteca do Instituto dos Advogados, que funcionava num outro andar. Lúcio, havia alguns anos, tornara-se membro efetivo do Conselho Federal da Ordem dos Advogados, amigo e aliado do presidente, Seabra Fagundes. Os dois e mais muitos colegas travavam o bom combate contra a ditadura e em defesa das liberdades.

Na frente do prédio, já se juntara uma pequena multidão. A notícia da bomba tinha corrido veloz, como uma corça perseguida por um tigre. Com dificuldade, Gabriel chegou ao saguão. Postado ao lado de um policial uniformizado, um funcionário barrou seu caminho:

— A passagem não está autorizada, sinto muito.

Gabriel insistiu:

— Sou filho do conselheiro federal da Ordem, o dr. Lúcio, e...

Metendo a mão no bolso da calça para tirar a carteira de identidade, viu o chefe da portaria, seu Carmelo, que o reconheceu. Ele fez um sinal e o funcionário o deixou passar.

Um elevador lotado o levou ao sexto andar, sede da ordem. Já tinha muita gente por lá, o ambiente era de luto e de indignação. Uma carta-bomba, endereçada ao presidente da OAB, explodira na mesa da secretária dele, dona Lyda Monteiro da Silva, de sessenta anos. Quando ela abriu o envelope, a detonação decepou um de seus braços e a matou. Segundo o perito do Instituto de Criminalística, tratava-se de um dispositivo bastante sofisticado e de alto teor explosivo. A explosão, de tão violenta, fizera ainda estragos na sala e no corredor adjacente, arrancando portas e janelas.

Outra notícia, murmurada entre os presentes, dava conta de que uma carta-bomba do mesmo tipo estourara perto dali, cerca de uma hora depois, na Câmara Municipal. Destinada ao vereador Antônio Carlos de Carvalho, o Tonico, do PMDB, a explosão ferira com gravidade um funcionário de seu gabinete, seu tio, José Ribamar de Freitas, que ficou cego do olho esquerdo, teve o braço esquerdo amputado e ainda perdeu três dedos da mão direita, todos os dentes e quase toda a audição. Mais cinco outros funcionários, em outras salas também danificadas, sofreram escoriações e ferimentos. Além de vereador, Tonico havia sido militante do MR-8. Veterano do movimento estudantil dos anos 1960, fora preso em 1970 e bastante torturado, mas aguentara o rojão, e todos elogiavam sua calma e bravura diante dos torturadores. Em 1976, elegera-se como um dos cinco vereadores mais votados da cidade, com cerca de 40 mil votos, e fizera de seu mandato um abrigo e um estímulo para protestos e reivindicações dos movimentos sociais, que então recobravam musculatura. Por fim, ainda naquela madrugada, uma outra bomba explodira na redação do jornal da *Tribuna da Luta Operária*, na Lapa. Sem vítimas, o artefato destruíra a sala e quebrara vidraças.

Desde o meio-dia, anunciando a iminência de novas bombas, telefonemas anônimos pipocavam na Assembleia Legislativa, na Associação

Brasileira de Imprensa, no Sindicato dos Jornalistas, na catedral de Nova Iguaçu, na sede da OAB de Niterói e no fórum do Rio. Uma visível tentativa de intimidar e instaurar o caos.

Gabriel divisou o pai a distância, junto com outros advogados que rodeavam Seabra Fagundes. Tinham semblantes severos e compenetrados, mas serenos. Telefonavam para as autoridades, para órgãos de imprensa e para a televisão, denunciando o ocorrido e exigindo providências. Aqueles crimes não poderiam ficar impunes.

No dia seguinte, um cortejo imenso levou o corpo de dona Lyda ao cemitério São João Batista, em Botafogo. Apesar de a família preferir uma cerimônia discreta, a comoção foi grande demais, e não foi possível evitar que milhares e milhares de pessoas acompanhassem o enterro. Ao longo dos oito quilômetros de percurso, as pessoas gritavam, encolerizadas: "O povo indignado repudia o atentado! Chega de omissão, exigimos punição." De fato, havia muitos meses que explodiam bombas em livrarias, jornais e bancas de jornal, sem que as autoridades federais, estaduais ou municipais movessem um dedo ou tomassem quaisquer providências para investigar quem eram os executores e os mandantes das ações terroristas.

Em certo momento, no meio do cortejo, Gabriel avistou Marta, que ajudava a segurar uma grande faixa de protesto. Quando o viu, Marta pediu a uma colega que revezasse com ela e veio ter com o amigo. Entre amarga e irônica, puxou papo:

— E aí, Gabriel? Você viu, né? O terrorismo de direita está comemorando a aprovação da Lei de Anistia.

Ele respondeu pensativo e tristonho:

— Nem tinha atinado nisso.

Ela continuou:

— Lembra do Edson Luís? Doze anos depois, estamos aqui, mais uma vez, carregando nossos mortos para o cemitério.

Ele assentiu, mais uma vez com pesar:

— Estamos sempre protestando. Faz lembrar a frase do João Saldanha: "Quem protesta, já perdeu."

Marta emitiu um riso frouxo e indagou:

— O que podemos tirar de tudo isso? Vai acabar a tal da abertura?

— Estou na dúvida — admitiu Gabriel. — A maioria dos que mandam neste país quer levar a abertura à frente, mas é assustadora a ousadia com que esses caras agem. Estão mesmo dispostos a tudo para melar a transição.

Marta concordou. Nervosa, parecia prestes a explodir:

— A questão é que o governo federal permanece imóvel. A rigor, não faz nada, apenas falatório. Um blá-blá-blá interminável... De efetivo, nada. Efeitos práticos? Nenhum. Nada. Zero. Pra mim, não vai acontecer nada.

De fato, o governo federal parecia uma múmia, inerte em matéria de punição, embora o próprio presidente João Figueiredo viesse a público dizer que podiam jogar não sei quantas bombas sobre ele que de nada adiantaria, o processo da abertura iria continuar até a restauração plena da democracia. Gabriel não tinha muita certeza disso:

— O perigo é que os caras, ficando impunes, vão se tornar cada vez mais violentos. Agora começaram a matar e certamente irão em frente. Meu medo é que venham em cima da gente; eles não perdoam o retorno dos exilados...

Marta concordou:

— Não só da gente, mas do Brizola, do Prestes, caras que desistiram há muito de fazer qualquer tipo de revolução, mas que os milicos continuam a ver como perigosas ameaças...

No momento em que o cortejo e a manifestacão passaram em frente do prédio da UNE, semidestruído, na praia do Flamengo, Gabriel recordou, melancólico:

— Quando passamos por aqui, no dia do enterro do Edson Luís, lembro bem do Vladimir e do Brito subindo nas janelas e discursando. Apesar da tristeza, havia uma eletricidade no ar, uma expectativa de que podia haver uma virada.

Marta sorriu, desanimada:

— Hoje, o máximo que se pode esperar é que essa abertura de araque continue sem novas freadas.

Gabriel teve um sobressalto e reagiu com um toque de indignação na voz:

— O pior é que todo mundo sabe que os autores são os caras do DOI-Codi, putos da vida com o esvaziamento de seus podres poderes, mas o governo não quer mesmo incomodá-los... ou terá medo deles?

Marta duvidava do governo:

— ... ou será que é o próprio governo federal por trás das ações?

A pergunta, ameaçadora, ficou ressoando no ar quente da tarde. Naquela mesma noite, houve uma grande manifestação diante da Câmara Municipal, na Cinelândia, vocalizando a insatisfação geral. Lideranças e entidades civis, das mais combativas às mais moderadas, reclamavam uma investigação séria e consequente.

Nos dias seguintes, ficou claro que o terrorismo de direita fracassara em seu propósito de espalhar o medo. Tampouco tivera sucesso em paralisar a transição lenta, segura, gradual e negociada. Mas nada aconteceria com os autores dos atentados.

Como sempre, a conhecida "comunidade de informações" tentou inverter a responsabilidade sobre os crimes e acobertar os criminosos. Pouco depois, circulou um informe do SNI implicando o próprio vereador Antônio Carlos de Carvalho e seus funcionários como cúmplices do atentado. Eles estariam montando ou tentando desmontar a bomba que explodira na Câmara Municipal.

Sete semanas depois, houve uma única prisão, de Ronald James Watters, acusado de cúmplice do terror de direita. Um bode expiatório. As alegações das autoridades eram inconsistentes. Ele as negou e, dali a três anos, acabou absolvido.

Uma espécie de carta branca para que os terroristas, impunes, reincidissem. E eles reincidiriam.

O cachorro

Dizem que eu me comportei mal; mal, não, péssimo. Não deixam de ter razão, mas é preciso considerar o contexto, a minha história. Até ser preso, eu só recebia elogios. Pela determinação, pela disciplina, por encarar as dificuldades sem reclamações ou dúvidas. Eu cumpria. Nunca mais esqueço aquela rodada no camburão, que nós demos na sexta-feira sangrenta. Cercamos o bicho, os guardas sentiram medo. Era a primeira vez que eu via os PMs com cagaço; eles abriram as portas e deixamos que fugissem. Aí viramos o bicho de cabeça para baixo, com as rodas para cima, girando no vazio. Foi uma beleza.

Também não reclamei quando falaram para eu ir morar no subúrbio. Fiquei num quarto em Piedade, e até que não era ruim. A Francisca me apoiou, foi comigo, ela topava qualquer parada, me amava mesmo, para o que desse e viesse, nunca vacilou, nunca duvidou de mim. O problema do nosso quarto era o teto de amianto e o calor filho da puta que fazia nas noites quentes. Era duro foder naquelas condições, a gente se desmanchava em suor.

As atividades revolucionárias não me abalavam, eu tirava de letra as pequenas ações de carro. Não era difícil, era só fazer cara de mau, mostrar as armas, os donos entregavam as chaves e, quando sentiam que não iam perder a vida, quase agradeciam por estarmos querendo só o carro. Eu gostava também de fazer ações de propaganda, distribuindo panfletos nas entradas dos morros e das favelas. As pessoas olhavam desconfiadas, mas pegavam os panfletos e amarrotavam no bolso. Acho que jogavam fora, mas não era isso que diziam, falavam que iam ler em casa. Tenho minhas dúvidas, acho que a maioria jogava mesmo no lixo. Havia gente que desconfiava de mim, porque sempre fui calado, na minha, achava babaquice perder tempo com falatório. Gostava mesmo era de agir, e na ação eu sempre ia bem. Acho que isso é que levou muita gente a deixar as desconfianças de lado.

Quando fui preso, tremi. Quem não treme? Mas aguentei firme a porradaria. Não sou de ter medo de levar porrada, talvez porque apanhei muito de meu pai e de minha mãe. Tenho uma certa vergonha de falar nisso, de como levei cacete de meus pais, levava tanta porrada que, às vezes, nem para a escola eu podia ir, de tão roxo que ficava. É, nunca falei isso para ninguém, de vergonha mesmo. Mas acho que foi isso que me segurou quando levei porrada na tortura. Outra coisa que me ajudou é que eu não era peixe grande, e tive sangue-frio, inventei um ponto qualquer, eles foram lá comigo e, como não tinha ninguém, voltei apanhando muito, mas minha história tinha coerência, e talvez por isso tenham me largado de mão para se concentrar num peixe grande que tinham apanhado. Quando voltaram a me pegar, as horas já tinham passado. Eles estavam cansados de saber que, depois de uma certa hora, as coisas se desarmavam e já ninguém ia mais a ponto nenhum com você. Nem esperavam mais nos aparelhos. Me deu pena perceber que a Chica não acreditou que eu poderia abrir o quarto em que a gente morava. Mas eu disse para ela:

— Chica, quando passar a hora combinada, não espere nem cinco minutos, dê no pé.

Adiantou? Adiantou nada.

Pô, esperei quase duas horas debaixo de pau para dizer o nosso endereço. Quando eles chegaram lá, não é que encontraram a Chica? Foi duro ver ela apanhando, não tinha nada para dizer, ainda não tinha nem ingressado na organização, acho que eles viram logo que ela não tinha nada a ver. Largaram ela num canto. Não foi mole para mim, ver aquilo tudo, minha mulher apanhando, quase nua, com as roupas rasgadas. Mas passou. O que é que não passa na vida?

Daí fui para a cela coletiva. Foi aí que comecei a ter aquela angústia. Quantos anos eu pegaria? Havia muita conversa sobre esse assunto. Comecei a ter medo do tempo de vida que ia perder. Uma vez, de noite, acordei chorando, acho que tive um pesadelo. Os companheiros tentavam me dar força, mas a ansiedade me quebrava por dentro, o que eu estava fazendo ali? Dava para continuar acreditando naquela revolução que não acontecia em lugar nenhum? Quem é que queria fazer aquela revolução? Quem é que viria libertar a gente? Tinha gente saindo, trocada por diplomatas sequestrados, mas eu era peixe pequeno, não podia sonhar em sair daquela maneira, teria que aguentar. Quantos anos? Alguém poderia me dizer? Dez? Vinte? Ninguém sabia com certeza, e aquilo começou a pesar, cada dia mais. Pior eram as noites... Insônias intermináveis, o medo roendo as entranhas. Às vezes eu tinha caganeira, às vezes uma azia desgraçada, mas o pior eram as insônias.

Meu consolo eram as visitas da Chica. Mas tudo corria rápido, ainda não havia qualquer direito a ficar junto com as mulheres ou namoradas. Ela me encorajava, mas fui sentindo que ia se distanciando. Verdade ou mentira? Eu checava, ela negava, mas eu sentia, tá saindo fora, era pior do que tortura física imaginar a Chica dando para outro homem, me largando de mão.

Até que um dia me deu um estalo. Pedi para falar com o dr. Jaime. Ele era o chefão dos caras, daí pedi para falar com ele. O que eu tinha exatamente na cabeça, quando tomei aquela decisão? Sejamos verdadeiros: eu queria pedir arrego, não queria apodrecer na cadeia, estava aterrorizado com a ideia de passar os melhores anos da minha vida atrás das grades. E comecei a ter certeza de que, mais cedo ou mais tarde, mais cedo do que tarde, a Chica ia me abandonar. Não podia suportar essa ideia.

Na cela, o pessoal se revoltou quando me viu pedir ao cabo da guarda para falar com o dr. Jaime. Pensei que eles iam crescer para cima de mim, mas foi tudo muito rápido. Num instante, eu estava diante dele. Ele me perguntou, como se fosse um amigo:

— O que você quer falar comigo, Silvério?

Eu estava confuso, gaguejei para ele:

— Quero fazer qualquer coisa, dr. Jaime, só não quero é apodrecer na cadeia.

Naquele mesmo dia, fui transferido para uma cela separada dos demais. Passei a ter tratamento especial. Deixaram a Chica entrar na minha cela, ela estava estranhando, sem entender nada. Fodemos como nunca, mas ela queria entender o que estava se passando. Tive grande dificuldade para explicar. Acho que ela ficou em dúvida, mas acabou aceitando. Ela saía e entrava à hora que bem entendia. Lá fora, afastou-se dos familiares dos presos, passou a ter uma vida reclusa, solitária, mas nos encontrávamos a qualquer dia, e ela, volta e meia, passava as noites comigo.

Bem, isso tudo teve um preço, né? Passei a conversar com os homens. Eu não podia mais dar informações concretas, de ordem prática, nem eles queriam isso, sabiam que eu não tinha. Mas queriam saber como é que a gente se vestia, como se comportava, em que áreas fazíamos pontos, sobre o que conversávamos, que projetos tínhamos, quem eram os caras mais espertos, os mais corajosos, os mais cagões. Fiz o possível para ajudá-los, pois sabia que minha liberdade dependia disso. Depois de um certo tempo, fui entrando numa, resolvi pedir para sair com eles para caçar os revolucionários. Eles nunca me deram uma arma, mas acompanhei várias caçadas e, na medida em que minhas informações batiam, fui ganhando confiança nos caras, e eles em mim.

Volta e meia eu perguntava ao dr. Jaime, pois tinha uma espécie de linha direta com ele:

— E aí, doutor, e minha liberdade? É pra amanhã ou ficou pra eternidade?

Ele ria daquele seu jeito canalha:

— Silvério, nem pra amanhã nem pra eternidade, mas vai sair, conte comigo. Estou mexendo os pauzinhos, sou homem de palavra.

Já estava nesta pegada havia mais de ano, quando resolvi propor à Francisca:

— Meu amor, você estaria disposta a se casar comigo?

Ela ficou surpresa:

— Casar aqui na cadeia?

— Por que não? Mesmo porque, qualquer dia desses, vou sair...

— Você acredita mesmo nisso?

— Claro, o dr. Jaime me garantiu. Acho que é um homem de palavra.

Daí que casamos lá mesmo, na cela; veio um padre amigo dos homens. Dr. Jaime foi o padrinho, uma irmã da Chica, madrinha. A partir daí a coisa foi ficando mais leve, mesmo porque as ações armadas foram diminuindo, as organizações, destroçadas, perdiam a capacidade de agir. Um belo dia, o dr. Jaime se aproximou e disse:

— Silvério, teu dia chegou, você está livre.

Abriu teatralmente a porta da cela e me deixou sair. Na sala ao lado, Francisca me esperava, doida de felicidade. Tinham se passado dois anos, é isso aí, curti dois anos de cadeia. Seis meses como revolucionário, um ano e pouco como colaborador dos homens.

Dr. Jaime me chamou num canto:

— Silvério, você tá jurado pelos seus ex-companheiros, preste atenção, se eles te pegam, podem acabar com você. Aqui está uma carteira de identidade nova, você vai trabalhar numa indústria metalúrgica de gente nossa, o dono tá informado. Pra Francisca também arranjamos um emprego, numa loja de modas, mas vocês tomem cuidado, olhem pros lados, qualquer coisa recorram a nós.

Saí feliz da vida e vivi todos esses anos numa boa. De vez em quando vem um remorso, mas o que eles poderiam esperar de mim? Dei tudo de mim, mas não dava para aguentar aquela angústia, eu ia estourar a cuca, ter um enfarte, sei lá.

Hoje, quando ia saindo para o trabalho, soube das bombas na OAB e na Câmara Municipal. Quiseram pegar o Tonico, ainda bem que falharam, mas quase mataram o tio dele. E mataram a secretária da OAB. Não tenho dúvida de que foram os caras do dr. Jaime. Agora, são eles que estão numa ruim. Querendo reverter o rumo das coisas. Não concordo.

E se eu for ao enterro? Acho que vou. Quem sabe não encontro os velhos companheiros? Passaram-se tantos anos... Será que eles não estariam dispostos a conversar? Tudo bem que não aprovem o que fiz, mas será que não estariam dispostos ao menos a compreender? Que diabo, as pessoas são humanas, cometem erros, nem sei se o que fiz foi realmente errado, pois, pela liberdade, o que a gente não está disposto a fazer?

Resolvi não ir ao trabalho e fui para o São João Batista. Minha cabeça rodava, meio confusa; teria alguma chance de ser bem acolhido pelos meus ex-companheiros? Às vezes, tinha certeza que não. Às vezes, pensava que sim.

***

Quando a imensa passeata chegou perto do cemitério, com a noite já envolvendo a cidade, eu e Marta demos de cara com o Silvério. Ele tinha uma história estranha e sinistra. Estudante de química, sempre calado e determinado, destacara-se pela participação nas greves. Quando optamos pelas ações armadas, Silvério permaneceu conosco, não vacilou. O intrigante, porém, é que continuava um cara silencioso. Um dia, conversando com um amigo dele, que cursara igualmente a Escola de Química, indaguei:

— Escuta, você não acha o Silvério meio estranho?
— Estranho por quê?
— Porra, o cara não fala. Parece mudo.
— É verdade, mas ele nunca nega fogo.

Dali a meses, durante uma ação, o Silvério foi preso. Passou bem pela prova dos nove da tortura e, na cela coletiva, parecia conformado, na dele, como sempre, calado, sóbrio. Com o passar dos meses, porém, foi tomado pela angústia. Era visível. Chorava sozinho de noite, confessava que tinha medo de viver anos e anos preso. Estava aterrorizado com a ideia de apodrecer na cadeia.

Um belo dia, sem aviso prévio, pediu para falar com o dr. Jaime — era assim, de "doutor", que os oficiais do Exército, torturadores, exigiam ser chamados pelos presos. O tal dr. Jaime foi um dos piores carrascos que a gente conheceu. Quando o pessoal ouviu o Silvério pedindo ao cabo da guarda para conversar com o Jaime, foi uma surpresa. Daí a pouco o chamaram. Nunca mais retornou à cela coletiva.

Meses mais tarde, soube-se que ganhara de presente uma cela individual. Com direito a tratamento diferenciado. Regalias e mordomias. Recebia a namorada lá e passava as noites com ela. Mas tem coisa pior: ele começou a sair com os caras do DOI-Codi, mostrando as áreas em que costumávamos marcar pontos, descrevendo nossos hábitos e modos de viver. Uma sujeira. Silvério virara um cachorro da repressão. Mais tarde, antes de ser solto, casou-se com a namorada e escolheu como padrinho o famigerado dr. Jaime! Acabou libertado, sem passar por julgamento, dois anos mais tarde.

E agora — era ele mesmo! — o Silvério aparecia na nossa cara em pleno enterro da dona Lyda!

Ele se chegou, falando baixo:

— Gabriel, Marta, que bom ver vocês por aqui...

Entre perplexo e puto da vida, estaquei, inerte. Marta, ao contrário, reagiu como um animal ferido:

— Filho da puta! Cachorro da polícia! Dá o fora!

Ele tentou apaziguar:

— Que isso, Marta, não podemos ao menos conversar?

Marta não se continha. Erguendo o punho junto à cara dele, vociferou:

— Dedo-duro! Delator de merda! Fora daqui!

E, rubra de raiva, começou a gritar para todo mundo:

— Gente, olha aqui, um cachorro da polícia infiltrado!

As pessoas começaram a se juntar. Vi um cara segurando um pedaço de pau sem tamanho, aproximando-se. Silvério recuava, dava passos para trás, trêmulo:

— Marta, por favor, vamos conversar... eu posso explicar...

Ela estava exasperada:

— Eu não converso com cachorro. Fora! Fora daqui! Peguem este cara! É um cachorro da polícia!

Para furar o cerco que se formava, com uma expressão acovardada e apavorada, Silvério virou-se de costas, deu o pinote e saiu correndo.

Nunca mais o vimos.

Repórter

Acho que já disse isso aqui, mas vou repetir, sempre tive a maior admiração pela mal chamada imprensa nanica. Digo mal chamada porque foi um termo corrente, mas prefiro dizer dela que foi uma imprensa alternativa, como, anos mais tarde, passou a ser considerada. Os jornalistas e militantes que deram duro para que aqueles jornais fossem pras ruas não tinham nada de nanicos, ao contrário, eram gigantes. Na coragem, na ousadia, no desprendimento, na forma como uniam atividade profissional e diversão. Claro, como seres humanos que eram, tinham seus defeitos. Cada um e cada uma tinham os seus, quem não tem? Lembrem-se da parábola do Evangelho: quem vai atirar a primeira pedra? Agora, é certo que, em variadas dosagens, tinham igualmente os defeitos típicos das esquerdas mais radicais: um certo sectarismo, alguma arrogância no olhar petulante e na atitude geral indulgente. Tem muita gente que não perdoa as esquerdas por isso, mas sei do que se trata, por ter compartilhado essas características. A verdade é que as esquerdas vivem numa espécie de cerco. Sempre censuradas, tolhidas, perseguidas. Então, para se segurar, para se manter inteiros, para se afirmar, os caras recorrem a um mecanismo de defesa, bancam os fortes, os sabidos, e aí se arriscam a não aprender com as coisas da vida, teimando em trilhar caminhos fechados ou que não levam a nada.

O *Repórter* surgiu no finzinho da abertura, que ainda estava em curso, mas ninguém sabia direito onde ia dar. Muitos diziam, e com razão, que não ia dar em nada, que a ditadura ia continuar com outros nomes, que a milicada não abriria mão de seus poderes, privilégios e mordomias. Sem falar nos homens do porão. Taí outro termo com o qual sempre embirrei. Porão? Por que não sala de visitas? Todo mundo sabia que o pau estava cantando nos quartéis do Exército, da Marinha e da Aeronáutica, que a tortura comia solta e impune, e que de vez em quando sumia um. Desaparecido. Para o povão brasileiro, aliás, tortura não era nenhuma novidade, era o pão deles de cada dia, um recurso sempre acionado pela polícia. Para a classe média, sim, ver os filhos serem torturados, foi uma surpresa. Mas quem é que não sabia? Não dá para acreditar que alguém não soubesse de nada. De mais a mais, ignorância, já diziam os romanos, não é argumento. Quem não sacou, sacasse.

Mas o que eu queria dizer é que, nessa época, de sombras e de dúvidas, houve gente que mostrou a cara, que se arriscou, pôs o seu na reta. Foi o que fizeram as jovens e os jovens que lançaram o *Repórter*. Foi um sucesso. Logo depois do primeiro número, porém, um contratempo, um racha, suscitando dúvidas: "Pô, essa esquerda só se une mesmo na cadeia, debaixo de pau?" É que uma parte queria um jornal mais politizado, comprometido com as causas e os debates políticos, uma coisa mais tradicional, com um viés didático, escovado, que explicasse às pessoas o que estava acontecendo, apontasse as trilhas de resistência e de rebeldia. Outros, sem deixar de lado por completo essas referências, queriam inovar, criar um estilo diferente, mais livre e debochado. Desbocado, se fosse o caso. Mostrar, sem ter a pretensão de ensinar, largar de mão o tom pedagógico, entrar firme no cotidiano, sem preocupação com vocabulários sofisticados. Queriam dialogar com as pessoas comuns, com seus sentimentos, anseios, desejos e frustrações.

Os que se achavam mais comprometidos com uma certa forma de fazer política fundaram um outro jornal, o *Flagrante*. Durou alguns meses e fechou. O *Repórter*, não, continuou. E cavou seu nicho na história. O jornal saía uma vez por mês, com reportagens sobre as condições de vida reais das pessoas; ouvia-se gente que andava de trem, que se virava como camelôs, empregadas domésticas e trabalhadores que davam duro para ganhar o leite das crianças. Lembro-me de uma reportagem típica nessa linha feita pelo Tim Lopes. Ele se empregou como operário nas obras do metrô, passou lá algum tempo, vendo *in loco* as condições de vida e de trabalho, ouviu muitas pessoas, viveu como elas, comeu como elas e fez um brilhante relato. Sem floreios, sem retórica ou pedagogia, o texto foi uma das melhores e mais veementes denúncias de como a companhia do metrô tirava o couro dos que lá trabalhavam. Tim era um excelente sujeito, esperto, ladino, entrava em todas e saía de lá com relatos incríveis. Muitos anos mais tarde, mas aí já trabalhando para um jornalão, seria assassinado por traficantes por ter ousado se meter no meio deles para fazer uma reportagem que, com certeza, daria o que falar.

O *Repórter* também abria um grande espaço para as duas maiores paixões populares: futebol e carnaval. As edições carnavalescas faziam furor, vendiam que nem pão quente. E quando o Flamengo se tornou campeão do mundo, em 1981, apareceu uma edição especial que marcou época.

Eu me aproximei do jornal através de seu diretor, o João Calicourt. Ele vinculara-se à nossa organização quando fazia Comunicação na PUC, mas não acompanhou a aventura da luta armada, não acreditou na viabilidade do projeto. Depois, foi fazer jornalismo, dirigira uma *newsletter*, uma espécie de folha dirigida, só distribuída a assinantes. Alcançou grande êxito, pelos furos que dava, pelas informações de cocheira, pelos achados e análises que a grande mídia, por seus compromissos, não conseguia ou não estava interessada em dar. Mas, no fim dos anos 1970, a grande paixão do João era o *Repórter*, uma aventura original, pois raras vezes um jornal de esquerda alcançara tamanha dimensão popular.

Certo dia, eu estava numa esquina do centro da cidade, comendo um sanduíche de linguiça, quando o João me abordou:

— Gabriel! Então você voltou, cara!

Abraçamo-nos.

— O que você anda fazendo? — ele perguntou.

Engoli um último pedaço do sanduíche, limpei os dedos no guardanapo vagabundo do boteco e suspirei:

— Estou aí na luta. Procurando trabalho, fazendo de tudo um pouco, nada fixo. Têm pintado uns cursos livres por aí, umas pesquisas, coisas até interessantes, mas que não rendem quase nada.

Ele filosofou:

— É... tá tudo muito difícil.

Comentei, meio amargo:

— As pessoas adoram consumir os ex-exilados. Porém, uma vez bem consumidos, jogam fora que nem bagaço de laranja. Mesmo os que se dizem amigos... chamam para almoços e jantares, mas, quando chega a hora de dar uma dica profissional, arranjar um trabalho, fogem como o diabo da cruz, nem atendem o telefone.

João aprumou-se:

— Pois eu vou te fazer um convite: escrever para o *Repórter*.

— Mas não sou repórter, não tenho nenhuma experiência nisso...

— Você não está entendendo, o *Repórter* é um jornal.

— Você tem amigos lá?

Ele sorriu:

— Eu sou o dono do troço.

Arregalei os olhos:

— E quando posso começar?

— Hoje mesmo. Agora.

João me levou à sede do jornal. Quatro ou cinco pequenas salas concentravam a redação e a produção. Fui apresentado ao pessoal:

— Aí, gente, temos aqui um novo recruta, vindo diretamente do exílio.

Ouvi um coro debochado e sacana:

— Ooooowwww!

Foi então que conheci o Tim Lopes, o Leandro Rabelo, o José Figueiredo, entre outros jornalistas que trabalhavam lá. A secretária, Suzana Freitas, se tornaria amiga e confidente. Mas quem balançou meu coração foi a Sissi, que fazia a arte do jornal, com destaque para um vermelho londrino que era uma espécie de marca registrada. Gostei muito do ambiente descontraído, do entra e sai permanente de gente, da excitação típica do jornalismo da época. Sentia-se que as pessoas faziam ali um trabalho remunerado, mas o que os animava mais que tudo, mais que a pecúnia, era o prazer da atividade jornalística. Era visível nos olhos das pessoas, nos movimentos dos braços e das pernas, nos toques epidérmicos, que todos, amigos uns dos outros, estavam menos trabalhando do que se divertindo.

Pertinho dali ficava o beco das Sardinhas. Hoje se tornou um ponto turístico, perdeu um tanto do charme da época, quando garçons e fregueses se conheciam pelo nome e era possível pendurar a conta e ficar na balada sem olhar para o relógio, conversando sobre tudo e sobre nada, desde a salvação da humanidade até os bastidores da política, desde as grandes tendências que definiam o jogo do poder até simples comportamentos individuais, considerados irrelevantes, mas que desempenhavam um papel-chave para a compreensão do que realmente estava se passando.

Depois de conhecer a redação, eu e o João fomos para lá. Mordiscando as sardinhas e molhando os lábios com uma caipirinha no capricho, ele me interpelou:

— E aí, o que você quer fazer?

— O que você quer dizer com esta pergunta?

— Estou lhe perguntando o que você quer fazer no *Repórter*.

Como disse, eu tinha gostado muito daquilo. Se tivesse grana, pagaria para ficar por ali, mas o que eu poderia fazer? Ensaiei uma proposta:

— Que tal reportagens históricas? Posso misturar minha formação de historiador a uma escrita jornalística, como se estivesse voltando no tempo e reportando os acontecimentos, como se fosse uma testemunha ocular.

João sorriu:

— Gostei da ideia... Você está pensando em alguma coisa específica?

Hesitei...

— Podia começar com uma reportagem sobre a marquesa de Santos.

— Excelente! Te dou duas páginas do jornal. E o que mais?

— Mais? Você quer mais?

— Sim, outras ideias, cara.

— Poderia escrever uma coluna...

— Para falar de quê?

— De política, é o que sei fazer... ou melhor, é o que penso que sei fazer.

— Fechado, mas com uma condição...

— Qual seria?

— Nada de orações pedagógicas ou lições de moral, ok?

Mesmo sem saber direito onde me levaria aquele acordo, não vacilei:

— Fechado.

Sissi se aproximou de onde estávamos e vi que havia algo entre ela e João. Mas eles se fingiram de bobos e eu fui bobo de acreditar. Dirigindo-se a ela, João disse:

— Gabriel vai escrever reportagens históricas. E vai ter também uma coluna sobre política.

Acrescentou, piscando um olho, com ironia:

— Estávamos mesmo precisando de um especialista. Agora vou deixar vocês, pois tenho um compromisso — e despediu-se nos beijando no rosto.

Ela riu de contente e eu fiquei embalado em seu sorriso e em seus olhos bem pretos. Tomamos caipirinhas e comemos sardinhas vendo as altas horas da noite chegarem com seus cálidos abraços. Dali fomos para a Estudantina, onde dançamos até de madrugada. Quando a aurora, tímida, apareceu, como é de seu feitio, topou, surpresa, com o nascimento de um amor que marcaria minha vida por longos anos.

Assim era o *Repórter*.

Doces recordações, mas, ao mesmo tempo, como dizia o poeta, como doem...

Realidade brasileira

Quatro meses depois de chegar ao Brasil, Gabriel começou a sentir um certo mal-estar. A vida profissional superativa e interessante em Moçambique ficara para trás. Apesar das limitações da revolução local, em Maputo havia uma multidão de coisas úteis a fazer. Atividades promissoras e estimulantes, remuneradas de forma decente. Os trabalhos subalternos em Lisboa, mofinos, tinham sido compensados com a perspectiva da aprovação da anistia e do retorno ao país. As insatisfações, digeridas com tremoços, o bom e barato bacalhau e os deliciosos vinhos portugueses, continuavam. Mas, agora, tinha chegado ao ponto final. Ele lembrava que, em Paris, quando o metrô chegava ao fim da linha, ouvia-se uma voz ríspida, típica dos franceses:

— *Terminus! Terminus! Tout le monde descend!*

Ponto final! Ponto final! Desçam todos! Pois é, a aventura do exílio chegara ao fim, mas descer no Brasil não estava sendo fácil. Então, num dia quente, um dos últimos do chamado "verão da anistia", ele encontrou por acaso, no centro da cidade, um veterano do exílio moçambicano, o Rafael:

— E aí, Gabriel, como está a vida?

— Bem... mal. Fazendo mil e uma coisas, mas sem trabalho permanente, sentindo o tempo passar. E você?

— O mesmo. E o pior é que me foi prometido um emprego fixo...

— Pô! Parabéns! Tá reclamando de quê?

— Mas é um emprego mal pago, estressante e desinteressante.

— É... aí é foda.

— Você sabe, estou pensando numa coisa...

— O quê?

— Voltar para Moçambique. Falei anteontem com o Rubinho, ele ficou em Maputo, casou-se com uma moçambicana, está bem de vida, me falou que minha vaga está lá, à minha espera...

Perguntei a ele:

— Voltar? Será que vale a pena?

— Por que não?

— Não te dá a impressão de que estaríamos andando para trás, que nem caranguejo?

— Pode ser, mas caranguejo também é gente.

Rimos da piada sem graça e ficamos ali, esquentando no tórrido sol do Rio de Janeiro, bebericando chopes quentes. Depois de um momento, falei:

— Não vou entrar nessa, não. Só se meus filhos estiverem passando fome.

— Que isso, cara, Moçambique não é tão ruim assim.

— Não é que seja ruim, Rafael, não me entenda mal. Longe de mim dizer que tive uma experiência ruim. Passei lá bons anos da vida. Aprendi muito e devo muitíssimo aos moçambicanos, mais, muito mais, do que dei para eles. É só que voltar pra lá me dá a impressão de andar pra trás. E de desistir deste país.

Ele sorriu:

— Pode ser um recuo tático...

— Tático ou não, minha resolução, pelo menos por enquanto, é ficar. E batalhar. Não é possível que não possamos encontrar uma brecha.

Os dois amigos se despediram meio desenxabidos, melancólicos.

Gabriel parecia um homem de mil e uma utilidades. Um curso livre que ministrou, sobre a história dos movimentos de libertação na África, chamou atenção. Muito pouca gente conhecia qualquer coisa sobre o assunto. Um continente tão importante para nossa história e, na prática, tão desconhecido! Esta ignorância dizia muito sobre o país. Um outro curso que também fez sucesso era sobre a história do Brasil depois de 1945, com ênfase no período ditatorial. Muita curiosidade sobre uma outra maneira de ver e de narrar a história. Como se as pessoas estivessem despertando de um sono letárgico que durara anos e anos. Um entusiasmo às vezes contagiante. Terminadas as conferências, os participantes cravavam perguntas e mais perguntas, comentários inteligentes também. Ele saía dos debates com adrenalina a mil, animado, mas com os bolsos vazios, pois as taxas cobradas eram muito altas e o que sobrava para os palestrantes era muito pouco, quase nada.

Às vezes pintava um convite para escrever um artigo a ser publicado em jornalões ou na imprensa alternativa. Era bom para o ego, ver sua opinião publicada, a eventual repercussão, mas o rendimento era irrisório, considerando as despesas obrigatórias que iam derretendo, pouco a pouco, as modestas reservas que tinha trazido do exílio. O trabalho no *Repórter* era um verdadeiro oásis nesse deserto, mas não seria realista querer que eles pagassem mais do que estavam pagando, pois o padrão ali estava mais para a diversão do que para ganhar a vida. Quase todos os jornalistas trabalhavam em vários lugares ou faziam bicos aqui e ali, arredondando e completando o orçamento em outras atividades.

Vai daí que, nessa batalha inglória, recebi um belo dia uma dica que me pareceu interessante:

— Estão recrutando jovens pesquisadores lá no Horto...

— No Horto?

— É... Lá funciona, vinculado à Fundação Getúlio Vargas, um centro de estudos sobre história agrária que está bombando, sob a direção da Maria Yedda Linhares.

Eu a conhecia de nome, pela maneira digna com que tinha enfrentado a ditadura e sido perseguida de forma torpe e mesquinha pelos homens que a representavam na então Universidade do Brasil. Mas não cruzara com ela no exílio.

— Acho que não dá pra mim, não, nunca fiz história agrária...

— E quem é que fez? Salvo a própria Yedda, que esteve na França durante o exílio, e se especializou no assunto, muito pouca gente se dedica a isso no Brasil.

— Mas é que nunca me interessei pelo objeto...

— Vai lá, rapaz, tenta a sorte, tentar não ofende.

Não tendo nada a perder, me inscrevi e estava lá no Horto no dia e hora marcados para os candidatos às vagas existentes. Era um lugar aprazível, cercado de verde por todos os lados. Quando cantaram meu nome, apresentei-me. Na minha frente, a Yedda, pequena de tamanho, mas logo se via que tinha uma energia fora de série. Ela me olhou com amizade e atenção, olhos vivos, penetrantes, um brilho de ironia permanente. Gostei do que vi. Será que seria correspondido?

Ela leu em voz alta a pequena ficha de inscrição:

— Gabriel dos Santos Reis, 33 anos, formado em história em Paris. Três anos e meio como professor de história em Moçambique... Você esteve no exílio, Gabriel? O que você fez na vida, onde trabalhou e o que fez?

Tracei em grandes linhas a saga do meu exílio, com ênfase na formação na França — graduação e mestrado — e nas múltiplas atividades em Moçambique. Acrescentei, cauteloso, as dificuldades que estava encontrando no Brasil para conseguir uma atividade interessante e compensadora do ponto de vista financeiro.

Ela parecia bem-informada a meu respeito. Acolhedora, disse-me que tinha um trabalho interessante para mim, mas temporário. Quanto à compensação financeira, não chegava a ser alta, mas não seria tão pequena assim. Então, com um sorriso simpático, puxando os lábios um pouquinho de lado, sem mostrar os dentes, e sem jamais abandonar a faísca irônica dos olhos, perguntou de chofre:

— O que você quer fazer aqui?

Fiquei sem jeito:

— Bem, eu me inscrevi para integrar as pesquisas que você dirige.

Ela se voltou para a pessoa que estava próxima:

— Estela, olha só como o Gabriel é folgado, ainda mal me conhece e está me chamando de você.

Ela sorriu:

— Dona Yedda, não acho que ele fez por mal.

Embatuquei, o sangue me subindo ao rosto. Ela tornou a se voltar para mim, sempre amigável, não parecia ter dado muito valor ao fato de eu ter sido "folgado", ao contrário, aquilo parecia tê-la divertido.

— Então, minha pergunta ficou no ar, o que você quer fazer aqui?

Hesitei, tentando dominar o rubor que teimava em colorir o meu rosto:

— Tenho pensado em estudar...

— Sim...?

Vieram-me à cabeça, como um relâmpago, os cursos que fazíamos para os estudantes ativistas, potenciais militantes a serem recrutados para a nossa organização revolucionária, a Dissidência. Havia dois níveis: teoria política, onde se estudava da dupla Marx e Engels até Mao Tsé-Tung e Che Guevara. E um outro nível, quando eram lidos os pensadores brasileiros, de Caio Prado Jr. e Celso Furtado a Ruy Mauro Marini e Teotônio dos Santos, o que a gente conhecia como "realidade brasileira".

— Estava pensando em estudar a realidade brasileira — respondi, fingindo segurança.

— Como é que é?

Finquei pé, mesmo enrubescendo, e tentei mostrar que estava à vontade:

— Passei muitos anos fora do Brasil, estou voltando agora, daí que gostaria de estudar a realidade brasileira.

Olhei para ela e a vi agora rindo a valer, mostrando os dentes e falando alto, para toda a equipe:

— Gente, venham ver, estamos salvos! Temos aqui um candidato querendo estudar a REALIDADE BRASILEIRA!

As pessoas acorreram, todas rindo meio à socapa, divertindo-se com a minha cara. Yedda olhou-me bem nos olhos. Continuava a sorrir, mas não havia maldade nem arrogância na sua atitude e em seus olhos.

— Muito bem, Gabriel, vou contratar você.

Não acreditando no que ouvia, contente no último, confirmei:

— Estou contratado?

Ela sorriu, pensativa:

— Sim, sua experiência de exilado muito me interessou. E que você não perca por esperar: vou lhe dar para estudar uma realidade brasileira como você nunca viu antes, até encher os olhos.

Na semana seguinte, já integrado à equipe, numa reunião no Horto, Yedda me disse:

— Você vai viajar para Sergipe. Passe lá na tesouraria da Fundação Getúlio Vargas para pegar as passagens e o dinheiro das diárias. No arquivo público de Aracaju, você estudará os relatórios dos presidentes de província, da proclamação da República até 1930. O mais importante, porém, é uma outra tarefa: deslocar-se aos municípios de Gararu e Porto da Folha, no interior do estado, e achar, nos respectivos arquivos municipais, dados sobre a evolução das propriedades fundiárias ao longo desse período.

Estendeu-me, então, uma relação de livros:

— Para você não se sentir perdido, apanhe em nossa biblioteca estas obras e trate de lê-las antes de mergulhar...

Ela hesitou, e aí, com um sorriso cheio de ironia amigável, quase terna, completou:

— Você vai mergulhar na realidade brasileira. Traga-me de lá um pedaço dela. Estarei esperando.

Sol

Revi a Sol na chegada, no aeroporto do Galeão. Em meio àqueles abraços e beijos, eu mal distinguia quem era quem, mas, em certo momento, me vi diante dela, muito tímida, como sempre, conduzida com doçura por uma velha amiga que, segurando seu braço, disse, quase a empurrando para mim:

— Olha aqui a Sol!

Que surpresa boa! Sol havia sido uma das paixões da minha vida. Não tivemos nem um ano de vida comum, mas, como se sabe, essa coisa de calendário não tem nada a ver com os sentimentos. Às vezes, num ano ou em poucos meses, acontecem coisas que, concentradas, valem mais ou melhor do que períodos de dez anos ou mais. Isso vale para as sociedades e também para a vida pessoal. Em questões de amor, então, nem se fala. Às vezes, passa um tempão e nada acontece de relevante. Marasmo, calmaria, emoções em baixa, anestesiadas. Outras vezes, em meses, acionados por uma paixão repentina, os dias e as semanas começam a dançar, tudo vira de cabeça para baixo e a gente não anda mais com os pés no chão, levita.

Nos nossos passeios intermináveis lá em Havana, Ivan, como sempre muito objetivo, questionava:

— Você está exagerando, irmão, vocês mal passaram um ano juntos...

— É, nem um ano, verdade, mas... como foi bom!

— Não serão fantasias de tua parte, estimuladas pela atual solidão?

— É possível, em matéria de amor estamos sempre no mundo dos desejos e da imaginação. O fato objetivo é que, às vezes, tenho uma impressão fortíssima de que ela vai surgir aqui mesmo, de repente, ou ali, na volta daquela esquina. Já sentia isso na Argélia, e aqui novamente...

Ivan me olhava devagar e comentava, sorrindo:

— É... de fato você se apaixonou.

Quando conversava com Marta, ela, a seu modo, procurava me consolar:

— Gabriel, lembre-se do Lacan. Ele dizia mais ou menos o seguinte: "Paixão é quando você dá o que não tem a uma pessoa que não conhece."

— Mas que é bom, é.

— O quê?

— Paixão...

— Será? Tenho minhas dúvidas.

Mas o tempo, este grande canalha, foi fazendo a sua faina. Apaziguando, fazendo esquecer, cicatrizando. De sorte que, mais tarde, quando soube da prisão dela e do surto que a tomara de jeito, senti um choque, mas já veio amortecido. Num outro momento, de volta à Argélia, quando consegui, um dia, encontrar e ler um bilhete dela escondido na capa de um LP, outro abalo, pungente, mas camadas e camadas de tempo haviam trabalhado para aquietar e esmorecer a dor.

Nos longos anos do exílio que se seguiram, casei, tive filhos, encontrei uma profissão, corri o mundo, "Oropa, França e Bahia", como no poema de Ascenso Ferreira. A lembrança de Sol nunca desapareceu por completo, mas a imaginação a solicitava cada vez menos, aquela história da água que vai saindo devagar por entre os dedos, os quais, embora juntos, apertados de doer, não conseguem estancar o líquido que flui. Questão também de liberdade, de não ficar preso num passado que a gente não consegue recuperar, de abrir novas trilhas, de ouvir os apelos da vida que precisa ser vivida. Não vou dizer que não pensei mais nela, pensava. Até cheiros de vez em quando eu sentia.

Ivan desconfiava:

— Não, cheiro, não, tenha paciência, não me venha com essa!

— Juro que estou dizendo a verdade, volta e meia sinto o cheiro dela revoando...

— Essa fantasia vai te fazer mal, rapaz, sai dessa.

— Vou saindo, estou saindo, mas, de vez em quando, ainda volta. Volta cada vez menos, mas volta.

Daí que, quando topei com ela no Galeão, estremeci. Ela não estava como era, mas como se compunha nos últimos meses em que ficamos juntos. Explico: Sol era dessas mulheres muito tímida de atitude, mais calada do que falante, com frequência ensimesmada, pensativa. Porém, gostava de mostrar o corpo, de foder, e disposição não lhe faltava. A minissaia, moda dos anos 1960, caiu-lhe muito bem, parecia feita para ela, com umas coxas roliças e uns joelhos redondos, benza Deus, e um sorriso... O sorriso era seu forte — e o meu fraco —, mostrando dentes bem-feitos, branquinhos, um sorriso de gente boa, de coração bom. E o cheirinho, durante muito tempo eu o guardei, apesar das dúvidas e da desconfiança do Ivan, queria guardá-lo para sempre, num estojo qualquer, num vidro especial, que ficasse bem fechado, com o cheiro lá dentro, mas não foi possível, jamais encontrei esse recipiente mágico, se é que existe ou possa existir. O fato é que também o cheiro foi se esvanecendo, até desaparecer por inteiro.

Quando dei com ela no Galeão, empurrada por uma amiga, Sol me apareceu com um vestido longo, abotoado até o pescoço. Fiquei meio atordoado até me lembrar que se tratava de uma espécie de uniforme, o traje que ela usava quando nos mudamos para o subúrbio, fugindo da zona sul, que se transformara numa armadilha pavorosa, porque ali muitos de nós éramos conhecidos, mais que conhecidos, notórios, e a clandestinidade exigia discrição, comedimento, circunspecção. Daí que a Sol, nos subúrbios, trocara as minissaias pelos vestidos longos. A orientação era não chamar a atenção, passar desapercebido, que ninguém nos notasse, como gatos pretos no escuro, silenciosos e rápidos. Percebi então que aquele vestido longo era um código, um código secreto, entre nós:

— Olha, estou aqui como era — ela disse. — E você, saberá me reconhecer como eu era?

Abraçamo-nos com força, como se quiséssemos recuperar o tempo, superar as anestesias, reabrir as cicatrizes fechadas e costuradas pelos anos de ausência e de desencontro. Meu olfato, à procura dos cheiros perdidos, tateava, como uma pessoa num corredor escuro como breu à procura da luz.

Mas o abraço não podia durar para sempre, outras pessoas entravam por entre nossos braços, me sacudiam e puxavam, desapartando a gente, e me levavam para outros afagos. Ainda virei a cabeça e, de relance, a vi sisuda. Cadê o sorriso? Séria, ela apenas abanou a mão, e pensei vê-la murmurando:

— A gente ainda se vê.

Uma semana depois, tocou o telefone lá em casa. Era Adelaide, a moça que a empurrara para mim no Galeão:

— Sol quer te encontrar.

Surpreso, fiquei em silêncio. Ela insistiu:

— Sol disse que quer te encontrar.

— Quando e onde?

— Quando e onde você quiser. Ela quer te ver.

Marcamos um dia de semana, no Parque da Cidade.

Fez-se uma manhã luminosa. Driblando proibições e ciúmes, me senti recaindo na clandestinidade, lá estava eu no lugar e na hora marcados. Encontrei-a inteira, de volta ao tempo em que a vira pela primeira vez — o sorriso luminoso, bom de doer, as coxas reluzentes como nunca, os joelhos redondíssimos, numa minissaia azul-piscina. Ela estava linda, e senti, no ato, que me queria, e que nós poderíamos, se desejássemos, recomeçar ali a trama desfeita há mais de dez anos.

Ela me contou de sua prisão e do surto de loucura por que passara. De como fora difícil sair dele. E da solidariedade e da amizade das que estiveram presas com ela. Eram mulheres feitas de coragem e de compreensão, mas ainda meninas nos calendários das paredes, no tempo objetivo passado, segundo o qual tinham vinte, 22 anos, o que não as impediu de serem presas, maltratadas, batidas e torturadas, sem confessar nem se arrepender. Contra ventos e marés, em dificílimas condições, elas — Sol foi me contando em voz baixa, quase aos sussurros — tinham sido incansáveis, apostando nela, na sua cura, na sua recuperação. E conseguiram. Uma vez livre de novo, Sol, que fazia faculdade de psicologia, estudou como nunca e ingressou na faculdade de medicina, especializando-se em dermatologia.

Voltando-se para mim, com aquele inesquecido sorriso, encorajou-me:

— E você, o que você fez por aí, conte-me de suas andanças.

Eu lhe contei minhas viagens pelo mundo, o casamento e os filhos, as aventuras na Argélia e em Cuba, as esperanças perdidas no Chile, os estudos nà França, o trabalho em Moçambique, narrei abreviando, sentia sempre uma certa vergonha, um desconforto diante dos que tinham ficado no Brasil, presos ou mesmo soltos, mas enfrentando aquela ditadura infernal, um mundo de cerco e de interdições. Tinha a impressão de que o exílio para muitos fora um inferno, mas, para mim, os erros cometidos tinham virado acertos. No fim das contas, era como se tivessem dado certo. Agora, para muita gente, os erros tinham dado errado. E aquilo me embaraçava, constrangia. Daí que procurei abreviar, e minha narrativa dava saltos que nem um cabrito descendo uma montanha escarpada. Quando cheguei ao fim, me senti um tanto sem fôlego, e fui retomando a respiração devagar.

Ela pousou a mão esquerda na minha:

— Eu queria ter um filho.

Sorri e, casual, comentei, dando força:

— Claro, às vezes penso que é nosso instinto de sobrevivência. Dá trabalho, mas vale a pena.

Ela apertou minha mão, caprichou no sorriso e disse com calma:

— Eu queria ter um filho com você.

Aquilo mexeu comigo. Fiquei parado, catatônico, olhando o sorriso dela, dez anos tinham sido incapazes de mudar a graça daquele sorriso. E, de repente, meu olfato recuperou o cheiro dela, o cheiro perdido nas andanças pelo mundo. Ele voltava com toda a suavidade deste mundo, e me senti suspenso no ar. Ela foi em frente:

— Desde que saí da prisão, tenho tomado uns remédios pesados, tarja preta, não posso engravidar com eles.

— E aí, como você pretende fazer?

— Se você quiser ter um filho comigo, falo com os médicos, a gente vai tirando os remédios devagar, até que seja possível engravidar.

Fez-se um silêncio prolongado, eu não saberia defini-lo, um silêncio de interrogações. Sol retomou a iniciativa. Sorriu. Devia saber que tinha um sorriso lindo e persuasivo:

— E aí, vamos ter um filho?

Não, não dava, eu sentia muito pela Sol, nós tínhamos uma enorme afinidade. Se desse, eu ficava ali parado com ela por algumas eternidades, mas não queria ter mais um filho, eu estava redescobrindo o país, se é que algum dia já o descobrira, me aproximando do *Repórter,* me apaixonando outra vez, e queria dançar, beber, entrar de cabeça na boêmia literária e política, festejar um novo tempo, piruetar pelo mundo, andar atrás da vida como um animal faminto.

Então respondi baixinho, com a ternura possível:

— Sol, acho que não vai dar...

Ela sorriu, meio triste. Prometemos nos rever. Nos levantamos e nos abraçamos e beijamos longamente, como se fosse pela última vez. Foi pela última vez. Meses mais tarde, a noite já tinha chegado, alguém me telefonou:

— A Sol morreu ontem à noite. Ela se matou.

Numa das capelas do cemitério, na despedida, passei um bom tempo a seu lado. Mas não me aproximei do caixão nem quis ficar para o enterro. Preferi guardar a imagem do sorriso dela no último encontro. O marido estava lá. Contou-me que ela, desejosa de ter um filho, suspendera os remédios. Tarde da noite, levantou-se de repente, correu para a janela e, sem dizer uma palavra, pulou para o vazio da morte.

Alta madrugada, saí sem fazer ruído. No olfato, o cheiro dela, comigo até hoje.

O vírus

No beco das Sardinhas, lugar onde agora eu fazia ponto dia sim e dia também, topei com o Tocha. Foi uma surpresa agradável:

— Tochaaaaa! Há quanto tempo! Você conhece este bochicho?

Ele respondeu com seu sorriso largo e sempre cativante:

— Gabriel, quando você foi, eu já voltei há muito tempo.

— E aí, como está se virando na Terra dos Papagaios?

— Não tenho do que me queixar.

— Já arrumou alguma coisa estável?

— Devemos evitar as coisas estáveis, Gabriel. Estabilidade, só no cemitério.

— Então me conta o que você tem feito por aí. Me diga um pouco, como anda a tua instabilidade?

— Tenho feito de tudo um pouco.

Ele então me contou tudo que havia acontecido desde que retornara ao Brasil. O desembarque, quando foi logo colocado sob custódia da Polícia Federal, mas sem violência ou grosserias:

— Parecia até que eu estava na Suécia…

Daí havia sido levado para a penitenciária Lemos de Brito, onde teve uma recepção não muito calorosa.

— Os presos políticos foram antipáticos? — indaguei.

— Não creio, mas, compreenda, os caras estavam lutando há anos por melhores condições na cadeia e, no limite, pela liberdade. Aí, de repente, chega um cara do exterior, que estava livre por lá e vem se entregar, como que trocando a liberdade pela prisão. Era difícil para eles aceitar isso.

— Ficou difícil pra você?

— Num primeiro momento, sim, mas depois eles foram compreendendo, embora muitos não concordassem que minha volta tivesse um caráter político, que fosse uma maneira de chamar a atenção para a situação dos presos e para aquele exílio interminável que precisava mesmo acabar.

— Lá fora, acompanhamos a festa que houve quando você saiu no primeiro *habeas corpus*, o jantar no Lamas.

— Foi de fato incrível, uma sensação de tremenda euforia... Dias depois, voltei pra trás das grades, mas não durou muito, recuperei a liberdade antes mesmo de vocês chegarem. Estava sendo processado, claro, mas aí veio a anistia e tudo se resolveu.

Contou-me das várias atividades assumidas desde então: artigos para jornais diversos, comentários a respeito da situação nacional e internacional, boletins para veículos suecos. Mais tarde, engajou-se na assessoria de um deputado federal por Pernambuco e chegou a fazer coisas interessantes, mas o trabalho e o deputado não lhe pareceram tão legais quanto esperava, um tédio só. Largou de mão e se empregou na campanha eleitoral de um outro deputado, por Goiás, aí já houve algo mais interessante, e foi possível viajar bastante pelo interior goiano, ver de perto as condições de vida miseráveis, o engodo da caça aos votos, a embromação do deputado que se dizia de oposição, e era mesmo de oposição, do PMDB, só que em suas falas e práticas não se distinguia em nada dos adversários do partido da ditadura. Tomou nojo daquilo tudo e se demitiu logo depois da eleição do cara. O deputado surpreendeu-se:

— Não quero ouvir falar de sua demissão. Você foi muito importante para o meu sucesso. Vamos conversar, quanto você quer ganhar?

— Não é uma questão de dinheiro — ele respondeu. — É que pretendo fazer outras coisas, perdi o interesse nesta forma de fazer política.

Meio desconcertado, o deputado ainda falou:

— Fala a verdade, você está é indo trabalhar para um outro político, que te ofereceu mais grana. Mas eu cubro o que ele te prometeu, diga-me quanto é...

— Tive que insistir que não era nada daquilo que ele estava pensando — contou-me o Tocha. — Dei minha palavra de honra, jurei, tudo em vão. Quando nos despedimos, ele ainda estava certo de que eu estava indo para o redil de um outro deputado, ganhar mais.

— Concordo contigo — falei. — Também não tenho nenhum tesão de fazer política institucional. Até penso que é importante ocupar esses espaços, mas é que, não sei se por causa de tudo que a gente fez ou passou, o fato é que não me empolgo com esse tipo de política.

Ele filosofou:

— É uma questão de gosto, de inclinação. Não tenho vocação para isso. Daí que resolvi mudar de forma radical de latitude e de longitude. Abandonar esse campo onde as elites sociais e políticas vivem e manobram, indo direto para dentro do chamado povão.

— E como você conseguiu isso?

— Fui fazer o que a gente imaginava que seria um destino possível para nós: ir morar com os pobres deste país. Me juntei à confraria dos Irmãozinhos de Jesus Cristo e fui morar nas favelas de Fortaleza. Depois de alguns meses lá, me mudei para Salvador, com esses mesmos padres. Eles fazem um trabalho abnegado, de total entrega aos pobres, coisa de admirar, renunciam a todo e qualquer tipo de bens materiais e se dedicam por inteiro a salvar a alma dos pobres. Podendo, ajudam também a melhorar as condições de vida.

— E o trabalho era pesado?

— Muito. Trabalhava de sol a sol. Perdi forças, emagreci muito, até que um dia...

— Deu o fora...

— Nada disso. Tive um colapso, um enfarte.

Tremi nas bases:

— Um enfarte! Somos muito jovens para isso...

— Os médicos me explicaram que não há idade para o coração pedir arrego, depende muito das circunstâncias em que você vive, de como teu corpo reage a elas. Por uma razão ou por outra, o fato é que disseram que enfartei. Os padres então entraram em contato com minha família, me levaram para São Paulo, e lá recebi um tratamento de lorde. Só que...

— ...?

— Só que os filhos da puta dos médicos, sem minha autorização, fizeram um exame de sangue completo e concluíram que eu estava com o vírus da aids.

Foi um choque para mim. A aids, na época, estava cercada por malignos preconceitos e muita ignorância. Era uma doença ainda incurável, uma condenação quase inapelável à morte. Podia demorar um pouco, dependendo dos cuidados recebidos por quem estava doente, mas a morte era, na prática, inevitável. Ainda meio atordoado, só fui capaz de questionar a invasão de privacidade:

— Fizeram exame sem tua autorização? Mas isso é ilegal...

— É como você dizia lá no exílio, ilegal é ou deveria ser a fome. Quando eu soube, dei uma esculhambação neles, aos gritos, veio enfermeira de todo canto, querendo saber o que estava acontecendo. O dr. Bulhões, chefe da equipe, gaguejou as seguintes explicações: "Fizemos isso por uma questão de prevenção. Se o senhor estivesse com o vírus, como está, providências especiais deveriam ser tomadas, como foram de fato tomadas." Eu gritava, transtornado: "Vocês não tinham o direito de fazer isso! Não podiam fazer isso!" Pus o cara pra fora do quarto, não queria conversa, estava puto da vida, não sabia o que fazer.

— E aí?

— Daí resolvi sair naquela mesma hora do hospital.

— Como? Enfartado e diagnosticado com aids?

— Exato, não tinha mais confiança naquela gente. Chamei o enfermeiro e gritei: "Vou sair daqui! Me tirem daqui." O enfermeiro, meio que tremendo de medo, murmurou: "O senhor não pode sair, só se os médicos autorizarem, com uma guia de alta..." Porra nenhuma, vou sair é agora. Então pulei da cama, fiquei em pé, segurei com a mão esquerda aquela bolsa transparente, na qual eles põem o soro e os remédios que vão direto na corrente sanguínea e saí do quarto.

— E os enfermeiros?

— Entraram em pânico, tentando me cercar, me dissuadir. Eu ia pelos corredores à procura do elevador, vestindo apenas aquela bata hospitalar, bunda de fora, visível para quem vinha atrás. E eu ouvia as vozes deles: "O senhor não pode fazer isso! É proibido!" Uma enfermeira, com a mão na boca, falava alto: "Ele tá de bunda de fora!" Veio um guarda tentando me segurar. Gritei: "Saiam de perto! Sou aidético! Quem encostar em mim, pega a doença." A ignorância demovia qualquer aproximação. Na verdade, quase ninguém sabe ainda com certeza como ela se transmite. E tem o preconceito contra os gays, acho até que é maior do que a ignorância. A ideia da aids como *peste gay* está em toda parte, envenenando a cabeça das pessoas. De qualquer modo, consegui acessar o elevador. O ascensorista, trêmulo, estava aterrado, paralisado. Gritei pra ele: "Térreo! Quero sair desta bosta de hospital! Se não me levar, encosto no senhor e o senhor pega aids na hora." No que ameacei, o cara apertou o botão do térreo e pulou pra fora do elevador. Cheguei lá embaixo e já encontrei uma pequena multidão. Vozes indistintas ecoavam: "O cara tá louco e, além disso, é aidético." Eu respondia aos gritos, terríveis: "Saiam da frente! Estou com aids, quem tocar em mim, pega a doença."

Eu perguntei, incrédulo:

— Você conseguiu sair do hospital?

— Consegui, claro. Saí pelo portão principal, peguei a direita, sempre com a bolsa na mão esquerda, mantida no alto para não prejudicar o fluxo do soro e dos remédios. Continuava puto com o fato de terem feito o exame sem minha autorização. O problema, porém, é que comecei a me dar conta de que eu mesmo não sabia direito o que ia fazer. Diminuí os passos e parei no primeiro boteco que encontrei. Ouvi alguém gritando atrás de mim: "O cara está com aids, cuidado!" Pedi um café e uma água mineral. As pessoas olhavam pra mim e eu via nos olhares delas que não acreditavam no que estavam vendo, naquela situação kafkiana da qual eu era o protagonista.

— E no boteco, como as pessoas reagiram?

— Tava todo mundo com medo. Quando saí do hospital, veio atrás de mim um enxame de enfermeiros e de seguranças, mas não ousavam chegar perto. O dono do boteco me serviu o café e a água mineral, com aparente simpatia, mas tomando extremo cuidado para não me tocar. Os demais fregueses arrumaram um jeito de dar o fora dali. A sensação era de que eu tinha me tornado um empesteado, ninguém tinha coragem de se aproximar de mim. Pouco a pouco, fui recuperando a calma. Tomei o café, bebi a água mineral e resolvi retornar ao meu quarto. A minha reentrada no hospital foi apoteótica. Aplausos e vivas por todo lado, eu tinha na verdade balançado a roseira daquilo ali.

— E como essa novela acabou? Ou continua ainda?

Tocha sorriu:

— Exigi que me liberassem. Já no dia seguinte, recebi alta, voltei ao Rio e resolvi dar uma passadinha aqui para comer uma sardinha e beber uma caipirinha. Hoje, no final da tarde, parto outra vez rumo a Salvador, para retomar meu trabalho lá com os Irmãozinhos de Jesus.

Indaguei, cauteloso:

— E o coração?

— Mais firme do que nunca, veja aqui.

Pegou minha mão e aproximou-a do lado esquerdo do peito.

— Bate ou não bate?

— É... parece firme — assenti.

— Sabe da maior? Tenho muitas dúvidas se tive mesmo um enfarte. Esses médicos são uns idiotas.

— Mas... e a aids? — perguntei, incrédulo e assustado.

— Foda-se a aids, não mandei os caras fazerem o exame, não vou tomar conhecimento.

Luizinho

Ele era decidido e ousado como poucos. Quando caiu, eu estava no corredor da morte e ouvi a porradaria em cima dele. Não foi mole, não. Ele e o Mário Louro, num carro roubado, um fusquinha, tinham pegado o atalho do Mundo Novo, que liga Laranjeiras a Botafogo, na zona sul do Rio de Janeiro. Daí toparam com um camburão da PM, e nele dois policiais. Um saltou e se aproximou:

— Documentos, por favor!

Luizinho, no banco do carona, tentou negociar:

— Esquecemos em casa, mas o carro é meu.

O policial foi inflexível:

— Se não tem documento, vamos à delegacia. Lá a gente confere.

Ainda tentaram um acordo, ofereceram grana, mas o policial não quis conversa. Entretanto, os tiras não pareciam muito desconfiados, pois não revistaram os dois.

Enquanto Luizinho subia no camburão, o outro policial entrou no fusca. Quando arrancaram, o camburão na frente, Mário Louro desacelerou, botando distância entre o fusca e o carro da polícia. Quando o camburão, entrando numa curva longa, saiu de vista, Prata tirou de súbito o revólver da bolsa esquerda do carro e rendeu o policial. O cara, porém, entrou em luta com ele e levou um tiro. Mortal. Louro o retirou do carro, deixou-o no meio-fio, deu meia-volta e disparou em sentido contrário. Quando o policial do camburão se deu conta, também voltou atrás, mas já era tarde. Encontrou o colega morto, algemou Luizinho, fez contato pelo rádio e recebeu instruções de levá-lo direto para o DOI-Codi. Os caras o receberam com sangue nos olhos, não sei como não o mataram. Foi sua primeira provação.

Todo quebrado, mas se recuperando, Luizinho fez o calvário habitual dos presos políticos: do DOI-Codi, na rua Barão de Mesquita, para o Dops, na rua da Relação, dali para o presídio Lemos de Brito, na Frei Caneca, para aterrissar finalmente na Ilha Grande. Uma segunda provação.

Tiramos cadeia juntos lá na ilha. Luizinho era dos bons. Queixo erguido, enfrentava a dureza do cárcere sem reclamações nem recriminações. Participava do coletivo, da distribuição igualitária dos presentes recebidos — uma boa tradição do velho Partidão — e das discussões, nas quais procurávamos entender o que estava se passando no país e as desrazões das nossas quedas. Ele não desanimava, um otimista inveterado. Como eu. Na época, ainda nem suspeitávamos que uma derrota catastrófica rondava à nossa porta, como um réptil venenoso. Quando houve a captura do embaixador alemão e saiu a lista dos presos exigidos em troca de sua vida, muitos acreditaram que Luizinho estava na lista. Cheguei a abraçá-lo com alegria no dia seguinte, mas ele estava cético:

— Olha, Gabriel, o nome é parecido, mas é de um cara que está preso lá em Minas Gerais, militante de outra organização.

Sorria com tristeza, e não estava nem um pouco feliz quando afirmou, com segurança:

— Não sou eu.

Mas os carcereiros duvidavam, pois os nomes eram muito semelhantes. Daí que Luizinho foi obrigado a tirar fotos e a fazer todos os preparativos para sair conosco. Éramos quatro lá na Ilha Grande que estavam na lista. Com Luizinho, cinco. Começamos a questionar o ceticismo dele. Contudo, ele parecia convicto de suas certezas, mas... sabe-se lá? Embarcamos juntos, atravessamos o braço de mar entre a ilha e o continente e paramos em Bangu para almoçar. Foi aí, depois do almoço, que veio a contraordem: Luizinho deveria retornar à ilha. Ele tinha de fato razão, o nome que estava na lista era de outro preso. Enquanto seguíamos para o Rio de Janeiro, rumo à liberdade, Luizinho retornou solitário para a Ilha Grande. Foi sua terceira provação.

Ele curtiu uma cadeia longa, penosa e pesada. Quando voltei do exílio, quase nove anos e meio depois, e fui visitar os presos, ele estava entre eles. Enquanto eu viajara pelo mundo, me casara, nasceram a Tatiana e o Claudio, me formara como historiador e começara minha carreira acadêmica, Luizinho ficara preso, batalhando, passando por greves de fome, soro na veia, sofrendo ameaças de uma prisão ainda mais rigorosa. Naquela que foi sua quarta provação, houve, porém, uma coisa boa: seu namoro e posterior casamento com Leilah. Ela vinha de visita, acompanhando os pais de um amigo. Eles se apaixonaram no ato. Lá na Argélia, alguém me disse que Leilah em árabe é noite, mas para o Luizinho foi uma luz. Depois de muita luta, conseguiram que o direito a ver mulheres e namoradas fosse regulamentado. No vocabulário das prisões, a isso chamavam de direito ao "parlatório". Êta país moralista e preconceituoso!

Nos anos de cadeia, Leilah e Luizinho tornaram-se hábeis artesãos em objetos de vime; faziam cestos, bolsas, carteiras, porta-retratos, estojos, e apareceram algumas lojas interessadas em receber os produtos, em consignação. Além disso, nas visitas, muita gente os comprava, não apenas para dar uma força, mas porque eram coisas bonitas de se ver e de se usar.

Um pouco mais tarde, os dois tiveram um filho. Quando soube que Leilah engravidara, Luizinho teve uma noite de rara felicidade naquele inferno infeliz da cadeia sem fim. No dia seguinte, trabalhou manhã e tarde para fazer um berço para ele ou para ela, ainda não sabiam. Leilah pariu um menino com a ajuda da mãe e do pai. Logo que saiu da maternidade, se mandou, na correria, a fim de mostrar a cria para o Luizinho, que a acolheu com a máxima doçura que ainda tinha no coração. Murmurou com lágrimas nos olhos:

— Vamos ver se ele não é obrigado a passar por tantas provações.

Escolheram o nome de Ernesto, homenagem a Che. Uma maneira de fazê-lo reviver no pequeno que nascia. Quando, afinal, foi aprovada a Lei da Anistia, Luizinho não foi contemplado, pois fora condenado em última instância. Foi sua quinta provação. Depois, os doutores inventaram mecanismos estranhos — bem à brasileira — para livrar todo mundo das grades. Reformaram a Lei de Segurança Nacional, reduzindo de forma drástica as penas, e deram liberdade condicional para quem estava preso. Eles seriam obrigados, inclusive Luizinho, a comparecer à delegacia mais próxima a cada trinta dias. Bem, Luizinho nem considerou isso uma provação a mais, apenas um contratempo.

Livre enfim para escolher o próprio destino, ele e Leilah decidiram continuar dedicados ao ofício da artesania de vime. Aquilo virara um negócio e eles viviam só disso, modestamente, mas viviam, tentando reaprender a navegar naquele país modernizado e hostil em que se transformara o Brasil. A coisa foi tão para a frente que, um ano depois, revolveram mudar de ramo, abrir uma pequena fábrica de móveis, pois verificaram que, dando certo, seria bem mais rentável. Numa primeira etapa, dividiriam o tempo entre os móveis e os objetos de vime e tentariam ampliar a freguesia, devagar e sempre.

Entretanto, os planos, bons na teoria, na prática começaram a dar errado. Luizinho corria de um lado para outro, sempre estressado. Leilah também. Faziam questão de acompanhar o garoto que crescia, mas mal sobrava tempo para curtirem a vida. Foi mais uma provação, a sexta.

— Leilah, acho que calculamos mal. O negócio dos móveis tá dando muito trabalho e só prejuízo.

Ela retrucava, animando, sorrindo:

— É sempre assim, qualquer negócio, no começo, tem seus problemas. Depois, bate o vento e o barco avança no mar, velas enfunadas.

Luizinho gostou da metáfora marítima e voltou a dar tudo para o negócio ir para a frente. Mas não ia. Os prejuízos se acumulavam. Quase não conseguia ver mais os amigos e conhecidos, todas as horas disponíveis na labuta. Um dia, retornando para casa, que ficava para lá da Barra da Tijuca, atravessando o túnel Rebouças, Luizinho sentiu uma dor aguda no peito. Apertou o freio do carro e foi deslizando devagar, tentando respirar; o diabo é que não conseguia. Passado o túnel, parou o carro. Descansou um pouco. A coisa passou. Chegando em casa, contou para Leilah. Ela quis saber detalhes:

— Como foi isso?

— Foi como acabei de te dizer, dor aguda, fui parando o carro, parei. Melhorou, acho que não foi nada.

— Acha mesmo que não precisamos ir ao médico?

— Acho que não. Vai ver que foi uma angina no peito. Acontece.

Daí a dois dias, um domingo, eles estavam no jardim da casa, aproveitando uma rara pausa para descansar e brincando com o menino. Luizinho levantou-se para ir ao banheiro. Como demorava a voltar, Leilah inquietou-se, agarrou Ernestinho no colo e foi lá dentro. Bateu na porta:

— Luizinho, tudo bem?

Ouviu gemidos. Ela agora gritava:

— Amor, abre a porta, por favor.

Os gemidos aumentaram, os ruídos indicavam que ele tentava se arrastar no chão, mas sem conseguir se mover. Com o filho no colo, Leilah esmurrou e deu pontapés na porta, mas não tinha forças para derrubá-la. Desesperada, sobraçando Ernesto, correu para a casa vizinha e pediu socorro:

— Vizinhos! — ela soluçava alto. — Socorro! Me ajudem!

Vieram dois homens, bateram e acabaram arrombando a porta. Encontraram Luizinho morto. Enfarte fulminante, diagnosticaram os médicos.

Foi sua sétima — e última — provação.

O Método Marinaldo

— Temos que chegar aos 650 inscritos, nem um a menos.

— Não eram seiscentos?

— A orientação do Diretório Regional é chegar a 650, pois há sempre a hipótese de que algumas fichas sejam questionadas ou anuladas pelo Tribunal Regional Eleitoral. Então, é mirar em 650. Vale passar desta marca; ficar aquém, nem pensar.

Tratava-se de legalizar o Partido dos Trabalhadores, o PT, no Rio Comprido. Uma tarefa árdua, mas factível, segundo a expectativa deles, militantes do núcleo local, reunidos no apartamento de Jacinta, moradora antiga da rua Itacoatiara e professora de português em várias escolas do bairro. Eram cerca de vinte pessoas, naquele sábado quentíssimo de maio de 1980, a maioria muito jovem, quase todos de classe média, brancos, com instrução relativamente alta, transpirando otimismo e decisão. Jacinta, na secretaria da reunião, organizava:

— Bem, as áreas da zonal já estão distribuídas. Como combinamos, vamos trabalhar em duplas. Como somos dezenove aqui, dá pra fazer oito duplas e um grupo de três, uma trinca. Todos estão com as fichas enviadas pelo Diretório Regional?

Assentimento geral.

— Não esqueçam o manifesto de lançamento do partido e os estatutos. Assinadas as fichas, cada filiado deve receber uma cópia do manifesto e outra dos estatutos.

Um novo silêncio de concordância evidenciava o consenso sobre essas questões.

— Então, mãos à obra. Tenham sempre em mente que o PT não é e não será um partido tradicional. Não nos interessa filiar gente no arrastão, na base da ignorância, queremos ampliar a filiação, mas nosso filiado precisa ser consciente. — Ela enfatizava a palavra consciente. — Não queremos um partido de alienados, cada assinatura deve representar uma opção clara e decidida por nossos princípios e propostas.

Gabriel, sorrindo, incentivava o entusiasmo:

— Vamos invocar o slogan da máquina, o time do Fluzão nos anos 1970: "Vencer ou vencer."

Ouviu-se uma pequena e galhofeira vaia, comandada pela maioria flamenguista da reunião. Josué, o único negro, comentou:

— Se formos depender do Fluzão, não chegaremos longe nem ganharemos o povão.

Gabriel apaziguava:

— Ok, ok, não vamos brigar por isso, foi apenas uma brincadeira. O que eu quis dizer é que não podemos pensar em perder.

Estalaram-se os dedos (na época, uma forma de bater palmas). Todos se levantaram e, despedindo-se, partiram para realizar a tarefa da hora: obter filiações para o PT na área da 229ª zona eleitoral, compreendendo os bairros do Catumbi, Estácio e Rio Comprido. Dispunham de sessenta dias para chegar ao número fixado como indispensável pela direção do partido: 650 inscritos. Até o momento, tinham apenas 49, mas chegariam lá, com certeza. Mesmo porque, como dissera Gabriel, era uma questão de vencer ou vencer.

Um mês depois, alcançaram a marca de 102 filiados. Houve um princípio de desânimo. As equipes não faltavam ao trabalho. De casa em casa, na zona do asfalto ou nas numerosas favelas vizinhas, percorriam de cabo a rabo as áreas definidas, mas os resultados esperados não vinham. Houve uma reunião na casa de Jacinta para tentar entender o que estava acontecendo. Juvenal, jovem ligado a uma organização revolucionária clandestina, pontificava:

— Parece que as massas não estão ligadas à exigência revolucionária de um partido dos trabalhadores.

Roberta, estudante de comunicação, ponderou:

— Só espero que você não esteja usando essas palavras à procura de filiados...

Ele não gostou:

— Por quê? Minhas palavras te incomodam?

Ela foi rápida no contra-ataque:

— O problema não é se me incomodam ou deixam de incomodar, a questão é que são incompreensíveis para as pessoas comuns.

Jacinta interveio:

— Olhem, tudo pode acontecer aqui, menos briga entre nós. Temos que entender o que está se passando.

Gabriel narrou sua experiência:

— Na minha área, avançamos muito pouco, apenas doze filiações — ele disse, coçando a cabeça. — É que as pessoas não querem discutir o manifesto e os estatutos. Recebem bem nossa dupla, com aquela generosidade que só os pobres têm. Quando esculhambamos os partidos políticos tradicionais, meneiam a cabeça, concordando. Mas, quando puxamos os documentos programáticos e ensaiamos uma discussão política, parecem entediadas, ouvem um bocadinho e logo pedem para sair; é um vizinho chamando, é o cachorro pedindo cuidados, é um filho que quer ajuda, é a mulher que grita lá de dentro...

Outro militante, Carlos, interveio:

— Com minha dupla, mesmo entre os que assinaram as fichas, havia muitos que não queriam ficar com os documentos do partido, como se eles queimassem suas mãos ou pudessem, de alguma forma, ser usados contra eles...

Juvenal insistia no seu lenga-lenga:

— É como eu digo, as massas estão alienadas. Foram muitos anos de ditadura, de opressão, de exploração, é preciso paciência em seu processo de conscientização...

Josué não aguentou mais:

— Juvenal, deixe este ar de vanguarda de coisa nenhuma e vamos tentar entender nossas dificuldades...

— Vanguarda de coisa nenhuma é você, seu pequeno-burguês...

Jacinta interveio de novo:

— Calma, calma, assim não chegaremos a lugar nenhum.

O problema era esse, não estavam chegando a lugar nenhum. No calendário, o tempo deslizava, implacável, e o número de filiados crescia, mas num ritmo muito menor do que seria necessário. Se continuasse assim, o PT não conseguiria legalizar-se, pelo menos naquela zonal, pois as metas obrigatórias estavam longe de ser alcançadas.

Quando faltavam 21 dias para o prazo fatal, Jacinta convocou uma reunião extraordinária. A situação parecia desesperadora: 168 filiações. Dos dezenove militantes iniciais, apenas treze compareceram. Mas Gabriel trouxera um reforço: Marinaldo.

Ele era um pouco mais velho do que a maioria, mais baixo do que alto, troncudo, bigodes fartos e barbicha tipo cavanhaque, olhos sempre irônicos, brincalhões. Formara-se em administração, participara do movimento estudantil com Gabriel nos anos 1960, demonstrando coragem e disposição. Gabriel o havia encontrado por acaso no beco das Sardinhas. Lá pelo décimo chope, o assunto PT veio à baila. Marinaldo também era petista, um entusiasta do novo partido, então foi colocado a par dos problemas:

— Marinaldo, estamos ferrados, não vamos conseguir legalizar o partido lá na zonal.

— Mas por que vocês não estão conseguindo?

— Veja os números, meu amigo. Temos de atingir o patamar de 650 filiados e só conseguimos pouco mais de 150. Nos faltam mais de 480 filiados.

— E vocês têm quanto tempo para fechar os 650?

— Algo em torno de três semanas...

Marinaldo matutava, lambendo a espuma do chope, que teimava em ficar nos seus bigodes:

— Vamos dar um jeito nisso.

— Você tem alguma ideia?

— Preciso pensar, mas acho que vai dar. Quando é a próxima reunião do núcleo?

— Amanhã.

— Tô dentro.

— Mas só pode ser do núcleo quem mora num dos bairros da zonal.

— Isso não é problema. Tenho uma casa velha no Rio Comprido, abandonada, meio em ruínas, mas posso fixar meu domicílio eleitoral por lá.

Quando Jacinta abriu a reunião, os grupos narraram o impasse em que se encontravam. Com palavras diferentes, o mesmo problema: as pessoas até se dispunham a assinar as fichas, mas não se mostravam dispostas a discutir os documentos políticos do partido.

Houve um clima de prostração e desalento. Marinaldo pediu a palavra. Primeiro, apresentou-se, com um sorriso nos lábios:

— Me chamo Marinaldo, uma mistura de Marina e Arnaldo. É comum neste país os pais juntarem seus nomes no dos filhos. Não é lá de muito bom gosto, mas eles tiveram boa intenção.

Sorriu mais uma vez e disparou:

— Gente, vocês estão perdendo tempo com blá-blá-blá. É chegar junto das pessoas e pedir as assinaturas. Não há coisa mais fácil a fazer. E, se um assina, assinam os vizinhos, os parentes, vai em forma de avalanche, uma pedra puxa a outra.

Juvenal atalhou:

— Esta é uma forma tradicional de se dirigir às massas. Além disso...

Marinaldo retomou a palavra:

— Companheiro, massa pra mim é macarrão e espaguete... Nhoque também.

Houve uma gargalhada geral, e ele continuou:

— Não se ofenda, cara, mas precisamos atingir a meta definida. Segundo meu amigo, Gabriel, precisamos de algo em torno de quinhentos filiados, certo?

Jacinta consultou seu caderno:

— Pra ser exata, 482.

— Proponho que o Gabriel e mais uns quatro me acompanhem para ver como a coisa funciona. Depois, passam a experiência pros outros. Temos pressa, gente. Também vamos usar uma casa meio em ruínas que tenho lá no Rio Comprido. Vamos fazer dela um centro de aglutinação. Proponho já neste fim de semana próximo...

Juvenal interrompeu:

— Esta casa veio a calhar. Estávamos mesmo precisando de um lugar para começar um seminário sobre as revoluções socialistas...

Marinaldo não o deixou continuar:

— Porra nenhuma!

Pareceu surpreendido com a própria veemência:

— Desculpem a má palavra, mas acho que essa proposta não tem nada a ver. Que revoluções socialistas, que nada! Vamos fazer um baita churrasco. Ponham a mão na cabeça, gente! Os caras ralam a semana toda, se matam de trabalhar de cinco da matina às seis, sete da noite, e vocês querem que, no fim de semana, únicos dias de descanso, eles se disponham a estudar as revoluções socialistas??? Isso entra na cabeça de alguém?

Marinaldo entusiasmou as pessoas. Refizeram as contas. Redistribuíram as áreas. No dia seguinte, começaram um mutirão. Era vencer ou vencer. Em mais uma semana, chegaram a 328 filiados. Gabriel observou Marinaldo em ação. Ele se chegava, de preferência, nos mais velhos. Conversava sobre qualquer assunto do momento. Obtida uma certa intimidade, sacava das fichas e pedia assinaturas. Falava que era indispensável ao novo partido, senão continuaria aquela mesma merda de sempre. Dava para aguentar aquela mesma merda de sempre? Não, não dava. Se o mais velho assinasse, vinham na sequência todos os maiores de dezesseis anos da família, os vizinhos próximos e distantes, uma enxurrada.

Mais sete dias, eles alcançaram 557 filiados. O Método Marinaldo funcionava. Faltavam agora menos de cem no esforço da última semana. No final, ultrapassaram a marca dos 850 filiados, mais de duzentas fichas além do exigido. A legalização da 229ª estava garantida. Um churrasco com fogos de artifício na casa do Marinaldo festejou a conquista. Tinham chegado lá, mas Gabriel, no íntimo, ficou com a incômoda impressão de que alguma coisa tinha sido perdida pelo caminho.

Marlene

O telefone tocou lá em casa.
— O Gabriel está?
Era o João Calicourt, do *Repórter*.
— Sou eu mesmo, João, o que você manda?
— Tu tá ocupado?
— Um pouco, estava mesmo redigindo minha coluna pra vocês aí.
— Tenho uma boa pauta pra você.
— Qual é?
— Entrevistar a Marlene, uma das novas lideranças populares em ascensão aqui no Rio de Janeiro.
— Claro, já ouvi falar, tá todo mundo falando nela, parece interessante. Mas ela dá entrevistas?
— Isso é problema seu, vá em frente, pode ser uma boa. Como você já deve estar sabendo, ela mora no morro do Chapéu Mangueira, no Leme.

João desligou e fiquei cismando. Era realmente uma boa ideia. Os jornais não paravam de falar da Marlene, da força de sua personalidade, de seu jeito franco de falar. Uma espécie de Lula carioca. Outros falavam em Lula de saias. Aproximavam-se as eleições de 1982 para a Câmara Municipal do Rio de Janeiro e ela já aparecia nas pesquisas como uma forte candidata do PT, partido no qual ingressara há pouco.

No dia seguinte, de manhã, com um bloquinho na mão e caneta no bolso, rumei para o Leme. Na subida do morro, fui perguntando:
— Eu queria falar com a Marlene, pode me dizer onde ela mora?

Não havia quem não soubesse, a mulher tinha se tornado realmente uma figura pública. Fui entrando pelas vielas e subindo. As pessoas me acolhiam com simpatia, mas era impossível disfarçar uma certa estranheza. Eu sentia o mesmo contraste que observara fazendo as pesquisas encomendadas por Maria Yedda lá no interior de Sergipe. O fato de ser branco me destacava naquele mar de gente negra e parda, e mesmo os poucos brancos com os quais eu cruzava tinham a pele queimada, morena, nada a ver com a brancura da minha. Será que eu estava retornando a Moçambique? Debaixo de um calor de arrasar, acabei, graças a várias indicações, chegando ao lugar onde Marlene morava.

A casa era de alvenaria, mas ainda no tijolo. Ela estava do lado de fora, inclinada num tanque, lavando roupa. Eu já a vira em fotos dos jornais, não foi difícil reconhecê-la. Uma negra alta, cabeça envolvida num pano colorido, forte, musculosa.

— Queria falar com a Marlene... É a senhora? — perguntei, tímido.

Ela se voltou para mim com olhos indagativos, grandes, saltados das órbitas. Sorriu com dentes alvos:

— Gostei do "senhora". Sim, sou eu. O que deseja?

— Me chamo Gabriel dos Santos Reis e trabalho para um jornal alternativo, o *Repórter*, não sei se a senhora já leu?

Ela enxugou as mãos e se voltou para mim, um pouco desconfiada, mas simpática:

— Pode me chamar de você.

Cumprimentamo-nos. Ela tinha um aperto de mão forte e confiante.

— Nunca li o seu jornal, mas conheço. É muito escandaloso para o meu gosto.

Tentei contornar as restrições à forma como o jornal criticava a moral e os bons costumes.

— Abrimos agora uma seção para ouvir a opinião de lideranças populares na cidade. E a senhora, digo, você, foi escolhida para abrir a série.

Inventei aquilo na hora, mas gostei da ideia. Iria levá-la ao João se a entrevista com a Marlene fosse um sucesso. Pelo meu ouvido, entraram suas palavras de agradecimento:

— Muito obrigada pela lembrança. Faço a entrevista, só espero que o senhor seja fiel às minhas palavras.

— Pode contar com isso, eu lhe mostrarei a entrevista antes de ser publicada. E pode me chamar de você. Devo lhe dizer que também sou filiado ao PT e estou na batalha pela legalização do partido lá na minha zonal, a 229ª, que inclui o Rio Comprido, o Estácio e o Catumbi.

Ela gostou do que ouviu. Percebi que algumas barreiras poderiam estar caindo. Mandei a primeira pergunta:

— Como é que você está vendo o movimento popular na cidade?

Achei que a pergunta havia saído muito genérica, quase abstrata, mas ela encaixou bem:

— Meu filho, tenho quase quarenta anos e estou nesta batalha há mais de vinte. Nasci lá na favela da Praia do Pinto, no Leblon, já ouviu falar?

— Sim, fiz panfletagem por lá quando jovem.

Ela sorriu:

— Pois é, quando tacaram fogo onde morávamos, nos recusamos a ir para as casas que o Lacerda inventou para nós lá na Vila Kennedy. Meu pai era pedreiro e lavador de carro, minha mãe, lavadeira, se a gente fosse para aquele fim de mundo, sem transporte, sem nada, como é que eles conseguiriam se virar? Daí eles vieram pra cá, e a família veio junto.

— Família grande?

— Catorze irmãos. Pobre não tem família pequena, nossa riqueza somos nós mesmos.

— E quando você começou a participar dos movimentos populares?

— A gente por aqui não entra no movimento, é o movimento que entra na gente. Mas minha participação aumentou quando propus a criação de um departamento das mulheres na associação de moradores.

— E quando isso aconteceu?

— Lá pelos anos 1970. Não era mole, não. Era preciso enfrentar os preconceitos contra a mulher, contra os negros, a repressão da ditadura. Ao mesmo tempo, me dei conta de que não dava pra ganhar a vida como lavadeira, como minha mãe, se matando sempre de trabalho pra ganhar uma miséria. Daí que fiz um curso de auxiliar de enfermagem, fui trabalhar num hospital. Estudei mais e entrei na faculdade de serviço social. Ano que vem, pego o meu diploma.

Eu não escondia minha admiração:

— Parabéns, Marlene. E como você vê as festas populares, gosta do carnaval?

Ela fechou o rosto, quase aborrecida.

— Olha, Gabriel, já participei muito dessas coisas, mas, em 1968, compreendi que isso não levava a nada, me batizei e entrei na Assembleia de Deus, me tornei evangélica e hoje prefiro orar contra essas festas...

— Mas o carnaval é muito popular aqui também no morro, certo?

— Admito, você tem razão, mas não gosto, respeito os outros, também já fui metida nisso, mas acho uma coisa muito alienante. Além disso, é imoral, não tem nenhum cabimento, a exploração que a imprensa faz dessas festas... O teu jornal, por exemplo, é campeão nisso. Fotos escandalosas, mulheres e homens nus, bêbados, como isso pode ser bom para alguém, como isso pode contribuir para a formação das crianças e dos jovens?

Tentei ponderar:

— Ao mesmo tempo, o carnaval é uma explosão de criatividade popular e também pode servir para exprimir anseios, frustrações, críticas, você não concorda?

— Prefiro evitar, não participo e lamento muito a atração que as pessoas sentem por isso. Como te disse, já participei, e muito, nem te conto, mas não quero falar mais nisso. Desde que virei evangélica, graças a Deus, passei a ver essas coisas de outra forma, e acho que não levam a nada, só fazem alienar as pessoas. Bebedeiras e sexo à vontade, sem limites, não podem fazer bem a ninguém.

Ela estava ficando aborrecida. Resolvi mudar de foco:

— E como você se aproximou do PT?

— Foi um processo natural. Gostei de ver um partido dirigido por lideranças populares. Tenho a maior admiração pelo Lula, veio lá de baixo, como eu e muitos outros. Fala a linguagem do povo. Sem floreios ou palavras difíceis. E fala o que a gente quer ouvir: os nossos sofrimentos, que ele sempre vivenciou, as demandas por justiça social, a denúncia de tudo que está aí, dessa política de elites, que sempre governaram este país e nunca ligaram a mínima para os pobres e para os trabalhadores.

— Você acha que o PT vai ser diferente?

— É isso que anima todos nós que estamos nessa. Lideranças populares, operárias, compromissos em construir uma sociedade sem injustiças e com liberdade, participação pela base, como aqui no morro, núcleos de base... Aqui no Chapéu Mangueira já temos um núcleo, dezenas de pessoas participando por baixo, é isso que fará e já está fazendo a diferença do PT.

— Tem gente aí falando que o PT vai ser engolido pelas elites...

— Não acredito nisso. Veja bem, sou candidata a vereadora nas eleições do próximo ano. Se não for eleita, não tem problema, continuarei na luta. E o mesmo se eu for eleita. Nosso compromisso não é ficar lá nas alturas comendo as migalhas que as elites estão sempre dispostas a dar. Se eu for eleita, fico metade do tempo lá dentro da câmara, falando e votando pelas causas populares, e metade do tempo aqui fora, na batalha, nas ruas, pelas causas populares.

— Não há perigo de os parlamentares petistas largarem de mão suas bases?

— Não vejo essa possibilidade. Aqui no morro, isso seria impossível. As nossas bases estão alertas, vivas. Veja o Lula. Ele está ligado às bases operárias pela história, pela profissão, pelas lutas, como que ele vai sair voando por aí? Mesmo que ele quisesse, mesmo que eu quisesse, as bases não deixariam.

Provoquei:

— É, mas o Parlamento tem suas armadilhas...

— É verdade, mas não cairemos nelas. Você está olhando esta casa? Minha casa, fruto do meu esforço e da minha família, ainda está no tijolo, como você tá vendo. A gente vai construindo, mas nunca vou sair daqui, nunca! Sempre morarei no morro e com esta gente que me apoia e me sustenta. Nem que eu ganhe o que tiver de ganhar como parlamentar, não pretendo me afastar dos meus, das minhas origens e raízes. Pode escrever aí, compromisso da Marlene. Cumprirei.

A tarde já estava caindo quando eu disse adeus a Marlene. Desejei-lhe a melhor sorte e apertei sua mão forte, confiante. Ela era realmente uma força da natureza. Descendo as estreitas vielas do morro, me peguei assoviando uma música antiga, que nos animava nos anos 1960. Dizia mais ou menos o seguinte: "Mas olhem bem, vocês, quando derem vez ao morro, toda a cidade vai cantar."

Só tinha um problema: a Marlene não gostava mais de cantar.

O nazista

A primeira vez que ouvi Celso Castro falar do nazista foi em Paris. Dividíamos na época um apartamento de três andares com Celso e a família dele, formando uma pequena comunidade. A cozinha no térreo era um espaço comum a todos, ali fazíamos a boia, comíamos e conversávamos. Ele, a mulher e os dois filhos ficavam no segundo andar. Nina, eu e Claudio e Tatiana no terceiro. Bastante incômodo, mas era o que tinha sido possível arranjar nos primeiros tempos do exílio na Cidade-Luz. Como eu brincava, em forma de autoironia, recordando *Morte e vida severina*, era a parte que nos fora concedida naquele latifúndio.

Eu gostava muito de Celso, ele estivera conosco na embaixada do Panamá, em Santiago. Foi lá que o conheci, e seu comportamento me impressionara. Era um sujeito de princípios, de convicções, dando sempre mostra de rara dignidade, mesmo em momentos em que a maioria parecia vacilar e se entregar ao cada um por si.

Um dia, na cozinha do apartamento, bebericando um bom vinho francês, Celso me falou do nazista:

— Eu trabalhava com meu pai numa loja de ferragens, na periferia próxima de Porto Alegre. Era adolescente na época, mas já muito vivo e antenado nos debates políticos. As direitas e esquerdas no Rio Grande do Sul sempre foram muito ativas, com lideranças e oradores fortes. Além disso, a proximidade com o Uruguai e a Argentina animava intercâmbios e controvérsias. Na loja, de vez em quando, aparecia um tipo louro, sabe, aquele louro que é quase branco, e que é comum entre os alemães? Pois é, o cara era assim, olhos azuis muito claros, alto, corpulento, com um ar meio arrogante, mas era bom freguês, assíduo, pagava sempre em dinheiro. Volta e meia, conversando sobre política, ele assumia sem meias palavras posições de extrema direita, defendendo com veemência propostas típicas dos grupos neonazistas, raros, mas com uma certa tradição no Rio Grande do Sul. Na época, isso surpreendia, pois as direitas no Brasil eram então muito enrustidas, não se apresentavam como tais, escondiam suas simpatias, preferindo parecer como de centro ou cristãs. O Walter, era este o nome dele, não tinha papas na língua, abria o jogo e defendia, sempre com um sotaque carregado, as posições radicais de direita.

— As pessoas o questionavam?

— Meu pai tinha posições progressistas, mas sua orientação era não discutir política com os fregueses. Deixava eventuais polêmicas se desenrolarem entre eles, às vezes quebrava o pau dentro da loja, mas o velho observava com olhos neutros e me aconselhava a fazer o mesmo. Ele dizia: "A gente não discute com freguês, não aqui dentro." Um belo dia, o tal Walter se empolgou, talvez tivesse bebido um pouco mais de cerveja do que o normal, o fato é que, numa curva lá da discussão em que estava engajado com outra pessoa, um gaúcho chegado ao trabalhismo e ao brizolismo, começou a fazer elogios ao nazismo: "Depois da Segunda Guerra Mundial, virou moda em todo mundo criticar os nazistas, o nazismo e Hitler, mas as pessoas repetem o que ouvem, como maria-vai-com-as-outras, quase ninguém sabe o que realmente aconteceu."

— E aí?

— Aí que o interlocutor, com ar provocador, o atiçou: "E o que havia assim de tão bom no nazismo, seu Walter, além de exterminar os judeus?" O Walter fez força para não perder a calma, seus olhos vermelhos exprimiam muita raiva, e então respondeu: "Isso é outra infâmia inventada pelos judeus e por seus aliados, nunca provaram nada do que diz a propaganda que fazem."

— Não acredito que ele disse isso — respondi, pasmo.

— Pois é... O outro cara ainda retrucou: "Seu Walter, não dá para não reconhecer, foi uma das maiores matanças da história, não escaparam nem os velhinhos, as mulheres e as crianças." Mas o Walter fugiu do tema comprometedor, tentou mudar de ângulo: "O nazismo foi muito mais do que isso, deu bem-estar às pessoas; criou empregos, modernizou o país, devolveu ao povo o orgulho de ser alemão."

— Cara, que coisa!

— Eu só observava, não falava nada — disse Celso. — Às vezes, tinha vontade de esculachar o Walter, mas me continha. Em outro momento, dali a semanas, ele apareceu na loja com um estojo de veludo azul. Naquele dia, com certeza, estava bêbado. Abriu o estojo na frente da freguesia, bravateando: "Olhem pra isso, é a medalha nazista da Ordem da Águia, não era qualquer um, não, que recebia essa condecoração."

— ...!

Celso concluiu:

— Ficou muito claro pra todo mundo que o Walter não era apenas um fanfarrão simpatizante das posições de extrema direita. Ele era de fato um quadro nazista, e condecorado pelo regime. Como muitos, deve ter fugido para a América Latina e se estabelecido por lá. Será que seu nome de batismo era Walter mesmo? Desconfio. Provavelmente era um nome falso. E será que se tratava de um fenômeno isolado? Duvido muito.

O que ele dizia correspondia ao que eu sabia sobre o assunto:

— É, desde o fim da guerra, sabe-se que um monte de nazistas fugiram para a América do Sul. Na Argentina, o Perón deu guarida a eles; no Paraguai, foi o Stroessner.

E meu amigo complementou:

— Outros foram parar na Bolívia. Sem contar os que se esconderam no sul do Chile. Formaram redes de apoio mútuo, onde eram cultivados — e cultuados — os símbolos e o passado nazistas.

— O Eichmann não era desse time?

— Claro que sim. E não foi um caso único. Nem era peixe pequeno. Foi figura-chave na matança dos judeus. Foi pego na Argentina pelos israelenses, julgado e executado em Jerusalém.

— Há também suspeitas sobre o secretário privado de Hitler, Martin Bormann — acrescentei. — Até hoje há quem acredite que ele também se escondeu na América do Sul.

— O mais importante — continuou Celso — é levantar o véu das cumplicidades e articulações dos santuários nazistas nessa área do mundo. Mas faltam evidências das conexões dessa gente no sul do Brasil, do Rio Grande do Sul a São Paulo. Quem sabe, quando a gente um dia voltar pro nosso país, não levo essa história pra frente?

O papo morreu aí. Pouco tempo depois, Celso e a família mudaram de pouso. Eu fui para a África, trabalhar em Moçambique, e nunca mais o vi. Ao retornar do exílio, naqueles incertos primeiros anos depois da anistia, fiquei sabendo que Celso estava meio deprimido, também ele procurando se achar naquele Brasil modernizado e avesso a aproximações descuidadas. O país e nós, vindos do exílio, tateávamos caminhos, sem saber ao certo nossos destinos. Eu só me lembrava das provocações de Marta lá em Paris, anos antes:

— Quem somos nós? O que queremos? Para onde vamos?

As indagações da amiga batiam com a música do Cazuza, querendo saber a cara que tinha o país: "Brasil, mostra a tua cara!" Com ironia amarga, ele pedia ao país que revelasse os seus negócios e o nome dos seus sócios, mas sem nenhuma convicção de que isso seria possível.

Temi pela saúde de Celso, receoso de que tivesse um final infeliz, mas, pela força que havia nele, eu acreditava que conseguiria superar os desafios e a barra-pesada com a qual tínhamos, todos, de lidar. Foi então que, numa manhã cinzenta de um mês de outubro qualquer, abri o jornal e vi a notícia: "Suicidou-se em Porto Alegre o jornalista Celso Castro, no curso de um assalto à casa do alemão Walter Goldbeck, ex-cônsul do Paraguai." A notícia dizia que os gritos da vítima suscitaram alarme entre os vizinhos, que teriam chamado a polícia. Ao se verem cercados, Celso e um amigo, Nelson Heredia, cometeram suicídio.

Lembrei, na hora, a conversa sobre as redes nazistas no sul do Brasil. Celso devia estar no encalço de pistas que o levassem a elas. Não muito tempo depois, as versões oficiais sobre o duplo suicídio foram desmascaradas. Exames técnicos não as comprovavam. Os próprios policiais, inquiridos, tinham dificuldade em sustentá-las. Na verdade, Celso e Nelson haviam se rendido, mas foram crivados de balas por uma polícia assassina e só preparada para torturar e matar. Manifestavam-se no caso as velhas tradições brasileiras, acentuadas e radicalizadas no período ditatorial: torturar para obter informações. Matar antes de perguntar.

Menos de um ano depois do assassinato de Celso Castro, revelou-se a identidade de um suposto austríaco, Wolfgang Gerhard, morto em Bertioga, no litoral paulista, ainda em 1979. Apurou-se que seu nome verdadeiro era Josef Rudolf Mengele, conhecido como o Anjo da Morte no campo de concentração de Auschwitz, por seus experimentos mortíferos feitos com prisioneiros, e um destacado membro da equipe de médicos que orientava a seleção das vítimas a serem mortas nas câmaras de gás.

Celso tentara puxar o fio da meada que levaria a esta e a outras personagens nazistas, assim como a suas redes de apoio. A investigação, recuperada mais tarde por sua filha num dos melhores filmes sobre a ditadura, *Diário de uma busca*, foi interrompida pelo seu brutal assassinato.

Até hoje, as perguntas que Celso formulou permanecem sem resposta.

Ex-presidiário

— Vejam a foto, algum de vocês me reconhece?

Seis ou sete jovens estudantes e mais duas ou três professoras se agrupavam em torno de uma mesa, no tampo da qual eu desdobrara a velha fotografia, estampada em uma revista. A imagem, ocupando duas páginas, retratava os quarenta revolucionários presos, trocados pela vida do embaixador alemão. Gabriel explicava às pessoas, pensativo:

— Foi uma ação arriscada e pesada. A repressão já tinha informações de que os revolucionários preparavam alguma ação grande. O capitão Lamarca, inclusive, teve que matar um dos guarda-costas do embaixador. Foi obrigado a isso, pois o cara ia sacando o revólver para atirar.

Ele fez uma pausa. Suspirou:

— Naqueles dias, ainda imaginávamos que teríamos força para enfrentar e derrubar a ditadura.

A foto, tirada no dia 15 de junho de 1970, mostrava o grupo, provindo de vários estados, reunido no aeroporto do Galeão pouco antes da partida para a Argélia. Era uma atestação, uma espécie de certificado, de que as exigências dos que detinham o embaixador tinham sido satisfeitas. Os que viajariam para a liberdade se agrupavam em fileiras, de forma mais ou menos desordenada. Num primeiro plano, vários se postavam agachados ou sentados no chão; num segundo, outros, meio encurvados; e, finalmente, num terceiro, estava a maioria deles, em pé. Muitos não escondiam o contentamento, sorrindo e fazendo com os dedos o tradicional V de vitória. Outros tantos preferiram mostrar uma fisionomia séria, compenetrada, ainda em dúvida sobre como aquilo tudo acabaria. Um sentimento de triunfo, porém, perpassava todas as fisionomias. Embora a ditadura, pressionada e às pressas, tivesse criado a figura jurídica do "banimento", para encobrir sua capitulação, eles estavam bem conscientes de que tinham sido libertados.

Gabriel insistiu:

— E aí, quem me reconhece?

Luciana, meio em dúvida, apontou para um sujeito sentado no meio da foto. Gabriel negou com a cabeça. Não, não era ele. Maria Lúcia interveio:

— De jeito nenhum, é evidente que este cara não é o Gabriel.

Ela própria, com dedo seguro, apontou para uma figura, em pé, na extrema esquerda da foto, braços cruzados, rosto sério, cabelo cortado rente. Gabriel ia assentir, mas foi tomado por pensamentos que o levaram longe.

Sim, ali estava ele, na foto tirada havia cerca de quinze anos. O revolucionário que, depois de muitos zigue-zagues e andanças pelo mundo afora, se transformara no jovem professor de história que, agora, mostrava a foto. O ingresso na universidade não fora nada fácil. Desde que chegara ao país, pouco depois da anistia, em setembro de 1979, sua vida fora uma correria sem descanso para garantir o leite das crianças e o próprio sustento. Cursos livres, de ora em vez, artigos para a imprensa, pesquisas no interior de Sergipe para o curso de história agrária dirigido pela professora Maria Yedda Linhares, colunas e reportagens históricas para o *Repórter*, trabalho numa pequena editora que acabara de nascer, tudo muito precário, sem carteira assinada, sem férias ou direitos sociais, uma pedreira. Por sorte, surgira um concurso, quase um ano depois. Ele fora aprovado, mas a nomeação custara muito a sair, outra via-crúcis, até que tudo foi resolvido e veio a efetivação, em maio de 1981, como professor assistente de história contemporânea na Universidade Federal Fluminense. Logo depois, a concessão da dedicação exclusiva, um salário decente, a possibilidade de desenvolver um doutorado na Universidade de São Paulo, um horizonte promissor para uma vida profissional interessante de estudos e pesquisas. Será que o tempo da corda bamba iria ficar para trás?

Maria Lúcia, percebendo que o professor olhava o infinito, tangido por vagos pensamentos, sacudiu com delicadeza o seu braço. Firmando o dedo na foto indicada, perguntou:

— E aí, professor, você é este aqui ou não?

Parecendo voltar de uma longa viagem, Gabriel confirmou:

— Sim, sem dúvida. Você leva jeito para identificar pessoas, Maria Lúcia.

Ele então passou a descrever os demais retratados, indicando as organizações políticas a que pertenciam, quais haviam sido mortos pela repressão, tentando retornar ao país na clandestinidade, quais haviam morrido de morte natural. A maioria ainda permanecia viva, mas não poucos haviam desaparecido.

Os estudantes e professores olhavam com atenção a foto. Como se faz diante de documentos importantes, tentavam apreender o significado do momento e o sentimento dos retratados. O grupo já estava para se desfazer quando surgiu a Graça, uma das funcionárias da universidade, espichando a cabeça, chegando-se por trás dos ombros dos que miravam a fotografia. Sem entender do que se tratava, ela indagou:

— O que é isso? Um time de futebol?

Houve uma franca e geral gargalhada. Graça ficou surpresa:

— Mas do que vocês estão rindo? Que foto é essa?

Gabriel explicou:

— Graça, esta é a fotografia da minha partida do Brasil, há quase quinze anos.

Ela continuava sem entender nada:

— Ué... você partiu para onde?

— Para a Argélia, lá no norte da África.

Graça continuava nas trevas, tateando, tentando compreender:

— Mas o que você foi fazer lá?

— Graça, eu estava preso. Você me conhece agora como professor de história, entrei para a UFF há alguns anos, agora trabalho aqui. Mas nem sempre foi assim. Sabe como é que é, né? Eu participava da luta contra a ditadura, daí os caras me prenderam. A mim e a muitos outros. Então companheiros nossos pegaram o embaixador alemão e exigiram, em troca de sua vida, a libertação de quarenta prisioneiros. Eu tive a sorte de estar entre eles e pude sair da cadeia. A Argélia, na época, era um país revolucionário e se ofereceu para nos acolher.

Graça arregalava os olhos:

— Você foi preso!? Eu não sabia disso! Nunca ninguém tinha me contado!

— Sim, fui preso no comecinho de março de 1970 e salvo das garras deles em junho daquele mesmo ano. A foto foi tirada no dia da nossa partida.

Graça custava a acreditar:

— Você está brincando comigo, não é? Você estava realmente preso?

Desligando o olhar da foto, as pessoas refaziam uma outra roda em torno do professor Gabriel e de Graça, curiosas para ver aonde aquele papo levaria. Ela era muito querida na universidade e trabalhava no departamento de história. Muito operosa, criativa, encarregava-se dos trâmites administrativos, das prestações de contas e da organização dos arquivos. Não se sabia como, mas ela conseguia quebrar todos os galhos, mesmo os mais impossíveis. Gabriel dizia que ela o lembrava das escolas de samba: um pouco antes de começar o desfile, pareciam uma desorganização sem nome, mas, de repente, na hora de entrar na avenida, tudo se arrumava e a escola entrava em triunfo, todo mundo ajustado, na linha, a imagem da perfeição. Assim era a Graça: do caos das nossas despesas administrativas surgia uma prestação de contas para ninguém botar defeito. Além disso, estava sempre bem-humorada, alegre, encarava tudo e todos os problemas e confusões com um sorriso gentil, aberto e simpático. Entretanto, apesar de ter três televisões em casa — na salinha de entrada, na sala de jantar e no quarto dela —, passava distraída pelos acontecimentos políticos, sem formar opinião clara a respeito dos embates que agitavam o país.

Gabriel, em tom provocador, perguntou:

— Ô, Graça, não é possível. Você não sabia que houve uma ditadura neste país?

A surpresa ainda bailava nos olhos dela:

— Claro que eu sabia, quem é que não sabe disso?

Gabriel retrucou:

— Eu estou cada vez mais certo de que muita gente não sabia...

Graça recobrava-se do estupor e disse, sem muita convicção:

— Claro que eu sabia, mas...

— Mas...?

— Nunca soube que você tinha sido preso...

— Pois é, fiquei preso três meses. Sorte minha...

Graça parecia hesitante:

— Quer dizer então que...

— Sim...

— ... que você é um ex-presidiário?
Agora, foi a vez de Gabriel parecer surpreso:
— Como assim?
Graça alteava a voz:
— Não acredito! Você, um ex-presidiário?!?!?

A roda não continha os risos, eles ondulavam como águas tocadas pelo vento. Gabriel respondeu meio sem graça:

— Na verdade, eu nunca tinha me visto assim... Nem me lembro de ter sido tratado dessa forma, mas, de fato, sim, sou um ex-presidiário.

Ela repetia, reiterativa, abalada:
— Um ex-presidiário...

Era visível que Graça matutava algum pensamento, uma sombra de receio atravessou seu olhar:

— Nossa! E eu que falava tão bem de você para o meu pastor...

Gabriel recobrava o domínio de si mesmo:
— Espero que você continue falando bem de mim para ele.

Graça agora estava meio nervosa, temerosa:
— O que meu pastor vai dizer quando souber que você — uma pessoa de quem eu falava tão bem — é um ex-presidiário?

Os risos agora desatavam-se. Gabriel interpelava:
— Mas, Graça, o que há de mal em ser um ex-presidiário?

Ela ficou pasma:
— Você não sabe o que há de mal? Em que planeta você vive, professor?

E se lamentou de novo:
— E eu que nunca disse a ele que você é um ex-presidiário...

Depois meneou a cabeça, preocupada:
— Não sei o que o meu pastor vai dizer...

Havia nela a visível dificuldade em casar uma pessoa de bem com a figura de um ex-presidiário. A hilaridade geral das pessoas afastou o pensamento sobre as inquietações de Graça como se afugenta uma mosca que insiste em pousar em nosso rosto. Mas os valores conservadores que despontavam ali talvez merecessem maior atenção. E se crescessem em largo e profundo, continuariam a fazer sorrir?

Diretas Já

— E aí, vocês estão a fim de ir hoje ao comício das Diretas na Cinelândia?

Corria o mês de abril de 1984, o movimento para aprovar o retorno de eleições diretas para a presidência da República crescia em toda parte. Lançado em fins do ano anterior, a reivindicação, vista a princípio como inviável, foi ganhando espaço, empolgando as gentes e atraindo lideranças de vários partidos e organizações da sociedade civil, transformando-se numa espécie de maré avassaladora, mobilizando milhões de pessoas pelo país afora.

Um estudante levantou a mão:

— Matar aula para assistir a um comício? Pode?

Uma outra voz atalhou:

— Não é um comício qualquer. O que está em jogo é a democracia no país.

Um terceiro interveio:

— Concordo com a colega, vamos ficar trancados na universidade enquanto a sociedade se mobiliza para discutir o futuro da democracia?

O professor Gabriel, que levantara a questão, ponderou:

— Alguém aí falou em "matar aula". Acho que a expressão não se aplica. Vamos pensar juntos: a universidade não deveria estar aberta para acontecimentos relevantes, de qualquer natureza? Se decidirmos ir, não significa que vamos "matar aula", apenas suspendê-la. Quero dizer: a aula não será perdida. Entretanto, já que há divergências, por que não votamos? Se a maioria quiser, a gente suspende as atividades e vamos ao comício, e repomos a aula em outro momento. Mas quem não quiser ir, não vai, ninguém será coagido a fazer o que não quer.

Posta em votação, por ampla maioria, a turma decidiu que, sim, seriam suspensas as atividades, e quem estivesse a fim iria ao evento político.

Quem fosse contra, tudo bem, não sofreria nenhum tipo de pressão. Além disso, em votação separada, decidiu-se, por unanimidade, que a aula suspensa seria reposta dentro do semestre letivo.

Alvoroçados, excitados, os estudantes saíram da sala para constatar que o movimento ali aprovado contaminara, sem prévia organização, várias outras turmas. Quase todo o curso de história da UFF decidira ir ao comício das Diretas que se realizaria no final da tarde, na avenida Presidente Vargas, no centro do Rio de Janeiro.

No caminho até a estação das barcas, que ligavam Niterói ao Rio, já se podia ver o afluxo compacto de pessoas no mesmo sentido, como se uma espécie de senha tivesse sido passada, contaminando e alcançando multidões. Todos, eletrizados, se perguntavam onde iria parar tudo aquilo.

Já na barca, na travessia para o Rio, os estudantes da turma do professor Gabriel postaram-se, juntos, em três fileiras consecutivas. Alguns, que sabiam do passado do professor, sua participação na luta contra a ditadura, suas andanças no exílio, queriam dialogar com ele sobre o que estava acontecendo. Geralda, a aluna que havia liderado a posição a favor de ir ao comício, suscitou a primeira questão:

— Às vezes, acho que estamos de volta ao clima das manifestações de 1968. Não acham?

Gabriel sorriu:

— Como vocês, estou animado com tudo isso e com o comício de hoje. Eu não diria que voltamos ao clima de 1968, mas há, sim, algumas semelhanças.

Joana, a aluna sempre calada da turma, interveio:

— Eu diria que há muitas diferenças. Hoje, por exemplo, há muito mais gente nas ruas. É uma grande diferença.

Geralda insistiu:

— Você tem razão, Joana, mas a empolgação com a política, com a discussão política, acho que isso aproxima as épocas.

Gabriel concordou:

— Isso é muito importante e nem sempre acontece. As pessoas, de modo geral, cuidam de seus interesses pessoais, imediatos; o trabalho, a família, as preocupações cotidianas. Entre os mais necessitados, a luta pela sobrevivência, o futuro próximo. E atribuem o debate das questões políticas a elites que cuidam do assunto. Como se dissessem: "Isto não me interessa, é coisa de branco."

Evandro, sempre muito ativo, entrou na discussão:

— Concordo. O movimento das Diretas está ajudando a trazer a política para o centro das atenções. Como se, para as grandes maiorias, uma questão geral se tornasse atual. Acho que isso é muito legal, como se fosse um despertar, como se as pessoas começassem a ver que sua vida cotidiana depende de outras coisas.

Sandra, sentada um pouco mais longe, mas acompanhando com atenção a troca de ideias, levantou um outro ponto:

— O que também acho importante é ver como as pessoas encaram a democracia. Como disse o Evandro na discussão lá na turma: "Não é um comício qualquer, está em jogo a construção da democracia no Brasil."

Maria Clara atalhou, dirigindo-se a Gabriel:

— Mas, professor, essa aspiração pela democracia já existia em 1968? Nessa época não se falava só na luta armada contra a ditadura?

Gabriel refletiu, voando de volta para os anos 1960:

— Essa é uma questão controvertida. Na chamada Passeata dos Cem Mil, digo assim porque acho que havia lá muito mais gente do que cem mil pessoas, havia grupos que realmente entoavam: "Só o povo armado derruba a ditadura."

Evandro, que já tinha estudado a época para o seu trabalho de conclusão de curso, meteu a colher:

— Quando pesquisei os jornais da época, vi muitas pichações nas paredes que pregavam a luta armada contra a ditadura.

Gabriel retomou a palavra:

— Sim, você tem razão, mas penso que a grande maioria queria mesmo o restabelecimento da democracia. Esse pessoal gritava em coro: "Só o povo organizado derruba a ditadura." Era uma nuança, explicitando diferenças. Mas isso é uma opinião pessoal, sujeita a discussão.

Um outro estudante, o Joca, muito ativo nas aulas, incansável perguntador, lançou sua posição:

— Acho que a Joana tem razão: há mais diferenças do que semelhanças. Por exemplo, essa coisa aí da luta armada, a ideia de uma revolução violenta para mudar o país e o mundo, isso desapareceu do radar, não se ouve mais falar desse assunto.

Vários se interessaram, perguntando, quase ao mesmo tempo:

— E por que isso aconteceu?

Gabriel parecia conversar consigo mesmo:

— Em parte, por causa do massacre das pessoas e organizações que pretenderam derrubar a ditadura pela luta armada. Não há como negar: essas propostas não foram apoiadas pela sociedade... Entretanto, acho que há algo maior aí. Em todo o mundo, vocês podem observar que as propostas do recurso à violência política se enfraqueceram...

Evandro pareceu intrigado:

— E por quê?

Gabriel sabia que ele estava ligado a uma organização de extrema esquerda, que ainda defendia o recurso à violência como alternativa para mudar o país. Não queria desanimá-lo:

— Taí uma questão que a gente pode propor para um debate mais aprofundado...

Maria Clara deu ao professor um respiro, mudando a direção da conversa:

— E aí, Joana, você que levantou a questão das diferenças, teria algo mais a falar?

Lutando contra a timidez, Joana retomou sua ideia:

— Já falei da diferença mais óbvia: o tamanho das manifestações. Hoje, dizem que teremos a presença de cerca de 1 milhão de pessoas na Presidente Vargas. Dez vezes mais do que nos anos 1960. Eu não diria que é apenas uma diferença de quantidade. Há uma qualidade nova aí...

Maria Clara reforçou:

— E, ligado a isso, temos o fato de que a frente política que existe hoje é muito mais ampla e forte do que a frente que havia às vésperas da Passeata dos Cem Mil.

Até então calado, Marco indagou:

— Você acha, professor, que isso é garantia de sucesso?

Gabriel retrucou:

— Sucesso? Bem, essa é uma palavra pouco precisa. Para mim, a reunião de 1 milhão de pessoas num comício político já é uma vitória em si mesma. Agora, se vamos conseguir as eleições diretas, acho isso muito difícil, alguns analistas dizem que será quase impossível, uma vez que as forças conservadoras têm ampla maioria no Congresso Nacional. É bom não esquecer que é o Congresso quem vai decidir se teremos ou não eleições diretas no ano que vem. Agora, voltando à questão do sucesso, penso que este movimento, mesmo que não consiga mudar a eleição indireta para presidente da República, já bagunçou a tal abertura controlada pelo alto que os milicos queriam impor ao país...

A barca já ia atracando no Rio, mas, ainda assim, Evandro insistiu neste último tema:

— Isso é que eu gostaria de saber: como tudo isso pode influenciar a chamada abertura?

A agitação de todo mundo se levantando quase abafou a voz de Maria Clara:

— Evandro, eu acho que, pela sua massa, imensa, o movimento das Diretas, mesmo que não alcance seus objetivos, vai bloquear as tentativas de melar a restauração da democracia. Nas condições atuais brasileiras, só isso já seria uma vitória.

Desembarcaram todos na praça XV, rumando para a avenida Presidente Vargas. Lá chegando, integraram-se à multidão, festejando e compartilhando com ela a pulsão positiva e construtiva que era uma característica própria do movimento pelas Diretas.

Sozinho na multidão, Gabriel voltava a conversar consigo mesmo:

"Uma beleza de multidão, sem dúvida. As pessoas na rua, confraternizando, pensando e discutindo política, tudo que a gente imaginou um dia, e, no entanto..."

Ele cismava:

"Falta aqui qualquer coisa, o que seria? As correntes mais radicais, inclusive o velho Prestes, já têm levantado a lebre: para que estas pessoas querem eleger um presidente da República? Pra fazer o quê, exatamente?

Que ironia... O Prestes, que nós considerávamos nos anos 1960 o exemplo da moderação reformista, agora surge na extrema esquerda da frente política. Claro, o fato mesmo de eleger de forma direta o presidente da República já é um passo no rumo da democracia, mas não seria importante explicitar o que a gente quer que um presidente eleito faça?"

E outra coisa confundia ainda mais seus pensamentos:

"Na época das lutas dos anos 1960, havia uma épica: a luta armada, a figura do Che, o símbolo da luta, ali havia uma poesia, um heroísmo associado à luta violenta e à morte. Fidel clamava: 'Pátria ou morte, venceremos!'. Isso tudo agora não existe mais... Ou será que a democracia é isso mesmo? Em vez de morte, vida; no lugar da poesia, a prosa. Acho que as pessoas aqui, podendo, modificariam a frase de Fidel. Elas manteriam a pátria. Mas, em vez da morte, prefeririam a vida. E talvez preferissem viver a vencer."

Pátria e vida, viveremos!

Na corda bamba

> *Beaucoup de mes amis sont venus des nuages*
> *Avec soleil et pluie comme simples bagages*
> *Ils ont fait la saison des amitiés sincères*
> *La plus belle saison des quatre de la Terre*
>
> Gérard Bourgeois e Jean-Max Rivière, "L'Amitié"[4]

Quando a notícia de que o Tocha estava nas últimas correu pelos bochichos, becos e botecos onde se reuniam as pessoas de esquerda no Rio, houve uma reação de pasmo, de incredulidade.

— Tocha nas últimas, custo a crer. Conta outra.

— Boato, não acredito.

— Vai ver é ele mesmo que está espalhando a notícia falsa pra todo mundo comentar.

Averiguações posteriores, porém, confirmaram o bem fundado da notícia. O vírus da aids, recusado e negado por ele, fizera o seu trabalho. Ao assombro e ao espanto, seguiram-se o pesar e a tristeza. Era preciso fazer alguma coisa. Mas não havia nada a fazer.

Marta e Gabriel, compartilhando o desgosto e a consternação, decidiram voar para Salvador, onde ele morava e trabalhava. Quem sabe ainda poderiam vê-lo? Consolá-lo? Consolar-se? Comprados os bilhetes, partiram no dia seguinte.

No voo, em certo momento, Marta exclamou:

— Não podemos ficar assim jururus, lastimados, de cabeça baixa, isso não tem nada a ver com o Tocha...

---

4 "Muitos de meus amigos vieram das nuvens / Trazendo o sol e a chuva como simples bagagens / Eles criaram a estação das amizades sinceras / A mais bela das quatro que existem na Terra."

— É verdade, mas como sair dessa?

— Tenho uma ideia: por que não lembrarmos as histórias dele? Garanto que vamos recuperar logo, logo o bom humor.

Gabriel dispôs-se a começar.

— A primeira vez que vi o Tocha foi hilário. Foi num encontro do pessoal da Dissidência, nem me lembro direito onde ou quando. Sei que saímos juntos e ficamos esperando a condução num ponto qualquer lá no Leblon. Quando eu e minha namorada subimos no ônibus que nos servia e ele arrancou, e vinha lotado, com gente saindo pelo ladrão, o Tocha, correndo do lado de fora, saiu gritando: "Gabriel, Gabriel, não esqueça de tomar o remédio para as tuas hemorroidas, juro que funciona!" Daí a pouco, para nosso desespero, o ônibus parou num sinal. O Tocha, então, se aproximou e continuou a falar muito alto: "Ei, Gabriel, não esqueça, com esse remédio tuas hemorroidas vão melhorar no ato." Todo mundo olhava pra nós, e a gente não sabia onde meter a cara.

Ele mesmo emendou uma segunda história:

— Numa outra vez, por acaso, ele me encontrou com a Sol na rua. Eles estavam na época numa mesma base, e ela tava danada da vida com ele, acusando-o de subestimar a segurança. Ela era muito fissurada na segurança, sempre tomando todos os cuidados do mundo. Daí que, topando com a gente, ele parou e começou a falar conosco, para desespero dela, pois isso não deveria acontecer. Aí, chegando nosso ônibus, ele foi nos empurrando para dentro e dizendo, a meia-voz: "Cuidem da segurança, da segurança, cuidem." Depois, lá de fora, ficou fazendo linguagem labial, escandindo as sílabas: se-gu-ran-ça, se-gu-ran-ça. A Sol quase morreu de raiva.

Do jeito dela, escancarado, Marta riu sem parar. Em seguida, foi sua vez de lembrar do Tocha em ação:

— Eu tenho uma outra, esta já no exílio: o Tocha prometera mundos e fundos a um casal de companheiros, o Raimundo e a Consuelo, que chegavam a Paris, vindos do Chile, com uma mão na frente e outra atrás. Eles faziam o tipo ansiosos, sempre preocupados com as agruras da vida. O Raimundo, então, nem se fala, angustiado no último.

Vinham esperançosos, pois o Tocha prometera a eles tudo que você consiga imaginar: bolsas, apoios, subsídios. Eles se encontraram na praça Denfert-Rochereau.

Marta disse que o diálogo deles foi mais ou menos o seguinte:

— E aí, Tocha, você confirma as boas notícias, tudo certo? — perguntou Raimundo.

O Tocha, meio sem graça, retrucou:

— Sinto informar, deu tudo pra trás.

— Como assim?

— É verdade, tudo aquilo que eu imaginei, que eu prometi pra vocês... Deu tudo pra trás. Não tenho nada pra vocês.

Raimundo, torcendo as mãos, engatou:

— Mas e aí, como vamos nos virar? O que vamos fazer?

Tocha, arregalando os olhos, disse:

— Vocês, eu não sei o que vão fazer, quanto a mim... — ele apontou o dedo para a vitrine próxima de uma confeitaria — ... vou comer aquele doce ali.

Gabriel lembrava lances do Tocha na França:

— E ele falando com os franceses? Você se lembra das traduções literais do português para o francês que ele fazia para azucrinar os franceses? Era muito engraçado. Quando queria enfatizar um ponto que desejava que fosse bem esclarecido, ele dizia, batendo a mão na mesa: *"Avec moi, c'est pain-pain, fromage-fromage."* Os franceses ficavam olhando, abobados, sem entender nada. Outra dele, quando queria criticar uma fala extremada: *"Ni huit ni quatre-vingts, monsieur, il ne faut pas exagérer."* E uma última: houve um tempo em que ele trabalhou em uma sala com outros franceses. Aí, quando chegava, dizia da soleira da porta: *"Bonjour, personnel!"*

As histórias vinham de roldão nas lembranças de Gabriel:

— Quando alguém o censurava por gastar o dinheiro que tinha e o que não tinha, ele respondia sempre: "Só economiza quem tem dinheiro; como eu não tenho, não posso economizar."

Marta retomava a palavra:

— A melhor do Tocha comigo aconteceu no aeroporto de Ezeiza, em Buenos Aires. Tangidos de Santiago, estávamos enfiados num hotel desconfortável no próprio aeroporto, tentando obter asilo em algum lugar da Europa. Então as autoridades nos avisaram que iríamos nos encontrar com um representante de ONGs escandinavas, que acabara de chegar com notícias positivas para nós. Fomos todos para o lugar de encontro. Já esperávamos há quase uma hora, meio descrentes, quando divisamos um grupo de homens engravatados, andando com pressa, severos e sisudos. No meio deles, centro das atenções, quem estava lá? O Tocha!!! Logo que o vi, saí gritando: "Tochinhaaaaaaa!" Ele me olhou com aqueles olhos brincalhões, fingiu um rosto sério e mandou: "Quem é esta senhora?" Depois das apresentações, fingindo descontração, abraçou-me e segredou nos meus ouvidos: "Aqui eu sou o dr. Lúcio Flávio Uchoa Regueira."

Gabriel recordou que algo semelhante ocorrera quando encontrara o Tocha no Panamá. E também se lembrou das andanças dele por Moçambique, do quanto tinha aprontado por lá, do inesquecível diálogo com Samora Machel, presidente do país e líder da Frelimo.

Marta não conhecia a história.

— Eu te conto — disse Gabriel. — O Tocha trabalhava como fotógrafo na Universidade Eduardo Mondlane. Um dia, por ocasião de uma visita oficial, ele começou a clicar o rosto de Samora Machel muito de perto. Daí o Samora perguntou: "Camarada, como você se chama?" O Tocha respondeu de pronto: "Meu nome é Lúcio Flávio. E o camarada, como se chama?"

E Gabriel concluiu:

— A cara de pau que o Tocha tinha... Acho que ninguém o superou nesse quesito.

— E as histórias dele como cortador de grama no cemitério em Estocolmo?

— E quando ele retornou do exílio antes da anistia? O escândalo que aquilo não foi. E o jantar de arromba no Lamas, quando se viu livre da cadeia?

— E o trem sueco?

— Essa eu não conheço...

— Um dia, no trajeto de Estocolmo a Paris, a cabine cheia de suecos, desconfortável, Tocha começou a se incomodar com eles, queria ficar sozinho, daí teve uma ideia: começou a se coçar como um desesperado. Começou nas mãos e no pescoço. Arregaçou as mangas da camisa e passou a coçar os braços. Abriu os botões superiores da camisa e coçou o peito. O sueco, do lado dele, logo se levantou e foi embora. Tocha continuava a se coçar, como se estivesse com sarna, como se tomado por um frenesi. Não deu outra: em menos de quinze minutos, todos os suecos tinham se evaporado e ele pôde concluir a viagem sozinho, deitado, com todo o conforto, como queria.

Ao terminar de contar, Marta perguntou:

— E você já ouviu as histórias dele com os Irmãozinhos de Jesus?

— Alguém me disse que o Tocha comeu todos eles...

— Maledicência dessa gente, nem vou comentar isso. O que me impressionou foi ele retomar, depois de tudo que a gente passou, um projeto tipo *narodnik*, os revolucionários russos do século XIX. Ele "foi ao povo", para dormir, comer e viver com o povo, como o povo.

— Tem uma coisa épica na decisão que ele tomou e no comportamento que assumiu.

— É... — murmurou Marta. — Como se ele não se conformasse em abandonar o lado épico e poético da nossa aventura.

As histórias encurtaram a viagem entre o Rio e Salvador. Marta e Gabriel desembarcaram bem-humorados, quase como se fossem turistas despreocupados chegando à Boa Terra para um fim de semana de merecido descanso. Um táxi os levou ao hospital.

Depois de um certo tempo, o médico que cuidava do Tocha apareceu. Pesaroso e contrito, comunicou aos dois:

— O dr. Lúcio Flávio está muito enfraquecido. Acho que não passa do dia de hoje. Na verdade, desde que chegou aqui, já muito debilitado, era como se ele não quisesse se cuidar, como se estivesse querendo mesmo... partir.

Marta e Gabriel entreolharam-se em silêncio.

— Ele nunca autorizou visitas, mas, nas circunstâncias, e considerando que vocês são velhos amigos vindos do Rio, vou deixar que subam. Ele está no quinto andar, quarto 510.

Pegamos o elevador do hospital. Entramos no quarto e o vimos. Tocha estava desfigurado, muito magro, feridas pelo corpo, respirava com dificuldade. Quando nos viu, fez um sorriso difícil:

— Vocês vieram das nuvens?

Marta respondeu com doçura, acariciando o rosto do amigo:

— Trazemos o sol e a chuva como bagagens.

Ficamos ali, nossas mãos nas mãos dele, trocando, em silêncio, sentimentos e memórias. Tocha começou a arfar de uma forma estranha. Parecia querer falar alguma coisa. Aproximei o ouvido de sua boca. Com dificuldade, ouvi-o dizer:

— Panamá... lembra do nosso papo? Nossa vida... vai ser sempre na corda bamba.

Este livro foi composto na tipografia Minion Pro,
em corpo 11,5/16, e impresso em
papel off-white no Sistema Cameron da
Divisão Gráfica da Distribuidora Record.